U0115658

The
Underground
City

天如玉

著

湖南文艺出版社
HUNAN LITERATURE AND ART PUBLISHING HOUSE

博集天卷
CS·BOOKY

假如，言萧，

假如我不是什么小十哥，

你还当不当这只是场慰藉？

> 我改口了，
> 我不当你是慰藉，
> 只要你说开始，
> 我就不说结束。

陷地之城

The
Underground
City

目 录

Contents

卷一

首席 *VS* 领队

·001·

卷二

危险 *VS* 吸引

·107·

卷三

西北 *VS* 江南

·199·

卷四

正义 *VS* 无畏

·295·

番外

·383·

背后是大漠狂沙，是黄土莽原，
是西北荒凉辽远的风，
是他和她一起走过的岁月。

The
Underground
City

卷一

首席 *VS* 领队

陷 地 之 城

第一章
鉴 宝

酒店的宴会大厅里，夜晚的灯光将四下里照得亮若白昼。言萧站在大厅中央，手里托着一枚印章。印章是青铜材质的，方方正正，手握的地方是个龟纽，周身一圈刻着繁复的纹样。

这是蟠螭纹，流行于春秋战国时期。照理说这印章至少也该有两千多年历史了，通体的锈色却浮在表面，灯光下看绿而不莹，表皮锈，不润泽，甚至还很刺眼。如果是千年以上的青铜，绝不会出现这种现象。

她仔细品完，把印章放回去，拿毛巾擦了擦手，下了定论："新的。"

古玩圈不兴直接说真假：假说新，真说老。所谓新的，也就是假的。

旁边有人凑过来小声提醒道："其他专家可都说是老的，言小姐还是再仔细看看？"

"不用再看了，新的，错不了。"

四周顿时响起一阵窃窃私语声。

她抬起头，灯红酒绿的光影里站着诸多社会名流、鉴宝专家，甚至明星红人，大家现在全看着她，就像看一个怪物。可当她的视线挨个扫过去时，他们又都纷纷移开了目光，尤其是那些同行，眼神跟她触一下就闪开了，又快又飘忽。

言萧的目光一直扫到一个角落才停住。角落里站着个人——是个男人，脸朝着她的方向。

灯光在他身上照了一半，隐约显出了他高大的身形。虽然他面朝着她的方向站着，五官却看不太清楚，只是隐约让她觉得那张脸的线条很深刻……

言萧忽地睁开眼睛，才发现自己刚才是在做梦。梦里是她上个月参加的那场鉴宝会的情景。明明已经过了一个多月，现场的每一个场景却还历历在目，就连一个陌生男人的身影她都记得清清楚楚，真是诡异。

房间里拉了厚厚的窗帘，光线昏暗。她伸手在床头柜上按亮灯，坐起来，撑着额头想了一下，没想起来今天是星期几。人一不工作，就连星期几都记不住了。

来电铃声忽然响了，她伸手从枕头底下摸出手机，看了一眼屏幕上的名字，按下接听键放到耳边。

"你在哪儿？"裴明生的声音传过来。

"床上。"

电话那头有一秒的凝滞，大概是很无语："现在可是晚上六点，你这是刚睡还是没起？"

"无所谓，反正不用工作，想睡多久就睡多久。"言萧一边说一边整理着睡乱的头发。

裴明生说："那你当时在鉴宝会上为什么非要说实话呢？就顺着他们的意思说那些东西是真的，也不至于得罪人，更不至于丢了工作。"

言萧掀开被子下了床，把手机夹在耳边，一边走去拉窗帘一边说："没办法，我是个实在人，就喜欢说实话。"

裴明生笑了，听起来像是被她气笑的："行了吧你，那件事考虑得怎么样了？"

"什么事？"

"去考古队做文物鉴定的事。"

窗帘被拉开，玻璃上映出言萧一脸好笑的表情："莫名其妙。"

裴明生的声音放软道："别这样，我也是希望你离开这里出去避避风头，现在到处都是关于你的流言。"

"嗯，多谢少东家关心。"

"故意气我是吗？"

"没有，我这是真诚感谢领导的关怀。"

裴明生还想说话，刚起个头，言萧就把电话挂断了。窗外的杭州城华灯初上，这是她长大、工作的地方，但现在裴明生说这里充斥着有关她的流言。

言萧转头走进衣帽间，在衣橱里找了找，里面几乎都是工作时穿的套裙，她把那些统统推开，拎出件自己难得会穿的连衣裙对着镜子比画。

镜子里映出的人身材高瘦、脖颈白嫩，宽松的睡衣领口露出两条明显的锁骨，虽然瘦，胸前却有明显的两团轮廓，一双腿笔直修长。可惜因为最近睡眠不好，眼下一片青灰，下巴上还生了颗痘。

她对着镜子脱了睡衣，套上裙子，整理了一下头发，勉强从镜子里看出了点往日工作时的奕奕神采，终于感到满意了点。

天完全黑下时，言萧收拾妥当出了门。她开着车一路绕过西湖，最后在一条街上停住了。

街边有一栋老式建筑，灯火通明，大门朱红，两个石狮子拱卫左右，上面悬着名家书写的匾额：华岩古玩拍卖行。这么晚了，仍然不断有人从那扇朱红色的大门里进来又出去。

华岩古玩拍卖行和其他拍卖公司不同，华岩专做有收藏价值的艺术品和古玩拍卖的生意，经常在星期六举行拍卖会。言萧于是想了起来，今天是星期六。

两个中年男人出了大门，一路往她车这边走，边走边聊，听意思是来参加拍卖的客户。言萧不经意地听到他们说的内容，目光看了过去。

"不是听说华岩有个年轻的女鉴定师很有名气吗，今天怎么没见到？"

"你说那个姓言的吧，被停职了。这么大的新闻你都不知道啊？"

"停职？怎么回事？"

"之前有场鉴宝会，去了很多鉴宝专家。东西拿出来后，其他专家都说是真品，就她一个说是假的，圈子里现在都说她根本就不懂古玩，这种人华岩哪里还敢用啊！"

"还有这种事啊，我本来还想请她来给我做鉴定呢。"

"千万别，她现在可是身败名裂了，说不定她的名声都是睡出来的，早就听说华岩的少东家跟她关系不一般。"最后一句带着明显的不屑和坏笑。

身败名裂，言萧感觉形容得挺到位的。她一个在古玩圈里叫得上名号的鉴定专家，就因为在那场鉴宝会上说了句实话，一夜之间事业尽毁，还真算得上是身败名裂。她把车窗闭上，一脚踩下油门。

那两个人聊得正起劲，忽然感觉身边冲过去一辆车，一个连忙拽着另一个往人行道上退，被惊出了一身冷汗。其中一人张口就骂："怎么开车的，赶着去投胎啊！"

晚上九点，言萧走进了一间酒吧。这是间静吧，远在城市另一端，遇不上熟人。以往她并不会出入这种地方，近来却成了这里的常客。

酒吧里灯光昏暗，只偶尔有窃窃私语的声音，西装革履的男人和香水扑鼻的女人三三两两地倚在吧台处。言萧目不斜视，过去点了一杯酒就直接转头在熟悉的位置上坐下了。

酒送上来，她的身体陷在柔软的沙发里，身边却忽然凑过来一个男人："今天又见到你了。"

言萧端起酒杯，瞟了他一眼，是个陌生人："你认识我？"

"我关注你很久了，最近经常看到你，工作不忙？"

"无业游民。"

"你真有趣。"

言萧也觉得挺有趣的，笑着抿了口酒。

男人往她身边靠了靠："你经常一个人喝闷酒，是不是有什么不顺心的事啊，跟我聊聊？"

"没什么好聊的。"

"为什么，来这儿不跟人聊天还有什么意思？"

言萧又倒了杯酒，没搭话。自从丢了工作她就很难睡好觉，靠酒精的刺激才能勉强睡上几个小时，所以来这儿只是单纯来喝酒解闷的，没有半点兴趣接受陌生男人的搭讪。

但那男人不这么想，他呼吸带着酒气，贴得更近了："给个面子，聊会儿？或者我们换个地方聊，去我家怎么样？"

言萧站起来，准备换个位置，男人揽着她的腰把她拉了回去："别走啊，装什么纯呢。"

她被这举动惹毛了，一下推开男人站起来，端起酒杯举到他头顶，一翻，酒水从他头上浇了下去："我对你没兴趣，够清楚了没？"

男人腾地站起来，忽然有个人大步走了过来，抓住言萧的手腕就往外走："你出来。"

言萧下意识地挣扎了一下，但等看到拉她的是谁就不挣扎了，跟着他走了出去。

男人追了几步没追上，发现酒吧里的客人都在看他，尴尬地抹了一下脸上的酒，狠狈地骂了句："我说跩什么，原来是有主了。"

酒吧外面停着一辆黑色的轿车，言萧被拽过去，裴明生松了手："上车。"

言萧坐进去。

裴明生坐上驾驶座，把车窗升起来，手指托了一下鼻梁上的眼镜："刚才什么情况？"

"没什么。"

"淋人家酒还叫没什么？"

"他想睡我，淋他一杯酒算轻的了。"

裴明生又好气又好笑，侧过身来，脸冲着她："你打算就这么下去？知道外面都在说你什么吗？"

"知道，都说我不懂鉴定，名声都是靠跟你睡出来的。"

裴明生一口气呛在喉咙里，连咳了几声，大概明白她刚才在气什么了，往椅背上一靠才缓过来："那我多吃亏，名声都叫你败坏了。"

言萧歪着头，指尖揉着被酒精刺激的太阳穴："嗯，真是对不起你。"

她身上有种慵懒的调调，不太常见得到，平时在职场里她总是干练精明的模样。现在没了工作，她身上的慵懒气质淋漓毕现，酒后微醺的侧脸被车里的灯光照出一抹绯红。

裴明生盯着她，语气不自觉地低了下来："现在整个圈子都在排挤你，说什么的都有，这里你待不下去了。"

"所以你就要把我赶去那支考古队？"

"说什么呢，别忘了我们的关系，我除了是你的老板，还是你的师兄，我能舍得赶你走吗？"

言萧沉默了。大学时裴明生跟她是同校同系，相差两届，学的都是文物鉴定专业，就是因为这层关系，她才在华岩工作至今。从这点来说，他们俩的关系的确不一般。

裴明生揽住她的肩膀，语气无比有耐心："那支考古队是我资助的，我这是在给你一份新工作。你过去待段时间，等风头过了，回来还是那个前途无量的鉴定师。"

言萧肩膀一动，避开他的手："如果我不走呢？"

裴明生又托了一下鼻梁上的眼镜，脸色认真了不少："言萧，你得罪的不是普通人，是五爷，你在鉴宝会上说实话的时候就该知道会有这么一天。"

在鉴宝会上说实话的时候就该知道会有这么一天。没错，言萧很清楚自己得罪的是什么人。

五爷，没有姓没有名，只有一个称谓，他高高在上，如同传说。没人见过他的真面目，也没人知道他到底是谁，只听说他经营着很多暗处的生意，势力大到足以操控整个古玩圈。他举办了那场鉴宝会，要求所有的鉴定师都遂他的意指鹿为马，偏偏言萧没有。一句实话，事业就没了。

言萧吐出口气，似乎把胸腔里残留的那一口酒气也吐尽了，笑了一声，说不上来是什么意味。这事本身也挺好笑的，她在华岩待了七年，整整七年，却被这人的一句话就给抹杀掉了。法治社会，还能有人这样只手遮天，真是讽刺。她握住门把，准备推门下车，胳膊却被裴明生抓住了。

"华岩的股票一直在跌，就连今天的拍卖会都不顺，董事会给的压力很大。言萧，要么离开这里，要么离开整个古玩圈，你必须选择一个。"

印象里他很少会这么严肃地说话。言萧拂开他的手，终究没下车，只按下了车窗。远处就是山，连着西湖，风吹进车里，微微地凉，拂在脸上让人清醒冷静。

身为师兄，这种话大概也就只有他能说了。谁说都是在赶人，但他至少可以赶得温和点。

谁也没说话。安静了大约有两分钟，言萧忽然问他："你都安排好了？"

"对，都安排好了。"裴明生点头。

"那好，我走！"

裴明生意外地转头，看到她被夜色衬着的侧脸，黛色的眉和鲜红的唇分外清晰，耳垂到下巴的弧度被灯光镀出来，线条很柔和；眼神隐在黑夜里看不分明，又多了几分凌厉感。

"我走，没什么大不了的。事情我敢做，就不至于输不起。"

裴明生一直都知道她是个理智的人，只不过没那么容易妥协，毕竟她没有做错任何事。她不会甘心，只是做了一个眼下最无奈也最保险的选择。但他也只能当作不知道："师妹，我这是为你好，就算你记恨我，我也认了。"

"你还是少说两句吧，免得我改变主意。"言萧眼神落到车窗外，好一会儿，终于想起问了一句："那支考古队在哪儿？"

"西北。"裴明生早有准备，从车上的储物箱里拿出一只厚厚的纸袋放在她膝头，顺手拍了拍，像是安抚，"所有东西都给你准备好了，你随时可以出发。"

第二章
抢 匪

西安，这座位于西北的中心城市在天气上实在很没有西北的特征，刚进五月就有了热度，跟号称南方火炉城市的杭州根本没什么区别。

一辆出租车穿过永宁门，贴着城墙根开了一段，在一条窄街上停了下来。后排车窗降下，言萧摘下眼睛上的墨镜朝外看："到地方了？"

司机说："到了。你要找的那家店就在这条街上，从这儿往前走，也就几步路的事。"

言萧掏出钱包付了钱，开门下车。两个小时前她刚从飞机上下来，是裴明生亲自把她送上飞机的，就连在这里住的地方都是裴明生提前订好的。

街道虽窄，但店铺林立。这是专卖笔墨纸砚的一条街，偶尔夹杂一两家古玩店铺。言萧肩上搭着双肩包，一手拖着行李箱，一直走到头，看到了那间名为"一棵树"的客栈。这是间民宿，门面不大，麻绳悬着木头做的招牌吊在门额上，风一吹摇摇晃晃，装饰得挺有文艺情调。

她实在不知道裴明生为什么要给她订在这种地方，按他平常的习惯，至少也该是间星级酒店才对。言萧推开门，一眼就看到了柜台后面站着的年轻老板，那人正在跟柜台外面的几个人聊天，一片欢声笑语。

看到有人进门，老板马上笑脸迎客："住宿吗？"

"嗯。"言萧放下肩头的包，掏出身份证递给他。

老板一边登记一边热络地跟她寒暄："你这姓不多见啊，我一般见姓'严肃的严'的人比较多……从杭州来的？难怪人家说江南出美女，你们杭州人是不是都长得这么水灵？"

言萧职业化地微笑了一下，算是回应他的恭维。

老板又问："专程来西安玩？"

"不是，经过。"

旁边站着的人里就有人接话问："那你这是要往哪儿去啊？"

言萧看过去，是刚才在这儿聊天的几个人，一男两女，看起来都很年轻。问话的是其中的男青年，理着个小板寸，发型很显眼。她当是人家随口一问，回答得也很敷衍："往北边。"

小板寸连忙解释："你别介意，我不是要打听你什么，就是正好在找人拼车，要是顺路就一起吧。"

"不用了，肯定不顺路。"

"那不一定啊，你说说看呢。"小板寸挺执着。

言萧从背包里掏出张地图在柜台上摊开，手指在上面点了点："我要去这个地方。"

柜台里外的人都被吸引过来看，地图上面用红笔圈了个地方：上面挨着内蒙古，下面挨着陕西，左边还有宁夏。

"这地方怎么连个名字都没有啊？"小板寸嘀咕着，研究了一下说，"看位置，你要一路往北走，先去在陕北边界的定边，然后转道往内蒙古的鄂托克前旗走，最后一直到沙漠边沿，再往后……得找向导了吧！我真是第一次见这么偏的地方。"

"不顺路吧？"

"嗯，确实不顺路。不过跟你这地方离得最近的机场在银川啊，你怎么到西安来了？"

言萧有点无言以对，这恐怕得问裴明生，如果不是他急着送她走，大概她还能多点时间做充分的准备，但他只说到了西安一切都会有安排，就把她送上路了。

看她不说话，小板寸觉得自己话多了，也许人家就是特地绕来西安有事呢！

言萧冲他礼貌地点了个头，接了老板递过来的门卡，把地图卷了卷，塞回包里，拖起行李箱上楼。

小板寸实在好奇，追着问了一句："哎，你去这三不管的地带干什么啊？"

言萧踩着楼梯，转头冲他笑了一下："流放。"

小板寸莫名其妙，但看她脸一转过去嘴边那笑就没了，又不像是在开玩笑。

刚进房间，言萧的手机就响了一声。她放下行李，手指点上去滑开屏幕，是裴明生发来的微信："一切顺利？"

"嗯，顺利，顺利地绕了十万八千里。"

裴明生应该是察觉出了她字里行间的嘲讽，回道："别担心，亲爱的师妹，这都是我特地安排的。叫你去西安是因为考古队也到西安了，我给你订的客栈是他们要求的，后面会有人去找你的，你跟他们一起走我也放心。"

言萧看完在心里过了一下：难怪选在这个地方，敢情是考古队的提议。她才放下手机，裴明生又发来一句："别真记恨我啊，师兄所做的都是为你好。"

这大概是这几天以来他说得最多的一句话了，叫她走的时候挺硬气的，转头真走了又开始卖笑脸，真是他的作风，跟狐狸一样。

言萧没回复，哪知紧接着他又来了第三句："别再去酒吧了。"她默默盯着他的头像看了三秒，干脆把他拉黑了。

可惜，没一会儿电话又响了。言萧按了挂断，把他的电话也拉黑了——话太多了，让他消停消停也好。

她转头从箱子里找出他给的那只厚纸袋，顺手把电视机打开，盘腿坐在床上拆纸袋。封口拆开，言萧把东西一股脑倒在床上，里面有她从业的相关证件、履历，一封给考古队的介绍信，一把车钥匙，还有一张本地 4S 店取车的单子，签了裴明生的名字。他果然把什么都准备好了，居然连车都有。

纸袋拆了就破了，言萧把那些东西都放进背包里收起来，随手打开电视，去洗手间洗澡。

洗完出来，窗外的天也暗下来了。言萧一边擦着湿漉漉的头发，一边扫了眼电视，里面正在播一个鉴宝节目。几个专家学究模样的人围坐一堂，对着拿上来的"宝贝"鉴定真伪，说得头头是道。仔细一看，居然还是几张鉴宝会上见过的熟面孔。

她轻蔑地笑了一声："一群骗子。"拿起遥控器撳了关机。为了等那支考古队的领队，她没有出门，就在房间里待着。

外面很安静，房门没有被敲响过，手机也没有响过。也许她来早了，考古队的人可能还没到西安。言萧睁着眼睛躺在床上，足足好几个小时都毫无睡意。和在杭州时一样，她再次难眠。终于，她又起床换了衣服，背了包下楼。

之前跟她搭过话的那个小板寸趴在柜台边上写明信片，看到她下来，主动问了句："已经这个点了还打算去景点吗？"

言萧笑笑，往外走："不是。"

"出去吃饭？"

"不饿。"

"那你这是要去哪儿啊？"

"酒吧。"言萧已经走远了。

小板寸一愣，回头问老板："她大老远跑来西安就为了泡吧？"

老板被他的话逗笑了："谁知道呢！也许人家就喜欢喝酒呢？"

西安这座城市是厚重的，酒吧却有一种清新的格调，安安静静的，只有驻唱歌手在哼唱着民谣。里头聚集了一些年轻人，看起来好多都是游客。

言萧一身白衬衫黑长裤，膝头摆着只双肩包，独自坐在角落里，和那些游客没什么两样。装扮保守，不惹眼，今夜没有男人来聊骚。

店里的客人不多，入夜后就显得格外安静，只有音乐和窃窃私语声。言萧渐渐觉得乏味，抿了两口酒，从膝头的双肩包里拿出一台数码视频显微镜在手里摆弄。这是用来做鉴定的仪器，她把仪器打开，对着手里的酒杯扫。这当然扫不出什么价值，完全是打发时间，毕竟现在还有什么东西能让她鉴定呢？

刚想到这儿，她的身边忽然坐下了一个人："你是做古董鉴定的吧？"

言萧抬眼看过去，那是个年轻男人，五官在昏暗的灯光里看着有些模糊，只有脖子上挂着根手指粗的金链子显得很扎眼。没想到会有人看得出来，她多看了对方一眼："算是吧。"

"怪不得，我见过有鉴定师用这个。"金链男指指她手里的仪器，语气流里流气，"你外地的吧？整个西安做鉴定的就没有我不认识的，也没有不认识我的。"

言萧"哦"了一声，听得出来，这人是来找碴的。

金链男把手伸进外套的口袋里摸："来，你帮我鉴定个东西，看看你眼神好不好。"

言萧摆弄仪器的手停了一下，笑了笑："行啊。"倒不是要在他面前证明什么，她完全就是闲着无聊。

金链男一只手按亮了手机灯，照在另一只手上。那只手伸了过来，小心翼翼地拢着，伸到言萧眼前才摊开，里面是一小块玉。

言萧用两指捏着那块玉拿到眼前，发现是块玉璜。玉璜在古代是样礼器，在远古某些宗教礼仪活动里也是巫师祭司的重要配饰。她手里的这块弧面上有绵延出去的刻纹，两端还有穿线的孔，证明这块玉璜还有其他部分，这可能只是其中的一节。仔细观察，玉质老旧、沁色自然、有点杂质，裹着一层厚厚的包浆；轻掂，手感沉重，用手里的酒杯轻轻敲一下，声音清脆悦耳、余韵悠扬；呵气，有股浓烈的气味，是新近出土的气味——这种味道只有经手过无数玉器、有经验的人才能感觉到。

言萧单凭眼力就已能判断这是真品，手里的仪器根本没用，抬头就说："压堂货。"意思是放在店里就是镇店之宝的那种，绝对是一等一的好货。

一般人都要看个半天才敢开口的，她居然这么快就有了定论。金链男把玉接过去，冲她竖了个拇指："有眼力啊！行，刚才算我得罪了，我请你喝杯酒吧。"一瓶上好的皇家礼炮送了过来，他拧开，给言萧倒满了一杯。

言萧端起玻璃杯轻轻晃动，里面的冰块随着酒水轻摇，叮叮地轻响，灯火被摇碎，把她一截雪白纤细的手腕映得点点发亮，鲜嫩得惹眼。

金链男顺着她的手腕看到了她的脸，才发现她居然很年轻漂亮：挺直小巧的鼻子下面一双丰润的唇，下巴尖的弧度在暧昧的灯光里让人有伸手去捏的冲动。看了两眼，他觉得有点眼熟："美女，怎么好像见过你啊！怎么称呼？"

言萧放下了手里的酒杯，她的事情早就上了新闻，圈外的人可能不认识她，但在同一个圈子里混的人肯定对她不陌生，被认出来也不稀奇。

金链男看她一言不发地拿着包站起来，伸手拦了一下："怎么，要走了这是？"

言萧看他一眼："你的酒我喝了，谢意我也领了，没必要深交，我要走你也不能拦吧？"

金链男笑得贱兮兮的："是是，我也没别的意思，你有本事，跟我去见几个卖家怎么样？以你鉴定师的身份帮我把这玉璜出了手，我给你分成。"

"我没兴趣，可以让开了吗？"

金链男像是故意的一样，手臂伸得直直的，嘴里笑嘻嘻地游说："考虑一下吧，大家都赚钱难道不是好事？"

言萧的视线在他身上停留了一下，忽然扫到他的身后。那里的沙发上坐个男人，昏暗中难以看清他的容貌，只看得见他利落的短发、瘦削的侧脸。逆光勾勒出他宽阔的肩，他叠起的腿收在阴影里，面朝着他们的方向，似乎已经看了很久。

紧接着，从他侧面的方向，忽然冒出来两道身影，接近了金链男。言萧下意识地往后退了一步。下一刻，金链男就被一把压在了沙发上，他手里的玻璃杯被打翻，酒水正好泼在她的胸口。

那两个人影一言不发，抬手迅速击打了金链男几下，金链男连哼都没哼出一声就软了。一切就发生在电光石火间，快得不可思议。

言萧一直退到角落。忽然她胳膊被人抓住，口鼻也被一只大手死死地捂住，身边赫然多出了道人影，她第一反应就是去看斜前方的座位，那里的男人没了。

"别出声。"耳边响起男人的声音，很低很沉，像闷在一团棉絮里，入耳的感觉让人想起在城里听过的钟声。

言萧假装顺从地点点头。他的手松了点，让她终于得以呼吸。一口气呼出去，在那只手掌间回荡，她整张脸都觉得闷热。

这几个人像抢匪一样，也许是冲着金链男的玉璜来的，她犯不着把自己卷进去。她悄悄抬腿，想把桌上那瓶皇家礼炮端下来吸引别人的注意，男人的脸忽然朝她这里偏了一下，腿一动，及时夹住了她的那条腿。

"别乱动！"这一句话钻入耳膜，充满了威胁的意味。

言萧顿时就感觉到了他腿部的肌肉硬邦邦的像块铁，隔着布料把她的小腿制得死死的，连他刚才松了点的那只手也立即捂紧了。就在这一瞬间，金链男软绵绵地被那两个人架了出去。

这种场合，多的是喝醉酒被同伴带出去的人。歌手依然唱得深情款款，为数不多的客人都沉浸在各自的小圈子里，甚至还有两个女学生模样的人在台下依偎在一起打着节拍，没有一个人注意到这里发生了什么。

那个男人一直看着她，言萧也斜着目光看他，但灯光太昏暗，看不清他的神情，何况这角度也只能看到他的一个侧脸，线条清晰的一个轮廓。他的脸太模糊，蒙着一片深沉的阴影，挺鼻、薄唇。他并没有看多久，出乎意料地，忽然掏出手机对着言萧拍了张照。

快门静音，闪光亮起的瞬间言萧终于看清了他的脸：短发下的额头平整，双眼皮很深，眸光黑漆漆地沉凝着，不苟言笑地阴沉着脸。他拍完就迅速离开了。

失去了禁锢，言萧一下滑坐下来，手扶着脖子大口大口地呼吸了两口气，缓了过来，爬起来就冲了出去。她一直追到大街上，只有路灯树影，那个男人早就不见了踪影。

再走回酒吧，一切如旧，要不是窒息的感觉还在，这一切就好像根本没发生过一样。她拿了包，在沙发上坐了一会儿，实在想不通那个男人为什么要拍她的照片——防着她报警，还是想敲诈勒索？一连倒了两杯酒灌下去她才算冷静下来，想了想，先不打草惊蛇，站起来结账出门。

步行回到一棵树客栈时已经过了晚上十一点，那个小板寸和两个姑娘居然还没睡，都在柜台边玩牌，老板就趴在旁边饶有兴味地看着。

现在还没到旅游旺季，这家客栈里基本上就他们这几个客人，来来去去总能遇到。言萧遇到这种事，窝了一肚子火，进了门也没跟他们打招呼，直接上楼。

但对方已经注意到了她，一个姑娘惊讶地问："你这是怎么了？"

言萧停在楼梯上，顺着她的目光低头看了看胸前，白衬衣上还残留着半干的酒渍，已经成了一块褐色，很扎眼。她懒得解释："没怎么，不小心弄脏了。"

那个小板寸也看了过来："哎，你……"没等他说完，言萧已经转过楼梯口了。

一进房间言萧就去洗手间洗脸，一眼瞄到镜子，她顿时一愣。镜子里的脸上留了个明显的手指印子。

她对着镜子揉了揉脸颊，又按开水龙头抄水搓了两下那印子——疼倒是不怎么疼，但她皮肤白，这印子特别明显，有点紫红，就像用笔描上去的一样。她一路走回来都带着这两撇，难怪刚才在楼下他们是那种反应。

言萧一把按上水龙头，倒霉，来西安的第一天就这么倒霉。她脑海里不自觉地回忆起了那个男人的模样，只要一想到他拍了自己的照片，她就很烦躁。她拿毛巾浸了冷水，拧干，搭在脸颊上敷着，倒在床上睡下……

拜这事所赐，即使有酒精的安抚她也睡不好。天没亮多久，言萧就早早地醒了。

好在洗漱的时候发现脸上的红印子已经消了，她对着镜子里的脸看了看，觉得不妨碍见人，才离开房间出了客栈。

早上八点半，太阳还没露头。言萧打了个车，按照裴明生那张取车单子上的地址，到了一个商业广场。很多店都是刚开门营业，走了十几分钟后，她拐进一家汽车 4S 店。

这个点店里还没有其他顾客，她一进门就受到了工作人员的特别关注，好几个人过来询问她需要什么服务。言萧问："你们的经理是哪位？"

马上就有个瘦削白净的男人出来跟她打招呼："我就是这里的经理，请问有什么可以帮您？"

言萧把裴明生的纸条递给他，对方看了一眼就明白了："哦，您就是裴明生先生说的那位言萧小姐吧？请跟我来。"

言萧跟着他走了几步，停在一辆小轿车旁边。

经理指着那辆车说："这是裴先生给您准备的车，司机也按照他的嘱咐给您找好了，请问接您的人到了没有？到了我就叫司机过来给您开车。"

言萧打量着眼前的车，名牌豪车、通体鲜红、软顶，甚至还可以折叠作敞篷，就这么开着上路未免也太惹眼了。这才是裴明生该有的手笔，选的车就像他的人：外表斯文、内心骚包。不过这也不是什么大事，言萧掏出车钥匙就打开坐了进去，对那位经理说："不用麻烦了，我自己开过去。"

"那不行吧，裴先生特地交代过的……"

言萧就在他的话音里把车开出去了。赶上早高峰，车开上街头没多久就遇上堵车了，她设好了导航，坐在车里缓缓搓着自己的手指。这是工作带来的习惯，为了保证手上的感觉，她很注意活动双手：纤细的手指轻轻搓捻，血脉流通活络，可以让指尖更为敏感。现在她这么做却完全是无意识地缓解心里的烦躁。

本来是要等考古队的人来接，可现在遇上了抢匪，还被拍了照，谁知道再待下去会发生什么事。她还不如自己先走，等出了西安再联系他们碰头。

遇到堵车，西安的街头看起来跟其他任何一个城市都没什么两样，同样都是路上挤满了车，一眼看不到头。言萧的目光漫无目的地往车窗外面看，扫到了一辆越野车，她的眼神一下顿住，眼睛眯了起来，脸往前倾，试图看仔细。

这辆越野车通体黑色，体型彪悍，但她不是在看车，而是在看车里的人。驾驶座上的男人有着张线条分明的侧脸、利落的短发，搭在车窗边沿的胳膊挽着衣袖，露出一截结实的小臂。

车流开动，言萧的目光随着他移动，脸转了半圈。她觉得那应该就是昨晚酒吧里的那个男人。她不可能认错，有昨晚那种经历，这个男人的脸简直是在她脑子里刻下了。

进入下个路口，遇到红灯，车又停住。言萧紧紧地盯着车窗外，那辆黑色的越野车又停在了附近，这次停在了她前面，她看到车后排还坐了两个人。正好是三个人，绝对没错了！

言萧冷眼看着，把越野车的车牌号记了下来。红灯结束，越野车朝右开走，很快在视野里就只剩下模糊的一点。她的手指点了点方向盘，终究手下一转，跟了上去。

越野车开得很快，但始终就在城里绕。言萧跟着他们都快把西安的所有城墙给看遍了，她注意着保持车距因而没有太接近，好几次差点跟丢了。

一直耗到中午，车开到了古玩城，三个男人下了车，先后走了进去，身影在人群里一闪就没了。西安的古玩城言萧没来过，裴明生以前倒是来过，跟她说过这里的真货率大概是全国最高的，不知道这三个男人进去想干什么。难道是抢了那个金链男的货进去销赃？

等了半个小时左右，三个人空着手出来了，说不定还真叫她猜准了。紧接着他们上了车，越野车就在她的视野里开了出去。言萧紧跟而上。没过多久，越野车又停了，三个男人进了街边的大排档吃饭。

言萧的车停在外面的主干道上，不引人注目。等了二十来分钟，她看见越野车从眼前开走，又往西城区开去。在城里越野车的速度偏慢，不疾不徐，像是走马观花一样。

车再次停下来的地方是一片住宅楼附近，后排的两个人走了下来。那两个人看起来比驾驶座上的男人要年轻一点：一个圆脸、一个厚刘海，分两边走远了，不知道要去哪里。越野车没等他们，径直往前开走了。

言萧想找到他们落脚的地方，看看他们到底是什么来路。怎么看那个男人都像是领头的，她也就没管走开的那两个人，继续跟着那辆越野车。一黑一红两辆车在街头巷尾间穿梭，穿过城门，越开越偏。

太阳西斜，越野车停在路上，两边是在建的商圈，只有裸露的钢筋混凝土，不见什么人。车里的男人走下来，站在车边，低头翻着手机。他的身体倚靠在车上，身上穿着件黑衬衣，下缘束在牛仔裤里，腰身紧窄，低头时微微前倾的身体让紧实的腰腹间显山露水。

言萧的车远远停在马路另一头，目光在他身上游走。西北苍茫的天、朴实的街、彪悍的越野车、身材健美的男人，假如不是抢匪，他靠着汽车的画面都可以拍下来去做广告了。所以她对他记得深刻并不奇怪，这个男人有副能让人记住的外表。

一辆小轿车忽然斜插到了前面，挡了她的道，也遮挡了她的视线。言萧皱着眉重新启动了车，想往前开一点，那轿车里却探出个一头黄毛的年轻人来，冲她不满道："怎么着美女，开豪车了不起啊，还非要往前挤呢？"

言萧没理睬他，注意力都在另一头的男人身上。

"嘿，有钱人就是傲，要不我给你挪个地方，咱俩做个朋友？"黄毛故意猛按喇叭，吸引她的注意力。

言萧听到喇叭声就感觉不妙，终于还是看了他一眼，这一眼是冷冷瞪过去的："滚！"

"跩什么跩，不就有几个臭钱！"黄毛自觉没趣，骂骂咧咧地把车开走了。

言萧再去看前面，发现那个男人已经不见了，只剩了越野车停在那里。她又转头看了一圈周围，还是没看到他。她刚坐正，余光里车尾却闪出了道身影，再看过去，刚才不见的男人正在往她这里走，腿长步大，迅速到了跟前。

男人的脸英挺，目光深沉，看到她的时候眼里居然有点意外，那感觉好像以为车里的人不该是她，该是别的人才对。

言萧踩着油门把车往前开了一段，忽然往后倒，逼着他退到路边，接着就猛打方向盘往回开。后视镜里，那个男人居然跟着跑了几步，很快他就返回到越野车上，反倒追起她来了。

言萧反应过来，之前那两个年轻男人下车很可能是有意的举动，这男人八成是故意把她引到这偏僻的地方来的，没想到他居然警惕成这样。

两人很快在追逐中回到城门口附近，前方红灯，言萧踩下了刹车往后看，越野车追得很紧。她甚至能看见挡风玻璃后面男人的脸，深邃的眼窝里，一双眼睛黑沉沉地盯着她。

这么嚣张的抢匪她还真是头一回见，言萧在心里暗骂一句，看了一眼红灯，在刚刚跳绿的那一瞬间，猛地一踩油门就冲了出去。轰鸣声中汽车在地上卷出一阵尘烟，越野车瞬间被甩出去一大截。

第三章
领　队

一个小时后，言萧成功甩掉了越野车。她开车一向胆大，什么路都敢开，速度当然更没的说，既然敢去追，就有把握能摆脱他们。

裴明生应该最清楚这点，当初他们一起去香港出差，她在那样拥挤人多的道路上也敢开着车飞驰。到了目的地后，裴大少完全变了脸色，下车的时候都是扶着车门下的，摆手说以后再也不敢随便坐她的车了，也难怪这次还想特地给她安排司机。

追逐了这么久，言萧已经不知道自己开到什么地方了，放缓车速往车窗外看，周围是一片待拆的旧城区，街道狭窄、路面不平，遍布着一块一块的水渍，沾着落叶和垃圾袋，无人清理。几个混混模样的小青年蹲在一片老墙头边上抽烟说笑。

言萧看到他们就停了车，在包里找到纸笔写了行字，推开车门下去。

混混们叼着烟嘻嘻哈哈、骂骂咧咧。街上的行人基本上都绕开他们走，要么当作没看到，要么很嫌弃，偏偏有个女人没回避，还朝他们走了过来，顿时就吸引了他们的注意。"哟，美女，找我的？"说话的是个胖子，脖子上文了条黑龙，看起来像是他们的头目。

言萧停在他面前："花钱请你们干个活，干不干？"

胖子笑得眼眯起来："有钱拿当然干啊，什么活？"

言萧把写好的东西递过去："这是辆越野车的车牌号，车上有三个男人，你们找到那个领头的，把他的手机给我砸了。"

"砸手机啊？那人家要是不给砸呢？"

"你们没手？不会抢？"

胖子原本只顾着看她的脸，听到这些话发现她脸上表情平静得很，语气也很平淡，他有点惊讶，看不出来这女人长得不凶，倒是挺厉害的。他瞄了两眼那车牌号，外地的，好找，点点头："才三个人，好说，那钱……"

言萧从钱包里掏出一小叠红钞："这算定金，事情办好了，带着他的碎手机到一棵树客栈来找我拿余款。"

胖子接了钱，沾着唾沫数了数，还算满意，又抬头说："那你得说清楚啊，一共三个男人，我怎么分得清谁是领头的啊？"

"个子最高，身材最好的那个。"

"哟，好像还挺帅啊？"

言萧没理他，转头上车的时候回想了一下，是挺帅。可惜了，这么帅却注定是吃牢饭的命。想到这儿，她又改了主意，回头加上一句："实在分不清，就把他们的手机都给砸了。"她还不想自己刚从新闻上下来，再跟抢匪扯上什么关系。

天黑后，言萧开车回到一棵树客栈。一进门，就看见那一男两女围坐在柜台边上，旁边放着一堆小吃零食。

"吃晚饭了吗？"小板寸叫她，"我们刚买了好多小吃回来，一起尝尝吧。"

他不问这话言萧还没想起来，自己这一天跟那个男人追来追去的，到现在都没吃东西。刚想拒绝，小板寸已经从凳子上站起来："来吧来吧，别不好意思，出门在外都是朋友。"

眼看着他都要热情地上来拉人了，言萧只好走了过去，正好也要等那几个混混的消息。一个姑娘麻利地递了份蒸饺过来。

言萧接在手里，说了声"谢谢"，听他们边吃边说，才知道原来他们三个并不是一起出来的，也是在客栈里遇上的。

两个姑娘是趁着年假结伴出来旅游的同事，小板寸则是准备去沙漠探险的，本来想多找几个人一起拼车上路，现在没找到，只好作罢，各走各的了。小板寸手里捏着个肉夹馍，跟言萧说："我们准备走了，刚才看你是开车回来的，是不是也准备出发了？"

言萧"嗯"了一声。

"打算一个人走？"

"对。"

"那可不容易。"

旁边的姑娘却觉得有意思："多酷啊！就像美国西部片里的女主角，独自开车穿越西部。哇，要是有机会我也想试试。"

小板寸直摇头："你们女孩子就是满脑子浪漫思想，西北的路多偏，一个人走可不安全。"就因为这样，他对言萧也更好奇了，转头问她："说起来，你昨晚是怎么搞的？"他指指自己脸颊两边，当时看到给他留下的印象太深刻了。

言萧说："喝了点酒有点过敏吧。"

喝酒过敏还跑去酒吧？这明摆着就是不想多说，他也就不多问了，又换了个问题："对了，你是做什么的啊？"

言萧反问："你猜呢？"

刚才说话的姑娘说："其实我们还真猜过。"她的手指在面前指了一圈，意思是他们三个人其实都有参与讨论过。就在昨晚打牌的时候，他们还讨论了半宿呢！

"那都猜出什么了？"言萧随口问。

"我跟我同事觉得你应该是富家小姐，就是衔着金汤匙出生的那种。"

"为什么？"

"一身名牌，到了一个地方就去泡吧，活得潇洒。猜得对吗？"

言萧咬了一口蒸饺，好笑地摇头："不对。"

小板寸一本正经地举手："我觉得应该是设计师，设计师都很有个性啊，喜欢去很多古怪的地方找灵感——怎么样，对不对？"

"也不对。"

他失望地叹口气："那真是猜不到了，你到底是做什么的啊？说来听听嘛。"

人真是有意思，对熟悉的人没那么多话要说，对萍水相逢的人反而充满好奇，彼此连名字都不知道就能聊这么多。不过也许就因为连名字都不知道才能这么聊，有些时候在陌生的圈子里更容易放下戒备。言萧回答："做鉴定的。"

三个人顿时都来了精神："鉴定什么？"

"古玩。"

"啊，我知道！"一个姑娘抢话，"就是鉴定文物的对吧？"

言萧又笑了一下，她一笑整个脸都会柔和起来，看起来就好像特别好亲近的模样："还是有区别的，古玩鉴定一般是辨伪，文物鉴定主要是辨别年代、质地、用途还有历史价值什么的，方向不一样。"

姑娘问："那文物就没有假的了？"

"也有啊，比如汉朝的文物缺了一块，明朝有人做了一块补上去，补上的那一块到了现代也算文物，但就不是汉朝的真品了。"

几个人长了知识，听得津津有味，忽然发现说到专业她就健谈多了。几人边吃边谈，时间过得飞快。

言萧看了一下时间，已经过去三个多小时了，没见有混混来找她，也不知道他们到底有没有找到那三个男人。她想了想，站起来说："你们接着聊，我出去一下。"

小板寸很热心，嘱咐了她一句："注意安全啊！"

"谢谢！"

言萧出了门，拿着手机在地图上搜了一下附近的店面。地图上跳出几个卖户外器材的店，最近的离这儿也就一条街的距离。她把手机一收，沿着街道走过去。

很快到了地方，她推开玻璃门进去，里面挺宽敞，但就一个看店的男店员在整理东西，一个顾客都没有。言萧在几排货架前转了一圈，回头问店员："有没有防身的东西卖？"

店员一脸专业的微笑："女士想要哪种防身的？"

"像我这样的独身女人单独上路能用得着的东西。"要单独上路就得做点准备，社会险恶，光靠胆子和脑子可不够，总得有点装备……

一去一回花了大半个小时，再回到客栈时，言萧手里提着只袋子。那几个人已经散了场，只剩下小板寸和一个姑娘在收拾桌子。

"你回来了？"小板寸先看到她手里的袋子，一截绳索冒出来，有点像攀岩用的主绳。他只看了两眼，也没在意："对了，刚才有人找你呢。"

言萧猜想是来交任务的混混："人呢？"

"我们说你不在，他就说等会儿再来。"

言萧点了一下头，往楼上走，那个姑娘笑着说了句："哎，那是你什么人啊？

长得好帅啊。"混混有什么帅的？她莫名其妙。

回到房间，言萧刚把买来的东西放下，房门就被敲响了。三声响，不轻不重，甚至叫人想象得出敲门的人屈着手指，用骨节叩门的样子。言萧走到门口，握住门把，手拧下去，门开了道缝，她忽然想起那姑娘的话——长得好帅啊。

不对，不可能是那几个混混。她立即把门往回推，却被外面的人抵住了，那股力气很大，一把就把门推开了。言萧被迫往后退了两步，门外的人闪了进来，瞬间在她面前罩下一片阴影。她往后再退，对方拖住她的胳膊拽过去，一只手捏着她的肩膀，把她按在墙上。那只手如铁钳一般，五指陷在她肩头的软肉里，隔着层衣袖都生生地疼。

"言萧是吗？"一个男人的声音，低沉，隐隐有点熟悉。

她抬起头，看清了男人的脸。那个男人——那个跟她追逐了一天的男人，现在就站在她的面前，完好无损。言萧的手摸到柜子上的袋子，捏住一个小巧的拉环，只要拉下去就会发出报警的声音，没什么实际用处，但有点威慑的作用。

"你想干什么？"她问道。拍了她的照片就算了，居然连她的名字都知道，有点本事啊。

男人个子很高，低头看着她，目光沉沉地压下来，无端生出一股威压感："有话跟你说。"

能说什么，无非是想敲诈！言萧闻言反而放松了，松开手，往墙上一靠："想要什么，说吧。"

男人被她的反应弄得一顿，眼睛上下扫了她一遍，说："没什么想要的，我不是坏人。"

废话，哪个坏人会指着自己的鼻子说自己是坏人？

他接着说："我是来接你的人。"

言萧一愣："什么？"

"我是关跃，考古队领队。"

言萧太惊讶了，以至问了一句没有实际意义的话："什么考古队？"

"你要去的那支考古队。"

言萧难以置信地看着面前的男人。她那双眼睛睁大，瞳仁显得分外黑亮，双唇因为错愕而微张，饱满鲜红。从进门到现在她都面不改色，听到这句话才变了脸色："我凭什么相信你？"

关跃掏出手机，翻出个号码递给她看："你可以问裴明生。"

言萧看了一眼手机，的确是裴明生的号码。她觉得简直不可思议，谁能想到他们会在这个场合下见面，这哪像是要和她共事的队友，更像是一群抢匪吧？

关跃松开了她肩膀上的手："现在信了？"

言萧看了他两眼，揉了揉肩膀："你们既然早就来了西安，为什么不来找我，跑去酒吧干什么？"

关跃盯着她："为了追回队里被盗的文物，那个文物很重要，被盗墓贼偷了，昨晚你帮着做鉴定的人是盗墓贼的人。"

不知道是不是错觉，言萧总觉得他那句"你帮着做鉴定"很有强调的意味，仿佛已经把她划去了敌方阵营。她觉得自己也有必要强调一下他干的事："那你就能拍我的照片？"

"拍你的照片是为了发给裴明生确认，你把他的联系方式都拉黑了，他联系不上你。"

"那你们怎么不直接联系我？"

"我现在不是已经在这儿了？"

"哦……"言萧上下看看他，"来找我算账的？"

关跃的眼神在她脸上顿了顿，有些人看起来云淡风轻的，但总有种绵里藏针的感觉，他觉得眼前这个女人就是这类人。

"不是，就是来找你说清楚，昨晚在酒吧我们有错，但你找混混来对队友下手也不应该。"

"我这不是也没能把你怎么样吗，你还能来撞门呢。"

"我是没怎么样，但别人未必。"关跃一转身，忽然拉开了房门，"进来。"门外进来了两个人，一个厚刘海、一个圆脸。

言萧差点没认出来，因为他们俩脸上有伤，尤其是厚刘海，右边脸颊整个都是肿着的，有一大块青紫，导致右眼只能眯着看人。

关跃转头看着言萧，眼神仿佛在说"这就是你的杰作"。

言萧耸了下肩："看我干什么？挑事的又不是我，我也是受害者。"

关跃听得明白，她的意思是挑事的是他了。

言萧在他面前抱臂倚墙，微卷的长发掩着脸，眼角微微上扬，做出妩媚的模样。这样一张柔和的脸，却有双凌厉的眼。乍一眼看到她只觉得是个漂亮的女人，现在细看，她的五官虽然漂亮，却带着股张扬的气场。关跃看着她，她也看着关跃。

眼见当前气氛不对，厚刘海忙过来做自我介绍："言鉴定师您好，我叫王传学。"说着指了指身后的圆脸青年："他叫石中舟，初次见面，幸会幸会。"

言萧看过去："这么正式干什么？在酒吧里不是早就认识了吗？"

王传学很尴尬，还是石中舟机灵，马上接话说："就是，叫言鉴定师多见外，都是一个队里的，叫声姐不就完了。"说着又转头对言萧说："言姐，你别介意，酒吧的事是场误会，大水冲了龙王庙，自家人不认识自家人了。咱们今天被打了也活该，谁叫咱们有眼无珠呢！是不是？"

对方既然服软，言萧也没必要揪着不放，故意说："哪里的话，不打不相识嘛。"说着瞥一眼那头站着的关跃，门口灯光暗，他眼窝里的阴影深了一层，显得整张脸都很阴沉。不知怎么，感觉有点熟悉。

就在她回味到底是哪儿熟悉的时候，石中舟松了口气似的附和："对对对，不打不相识，言姐说得太好了。"

关跃忽然看过来说："我们明天要继续上路去找另一块被盗走的文物，你跟我们一起走。"

言萧回过神："怎么现在做考古的还得自己追回文物？这还叫什么考古队，改名叫飞虎队得了。"

王传学居然被这话逗得"扑哧"一声笑了，扯到伤处又疼得捂住了脸。

石中舟踢了他一脚，脸上堆出笑："言姐真会开玩笑，其实是咱们队里情况特殊，需要暂时留着发掘出来的文物。要是交给警察处理，文物肯定会被移交到文物局的。"

"那就移交啊。"

"移交了就没法研究了。"

"文物局的人自然会研究。"

关跃说："那我们请你来干什么？"

言萧差点没笑出来，他当她想来？

石中舟忙打圆场："言姐你刚来或许不知道，其实那个盗我们文物的盗墓贼我们是知道的，警察还没我们了解得多呢，我们就自己来找了，就是没想到会遇上你，真不好意思啊！"

伸手不打笑脸人，三个人看下来，反而是这个石中舟最让言萧没脾气，何况他嘴角还肿了一块，看起来的确让人解气。言萧走去床边坐下，既不说好，也不说不好。

直到这时三个男人才意识到他们现在是在一个女人的房间里，王传学跟石中舟面面相觑，讪讪地去看关跃。关跃一手握住门把，看着言萧："明天早上七点，客栈外面碰头。"

言萧的眼神瞟向他，心想挺强势啊，这就对她发号施令了。

关跃就在她的注视下拉开门走了。

石中舟看看他走出去的背影，赶紧说："言姐好好休息，明早见。"说完扯着王传学跟着走了。

门合上，房里安静下来。言萧坐了一会儿，忽然想起什么，从包里找出那封介绍信，果然抬头就是那个男人的名字：关跃。以前她以为能做考古队领队的都是那些考古经验丰富的老学究，而那个男人，乍看真的一点都联想不到这个名号。

她把介绍信搓成一团，手上一动，肩膀居然有点疼。她伸手拉下上衣领口往肩头看，果然那里又紫了一块。这位新领导的手劲还真是够大的啊！

客栈外面，王传学一出门就忍不住觉得好笑："我本来觉得挺冤的，那鉴定师还能找地头蛇来打我们，害我伤得这么重。可看人家一姑娘底气比我还足，最后居然还来了一句'不打不相识'，我真是有气也发不出来。"

石中舟的脸皱着："本来也不怪人家，谁让关队拍她照的？现在的人都注重个人隐私，人家心里不痛快也不奇怪啊！再说那几个混混也被咱们揍得不轻，算了吧。"说完感觉这话有怪关跃的意思，他赶紧往前看，关跃走在前面，一句话也没说。

石中舟追上去："关队，白天你让我们下车后，真跟她飙了一路的车啊？"

"嗯。"关跃一只手插进长裤口袋，"她车开得不错。"

石中舟心说这人居然还夸人家了，刚才在房里明明姿态端得那么高。他左右看了看，接着小声道："关队，不是我说你，你得表现得亲和点。咱们队里情况毕竟特殊，她刚来就先把咱们看成坏人了，以后工作恐怕很难做啊。"

关跃脚步不停："管好你自己就行了。"

石中舟吃了瘪，乖乖收了话头，回头找王传学去了。

他们住的地方其实离一棵树客栈不远，步行也就二十分钟，是一间青年旅社。住这儿是因为相对而言它对身份查得没正规酒店那么严格，也方便他们找人。本来他们也是要住言萧那间客栈的，是为了追回文物，才追着金链男住到了这里，不然早早地跟人家鉴定师碰头，也不至于挨这一顿揍了。

三人的房间陈设很简单，关跃从行李包里找了瓶跌打油扔给王传学，拿出手机给裴明生发了条微信，只说已经跟言萧接上头，一切顺利，多余的话没说。裴明生很快回复："交给你了，她最近心情不好，麻烦多关照她。"

"我知道。"关跃回完，又回想起言萧的模样。她身上有些地方，跟他设想的不太一样。

石中舟搭着毛巾从洗手间里出来："关队，我们今天转了一天也没找到那臭小子，就这么离开西安妥当吗？"

他口中的臭小子就是那天在酒吧里的金链男，前段时间考古队里遭贼，失窃了两节玉璜，下手的是个叫朱矛的盗墓贼，金链男是帮他销赃的一把好手。他们从酒吧里追回了金链男手里的那节玉璜，还有一节估计还在朱矛手里，所以故意把他放了，准备把朱矛钓出来。可是他们今天找遍了金链男可能出现的每一个地方都没再见到他。

关跃把手机塞回长裤的口袋里："没什么不妥当的，他肯定跑出西安了。"

王传学已经躺在床上，忽然又想到什么："哎，你们说那个言鉴定师怎么这么年轻啊？找她做鉴定可靠吗？"

关跃看他一眼："来个老头你就觉得可靠了？"

"唉，说的也是，咱不能以貌取人，我这不就是有点担心嘛。"

"不用担心，"关跃说，"我知道她的本事。"

王传学来了兴趣，刚想追问，关跃拿了自己的白毛巾进了洗手间，抛下一句："早点睡，明天早点上路。"他一锤定音，房里就安静了。

第二天早上六点不到，三个男人就起了床。越野车开到一棵树客栈的门口时差不多七点，时间刚刚好。等待的时候石中舟买了早饭过来，一共四份，特地也给言萧准备了一份。

王传学接早饭的时候骂他："你小子可真会讨好人啊！"

"我也是为了队里的工作着想，别忘了那玉璜的鉴定还指望她呢。一见面就落了个不好的印象，还不得弥补一下啊。"

王传学没话说了，就是脸疼，龇牙咧嘴的，还得维持形象忍着。

关跃忽然转头朝他们看了一眼。

石中舟立即反应过来，抬手拍了一下自己的嘴："我犯禁了，在外面不能随便提玉璜的。"

王传学拆台："还说！"

"不说了不说了。"

时间一分一秒过去，车外面，太阳从清晨的水红渐渐地变成炽热的金黄，卖早饭的小贩从开张到收摊走人，车里的广播已经整点报时过三回，再拖下去就要到中午了。早饭早就凉了，客栈的门还没有开过。言萧当然也没出现。

石中舟等不及，去客栈里看了一下，回来后说："还睡着呢！她门上贴了张纸条，写着'未起，勿扰'，看不出来她这么能睡啊。"

王传学看着驾驶座："关队，要不要叫醒她啊？"

石中舟摆手："别，万一她说我们连个觉都不让她好好睡怎么办？"

"什么觉睡到中午还不够啊？我怎么觉着你说得跟咱们招了个菩萨回来似的，还得供着？"

关跃没作声，手指在方向盘上点着，眼睛朝客栈的门口扫过去，收回来，又扫过去，忽然想起什么，推开车门走了下去。他走到门口，前后看了一圈，又直接往客栈大门走。昨晚来的时候言萧开过的那辆红色小轿车就停在门外的巷口旁，现在已经没了。

刚好客栈里有人推门出来，一男两女，两个姑娘都拖着大大的行李箱，男青年在后面帮忙送她们。看到关跃，一个姑娘先惊喜地叫了一声："哎，是你！昨晚你来找人的，我记得你。"

关跃冲她点了一下头："我找的人还在客栈吗？"

小板寸接了话："不在啊，她天刚亮的时候就退房走了。"

关跃半点不意外，已经猜到了。他道了谢，转身要走。

"等下，她还有句话说。"小板寸叫住他。

关跃回头。

小板寸认真地复述："她是这么说的——她是来做鉴定的，不是来抓贼的，请你们自己加油。"

关跃什么也没说，转身回了越野车旁。

"怎么了？"石中舟从车窗里探出头来。

"人走了。"

"走了？"王传学叫出声来，"她这是什么意思，玩咱们吗——都等了快四个小时了！"

还是石中舟看得明白："关队，这个言萧是不是还在生气啊？她不是说得挺好的吗？敢情咱完全吃不准她啊——现在怎么办？"

关跃反问："什么怎么办？"

石中舟担忧："毕竟是资助人送来的人，还是个女人，咱不能真让她一个人上路去队里吧？"

关跃伸手握住车门把，心里已经迅速思考了一遍，坐进车里时说："随她去，她自己走根本到不了队里。"

言萧已经在几百里之外的另一个小镇上吃午饭了。饭馆不大，但很整洁，煮面的锅就架在大门口，做出热气腾腾招揽顾客的架势。

她点了份臊子面，汤味酸辣，面也有嚼劲，口味不错。不过她一向饭量不大，吃了一半就饱了。她搁下筷子，看了看剩下的半碗面，端着碗出门，刚好看到路边一条流浪狗在寻食，就蹲在路边，把面倒给它了。

面馆老板正在忙着擀面，瞧见了还打趣了句："好心肠啊姑娘。"

言萧把碗还给他："免得浪费。"

老板接了，只觉得新奇，这年头开着豪车来吃面的居然还勤俭节约起来了。

这边狗在脚边吃着面，言萧百无聊赖地扫视了一圈，发现沿街摊点不少，好像都是做游客生意的，卖的都是些小玩意。但这个季节游客不多，整条街就显得很空旷。扫到斜对角，一个摊点吸引了她的目光。她掏钱结了账，出了面馆，朝那头走了过去。

一块蓝布铺在地上，上面摆放了很多老东西：梳妆盒、木梳、流苏坠子……在这儿居然能看到有人摆摊卖古旧玩意。大多是工艺品，都不值得留意，只有一样吸引了言萧的目光。那是个泛碧的瓷碟，厚胎薄釉，釉色有玉质感，表面有裂纹开片，这是宋代官窑瓷的特征。不过仔细一看就能发现这只是现代的仿品，仿得还不错，乍一看也能唬唬人。

言萧虽然做鉴定，却并不喜欢收集古董，相反她更喜欢收集那些赝品，因为从赝品里面更能看出造假的工艺，对鉴定反而有帮助。

"怎么卖？"她问。

老板是个本地老汉，操着一口口音浓重的普通话说："三百。"

言萧说："一百五。"

老板不干了："这可是古董，三百卖给你算便宜的了。"

言萧将东西拿在手里翻了翻，正宗的宋代官窑瓷在施釉前会先刷上一层深酱色的护胎釉，烧成后底色酱黑、口沿浅紫，俗称"紫口铁足"，这方法从北宋到南宋一直在用。这瓷碟没得精髓，做工再精细，也只是表面现象而已。"我是诚心想要才出了一百五，你要是不卖就算了。"她放下就走。

"哎哎！"老板又开始朝她招手。

言萧回头就看到他拿着那只瓷碟递了过来："算了，卖给你了。真的不赚钱，亏本给你，算开个张吧。"

"放心，你亏不了。"言萧拿出钱包，掏了钱给他。

买了东西她又顺带在周围逛了一圈，再没什么好货色好收集的了，就回了车上。把瓷碟放进包里时，她顺便看了一眼时间，猜想那三个男人大概已经出发了。她忽然想起那个叫关跃的男人，看他也不像是个好拿捏的人，今天摆了他一道，八成会惹得他心里不爽。

她的确是故意的，但也不全是为了这个。她反正没心情去跟他们找什么文物，毕竟还没忘了自己此行的目的是来考古队避风头，可不是来加入"飞虎队"的。行事的目标得明确，节外生枝不是她的行事风格。

手机忽然响了。言萧看了一眼，是裴明生打来的。今天早上，她终于把他从黑名单里解放出来了。"喂？"言萧一边设置导航一边接起来。

"师妹，可算解禁我了，你知不知道之前关跃联系不上你，我多着急？"

"嗯。"言萧回应冷淡。

裴明生似乎也习惯了："你现在跟着关跃一起上路了吧？我给你安排的司机和车怎么样？还顺心吗？"

言萧有点意外，他居然什么都不知道？她还以为那个关跃今天被她摆了一道，第一时间就会去跟裴明生告她的状了。

"怎么不说话啊？关跃人还不错吧？"

"嗯……还好。"

"那就好，你们好好相处，他这个人很有本事，不然我也不会放心把你安排到他那里。"

"是吗？他有什么本事？"

"你跟他相处过就知道了。"

"行吧，那我跟他好好相处相处。"言萧敷衍地挂了电话，把车开了出去。要是把实情告诉他，估计他马上就会打一通电话去找关跃，麻烦得很，还是干脆什么都不说了。

"关队，我老觉得她是冲着你才走的。"几百里之外的公路上，越野车里，石中舟研究一路之后得出了结论。

关跃握着方向盘，眼睛看着前路："哪个她？"

"明知故问啊，当然是言大鉴定师啊！八成还是因为你拍了她的照片。"

"话都说清楚了，她应该可以理解。"

"理解归理解，但你不能要求别人不给你点下马威啊。人家一个大城市来的鉴定师，又是个姑娘，肯定没受过这种委屈的嘛。"

关跃没接话，他不觉得是这样，他觉得言萧只是在借题发挥发泄一下情绪。她的事情他不是不知道。只不过她这个人跟别人不同，表面看起来没什么，有什么也都藏在软处，让人防不胜防。不得不说，这种人也挺难对付的，他一边开车一边想。

两个小时后车开进小城，停在饭馆的门口。王传学第一个从车上跳下来，进门向老板打听了一下，出来告诉关跃："一整天没几辆车经过，那臭小子不一定走这条路。"他们还在追金链男。

"他不会开车。"关跃想了想说，"也许为了躲我们，一路都是搭货车过去的。"

王传学又进去问了两句，回来说："老板说中午的时候有辆红色敞篷豪车开过去了，就没别的车了。据他说开车的是个女人，长鬈发，很漂亮，我怎么觉得他说的是言姐呢？"

石中舟说："胡扯，去队里又不是这条路，言鉴定师不可能走这里。"

关跃在心里想了一下，反而觉得有可能：万一她有心避开他们，那完全会选择一条迂回的路线去目的地。"吃饭吧，吃完了赶紧出发。"他甩上车门，走进饭馆。

"怎么了关队，你不是说随她去吗？"石中舟笑着跟进门。

关跃在饭桌旁坐下来："谁说她了，'钥匙'不也得赶紧追回来？"

石中舟不开玩笑了："唉，要是那个言鉴定师知道那东西是'钥匙'，她一定就不会急着走了。"

王传学冲他打了个眼色，意思是这里人多耳杂，不要多说。

石中舟挤眉弄眼，叫他放心，心想这回他又没直接说玉璜。

公路在眼里看不到尽头，两边是急速倒退的山坡和黄土地。已经是傍晚，言萧还在路上。

离开高速公路后，路就渐渐偏了。她是第一次在这样的路上开车——没有大都市的熙熙攘攘，只有这春末季节灌进车窗里的风，阳光渐淡，在头顶偏移，整个天地间好像只剩下了她这一个人。

一开就是几个小时，还没看到城镇。她的目的地是定边县城，但开到现在还没到。视野里的公路看久了让人觉得像是照片里的画面，特别不真实。言萧觉得不太对劲，放慢速度，看了看导航，又翻出地图来看，再三比对，发现自己好像走错了。本来走另一条路应该到了，可是她现在绕了个大圈子，反而绕远了。

已经绕了，也只能顺着往下走了，她把速度开到最快。天快黑的时候，路上终于出现了人影——老远的，一个人在朝她招手拦车。这个点了，前不着村后不着店的，她实在没有带陌生人上车的好心，半点没有减速；直到近了，那人忽然冲了过来，一下拦在车前面。

言萧急急地刹住车，人往前猛地一倾，差点骂人。就趁着这短暂的时间，那个人已经到了窗边，一只手直接从车窗外面伸进来开了锁。她转过头，那人已经开门坐了进来，速度快得惊人。在她察觉的时候他已经坐进来了，绝对不像第一次干这事。

"别紧张，行个方便，麻烦你送我一段路。"

言萧瞥他一眼，是个细眼厚唇的男人。他说这话时，手里还拿了把刀在方向盘上敲了一下。

"不好意思，我对这里的路不熟。"她的语气没有半点慌张，相反还很平静。这种地方，要是惊慌失措惹得对方失手伤人，都没人求救，她必须沉住气。

那男人死皮赖脸："你不熟没关系，我给你指路啊。"

言萧想了一下，又低头看了看一直放在自己脚边的包，重新握住方向盘，发动了汽车。

那男人看她挺配合，刀就拿开了。人却忽然凑近看了她一眼："哟，我说怎么越看越眼熟，原来是你啊，鉴定师！"

言萧的眼神扫过去："你认识我？"

"是我啊！那天在西安的酒吧里你还替我鉴定过东西的，忘了？"

言萧看了看他的脖子，一条粗金链子若隐若现，原来是那天的金链男。这世界有时候可真是小得可恨。

"搞了半天原来是熟人啊。"金链男把刀收起来，解释说，"别误会，我这是拿来自保的。"

言萧装作松了口气的样子。

金链男以为是成功吓着她了，也就不担心她还没服软了，笑嘻嘻地说："没想到会再遇上你，真是有缘，你按照我说的路线开就行，不远，耽误不了你多少时间。"

言萧发现他灰头土脸，头发还是乱的，心里猜到了："有人在追你？"

"被你说中了，就酒吧里的那仨混蛋，真是阴魂不散！哎，对了，那天遇到你时不是说好了要请你跟我去卖那宝贝的嘛，真倒霉，被他们抢了！"

"是吗？"言萧心说，谁跟他说好了！

"可不是！那东西可值钱了！"

两人聊得真跟老熟人一样。言萧在心里回味了一下，说："难怪那几个人会追你了。"

"是啊，那群强盗！"

她脸上若无其事，问："他们现在离你远吗？"

"就是因为不远我才急着走啊，还好遇上了你，真是万幸。"

"嗯……"言萧手指紧握着方向盘，心里盘算着，一边稍稍放慢了速度。

第四章
解 气

这一路很长，天完全黑透了，车依然孤零零地在公路上疾驰。言萧身上穿了件宽领的上衣，披散着的长发掩着雪白的后颈，车里灯光暖黄，她整个人浸在光里，充满了风情。金链男在酒吧里就发现她是个美人了，现在离得这么近，眼神忍不住总在她脸上打转。

言萧早注意到他的眼神了，只当作没看见，动手拧开音乐。

车里有了声音，金链男的注意力被拉开了一点，说："我看看你放的什么歌。"说着人就往这边靠，一只胳膊也伸了过来，在她肩头上蹭。

言萧故意打了一下方向盘，车偏了一下。金链男吓了一跳，好歹收敛了点："小心点啊，鉴定师，万一你出点什么事，我多心疼啊！"

"路不好走，坐正了。"其实她走的是国道，平整得跟磨过似的。

金链男却也坐正了："对了，还没问你这是要去哪儿啊？"

"旅游。"

"一个人旅游走这条路线，不多见哪。"

言萧心想难道要跟他说自己是去做考古的不成？

过了两个多小时，前面出现了路灯，就要到县城了。"往右开。"金链男一下正经了不少，眼睛盯着车窗外。

言萧打了个方向，拐上岔路，老远就看到路边站着个人。天色昏暗，那个人身材瘦小，如果不是动了两下，她差点就注意不到。

"行了，就在这儿停吧。"金链男等不及了，老早就按下车窗冲那个人招手，"朱哥，这儿。"

被叫作朱哥的人慢吞吞地到了车外面，在近处看他的身形更瘦，像根竹竿。言萧看过去时正好撞见他的眼神，尖锐得像只鹰，只一眼就叫人不舒服。她移开视线没再看他。

"你不是一个人来的？"朱哥往车里瞄。

"没事，这是自己人。"金链男伸手钩住言萧的脖子，拔了她的车钥匙拿在手里，低声说，"下车，我这是为你好。"

言萧推开他，打开车门走了下去。金链男下了车又绕到她跟前，伸手钩住她的腰往身上贴，半拉半拽地把她带到朱哥面前。朱哥的眼神扫过来，言萧侧着身，没给他看正脸。

"你小子可以啊，这是又换了一个？"

金链男嘿嘿笑，手在乱动，甚至移到言萧的腰上摸了一把。

言萧扯下那只手："你们聊，我去旁边。"

金链男怕她跑，用一只手扯着她："你就待在这儿。"

言萧靠着车站住，低头避开那个朱哥的目光。谁知道他们是什么来路，能少露脸就少露脸。

朱哥看了她两眼，扯着金链男背过身，声音压低道："忽然来找我干什么，东西出手了？"

"没……"金链男"啐"了一声，"被考古队抢回去了。"

"那你还来找我？"

"他们在追我啊，我只能来找你帮忙了。"

"废物！"

言萧断断续续地听到了这几句，看过去时，朱哥已经走远了；金链男追着他，嘴里急急忙忙地解释着什么。她走回车边，探身进车窗拿了包，从里面找出那卷买来的绳索绕在手上。

没一会儿金链男垂头丧气地回来了。

言萧把袖子拉下来，遮住手腕上的绳索，好在绳子不粗，遮住了。她状似无意地问："怎么，你那个朱哥走了？"

"闹掰了，真是翻脸不认人！"

金链男发了句牢骚，转脸就又露出了流氓本性，笑着过来拿车钥匙在她眼前晃："看来还要麻烦你再带我一程了。"

言萧伸手去拿车钥匙，被他让开，弄得跟打情骂俏的小游戏一样。她的脸冷了下来："各行有各行的规矩，我带你一程算是道义，你还赖上我了？"

"是是是，我知道你们古董圈子搞得跟江湖圈子一样有道义。可我顶多只是一只脚伸了进来，沾半边啊，不想我赖着，总得给点好处才行吧？"

周围没人，只有一条路和一辆车，还有个女人，好处是什么显而易见。言萧站在路灯下面，冷冽的身形在夜风里像是刚出鞘的刀。

金链男还以为她被吓软了，抓着她往车上一推，人就压了过来。言萧的背抵在车上，上衣绷紧，胸前突显，锁骨下是一片幽深的阴影。他的目光变了味，伸手去扯她的衣服，动作粗鲁，甚至扯掉了衣领上的一颗扣子。言萧白皙的脖子也被他的手抓出了一道红印，文胸的边沿露了出来。金链男看得眼神发直，手马上就要往里伸。

言萧挣出一只手抓住他的胳膊："我给你另外的好处——我这儿有个古董，送你了。少纠缠，好聚好散。"

"古董？"金链男直勾勾的眼神收了回来。

"在我包里。"

金链男将信将疑地松开手，掏出车钥匙按了解锁。

言萧拉开车门，从包里拿出那个仿制的瓷碟："这是南宋官窑瓷，我在路上捡漏的。"

金链男早就忍不住靠过来了。

言萧把瓷碟往他眼前送，做出要给他细看的样子，却忽然一下把东西砸在了他头上。

瓷碟碎了，金链男吃痛地叫了一声捂住头，手指间鲜血淋漓；紧接着膝盖就被踹得一弯，人往前一冲。

言萧已经趁机绕到他身后，刚才那一脚踹上了他的膝弯。金链男往前一跪栽进车里，还没爬起来，她又反手猛地关了一下车门，撞在他背上。金链男跌回车里，张口就骂："你阴我！"他火冒三丈地挺着背挤门，脖子上突然一紧，一圈绳索勒了上来。

言萧用半边身子压着车门，一只手揪紧绳子，另一只手扯下了他手里的车钥匙。忽然想起他还有刀，低头就看到他已经把刀握在了手里，她更加用力地压住车门，两只手一扯，将绳索拉紧。金链男被迫昂起头，乱挥手上的刀，差点划到她身上。

远处忽然有车开了过来，车灯拧成一束强光打过来，刺得人睁不开眼。言萧死死扯着绳子，眯着眼睛看过去，模糊的三道身影从车上下来，逆着光被拉长，看起来毫不真实。

"言姐！"

她记得这声音，好像是那个石中舟。但是最先过来的人不是石中舟，言萧只感觉眼前一暗，高大的男人已经到了面前，眼神在她身上一扫就抢过了绳子，一把揪住金链男从车里拖出来，一脚踹在他小腹上。

金链男的刀掉在地上，一手捂脖子一手捂肚子，额头上还在流血，话都说不出来。

王传学跟石中舟跑了过来，看到眼前的景象都愣了，一人开口问："言姐，你没事吧？"

言萧退开几步，手指被勒得生疼，缩不起来，有点发僵地伸着。她喘着气说："没事。"风是冷的，她的声音也是冷的。

关跃看过来时她的脸色更冷了，上衣的衣领大敞着，一眼就能看到泛红的胸口。他收回目光，声音比平常更沉："这一路是你带他过来的？"

"是又怎么样？"

"我好像跟你说过他是销赃文物的。"

言萧看着他："怪我了？你被人用刀指着试试？"

关跃看着她，看得出来她现在的火气比谁都旺，但该问的还是得问："有没有见到其他人？"

言萧窝了一肚子的火，本来就是压着的，又撞到这种事，更是往火上浇油了。情绪被他一挑，全挑出来了，她口气不善道："你这是在盘问我？"

关跃闭了嘴，女人在气头上的时候不用接话，接话不会有结果。他干脆弯腰扯起金链男："朱矛呢？"

金链男哼哼唧唧地不回答。

言萧靠在车上活动了一下手指，边听着他的问话才感觉到血脉流通。

没问出什么。金链男只是一直在哼，什么也不肯说。

"走了。"她到底还是开了口，"如果你问的是那个叫朱哥的人，他已经走了，他们俩闹掰了。"

关跃站直了。

石中舟气得抓了抓头发："掰得真是时候！姓朱的太贼了，肯定是知道我们想用这小子找他，立马跟他断关系了！"

"那这小子没用了啊。"王传学看着金链男，"放了？"

"放了？"言萧忽地笑了一声。

这一声笑得很诡异，三个男人顿时全朝她看了过去。

言萧的眼睛在石中舟和王传学身上来回转悠了两圈，觉得石中舟身上的伤轻点，目光就锁定在了他身上："受了伤还能动手吗？"

石中舟不明白她的意思："啊？"

言萧指了指地上的金链男："请你帮个忙，给我把他照死里揍，我可以出钱。"

石中舟不禁一愣："言姐，你这是……"

"肯帮吗？"言萧打断他的话。

石中舟瞄瞄关跃，毕竟他真正的领导在旁边。

言萧看他不动弹，眼一斜，看了眼关跃，知道这个人更指望不上了。"那算了，我自己来。"她探身进车里，从包里拿了副手套出来，一言不发地往手上套。雪白的手套裹住她纤长的手指，她绷了绷拉紧，朝金链男走过去，脚踩在他一只手上才停——刚才他就是用这只手碰的她。金链男顿时如触电一样叫起来，用另一只手去掰她的脚："你疯了！"

言萧仍旧一言不发——弯腰，左手提着他的衣领，右手握成拳，照着他的脸颊就挥了下去。实打实的一拳，夜晚安静，隔着层手套都能听见响声，像闷石砸地一样沉。不止一下，她的手臂举起挥出，一连七八下，一下比一下重。

金链男的嘴边沁出血丝，眼睛都红了："臭娘们儿……"

又是一下。

周围没人说话，王传学跟石中舟都看呆了。原先俩人私底下还嘀咕过，觉得这新来的鉴定师长得是真不错，瞧着就是那种漂亮的江南美人款，第一次见的时候甚至还让人想到江南水乡的柳木。但现在他们发现自己完全想错了，眼前的这个女人根本一点也没有弱柳扶风的气质，那些表面的风平浪静不过都是假象罢了。

不知道打了多少下，言萧的手再抬起来时却被一只手捉住了。"行了。"关跃把她的手臂拉了下来。

言萧动了一下手腕，有阵疼痛感，他指腹间的粗粝在她腕间摩擦出辣辣的温热。"放开！"

关跃不仅没放，另一只手也握了上去。言萧这只右手大概只接触过脆弱的古玩，没用过这么大的力气，现在已经不自然地僵住了，腕间骨节微突。

言萧回头问："你干什么？"她的手被他抓住了，还是被两只手一起抓着的那种。

"你的手腕脱臼了。"关跃两手一上一下握住那截手腕。

"别动。"言萧看出他的意图，立即盯住他，"我还要靠手吃饭，你别乱动。"

"放心，我手稳。"关跃的眼神沉得像积淀的墨，从她的脸上落到手腕上，看准位置，手下一用力，她的骨骼顿时发出"咔"的一声轻响。

言萧疼得咬紧牙关，闷哼了一声，低头缩了缩身躯，又一下抬起头来，狠狠瞪了他一眼。

"不用谢。"关跃松了手，脸上什么表情也没有。

言萧捧着手腕死死瞪着他，恨不得把他瞪穿。

石中舟如大梦初醒一样走过来，顺带把两人隔开了："言姐，算了算了，教训过这小子就行了，为这种人弄伤了自己不值得。"

言萧的注意力被拉回到金链男身上，气得笑了。她脚下一动，碾过他的手指，顿时又引出一阵杀猪般的惨号。"算了？他差点强奸我，就这么算了？"

关跃走到旁边，听到这句话又转头看了一眼她半敞的领口，难怪她现在这副模样。

"你小子还真无耻啊！"石中舟听了忍不住了，上去就给了金链男一脚。

金链男的一只手被踩着，身体像泥鳅一样蜷起来，头忽然一抬，另一只手就往言萧脚边上挥——那只手摸到了刚才掉在地上的刀。言萧被扯住往后一退，关跃挡在她前面，一俯身抓着那只胳膊往外一折，劈手夺了刀。

金链男鬼哭狼嚎，石中舟又给补了两脚："还敢逞凶！"

王传学也是个热血青年，撸起袖子就把人往死里揍："这么龌龊，老子揍死你个不要脸的！"

金链男抱着头，在地上滚来滚去地缩成一团，断断续续地喊："你……你们做考古的居然这么打人，老子要告你们人身伤害！"两个人还真给他喊得停了一下。

关跃把刀递给王传学："你们俩别动手了。小王，去把车上的洛阳铲拿过来。"

王传学拿了刀跑过去，很快折返回来，手里提着把洛阳铲。

关跃接了，一只手掂了掂重量，拎在手里走过去，蹲到金链男身边。他用圆筒一样的铲子抵着他刚被碾过的那只手比画了一下，忽然回头问言萧："他是用这只手碰的你？"

言萧的眼睛动了一下，扶着自己的手腕看过去："嗯。"

她刚想接一句"怎么着"，关跃已经转过头去，手臂一抬，用洛阳铲霍地拍了下去。干脆凌厉，每落下去一下都是一阵惨号，重重的好几下后，让人感觉铲下的骨头都错位了。打完了关跃把洛阳铲往地上一插，揪着金链男的衣领把他提起来，像提一摊烂泥，把他耷拉的脑袋拨过来："告，记着我这张脸，有种你就去告。"

金链男的那只手跟断了一样，浑身抖个不停，喉咙里只能发出咝咝的抽气声，像是受了惊吓一样，一直往后缩。

夜风大了许多，言萧被吹得眯起了眼，才从刚刚的震惊中回过神。她看着蹲在地上肩背宽阔的男人，他的衬衣被风掀起来，又落下去，路面上是他被拉长的身影。

"言姐，"王传学过来问她，"气消点没有？别管这小子了，我们来处理，你先去县城里歇歇吧。"

言萧揉着手腕，眼睛又去看关跃：他提着洛阳铲站了起来，脸上云淡风轻的，仿佛什么都没干过一样。她甚至要怀疑他是个惯手。

"你的手现在不适合开车。"关跃转头叫石中舟，"小石，你去帮她开。"

石中舟刚要过来，言萧冷不丁开口说："你来开。"

关跃回头看她。

"你来开我的车，让小石开你的车。"

石中舟此刻为了照顾言萧的心情，马上附和道："那就关队你开言姐的车吧。"

关跃把洛阳铲抛给石中舟，走到言萧跟前，伸出手。言萧把车钥匙递给了他。

车座上残留着金链男的血迹，真皮座椅还被他的刀划了一道。上车前言萧摘下手套将血迹擦干净才坐上去，眼一瞥，关跃已经坐了进来，正一只手扶着方向盘，启动了车。他的侧脸看上去更平静，鼻梁挺直得像是斜画出来的一笔，一句话也没有。

车外面，石中舟目送着红色小轿车开出去，用手肘捣了捣身边的王传学："关队居然还说言姐这样的到不了队里，要我说她这样的简直'可上九天揽月，可下五洋捉鳖'啊——你看那小子被揍的。"

王传学看了一眼伏在地上半死不活的金链男，呸了一声："该！"

车开进县城没多久就停了，路边是一家大排档。已经过了晚上十点，小县城里面没有夜生活，吃饭的地方少得可怜，这一条街看过去几乎就这么一家店还亮着灯在做生意。关跃先下去，绕到言萧这边敲了敲车窗："下来。"说完就直接朝店里去了。

言萧下了车，就听见老板在门里跟他说："没别的，就只有面了。"

关跃回头看了一眼，说："那就两碗面。"

言萧在桌边坐下来，关跃点完面条走远了几步，站去了路边。等到一点火苗在他眼前跳跃出来，她才发现关跃原来是给自己点了根烟。路灯照不穿夜色，他的身量高，挺拔地披着一层昏暗，身形被晕得淡薄模糊，只剩下指间忽隐忽现的一点烟火。五官也在这点微弱的亮光下时隐时现，犹如修罗。

言萧的手指在桌子上轻轻描摹，想起了自己曾经鉴定过的一尊塑像古玩：白天见的时候是光明正大的佛像，普渡众生相；夜晚去看，隔着橱窗影影绰绰，却仿佛魔魅——先前关跃揍金链男的瞬间就给她这种感觉。不怪她把他认作抢匪，不知道为什么，她觉得这个男人身上本来就有股匪气，跟面相无关，那完全就是他给她的一种感觉。

差不多也就一根烟的时间，面送了上来。关跃走回来，在她对面坐下来。

"这怎么吃？"言萧朝面前的碗努努嘴。面碗里是一坨干面，作料很足，堆在上面，看上去满满的一大碗。

"拌开。"

"我手疼。"

关跃看了她一眼，把自己那份已经拌好的面推给她，拿了她面前的那碗开始拌。

他的五官分明，一低头轮廓线条就更明显了。言萧盯着他低垂的脸看了一会儿，忽然问："你从哪儿学的身手？"

关跃抬眼："忽然问这个干什么？"

"了解一下即将共事的新领导。"上次她找了那群混混去群殴他们，王传学跟石中舟都受了伤，只有他好好的，今天他揍金链男那几下又都干脆利落得很，要说她不好奇是假的。

关跃的眼皮垂了下去，用手里的筷子搅了搅面，答得行云流水："以前在大西北文保组织里待过一段时间，那个组织会教成员一点身手用来防身。"

"还有这样的组织？"

"西北文物多，有这样的组织不是很正常？"

言萧想了想："我怎么从没听说过这个组织？"

"只是一个民间组织，不怎么有名气。"关跃开始吃面，终止了话题。

言萧拿起筷子，从右手换到左手，拨了拨面，低头吃了一口。一抬头，看见关跃的眼神从她手上扫了过去。她不是左利手，但是从小被家长刻意训练过，据说可以开发智力什么的，所以左右手都能用。"你拌得不错。"言萧评价道。

关跃没说什么，低下头吃面。

言萧发现他总是一副不可接近的模样，让人猜不出心里的想法。怎么着，做考古工作的都这么高冷？

"哎！"她故意叫了他一声。

关跃从对面抬起头。

言萧吃了几口面，捏着筷子盯着他，口气轻描淡写的："刚才的事，谢了。"

"哪件事？给你的手正骨，还是帮你揍那个小子？"

"都有。"言萧冲他笑了一下，安安静静地吃面。

她吃得很秀气，半点也没有之前凌厉的气势。关跃看着她的脸，脑子里就蹦了"爱憎分明"四个字出来，她这个人有时候也不是很难懂。"你气消了？"

言萧拨了一下面："勉强算吧。"

"我不是问这个。"

她抬起眼："那你问什么？"

关跃说："你自己清楚，你这趟来，难道不是带着气来的？"

言萧上下打量他，他对自己的事好像挺清楚的。夜色深沉，灯光昏暗，他的半边身体和半张脸都被掩藏着，渐渐地，言萧越看越觉得熟悉。"上次见到你我就想问了，我们是不是在哪儿见过？"

关跃看着她："是见过。"

"在哪儿？"

"杭州。"

言萧有点意外："你去过杭州？"

"去找裴明生赞助我们考古队。"

"什么时候的事？"

"就在那场鉴宝会之前。"

言萧的脑袋瞬间清明，嘴巴微张，"啊"了一声："你去过那场鉴宝会是不是？"

"是，我去过。"

那场鉴宝会，那双眼睛。言萧看他的目光都不同了，她想起来了："原来是你。"

"什么？"

她摇了一下头，笑笑："没什么。"

关跃低头继续吃面。

言萧看着他，忽然又问："既然你见过我，为什么还要拍我的照片？"

他抬眼，实话实说："我只是远远看了你一眼，并没有看清楚。"

"哦……"言萧拖长尾音，盯着他的额角。她算是看出来了：对他而言，他们见没见过，根本没区别。

石中舟办完事情，打电话通知了关跃。在县里一间旅馆大门外等了不到十分钟，言萧那辆红色小轿车就到了。一看到言萧下车，他立马迎上去汇报结果："言姐，我们把那小子提溜去派出所了，他身上还揣着别的赃物呢，估计得去牢里蹲上几年。"

言萧问："警察没问他的伤是怎么来的？"

"问了，我们就说不知道啊，反正我们也没动几下手嘛。他都被揍得说不清话了，正好方便咱甩锅。"

言萧扭头看关跃："那要是追查到你头上呢？"

关跃甩上车门："查不到。"

言萧还以为他会说没事，结果他居然说的是"查不到"，她不禁笑了一声："我也有份，查到了我俩是共犯。"

关跃看了她一眼，大概是因为她说这句话时的语气。

石中舟从车上提了言萧的行李，领着她进门："言姐今天受了惊，好好休息，那个混蛋别往心里去。"他刚才就跟王传学商量过了，怕她遭遇这种事留下心理阴影，得温言软语地安抚，否则她这趟西北之行就太糟心了。

言萧随口应了一声，跟着他进门，往大堂角落的楼梯走，看到王传学在前台跟一个皮肤黑黑的妇女说着话。

"那是老板娘，王传学本家的一个堂姐，我们走这条路都是在她这里落脚的。"石中舟说着跟那个妇女打了声招呼，叫她梅姐。

旅馆小，房间也小，推门进房，满屋子都是一股消毒剂的味道。石中舟把行李放下就出去了。

言萧进洗手间洗了把脸，对着镜子看了看，被扯坏的衣领还耷拉着，脖子下面泛着的红还没退掉。看到这片红她心里又来了气，把衣服脱了扔进垃圾篓，拧开热水，内衣都没顾上脱就站在水龙头下面冲，用力擦那片皮肤，直到觉得疼了才罢手。手指也一根一根洗过了——就算是戴着手套打的那个混蛋，她都觉得脏。这种感觉，根本不是揍一顿就能释怀的。她对着镜子，狠狠地骂了一句："畜生……"

言萧洗完澡出来，头发还是湿的就一头倒在了床上。她很疲惫，身心俱疲的那种，可是躺到床上却睡不着，像是累过了头一样。

她睁着眼睛盯着发白的天花板看了很久，脑子里浮现出许多画面和片段，纷乱无章：从杭州到西安，最后一个冒出来的画面，是关跃蹲在地上的那道背影。她得承认，他那几下揍得她心里很舒畅，舒畅得都解了对他的气。紧接着脑海里又闪过了当初鉴宝会上一闪而过的眼神。那双深沉的眼睛，那半张深刻的脸，记忆深到甚至留在了她的梦里。真不公平，他根本没在意，她记得倒是挺深刻的。

第二天言萧难得睡了个懒觉。自从丢了工作之后，这还是她第一次在滴酒不沾的情况下一觉睡到了天亮。其实晚上她根本不知道自己是什么时候睡着的，天刚蒙蒙亮的时候隔壁有动静，她醒了一回，依稀听到男人们说话的声音，捞起手机看了一眼，才五点半，蒙头又睡，再醒过来就不早了。

她出房间的时候已经快到中午十二点了。到了楼下没看到别人，只有老板娘在前台后面冲她笑，露出一口白牙："睡得还好吧？"

"还好。"言萧回忆了一下，记起她叫梅姐。

"他们都出去办事了，你要不要先吃饭？"

"你这里还管饭？"

"不管别人的，就管你们考古队的。"梅姐说话的劲头跟王传学真有点像，都有种纯朴的憨实，"他们走的时候说你昨天晚上吃了点亏，今天得吃好点，你想吃什么，我叫厨房给你做。"

言萧想了一下，摇摇头："不用了。"吃亏这话她不爱听，她什么都能吃，就是不愿意吃亏。

言萧最后出去吃了饭。随便找的一家小餐馆，也不远。回来的时候看到门口停着越野车，应该是他们回来了。她一进门就差点撞到个人，抬头看到男人高大的身影，是关跃。言萧净身高一米六八，在女性里也算偏高的了，可在关跃跟前顿时就显得很娇小。

他人高腿长，走路时步子迈得也大，靠近时携了微微的一阵风；身上的白衬衫塞在裤腰里，言萧垂着的视线正好就落在他紧窄的腰身上。

"你见过朱矛了？"

"嗯？"言萧把目光从他身上移到他脸上。

关跃又问了一遍："你昨晚见到朱矛了没有？"

"见到了，怎么？"

"他当时往哪儿走的还记得吗？"

"就往这儿走的，县城。"

关跃点了一下头，抿着唇像在沉思。

言萧问："你们还在找他？"

关跃扫她一眼："东西还有一节没追回来。"

石中舟在前台那边提着水壶倒水，插了句话："那小子有毛病，找到了非好好抽他一顿不可。"

言萧抬眼："怎么有毛病？"

"你说这大西北有多少藏宝贝的地方啊！那小子别的地方都不盗，就盯着咱们考古队盗，是不是有毛病？自从关队组了这支考古队，他就开始下手，好几次了，跟找碴的一样。"石中舟说到这里又骂一句，"他肯定有病，不是有病就是跟咱们有仇。"

言萧一下就想起了那个瘦成竹竿的身影。听他的口气，他们跟这个朱矛已经是老对手了，难怪在西安的时候他说他们了解的比警察都多。她瞄了关跃一眼："原来这支考古队是你组建的？"

他不轻不重地"嗯"了一声。

"你看起来真不像做这个的。"

关跃看过来："那我像做什么的？"

言萧上下打量他一番，笑了下："做什么的都行啊。"末了加了一句："前提是你得肯做。"

关跃的眼神和她的触碰到一起，他的眉眼深邃，眼里的光都比旁人要沉，看进去时深不见底，像是要把人扯着拽进去。周围安静了一瞬，他忽然说："我觉得我现在的工作挺好。"

言萧牵了牵唇角，心想真是个开不了玩笑的男人。

石中舟在旁边问："那言姐你这么年轻，是怎么做上鉴定这个工作的啊？"

言萧看他一眼："父母的影响。"

石中舟会说话，马上就接话说："那不得了，言姐的父母肯定都是大人物。"

"不是什么大人物，但也勉强算是有点小成就。"

其实言萧的父母并不是她的亲生父母，那是一对知识分子，感情特别好，可惜没孩子，于是她这个孤儿就成了他们夫妻俩的孩子。他们抚养了她，但从小就告诉了她，他们不是她的亲生父母。于是言萧也就怀着一种复杂的、若即若离的亲情在他们的关怀下长大，在很长时间里甚至不知道该不该把他们当作自己的父母看待。

"父亲"是历史学教授，"母亲"是博物馆里的文物修复专家，家里堆满了历史文献。小时候她没听过多少童话故事，是听历史故事长大的；没玩过什么玩具，从记事的时候起能碰得到的东西就是文物拓片和复制品。

言萧进入那个家庭的时候他们已经五十出头，言萧十六岁那年他们就相继过世了，后来高考选专业的时候她想都没想就选了跟历史相关的文物专业，好像自己注定就该做这行一样。她的今天的确是由这个家庭塑造出来的，但这些她并不想过多地去回忆。

石中舟似乎想多问两句，嘴巴一动，言萧已经走到他跟前，从柜台上拿了个空纸杯，让他给她也倒杯水。

这么一打岔，石中舟就没再提这茬了。他给她倒了一杯水，又倒了一杯递到关跃手里，回过头来跟她说："刚才听梅姐说言姐没在这里吃饭？是不是有什么不习惯的地方啊？我跟王传学都是本地人，你要有什么不习惯的就跟咱们说，千万别客气。"

王传学远远站在楼梯那边跟梅姐说着什么，言萧的目光从他们两个身上扫过去："原来你们都是陕西人？"

"可不是。"

言萧眼珠一转，落在旁边的男人身上："你呢，哪儿人？"

关跃正在喝水，胸膛鼓出的弧度微微起伏，突起的喉结滚了滚，线条往上勾勒出硬朗的下巴。

他还没说话，石中舟抢了话头："关队的家乡啊，是咱祖国的心脏，帝都啊！"

言萧往旁边看："据说北京的男人都特贫？"

关跃的眼睛看过来："你听谁说的？"

言萧说："看来不止贫，还较真。"

石中舟在旁边笑开了："关队贫不贫我不好说，反正是贫不过言姐你了。"

王传学也听到了这话，回过头来跟着一起笑。

关跃没搭话，仿佛他们讨论的不是自己，他放下纸杯，转头走出了旅馆的大门。

言萧觉得他的心思仿佛根本不在这儿，他也许还在想着那个朱矛的事。

他走了，前厅里就只剩下了梅姐跟王传学说话的声音，不高不低，基本上就梅姐一个人在说，王传学嘴里"嗯嗯"地应着，就像是接受班主任训话的学生。他们说的都是方言，言萧听不太懂，就问石中舟："他们在说什么？"

石中舟凑近了一点，声音放低，边说边笑："王传学在被梅姐教育赶紧找对象呢——不是第一次了，咱们来一次她就说一次，王传学比她小十几岁，很怕她的。"

"她刚才那句是什么意思？"

"说做考古的男人不好找女朋友，让他抓紧。唉，扎心啊！咱们这行风餐露宿的，全国各地跑，的确不好找对象。"石中舟捏着纸杯直摇头。他脸圆，眼睛也圆，其实长得有点可爱，这种老气横秋的动作他做起来有点滑稽。

言萧看着笑了笑，听着他们天书一样的方言，靠着前台站了一会儿，端着纸杯出了门。旅馆门外面有棵枣树，一人多高，枝繁叶茂。言萧出去的时候发现关跃靠在树干上，正低头翻看着手机，另一只手里夹着根烟，肩头沉在树影里，眉宇间影影绰绰。

她走过去，站到他旁边，眼一转就看到了他的侧脸。他的头发两边推得很短，露出完整的耳郭，连接到下颌线，侧脸的线条深刻明显，唇角边有道浅浅的纹路，眉骨高挺，衬出深刻的眼睛轮廓。相貌深刻的人，据说都不太好相处。

感觉到她的目光，关跃偏过脸，和她对视。

言萧的手指搓着手里的纸杯，忽然问："你有女朋友了？"

关跃起初不明白这问题的来源，等到远远听见梅姐跟王传学说话的声音就明白了，是被他们的话题牵扯出来的。"没有。"

言萧瞄了下他的手指："那结婚了？"

关跃又看她一眼，眉峰一挤，额头上也露出两道浅浅的纹路："也没有。"

言萧刚才观察过了，他手指上的确没有戴过戒指的痕迹。她想起了石中舟的话，半边嘴角往上扬："因为做考古的都不好找女朋友？"

关跃看着她，对这个笑话没有要笑的意思。

言萧迎着他的视线低笑一声，瞄了眼他手里的手机："单身就好，那我的照片放在你的手机里就不要紧了。"

关跃这才明白她问话的意思，他一个单身汉，手机里存着个女人的照片不太好。于是他低头拿着手机，把那张照片找了出来，刚准备点删除，旁边伸过来一只手挡了一下。

言萧的手保养得特别好：手指葱白，皮肤细腻。挡在屏幕上，被那阵蓝光勾勒出了淡淡的边，皮肤都晶莹通透起来，几乎可以看见浅浅细细的脉络。

关跃看到这只手想到的第一个画面就是她说要靠手吃饭时的模样，这只手还重重地打过人，当然也接触过无数的古董文物。他瞥了一眼身边的女人。

言萧站在他旁边，低头看着他手里的手机，长发从她脸颊两侧垂下来，发梢扫在他的手臂上，微微发痒。

关跃站直，不动声色地换了只手拿手机，侧了侧身，拉开距离。

照片里是那晚酒吧里的场景：女人的身体往后仰，口鼻被一只手捂着，眼睛睁大了一圈，看不出恐惧，但昏暗的光线无意中营造了一层惊慌失措的氛围。这么难看的照片他居然还发给裴明生，言萧觉得姓裴的看到的第一反应应该是笑她吧。

"我可不能容忍自己这么难看的照片存在男人的手机里，要存就存张好看的。"她把纸杯丢进垃圾桶，站好位置，"来，给我重照一张。"

背后是蓝天白云，横着一条县城里的街，街后是一排不算高的建筑，在这样单调的背景里，面前的女人分外惹眼。言萧抱着胳膊倚在树边，腿上穿着高腰的黑色长裤，束着雪白的衬衣，收出纤细的腰身。一条腿交叠在另一条前面，愈发显得修长笔直。男人指间缭绕的烟雾盘过去，模糊了她半张脸，只有一双眼睛看得清楚，亮得像含着光。

关跃看了她一会儿，低头手指一动，把相册里的照片点了删除："我没打算存。"说完转头走了。

言萧就这么看着他的背影进了旅馆的门，阳光照下来，那道脊背挺直，在地上拉出一道浅浅的斜影。挺拔，就像这西北大地上的白杨，一株挺傲的白杨。

第五章
受 伤

下午考古队果然又出了门。梅姐教育堂弟无果，心情不佳，坐在柜台后面对着手机看小品，转头看到言萧背着包从楼上的房间里下来了，突然来了精神："妹子。"

言萧转头看她。

梅姐冲她笑："听说你刚进考古队，以后多照顾照顾我们家传学啊。"

言萧好笑："我刚进队，哪里谈得上照顾别人？"

梅姐有点不好意思："我们家传学跟小孩子一样，一根筋，以前不让他学考古吧，非要学；后来指望他去个好单位吧，被关领队开口一叫，就满口答应跟他去干了，好在遇到的都是好人，你说他这样是不是需要人照顾？"

言萧还真不知道他是这样进的队，怎么听起来不太正规呢？

梅姐看她不说话，又说了一句："有空你们多聊聊，去了队里也多帮衬；我们家传学人很好的，上进，又有责任心。"

言萧算是明白她的意思了，看来她是真的很操心自己这个堂弟的终身大事。她往柜台上一靠："小王多大了？"

"二十七了，不小了。"

"好小啊，比我小七岁呢。"

梅姐的脸色变了："你有三十四啦？看着不像啊。"

言萧一本正经地点头："周岁三十四，论虚岁就三十五了。"

梅姐顿时尴尬了，嘀咕了一句："那不合适，相差太大了，比关领队都大……"

言萧耳尖地听到了："关领队多大了？"

"刚三十出头吧？不是三十就是三十一，记得传学跟我说过一次，记不太清楚了。"

"哦，那是比我小。"言萧忍笑出门，"我出去走走。"

梅姐大概是还沉浸在自己的思绪里，仿佛没听到。

年龄是瞎扯的，就知道往大了说她就会退却——介意女人年龄的往往就是女人。

言萧没搭车，只是出去逛了逛。沿着街道一路往前步行，转了两个弯，眼前开始热闹起来，应该是到了商业区。两边都是商铺，卖小吃和特产的占了半壁江山。临潼石榴、镇安板栗、佳县红枣、横山羊肉……牌子挤牌子地叠在一起。

她边走边看，没有想买的，只在一个卖皮影工艺的摊子前停了停。做久了古旧玩意的活，也就只对这种古旧的东西有点兴趣了。旁边人来人往，忽然有人拍了一下她的肩，言萧扭过头，一个中年男人站在她身后。

"言萧，真是你啊，我还以为认错人了呢。"

言萧的脸上几乎没有什么反应。中年男人是她的同行，在杭州时见过几次，不算很熟，她回想了一下才想起来他的名字，叫宋方。她说："宋老师，这么巧。"

宋方点点头："居然在这种小地方遇到你，我以为你还待在杭州呢。"

言萧敷衍说："出来走走。"见到同行就意味着要回忆起杭州的事，她愉快不起来。

宋方的嘴唇动了动，看着她的眼神很古怪，笑得也很假，但是居然没提起她丢工作的事，只说了句："出来走走也好，外面好东西多，淘到宝的概率大。"

言萧笑了："没想着淘什么宝。"都这样了，还淘什么宝。

宋方的眼神在她身上转了两圈，像是在揣测这话的真实性，脸上又堆出笑："那行，你接着逛吧，我还有事，先走了。"

言萧目视着他走远。经过一排商铺，他又回头朝这里看了一眼，然后转头进了间店铺。她忽然就没什么心情了，准备回去，经过一条巷子，里面走出个人来看着她。她脚下一停，手指钩了一下肩上的包，走过去。"怎么，找人找到这儿来了？"

关跃站在巷子里，脸侧着，目光看出去很远："你知道那是什么地方？"

言萧顺着他的视线看过去——是一家回民开的牛肉面馆，绿底白字的牌子，旁边印着清真的字样："面馆啊。"

"不是那个，旁边那家，刚才跟你说话的那个人进去了。"

言萧往旁边看，的确是刚才宋方进的店，那家店没挂牌子，只有玻璃门上贴了两个字，掉了大半，剩余的部分很难辨别到底写的是什么。正看着的时候宋方从里面出来了，手里提着个纸盒子，上面写着"本地草鸡蛋"的字样。言萧说："卖特产的吧？"说完觉得不对，想了一下，明白了："不对，是个窝子。"

关跃看着她："窝子？"

"玩古董的黑话，藏了很多宝贝，可以经常去收购的地方，就被称为窝子。"

宋方刚才说出来可以淘到宝，进去之前又特地看了她一眼，跟防着她一样，这是同行间的忌讳，怕好货被抢了，遮遮掩掩的。言萧觉得自己猜得没错，刚才他提着的鸡蛋盒子里，装的未必真是鸡蛋。

关跃没说话，垂着眼像在思索。

言萧很快就猜到了什么："你觉得朱矛在里面？"

他抬眼说："有可能。"

那就难怪他在这儿了。言萧往后退了两步，靠在巷子的墙壁上。巷子有一人多宽，左右的房屋是老式的，墙壁的砖块灰蓝，她的脸被衬得雪白："叫我来干什么？"他这样的性格也不可能多热情地叫人，刚才走出巷子看她的那眼，言萧觉得就是在叫自己，所以她过来了。

关跃脚下移开一步，开了口："帮个忙。"

"嗯？"言萧仰头看着他，巷子外面的光照进来，从她的额角转到鼻梁，白润的光泽，看在眼里像玉一般，"什么忙？"

"你见过朱矛了，他还不知道你是考古队的，但是他认识我，也认识小王和小石。"

"要我去那窝子里看看他在不在？"

"没错。"

言萧靠在墙上，肩头的包被蹭下来，落在她的臂弯里，她也没管，一只脚在地上轻轻蹭了两下，有种不羁的随意，然后抬头说："请人帮忙就是这个态度？"

逆光让关跃的身形看起来格外挺拔，面前的女人几乎完全被他身体罩下的阴影覆盖了。他一只手插在裤兜里，那条裤管绷紧，显露出结实的腿形："你的主要工作就是鉴定这批文物，所以这对你也很重要。"

言萧挑了挑眉，表示自己听到了，身体站直，瞄到他口袋里露出的烟盒一角，伸出手说："给我根烟。"

关跃看了看她，伸手拿出烟盒，倒了一根递给她："你会抽烟？"

言萧不答话，那根烟被她夹在指间，她靠着墙抬起下巴，翘着烟尾冲着面前的男人微微地挑了一下。

关跃看着她：她脸上的表情很淡，那两根纤长的手指夹着烟，明明什么都没说，却有种在说话的感觉。她在指使他。关跃抿住唇，伸手从裤兜里掏出了打火机。"哧"的一声，火光亮起来，他把打火机递过去。

言萧又挑了一下那根烟："低点，这么高，烧着我怎么办？"

身前的阴影又重了一层，关跃走近点，手指摁着打火机放低，火苗在眼前跳跃。言萧夹着烟送到嘴边，身体前倾，朝他凑近。

火光在他的虎口映出一层橙黄的光，能看见上面细细的纹理。他的身体自然而然地靠近，头微垂，近在咫尺，唇抿紧更显得薄，鼻梁就像是凿出来的一样挺，下巴上有细微泛青的胡楂，细看的时候很有男人味。烟被缓慢地点燃，关跃松开手指的瞬间，烟雾后面的言萧忽然抬起了眼。

关跃几乎看清了她长长的睫毛是如何掀起来的，那双眼睛形状妩媚、瞳仁黑亮，轻转时有种灵动感。一瞬的对视，他心里迅速过了一下，大概只有鉴定师这种善于观察细微之物的职业才会造就出这样的眼睛。

言萧看进他的眼里，仿佛他也成了一件值得研究的事物，在她的视线里被剥开分析，无遮无拦。指使骄傲的人，是件很有趣的事，因为他会在这一刻全神贯注地注意你，再也无法像之前那样忽视你。

关跃脸一偏，回避了她的视线，打火机在指间转了一下："可以了？"

"等等，"言萧把那根烟递到他唇边，手指一送，塞进他嘴里，"我不会抽烟。"

关跃叼住那根烟，随即想起她刚才含过烟嘴，瞄着她的眼神有点沉，她在玩他是吧？他拿下那根烟："到底可不可以？"

烟雾缭绕在眼前，言萧的语气多了丝兴味："我要是说不可以呢？"

关跃的眼神更沉了。

言萧几乎有点愉悦了："考虑一下，看我心情。"她背上包出了巷子。

关跃看出去时，她正横过大街，迎着午后的阳光半眯着眼，走路的姿态慵懒闲散，像只是经过这里的旅人，什么都跟她无关。他知道她是故意的，之前没给她面子，她马上就回敬回来了。

回敬了关跃的言萧沿着街道走得不远，用的时间却很久，差不多过了有十分钟。关跃都快以为她不打算进去了，就见她脚步一转，朝着那间店走了过去。

阳光被店铺上的遮雨棚挡了一下，投到门前铺着的迎客毯上，拉出一小片阴影。言萧踩上去，才发现那斑驳的玻璃门上掉落了一半的字写的是"特产"，但一眼看进去很空，只有几只纸箱子堆在墙角，她越发可以肯定这是个窝子了。

店里面光线很暗，言萧走进去，先在门口站了一会儿才适应。一个小青年在椅子上坐着，头发挺长，扎成了个小辫子，抬头问她："买什么？"

言萧左看右看，慢慢地踱着步子："你这儿有什么？"

"陕西特产，应有尽有。"

"就这些也叫陕西特产？陕西真正的特产可不止这些。"

小青年像是被她的话引起了兴趣，站了起来："你到底想买什么？"

言萧说："我刚在外面遇到宋方，他让我来的，说你这里有值得买的'特产'。"

小青年的表情一下热情起来："原来是宋哥介绍来的，你跟我来。"

言萧跟着他往里走，里面还有道门，推开了是另一间屋子，比外面的这间大，两扇窗户上拉着厚厚的窗帘，像个暗室一样，白天还亮着灯。墙壁上挂满字画，旁边摆着几只大柜子，柜面上摆满瓷器金石。另一头摆着茶几沙发，煮水的茶壶插着电摆在茶几上烧水，水沸了，咕嘟地顶起壶盖。

看了一圈，没有其他人在。言萧问小青年："你这里就这么点地方？"

小青年瞪圆了眼睛："怎么，你还嫌小啊，我这里东西可多着呢！你要什么尽管开口，只有你想不到的，没有我这儿找不出的。"

口气不小。言萧在沙发上坐下来，那个朱矛似乎不在这里。

"你玩什么？"小青年边给她倒茶边问。

玩什么就是指收藏什么。言萧想了一下，说："玉器。"

"那你来对地方了，我这儿的玉器可是顶尖的。"小青年放下茶壶去了柜子那里，弯腰拉开柜门，捧出两只盒子走回来，摆在茶几上——打开。一个盒子里装的是手指长短的玉如意，另一个盒子里是个玉扳指。小青年先指指玉如意，再指指玉扳指，嘴里说："汉白玉、和田玉，看你中意哪个了。"

言萧扫了一眼就摇了摇头："都不怎么样，宋方跟我说你这里好东西多，就没有点特别的？"

"哪样是特别的，你说说看。"

"比如说……"言萧故意拖长语调，"鬼货。"

小青年的脸色马上严肃了不少："这话可不能乱说，鬼货都是盗墓贼带出来的，卖那种东西是犯法的，我这里做的可是守法的买卖。"

"那就是没有了是吧？行，我走了。"言萧站起身。

她刚要走，小青年却伸手拦了一下，上下打量了她两眼，低声说："有，你稍等。"

言萧又坐了回去。

小青年很快从柜子里捧了一只新盒子过来，打开推到她面前："今天刚到的，算跟你有缘。"

言萧垂眼，看到里面的东西，目光停留了一瞬。盒子里面放着块玉璜，跟她那天在酒吧从金链男那里见到的一模一样。她小心地拿在手里，细细地品，成色、质感、在手里的重量、入鼻的气味，都跟那天见过的几乎一模一样。

"这就是鬼货，刚出土不久，要不是急着出手，我可真舍不得拿出来。"小青年压低声音说。

言萧心里已经明白了，朱矛迅速斩断了跟金链男的牵扯，转头就找了个新的销赃帮手。

刚想到这里，外面忽然传来一阵脚步声。她放下玉璜快步出去，看到有个人影一闪从侧面开门出去了——细瘦的一道身影。那扇门外面还站着好几个人，像是守在那里的门神一样。店里太暗，刚才进来时她根本没注意到那里还有扇侧门。

"怎么了？"小青年追了出来，看言萧的眼神有点警惕。

"怎么了？我在跟你做买卖，忽然有人进出，总得看一眼吧。万一出了事怎么办？"言萧一边说一边拿出手机，"等着，我接个电话。"

情理之中，小青年无话可说，盯着女人举着手机出了门。

言萧耳朵贴着手机，装模作样地说了句"喂"，出门朝外望：关跃还在巷口，高大的身影被挡了一半，脸朝着她的方向。她转头，往侧门的方向稍微瞥了一下，关跃点了一下头，应该是明白了。

言萧收了手机回去，听到小青年问："怎么样，你还看不看了？"她想了想："看，当然看。"

一直走回里屋，在沙发上坐下，跟进来的小青年眼睛还紧紧盯着她。言萧叠起腿，端起茶抿了一口，说："这我收了，开个价吧。"

"你真要？"

"真要。"

小青年在她对面坐下来，沉默了一会儿，张开一只手："五万。"

言萧笑了一声："别绷价，没意思！都是一个圈子里混的，直接说交易价吧。"

"一个圈子里混的？"小青年显然不信，"你做什么的？"

言萧从包里掏出一张名片按在桌上：杭州华岩古玩拍卖行，首席鉴定师，言萧。

小青年拿在手里看了两遍："你真是华岩的首席？这么年轻……"

"见过我的人都这么说。"言萧打断他，"你这东西不全，就一小节，而且来路不正，交易价，顶多到方。"

"万"字加一点为"方"，就是一万。小青年一下被砍得太凶，皱起眉，但面前的女人已经拿出了钱包，那一叠红钞抽出来，他就想起了给他货的人的要求：尽早出手，越快越好。

言萧钱包里的现金根本不够一万，她点了三千放在桌上："先付个定金，余下的回头我叫人送过来。"

小青年有机会表达不满了："哪有这样做生意的？你不付完钱我是不会交货的，没有现金就刷卡。"

言萧反倒把钱包收回去了，往沙发上一靠，看着他。

小青年被她看得莫名其妙，居然伸手摸了摸脸："你看什么？"

"唉……"言萧叹了口气，一只手的手指缓缓搓着，"算了，我实话说了吧，我们华岩的生意做大了，货源却跟不上了，所以叫我下来收点上货，最近玉石紧俏，是出手的好时机。你不用担心鬼货来路不正，我们那么大的拍卖行，总能给你弄正了，而且价格至少是你能想象的数十倍，甚至百倍。"

小青年到底年轻，听到这里嘴上没说话，脸上已经是一番风云变幻了。

言萧最好的就是眼力，无论是看物还是看人。注意到他神情的变化，她接着说："其实我大可以不说这话自己买回去，赚的都是我个人的。既然现在摊开说了，那就这样吧，我付三千定金给你，货我带走，后面拍卖出去再给你算提成。"

小青年还是不说话，只有眼珠在转，言萧觉得他已经动心了。但他转头就说："不行，这是伙货，我本来就是跟别人合伙卖的，怎么能再跟你合伙卖？"

"不是跟我，是跟华岩，这事你不说我不说，还有谁知道？你就说一万卖出去了，照那一万分，回头自己再拿一份分红，何乐而不为啊？"

小青年搓着手，足足两分钟后终于说："你怎么保证不是在坑我？"

"我的名片在你这儿，跑得了和尚跑不了庙，再说不还有宋方？"

小青年沉默了。

言萧一只手拿了那块玉璜，另一只手把那三千块钱推过去："别引火烧身，鬼货这种东西越早出手越好，晚了可能不仅一分钱拿不到还栽牢里头。"

这简直是致命的一击——小青年现在最担心的就是这个。就这么一恍神，面前的女人已经走了。他在沙发上坐了一会儿，掏出手机拨了个电话："喂？宋哥……"

言萧出门的时候看了一眼时间，已经是下午四点了。她的手收在长裤的口袋里，单肩背着包，平静地走着，脚步实际上却很快。

走出去很远后言萧回头看了一眼，小青年追出了门，身边还跟着几个男人——之前守在侧门那里的男人们，应该就是守这个窝子的。小青年肯定是打听到了她已经不在华岩工作的事了，这比她想象的要快。

转了个弯走到另一条路上，一只手伸过来拖住了她的胳膊，言萧反手扯下包就砸了过去，被对方一只手抓住。

"是我。"关跃站在她身后。

刚才经过巷子口也没看到他，言萧还以为他去追朱矛了。她把包一搭，简洁地说了个字："走。"

关跃没多话，立即跟她一起往前走。

背后有人追了上来，关跃回头看，几个男人包抄上来，推推搡搡地把他们挤在中间，不着痕迹地亮出了刀，在混乱中乱划。有人伸手来抢言萧的包，关跃捉住那只胳膊一折，一脚踹开他，扯了言萧往前跑。有路过围观的人，或惊奇或恐慌，但没有人帮忙。

关跃的脚步快，言萧完全是被他拽着往前跑。远远地看到了越野车，关跃快跑几步，到了车前一手托着她后腰，一手拉开车门，把言萧推进了车里。

关跃迅速绕到另一边上车，点火、启动、踩下油门，一气呵成。车轰鸣着开了出去，那些人没能追上来。

没人说话，他们在县城里绕了半天的路，确定彻底甩掉了那些人，关跃才停下了车。他握着方向盘，转过头来看她，对上她的脸，多看了两眼："怎么回事？"

言萧在笑，一边笑一边转过脸，朝他招了下手："过来。"

关跃靠近了一点，发现她的脸色有点发白，笑容却明艳，双眼弯下时，眼珠里都要溢出光来。他盯着她的眼睛，感觉自己离得有点近了，没再继续靠近。

言萧只好把一只手伸过来，搭在方向盘上摊开，里面躺着那只玉璜。

关跃有点意外地看了她一眼，表情变了："你拿到了？"

言萧凑过来说："厉害，我一进队就做了这种事，领导你可真厉害。"说完又笑了两声。

摊着玉璜的手心里忽然多了滴血，言萧不笑了，身体坐正，脖子动了一下，觉得不对劲，摸了下脖子，又赶紧抬手撩了撩肩后的头发。头发撩开，她的手又在后颈摸了一下，拿出来时顿时一愣。手上全是血！

梅姐手机里存的小品就快看完的时候，关跃扶着言萧进了门。她抬头，一眼就看到了言萧苍白的脸，接着就发现了她肩膀那边斑斑点点的血迹。"这是怎么了？"

关跃松开言萧，大步走过来："受了点伤，有药吗？"

"有的有的。"梅姐赶紧放下手机去找，很快就拎了个医药箱递过来。

关跃提在手里，走去言萧身边："上楼。"

言萧的脸色还是白，扶着扶手往上走。

关跃看见梅姐在旁边惊奇地观望，于是快走两步过去，一只手托住她胳膊，加快了上楼的速度。

梅姐仰着脖子追问了句："不要紧吧？要不要去医院啊？"

"不用。"关跃已经扶着言萧转过楼梯拐角了。

进了房间，言萧把包扔到床上，人在床边坐下，不自觉地抬手往颈后摸。

关跃把药箱一放，抓住她那只胳膊："别乱碰。"

她停下看着关跃："梅姐说得对，为什么不去医院？"

关跃放下她的手，打开医药箱："整个县城就一家医院，他们既然刺伤了你，肯定会去医院等着，去了反而麻烦。"

言萧闭着嘴不作声了，心里却觉得古怪，可又说不上来到底哪里古怪。自己怎么莫名其妙招惹上麻烦了？她不是来避风头的吗？

关跃手里拿着一管药，正在拆封口，手停了一下："有点疼，忍着点。"

言萧问："伤口深不深？"

关跃接口："难道你还靠脖子吃饭？"

言萧一下抬起脸，眼睛紧盯着他："关领队，你什么意思，都这时候了还有心思寒碜我？"

周围安静了片刻，关跃的目光落在她脸上。她坐着，他站着，居高临下。"我没寒碜你。"他回答得挺认真的。

"怎么不是寒碜我？窝子我去了，玉璜我给你带回来了，结果被那群混蛋割到了后颈，你还说这种话？"

"那算我说错了。"关跃一手拨开她的头发，把药往上面倒。

言萧的脸色好看了点，能从他嘴里听到这句话，几乎能算得上是一句示弱了。

伤口应该是在混乱中划出来的，刚才在车上简单处理了一下，已经止了血，那一块却还是肿得老高，好在没伤到要害。关跃处理的时候，言萧忽然问："会不会留疤？"

"好好上药，留疤的可能性不大。"

"是吗？"

"是。"

"那要是留了你负责？"

关跃看了她一眼，手上的动作停了一下。

言萧转头，抬起脸，这才意识到自己刚才的那句话里藏着暧昧。她笑了起来，反而追着又问了句："你负不负责？"她的身体没动，只有脸侧了过来，往上仰起时脖颈的线条柔柔地舒展着，失血的脸庞触目惊心地白，语调仿佛钩子，眼神却毫不示弱。

"别动。"关跃拨着她头发的那只手一动，把她的脸挡了回去，往伤口上按纱布；纱布严严实实地盖住了抹上去的药，他又用胶布一条条固定粘好。

关跃手劲太大，疼得言萧缩住脖子，嘴里"咝"了一声，有爆粗口的冲动。她咬了咬牙，又忍下去了——总觉得他是故意的。

包扎好了，关跃边收拾东西边说："伤口别碰水。"

"要是不小心碰到了呢？"

"及时换药。"

言萧点点头，拿了手机递过去："你的号码给我，需要换药的时候我叫你。"

很少有人把指使人的话说得这么自然。关跃手上停了两秒，接过手机输了自己的号码，还回去："号码给你，换药的时候我让梅姐来。"

言萧算是看出来了，想从这人身上讨半点便宜都讨不到。

关跃提着药箱出了门。

石中舟和王传学回来了，两人正好上楼，迎头碰见他从言萧房里出来，顺道就把他堵住了。

"关队，没追上，还是让那小子跑了。"王传学小声说。

关跃说："暂时不用追他了，东西已经找回来了。"

"找回来了？"两个人眼睛都睁大了。

"嗯，言萧找回来的。"

王传学朝言萧的房间看了一眼："怪不得听我姐说言姐受伤了，原来是去找'钥匙'了啊，我还以为她是……算了。"

关跃问："以为什么？"

王传学有点不好意思，挠了挠头："我还以为她又遇上什么糟心事，又动手揍了人呢。"

石中舟在旁边推了他一下："你小子每天脑子里在想什么呢！"

"哼！你刚才明明也是这么想的。"

石中舟"嘿嘿"笑了两声："关队，言姐没什么事吧？"

"没事。"关跃想起刚才房里的情形，言萧明摆着还能消遣他，怎么会有事。

晚上，梅姐给他们安排了晚饭。言萧下去的时候三个男人已经在桌边坐着了，一看到她，石中舟就站起来给她拖板凳："言姐，来坐，本来想等会儿给你把饭送上去呢，没想到你自己下来了。"

为了不碍着颈后的伤，言萧把头发全挽上去了，松松地坠了一个髻在脑后，脸庞全露出来了。往那儿一坐，透白的皮肤、黑亮的眼，看起来更显眼了。

石中舟也不是第一次见她了，眼睛还是忍不住总往她脸上瞄。

王传学在底下揶揄地端了他一脚，笑着对言萧说："言姐真是咱们的福星，自打碰了面，咱们就跟走了运一样，现在两节'钥匙'都追回来了。"

"钥匙?"言萧以为自己听错了。

"哦，就是那文物。"王传学笑笑说。

"那是玉璜，不是什么钥匙。"言萧说。

王传学瞄瞄关跃，"嘿嘿"干笑着，没说什么。

言萧想起他刚才的话，嘴角扬了一下："你刚才说走了运? 我怎么觉得，自打碰了面，我就跟倒了霉一样呢?"

王传学："……"他顿时有种拍错了马屁的感觉，这下换石中舟在旁边笑他了。

言萧看向旁边，关跃坐在她的左边，一只手搭在桌上，扶着水杯，手指修长，衣袖卷到手肘，露出来的小臂如同雕塑。他应该听明白了这话是跟他说的，但没反应。装蒜!

梅姐叫厨房多做了几样菜，还特地添了盘鸭血。端上来的时候王传学往言萧碗里拨了一大半："多吃点言姐，这个补血。"

言萧拨了两筷子，反而没胃口了。

石中舟吃得快，吃完了就在旁边拿着手机刷微博，忽然"咦"了一声："言姐，你上热搜了啊。"

言萧抬头："什么?"

他看了看手机，又看了看言萧，摇摇头："不不，应该说的不是你。"

言萧伸手："我看看。"

石中舟犹豫了一下，把手机递了过来。

手机上是条国内某大 V[①] 新闻媒体发的微博，下面有两张照片：一张是言萧工作时期的照片，妆容精致，穿一身上白下黑的职业套裙，背景是华岩的拍卖大厅；另一张是小县城里的街道上一个背着包的背影，很模糊，身上的衣服就是她今天白天穿的那套。微博先说了她在鉴宝会上暴露出了不会鉴定的"事实"，接着就说她逃离了是非之地杭州，如今被人拍到去了西北某小城，还有据提供照片的知情人称，她现在过得如何如何失意潦倒。

看完文字内容再对比两张照片，还真觉得后面那张有点潦倒的意味了。言萧看了两遍，觉得那个知情人肯定是宋方。没想到那老小子和她聊天前还偷拍了

---

① 大 V：指微博上获得个人认证及拥有众多粉丝的用户。

她的照片。难怪当时他什么都没说，背后倒是准备好了一套——早知道就该多坑坑他。

石中舟探头过来："言姐，不是你吧？是不是恰好同名啊？"

言萧说："你见过同名还长得一样的人？"

石中舟："……"

她把手机推回去，站起来走了。

王传学凑到石中舟跟前看了两眼，又看看言萧的背影，不可思议地低呼："真是言姐啊！"

石中舟把手机递给关跃："关队，你看看。"

关跃低头看，拇指在屏幕上上下滑了一下。现在新闻的时效性太高了，白天才拍的照片，晚上就传遍网络了。

"你说她要是根本就不会鉴定，咱们干吗还请她来啊？"石中舟嘀咕。

关跃抬头："她要是不会鉴定，你觉得她是怎么把玉璜带回来的？"

石中舟反应过来了："对啊！"

关跃站起来，把他的手机抛回去，石中舟手忙脚乱地兜住。

"吃完了就回去收拾一下，明天上路归队，少看点八卦。"

石中舟讪讪地点点头。

关跃上了楼，发现言萧并没有回房，她就站在走廊的窗口边，眼睛看着窗外。廊下的灯光很暗，几乎看不清她的神情，她的脸往这边转过来，模糊朦胧的一片，只有那双眼睛，亮得像星子，准确地捕捉到他的目光。关跃在那视线里停留了一瞬，推门要进房间。

言萧忽然说："等等。"

他站住了。

"那节玉璜呢？"

关跃说："在我这儿，怎么了？"

"给我。"她说，"我花了钱的，你当然得交给我。"

关跃朝她走过去："花了多少？"

"三千。"言萧一只手伸了出来。

关跃垂眼看了看她的手心，从口袋里掏出那节玉璜在眼前看了看："才三千？"

言萧何等人，马上就听出了他的弦外之音，看过来时眼角都斜了起来："怎么，钱花少了，你怀疑是假的？"

关跃看过来："我没这么说。"他把那节玉璜放到她手心里。

言萧看了看他，脸色才缓和过来。刚准备收回手，关跃的手又伸进另一边口袋里，拿出另一节玉璜，一起放在了她手里。

"都给我？"她有点意外。

"本来也是需要你鉴定的东西，都放在你这里保管，省事。"

言萧拢着两块玉璜在手心里摩挲了一下，看他："这么千辛万苦追回来的东西，你就不怕我带着跑了？"

"我还不至于怀疑队友。"关跃说完轻描淡写地又接了一句，"真跑了我也能追回来。"

言萧低低地笑了，他没有刻意强调什么，但就是这样天生低沉的嗓音，说出来的话就有种充满了自信的感觉。她一手捏着一节玉璜，拼在一起，举在面前细细地观察了一下，说："一共有六节。"

关跃的目光霍然落在了她的脸上。

言萧看他："怎么，错了？"

"没错。"分毫不差。

言萧把玉璜收起来，也许是受了伤容易累，她往后靠了靠，倚在窗台上："你明知道是怎么回事，为什么还敢接受我来你队里？"

"什么？"

"你去过鉴宝会不是吗？明知道我跟所有鉴宝专家唱反调，怎么会相信我？还是说实在没人肯来这破地方了，你才不得不要我？"

关跃的手收进裤兜："不，是我跟裴明生提出一定要你过来的。"

言萧看着他波澜不惊的眉眼："你还真这么相信我啊？"

他反问："那我不该相信你？"

言萧笑："你别这样，我现在正在低谷期，你这么对我，我要是爱上你了怎么办？"

关跃的眼睛动了下，对这个玩笑没接茬。

很快，言萧脸上的笑容淡了："也没什么，得罪了个'国宝帮'而已。知道什么叫'国宝帮'吗？满屋子赝品还当作国宝的人，在古玩圈里就叫国宝帮，我得罪的是最大最有权势的国宝帮，所以我被打上了不会鉴定的标签。"

关跃还是没作声。他知道，那个最大最有权势的国宝帮，是五爷的。

"既然你相信我，那我就告诉你了。"言萧不屑解释其他，只是在今晚、此时，第一次主动跟他说起了自己的事。

第六章
招 惹

两人静静地站了一会儿，谁也没说话，各怀心思。直到关跃要走，言萧才开口："咱们明天是不是就要离开这儿了？"

关跃的脚步停了一下："对。"

"真不够怜香惜玉，我这还受着伤呢，为什么不多留两天？"

"多留容易被窝子里的人发现踪迹，越早走越好。"说完这话关跃就走了。

言萧其实也只是说说，不过看他这模样，"怜香惜玉"这四个字跟他这个人还真是半点都不沾边。

回到房间，她把那两节玉璜拿出来，按亮了床头灯。暖黄的光照上去，玉璜被照出温润的色泽。她在灯光里一点点观察了足足有四五分钟，才找了块干净的布将它们分开包好，收起来，自己仰头躺到床上。

关跃肯把两节玉璜都放在她这里，让她很满意。不是高兴，也不是得意，就是满意——很满意他这个态度，这代表他还算信任她。言萧是对这份信任很满意。至少在这个地方，还有人信任她的能力。

第二天一大早，还没到七点，石中舟第一个起床，拉开了旅馆的大门。外面在刮风，清晨的天不明净，灰蒙蒙一片黯淡，云连在一起就像是块浸了水的抹布。他在心里念叨了一句"不好"，回过头，正好看到关跃下楼。

"关队，天气不怎么好啊，走晚了恐怕会变天。"

关跃朝门外看了一眼："嗯，那就尽快走。"

石中舟刚上楼叫人起床，关跃的手机就响了。他拿出来看了一眼，是一串陌生号码发来的短信，简短的两个字："换药。"是言萧。他先把号码录了名字，然后去叫梅姐。

十分钟后，言萧从楼上下来，大家已经都准备好了。越野车停在路口，男人们整装待发。

石中舟等在门口，看到她出来说："言姐，你手还没好吧，要不你的车还是我来帮你开？"

言萧想了想，把车钥匙抛给他："路太长，你跟小王轮着开。"

王传学在西安挨揍留下的伤好得差不多了，正想试试豪车的手感，俏皮地应了一声"好嘞"，跟着石中舟一起上了红色小轿车。

关跃刚上越野车，就看到言萧坐在副驾驶座上。早晚天凉，她身上穿了件薄薄的套头毛衣，水绿的颜色，露出锁骨，把她的脸映得鲜亮白嫩。车外是西北，她仿若在江南。关跃没多意外，也没说什么，转头坐正，一手扯了安全带扣上。

车钥匙刚拧下去，言萧说："你还真是说话算数，说叫梅姐来换药就叫梅姐来。"

关跃回答说："带队的人就该言行如一。"

还挺有道理的，她都无法反驳了："梅姐的手艺可比你的好多了，换药的时候一点都不疼。"她动了动脖子说。

关跃系上安全带，像是不太明白她这话的意思，偏头问："难道我换药会疼？"

"你是从来不知道自己的手劲吧？"言萧忽然伸手过来，抓住了他的手。

关跃手指一动，看着她。

他的手很大，温热干燥，言萧拨开他的掌心，低头看上面的纹路，说："难怪，你这三条线都连在一起了。"她低着头，像在仔细研究，"通贯手，又叫断掌，这种手做什么都很有力，就连打人都比别人要疼。"

关跃说："你还会看手相？"

"我不会看手相，但我熟读历史。听说过吗？据说唐太宗李世民就是这种手。"杀伐果断、利落决绝的手，有这样的手的男人，个性多半是雷厉风行。言萧伸出一根手指，顺着那纹路轻轻地描摹上去，指尖在他的掌心里翻山越岭，眼睛慢慢抬起来，落到他脸上。

手掌里微微地痒，关跃看向她，她没有回避，坦坦荡荡地和他对视。直到那根手指在他生茧的地方刮了一下，关跃才忽地觉得一麻，一把抽回了手，坐正。

"关队，怎么还不开啊？"外面喇叭声响了两声，石中舟开着言萧的车先出去了。

言萧看着关跃，他目视前方，侧脸紧绷，嘴唇抿得也略紧。

"据说通贯手的男人招惹不起，这会儿我好像看出来了。"她意有所指地说。

关跃笑了一声："你知道就好。"

言萧不禁看了他一眼，总觉得他这声笑有种无端的邪气。

关跃已经把车开出去了。

她又瞄瞄他的手，被她碰过的手指正稳稳地握着方向盘，脸上也看不出什么情绪来。

出了县城没多久，太阳就从云后面露出了微薄的水红的光。天还是暗的，车上了公路，两边是大片的黄土地，远处是屏障一样连绵的山，大片的杨树林从车窗外倒退过去，眼前的颜色渐渐单调。

关跃在这条路上一言不发。

言萧也不说话，一手撑在车窗上，支着额头看他。

过了很久，关跃终于开了口："你看什么？"

"你说我看什么？这车里还有什么值得我看的？"

关跃的眼睛始终直视着前方，油门踩下去，很快赶上了前面的红色小轿车。

石中舟从车里探出脸来跟他们挥手："言姐，你这车开着太爽了，真不愧是豪车！"

言萧笑弯了眼："那你再爽爽。"

石中舟嘴里兴奋地"嗷"了一声。

言萧转头看着关跃："你看看人家，开个车多开心，关领队，你学着点。"

关跃说："你想要开心可以不用坐我的车。"

言萧托着腮认真地想了想，说："不，我还是挺开心的。"虽然消遣他没什么回应，但挺有乐趣的——有乐趣到都快让她忘了杭州的事了。

车速减缓，关跃倏地停了车，解了安全带下车。言萧往外看，原来是到了城镇。她下车时，看见前面石中舟和王传学也一起下了车。

"言姐，我们要在这儿采购点生活用品，你要是有什么要用的就一起买了，不然到了队里没地方买，很麻烦的。"石中舟匆匆说完就去追关跃了，王传学慢走一步等言萧。

言萧说："不用等我，你们先去，我自己逛逛。"

"那行。"他也跟着跑过去了。

这地方不大，没看到名字，但很特别，一条街就在路边，卖什么的都有，店铺外面还摆了摊点。往来的车打这儿过都在这里停，人来人往很热闹，俨然就是个补给站。

言萧还真需要买点东西，不知道队里有没有别的女队员，至少卫生棉她是一定要提前买好的。街上店虽然多，却几乎都是卖特产的。言萧走了很久才找到家卖日用品的店，一口气要了七八包卫生棉，往包里塞的时候却忽然停了一下：这么多，难道她还打算在这鬼地方待上很久？于是又退了几包回去。

言萧出来的时候正好看到石中舟他们从附近过来，一人手里捧着个大纸箱子往车那儿走。言萧转了转头，看到了关跃，他就站在一家小卖部前。小卖部门口横拦着一个玻璃柜台，里面摆着各种各样的烟，上面扯了根绳子，悬了五彩斑斓的丝巾披肩。

关跃站在那里买烟，他出来的时候外面穿了件黑皮夹克，合身的短款，腰身和长腿展露无遗，堪称完美。脸颊边上就是那些五颜六色的丝巾，把他黑漆漆的头发和宽阔的肩背都衬了出来。有一瞬间言萧觉得他根本不属于这里，可他站在这里，看久了又一点都不违和。

言萧走过去，抬手扯了一条丝巾到手里。

关跃正在付钱，转头看了她一眼，拿了烟就走。

"喂。"言萧叫他。

关跃回头，看她把那丝巾叠了叠，包到头上系起来，然后从包里掏出墨镜戴到了脸上。

"知道摩纳哥王妃吗？"

关跃说："知道。"

"那看来你涉猎还挺广的，连那么久远的海外明星都知道。"言萧说着托了一下墨镜，"你觉得我这造型跟她比怎么样？"

摩纳哥王妃格蕾丝·凯利以前也是好莱坞巨星，喜欢自己驾车到处旅行，经典造型之一就是用头巾包住头发，脸戴墨镜，曾风靡世界。关跃看着她，言萧无疑是个美人：头巾鲜艳，掩住她的脸，墨镜遮挡了双眼，黑的眉和鲜红的唇冲进他眼底。格蕾丝美得像水，而她更像是酒，表面温和而绵长，可后劲十足。他把视线收回来："不怎么样。"

"不怎么样？"

"你觉得萝卜跟青菜比怎么样？"

言萧耸肩："又不是一样东西，怎么比？"

"外国人跟中国人也不一样，怎么比？"

言萧用一只手扒下墨镜看他："那你是喜欢吃萝卜，还是喜欢吃青菜？"关跃没有回答，她扬长语调："嗯？"

关跃面无表情，嘴唇抿着，下巴的线条刚毅得不近人情。"无聊。"他忽然丢下这两个字就走了。

王传学正好过来，一看到言萧就惊呼："哇，言姐这样真好看！"

言萧闷笑一声："总算还是有个眼神好的。"

"啊？谁眼神不好？"王传学莫名其妙。

言萧瞄了一眼关跃走远的背影，拿下丝巾还了回去。

小卖部的老板说："美女带一条吧，这天说不定就要来风沙，可以防风的，你戴着又这么好看。"

"不了，没听刚才那人说不怎么样吗？"她拨了一下肩头的包，往停车的地方走。

王传学又赶着去找石中舟了。

还没到地方，言萧先看到了自己的车，本来那鲜红的颜色也实在惹眼。有人侧身站在那里，探着身子，像是在打量着那辆车。她盯着那个人看了两眼，走了过去。那是个小青年，背着大大的登山包，板寸头。她走到对方背后，倚在车上，摘下墨镜，叫了他一声："看什么呢？"

小板寸猛地回过头，一脸惊喜："嘿，还真是你啊！"

谁能想到会在这里遇到西安民宿里的小板寸。言萧上下打量他：他看起来风尘仆仆的，显然也是刚赶路过来的。言萧问："你不是去沙漠探险了吗？"

"是啊，本来我要去塔克拉玛干大沙漠的，但是在路上听到了个消息，就往这儿过来了，没想到撞见了你的车，刚才还以为看错了呢。"小板寸比在西安那会儿还热情，拉了她一下说，"走走，请你喝点东西。"

言萧拗不过他，被拽去了路边的小摊。小板寸点了两杯自榨的甘蔗汁，递了一杯给她。塑料杯软趴趴的，果汁上面浮着一层白泡沫，汁水化到舌尖不太甜，反而有微微的涩。言萧叼着吸管喝了一口，问小板寸："你刚才说听到个消息，到底是什么消息把你吸引过来的？"

"哦，对，我正想跟你说呢，你是做鉴定的，肯定有兴趣。"小板寸神神秘秘地左右看了一眼，低声说，"我听说从这方向一路过去，要么在戈壁，要么在沙漠，有宝贝！"

言萧听了就觉得好笑："怎么着，你还要去寻宝啊？"

"我是想去，可是也要有专家在才行，你不是会鉴定文物古董吗？怎么样，要不我们一起去？上次看了你地图上圈的那个地方，是在同一个方向。"

言萧本来不以为意，听到是同一个方向才留了点心，她心思转了一下，笑着摇头："算了吧，我不信这些，你也别太听风就是雨。这世上到处都有宝贝，但真找到的人又有几个，你当这是拍寻宝电影呢？"

"我听人家说得头头是道的，说是找到什么玉璜就能找到宝贝，可我又不知道玉璜长什么样，只能靠你这样的专家啊。"

言萧看他一眼："玉璜？"

"好像是叫这个。"

她想起包里收着的玉璜，难道是巧合？

"听说现在有不少双眼睛都盯着那儿呢。说真的，好不容易遇到你，咱俩可以结个伴一起去试试运气。你想一下，就算什么都得不到，这种经历多有意思啊。"

看来他也不是为了钱，纯粹是为了找刺激。

"你小说看多了。"言萧当头浇了盆冷水。

"我也知道不太现实，但出来一趟总得找点刺激啊。"说到这里，小板寸手里的吸管都快被他激动地掐断了，他忽然想起什么，"哦，对了，到今天我还没自我介绍呢，我叫……"

一只手拍到他肩上，小板寸的话戛然而止，他扭过头，身后多了个高大的男人。"不好意思，"关跃指指言萧，"她还有工作要做，如果你要找人结伴，请去找别人。"

"是你啊。"小板寸一下认出了他，看看他，又看看言萧，没什么意义地压低音量，"你不是甩开他先走了吗，怎么又走到一路来了？"

言萧看一眼关跃："因为他跟我结伴了啊。"

小板寸明白了，原来专家被提前预订走了，他挠一下头上的板寸，干脆举手提议："要不你们也带上我一起好了。"

"不行，我们带不了其他人。"关跃拉一下言萧的胳膊，"走。"

"唉……"小板寸后面的话都没来得及说，言萧就被拽走了。

路边的几间小餐馆夹着一个半开的围墙，墙上刷了粉白的两个字：公厕。旁边打了个箭头，写着"向内五十米"。言萧被关跃拉到这地方才停步，松了手。

言萧在墙边找到垃圾桶，扔了手里的塑料杯，看向他说："你至于吗？不带他就不带，急着走干什么？我还有话没问完。"

关跃说："没必要多聊。"

"为什么？有什么是不能聊的吗？"

关跃指了一下头顶的天："天气不好，随时可能会变天，再不上路就难走了。"

言萧跟着他看一眼天，看不出什么门道，就觉得阴沉沉的，她点点头："行，你有道理，那你是不是给我解释一下那个玉璜的玄机？"

关跃眼一垂，手指拉起身上的皮衣，让立起的领子挡住下巴，才抬起眼说："现在说不清楚，等到了地方再说。"

言萧盯着他的脸左右看了看："那你告诉我，这一路上能太平吗？"

"什么意思？"

"那个小板寸说了，有很多双眼睛盯着这儿，都想来寻宝。这条路到底太不太平，你得让我有个数。"

关跃的目光落到她身上，仿佛有了分量，过了一会儿才说："再不太平有我们三个在，至少能保证你的安全。"

言萧笑了一声，拨了一下后颈的头发："来，你自己来看，我这儿的伤还没好呢，你可别打自己的脸。"

他表情不变："你放心好了。"

"算了，我还是去跟那小板寸再聊几句，也许还能知道得更多。"言萧是做鉴定的，观察力没的说。关跃这个人乍看每一句回话都很认真，可是回味一下就会发现根本什么有用的信息都没有，他根本就是无形中在打太极。

言萧刚要走出去，胳膊就被抓住了，关跃说："我说了，该上路了。"

言萧甩了一下没甩开，回头发现他整个人就贴在自己身后。这人的力气是真大，四平八稳的，还有种气势在，莫名的就要压人一头。言萧试了两次没挣开，干脆也不挣扎了，一手摁住他握着自己胳膊的那只手，身体一转，主动贴到他身上。

她这一下让关跃没想到，想抽出手，言萧偏紧抓着不放，贴得他越来越紧。他越往后面退，她越步步紧逼，一直到他的后背抵上路边的墙，两人的身体还紧贴在一起。

"你不是挺一本正经的吗？原来还会主动抱人啊？抱啊，接着抱。"

关跃算是明白自己着了她的道了。言萧的五官明艳、柔和，只有眉眼里总藏着些许的凌厉，身体却软，靠在他身上像黏住了一样，抓着他因为被风吹久了有点发凉的手。

关跃对着她的脸看了两秒，手腕一转，不知道制住了她哪里，言萧的手不自觉地一松，他就挣开了她的手，还顺手扶了她一下。"上路。"简洁明了的两个字，干脆低沉，连个尾音都没有。

言萧看着他的背影走远，再瞄一眼远处，早没那个小板寸的影子了。难怪他走得这么干脆。

石中舟和王传学等在车边上，一直望天，正焦急着，就看见关跃过来了。言萧跟在他后面，她走得很快，直接越过关跃到了他们跟前，伸出手说："钥匙。"

石中舟一愣，把车钥匙放进她手里："言姐你要自己开吗？"

"嗯，后面我自己开。"言萧坐进车里，点火启动，车在眼前开了出去。

关跃边往越野车那儿走，边叫两个人："上车。"

三个人上了车，越野车马上跟上去。"关队，言姐刚才上车前瞄了你一眼，你们刚才干什么去了？"石中舟在后排问。

关跃自己都没注意到她瞄过自己，他倒注意到了："没干什么，遇到个路人，耽误了点时间。"

"就这样？"

"嗯。"

石中舟朝前面的红色车尾看了一眼："言姐这人我琢磨不透，不知道她在想什么。"

关跃心想是有点琢磨不透。

王传学在旁边说："根据我的观察，我觉得一个词很适合言姐。"

石中舟忙问："什么词？"

"笑面虎啊！你看她表面挺爱笑的吧，其实不然啊。我有时候觉得她好像压着件不痛快的事在心里似的，最近倒还好点了，今天这是怎么了，倒好像又跟刚见面那会儿似的了。"

"别说，你这么一说还真是。"石中舟觉得他难得说在了点子上。

"别聊了。"关跃打断他们，"要变天了。"

两个人同时看向车外。

言萧开得很快，但关跃熟悉路，越野车很快就赶超了上来。在就要擦过去的时候，她却忽然一踩油门超过去把越野车甩开了。越野车先是安分地在后面跟着，没几分钟又追上来，她这次没管，任由他超过去了。

她不认识这地方的路，还得靠关跃在前面领着才行，她也没心思跟他飙车，她就想一个人捋一捋小板寸的话而已。千里迢迢来这里一趟，总得明白自己处在一个什么样的工作环境里吧。刚才她就觉得，关跃这个人似乎很防备陌生人。

越野车终于超了过去，在视野里留下一个彪悍的黑色车影。言萧放任车速减缓，在后面跟着，一手握着方向盘，降低车窗，让风吹进来——她得缓缓。

外面有隐隐的声响，有点像打雷，她没有在意，直到远远传来石中舟的喊声："言姐！言姐！"

她抬头，看到前面越野车也停了，石中舟从车窗里探出半个身子，朝她遥遥挥手，又指指天。言萧顺着他的指引抬眼看天，远处黑沉沉的一片昏暗，穹隆像是被罩上了灰布。有什么正在往这边席卷过来，道路两边连林子都没有，一马平川的荒野，席卷过来的东西推进的速度极快。

石中舟大喊："沙来了！"

沙尘暴！五月还是春季的尾巴，西北依然有风沙肆虐，早上出门的时候天就不对，现在说变就变。言萧丢开包，立即加速，跟上越野车。

关跃开着越野车往左转向，引导方向。

言萧一边开车一边去关车窗。眼前天光陡然暗了，风沙毫无预兆地扑了过来，瞬间刮了她一头一脸。

言萧的手指用力按着按钮，副驾驶座上的车窗合上了，自己这边的这扇却像是卡住了，怎么也合不上。风沙在眼前往车里倒灌，混着尘土，拍打在车窗上噼里啪啦地响；她的眼睛已经睁不开了，赶紧踩下刹车。手机在响，但她顾不上接，眼里硌得发疼；余光里外面早已经昏天黑地，隐隐约约地扫到前面越野车的轮廓，旁边有什么在动。

是人，有人在往这里走。那人戴着墨镜捂着口鼻，黑色的身影穿透尘沙，一路到了她跟前，一把拉开了门。"坐过去。"捂在手掌里的嘴发出低沉的声音。

言萧来不及多想就往副驾驶座上挪，费力地移过去后关跃迅速地挤进来坐上了驾驶座，合上车门。他左手握成拳，在车窗框上重重地击打了两下，卡在缝隙里的沙子被震落，车窗终于升了上去。世界瞬间就清静了。

关跃摘了墨镜，拍去衣服上的沙子，转头看着言萧。她的头上和身上全是尘沙，举着一只手拢在左眼旁边，眼眶通红，没法睁开。关跃拨过她的脸看了看，两指一撑，扒开她的左眼重重吹了下去。那只眼睛顿时泪水横流。

言萧捂着喉咙咳了几声，张嘴先吐了口沙子。

这样不行，关跃朝外看了看，风沙遮天蔽日。他把车开起来，缓慢地开了一段，方向盘一打，往下拐进了一条岔路。

车开得很慢，却不是漫无目的的，外面能见度低，放眼望去全是铺天盖地的沙尘，关跃却好像清楚地知道自己在什么地方，偶尔的转向和提速都很稳，一路下来没有任何停顿。

开了足足有二十分钟，车停了。他戴上墨镜，把身上的皮夹克脱下来，推开车门下去。

风沙瞬间扑过来，他逆着风绕到副驾驶座外面，拉开车门，抓着言萧的胳膊把她拽出来，皮衣往她头上一搭，裹住她往前走。说不了话，眼睛也没法睁开，言萧低着头任他摆布。

路非常难走，从高到低，短短的几十米，两人生生走了快十分钟。风沙小了点，有间屋子在面前。关跃一脚踹开门，把言萧推进去，反身合上门。

屋子看起来不大，进深却深，其实是个窑洞，因为天气的缘故，光线很暗，黑黢黢的。靠里有一张炕，一边墙壁被烟火熏出半边黑，另一边贴了几张旧报纸。当中有一张方桌，几把凳子，角落里堆了点杂七杂八的东西，除此就没别的了。

风声小了，其他声音就清楚起来，言萧站在屋里，红着左眼、扶着脖子，喉咙里呼呼地响。关跃把门关紧，在屋里找了一圈，墙角有个储水的水缸，好在还有水。他舀了瓢水过来，拿下言萧头上的皮衣："漱口，别用力吸气。"

言萧就着瓢含了口水，吐了，反反复复好几次，还是觉得不舒服。

关跃一手按在她脑后，一手端着水送到她嘴边，猛地灌了一大口进去；拇指在她下颌上一顶，言萧顿时呛了一口水出来，甚至从鼻子里也流出了水。她狼狈地抬起头瞪着关跃，他一脸淡定："现在再呼吸看看。"

言萧喘了两口气，发现喉咙里顺畅多了。

关跃又舀了点水过来，不等他说，言萧就想伸手进去洗手洗脸，被他一把抓住了手腕："忍着点，这里又不是你们江南，没那么多水让你用。"

言萧还没完全顺过气来，抽回手，拍了拍头发和身上的沙尘，整个人有气无力的。

关跃握着她的肩膀一拨，让她背过去，撩开她的头发：后颈那块包扎的纱布上也有沙子，纱布浸了血迹出来，不知道是不是有沙子落进去了。他拖着言萧往旁边的炕上一按。

言萧坐了下去，关跃站在她后面拆纱布。肩膀被他按得生疼，她偏着头想避开，却被他紧紧扣住了肩动不了。她咬了咬牙，忍着没说——像他这样的人，说了估计也没用。

纱布上的血迹沾到了毛衣的领口，粘在那里很碍事。他把她的领口往下拉，宽松的领口往下坠，女人大片雪白的后颈暴露出来，昏暗中像一块白瓷，他只看了一眼就把目光移到了伤口上。

比他想象的要好，沙子只在边沿，没能进去。之所以流血，估计是之前跟他拉扯了一下导致的。关跃给她清洗了后颈，重新包扎。言萧的脖子缩了一下，他就想起了她的话，不动声色地看了一眼自己的手掌，三条线连在一起。很疼？他以前从来没注意过。处理好了，他顺手拿过皮夹克搭在她身上。

还是下午，可是感觉就像天快黑了一样。关跃走到门口，给石中舟打了个电话。

石中舟跟王传学到底是本地人，对西北的天气再熟悉不过，不用他说已经开着越野车去前面避风了。关跃简单问了一下情况，告诉他们说："你们先找地方等我们，等风沙过了我们就过去……"

话还没说完，电话就突兀地断了——是手机的信号断了。他收起手机回头，看到言萧坐在炕上，毛衣被他拉扯过后松松垮垮地奄拉着，露出半边肩头，胸口深深的沟壑若隐若现，他的皮衣在她肩后摇摇欲坠。

白的脸、黑的衣，她像是刚从沙里钻出来的——狼狈、疲倦，脸上没有表情，沉静得像个影子，苍白又艳媚。关跃的目光收回来："你好点没有？"

言萧缓了一会儿。她是第一次来西北，久居江南，从没体验过这样劈头盖脸的风沙。她伸出手指钩着他的皮衣拢了拢，开口声音还是嘶哑的："你问什么？是被灌了沙子，还是先前被你抱了的事啊？"

关跃："……"如果没记错，那明明是她抱了他才对吧？刚刚才受了罪，还能开口拿他开涮，了不起。但关跃还不至于闲到跟她争辩这个。他手伸进口袋摸出了烟，想了想这窑洞里密不透风的，就又收了回去。"今天的事你不用放在心上，我不是要限制你的自由，也不是要瞒你什么，有些事情很特殊，等到了队里你都会知道。"

言萧眼一动，看着他。难得他肯开口，她干脆就等着他说下去。

关跃看到她的眼神，往下说："那地方不是说话的地方，有很多散客停留中转，也是少数民族聚居的地方；你跟那个人谈话的地方五十米不到就是个派出所，如果被警察听到你们说什么结伴寻宝，别说那小子，连你带整支考古队都要被查。"

言萧当时倒是真看到了个派出所，也听说过边疆地带的派出所都查得严，不过怎么看都不至于这么严重才对，便道："你这再怎么说也是支考古队，怎么被你一说好像还怕警察查似的，你们可是有正规工作证明的人，就是真被警察问两句又怎么了？"

关跃看她一眼，走到门口，背往门上一靠，才说："那好，让他们来问，你不知道自己的情况？刚上了一次热搜，进个局子就又可以再上一次新闻了。"

言萧顿时沉了脸，这人哪壶不开提哪壶是吧！"哦，那这么说我得谢谢你才对啊。"

门外风沙呼啸，从门缝里钻进来，把关跃的衬衣吹得鼓了起来。逆着光，他的脸看起来整个都是阴沉的，短发下面一双冷峻的眼睛看着她。

两个人就这样互不相让地对视了很久，到后来言萧甚至都忽视了自己到底在看什么。关跃的脸转了一下，目光移开了："当我没说。"他有数，戳人的伤疤，没人会痛快，但总得戳她一下，她才会知道厉害。

屋里一安静下来，外面的风声听起来就特别猛烈，像是要掀翻大地似的。这风沙看起来一时半会儿不会停，窑洞里的光更暗了。

言萧坐在炕上，跟他斗了几句嘴，竟然有点饿了，但是喉咙里还残留着不适，并没有食欲，只是机械地觉得饿。她瞄一眼关跃，他已经离开门口，走到角落里摸索了一下，那里放着两个袋子。他拨了两下，回头问："你饿不饿？"

言萧说："饿啊！不过没事，你再多说几句刚才那种话，我就气饱了。"

关跃发现她不能吃亏，不管是口头上还是真实发生的事情，她都能找机会扳回去：口头上自己早就领教了，并且现在还在领教；至于真实发生的事，金链男的遭遇就是明证。

窑洞不大，四个角落都转过了，柜子里也看过了，没有吃的。关跃干脆不找了，这阵强风沙来得突兀，肯定很快也会过去，干脆忍一忍好了。他站在桌边上用手指撑着桌面，眼睛盯着门缝。

言萧起初以为他在看外面的风沙，看了他一会儿，才发现他的眼神并没有着落点，就像是在发呆一样。她忍不住问："你干什么呢？"

关跃看她一眼："我在想从这儿回队的最近的路线。"

"用脑子想？"

"嗯。"

言萧有点吃惊，她印象里去考古队的路线复杂得很，当时自己看地图都没太看明白。虽然现在道路工程给力，可架不住周边弯道多。用脑子记，那得多难。他这是机器做的脑子吧？

"那你想到了？"

"想到了，等风沙过去就走。"关跃说话的时候卷起了袖子，两条肌肉线条结实的小臂一露出来，显得整个人特别刚劲有力，连说出话来都胸有成竹的。

言萧"哦"了一声，目光从他的身上转过去。

男人长得好看确实占优势，他不气人的时候，光是这么沉沉静静地站着就能吸引人的视线。思绪乱飞了一下，肚子忽然不争气地"咕"了一声，言萧连忙用手捂住，关跃却已经朝她这边看了过来。她看着他，不知道他听见没有。

外面的风声似乎转小了，不再有呼啸如鬼嚎的可怖动静。两个人正大眼望小眼，门外面忽然传来了声响。

第七章

遇 劫

门是木板的，好像是有什么力量在推撞，一下两下地发出梆梆的闷响——声响就是这么来的。言萧警觉地坐直，看着关跃："什么东西？"她的声音很低，像根弦瞬间绷紧，从慵懒散漫到全神戒备就是一秒的事。

关跃还是第一次看到她这样，没有直接回答，像是要逗她似的，反问了一句："你觉得是什么东西？"

言萧皱眉，这里是西北，天就要黑了，能有什么？狼？不对，风沙天气怎么可能有什么狼。言萧反应过来，眯眼看他："关——领——队！"这三个字几乎说得一字一顿。

"嗯？"关跃已经走到了门口，手抓在门闩上，扭头看着她，脸上看不出什么表情。

言萧想说"你居然耍我"，可对着他这张脸忽然就不想说了。

关跃转身拉开门，一个老人一头冲进来。他头上包着白头巾，脸上蒙着块透水纱布，满身的沙子，顾不上别的，先关上门才抬头看人。看到关跃，他伸手扯下脸上的布："关领队？"

关跃伸手扶了他一下："路伯。"

老人抹了把脸，看着他："好久没见了，咋到我这里来了？"

"经过这里，被风沙挡道，来避避风。"

"那你记性可真好，就来过一回，还晓得路。"

"比不上你，西北哪儿都熟悉。"

路伯咧嘴笑，脸上皱纹一条条挤出来，转头看到了言萧，问："你带来的？"

关跃点头："嗯，队友。"

"哦，队友……"路伯喃喃重复了一句，把肩后背着的布包拿下来，拍打着身上的灰尘。

言萧坐着看，不知道是不是错觉，她总觉得老人刚才那句"队友"的语气有点意味深长。

家里多了两个人好像对这位老人也没影响，他不多话，走到角落里起炉子点煤球，回头又从布包里拿出东西：一包面粉，七七八八的小袋子，像是作料——看起来是准备做饭了。他忙他的，没有留人吃饭的意思。

关跃似乎习惯他这态度了，手搭上门，看一眼言萧："我出去看看能不能走了。"

言萧没搭话，看着他开门出去。她从炕上站起来，摸了摸长裤口袋，没摸到什么，又去摸身上关跃那件皮衣的口袋，摸到了钱。大概是他之前买烟找的零钱，被他随手塞在口袋里，里面还有两张一百的。言萧决定先借来用了，她抽出那两百块钱，走到路伯身边，把钱按在炉子旁边的小桌上。

路伯蹲在那里看炉火，看到钱，仰头看她："咋？"

"我们来的时候踹坏了你的门锁，又用了你的水，这是报酬。"从进门到现在老人都不热情，言萧看得出来，也许是对他们擅闯的不满。

路伯半点不推辞，伸手把钱拿了过去，往兜里一揣，又抬头看她，歪着头瞅到她脖子那里有纱布："哟，受伤啦?"他撑着膝盖站起来，从布包里拿出个袋子，抓了一把什么出来搁到碗里，又从炉子上拎了刚烧沸的水浇上去，瞬间香气四溢。"喏，吃吧。"他把碗推到言萧跟前，拿了把勺子递过来。

言萧拿了勺子坐下来，心想真是有钱能使鬼推磨。吃到嘴里她才发现他泡的是炒米，她是真饿了，很快就吃了一半。

"好久没见过这样大的沙尘暴了，也就去年给你们关领队领路的时候遇到过一回，不过那是在戈壁滩啊，哪像现在，平地上都有。"路伯嘀嘀咕咕地说道。

言萧放下勺子："领路?"

"是啊，去年他来请我做向导，要我带他去几个地方……哦，现在那里头的其中一个，肯定就是你们考古队在的地方了呗。"

难怪关跃说他对西北哪儿都熟。可是他自己不就跟活地图似的，都能凭空默想路线了，还需要别人带路?"什么地方这么隐蔽?"言萧问。

"什么地儿?"路伯笑着咳了一声，"墓地，古墓的地方。"

言萧心里一下就明白了，关跃当时找的是古墓，那看来队里正在发掘的就是个古墓了，那玉璜应该也是从那古墓里被发掘出来的，难怪符合鬼货的特征。难道小板寸说的宝贝就在那儿?她想了想，又问："他一个人能来找古墓?"

"当然是他一个人，就他一个人来找我的嘛。"

言萧更意外了，他一个人居然能找到一座古墓?又是一个人组建了这支考古队，还真是让人没想到。

"关领队可不是普通人……"路伯转头看她，嘿嘿直笑，手一抬，竖了个大拇指。

言萧不太明白他这是在夸关跃的什么，考古能力还是领队能力?说实在的，这老头给人的感觉也很古怪，神神道道的。

外面忽然传来一阵乒乒乓乓的声响，像有风卷过去，带着什么砸到了墙上和地上。路伯低头倒腾着煤炉，头也不抬地说："风过去了，沙也去别处了。"

言萧推开碗跟他道了声谢，走到门口，一把拉开门。天黑下去了，她眯着眼睛抬头看，空气里还有浮尘，整个天和地都连在一起，模糊里透着混沌的暗黄。她把关跃的皮衣穿在身上，往上一提，用领口裹住脸，垂着头往前走。

窑洞地势低，得往上走一段才能到地面上，后面全是大片的林子。言萧边走边猜想，路伯的本职工作可能是个护林人。风小了一些，但落脚的地方到处都是沙子，仍旧会被吹起来往人身上砸。她捂着口鼻一步步走回之前的路面上，没看到车，马路被一层沙子覆盖住了，停车的地方有道长长的痕迹。

言萧顺着那痕迹一直走，终于看到了自己的车。毕竟是轻便的跑车，早就被强风推去了马路对面。车身歪着，一半还在路面上，另一半陷进了路边的沟壑里，看起来随时都可能倾翻。

车身上残留着很多沙子的痕迹，关跃站在车后面，低着头，黑暗里只看得见一个黑漆漆的头顶。言萧走近了发现他正一手捂着口鼻，一手在车上拨动，沙子成片地滑下去，窸窸窣窣地响。言萧想绕到倾斜的驾驶座那边看看情况，结果脚踩进了沙子里，一软就摔了下去，膝盖磕到了一块石子，疼得她皱起了眉。

她刚要爬起来，一只手伸过来，抓着胳膊把她拉了起来。男人高大的身躯立在她面前，在风里压着的声音比平常更低沉："你不会叫吗？"

言萧一下没反应过来："什么？"

"摔倒了都不吭一声？"关跃握着她胳膊没松，把她往旁边推了推。

她刚才的位置有点危险，天黑，又有浮尘，很难看清楚。他正准备过来拉车门，要是没注意到，车门一开就会撞到她头上。

言萧可不知道这些。关跃拉开车门，弯下腰身低头进去，她在车上一靠，收紧下巴，嘴唇忽然一张，叫了一声："啊……"不高不低的一声，顺着风送出去，往车里钻，像也成了沙，从耳郭边上拂过去，摩挲出一阵暧昧。

关跃从车里出来，站直，身躯在风里像一张凛凛的绷紧的弓。他的脸朝着言萧的方向："你这是什么意思？"

言萧抱起胳膊："不是你让我叫的吗？"

关跃嘴里发出一声冷笑："我让你这么叫了？"

"那该怎么叫，要不你教教我？"

他倏地沉默了。周围的风越发小了，黑暗里空无一人的马路就像另一个世界，一点声响也没有。言萧看着关跃，他沉默的时候有种慑人的气场，因为猜不透他到底在想什么。

他又忽然动了，低头进了车里，车前灯亮了起来。眼前忽然出现强烈的灯光，言萧一时间无法适应，不禁拿手遮了一下。

关跃出来，握住她的胳膊把她推进车里："你来开，我去后面推。"

车门被他用力地关上，他大步走去了车后面。言萧坐在倾斜的车里，身体也是倾斜的，她握住方向盘，拧下车钥匙，车发动起来的声音把人一秒拉回现实。

油门踩下去，车轮在沙子里打滑，好几次都有种车要翻过去的感觉，但言萧坐得很稳，到最后被弄得火气上来了，一咬牙把油门直踩到了底，方向盘往右狠打。她的眼睛往后视镜里看，灯光只能照到关跃的一条手臂。袖子被捋上去了，那只胳膊在使劲，肌肉的线条绷了起来。她无意识地咬了一下嘴唇，踩油门的脚越发用力，车终于艰难地爬上正道，往前冲出去一段，停住了。

很诡异地，天上居然露出了月亮，虽然模糊朦胧得像个影子。关跃往这里走，言萧主动挪到了副驾驶座上，这地方她不熟，没必要逞能。

座位上放着她的包，她找出钱包，捻了两张一百的塞回身上的皮衣口袋里。关跃一上车就看到了她的动作："怎么？"

"还你钱。"

"什么钱？"

"给路伯的钱。"

关跃顿时就明白了："没必要，你不必给他钱，以前我没少给过他好处，不然我不会来他这儿。"

"之前？你是说他给你做向导的时候？"

关跃拧钥匙的手顿了一下："他跟你说了？"

"说了。"

"还说了什么？"

言萧想起路伯那神神道道的口气，故意问："怎么，他应该跟我说什么吗？"

关跃看了她一眼："没事。"转头专心开车。

言萧越发看得清楚了：别想从他嘴里问出什么，除非他想让你知道。

两人返回主干道上，能明显看到沙尘暴的痕迹：路面上都是沙子，到处是折断的树木，月光寡淡，照下来形成一幅混浊又破败的景象。车在这种路上注定开不快，但关跃开得不慢，不仅不慢还很顺畅，除了偶尔的颠簸之外，大多数时候都很稳。言萧之前受了点罪，上了车就觉得很累，很快就不知不觉地睡了过去。

醒过来的时候外面安静得出奇，她先看到外面明亮的车灯，脑子空白了一秒，转头看见男人深刻的侧脸，才想起自己在哪里。往窗外看，月亮隐下去了，没看到路，只看到连绵起伏的山丘，像用水墨泼出来的，黑乎乎地连成一片。没有建筑，没有树木，也没有生气，应该是进无人区了。

开了半个小时左右，关跃手里的方向盘转向，车速减缓，离开了公路。路面不再平坦，车开过去颠簸摇晃，能感觉出轮胎下全是沙石。言萧颠得难受，拧着眉往外看，声音一沉："那是什么？"

关跃稳着方向盘，顺着她的视线往外望：远远地，一片黑黢黢的坡地下面，亮着一簇火光。他把车停下来，关了车灯，颠簸停止了。言萧眯起双眼，在黑暗里看得更清楚了，那的确是火光，隐约还有扭曲的人影。

紧接着那火光就灭了。关跃降下车窗，风灌进来，带来轻微细碎的声响，夹杂着脚步声响，言萧几乎要屏住呼吸。

没多久，声响渐渐清晰，脚步在靠近。关跃的手指搭在方向盘上，猛地又按亮车灯，强光"唰"地打出去，照出车前方的两道人影：一个在前一个在后，前面的那个手里举着把洛阳铲，瞪着圆圆的双眼，僵着身体，像被定了身一样。言萧松了口气。

前面的人影一下活了："言姐，关队，吓死我们了！"是石中舟，他一边说一边把洛阳铲放下。

关跃开门下车："你们什么时候到的？"

"也才刚到一会儿，信号没了，怕跟你们失联，就决定在这里等你们，要接着走吗？"

关跃想了一下："不走了，休整一下，等天亮了再走。"

"行。"

言萧下了车，王传学已经主动在前面带头领路了。跟着他到了之前看到的有火光的地方，风没了，这块坡地正好背风。王传学把火又点了起来，言萧才发现他们刚才是在煮东西。铁条支的吊锅悬在火上，里面咕嘟咕嘟地冒着泡，传出一阵泡面的味道。

"你们连这都有？"她在旁边坐下来。

"言姐没听说过吗？每个考古人都是野外生存小能手啊，还好我们在路上买够了东西。"王传学一边说一边捞了碗面递给她。

言萧摆摆手，她在路伯那里吃了点东西就不觉得饿了。

王传学又把面递给关跃，他接了，坐得很远，跟言萧离了有五六米，对着风口，面的热气被风吹得摆舞成一阵烟影。石中舟从车上抱了睡袋过来，红黄蓝黑四个颜色，王传学举着手机灯在那儿照，把黄的拿了过去："这是我的，别搞错了。"

石中舟自己拿了蓝的，把黑的那只给关跃，然后送了红的过来给言萧。言萧接过来看了两眼，放在脚边。

坡地像个避风港，几个人吃完了东西，省着水简单洗漱了一下。石中舟一层一层铺好"床"，最先倒下去，裹着睡袋在地上拱了拱："真是以天为被地为席啊，我为考古事业奉献青春，我骄傲！"

王传学在旁边寒碜他："你的青春不值钱，考古事业并不需要。"两个人吵吵闹闹，原本空旷的无人区也有了点生气。

言萧走开，坐在远处吹了会儿风，刚睡醒的疲软就没了，一转头，正好看到关跃拿着睡袋去了石中舟旁边。她蹭了一下脚下的尘沙，站起来往那里走。

关跃只感觉身边有人影闪了一下，转过头就见言萧拿着睡袋在他旁边躺了下来。他本来在最外面，现在言萧就成了最外面的了。他准备起来换个位置，言萧说："我不习惯被夹在中间睡，就这样吧。"

关跃没说什么，躺了回去。

王传学在另一头叹气："可惜啊言姐，本来要是天气好还能看见满天星斗。咱西北的星空那可是一绝啊，你没见到太可惜了。"

言萧说："星星嘛，不都一样，怎么就成一绝了？"

"不一样不一样，躺在西北的大地上看星星会有一种沧海桑田的感觉，任他历史变迁，星星还是那些星星，月亮还是那个月亮。"

"我还山也还是那座山呢！"石中舟呛他。

言萧失笑："你还挺感性。"

王传学嘿嘿笑道："都怪这场沙尘暴！哎，你们说古代有沙尘暴吗？"

没人接话，好像没人能回答上来这个问题。不都说沙尘暴是因为环境恶化造成的吗？照理说古代的生态环境应该比现在好很多吧？

安静了一会儿，言萧开了口："有，历史上有很多记载，汉成帝的时候外戚专权，西北云气赤黄、四塞天下，大臣借这个说是上天发怒，吓得皇舅马上就请辞了，其实这就是沙尘暴；晋惠帝的时候在甘肃也有过一次；不过最有名的是刘邦被项羽围困那次，《史记》说大风从西北而起，折木发屋，飞扬沙石，楚军大乱，刘邦这才跑出了包围圈，后来写出了那首著名的'大风起兮云飞扬'的诗歌。"

要不是这里没信号，王传学都要怀疑她是上网查的了："言姐连这些都记得？"

"看得多了就记住了。"

石中舟也很吃惊："这得看多少啊，简直是倒背如流啊！言姐不会是打小在历史里泡大的吧？难怪这么年轻就能做鉴定师。"

言萧没说话，毕竟她的童年跟别人的不太一样，别人可能有玩具，有游乐场，而她的童年就是铺天盖地的历史书籍。不懂事的时候她也曾让家长讲过故事，但她的养父讲出口的也依然是晦涩的历史典故。后来就用不着他讲了，因为她自己会看了，就连很多生僻的古文字都能看懂。平时不觉得，真到用的时候发现这些东西早就根植在脑子里了。

纷纷乱乱地回想了一点往事，她回了神，脸一偏，在黑暗里隐约看到了关跃的脸，朝着她的方向，不知道是不是在看她，也不知道看多久了，又或者只是睡着了。渐渐地，王传学跟石中舟都没了声音，没多久，他们的鼾声就传了出来。

言萧翻了个身，钻出睡袋，轻手轻脚地走远。她想小解，一路没有厕所，已经忍了很久了。

一直走过了停车的地方，车身挡住了躺着的三个男人，她才远远找了个角落，解开裤腰上的纽扣，蹲了下去。风大了，呜呜作响，夜里的无人区有点瘆人。很快解决完，言萧往回走到车旁边，刚绕过去，却一眼看到了个黑黢黢的人影。她吓了一跳，等看清了轮廓才放松："你什么时候来的？"

关跃动了一下："刚刚。"他一路跟到这里，猜到了她想干什么就停下了："下次出来请你说一声，别单独行动。"

"怎么，担心我的安全？"

"保障队员安全本来就是领队的责任。"

言萧长长地"哦"了一声，走过去，脚一踮，贴在他耳边："所以我是你的责任？"

关跃现在差不多已经快要习惯她随时随地的调侃了，站着没动，只有耳郭那块残留着她的温热，被冷风一点点刮去。

言萧自己走开了，去车后面开了后备厢："我现在向你报备，我要换一下衣服。"

他看了眼："非要换？"

"不换我难受。"

关跃一只手收进口袋，看她拿着衣服进了车里。等了片刻，眼光无意间扫过去，一闪而过的白——是女人的后背。其余藏在黑暗里什么也看不清楚，只有那一片隐约的白，连着一截手臂，隔着车窗舒展，像莲藕一样。他背过身，望着起伏的远山。风似乎更大了，甚至有点喧嚣。

过了一会儿，一只手在他肩后拍了一下，言萧把他的皮衣递过来："好了。"关跃接过来往回走。

言萧走在他旁边，关跃注意到她身上换了件合身的衬衣，把她的胸和腰都衬了出来，夜色里勾画出饱满流畅的曲线；风掀过来，她的头发被吹散，脚下像猫一样轻。身上没了那件皮衣，言萧一下就感觉到了夜间的凉意。她一路抱着胳膊，回到坡下，钻进了睡袋才好受点。

关跃躺下的时候以为她已经睡了，刚合上眼就听到她的声音："这是谁的？"

他睁开眼："什么谁的？"

言萧扯了一下身下的睡袋："这个，是谁的？"

"队里的。"

"我知道，但是你们都各用各的，所以这个肯定也是某个人专用的。"黑暗里，女人的脸在睡袋里露出一半，眼里沉着光，她说，"我觉得是个女人用的。"

关跃语调扬起了些："你觉得？"

"女人的直觉。"

他说："队里有女队员，很奇怪？"

"不奇怪，我也是个女队员。"

"你？"关跃想说她不一样，开了个头，后面的话戛然而止。

"我怎么？"言萧追问。

离得太近，呼吸直接拂到他脸上，像羽毛刮过去。"刺啦"一声，睡袋的拉链被关跃拉了起来，关跃从牙关里挤出三个字："没什么。"

言萧看着他，在黑暗里能感觉到男人身上那股子独有的气息，火热，却又强硬。那身体翻了个身，背过去了。

早上，言萧是被冻醒的。她钻出睡袋，看到头边放着新的牙刷毛巾、两瓶矿泉水和一袋面包。她坐起来搓了一下胳膊，看一眼身边，三个男人早就起来了。

石中舟在停车的地方朝她挥手："言姐，就等你了。"

言萧在杭州时也是个讲究的人，典型的职场精英，活得忙碌，但也精致：每天工作前必然要精心打扮，外人面前不会容许自己有半分瑕疵。可是到了这种地方想讲究也讲究不起来，三个大男人等着她，再讲究可就是矫情了。

她爬起来，拿了毛巾牙刷迅速洗漱，无人区里的风一吹过来，沙子就往脸上拍，要多快有多快，感觉自己像在拍荒野求生似的。洗漱完拆开面包吃了几口就觉得饱了，她把包装扎好收在包里，看一眼时间，前后也就用了十来分钟。

关跃站在后备厢那里，她走过去时正好看到他把她的行李拿出来递给王传学，王传学提去前面放进了越野车里。

"这是干什么？"

他说："有备无患。"

言萧不太明白他的意思。

关跃指了一下她的车："你这车底盘太低，不知道能在这种路上开多久，随时都有可能要换车。"当时在西安就叫她一起上路不是没道理的。

言萧明白了，在这种地方她没有经验，他的地盘，只能听他的。

上路的时候风停了，天还是阴的，但空气里的浮尘少了，眼睛能看出去很远，近处都是黄土沙石，远处是一片茫茫的戈壁。越野车在这种地方如鱼得水，言萧的这辆车的确难开，在平地上轻便如游龙，到了这条道上就成了缓慢蠕动的蚯蚓，足足落后他们一大截。

开了两个多小时，却感觉有一个世纪那么长，进入腹地，两边有风化的土丘夹道，道路变窄，沙砾遍布，更加难行。车肚子下面开始发出一阵阵"咔啦啦"的声响。言萧正觉不妙，车猛地一颤，熄了火。

关跃推门下去，绕着车走了一圈，再往前开整辆车都要报废了，他拉开言萧这边的车门："下来。"

前面的越野车也停了，石中舟和王传学小跑过来看了看。"真可惜，就这段路最难走，能熬过去就能开到队里了。"

关跃甩上车门："算了，换车吧。"

言萧下车，看了看车底盘："这地方能有人过来拖车？"

"没事，我叫人过来处理。"关跃掏出手机，走远点试了试信号，拨了个号码。

言萧只听见他简单地交代了几句，听起来却好像不是找的什么工作人员，倒像是找的私人，看来他在这里门路挺广。她没在意。

很快他就挂断了："行了，走吧。"

言萧跟着他们朝越野车走，还没到，前方突然尘烟滚滚，有辆车沿着窄道冲过来，"吱"一声刹住。那是一辆军绿色吉普车，狂野彪悍，停下来的同时车门就开了，四五个男人从里面跳出来。

言萧还没看清楚就被关跃推到后面，王传学和石中舟一左一右挡住她。这阵势明显不对。

打头的两个男人围着越野车看了看，回头叫："丁哥，是考古队的没错。"

被叫作丁哥的人从后面走了出来，他身上裹着件风衣，吊梢眼，脸上有疤，张嘴问："你们领队呢？"

关跃走了出去。

丁哥上下打量他："你就是那个姓关的啊？咱不废话，我在这儿等了两天了，有备而来，你就别想着反抗，老老实实把东西交出来吧。"

关跃一只手插进口袋，问："什么东西？"

"少装蒜，你从我朱哥手里夺回去的东西。"

石中舟当场骂了句脏话，真的是千古奇闻，偷了东西还好意思再回来抢，朱矛又刷新了他的三观。

丁哥听到了，以为他是骂自己，目露凶光，回头使了个眼色。两个人过来抓石中舟，关跃一脚踹倒一个，手一抽出就精准地扣住另一个人的脖子摔了出去，抬头时脸上有了狠色："考古队的文物你们也敢抢？"

丁哥严肃了，手一挥，后面的几个人反身回了吉普上，再出来的时候每个人手里都握着一把半米长的砍刀。

"兄弟，我知道你有点门路，身手不错，朱哥都跟我说过。但我也说了，咱是有备而来，真动了手，你可能没事，但你后面那几个……"丁哥踮着脚伸长脖子，瞄到了言萧，"哟，还有个女人，你自己掂量吧。"

关跃脸色阴沉，一言不发。

丁哥以为他是妥协了，拍拍手说："去搜他们的车。"

两个人听指挥爬上了越野车，一通翻找，连车座底下都找了，一无所获，空着手钻了出来。

丁哥的眉心拧成了川字，指着红色小轿车："那辆车也去搜一下。"

那两个人又拖着刀往那儿走。丁哥忽然朝言萧看了一眼，发现她手里紧紧抱着个背包，马上改了主意："不，先去搜那个女人的包。"

关跃脚下走了半步，把言萧挡严实了，眼睛盯着快接近的两个人。他垂着的手指忽然被捏了一下，回头看到言萧轻描淡写地冲他递个眼色。

那两个人过来的时候还挺忌惮关跃，是从侧面绕过来的。他们迅速抢了言萧的包过去，为防着他，站得老远。

言萧说："讲点道义，要什么就找什么，我自己的东西你们别动。"她没听错，这路上还真不太平，所以真遇上了麻烦她也没有慌乱。

丁哥听了这话笑了："这娘们儿是个上道的，听到没有，别动她的东西。"

两个人像模像样地答应了，一打开包就瞧见了女人用的卫生棉，贱笑着翻找，哪儿也没放过，就差把里子划开看了，还是没找到玉璜，最后眼巴巴盯着钱包看了半天，到底还是把包还了回来。

关跃瞄一眼言萧，握着的手松开了。

丁哥不耐烦了："肯定就在你们身上，交出来吧！别真逼我动手，这种地方，真弄到半死不活的，连救都没地方救，你们可得想清楚了。"

关跃沉默片刻，像是真的在思考，忽然说："行，我让他们拿给你。"

丁哥得意地一拍大腿："早这样不就完了？"

关跃回头，声音压得极低："还记得我带你们走过的那条路吗？"

石中舟和王传学一起点头。

"这里的地形你们比他们熟，好好利用。"

言萧看着他们，短短的两句话，他很快就说完了。

关跃转回去："小石小王，拿给他们吧。"

石中舟跟王传学垂着头去了越野车上，丁哥一看就瞪着之前搜车的两个人，这不明摆着东西还在车上吗？就这一眨眼的工夫，他忽然听到车发动的声音，转头就看见越野车冲了出去，险险地擦过吉普车，像一匹脱缰的野马。

丁哥一下回了神："他们想跑！"

一群人下意识地就跟着车去追，追出去十来米，知道追不上了，停下一扭头，姓关的和那个女人也不见了。

"跑得比兔子还快！"

"老大，追谁？"

丁哥没有半点犹豫："追越野车，把朱哥要的东西抢回来要紧！"

众人爬上车，军绿色吉普车疯狂地追了出去，扫起一阵尘烟。

关跃从土丘后面站直，手里还紧抓着言萧的手腕，拽着她就走。

言萧刚才被他拉着跑得太快，还在喘气就又被他拽了出去，跟不上他的步伐差点摔跤。她用力甩了甩手腕，终于甩开了他的手。

关跃回头："东西呢？"

言萧缓了口气："什么东西？"

"玉璜。"

"收着呢。"

"收在哪儿了？"

言萧看着他："你不是交给我保管了吗？怎么，又不放心了？"

关跃很认真："我没跟你开玩笑，这东西非常重要。"

"多重要？"

"比你想象的重要。"

言萧继续往前走："哦，我也没开玩笑，真的收起来了。"

"到底收哪儿了？"

她停下，目光转回他脸上："你一定要知道？"

关跃压着耐心："你说呢？"

言萧点头，把包往肩头一搭，开始解衬衫纽扣。解到第二颗的时候大片雪白的皮肤就露了出来，关跃的脸阴沉下来："你干什么？"

言萧眉头一挑："我干什么？我能干什么？难道这种时候我还能对你怎么样？"

一连三个问题砸过来，她就像瞬间占据了高地，关跃的眼睛死死盯着她。言萧就在他的目光里一连解了四颗纽扣，露出了内衣。她的手指伸进去，拿出来后指间夹着被布包裹的东西，拨开，露出两节叠在一起的玉璜，薄薄的，透着温润。"放心了吗？"她问。

关跃垂眼，脚下走开一步，脸偏了过去："把衣服穿好。"

言萧扣好纽扣，好笑地看了一眼他的侧脸。

关跃没看她："走，别耽误时间。"

天上终于露了丝阳光，不烈，泛着白，应该就快到中午了。言萧跟着关跃，用脚行走在这片无人的荒漠里。路不好走，需要一直低头看着脚下，开始还好，走久了就感到了疲惫。言萧手里拎着早上没用完的半瓶矿泉水，现在已经喝得只剩几口了。

走到一个上坡，关跃回头看了一眼，言萧的额头上出了汗，被阳光照着泛出了光。他走回去，接了她肩上的包，顺手握住她胳膊往上拉了一段。言萧一把抓住他的臂弯，抓到一块硬实的肌肉："慢点。"

关跃停了下来："歇会儿吧。"

言萧如释重负，一坐下就拧开矿泉水喝了两口，递给他。

关跃原地坐下："不用。"

"怎么，嫌我脏？"

"不是。"

"那是为什么？"

关跃的眼神在她身上停留，她是明知故问。

言萧手一送，把瓶嘴对住他的唇，直接掀了瓶底，最后一口水灌进了他口中："让你喝就喝，这地方谁垮了都不行。"

理由很充分，关跃抹了一下下巴，对上她的视线，将水咽了下去。

第八章
同　宿

无人区里的荒凉就像是复制出来的，从东南西北四个方向看过去似乎都没什么不同，走久了会有一种在原地踏步的错觉。

渴、饿、累，双腿像灌了铅，言萧走了一路就只剩下这些感觉。她往前看，男人的双腿一直在动，好像永远不知疲倦。"我们到底在往哪儿走？"言萧问。

关跃拎着她的包，头也不回地说："往外走。"

"你走的对吗？"

"对。"

"确定？"

关跃回头，笃定地说："确定。"

他走到现在都没怎么说过话，惜字如金的样子，反倒显得这句话特别真诚实在。言萧想起他连路线都能记在脑子里，应该不是说说而已，只好咬牙跟上。

荒凉过后，阳光热烈了一些，照下来有了温度，覆满尘沙的地面上突然出现了车辙的痕迹。言萧激动不起来，她是真累了，累得半个字也不想说。

关跃忽然回头，一把握住她的胳膊："快走。"

言萧瞬间警觉："怎么了？"

"车辙是新的。"地上的轮胎印在尘土间留下很深的痕迹，印迹很宽，说明属于越野型车款，车上肯定坐了不少人，所以才会有这样的重量。

果然，没走多远他们就听到了汽车的声音，老远又看见了那辆军绿色的吉普车。关跃把言萧往怀里一搂，按低她的头，迅速往前走。

丁哥的车又折返回来了。他也不傻，半天没追上那两个开车的，就回头来追用脚走的，就这几个小时，总不至于连姓关的都插翅飞了吧？丁哥越想越火大，坐在驾驶座上一路都在发火："全是废物！追个车都能追丢，这么多双眼睛白长了！"

后面的人低头挨训，驾驶座上开车的小弟离得最近，只能赔笑："丁哥别气了，那鬼货说到底是朱哥要的东西，咱也捞不着什么好处，您尽力了，真追不回来朱哥也不能怪您不是？"

"你懂个屁！"丁哥更来气了，"姓朱的背后有人，要不是这样，他说话老子半个字都不会听，你真当老子是怕那个竹竿呢！再说现在道上传得沸沸扬扬的，都说这儿藏着宝呢。搞定了这支破考古队，姓朱的拿到宝，还不得分我杯羹？"

"是是是。"小弟被他吼得差点耳聋，连忙转移话题，"您看咱们一直在这儿绕，也没看见那两个人，是不是去别的地方找找？"

丁哥照着他后脑勺就是一巴掌，打得连人带车都冲了一下："说你傻还不承认，这里就是出去的地方，他们要出去肯定要走这里，再找！"

小弟眼冒金星地稳住方向盘，半个字也不敢说了。

临近傍晚，无人区里开始起风，这是好事，因为风会把留在地上的那层脚印吹掉。关跃和言萧藏身在一条土沟里。

这是以前人们挖出来的水渠，后来这里渐渐荒漠化，水也干了，只留下了这条土沟；背后有一堵几米长的土墙，被风化得残缺不全，正好可以挡风。附近这样高低不一的土墙有不少，更多的是一堆堆起伏不平的土包，是那些被遗弃的建筑倒塌风化之后形成的；可以想象得出以前有人居住的时候，这里肯定也很热闹。

到了这里，也意味着就快出去了，但是吉普车也到了附近。从墙后面看出去，甚至能看清楚车里几个男人的脑袋。关跃看了两眼就蹲了回去。

言萧忽然说："我现在相信那个朱矛有毛病了。"

关跃转头看她："怎么？"

言萧背靠着墙坐着，脸上的汗刚被吹干，还有几根头发贴在上面，看在眼里让人有想替她拨开的冲动。她的身体放得很低，声音也低："盗墓贼都是为了钱，可他就只想赚你们队里的钱，确实不正常。"

关跃纠正她："不叫'你们队'，现在这也是你的队。"

言萧瞥他一眼："哦。"她承认，自己还没融进这个"团队"里。

两个人不再说话，因为吉普车越发地接近了。关跃把包塞进她怀里："这里车难开，他们肯定会下来。你就在这里躲着，要是有人接近就往别的墙后面跑，跑的时候记得尽量放低身体。"

言萧还没来得及问他想干什么，他说完就站起来出去了。

这边要么是土墙，要么是土堆，吉普车的确开不进来，丁哥在车上跟在摇篮里似的，被晃得难受，不耐烦地吼："行了行了，就停在这儿，都给老子下去找！抄上家伙，逮到姓关的就给他放点血，让他耍老子！"

车停了，几个男人提了刀下车。这种地方没有人，风一吹，阳光拉出地上拖刀的身影，无形中给人壮了胆，心里的凶恶也出来了。真动手弄伤或弄死了人，好像也不算什么事。男人们一路走得凶相毕露。

"分头找，少浪费时间。"丁哥在车里喊。

几个人依言分散开，在各堵土墙间穿梭，忽然一道人影从前面飞快地跑过。

"是那个姓关的！"一个人叫了一声，其他人马上往他这里冲。那人一马当先冲过去，哪有什么姓关的，面前就是一堵摇摇欲坠的矮墙。他把刀一提往墙后面走，一只脚刚跨过去，墙根下面猛地蹿出个人，拽住他一个过肩摔，刀脱手落地。他刚要喊，喉咙被两指扣住，嘴被捂得严严实实，脖子上结结实实挨了一记手刀。

很快另一个人跑过来，是看见自己兄弟到了墙后面就直接跟进来的。他脚刚跨进去，小腿上先挨了一刀，一声痛呼还没喊出口，人就被扯过去几下打晕了……

丁哥坐在车上等着，他有点觉出不对了，这几个人找人也找太久了。

有人在车外面叫他："丁哥，你快下来看看，好几个哥们儿都被撂倒了。"

丁哥一下反应过来到底哪里不对了，在这种地方分开找不是给姓关的机会各个击破吗？他赶紧下车喊："都给老子回来，一起找！"

喊他下车的那个人渐渐走近了，丁哥不作声了，头上开始冒汗。关跃从那人身后露出脸，手里的刀架在那个人脖子上，一路押着他到了跟前："让开。"

丁哥被他震住了，连忙让开。

关跃的眼睛盯着他，慢慢靠到车门边，用手一推，被挟持的男人一个趔趄撞到丁哥身上，人仰马翻。他迅速地跳上车，拧下车钥匙。

丁哥一爬起来就吃了一嘴的尾气，抹了把脸，扬手就给压着自己的男人一巴掌，打完了还不解气，又追着吉普车跑了好几步："这小子真邪门！"

被打的那个捂着脸嘀咕："朱哥早说了他来路很邪乎的……"

"少废话，人都跑了还说个屁！"丁哥正有火没处发呢，劈头盖脸又是一顿骂。

言萧已经往前跑过了好几个土墙，她刚才听到了动静，不确定关跃现在是不是已经跟他们动手了。她停下听了一下，趁没有动静赶紧往前冲，终于离开了那片高低不平的地方。忽然有辆吉普车冲到了她眼前。

"上来。"关跃推开车门。

言萧吃惊地看他一眼，立即伸手，被他一把拉了上去。

吉普车疾驰，在天色一点一点黑下来的时候，终于冲出了无人区。关跃停了车，叫言萧下来。再往前就是有人的地方了，开着这辆吉普车继续上路不合适，那个什么丁哥要是不死心，可能会循着车轮的痕迹找到他们。

两个人步行到了附近的镇上。镇子小得可怜，到处都是灰扑扑的，走完整条街就看到了一盏路灯，是用风力发电的，从下面经过的时候能听到长翼"吱呀"转动的声音。

言萧早就注意到关跃的皮衣袖口上有些暗色的斑点，一路看到现在，终于看出来了那是干涸的血迹。她问："你受伤了？"

关跃撸起袖子给她看："划破点皮，没什么。"他小臂上有一道细细的割痕，血迹早就干了。

对方那么多人他还能抢到车，相比之下这的确算不上是什么伤了。言萧想了想说:"那个文保组织把你的身手训练得真好。"

关跃拉下袖子:"所以我能做领队。"

这话听着挺傲,可居然挺有道理的。

前面有个小饭馆,老远就闻到了饭菜的香味。言萧一天没吃东西,很饿了,但看到关跃往那边走还是拉了他一下。关跃回过头。

"这样进去不怕吓着别人吗?"她指指他身上的血迹,"还是找个地方先洗个澡吧。"

关跃想想也是,要是弄得太惹眼,容易把追兵引过来。

两人都很饿了,为了节省时间,他说:"我去找澡堂。"

"那我找个地方去买两件换洗的衣服。"言萧这时候无比配合,"过十分钟,就在这儿碰头。"

"好。"关跃点头走人,走了好几步,忽然觉得他们两个这一回出奇地有默契,不禁回头看了她一眼。

言萧已经走远了,没多久就进了街边的一家服装店。衣架上挂的大多都是童装,成人的衣服可选择的余地非常小。也没什么好挑的,她最后选了两件套头的长袖衫,然后去选内衣。

看店的是个老板娘,本来已经准备关门了,没想到突然来了个生意,多少有点心急,看她站的货架不对,马上说:"错了错了,那是男人的内裤。"

言萧说:"我就是要买男人的。"

老板娘反应过来:"给你男人买啊?"

言萧随口"嗯"了一声。

"穿多大的知道吗?"

言萧的手停了一下:"不知道。"

老板娘那口气就差数落她不是个好媳妇了,指指角落说:"那就选个均码的吧,大小都能穿。"

言萧听她的建议挑了条深蓝色的,也实在没好看的颜色可选了。她拿在手里试了试弹性,脑子里关跃的身形一晃而过。言萧记得很清楚,他的身材是那种很标准的好,宽肩窄腰,简直可以说得上是一个完美的倒三角。尤其她现在拿着条男士内裤,记忆中的画面就更清晰了。她竟然也有给男人买内裤的一天了,言萧自顾自地感叹了一句,终究还是买了:"就这件了。"

老板娘接过钱:"下次干脆带你男人来买呗。"

言萧不置可否地笑笑,刚出门,关跃已经找过来了。

"找到澡堂了。"他说。

"哟，就这位啊？"老板娘伸了个头。

"什么？"关跃看向言萧。

言萧笑了笑，眼神从他身上飘过去，往前走："没什么，走吧。"

这是一家称得上原始的澡堂，藏在街尾的角落里，门口摆着个灯箱写着"丽人浴场"，其实不过是三间简易的平房。前堂只亮了一盏灯，灯光昏黄，满屋子煤烟水汽的味儿，柜台后面的墙壁上贴着张比基尼美女海报，丰乳肥臀，色情得有点露骨。

老板是个年轻男人，他叼着烟上下打量着言萧："没有女澡堂。"

言萧说："怎么，你们镇上的女人都不用澡堂？"

老板嘿嘿笑："女人在家洗，反正不来这儿洗。"

"那有没有单间？给我开一间。"

"也没有。"

言萧看着关跃："要么换一家？"

关跃道："镇上就这一家澡堂。"

小镇子，住户不多，什么店都少，一般只做游客的生意，还要看季节营生。老板倒也不情愿到手的生意飞了："这样吧，现在男部也没人洗澡，美女你就在男部里洗好了，反正你们是一起的，还怕啥呀？"

言萧看关跃，关跃看她。

然后关跃说："你先进去洗，等你洗完了我再进。"

"也好。"言萧拿起包去找浴室。

一扇紧闭的门，上面贴着两个字：男部。开门后又拨开一层塑料条进去，黑洞洞的。关跃跟在后面进来，打开墙上的开关，白炽灯比外面亮，浴室里吊顶极低，他只能一直低着头。在里面转了一圈，确定安全了，他才往外走："洗吧。"

言萧把手里的衣服递给他。

关跃接了那只袋子："钱我回头给你。"

言萧笑："不用了，你就请我洗这个澡吧。"

他点头："好。"

老板看着关跃进去了又出来，笑着问："咋了啊，大哥，你们不是一起的？"

关跃扫他一眼："不是你想的那种一起。"

"哦，这样啊。"老板会意地笑。

关跃伸手进长裤口袋里掏钱："多少钱？"

"二十。"

"贵了。"

"大哥，你也不看看咱这是什么地方，水比油贵啊，我还单独为你们俩洗澡起了火炉，人工费也不止这些啊。"

他还要絮絮叨叨地往下说，关跃按了五十块在他面前："里面的人是第一次来这儿，可能不习惯，水温高点，别吝啬水。"

"好说好说。"老板把钱收回去，眼睛在他身上转了两圈，"大哥还需要其他服务吗？"

关跃的脸色骤然一沉，对方就噤声了。他收起钱包，另一只手掏出烟盒，转头走出了大门，懒得再跟他废话。

言萧很快就洗完出来了，身上换上了宽大的长衫长裤，头发还是湿漉漉的。满身尘沙都洗净了，走出来往那儿一站，脸白唇红，像换个人。

关跃一根烟正好抽完，回头看了看她，便往里走。

浴室里飘着一层白茫茫的水汽，有一次性洗发露和沐浴露混在一起的味道，弥漫着香，是女人残留下来的气味。他低头进更衣室里脱衣服，拉开柜子，看见一件文胸静静地躺在里面。是那件黑色的文胸，他见过。他只看了一眼就把柜门合上了，出去站到淋浴头下。

水拧开，一冲，四周弥漫着的那股淡淡的女人味道似乎也没了。关跃洗得非常快，一只手在洗头的同时，另一只手还在搓着肩背，几乎没有一滴水是浪费的。

里面水声哗哗的，外面，言萧正坐在柜台旁边喝着水等他。

老板刚打完一个电话，特地倒了杯水给她，大概是因为关跃给了两倍钱的缘故，老板比之前可要热情多了。

没一会儿，门外走进来一个女人，一双嘴唇涂得鲜艳，身上穿着大红的开衫，双手捂在胸前，只露出一双腿，这种天气，她居然穿着双渔网袜，从言萧身边经过时飘过一阵浓烈刺鼻的香水味。

言萧摸了一下鼻子，眼睛追着她看。女人进门后谁也没看，低着头直接往浴室的方向去了。

言萧在心里想了一下，问："这是你的员工？"

老板说："对。"末了补充了一句："打扫卫生的。"

言萧看了一眼墙上的海报，笑笑，站起来跟过去。

"哎，你水还没喝完呢。"老板喊。

"等会儿喝，我去一下厕所。"

关跃正在更衣室里穿衣服，刚套上长裤，还光着上身，就听到了推门的声音。他以为是言萧，嘴里说："要拿东西等会儿。"

高跟鞋的声音传来，一个女人紧跟着闯到他跟前："大哥……"

关跃抬起头脸就沉了："你是谁？"

女人看到他眼睛都亮了，她在这儿做游客生意也不是一天两天了，几乎什么样的人都见过，还真没见过他这样的。她进了更衣室，脱了开衫，熟练地往关跃身上贴："大哥，这就洗完了？小妹再帮你搓个背吧。"说着手就往他身上摸。

关跃一把钳住她的手，低斥："出去！"

女人吃痛地叫了一声，明明已经想好撒娇的话了，可抬头看到他的脸就吓得什么话也不敢说了，捡起衣服就跑了出去。

她刚一出门，迎头就撞见了另一个女人。言萧高挑地倚在门口，湿漉漉的长发下一双带着莫名笑意的眼，不咸不淡地垂眼俯视下来。那女人的眼睛在言萧身上看看，又回头看看，像是明白了什么，噔噔地跑去了柜台边。

言萧很快听到他们低低的说话声——

"人家自己带着妞呢，你还叫我来？"

"没啊，那男的说他们不是一起的。"

"少糊弄我，不是一起的他还那么凶？我的天！真吓人，你没瞧见他那眼神……妹妹的，老娘的手差点要断了！"

关跃拉开门，目光扫向柜台，女人像触电一样跑了出去。

老板干笑："大哥……"他想说你刚才也没说不要不是？可是对着男人阴沉的脸不敢开口，只能赔笑。

言萧忍着笑说："算了，吃饭去吧。"

关跃也没说什么，只是冷着脸问了句："最近有什么人经过没有？"

老板听他主动岔开话题，求之不得，马上积极地回答："有，还不少呢。什么人都有，旅游的、工作的，好像比往年要多。"

关跃没再开口，直接往门口走去，经过言萧身边时伸手在她肩膀上一拨，带了一把，就把她一并带出了门。

澡堂附近就有一家面馆，西北小镇随处可见的就是面食。面馆门口挂着布帘，一掀开进去，满屋子都是牛羊肉的味道。

"在这儿吃行吗？"关跃吃东西从来不挑，但身边带着个言萧，好歹得问一下她的意见。

言萧也不挑，点点头。

关跃说："你点吧，我去找位置。"

言萧站在门口问拿大勺的老板有什么吃的，转头看一眼，关跃已经在角落里找到了位置。

两碗牛肉面，一碗料足，一碗清淡，连葱花都不要。言萧坐到关跃对面，拨着那碗清淡的，在面馆里扫了一圈。这面馆虽然小，但人挺多的，桌子几乎都坐满了，好像都是从外地来的。

这顿饭吃得很安静，因为关跃全程不说话，直到吃完了出门，他依然脸色不善。言萧也不多话，他出门，她就跟在后面，心里觉得有点好笑：知道还是因为澡堂子里的那档子事。她觉得真是看了一场不错的戏。

那澡堂老板没胡扯，这小镇虽然又小又旧，但不知道怎么回事，外来客很多，不仅吃饭的地方有不少人，就连镇上仅有的两家旅馆现在也快住满了。两人最后进了新开的那家，进门就看见竖着的牌子上写着还剩两张床位，男女混住，六人间。

"没的选了，就这儿吧。"言萧说。

关跃"嗯"了一声，去办入住。老板简单说了一下入住要保管好自己的财物什么的就给了他们钥匙。

房间在二楼，上楼的时候关跃忽然想起了什么，停下来把手里提着的袋子打开，递到言萧面前："你的东西，刚才忘在浴室了。"

言萧低头看，他的衣服里夹着她的那件文胸。她伸出手指钩着带子往外拽，拽到一半，好像被什么钩住了，再拽就会把他的衣服也一并带出来了。

关跃只好伸手去解钩住的地方，用手指拨了好几下，终于解开了。他用两指夹着文胸的一角给她递过去，抬起头却看到她在笑。昏暗的楼梯间里，言萧扬着唇角，笑得无声无息，摄人心魄。

"你笑什么？"

言萧接过文胸，笑意不减："我想起了澡堂里的那个女人，她居然觉得是我坏了她的生意。"

关跃语气微沉："你都看见了怎么还让她进门？"

言萧一脸无辜："我怎么知道你想不想要啊？万一坏了你的好事呢？"

关跃的双眼眯了一下，眼珠黑幽幽的，言萧觉得，他这一眼仿佛恨不得掐死她。

她又笑了，低着头抱着胸，还是那种无声的笑，笑完了人靠过来，学着女人的声音在他耳边叫了一声："大哥……"低低的声音，放软之后像软糯的糖，粘在人的耳朵里。

关跃并不想理睬她的恶趣味。

言萧反而更来劲了，伸出一只手搭上他的肩，学着那女人的腔调说："大哥，这就洗完了？小妹再给你搓个背吧。"

关跃看向那只手，软白的手指，弹琴一样在他肩头跳跃。他忽然捉住那只手，一用力，把她拽到跟前。两张脸骤然贴近，言萧放大的瞳孔在夜色里很亮。关跃没在她的眼神里看到半点畏惧，只看到她微微皱起的眉。

"放开，有点疼了。"她动了动手腕，声音恢复如常。

关跃一下松了手，大步上楼，脚步很沉。

言萧默默地靠着楼梯扶手站了一会儿，看着他上楼。不知道是不是她的错觉，刚才她觉得关跃似乎就要说些什么，但不知道为什么，他又忍住了。

上了楼，一眼就能看见那间六人间，跟学生时代的宿舍没什么区别。言萧还没走进去就听到了里面的说话声，男的女的都有，天南地北的口音。

关跃坐在正对门的下铺上，身上穿着她给买的那件白色套头长衫，宽松肥大。他把袖口挽上去，露出小臂，整理着床铺。

一个邻床的姑娘跟他说话："你是出来旅游的吗？去哪儿玩啊？"

关跃看了她一眼，回答："不是。"

言萧走过去，往他的上铺爬。

关跃抬眼看着她："你要睡下面也行。"

"不用。"她已经爬上去了。

那姑娘看他们是一起的，衣服好像还是情侣款，就不再找关跃说话了。

人一多，吵吵闹闹，直到半夜才熄灯睡觉。言萧和衣躺着睡着了。

这一觉睡得特别沉，毕竟白天走了太多路，睡梦里她都还感觉自己的双腿在不停地走动，无休无止。到后来这感觉越来越明显，她甚至觉得有人在摸她的腿。

言萧腿一动，猛地坐起来："谁！"

她喊出声的同时，下铺的关跃就动了。高低铺旁边站着个高大魁梧的人影，一只手从下铺伸出来，不知道抓到了他哪里，那人叫了一声："别动手！"

大家都被吵醒了，室内灯亮了。一个粗壮的男人站在言萧的床边，肩膀堪堪高过床位。关跃用一只手扣住他的肩膀，实际上他还有点睡眼惺忪，这更像是他的本能反应。

男人不自然地僵着半边身体："兄弟，别，我不是坏人。"

关跃赤脚下床，哑着声问："你干什么？"

男人挣不开他的禁锢，指指言萧的床："这是我的床，我订好了的，结果来了被她占了，你说这……"

言萧说："不可能，房钱我们都付了。"

"我提早订好的，你看我连钥匙都有，不然我怎么进来的啊。"他举起手给他们看自己手里的钥匙。

其他人七嘴八舌地议论着，旅馆的老板也被惊动了，披着外套匆匆进门来："怎么了这是？"

言萧指了一下那个男人："你这是黑店吧，半夜闯个人进来吓人？"

老板赶紧说："不可能不可能，一定是误会。"

他把男人拽到一边问话，关跃这才看向言萧。她的脸色很不好，看起来一副生人勿近的模样。

老板又走了回来，对言萧赔笑："是我搞错了，这张床的确是他订好了的。"

言萧冷脸说："所以呢，我要让给他吗？你没收我们的钱？"

"这……"老板左右为难。

那男人也不肯善罢甘休："我跑了一天长途容易吗？就指望着这几个小时休息一下，床还被占了。"

言萧冷笑："我也跑了一天呢，不亚于你的长途。"

老板一看两人都不是善茬，自认倒霉："我的错我的错，美女我给你退房钱，退双倍，要不你去别的地方想想办法？"

言萧都给气笑了，抄起枕头就砸了下去："你去给我找个地方试试？找到了我给你三倍的房钱！"

老板被枕头砸蒙了。别说老板，在场的人全都被她这脾气给镇住了，整个房间里一下寂静无声。

眼看僵持不下，关跃忽然说："你下来。"

言萧看向他。

"下来，"他说，"到我床上来。"

言萧脑袋有点蒙，大概是因为他那句"到我床上来"。她从梦里到现实都累，现在整个人几乎连起床的力气都没有，关跃说的这话却有点诱哄的意味。

他用手拍拍护栏，歪了一下头："下来，别人还要睡觉。"

言萧扫了一圈周围各式各样的目光，终于掀开被子下去了。

那位跑长途的司机半点不客气，可能连澡都没洗，二话不说就爬上了床，一上去呼噜声震天。

言萧坐在关跃的床上，听着上铺的呼噜声，闻着司机身上若有若无的气味，差不多清醒了大半。

老板千恩万谢地走了，关跃去把门关上，其他人也都陆续躺了下去，偶尔还有人往他那张床上看，可能是八卦心作祟。但灯很快就灭了，是关跃按灭的，他在黑暗里走回床边，低声说："睡里面。"

言萧躺下去，背朝外，往里挪了挪。

关跃跟着躺了上去，在外侧。一米宽的宿舍床，对他来说实在小了点，又多了个人，他干脆把腿搭在了床沿上。

言萧几乎没法动，因为背后就是他的身体，但尽管这样两个人也没碰到一起，他还刻意留了一点距离，不知道是怎么做到的。

时间一分一秒地过去，不知过了多久，房里呼吸声此起彼伏，尤其是上铺那个司机，简直鼾声如雷。关跃一直醒着，觉得言萧也应该睡着了，动了一下，坐了起来。

哪知言萧立即转了身："你去哪儿？"

他停了一下，低声说："你睡吧。"说完就开门出去了。

言萧也睡不着，不过躺到现在，身上似乎有点力气了。床太小，以至她躺着都能嗅到关跃身上留下的气味，具体说不出，但莫名地有点好闻。她爬起来，跟了出去。

外面正是一天里温度最低的时候，关跃站在黑暗的墙角边抽烟。言萧走出去就看到他倚在墙上的身影，指间一点星火明明灭灭。

还没走近，他已经察觉到了："你出来干什么？"

"你进去睡一会儿，我随便瞧瞧。"

站在外面都能听见那司机的鼾声，他嘴里发出若有若无的一声笑。都这个点了，睡不睡也无所谓，他也就不管她了。

言萧抱了抱胳膊，站到他旁边，有他的身体挡着，感觉吹过来的凉风都小多了。

眼前的街道忽然有了灯光，好像有车正在往这里开。天就快亮了，勉强能看清，那辆车披着一点晨曦开过来，在斜对面停下。看起来是辆面包车，门拉开，下来几个人，都是男人的身形。

言萧本来也没注意，小镇上难免有早起的工人，再正常不过，但那几个人里有个人说了句话，被她听到了——那好像是宋方的声音。几个人走远了，言萧怀疑自己听错了，毕竟昏暗中什么也看不清楚。

终于挨到了早上，两个人在街边随便吃了点早饭，回去收拾东西退房。言萧整理包的时候，昨天跟关跃搭话的那个姑娘忽然跟她说起了话。

"唉，昨天那个司机真是让人头疼，你后半夜没睡着觉吧？"

上铺那个长途司机已经走了。言萧对陌生人不太热情，敷衍地"嗯"了一声。

"我们也被他吵得不行，到现在都困。"姑娘话锋一转，"对了，你刚才收在包里的是做鉴定的仪器吧？我见过，我是做考古的。"这才是她来搭话的原因。

言萧这才仔细看她，姑娘很秀气，鼻子上有一圈小雀斑，显得有点俏皮。

"我们考古队跟着教授来这里考察，穿过无人区到了这个小镇上。你呢，半个同行？"

言萧还没回答，有人敲了一下门："走了。"是关跃，他看了一眼那姑娘，催促说："快点。"

言萧冲姑娘点了一下头，背起包出去。

"我说镇上怎么一下来这么多人，原来是来了支考古队。"言萧朝屋里飞一眼，"你跟他们同行，不去聊聊？"

关跃说："用不着。"

言萧临走时回头看了一眼，姑娘还在看她，她朝姑娘挥了一下手，姑娘也挥挥手。

就在这时候，有个青年越过他们跑进了屋，叫那姑娘："快去教授屋里，队里丢东西了。"

姑娘马上跟他出了门："丢什么了？"

青年边往外跑边说："那个西域画像砖，昨天半夜被偷了。"

"什么？那可是文物啊……"

青年回头"嘘"了一声，两个人跑远了。

关跃朝那两个人看了一眼，说："走吧。"

言萧说："同行的文物也被盗了，就这么走了？"

"有教授带队的考古队，需要我们插什么手？"

言萧心想也是。

自那场沙尘暴后，今天是第一个艳阳高照的天气，就连原本暗淡的小镇都有了明媚的色调。两个人离开旅馆后找到了镇上的修车铺，关跃把手机递给言萧，让她打电话联系石中舟他们，自己去选车。

这里最好的交通工具是摩托车，买一辆新的不划算；人家怕有去无回，也不肯出租，只能尽量买辆能用的二手款。

信号恢复了，言萧之前拨了几次都提示对方不在服务区，这一次终于有了忙音。电话那头传出石中舟的声音："喂，关队，你在哪儿？"他几乎是在吼。

言萧将手机拿开点说："是我。"

"言姐！你们没事吧？我看那个丁哥好像回头去追你们了。"

"没事。"言萧把手机递给关跃，"你来说。"

关跃拿着手机走开几步，很快就交代清楚了碰头的地点。挂上电话的同时他就选好了车："就那辆吧。"

一辆外壳斑驳、快掉漆的摩托车。造型倒是很拉风，言萧觉得用艺术的眼光来看，也许会有摄影师愿意拿去用作给模特做摆拍的道具。她问："多少钱？"

店主说："八百。"

"太贵了。"言萧走近，用脚踢踢摩托车的后轮，哐啷一阵响，"顶多四百。"

"哎呀，美女，你这一砍就对半，也太狠了吧！"店主早看到她肩头背的双肩包是 LV 的，忍不住抱怨，"我看你也不像穷人，怎么就舍不得这么点钱呢？"

"有钱也要花对地方，再说你怎么知道我不是穷人，我以前可穷了。"

店主跟她扯皮："你穷，你哪儿穷了？"

"穷到连学费都交不起，吃份泡面为了省电费都不烧热水，怎么样？"

关跃看了她一眼，言萧的手指扳着摩托车的后视镜，像是随口一说，分不清是真是假。

店主倒是有点词穷，是觉得这女人太能掰扯了。

言萧一锤定音："就四百，再看下去，我觉得连这个价都不值了。"

店主肉痛地屈服了。

付了钱，关跃跨上摩托车。言萧坐在后面，抱住他的腰。他从后视镜里看到她露出来的脸，说："把头低下去。"

"嗯？"

"头低点。"他说话时车已冲了出去。

言萧很快就明白他为什么这么说了，因为风实在太大了，连个头盔都没有，在摩托车上能感受到的风力至少是站在地面时的好几倍。她的头发在风里翻飞，有时候会糊住脸，只能把头低下去，贴在关跃的背上。风里传出她的声音："我现在一定特别小鸟依人。"

关跃朝后视镜里看，女人漆黑的头顶抵在他的后背处，双臂牢牢缠在他的腰上。他嘴角一动，心想是有点。

骑摩托车有个好处，不需要特地去走公路，甚至一些羊肠小道都能过。关跃仿佛一张活地图，中午两人下车吃饭的时候已经远在小镇百里之外了，全靠抄近道。

被风吹了一路很难受，言萧选了个背风的坡地，坐在那里吃饼干。早上刚在小镇上买的，也不知道在货架上放多久了，都皮了，她吃了几口就再难下咽。

关跃在旁边检查摩托车，毕竟是便宜货，经不起折腾，几个小时的路下来已经力不从心了。

远处一阵尘烟划出一道横线，有车在公路上开。到了附近，那车停了，下来两个男人。他们吹着口哨，说着笑着去对面路边，解手的解手、抽烟的抽烟。车门没关，里面还有个人没下来，言萧眯起双眼看着，忽然站起来往那儿走。

"你去哪儿？"关跃问。

言萧没回头："随便走走。"

关跃追上来，瞟了一眼远处的车："少胡扯，我看到了，那不就是之前在窝子外面见过的那个人？"那个拍照坑过她的人，他还有印象。

"你记性挺好啊。"那是宋方，言萧今天凌晨在小镇上听到的声音没错，还真的就是他。

关跃朝那边看了一眼："你打算干什么？"

"不干什么，我就去看看。"

"看看？你是想报复他吧。"关跃心里有数，他知道言萧是个不肯吃亏的人，上次揍金链男那件事还叫人记忆犹新呢。

言萧也不遮掩了："嗯，我是想报复他！怎么，这附近也有派出所？我又要上新闻了？"

"没有。"

"那不就结了。"

关跃又看了车一眼："你想怎么样？"

言萧不直言："干什么，你要帮我吗？不帮就别问了。"以她对他的了解，他多半不会答应帮她干这种事，言萧这么说就是想让他别插手。

"可以，"关跃居然说，"我帮你。"他一只手收进长裤口袋，头微低："说吧，你想怎么样？"

言萧的眼睛钩在他脸上，他说这话时的声音又低又沉，带着点邪气，有种说不出的感觉。"真的？"

"真的。"

言萧笑起来："也没什么，我就想让他也上一次热搜。"

第九章
刻 字

宋方坐在车里，怀里紧紧抱着只包，那两个男人还没回来，忽然有人敲了敲车窗玻璃。他转头看，一个男人手扶着车门看着他，身体因为往里微倾而压低。"你是谁？"宋方很警觉地问。

关跃指指车轮："你的车坏了。"

"什么？"宋方探身出去看。头刚伸出去，后颈上就落下了一记手刀，整个人就不省人事了。

趁那两个男人还没回来，关跃迅速把他拖出了车，他的手里仍抱着那只包。

一座废弃的土房，快倒塌的土墙上靠着辆破旧的摩托车。两米开外有一棵矮矮的歪脖子树，将死未死的样子，一半残留着叶子，一半老干枯皮。树底下坐着刚被带过来的宋方，关跃刚才把他带过来着实费了点劲。

宋方还晕着，上衣被扒了，露出中年发福的肚子，双手被背到身后捆在树干上，乍一看像是坐在那里打瞌睡。言萧站在对面举着手机对焦："左边一点，对，把他的脸拨过去。"关跃蹲在树边照办。

言萧按下快门，咔嚓咔嚓一阵连拍。

"然后呢？"关跃站起来。

言萧低头发送："发给裴明生，让他去办就行了。"

关跃发现她居然早有计划，连帮手都安排好了。他得替她防着另外两个人找过来，特地在周围转了一圈，回头的时候正好看到宋方落在地上的包，早已摔得拉链半开，露出里面的东西的一角，看起来有点特别。

关跃伸手去捡的同时言萧也发现了，她的手快一步，握着那东西从包里拽出来：是一块暗蓝发灰的方砖，几寸见方，五六厘米的厚度，正面有描绘的人物画像。画像是灰白笔触，磨损严重，也许是在尘沙里埋了很久的缘故，颜料早就没了。作画的笔锋飘逸流畅，以她的经验，一眼就看出了和敦煌莫高窟里的作画风格很神似，辨识度极高。

"不会那么巧吧？"言萧扭头看关跃。

关跃也看着她，两个人想到了一起。他们临走的时候遇到的那支考古队丢了一块来自西域的画像砖，好巧不巧，两人现在就看到了一块。

言萧把画像砖塞在关跃手里，又去翻宋方的包，里面很空，除了这块砖就是一张拓印了这砖的纸膜。

关跃看了两眼说："看起来是要做复制品。"

"做鉴定的改做贼了，还要造假，我真是小看他了。"言萧拿着手机低头拨号，"挺好，我干脆送他上全国新闻得了。"

她的手指还没按下去，关跃就抓住了她的手腕："别报警。"

言萧抬头："为什么？"

关跃神情很严肃，先看了看宋方，目光又转到她脸上："别把事情闹太大了。"

"那又怎么样，他敢这么干，我还不能曝光他？"

"差不多就行了，扯上警察很麻烦。"关跃边说边捡起那只包，把画像砖塞了回去，拉着她就走，"赶回去把东西还给考古队，我们就得立刻回队里，没多少时间耗。"

言萧被他一路拉到摩托车那儿，手机还捏在手里，她觉得这事还是该报警。

关跃把包缠在车把手上，转头看到后，不由分说就夺了她的手机，往她口袋里一塞，两手顺势伸到她腋下一提，直接抱起她往摩托车上一放，一只手按住她的肩，另一只手把她的一条腿掀过去。

等言萧反应过来时她已经是骑坐的姿势了。关跃腿一跨，在前面坐稳，脚下用力踩下去。

猛然前冲让言萧不得不抓紧他的腰，她有点生气，所以抓得用力，恨不得掐上一把："怎么着，关领队，你这是把我当小孩子呢？"

关跃说："他们就要过来了，你坐稳。"

言萧往大路的方向看去，远远看到两个人在往这儿跑，才明白是怎么回事。"他们来了我就不能报警了？"她心想就跟他说话的这会儿她都能报完了。

"不能，这事你得听我的安排。"关跃加大油门，飞驰出去，顷刻远离了现场。

摩托车这一路开得非常快，一路颠簸，那辆面包车没能追过来。关跃刻意避开了之前那条路，抄了一条近道上了公路，没多久就减慢了速度，一个急刹停住。

路边停着两辆小型中巴，一群人正坐在那里吃东西喝水。后面的言萧松开了他的腰，慢条斯理地下去："真巧，看来是不用赶回镇上去了。"

听起来是一句挺平常的话，其实口气也不好，她还在为先前被强行带走的事有点不高兴。关跃下了车，把那只包拿在手里，看了她一眼，就当没听出来。

人群里坐着之前跟他们说过话的那个姑娘，早上通知她文物丢了的那个男青年也在，这样的人数，很显然就是那支考古队了。

摩托车的声音大，人群也早注意到他们了，看到他们两个下了车，一前一后过来，姑娘一下子站了起来："哎，你们这是从哪儿来的啊？"她脸冲着言萧，眼睛却看着关跃。

言萧没回答。

关跃开门见山："你们带队的教授在不在，我能不能见一下？"

"你要见华教授？"姑娘转头找了找，"在那儿，你等着，我帮你去叫。"说着就跑向了后面那辆车。

很快她口中的华教授就过来了，是个头发半白的老人，穿着齐整的中山装，衬得腰板挺直，看起来精神矍铄，走路时脚步很快。"谁要见我？"他问。

姑娘指指关跃和言萧："他们，昨晚跟我们住同屋的舍友。"

"哦，"华教授看过来，"你们找我有什么事？"

关跃说："早上听说你队里丢了东西，能不能问一下那东西具体是什么模样？"

华教授一下皱了眉："你问这个做什么？"

关跃举了一下手里的包："我们碰巧看到个差不多的，不确定是不是你们队里丢的。"

华教授一听这话就不遮掩了："是一块画像砖，边长十四厘米的正方形，蓝色泛灰，上面画的是一人一马，初步推测画的是出使西域的张骞。"他一边说一边用手比画。

"那应该就是。"关跃说完，转头看言萧。

言萧瞄着他："看我干什么？"

关跃问："你说呢？"这是他的判断，但到底是不是，还是得请教她这位专业人士。除了她，队里还有谁对文物更专业？

言萧不咸不淡地回应："嗯，没错，就是这块。"

关跃转头把包递给华教授。

华教授几乎是夺了过去的，拉开一看，差点老泪纵横："还好还好，我真担心就这么在我手里丢了，那我可就是罪人了。"

姑娘安慰他："不会的，教授，这不是回来了吗？"

队里其他人都跑过来围观，前一刻他们还因为丢了文物气氛凝重，这会儿一下就活跃起来了。华教授看着关跃："这东西怎么在你们手上啊？"

关跃没详说："偶然碰到个人，在他身上发现的。"

华教授马上接口："是宋方吧？"

言萧意外地看过去："怎么，你认识宋方？"

"之前不认识，就这次路上认识的。你们呢，也认识他？"华教授这话像是带着点试探。

这回换言萧看关跃了，她要是说跟宋方是同行，说不定会被当成一类人。

关跃停顿了一下才说："知道这个人，不熟，我以前在文保组织里待过，你们可以放心。"

言萧在心里嘀咕：干吗特地说自己做过文保，直接说自己是做考古的不是更能打消人家的疑虑？

"啊，这样。"华教授看起来的确放心多了。

老人家到底年纪大了，站久了就觉得累，他把画像砖抱在怀里，就在车门那儿坐了下来，接着往下说："我跟这个宋方也是偶然碰上的，本来看他懂点文物知识，就聊了聊，知道他是做鉴定的。后来他忽然拉我入伙，我才知道他不止做鉴定。"

言萧问："他拉你入什么伙？"

"就是叫我把队里的文物转手给他们，让他们拿去做复制品。做出来的赝品在国内由他们这些鉴定师出面，就能打着真品的旗号卖高价；真品就走私出国，两面都赚钱，然后再带我分红。如果做得好，还有更大的好处等着我。"

言萧懂了："你拒绝了？"

华教授很激动："当然了，这可是监守自盗啊！我没答应他，本来以为他是牵头的，后来才发现他也有难处，你猜怎么着？"

言萧发现这老教授挺有讲故事的天赋，还会卖关子了，配合地问："怎么着？"

"他也是被逼的。"华教授叹了一口气，"他说干这事的是个挺大的组织，最大的头目只手遮天，手底下有造假的、有走私的，甚至连挖坟的盗墓贼都有。他本来就是个做鉴定的，被强逼着掺和进来，现在越卷越深就出不去了……昨天晚上偷东西的肯定也是专门的人来干的，真是防不胜防啊。"

这话言萧相信，宋方之前虽然跟她交流不多，但她也知道他是个怕事的，就连在她面前也不敢明着说什么狠话，就敢背地里阴她一下。但她对那老小子一点也不同情："为什么不报警？"

华教授突然不说话了。不知不觉间大家已经围成了一个圈，现在他突然沉默了，十几双眼睛就都齐刷刷地落在了他苍老的脸上。

　　隔了好久，老人家才又开口，语气惆怅："我有个师兄，一直兢兢业业干考古。八十年代初那会儿吧，遇上件一模一样的事，也有人拉他入伙。他没干，报了警，结果警察没抓到人，他反而被盯上了，落得连职称都没了，后来还处处碰壁，在哪儿都混不下去了。唉，这么多年了也不知道人还在不在了，当年要是没这事，现在他可能已经是考古界的泰斗了吧！"

　　老人顿了顿，又说："我倒不是贪恋教授的头衔，反正没几年我也要退休了。就是觉得这势力无孔不入，我还带着这么多学生，得为他们负责啊，万一要是谁出了事，我怎么向他们家里交代？要报警也不能在这儿报啊。"

　　不知道是因为他的语气太过沉重，还是也为他口中的那位师兄惋惜，大家的神情都很肃穆。

　　"宋方跟你说，还有更大的好处？"虽然刚才他说时一带而过，言萧还是敏锐地捕捉到了。

　　华教授点头："没错，听他说他背后的人正在这一带寻宝，那个更大的好处就是指这个。"

　　言萧瞬间就又想起了小板寸的话：有很多双眼睛盯着这一带。或许来源就是宋方背后的势力。

　　那个女孩子插了句话："这是传说吧。这年头，哪儿还有什么宝啊？"

　　华教授说："谁知道呢，咱们学考古的要对历史抱有敬畏心，任何时候都不能把话说满、说死、说大。"

　　言萧还想再问详细点，关跃忽然开了口："您那位师兄是不是姓陆？"

　　华教授一愣："你怎么知道？"

　　"听说过这事。"

　　"哦……"华教授多看了他两眼，听说过不奇怪，这事当初闹得挺大的，不过他这年纪居然也能知道，还是挺叫人意外的。

　　言萧也不禁看了关跃一眼，话题就此结束了。

　　这一番话说了很久，两人上路的时候已经是下午两点多了。华教授出于感激，主动提出带他们上路："你们这车不能骑了，瞧着不安全，还是跟我们的车走吧。"

　　那姑娘也在旁边附和，始终拿眼瞄着关跃。其实何止她，队里其他几个姑娘也老在看关跃。

言萧早就注意到了，但她现在的心思不在这些八卦上，心里装的都是华教授刚说过的那番话。

关跃接受了老教授的好意，他们本来就耽误够久了，搭他们的车能尽早跟石中舟他们碰头。

车上差不多坐满了，言萧先上车，在最后一排坐下。

那里本来坐着个男青年，看到关跃过来就起来去前面了，走的时候还说："不妨碍你们。"这是顺带提醒那几个花痴的姑娘：看清楚点，又是同乘一辆摩托，又是穿着差不多的衣服，摆明了这俩人是一对，别浪费眼神了。

反正是萍水相逢，关跃也没解释。他坐下来看一眼旁边，言萧从刚才坐下后眼睛就望着车窗外面出了神，不知道在想些什么。

直到车开起来，像是感应到了他的视线，她的脸忽然转了过来。"刚才华教授的话你都听见了？"她忽然低声问。

关跃说："嗯，怎么？"

言萧脸上浮出个突兀的笑，靠近了些，声音更低："你猜他说的那个势力的头目是谁？"

关跃盯着她："你觉得是谁？"

言萧伸出一只手，勾了勾手指。

关跃看了一眼前面一排排的头顶，腿动了一下，往她身边坐近了点。

靠着言萧的那条腿长裤紧绷，抵在她腿边，给言萧结实的触感。他把肩膀放低，侧脸凑近。言萧一只手拢起来，贴近他耳边："我得罪的那个人。"

她的语气很轻，带着点嘲讽的意味。关跃看见她半边嘴角勾起，像是笑，更像是不屑："五爷，最大的'国宝帮'，连警察都摸不清楚他到底是谁，一定是他。"

华教授所说的一切五爷都符合，他的手底下经营着很多暗处生意，不法的勾当没少做过，也只有他能把宋方逼成这样。

关跃抬头坐正，脸上的表情没有半点变化。

"你就一点都不惊讶？"

他反问："我为什么要惊讶？"

言萧无言以对，又扭头看向窗外，再转过脸来时说："真古怪，有时候你让我觉得，你好像什么都知道一样。"

"五爷的名声那么大，我知道又有什么奇怪的？"关跃往后靠在椅背上，不再说话，眼里敛着光，只有身体随着行驶的车在一摇一晃。

石中舟跟王传学等在小镇的入口已经快四个小时了，这里是归队路上最后一个有人的地方。

下午四点，两辆中巴开了过来，远远停下。前面那辆车门打开，言萧和关跃从上面走了下来。一个老人和一个姑娘从车里探出头来跟他们挥手告别，直到中巴开出老远才坐回去。

两个人赶紧小跑过去，问："关队，他们是什么人啊？"

关跃说："一支考古队。"

原来是同行，难怪这么热情。石中舟殷勤，转头去帮言萧拿包，看清她和关跃的衣裳，忍不住笑了："言姐和关队看来相处得很不错嘛。"这瞧着连情侣装都穿上了。

言萧看出他一脸揶揄的意思，故意反问："怎么，我跟你们领队相处得不错还不好了？"

石中舟说："好啊，求之不得啊！"

几人边说话边往前走，很快进了镇子，转过一个弯，王传学和石中舟渐渐走去了前面，言萧被一只手拉了一下，停下转过头。

关跃看着她："我提醒过你了，这也是你的队，我不只是他们的领队，也是你的领队。"

言萧回味了一下，才明白他针对的是她那句"你们领队"。

"哦，原来你是我的……"她故意拖长语调，看到他盯着自己，才慢吞吞吐出后面两个字，"领队。"

关跃忽然挡住她的去路，头一低，盯着她的眼睛说："我有必要提醒你一回，你要是因为五爷的事不爽，也别总拿我消遣。"

言萧脸上的笑淡了点："少提五爷，特别扫兴。"

"那你就把我说的话记在心里，我们现在是一个团队了。"

老实说，言萧有点架不住他这种施压的模样，再离近点都能感觉到他的呼吸了，但她知道怎么治他，她故意贴得更近："记住了，你说什么我都记在心里，一个字也不忘。"语气轻，夹着若有若无的暧昧。

关跃果然立即站直，越过她先走了。

言萧跟了上去。

这镇子跟他们之前经过的地方都不一样，特别偏僻，完全没有商业的痕迹，大部分住户都是少数民族，走在路上还能随处看到吃草的羊群。与其说是镇子，其实更像是个村落。

越野车停在一间平房外面，几个人回来的时候，一群小孩子正围在那里捣蛋，有的用树枝在轮胎处那儿戳戳这儿捣捣，有的还用小石子丢车窗玻璃玩。一个小姑娘挡在车尾阻拦，嘴里不断呵斥，孩子们转头看到有人来了，瞬间跑了个精光。

石中舟老远就笑："哪儿来的小姑娘这么好，还给咱们看车啊？"

那小姑娘半点不怕人，从衣兜里掏出一块破旧的手表，看着他说："我帮你们一共看了三个小时四十二分钟，一个小时五块钱，你付钱吧。"

石中舟愣在那儿，回头说："怎么着，遇到碰瓷的了？"

王传学说："算了，别耽误时间了，她要钱就给吧。"

"行吧。"石中舟掏了二十给她，"喏。"

"我找你钱。"小姑娘翻口袋。

"不用不用，我们着急赶路呢。"

小姑娘退到一边，看着他们上车。

言萧从旁经过，看了她两眼，小姑娘又矮又瘦，脸黑黑的，那双手更黑，皮肤粗糙，还皲裂了，半点不符合她的年纪。她停住问："你不上学了？"今天好像不是周末。

小姑娘看着她，摇头："家里没钱。"

"所以来这儿赚钱？"

"对啊。"

言萧来了兴趣："你还挺有商业头脑。"

小姑娘被她说得有点脸红，可又觉得好像是被挖苦了，有点不忿地嘀咕："我凭本事赚钱怎么了……"

言萧上下打量着她，又问："今年多大了？"

"十六。"

"十六……"言萧的目光落在她头顶，有点出神，她记得自己的养父母去世那年她也是十六。

"言姐？"

"嗯？"言萧回神。

石中舟在车上叫她："该上路了。"

"等会儿。"言萧从他手上拿了自己的包，转头叫小姑娘，"你跟我过来一下。"

小姑娘莫名其妙，跟着她往平房旁的巷子里走，刚进去就看到她站在那里打开包，拿出了钱包。红色的一百块被她一张又一张抽了出来，一小叠捏在她指间。小姑娘眼都直了，她从没见过这么多钱。

言萧把那叠钱递给她："拿着。"

"给我的？"她瞪大眼。

"嗯。"

小姑娘伸手去接，脸上还是蒙的。

言萧把包挂在肩上，说："能读书就读书。"

小姑娘傻站着，心里直嘀咕：怎么会有这么古怪的人……

石中舟从巷子口那里鬼鬼祟祟地跑回车上，对着两个人翻了翻双手，夸张地低吼："言姐给了她好多钱，至少这个数，我看钱包都快空了。"

王传学怪叫了一声："真的？"

"骗你是王八。"

关跃扶着方向盘往巷口看了一眼，言萧正好过来。

石中舟一路目视她上车，按捺不住了，没等她坐稳就问："言姐，你干吗对那小姑娘那么好啊？"

言萧边系安全带边说："扶贫啊。"

"啊？你也不像是会做慈善的人哪。"

言萧顺嘴说："哦，我瞧着就是个没同情心的人是吧？"

石中舟自知失言，拍了一下自己的嘴巴："不是，是我胡说，言姐看着就是个活菩萨。"

言萧好笑，回过头发现关跃也在看自己，笑就没了："怎么，你也觉得奇怪？"

关跃没什么意见："随便，你的钱，你爱怎么花怎么花。"

这话听着顺耳多了，她点头："嗯，这还像句话。"

关跃把车开出去，想到她刚才说的"扶贫"，不知怎么就联想到了买摩托车时她那句看似无心的话——"我以前可穷了，穷到连学费都交不起，吃份泡面为了省电费都不烧热水，怎么样？"他又打量了她两眼，如果那话不是她随便说的，那跟现在的她真是一点也联系不上。

太阳渐渐西斜，阳光却还没淡，越野车离开小镇，越开越偏，进入了荒漠。地面坑洼不平，碾出来的灰尘飞在阳光里，能清楚地看见一颗颗细小的颗粒。

已经距离考古队不远了，王传学和石中舟有点兴奋，不知疲倦地提议轮班开夜车，快的话明早就能到。关跃没有异议。

天快黑的时候，言萧的手机响了一声，进来条信息。她按了解锁键，一张图片弹了出来。是张新闻报道的截图，新闻里是被扒了上衣的宋方——裴明生刚安排人发出去就通知她了，还问她解不解气。

言萧仔仔细细地欣赏了一下，她的拍照技术不错，比宋方拍她的那张清楚多了。"看。"她把手机递给旁边的人。

关跃稳着方向盘，低头看了一眼，又抬眼看她，她笑得眼角弯起来，像月牙。仔细看，还会发现她的右边嘴角有个浅浅的酒窝，之前从来没有注意过。"高兴了？"他问。

"还行吧。"言萧坐正。

关跃转过脸，嘴角扬了一下，专心盯着前路。

"哎，言姐，快看外面。"王传学忽然在后面喊。

言萧看出去："什么？"

"那片胡杨林，看到没有？"

言萧看到了，一大片胡杨林扑面而来，大片的黄，在荒漠里耀眼得像一片焰火。

"这里可是一景呢！你不觉得很美吗？"石中舟拿出炫耀的语气，那感觉仿佛就是在说：别觉得咱们这儿不好，其实你看，也有这么绚丽多姿的美景啊！

言萧看了那片如火的金黄，由衷地感叹："的确美！"但是很快她就看到了别的东西，好像有一辆车在那片金黄的另一头远远开出去了。

"有人来过这里。"关跃也看到了。

言萧立即戒备："什么人？"她担心又碰上一次丁哥那种麻烦。

石中舟像是猜到她的想法似的，解释说："就这么一辆车，一定是散人，就是自以为很能的'探险家'们，来找线索的。没事，以前也有，摸个空就走了。"

言萧放松了，那就是小板寸那种的，看来他们对这种行为已经见怪不怪了。

关跃忽然靠边停了车："停一下，等他们走了我们再走。"

石中舟会意，免得这些散人见着了再来问东问西地找线索，以前也不是没有过。他干脆提议："反正言姐是第一次来，要不咱就去林子里观赏一下？"

言萧想了想："行啊。"

石中舟和王传学先下，兴致勃勃地去前面开路。言萧下了车，回头看到关跃没动，问："你不去？"

"小王跟小石带你去就行了。"他松了安全带，一只手在裤兜里摸着烟盒。

"那不行吧。"言萧扶着车门，慢悠悠地说，"你不是我们的……领队吗？"

关跃看了她一眼，她没动，偏要等他似的。僵持了一会儿，他还是塞回烟盒，解开了安全带。

胡杨这种生物抗旱，被称为荒漠里的英雄树，但能见到这么一大片还是很难的。走进林子里，半点感觉不到他人的痕迹，像是与世隔绝了。言萧进去随便转了转，看到一棵枯死的胡杨耷拉在地上，树干光秃秃的，上面有刻字，凑近看才发现刻的是名字：一个王传学、一个石中舟。"你们刻的？"她问。

王传学在前面嘿嘿笑道："是啊。我们第一次来的时候怕迷路，就在这枯树上面刻了字。"

言萧盯着看了两眼，回头问关跃："没有你的？"

石中舟抢答："有啊。关队在我们的强烈要求下刻了一个，不然就我们俩刻字，显得多傻似的，不过不在这儿。"他转了转头，指了一下前面，"可能在那边。"

王传学唱反调："在那头吧？"两个人一边说着一边往前去找了。

言萧心想是很傻，直接问当事人不就行了。她回头问关跃："在哪儿，带我欣赏一下？"

他说："刻字有什么好看的。"

"来这里不就是瞎看吗？"

这么说也没错，关跃无言地往前带路。越走越深，林子里的光线也暗了，他停了下来，伸手指了一下地上："就这儿。"

言萧蹲下看，这也是一棵枯死的树，连造型都跟之前那棵差不多，难怪石中舟他们会说怕迷路。她找了半天才找到刻字，在横倒的树干侧面，就一个"跃"字，刻得潦草，看得出来纯属敷衍。她抬起头："有刀吗？"

关跃问："干什么？"

"我也刻一个。"

关跃弯腰，在地上随手捡了个尖利的小石块递给她。

言萧皱眉："就这个？"

"我们都是用这个刻的。"

言萧拿在手里，在树干上试了一下，摇摇头："刻不动，大概只有你的手劲能刻出来。"

关跃推测外面的散人应该差不多走远了，本来应该立即就叫她出林子上路，但看她这模样，他鬼使神差地就接过了她手里的石块，蹲下来说："我帮你刻，说吧，刻哪儿？"

"就刻在你名字旁边。"

关跃不禁看了她一眼，但她这话说得特别自然，还很理所当然。他捏紧石块，在那个"跃"字旁边划下一点。

一只手伸过来，覆在他的手背上。言萧抓着他的手说："错了，刻萧字。你刻跃，我当然刻萧，不然还怎么对应？"

关跃转头，胳膊就抵在她温软的胸口。她的脸贴在他面前，离得近，几乎能看清她额角细软的绒毛。言萧的眼盯着他，手心贴着他的手背，有意无意地轻轻蹭了一下。

他纹丝不动，于是她将五指张开，穿插进他的手指。

四周无声，她的手里像有张网，悄然结下。关跃下颌收紧，看着她的神情，眼底又暗又沉。言萧声如呢喃，扣住他的手指："刻啊。"

他忽然动了，手陡然抽离，又猛地抓住她的手，女人的手在他手里被制得死死的。"我跟你说过，别再消遣我。"他的声音压在喉咙里，有点冷，"你是资助人送来的人，我不想对你怎么样，马上进队了，你给我安分点！"

言萧有点意外他的反应，因为这次他看起来是认真了。她忽然就想起那晚在那间旅馆的楼梯上，他忍回去的那句话，他当时是不是就想说这个？但也只是一瞬间的念头，她往前靠，唇贴他耳边："如果我不是资助人送来的人呢，你要对我怎么样？我可记得你连送上门的小姐都不敢动……哑！"

关跃忽然用力，她的手指被捏得生疼，话也断了。关跃道："是不敢，还是不想，你给我搞清楚。"

言萧疼得咬一下牙："那你对我是不敢，还是不想？"

"不想。"

"为什么？"

"我对你没兴趣。"

言萧不自觉地眯一下眼，盯着他的脸："你是对我没兴趣，还是对所有女人都没兴趣？"

"你，"关跃回答得斩钉截铁，"我对你没兴趣！"

言萧慢慢抿住唇，脸上没有了表情。

仿佛掐好了时间，远处传来了石中舟叫他们的声音。关跃松开她站起来，眼神也从她身上转开。

言萧蹲了足足有半分钟，终于也站起来，脚下枝叶碎响。她往林子外面走，经过他面前，停下，踮脚，在他耳边轻轻说了一句："真不巧，我反而对你有兴趣。"

卷二

危险 *VS* 吸引

陷　地　之　城

第十章
不 甘

水红的天光映亮了天际，荒漠很早就披上了色彩，远近的土丘染了层淡红反而更显神秘，车终于开进了考古队的驻扎地。言萧从睡梦里醒过来，几番轮班之后，现在旁边开车的是石中舟，他往前一指："言姐，前面就是咱们队的营地了。"

言萧往外看，一片斜坡下方竖着几顶帐篷，是军绿色的，远看像钻出戈壁的绿花。后面有人动了一下，她回头看，关跃抱着胳膊坐在后排，头微低，似乎刚醒，眼神惺忪。

晨光照进车窗，从他的头顶到肩背的轮廓都有点模糊，他的眼动了一下，对上了她的。昨天傍晚回到车上后，他们就没再说过话。

恰好当时天气也不好，从天擦黑开始就一直刮风，整整吹了一夜，王传学和石中舟都忙着找地方落脚做饭吃，根本也没注意到他们之间的这点小异常。"言姐，前面有水，咱洗漱一下再进队。"石中舟一边说着一边停了车。

言萧把头转回去："好。"

他口中的水是条浅浅的泉流，清澈得能看见水底的石块。这本来是条地下泉，据说前两年不知道怎么回事，忽然冒出了地面，以至于方圆百里就这一块地方有了绿色植被，跟之前见到的荒凉风貌格格不入。

言萧就着泉水洗漱了一下，拍着脸站起来，看见关跃在往这儿走。他没看她，走到水边，蹲下来洗漱。

言萧站在他上游，蹲回去，用手指搅了一下水，看着前方："你这队不大。"一眼看过去就四五顶帐篷，跟华教授带的那支考古队没法比。

关跃抄水漱干净嘴里的泡沫，不轻不重地"嗯"了一声。

"你在这儿待多久了？"

"快一年了。"

"够久。"言萧顿了顿，添了一句，"可真能忍。"

关跃转头，脸上水珠淋漓，他想从她脸上看出这句话到底是什么意思，是说他对这艰苦的环境能忍，还是另有所指。

言萧看着他，脸上云淡风轻，仿佛之前什么都没发生过一样，又或者是胡杨林里的那番对话对她而言根本就没什么影响。

他抬手抹了把脸，低头，又抄水重重搓了两下脸。

太阳升高了，远远望过去是一片起伏的荒原。几人洗漱完上车，往前再开了一段，在营地外停了下来。车外面站着个身材健硕的男人，看到关跃下车，他马上叫了一声："关队。"

关跃点头，指指跟在后面下车的言萧："这位是新来的鉴定专家，言萧。"

言萧带着笑跟他握手："你好。"

男人人如其名，叫张大铭，人憨憨的，看着很老实。

言萧刚洗完脸，也没化妆，但架不住底子好，皮肤雪白，身材又好，往眼前一站就有一种出挑的美。他看了有一会儿，不好意思地摸摸头顶。

关跃问他："最近队里还算安全吧？"

张大铭点头："还好，外围有点散人，没能找过来。前两天倒是有点动静，不过咱们的东西藏得严实，没出什么事。"

"嗯，就留你们两个在我们也不放心，已经尽快赶回来了。"关跃说话的时候看了一眼言萧，她背着包正要进眼前的帐篷。

帐篷刚好被人从里面掀开，出来的人差点跟她撞上。两双眼睛对视了一下，那人站定不动了。那是个女人，身上穿着件米色的针织衫，齐耳短发，比言萧矮了半个头，眉毛描得细致，嘴唇涂成淡淡的粉色。她看看言萧，又看关跃："关队，这是？"

关跃说："言萧，刚进队。"

"哦，那位鉴定专家……"女人看着言萧，有点意外，好一会儿才伸手，"你好，我叫蒲佳容。"

言萧跟她的手碰了一下，朝她身后的帐篷抬抬下巴："这是你的帐篷？"

"对，你住的地方我都准备好了，在后面。"她说话声音不高，还很慢。

石中舟夸她："还是小蒲细心，什么都办得好好的。"

蒲佳容不好意思地笑了一下，眼睛又去看关跃："关队什么时候回来的？"

关跃已经走远两步，正在掏烟，闻言也没抬头："刚到。"

她"哦"了一声，像是没话说了，拨了一下手指，看着言萧："我带你去宿舍吧！"

言萧点头："麻烦你了。"

蒲佳容先走到关跃跟前："关队，那我带人过去了啊？"

关跃颔首："去吧。"

蒲佳容看他一眼，往前走了。

言萧跟在她后面，经过的时候，也有意无意地看了他一眼。关跃的眼睛瞬间就看了过来，像精准的探头，一下就捕捉到了她的目光。但言萧什么也没说，拨了一下肩头的包，追上蒲佳容。

说是帐篷，但确切地说是用绿帆布搭成的简易住房，一人一间，每间隔了一两米，分三排错落分布。路上蒲佳容把每间住的是谁都跟言萧介绍了一遍，住宿区域的侧面有顶更大的帐篷，帘子敞着，她说那是厨房。"大铭平时管做饭，他主要就负责掌勺和看护。"她介绍得很详细。

言萧边走边看，嘴里偶尔应一声，表示自己在听。

最后一排右边那间帐篷是新扎的，一眼就看得出来，毫无疑问就是她的了。蒲佳容说："小石提前打了电话回来，不然我们还来不及准备。"

言萧看了一眼旁边的帐篷："那间是谁的？"

"关队的。"

"嗯。"她装作不在意，掀了帘子进了自己的帐篷。里面不大，刚好一人高。床是用木板搭起来的，被子床单都是新的，红条格子款。桌子比较简陋，一看就是自己用钉子钉出来的，长条形，摆在角落。她把包放在床上，眼睛往四周打量了一圈，看到蒲佳容看着自己，似乎在等一个评价，于是微笑说："挺好的，你们辛苦了。"

"应该的。"

言萧忽然发现她这个人挺一板一眼的，不笑的时候脸上没什么表情。她想了想，问了句："今天见的就是全部的队员了吧？"

"对，都在这儿了。"

言萧随口应了一声，所以在此之前，这里就她一个女队员。

蒲佳容忽然说："没想到你也是女的，还这么年轻。"

"为什么没想到？"

"因为听说做鉴定的大多都是上了年纪的，而且大部分都是男人。"

言萧耸肩："各行都有例外。"

蒲佳容又像没话说了，直到言萧掀了门帘准备出去，她好像才终于找到了话题："你们……怎么会弄到今天才回来？"

言萧回头说："这得问你们的好领队了，这一路上的事情可比我设想的要多多了。"

关跃站在风口里抽了半根烟，看到石中舟把言萧的行李箱送去了后面。没一会儿，他跟蒲佳容一起出来了。

言萧跟在他们后面。外面风大，她身上加了件风衣，领子竖起来，更显得整个人苗条修长。

"关队，早饭还没吃吧？我们也刚起床不久，一起吃吧。"蒲佳容边走过来边说。

关跃说："你们先去，我等会儿来。"

蒲佳容轻轻"嗯"了一声，和石中舟一起往厨房那儿走了。

言萧慢条斯理地走到他跟前，没头没尾地说了句："女人的直觉就是准。"

关跃看着她，像在等她解释。言萧朝蒲佳容看了一眼，目光又轻轻转回他身上："那个睡袋啊。"露宿那晚她就觉得，那一定是个女人的睡袋。关跃没有发表任何见解。

言萧靠近一步，低声问："你对她有兴趣？"

关跃眼一抬："你别胡扯。"

那就是没兴趣了，言萧本来想说"人家对你可是有意思呢"，可是转头一想这关她什么事？蒲佳容特地一大早化个妆迎接他回来，傻子都看得出来是怎么回事。他自己都不关心，跟她更是半毛钱关系都没有。这男人是个圣人？禁欲系？对谁都没兴趣？

关跃弹去烟灰："现在进队了，请你把注意力转到工作上，其他事少想。"

言萧百无聊赖般地用脚蹭着地上的沙石："我想什么了？"

关跃："……"

"说啊，你知道我在想什么？"

关跃真是有点佩服她钻空子的本事了，他避开她的眼神，直接说："吃了饭让小石带你去发掘现场看一下，早点研究玉璜。"

言萧腿一伸，挡住他的去路："你带我去。"

关跃的眼睛终于又看向她了。

言萧赶在他开口前理由充分地说："你是领队，新同事进队，应该由你带着熟悉情况。"

关跃一口烟憋在嘴里，慢慢吐出来，扔了烟蒂几下踩灭："走的时候我叫你。"

戈壁荒漠的天气古怪，上午还是晴天，下午忽然阴了。一点半左右，关跃来叫言萧，她正在准备东西。他站在门口看，桌子上摆着两台小型仪器、笔记簿、一堆厚厚的资料，还有一些说不上名字的工具。言萧侧身站在那儿忙，半天没搭理他，关跃发现她认真起来跟平常简直判若两人。

大概过了有十分钟，她收了几件东西放到包里，说："走吧。"

发掘地点就在附近，地形很特别，不像戈壁其他地方那样遍布沙石，这里大多是土。发掘出来的坑大概有两米多长，一米来宽，并不算大。四周都有土丘，这坑陷在中间，像是多了四面天然的屏障。言萧走到坑边，往下看，底下很暗，说明比较深。

关跃手一撑，先跳了下去，抬头说："你小……"

话没说完，言萧已经跟着跳了下来，接着就"哑"了一声："你怎么不说下面都是石头！"她的脚底被硌了一下，腿疼得提了起来，眼瞪着他，好似金鸡独立。

关跃抿住唇，懒得解释，转过头去时口中若有若无地发出了一个音。

言萧踮着脚追上去："你刚才是不是在笑我？"

"没有。"

"我已经听到了。"

"你听到我笑了？"

"没错，很清楚。"言萧盯着他的后脑勺说。他的头发比常人要黑得多，像墨一样，短短的，显利落，根根分明。她甚至想伸手碰一下，看看他会有什么反应。

刚想到这儿，关跃忽然回过了头。言萧的眼皮跳了一下，还以为他能未卜先知，紧接着就听他说："提醒你一句，等一下进去了你可能会失望。"

"为什么？"

"进去你就知道了。"

坑下之所以深而暗是因为有条甬道，这坑本身就是连接甬道的入口。甬道走到底有台阶，又细又窄，是用石头凿出来的，踩上去，年代久远的气息扑面而来。言萧脚底还有点疼，走得慢。

关跃领先她好几步，因为是往下走，他的身高与她的落差正好适合她把手搭在他肩上。言萧说："我扶一下。"

关跃回头看了一眼，没说什么，但言萧明显感觉到他肩头的那块肌肉紧了起来，那肩背也越发显得宽阔惹眼，隔着层上衣手下都能摸到明显的肩胛骨。十几层台阶之后两人到了底，关跃停步："到了。"

底下一片黑，伸手不见五指，直到手电的光亮起来，言萧才看清眼前的景象。这是两米见方的一个斗室，四周都是光秃秃的石壁，脚下铺着石块，中间有一个小小的石台，除此再没别的东西了。她看完一圈，收回目光："就这样？"

关跃点头："所以我说你会失望。"

"不是说这是个古墓吗？"

"有封土堆，应该是座古墓，但是不知道为什么，打开后就只是这样。"

所谓封土堆，就是高出墓穴地表的土丘。平民百姓的被称作坟头，帝王将相的一般都很大，又有气势，被称为封土。换句话说，有封土堆就意味着必有大墓，但这里偏偏就只有这些。

言萧又看了一遍，这里面太空了，别说棺椁，连陪葬品都没有。"你们在这里面发现了哪些文物？"

"只有那几节玉璜，其他什么都没有。"

她觉得更古怪了："这就是你一直不肯说玉璜玄机的原因？"

关跃沉默了一秒，说："不是因为这个。"

言萧刚想追问是为什么，就看见他把手电的光调亮，照向石台："就是在那上面发现的。"

话题被打断了，言萧的注意力也被吸引过去。她走近那座石台，弯腰细看，石台上有浅浅的槽口，她用手指摩挲了一下，正好就是玉璜的形状，一节对应一个槽口，一共是五节。五节槽口围成一圈，没能连在一起，因为还缺一部分。"玉璜应该一共有六节，这里为什么就五个槽口？"

关跃说："发现的时候就是这样，就出土了五节玉璜。"

"被盗了？"

"没有可能，玉璜都放在槽口里，这里连放置第六节玉璜的槽口都没有。"

在古代，玉璜与玉琮、玉璧、玉圭、玉璋、玉琥被合称为"六瑞"，《周礼》说"以玉作六器，以礼天地四方"，这是规格极高的礼器，也是历来许多藏家大拿想收藏都无门的宝器。言萧从业以来几乎没见过什么真正意义上的玉璜，能入到的大多都是后世的仿品，只有这次在他手上见到的，是真正能当得起宝贝之称的古玉璜，祥之又祥的瑞宝。这样的东西，古人是没可能胡乱制造的。她想了想，推测说："所以有两个可能，一个是根本没有第六节玉璜，一个是有，但是不在这里。"

关跃点头："嗯，到底是哪种可能就看你的鉴定结果了。"

言萧说到这儿又沉默了，本来有个墓在这种没人的戈壁里就很古怪，可这又根本不能算是墓。更古怪的是里面只有几节玉璜，还少了一节，像个谜题。

里面也没什么可看的了，两人待了一个小时，言萧仔细记录了现场的痕迹，才跟着关跃原路返回。出了甬道，关跃忽然问："最快多久能出结果？"

言萧反问："你赶时间？"

"我希望越快越好。"

言萧没有直接回答，反而觉得奇怪："别人要是遇到这样的情况，估计已经放弃了，明眼人都会认为这地方没有研究价值，你干什么非得研究出个结果？"

关跃的声音在黑窄的甬道里低沉地回响："这里很重要。"

"怎么重要？"

隔了一会儿，他才回："有用处。"

言萧不问了，只若有若无地笑了一声，那种感觉又来了——那种问了他也不会说的感觉。

出了甬道回到坑底，抬头看，天更阴了。言萧看看凹凸不平的坑壁，然后瞄了眼关跃。

关跃贴墙半蹲，扎马步一样，然后叠起手："踩着我爬上去。"

言萧一手抓住他的肩，踩住他手心，他猛地往上托了一下，她身体一晃，下意识地抱住了他的头。关跃从她双臂间抬起脸，一双眼睛瞬间盯牢她。坑底暗，他的眼底更暗，言萧从他眼里看到自己的脸，他眼里有她，她的眼里同样有他，阴天笼罩，这地方就只有他们两个人。

言萧又起了坏心思，伸手就摸了一下他的脸颊，低声说："你的脸真冷。"

脸被风吹得冷，人也这么冷，难以亲近。

关跃的脸低了点，把她往上面送，沉声说："上去！"

言萧伸手抓住坑壁上的凸起往上爬，但实在艰难，后来只能踩着他的肩上去。她在地上坐了一会儿，关跃爬了上来，她说："这里应该设个扶梯的。"

"本来有，后来为了防朱矛撤了。"他一边说一边拍肩膀，拍干净了言萧踩过的地方。

"那今天你怎么不带来？"

关跃被她问得手一停："忘了。"

"哦，忘了！我还以为你是故意的呢。"言萧站起来，拍拍衣服走人。

关跃盯着她的背，听她的口气，倒好像刚才在坑底那样是他一手促成的，还学会倒打一耙了。

快到营地的时候，言萧问他："另外三节玉璜在谁那儿？我需要一起研究。"

关跃说："在小蒲那儿，回头我让她拿给你。"

言萧想起那个姑娘，颇有深意地看了他一眼："看不出你挺信任她的啊。"

居然三节全放在她那儿，不知怎么，她想起了自己手上的两节。

"她值得信任。"他说。

"是吗，因为她对你死心塌地？"说完后面那句，言萧自己也有点意外地闭了嘴，因为这么问好像自己很在意似的。

关跃似乎也感觉到了，看她的眼神动了一下，转身走了："你做好自己的工作就行了。"

"那当然了。"言萧也不示弱，掀帘进了自己的帐篷。

直到天黑的时候，蒲佳容才把玉璜送过来。言萧正在按屋里的灯，这里没有电，但队里有台小型发电机供电，就是不太稳定。她按了好几次才按亮，然后就听到门外蒲佳容慢声慢气地唤她："言小姐。"

没想到她会用这么正式的称呼，言萧也没刻意纠正："进来吧。"

蒲佳容走进来，把手里的盒子放在她桌上："东西我放这儿了。"

"好。"

蒲佳容惯常冷场，站了一下就说："那我走了。"

"嗯。"

等她出门，言萧打开盒子，先拿了块软布擦了擦手指。之前的两节玉璜都大同小异，这三节也不例外，仔细看，也就是每节的花纹不太一样。她伸手从盒子里拿了一节出来，轻轻掂了掂，脸色慢慢变了。

蒲佳容走到半路，听到后面有人叫她："蒲小姐。"

她回头，言萧纤长的身影在暮色里走来。"走这么快干什么，我们聊聊？"言萧对她说。

蒲佳容愣了一下："啊？你要聊什么？"

"随便。"言萧到了她跟前，仔细打量她，"你会做复制品是吗？"

可能是被这么打量不自在，蒲佳容低着头"嗯"了一声："我在队里负责文物复制和拓印。"考古队里没闲人，一般大家都是各有各的分工，她负责的就是复制和拓印。

言萧说："队里也没其他东西，你负责的应该就是玉璜的复制和拓印了。"

"对。"

言萧点头，口气淡淡的："我初来乍到，对你还算客气吧？"

"嗯……你很客气。"

言萧平视着她："既然我算客气，也没得罪你，那为什么一进队里，你就拿三节复制出来的假玉璜来糊弄我？"

蒲佳容的脸一下白了，怀里一沉，她下意识地用手臂一兜，刚送去的那只盒子被言萧当头扔了回来。

"说说吧，为什么？"言萧站直了，等她开口。

刚才言萧一拿到手就感觉出了不对，这几节玉璜是用次等玉复制出来的，跟古玉完全不在一个档次。虽然沁色、包浆都做得不错，用一般的传统手法，如"煮玉出灰"等都未必能看出真伪，但瞒不过言萧。何况她摸过真的，就绝不可能看走眼。

"我……"蒲佳容开了个头，随之又一声不吭。

言萧在暮色里看到面前她半张发木的脸，等了半天没等到下文，大为不快："大家都是女人，我才给你个面子，你要有什么不满直接说清楚，不要妨碍我工作。"

蒲佳容迅速抬头看她一眼，嘴唇动了一下，嗫嚅说："我不是想妨碍你工作。"

"那你拿三块假东西来蒙我干什么？"

蒲佳容："……"

"怎么了？"男人的声音突兀地横插进来。

言萧眼一瞥，看见关跃从远处走了过来。她侧过身背对他："别问我，问蒲小姐。"

关跃看了她两眼，叫蒲佳容："你过来一下。"

蒲佳容跟着他走远。

"怎么回事？"关跃一只手插进长裤口袋，站定问她。

蒲佳容慢慢地说："我听说了她的事，据说她不懂鉴定，在杭州走投无路才来咱们队的，所以我就……"

"你就想试试她到底懂不懂鉴定？"

蒲佳容点头。

关跃抿住唇，看了一眼那头站着的言萧，转回头来说："下次别这样了，她是我特地请来的专家，不是外面传的那样，你要有什么疑惑就找我，别难为她。"

别难为她。蒲佳容看了一眼远处的女人，又看看关跃，他好像很了解她，还很维护她。好一会儿，蒲佳容用手心蹭了蹭衣角，点头："我知道了。"

关跃说："行了，你去吧，回头把真的送过去。"

"嗯。"蒲佳容稍稍踟蹰，似有话说，一抬头，关跃已经转身先走了。她又朝言萧看了一眼，低着头离开了。

言萧还没走，看到蒲佳容走了，就转头盯住了关跃，想问问他是什么意思，总得给她个说法吧。

关跃走到她跟前，挺有数，挑了个轻飘飘的角度一句带过："我已经跟她说过了，你别放在心上。"

言萧觉得他这是在敷衍，就更不痛快了，语气不咸不淡的："不想要我干就直说，大不了我走，我又不是非来不可。"

关跃看她："没人不想要你干，你走什么走？"

"妨碍我工作还不是不想要我干？"

他说："放心，以后没人再妨碍你了，所有人都会配合你。"

言萧觉得这还像句话："那你呢？所有人也包括你？"

"当然，只要能早点出结果。"

言萧点了一下头，脸色比刚才好多了。

关跃看了她一眼，觉得这事在她这里应该算是暂时揭过了，他又垂眼看了看她的手。

"看什么呢？"

他抬头，发现言萧正看着自己："你发现得很快，小蒲好像刚送过去没多久。"

"对我这双手感到好奇？"言萧把一只手伸过去，纤细修长的手指朝着他，是刚擦过的，又白又净，"那你仔细看看，是不是有什么玄机。"

关跃站在暮色里，身体的轮廓暗了，背后是茫茫戈壁，脚下是坚硬的沙石。言萧看着他，忽然觉得他这样的男人很适合站在暗处，天和地都是他的外衣。她的手指伸得太近了，几乎能感觉到他鼻下一阵阵的呼吸，有点痒，她不禁动了一下："怎么样，看出来了？"

关跃有点后悔说刚刚的话了，她顺着杆子往上爬，让他觉得自己这是自作自受。"只能说你鉴定经验丰富。"他随口说。

言萧居然被他的话给逗笑了："嗯，被你给参透了。"

关跃没再接话，转头走了。言萧回头时搓了一下手指，他的呼吸沉，像在她的指尖留下了点什么。

天很快黑透了，白天阴沉的天气到了晚上才呈现结果，狂风大作、飞沙走石。原本石中舟提议要给言萧举行一个欢迎仪式，张大铭连菜都多做了两道，却因为这破天气而遗憾告吹。

不过就算能办估计也欢乐不起来，蒲佳容大概是因为先前的事心情低落，吃饭的时候言萧都没看到她。

回到帐篷后，言萧坐在床上，对着灯光先研究了一下手上的两节玉璜。包浆在光下像润泽的膏脂，她盯着上面的刻纹看了一会儿，心里没什么头绪，又把玉璜收了起来。等到白天有自然光的时候再看，也许会更好。

她工作一向很积极，但来这儿她本身就不情愿，没那么高的兴致，能像现在这样，大概还是被关跃顺好毛了。想到这儿，她又有点不爽了，对着那一盏灯按灭又按亮，心想她对姓关的好像也太好说话了。

戈壁一夜风沙。第二天起床，言萧刚洗漱完回来走到门口，一眼就看到了站在那里的蒲佳容。

看见言萧，她的眼神有点回避，还是那种慢慢吞吞的劲头："我来送玉璜。"

言萧一手掀开帘子，往里走："这次是真的？"

"嗯。"极低的一声，像蚊子哼。

"进来吧。"

蒲佳容走进去。

"东西放着吧，你可以走了。"

蒲佳容把三节玉璜放在桌上，犹豫了一下，站在原地没动："昨天的事……不好意思，我向你道歉。"

言萧抬头看她一眼："嗯，我接受你的道歉了。"

蒲佳容心里轻松了一些，不知道为什么，面对眼前的女人她总有种被压了一头的感觉，明明对方也没干什么。她踟蹰了一下，还是没急着走，找出了个话题："对了，你有头绪了吗？"

言萧抬头："怎么，听着好像你有头绪了？说来听听。"

蒲佳容昨天见识到她的本事了，现在说话就有点没自信："我觉得这玉璜应该是汉朝的吧？"

"是吗？东汉还是西汉？"

"不确定，但是我做复制的时候推测年代，应该是有那么久了。"

言萧说："汉朝墓葬最喜欢搞壁画，那个墓半点不符合汉朝墓葬的形式，四壁光秃，什么都没有，不太可能是汉朝的墓。"

蒲佳容一时间不知道该说什么，就盯着她看。言萧身上穿了件珍珠白的衬衫，袖子卷了两截，露出白藕一样的小臂。她说话的时候没有看人，随意摆弄着桌上的玉璜，气定神闲，好像也就是随口说说一样，可就叫人觉得特别信服。她顺着这话问："那你觉得是什么时代的？"

"往前推，至少在春秋之前，甚至有可能是商周的东西。"言萧斟酌着说完，忽然问她，"你这么关心这个干什么？"

"因为关队一直想早点得到结果，整个队就都很关心这个。"

"哦，因为关队……"她断章取义地重复。

蒲佳容的脸有点红，低着头往门边走了一步。

言萧以为她要走了，也没客气，谁知道她又停了下来。

"我跟关队没什么，他……"

言萧的眼睛不自觉地看了过去："他怎么？"

蒲佳容好像在斟酌词汇，有一会儿才说："我跟他说过的，他说他现在没有心思考虑这种事情。他的心里好像装着很重要的事情，眼睛里根本看不见别人的，所以我跟他真的没什么。"

言萧在心里回味了一下："你忽然跟我说这些干什么？"

"我怕你误会，我总觉得你们……"

"我们怎么？"言萧似笑非笑地问。这话挺暧昧的，还有深意，说得好像她已经占据了关跃心里一个了不得的位置一样。

蒲佳容看到她笑，也跟着笑了一下，只不过好像有点勉强："就是有种感觉，如果我说错了，请你别介意。"

有时候不得不承认，女人对自己上心的男人，第六感简直准得可怕。言萧点了一下头："那就谢谢你告诉我这些了。"

蒲佳容不太明白她这是什么意味的谢谢，默默出门走了。

言萧看着门帘掀开又合上，心想：她怎么会甘心就这么算了呢？换作是自己，可就一点也不甘心。

第十一章
驯 马

戈壁天气变幻莫测，经常是风沙狂肆之后又艳阳高照。

关跃在附近巡查完一遍回来，经过墓坑，刚好碰到刚在里面做完最后一次测绘的石中舟和王传学爬上来。"关队！"石中舟拍拍身上的灰，朝他招手，一脸兴奋，"听小蒲说了没？言姐说那'钥匙'有可能是商周的呢！"

关跃听到有进展就停住了："她真这么说了？"

"是啊。"石中舟走过来钩住他的肩，暧昧地拍两下他的肩膀，"关队，你说咱们这儿就这么几块东西给言姐鉴定，照她这速度，说不定用不了多久就能完工走人了，是不是挺可惜的？"

关跃伸手把他的脑袋推远点："可惜什么？"

石中舟嘿嘿笑："装蒜啊关队，别说你跟言姐半点事没有，你们之前一起跑路的时候孤男寡女的，就没发生点什么？"

"没有。"关跃头也不回地往前走，"她能早点工作完最好。"

石中舟还没来得及说完后面的话，他已经走远了。可惜了，石中舟跟王传学递眼色，本来还想就着情侣装的事情一探究竟呢。

帐篷里，桌上铺了块黑布，五节玉璜按照花纹延展的顺序拼接，边沿的孔洞用细线穿着固定在一起，连接成一个带开口的圆。

言萧的鉴定工作开始了。她叠着腿坐在床边，身边是带来的资料，一张一张的，铺满了整张床。她看完手里的最后一张纸，一无所获，又站起来走了几步，还是理不出头绪。

关跃回到营地的时候，就看到她蹲在坡地上，背对着他，不知道是在发呆还是在干什么。她坐着从背后看更显纤瘦，被阳光拉出一道斜影。他走过去，影子正好叠在她的上面："你肯定东西是商周时期的？"

言萧忽然听到声音，抬了头，正好迎着阳光，看他时不得不眯起双眼。"以我的经验推断是这样，"她说，"当然，你可以不信。"

关跃盯着她，她说话时眉心轻蹙着，可能连她自己都没发现。看起来她的工作不太顺利："还有什么发现？"

"有第六节玉璜。"言萧掏出手机，把之前拍下的照片给他看，"每节玉璜的两头都有孔洞，如果没有第六节，边缘的两节就该是只有一头有孔。"

关跃对着照片"嗯"了一声，这个推断显而易见，他之前也发现了，所以在那墓坑下面他就说应该是有第六节的。

"但是我看不出刻纹刻的是什么。"言萧说。她找遍了资料，不是商周时代常见的饕餮纹、云雷纹、夔龙纹之流。不确定刻纹就无法知道来历，也就无法知道第六节玉璜在哪儿。

她刚才蹲在这里找头绪，入行以来，她已经很久没有这样毫无头绪的感觉了。尽管她一直在做古董辨伪的工作，在文物鉴定这一块的确是有点手生，但也不至于这样，连一个切入口也找不到。

关跃忽然说:"我给你点线索。"

"嗯?"言萧回神时人已经被他拽了起来,以为自己听错了。

关跃拨着她的肩往左转:"往前看,是什么?"

他说话时低了头,声音低沉,从她的耳后拂过来,带着旷野里的风声,一起刮过她的耳郭。言萧的声音也不自觉低了:"那条地下泉。"

关跃又把她的肩拨了个方向:"现在呢?"

"我们住的地方。"

肩膀最后被拨到右边:"再看。"

"那个墓坑。"

关跃点了个头:"没错,我们住的地方就像是个峡谷,本来就隐蔽,还有条地下泉在边上隔挡。那个墓坑更偏,不靠山不靠水,四周有土丘矗立,就像是被孤立了一样,在风水上这是个凶地。"

"凶地?"

"对。"他补充了一句,"当然这是我的判断,你也可以不信。"

言萧回头,眼神落在他身上,思索着他这番话里的意思:"你连这些都研究过?"难道他那个什么文保组织还教这些?

关跃看了看她:"这些做考古也需要。我说了,你可以不信。"

风水这种东西,自古以来都跟住宅分不开。住宅又分阳宅阴宅,顾名思义,阴宅自然指的就是墓地。阴宅考虑风水,本来就是古人的传统,很多地方直到现在也还保留着这种传统。他作为一个考古队的领队,懂这些好像的确也应该。言萧又看了一眼四周的景象:这样的地方,乍一眼谁能看出玄机?她现在有点明白路伯为什么说他一个人就找到了这地方了,也有点明白裴明生说他有本事的评价了。"我信,"她冲他笑,"你说的我当然都信。"

关跃的眼神停在她突来的笑脸上,看了两眼,又马上移开目光,转头时正好看到远处石中舟和王传学走回来,似乎老远就在盯着他们瞧。

"哼,关队还说没什么呢!"那头,石中舟边走边搭着手在额前远眺,"谁都看得出来言姐看他的眼神不对。"

王传学觉得奇怪:"有吗?我没看出来啊。"

石中舟叹气:"你傻呗!"

这天晚上,言萧又在帐篷里研究了几个小时。翻完几张老地图,她盯着玉璜看了又看,思索着那个新得到的线索。足足有四五分钟后,她掏出手机给关跃发信息："在哪儿？"

这里有信号，却不是很好，过了一会儿关跃才回过来："宿舍。"

言萧打了行字："有进展了。"编辑完了要发送，信号还是不好，没能发出去。她的手指一停，干脆删了，重打了一句："五分钟后来找我。"

试了两回，这次发出去了。言萧立即放下手机，去床边拖出行李箱。

关跃收到信息的时候已经过去几分钟了，他有数，估计了一下时间就直接过来了。

进了帐篷没有看到人，他往床边看，发现言萧不知道什么时候在那边上拴了根绳子，上面搭着块布做隔挡，她在后面窸窸窣窣地换衣服。女人的身体在灯光下像投影一样在布上映出来，他移开眼，去看桌上的玉璜。

言萧已经听到动静："你来了？"

"嗯。"

布帘被掀开，她走了出来。关跃看过去时，眼神停顿了一下。

言萧穿了件贴身的黑裙，身体被包裹得高挑纤细，一字肩的领口露出双肩，把她身上最有优势的地方都展露出来了：纤长的脖颈、突出的锁骨，领口下一道深沟若隐若现。

"找我过来是有发现了？"关跃垂眼，刻意走开两步，发现她居然赤着脚。那双脚走到他跟前，白嫩的脚趾，趾甲鲜红。

"嗯，有进展了，不过需要你配合一下。"

"怎么配合？"

言萧说："把衣服脱了。"

关跃顿时盯住她："你说什么？"

她脸色都没变一下："你可是亲口答应过会配合我工作的，难道现在又反悔了？"

"这跟你的工作有关系？"

"当然有关系。"言萧慢条斯理地开口，"按你的说法，墓坑是凶地，商周王朝总不可能把自己的礼器埋在凶地里，所以玉璜代表的应该是敌对势力。当时各个部族都有原始崇拜，有的外族会在出战的男人们的背上绘上部族图腾，但是人的身体结构有限，画上去的线条肯定会有变化，我想这可能就是造成我们现在没法认出一些图案的原因。所以我才想到在你背上描绘一下玉璜上的纹饰，对比看看，也许能找到思路。这难道不是工作？"这些都是真的，她还不至于拿工作来诓他。

关跃看着她，也就两三秒的工夫，他站直了，二话不说就动手脱了外套。外套被他随手扔在一边，衬衫被他从裤腰里拽出来，纽扣一颗颗解开，背心也扒了，毫不拖泥带水。他光着上身，低头问："然后呢？"

言萧斜睨着他：他的皮肤微带古铜色，肩背手臂每一处的肌肉线条都流畅地延展，腹肌绷得紧实，人鱼线没入裤腰。她的视线盘桓了几秒才转开，心想可能是自己看得太少了。她故作平静地朝床努努嘴："坐过去。"

关跃在床边坐下，很快感觉言萧到了身后。他往后看，看到她正从后面屈腿上床，漆黑的裙摆被她提到膝上，露出雪白笔直的一双小腿，直接挨着他跪坐了下来。

"这儿怎么弄的？"她的手指在他肩后摸了一下。那里有个很深的疤，看起来不像普通的伤。

"没什么，不小心弄的。"关跃没多说，只催促，"你快点。"

言萧被他打了个岔就没追问："你这口气，弄得我像个强迫别人的恶霸一样……"她轻轻叮嘱一句，呼吸吹过他的脖子："别动啊。"

关跃头垂低，后颈线条绷紧。言萧对着手机里玉璜的照片，握着支细细的笔在他背上描画。他后背的线条更明显，往下直到窄腰，是完美的倒三角。帐篷里安静得过分，甚至能听见彼此的呼吸声。

画完最后一笔，言萧故意在他背上吹了一下，他的后背微微一缩，除此他的确一下都没动过。"好了。"言萧说。

关跃站起来，往桌边走了两步，如释重负。

"别急。"言萧赤脚下床，从桌上拿了张白纸覆在他背上，手掌从上往下用力按了两遍，撕下来时，画上去的图案就印在了纸上。她把纸递给他看："不太确定，但我猜是狼首，少了的那节画的也许是狼眼或狼牙，所以这个敌对势力也许跟狼有关。"

关跃接了纸看。古人的想象力总是无比丰富，玉璜上的刻纹很抽象，言萧照着拼接顺序描绘，组合起来更抽象，在他看来并不觉得哪里像狼首。

言萧靠近，指着几根线条给他提示："这部分是狼口，古人喜欢用开阔的线条表现血盆大口。"语气一低，显得她分外有耐心。

关跃盯着纸，图案是朱红色的，像朱砂："你用什么画的？"

一只手伸过来，言萧手里捏着什么，在他胸口画了一道："这个。"是她的口红。

鲜红的一道画在他的胸口，突兀，异常惹眼。一刹那再没有人说话，两人甚至连刚才在讨论什么都忘了。言萧伸出根手指，点在那道红上，抹了一下。指尖沾了他胸口的温热，也沾着鲜红的唇膏，她的眼睛看着他，慢慢收回那根手指，按在自己唇上。

关跃的眼神陡然暗了一层。言萧在他的视线里移动手指，一点一点将那点红在自己唇上揉开，她轻轻抿了抿嘴。手被一把握住了。关跃的手禁锢着她不安分的手指，掌心干燥有力。

言萧问："干什么？"

关跃低下头看着她："别用这种眼神看我。"

"我的眼神怎么了？"

怎么了？露骨，简直不言而喻。关跃咬紧牙关，想起了胡杨林里她的那句"我反而对你有兴趣"，他早该知道，她这样难以捉摸的女人，不可能会吃亏，更不会轻易放弃，她这一出就是故意的。

言萧的身体往前贴，唇几乎就要靠到他胸口的那抹红，话音低得像呓语："不让用手，难道要我用别的方式抹？"说话时，她的嘴唇已经贴着那片胸膛轻轻擦了过去。瞬息之间，言萧身体半转，关跃推着她反压到桌沿。

言萧被他高大的身躯罩住，不得不仰头看进他的双眼。他的五官似乎更深刻了，身体紧贴着她，像拉紧的弦。蒲佳容说他心里好像装着重要的事，眼睛里看不见旁人，但是现在他的眼里映出了她的脸，言萧心里总算有了点快意。

关跃的呼吸很沉，拂在她脸上，一阵一阵的，他的头往下低……言萧的思绪有点飘忽，嗓子发紧，反应过来时才发现是因为自己的心跳快了。这感觉多年没有过，让她有点不舒服。

关跃突然停住了，就在快碰到她的时候，一只手捏住了她的下巴："怎么样，可以到此为止了？"

言萧顿时觉得被他反将了一军。

"劝你去找别的东西耍弄，我不是你转移情绪的玩物，你再怎么费心思，我对你还是没兴趣。"关跃松开她，往后退了两步，捡了衣服抓在手里，却只套了外套在身上，看过来时身上有了几分不羁的浪荡模样。

"这是最后一次，别试探我的底线。"他忽然说。

言萧还站在那儿没动，眼睛看过去，嘴上还没认输："怎么着？"

关跃看了眼她那双抹得红艳艳的唇，莫名地笑了一下："恐怕你会后悔。"说完转头，一拉帐篷门帘，头也不回地走了出去。

屋里电力不稳，灯闪了两下，灭了。外面传来石中舟和王传学无奈的哀号声。

帐篷里一片漆黑，言萧就在这黑暗里站着，回味着他刚才走之前说那句话时的表情，手指又抹了一下唇，什么也没想。

一大清早，天刚蒙蒙亮。张大铭打着哈欠进入厨房，准备做早饭。进门的时候他还有点迷糊，模模糊糊地看到一个人站在煤气灶那里，一下就清醒了，紧接着就发现站在那里的是个女人。

"啊，是你啊。"他有点不好意思，刚才还以为是什么人闯队里来了，差点就想去拿家伙来动手。

言萧站在那里，冲他笑了一下："早。"

厨房里弥漫着一阵咖啡的芳香，张大铭回了声"早"，这才发现她刚才是在烧水冲咖啡："干吗泡这个喝，你是不是没睡好啊？"

"挺好的啊，一觉到天亮。"

她的语气很淡，张大铭跟她说话的次数不多，反正感觉她好像一直都是这个语调，也分不出真假。正说话的时候，有人掀帘子进来了。张大铭回头看了眼："关队，你今天也这么早？"

关跃进门就看到了言萧，先看了看她才说："嗯。"

"那我得赶紧做饭，你们等会儿啊。"

关跃拦住他："不用急，你记得等会儿准备点干粮。"

"干粮？你又要出去吗？"

"得去一趟沙地。"

言萧捏着根筷子，慢慢搅着杯子里的咖啡，脑子里又浮现出昨晚的事来，还充斥着很多杂乱无章的画面：狼首的线条，他宽阔的肩背……似乎身上还残留着他把她压在桌边时的力道。她腾出只手按了一下腰。

身后张大铭在问："去沙地干什么？"

"那里有个地方，听说跟狼有关。"

"啊？跟什么有关？"张大铭听得云里雾里，但关跃这话不像是对他说的，他说话时眼睛看着言萧。

"八十年代有支考古队在那里发现了那个地方，出于某些原因没能往下细查，最好过去看看。"

张大铭确定关跃不是在跟自己说话了，因为他的脸仍然冲着言萧站的方向。

言萧放下筷子，端了杯子往外走。两个人高马大的男人站在这里，空间也变得狭小起来，她从两人中间穿过，侧着身，贴着关跃的胸膛过去，脸也侧着，没有看他。

关跃说："去看看。"是陈述，也像命令，不是询问。

言萧停在门口，背对着他，慢条斯理地喝咖啡，仿佛没听见。关跃一直盯着她，目光没有移开。将近一分钟的时间，两个人就这样僵持着。

张大铭莫名其妙，看看关跃，又看看言萧。傻子都能看出这两个人之间不对劲，可他又说不上来到底是哪儿不对劲。

直到喝完最后一口咖啡，言萧才回头看了关跃一眼，问："哦，什么时候走？"她像一张弓的弦，前一刻蓄力拉满，下一秒忽然松了。

张大铭越发觉得古怪了，看看两个人，转身去做饭。

还没到中午，刚过十一点的时候，关跃去通知言萧出发。她背着包走到停车的地方，看到关跃远远地站在那条泉水边上打电话。

不知道是不是信号不好的缘故，这个电话他打了很久。等他回头，王传学从远处跑了过来："关队，听大铭说你要去沙地啊，怎么能不带上我们？"跟在他后面的还有石中舟和蒲佳容。

关跃说："只是去考察一下，没什么事情，很快就回来。"

蒲佳容慢吞吞地开了口："关队，还是让我们跟你去吧，路上多点照应。"

"不用，队里也需要人。"

蒲佳容看了一眼言萧："可就你们两个不够吧？"

"我还叫了别人。"

言萧靠在车边上听了一会儿，除了石中舟，王传学跟蒲佳容都挺热情。她抬腕看了看手表，走了过去，朝关跃伸出手："车钥匙。"

关跃看了她一眼，从长裤口袋里掏出车钥匙递给她。

言萧接在手里，朝车那边抬抬下巴："你到车上来一下，我有件事跟你说。"说完转头上了车。石中舟和蒲佳容只好暂停先不说了。

关跃过去，拉开车门坐到副驾驶座上："说什么？"

言萧扶着方向盘，直接拧下了车钥匙："叽叽歪歪的，要到什么时候才能走？我说完了。"油门一踩，车就这么开了出去。

蒲佳容最先反应过来，瞪大双眼："她怎么把车开走了？"

石中舟也是一愣，突然就笑了："真不愧是言姐，说走就走可不是第一次了，跟刚来的时候一样，一点没变。"

蒲佳容甚至还追了几步出去，但车尾已经拖着尘烟冲向戈壁深处了。

车里，关跃看着言萧。

"看什么？"言萧斜睨着他，"你自己不也是这么想的？要是真想带他们，早叫我停下来了。"

关跃的手臂搭上车窗，脸上有笑："嗯。"他的确是这么想的，这趟行程不适合让太多人参与。有时候她跟他的确还挺有默契的。

十几分钟后，车开出了考古队驻扎的区域。周遭荒漠化越发严重，沙砾遍布的戈壁连着半沙漠化地带，言萧不认识路了，只好停车，两个人交换位置。太阳升高，阳光照下来，车再度出发，视野逐渐开阔，远近的土丘沙堆在荒漠里也明亮起来，似乎没那么荒凉了。

言萧的目光落在窗外，被昨晚的事给闹得暂时找不到什么话说。关跃开车时向来不太说话，于是整个车里就只剩下引擎的轰鸣声和外面沙石被碾开的沙哑声。

一路往西，路比来的时候更难走。漫长的三个多小时后，他们终于脱离了戈壁，一片湛蓝的天空下，云白得像雪堆出来的，下面广袤的地面逐渐平坦，地上有了零星的绿草。

越往前草越多，很快眼前就出现一大片草场，草还没长高，但远看已经是一片完整的绿。几只蒙古包扎在草场上，白色的，一点一点，远看就像一只只小小的蘑菇。在这种地面上车可以开得飞快，越野车很快就在蒙古包外面停下了。

言萧从车窗外收回目光，左右看了看："这是什么地方？"

关跃说："一个朋友家。"

"来这儿干什么？"

"等一个人，需要靠他带路。"

关跃开门下车，一边往蒙古包里走一边喊了两声："阿古，阿古达木！"

"来了来了！"蒙古包里匆匆跑出个蒙古族小伙，他穿一袭深蓝的蒙古长袍，皮肤黑黑的，看到关跃就笑眯了眼，"小十哥，你怎么来了？"

言萧走过去，听到他的称呼，问关跃："他把你当成小石了？"

关跃没作声，她以为他是默认了。

那小伙看到言萧，上下打量了一下，笑着挤眉弄眼地问关跃："哥，难得啊，这是哪位啊？"

关跃还没开口，言萧抢话说："队友。"他扭头看了她一眼，她表情平淡，也看不出什么情绪。

阿古马上就不开玩笑了，客气地称呼了她一声姐。蒙古族小伙就是热情好客，一把人迎进蒙古包就忙着给他们倒奶茶，拿吃的。

言萧进了蒙古包后特地观察了一下，这里进进出出的就他一个人，没看见其他人，他好像是独居的。

关跃去上厕所了，言萧坐在铺着花毯子的桌边喝奶茶，一边问阿古："你跟他是怎么认识的？"

"我跟他以前都在文保组织里待过，后来我不干了，回来养马了。"阿古笑呵呵的，往她面前抓了一大把坚果，"第一次来这种地方吧？多吃点，别客气。"

言萧说了声谢谢，心想就这关系都能认错人？

正巧，关跃回来了，进门的时候说："阿古，你后院的马厩怎么坏了？"

阿古说："我还没来得及修呢。"

关跃脱了外套，卷起衬衫袖口："我帮你修吧。"

"别别，哥，你来了就是客。"

"别废话，走吧。"他看一眼言萧，"你坐会儿。"

言萧看着他跟阿古往后面去了，心里猜测关跃是不是故意在回避她。

一直到傍晚，等的人也没回来。言萧闲得在外面溜达，关跃还在那头帮阿古修马厩。马厩就是个棚子，他低着头站在那里，身体被棚子边上的柱子遮挡了一半，远看整个人都模糊了。她往那儿走，看到几匹马在吃草，她停下来看，那马居然也不怕人。

"想骑一下吗？"

言萧回头，阿古不知道什么时候过来了。"这能骑？"她问。

"当然能骑，你要不要试试？"阿古指马，"她叫恩和，是匹老马，很温顺的。"

言萧摇头："我不会骑马。"

"叫咱哥教你啊。"阿古不等她开口就回头招手，"哥，过来。"

关跃丢下东西出了马厩。

言萧朝他看了一眼："他还会骑马？"

"可厉害了，他什么都会！"

言萧不禁去看关跃，怀疑这话里是不是有水分，但是想想他那活地图似的脑子和又懂风水堪舆的架势，好像也不是假话。

关跃很快到了两人跟前："怎么？"

阿古指指言萧："你教人家骑马啊，带人家来也不管人家玩得开不开心。"

"我们不是来玩的。"

言萧盯着马，忽然问："这怎么骑？"

关跃看她开了口，也就不多说别的了："踩着马镫爬上去。"

言萧心想这不是废话吗，但手还是伸过去扶住了马鞍，用脚踩住马镫往上爬。

腿刚抬上去，就差点滑下来，于是一只大手托住她的大腿，又有另一只手在她臀上托了一下，才坐了上去。等她转头去看的时候，关跃笔直地站在那里，她甚至不确定刚才是不是他帮的忙。

"骑吧。"他抬手拍了一下马臀。

马慢悠悠地往前小跑。言萧抓紧马缰。

关跃跟在后面，不紧不慢地道："身体放松，腿别夹，夹腿会吓着它。"

言萧："……"

"上身挺直，保持平衡。"

"看前面，先适应节奏。"

言萧回头看，居高临下，能看到他的头顶。他收着手站在那里，阳光把他的身影拉长，映在青绿的草地上，挺拔得不可方物。

忽然之间，身下的马似乎受了惊，快跑了起来，言萧没坐稳，开始往下滑。快掉下来的时候关跃已经冲了过来，言萧没摔到地上，摔在了他身上。冲力让他也跟着摔倒了，她的半边身体压着他，双双倒在一片青葱里。

一瞬间，两副躯体都有点僵硬，但紧接着，言萧的身体就软了下来，她感觉到身下男人的身体越发僵硬，像一块冷石。关跃推开她坐起来，而后拽着她起来，又很快松手："没事？"

言萧淡淡"嗯"一声。她压着他呢，能有什么事？

一个小时后，阿古从马厩那儿回来，看见言萧还在骑马。他很好奇，等她转了一圈到跟前，逮着机会问："我看你刚才好像摔着了，怎么还敢骑啊？"

言萧扯着缰绳说："人这辈子摔跤的时候多了去了，摔倒了再爬起来不就行了。马嘛，总有驯服的时候，摔个一两次也没什么。"

阿古带着这碗灌到脑子里的鸡汤回到蒙古包，看到关跃就站在门边，正在抽烟，也不知道他是什么时候站在那儿的。

"哥。"阿古走过去，朝言萧努努嘴，"怎么回事啊？我还以为女人都是三分钟热度的呢！她怎么还非要学会了，我可真没见过这么有毅力的女人。"

关跃不知道在想什么，被打断了，朝言萧那里看了一眼："她跟别的女人不一样。"

"哪儿不一样？"

"哪儿都不一样。"关跃几乎是脱口而出。

"也是有恒心啊。"阿古朝那头远远望着，啧啧感慨，"你别说，人长得可真漂亮。"

关跃叼着烟，又朝那边看了一眼，马背上的女人黑裤白衣，长发在风里飞舞。他的眼睛看着，咬了下烟嘴，干脆拿出来捏在了手里。他转开眼，余光还能看见那道马上的身影，他什么也没说。

言萧还真学会了骑马。不是很熟练，但也像模像样了。代价很惨烈：腰酸背痛。这晚躺在阿古家的蒙古包里，上半身是僵的，下半身是麻的，浑身和散了架一样，她睁着眼睛，半天都睡不着，但心里的感觉很爽，说不上来爽什么，就是很爽。言萧在黑暗里很轻很轻地笑了一声。

到后半夜就彻底睡沉了，她做了个梦，梦到她压着关跃倒在草地上。他皱着眉推她："言萧，起来了。"她"嗯"了一声，没有动。他又说了一遍："言萧，该起来了。"

这一声突然清晰了很多，言萧迷迷糊糊地睁开眼，发现这声音就在蒙古包外面。天刚亮，隔着层帘子映出男人高大的身影，关跃在外面说："起来，人来了，该走了。"

言萧懒洋洋地应了一声，翻了个身，后面还梦到了些什么已经全忘了。

今天的天气似乎不大好，外面太阳没露头，刚在清晨天就是阴的，风吹到脸上像刀割一样。言萧起床后匆匆洗漱，随便吃了点阿古做的馃子，背着包走出草场。关跃已经在越野车里等着了。

阴天，黑色的车看着也发暗，一个老人坐在车后排，头上戴了顶旧帽子，整个人看起来也像是旧的，陷在那层阴暗里毫不起眼。言萧走近了才认出他是谁："路伯？"

路伯点点头，隔着车窗冲她咧开嘴，干笑了两声："是我。"

言萧看看前面驾驶室里的关跃："原来他要等的人就是你啊。"

"是啊，你们关领队发了话，谁能不来。"老人家嘀嘀咕咕。

"怎么，有钱你还不想赚了？"

路伯扯了扯嘴角，明摆着也就是为钱而来的。

关跃按了两声喇叭，提示他们该上路了，言萧拉开车门坐到副驾驶座上。

车刚上路，路伯就闭上了眼。另外两个人不好开口吵他，一路上都没人说话，只有关跃在需要的时候才会开口问一句，这时候路伯才会睁开混浊的眼睛指一下路，再闭上接着睡。

安静地开了两个多小时，言萧也有点昏昏欲睡，转头看见车窗外阴沉的天际线被一片厚重的黄色割裂，紧接着铺天盖地的黄色扑入眼里。她瞬间睡意全无，沙漠到了。

关跃把车窗合上，车没减速，直冲入沙地，扬起来的沙子如同烟幕一样遮挡住视线，有的飞溅得老高，砸在车窗玻璃上，噼里啪啦的一阵响。

渐渐进入沙漠深处，车轮陷在柔软的沙子里前行，四周都是沙丘，方向难辨。关跃依然开得很稳，没见他借助任何工具，就这么一路开着没有停顿。

快到中午，天还是阴的，但温度明显升高了。车轮下逐渐不再柔软，地面越来越坚硬，荒漠出现，偶尔可见零星的矮草和胡杨。

半小时后，眼前突兀地冒出一片绿洲。车开进去时地势往下，这片绿洲更像是个谷地，四面环沙，也没见到有水，但有一丛一丛的绿草，也许是有地下水。关跃停了车，转头叫路伯："下来吧。"

言萧最先下车，后排的路伯睁开眼，清清嗓子，弓着背跟在后面钻出来。

绿洲并不大，一眼看得到头，像一片黄布里落入了一颗圆形的绿宝石，可能用不了多少年就会彻底被黄沙吞没了。

关跃在后备厢里取了一把洛阳铲提在手里，走在最前面。走了几十步，他停了，手里的洛阳铲一提，拧上杆，往地里扎下去。大概是因为干燥，带出来的土泛着灰白。

言萧对这些不是很懂，她只听说过一种五花土，见到了就代表下面一定有古墓。

下了十几铲，关跃拨了拨铲子里的土，抬头叫了一声："路伯。"

路伯不知道什么时候已经蹲得老远，正在抽一杆旱烟。关跃的声音比平常更沉，这一声好像包含了其他什么意思，路伯持烟的手不自觉地停了，捏着烟杆在地上敲了敲，扶着膝盖站起来。他慢吞吞地走到关跃跟前，看了两眼地上被刨松的土，绕了两圈，停下来，用脚尖点了点："在这儿下铲试试吧，这里看着才像是有东西。"

关跃转头又去车上拿了两把铁锹过来，递了一把给路伯。路伯磨磨蹭蹭地接了，跟他一起照着刚才说的位置往下挖。土质坚硬，两个人很艰难地挖出了一个坑，这并不是个轻而易举的活。

很快温度升高，沙漠里比其他地方更加干燥闷热。关跃一铁锹挖下去，忽然停住了。旁边路伯还在有一下没一下地挖着，铁锹却忽然被关跃伸过来的脚抵住，他抬起头问："咋？"

关跃说："还挖什么？根本不是在这儿。"

路伯这下也停了，直起腰来，一只手捏成拳捶了捶肩膀："那你觉得在哪儿？"

"这得问你了。"关跃拎着铁锹，重重地送进地里，又拎起来，带出一片土，还是灰白的，没什么变化。"这里再挖下去也不会有，但是肯定就在附近。"

言萧看看他，又看看路伯，听出了他们话里的玄机，看来是地方有偏差。

路伯拄着锹柄喘了口气，咧开嘴笑出满脸的皱纹："成！果然是关领队，什么都瞒不过你。"他提着铁锹越过关跃和言萧往前走，走了有好几百步才停了下来，然后在原地走了两圈，盯着脚下看来看去。

关跃忽然大步走了过去，抬头看了看天，又看了看左右方位。这种无人的地方，看起来好像处处都一样，但其实在内行人眼里，一步一个样。路伯在旁边说："年代久了，不太记得了，要么你再用洛阳铲试试？"

"不用了。"关跃用鞋尖碾了一下地面，心里有数了，将手里的铁锹一扔，"休息会儿，先吃饭吧。"

时间刚好到中午，正好吃午饭。言萧拿了带来的干粮给路伯，他不接，只吃自己带来的烙饼。言萧也没勉强，这老头总是古古怪怪的，她也习惯了。她自己吃了几块饼干，走回车边，正撞上关跃站在后备厢那儿喝水。

他身上的外套早就脱了，只穿着黑色的背心，背心被汗水浸湿，贴在身上，肌肉线条毕现，仰头喝水时喉结一下一下地滚动。水喝到一半，关跃举起瓶子往脸上倒，抹了两把，脸上胸口都水津津的，一转头，刚好看到言萧站在身后。

言萧也不回避他的视线："确定是那个地方吗？"她问刚才他们找的那个位置。

关跃还以为她不打算跟自己说话了，"嗯"了一声："只要我没看走眼。"

"那他为什么要瞒你？"她指一下路伯。

关跃朝老人那边瞄了一眼："老人家防心重。"

言萧没再问了，看了眼他手里的水，说："给我留点水。"

关跃说："自己拿。"后备厢里还有。

言萧不拿，反而拿了他手里的瓶子，还剩了一口，她抓着他的手，送到嘴边掀起喝了。颈项舒展，喉头一动，慢慢咽下去，有一滴滚过下巴尖，也被她的手指挑着送进了嘴里。

关跃看着她，她的神情和语气都和平常一样，却在喝下这口水时连看都没看他一眼。

"别浪费，这里又不是江南，不是你教我的吗？"言萧松开手，拍拍手就走了。走得这么干脆，仿佛就只是来喝口水而已。

关跃看了眼手里的空瓶，直到她走远，才扔回后备厢，用力按上后车盖，拿了铁锹回去继续挖坑。

饭吃完了，但路伯没来帮忙，只有关跃一个人忙。一直到下午两点多，传来梆梆的两声闷响，铁锹敲到了什么东西上。坐着抽烟的路伯突然跳了起来："小心点，肯定是有东西，别碰坏了！"他的脚步很快，老人的迟缓不见了，快走几步过来跳进坑里，差点没摔一跤。

关跃早就停下来了。言萧也走过去，站在坑边往下看，路伯蹲在坑底，用手抹开土层。

一块暗得发黑的石头露出来，平平整整，只一眼，她就看出这和那个墓坑里四面墙壁的石头是一样的材质。她跟着跳下去，从包里拿出把细毛刷，蹲在路伯对面，仔细刷掉石头上面的灰尘。完整的石块露了出来，方形，像个盖子，又像块石碑。言萧看了一眼路伯，觉得他刚才的反应有点激烈。

灰尘没了，几人就发现石盖上有花纹，刻得很深，但有磨损痕迹，也许是被动过了。言萧盯着花纹看了很久，拿出手机拍了几张照片，站起来，余光瞥见有眼神落在自己身上，不用看就知道是关跃在等着她的定论。她斟酌着开口："上面的刻纹风格跟玉璜上的一致，刻的应该是狼眼，也就是狼身上最重要的部位，这里说不定真跟我们要找的地方有关。"

路伯莫名其妙地抬起头："你们在找什么？"

没人回答他。关跃蹲下去，动手去挪那块石盖。

路伯忽然说："你别动，我来。"

关跃松开手，还真交给了他。路伯从口袋里摸出几根长长的铁片，薄薄的，瞧着却很坚硬。他握着锹柄当锤子，分四面把它们紧贴着石盖敲进去，然后一根一根去掰那铁片，慢慢地在石盖和土层间撬动。

光是这件事他就足足忙了有半个多小时，停下来时气喘吁吁，对关跃说："来，搭把手。"

关跃帮他把石盖撬开，最多移开了一两厘米，抬头问："能探到里面吗？"

路伯的脸色出奇地凝重，摇摇头："这就像是个界碑，挖到也不算什么，下面的土层肯定还厚着呢。"

"所以我们现在什么也看不出来了？"

路伯把腰间别着的烟杆又抽了出来，眉心皱着，额头上沟壑遍布："关领队，算了吧，这可不是你的考古队该做的，再说就凭我们几个，怎么可能动得了这里？"

关跃不说话，把石盖移回原位，跃出土坑。

路伯没动，还蹲在那里，一口接一口地抽旱烟。

言萧盯着他苍老的背影看了两眼，也出了坑，走到关跃跟前。"怎么回事？"她小声问。

关跃从车里拿出衬衫，正在往身上套："什么？"

言萧朝坑的方向偏了下头："装什么蒜？我问路伯，他有古怪，一个做向导的，怎么好像很懂考古的手法？"

"我从没说过他只是个向导。"

"那他是干什么的？"

关跃忽然看了一眼她的眼睛。言萧的瞳仁颜色很深且灵动，任何时候都像蕴着两点光。做鉴定的双眼当然是善于观察的，她会问起，他也并不觉得奇怪。"还记得华教授说过的那件事吗？"

关跃说话时手没闲着，在扣纽扣，言萧的眼神落在他的手指上，越看越觉得修长有力，嘴里问："哪件事？"

"华教授说过他有个师兄，八十年代带队做考古，后来职称没了，下落也不清楚了。"

言萧往车上一倚："哦，就那什么陆教授？"

"嗯。"关跃说，"路伯以前不叫路伯，他姓陆，就是那位陆教授，这块绿洲最早就是他带队发现的。"

言萧愣了一下，回头去看土坑。路伯已经从坑里爬上来了，一手摘了帽子在手里拍了拍灰，露出花白的头发，边走边咳了两声，神情还是沉重的。人不可貌相。言萧太惊讶了，以至于都没在意关跃为什么会知道这些。

很快，关跃拿了铁锹去把土反填了一些回坑里，遮住了石盖，叫他们上车。

回去的路上依然安静，直到车开出沙漠的时候，言萧才叫了声路伯："我们之前遇到过一支考古队，"她像是随口一提，"带队的教授姓华，说是你的师弟，好像挺惦记你的，有空联系人家一下吧。"

后排半天才传出一声笑，路伯的身体随着车身的颠簸而微微摇晃，好像也不稀奇自己的身份被揭开，感慨地叹了口气："那小子都成教授了！一晃几十年都过去了，大家都老了，还联系什么啊，我忙着守林子呢。"

关跃朝身边看了一眼。言萧的手肘撑在车窗上，发现路伯对这个话题并不排斥，她就直接问自己想问的了："当年那个害你的人，是不是五爷？"

路伯又笑："唉，什么五爷六爷的，不记得了。"

言萧回头看，老人的眼睛又闭上了，显然什么也问不出来，她只好作罢。

傍晚，车停下来，又回到了阿古家的草场。

出发前关跃就跟阿古打过了招呼，今天还得在这儿过一夜。阿古已经在等着了，背后的蒙古包炊烟袅袅，他连晚饭都做好了。路伯早就累了，一头钻进蒙古包，默默地捶腿。

言萧去自己住的那间蒙古包里放了包，出来时看到关跃被阿古拉着走得老远，站在一起说着什么。在他们旁边不远处拴着那匹昨天被她骑了一下午的老马恩和。言萧吹了声口哨，恩和立即就嘶鸣一声，动了两下蹄子，关跃不禁朝她这边看了一眼。

"还知道回应，不错啊，就是要驯服了才行。"言萧说笑一句，瞥了一眼关跃。

他有没有听见她不知道，但是他很快就转过了头去，继续听阿古说话，只留给她一个侧脸。

言萧不知道他们在说什么，也不在意。她随意地转头看了看，平坦的草原一望无际，远处有辆警车正背朝着这个方向开远，已经渺小得快成一个点了。她看了一眼，回头又看关跃，他侧身挺直，专心致志的样子，再没朝她看过一眼。

第十二章
心 寒

晚上，又是一个风沙天。草场位置偏，地势又平坦，风刮过来没有阻拦，几只蒙古包都被吹得微晃。

夜里十点，阿古在帮关跃收拾东西。大到铲锹，小到钢丝，还有手电绳索，一些繁杂的工具，他收拾了满满一大袋，扛出蒙古包。

外面月黑风高，关跃在路头上打电话，手机屏幕的光把他的一只耳郭照得蓝幽幽的。

电话打完，阿古正好到跟前，他把袋子放在关跃脚边，顶着风问："哥，我白天跟你说的那个事不要紧吧？"

"不要紧。"关跃提起那只袋子，"下次他们再派人来，你还是照实说什么都不知道，不会有什么岔子。"

阿古点头，小声嘀咕："记住了，只要不出岔子就行。"

站了一会儿，远处有车开了过来，刺目的车灯划破夜色，隐约显露出厚重宽大的车型，像只巨兽。车停后，门拉开，几个男人露头往外张望，看到关跃都很尊敬，挨个叫他："小十哥。"

"嗯。"关跃先把袋子递上去，随后上车，回头对阿古说，"交代你的事别忘了。"

"放心吧，时间到了我就叫他们起来。"

关跃拉上门，车就开走了。

帐篷里，言萧半睡半醒，隐约听到外面有男人说话的声音，还有汽车开过的声响。她起来掀帘看了一眼，模模糊糊看见越野车停在那里，并没有开动，又回头躺了下去。

夜里一点左右，帐篷外面传来阿古的声音："姐，该去沙地了。"

言萧听到沙地就坐了起来："去哪儿？"

"沙地，小十哥已经先过去了，他交代到这个点就叫你起来，让你开车把路伯一起带去。"

言萧："……"

十分钟后言萧准备好出去，路伯也被阿古叫起来了，正抄着手靠在车门上打盹。言萧上车时心里憋了口气，搞不清关跃葫芦里在卖什么药，这人干什么都是自己说了算，连个让她准备的话都不留。

车上了路，正是夜里最黑的时候，风沙减弱了，路伯坐在副驾驶座上指路，她把车开得飞快。

路伯抱怨："哎哟，你再开这么快我要坐后排去了，路我也不指了。"

言萧面无表情地按下车窗，风灌进来，刮到脸上像被刀割一样。

"算了算了，你厉害！"路伯抬手挡脸，如同投降，嘴里嘀嘀咕咕，"起床气真重……"

言萧这才把车窗合上。

再次抵达那片绿洲时还在后半夜，沙漠里的风在四周的沙丘上盘旋，进不来这里，车停下像是从浪潮中入港，风平浪息。言萧一下车就看到站在前方的人影，高大挺拔，披着晦暗的天光，手指间烟火明灭，一看就是在等他们。

"过来吧。"烟灭了，他的手里亮起手电的光。

言萧眯着眼，迎着那道光走过去，没好气地问："你到底来干什么了？"

手电的光扫到前面，关跃说："我都准备好了。"

言萧顺着光看到了之前被挖出来又被填上的坑，就在他们脚下，现在已被重新挖开，石盖也被移开了，一个幽深的洞口露了出来，大约有一人肩宽。

她扭头看他："你一个人能把这里挖开？"

"我叫了以前文保组织的队友来帮忙。"

她更意外了："他们下去了？"

"没有，他们早就走了。"

路伯的声音突兀地插进来："关领队，你这样不合适吧？"他站在坑边，语气不大好。

关跃平淡地开口："路伯，你已经不是陆教授了，你是我花钱请来的。"

路伯闭了嘴，扯出腰间别着的旱烟，埋头往里面按烟丝，肩膀一抬一抬的，看起来越发地不高兴。

"不过你放心，洞是斜下往侧面打的，没有碰到不该碰的结构，所以不存在什么实质破坏，我请你来，就是要你等下再把这里原封不动地封回去。"

路伯手里的烟点着了，他吸了两口，锁紧了眉头："我晓得你有本事，但是搞这么麻烦，你到底是想干啥啊？"

"进去看看。"

"看看？"路伯摇头，"别怪我没告诉你，这下面我们曾经用仪器探过，没什么特殊的，不然当年为啥不动这里？"

"那也得亲眼看了才知道。"关跃手一撑，跳进坑里，伸手给言萧，"你下来。"

言萧扶着他的胳膊跳到坑里，紧接着就反应过来："什么意思，难道你要我跟你去那里面？"

关跃已经在理绳子了："我先下去，你跟在后面。"

言萧无语，还没转身要走，腰上就被绳子圈住了。关跃手一收，她就被拉到了他跟前。

"没多少时间了，跟我下去。"他紧紧箍着她，一只手在她脸上套了个口罩。绳子在他手里绕了几圈，另一头在他自己腰上缠了两道，往洞口走。

言萧的声音隔着层口罩听起来是闷的："姓关的，你疯了吗？那下面是什么地方，你居然要就这么下去！"

"嗯。"他居然很淡定。

言萧用力扯住绳子，怒了："你敢把我拉进去试试？"

关跃说："我当然敢。"

言萧听他口气强硬，低头就要解腰上的绳子，没想到他扣得死，根本解不开，紧接着腰间就是一紧，她人往前跟跄了两步，抬头发现他已经进了洞口。

"松手！"言萧拉住绳子，却抵不住他的力气，一直被拉到洞口，胳膊被他捉住，头被他的大手压低，人就被硬生生地拽了进去。

洞里崎岖，狭窄逼仄，只能爬行。因为是一直往下的趋势，身体往下倾，让人觉得头重脚轻，非常难受。关跃的速度很快，言萧落在后面，他就扯动绳子催促她。她咬着牙跟上去，磕磕碰碰的，她从没这么狼狈过。

一头一脸的土，如果不是脸上戴着口罩，恐怕连嘴里都有灰尘。不知过了多久，她手伸出去捞到了空，一只手抓住她，把她半拖半抱地拽了出去，脚终于踩到平地。言萧跟跄了一步才站稳，被关跃的手臂稳稳地抱着。

"你就非要我下来？"一能开口她就压不住怒气，推了他一把。

关跃动也不动，稳稳地抱着她，确定她站稳了才松开。他从口袋里掏出手电，光亮起来，两个人都是灰头土脸的，他抹了下脸上的灰，扒拉下嘴上的口罩："你不下来我找不到玉璜，这是你的工作。"

言萧无法反驳，瞪了他一眼，又看了看那洞口，他们现在这样，怎么看都感觉跟盗墓贼似的。

四周漆黑，光照出去像是什么都照不穿，只有眼前一小块地面是亮的，地上铺着石块，跟考古队发掘的那个墓室有些相似。关跃已经往前走了，言萧腰上的绳子还被他牵着，他走她就必须走，不得不跟上。但她实在跟不上，这里面漆黑一片，每一步都是未知，她终于忍不住说："你等等。"

关跃回头拿手电照过来。言萧被光刺得眯起眼，等光移开，他已经到了跟前，握住她一只手说："跟着我走。"

言萧被他拉着走了出去，他这次走得慢了很多。言萧觉得手腕被抓着不怎么舒服就动了一下，他松开些，手往下滑就自然而然地抓到了她的手，彼此的手上都有尘土，抓在一起都感觉得出来。但随即，他的手又往上移了移，还是隔着衣袖握住了她的手腕。

言萧嘴里若有似无地哼笑了一声。像是回应，他忽然用了力，紧紧抓牢了她的手腕，她挣不脱，不出声了。

光扫过的地方都被灰尘覆盖了，影影绰绰的东西都是灰白的，什么都看不出来，反而更显可怖。言萧跟在关跃身后走了十几步，脚下踢到了什么，关跃立即回头，灯光照下来，原来是层台阶。

他走回来，手电顺着台阶往上照，上面高出一截，似乎是个石台。不等他开口，言萧先走上去了。

石台上也落满了灰尘，关跃松开她，用手拂开，露出上面的槽口，只有一个，里面放着一节玉璜，刚好跟之前的墓室对应。他问："是不是这个？"

言萧掏出手套戴上，把玉璜捏起来对着光看，嗅味辨色。很久，又摘下手套，直接用手指接触着辨认了一回，才放回去，说："影子。"

"什么影子？"

"以前法门寺地宫埋了佛指舍利，一共四枚，只有一枚是真的，另外三枚被称为影骨，这节玉璜也一样，是真品的影子，造出来防盗的。"她心里还有气，即使说起这些口气也是冷的。

关跃"嗯"了一声，走下台阶。

言萧被绳子一扯，不得不又跟上。

光亮有限，空气有限，行动也有限。手电在前面来回扫视，一片黑黢黢的泛着白毛般尘埃的画面，静谧得可怕。言萧一声不吭地跟着，来回看着，一只手不自觉地抓住了绳子。忽然看到有什么随着手电的光一闪，她吃了一惊，停住了。关跃感觉到，也停住了。

言萧拽了一下绳子："去对面。"

关跃走前面，先过去，手电扫到那里有个毫不起眼的石墩子。刚才那一闪的是一点微弱的光亮，言萧觉得如果她没看错，那应该是玉的光泽。石墩背后有个小小的凹槽，她蹲下去，伸手进去，果然摸出一节玉璜。仔细辨别，刻纹没错，应该是狼眼，玉质也一致。"应该是这个。"她说。

关跃接过去看了两眼，没说什么。找到这个是预料之中的，他就是为了这个下来的。

光是进来和摸索寻找就花了将近一个小时，这里面空气稀少，言萧站起来，渐渐感觉发闷。她扶着脖子拉扯了一下口罩，一转头就发现关跃正盯着自己。应该是看出了她不舒服，他拉了一下绳子："走了。"

言萧心里不爽也没力气发作，跟着他走，没几步，忽然停下来，抓着绳子问："你有没有听到什么声音？"

关跃没回头："你这是自己吓自己。"

"不，你仔细听。"

他停下仔细听了一下，是水声。他转过了头，彼此对视，神情在手电微小的照明里都有了点变化。"也许有地下河。"他说。

这里毕竟是个绿洲，真有地下河也不奇怪，但言萧还是觉得惊奇："地下河从这里面淌过？那这里面得多大？"她夺了他手里的手电，调到最亮，往回照，远处一片漆黑。

关跃握住她胳膊往那儿走："想看就去看看。"话说得轻巧，迈出去的脚步却很慎重。一直走出十几米，前面仿佛永远有一片暗黑。言萧开始以为那是石壁，现在觉得不对劲了，摘下口罩，手伸出去，又收回来。

关跃问："摸到什么了？"

"什么都没有……"言萧举高手电，黑乎乎的一片，"没有墙，这里面很大。"

真正可怕的从来不是具象，而是未知，正如眼前这一片黑暗。他们眼前一眼看不到头，前方不知道藏着什么，也不知道有多大的空间。两个人都被突来的发现震撼，谁也没开口。

很久，关跃忽然拽她回头："上去。"他说得很轻，把言萧拽过去，一只手揽住她，往洞口边走……

路伯早就等在了洞口，一看到人影就搭手把他们拉了出来。"在下面找到什么了？"

关跃一把揭下口罩说："什么都没有。"

言萧一言不发地在旁边拍着身上的尘土。

路伯借着手电的光在他们身上看了又看，似乎真的什么都没有，他嘀咕了一句："我早说过，这不白忙活了……"就去封洞。关跃去帮忙。

言萧始终坐在那里，偶尔看一眼他们，发现他们在黑暗里忙碌的身影有条不紊，仿佛深谙此道。

花了五六个小时洞才封好，坑填起来后，路伯又在上面覆盖了植被，遮掩得很严密。天早就亮了，他们收拾妥当，开车回去。

车开出沙漠已是上午，风吹过，连车辙的痕迹也被掩埋了。大概是因为这件事情太过突然离奇，一路上谁也没开口。直到快到草场，关跃停了车，叫言萧下来。

一直走到车尾，他从怀里拿出个卷着的口罩："我送路伯去县城坐车，你带着这个去阿古那里等我。"

言萧接过来，感觉里面包着什么，打开一看，盯住了他："你居然带出来了？"是那节玉璜。

关跃低下头，眼窝显得更深邃，他压低声音说："这件事就你我知道，别声张。"

言萧皱眉："违法的事我凭什么替你保密？"

关跃的声音更低："凭什么不替我保密？你跟我一起下去的。"

言萧恨不得用眼神刮死他。这人狡猾起来可真是厉害,算计得可真够深!

关跃顶着她不善的目光直接上车走了。

走回阿古家都快中午了。言萧快到门口时,一个穿蓝色外套的姑娘正好从蒙古包里出来,阿古跟在后面,看到她叫了一声:"姐,回来啦?"

"嗯。"

那个姑娘看了看言萧,笑着转头:"阿古达木,你还有个汉族姐姐啊?"

阿古没好气:"我认了个姐还不行啊?"

"行啊,蒙汉一家亲嘛。"姑娘眉清目秀,笑的时候露出两颗小虎牙,经过言萧身边时冲她点了个头,走了。

言萧问阿古:"什么人?"

"条子。"

言萧追着那姑娘看了一眼:"警察来你家干什么?"

阿古无奈:"警察嘛,要来我也不能拦着,这女警察每次来也就是打听咱们那个文保组织的事。"

言萧更奇怪了:"一个文保组织有什么好打听的?"

"不知道啊,我就在那里面待了半年就回来养马了,跟她说了我什么都不知道,她还来,我有什么办法。"阿古随口发了两句牢骚,拎桶喂马去了,还一边朝言萧身后的方向看了看,没看到关跃。话都是他按照关跃的吩咐说的,反正只要不出岔子就好了。

言萧回到蒙古包里就感觉到了疲惫,很想不管不顾地睡上一觉,但一身尘土也躺不下去,于是又出去找阿古。阿古喂完马了,不在马厩里,她找了一圈,到敖包附近才看到他。

敖包是用一块一块的石头堆起来的,筑在整个草场最高的坡顶上,上面牵满经幡,在风里招展。阿古在给敖包添石块,太阳升起来了,照在他黑黝黝的脸上,那神情无比虔诚。言萧不好打扰人家,就在旁边看着。阿古转头就看到了她,眼睛笑成了道缝:"姐,来拜敖包吗?"

言萧说:"拜什么呢?我没什么可求的啊。"

"拜腾格里啊,就是长生天,你可以向他祈求父母长寿。"

"不用,父母都不在了。"

阿古顿生尴尬:"啊,对不起啊,姐,我不知道。"

言萧一脸无所谓:"没事。"

阿古宽慰她："你可以借腾格里和父母亲说话，腾格里会为你带到心意的。"

言萧笑了："算了吧，他们未必想跟我说话。"

阿古被她说得一愣："为什么，难道你的父母不喜欢你？"

"嗯，不喜欢我，可怨我了。他们去世前把大半财产都捐了出去，剩下的就交给一个亲戚打理，导致我穷了好几年，连饭都吃不上，你说这样是不是不喜欢我？"

阿古愣愣地看着她，言萧在笑，看不出什么意味，叫他分不清她说的是真话还是假话。

"那后来呢？"他忍不住追问。

"后来？"言萧张开双臂说，"你看我现在不是挺好的吗？有人在身边帮了我，顺利渡过难关了。"

阿古这才又笑了："那就替帮你的那位拜拜腾格里吧。"

言萧脸上的表情忽然淡了，她没说话，盯着敖包看着，不知道在看什么，然后弯腰捡了块石头，走到敖包跟前，要放上去的时候又扔回了原地："算了。"

阿古莫名其妙，转头一想，也许是汉人不信这个，也就随她去了："哦，对了，你来找我有事吗？"

言萧也想起自己的目的了："是有事，你这儿有热水吗？我想洗个澡。"

"没有现成的，我给你烧吧。"阿古边往回走边问，"怎么忽然想要洗澡了，昨天夜里你跟小十哥去沙地里干什么了啊？"

言萧想起这茬就不大高兴："问你哥去。"

阿古动作麻利，很快就烧好了热水，他搬了一只大木桶去言萧的那间蒙古包里，一桶一桶拎来热水往里倒。

言萧先在外面洗了个头，握着一把湿漉漉的头发进来，小小的蒙古包里已经是热气腾腾的了。

阿古贴心地替她把挂衣服的架子挡到门口，提着桶出门，不忘叮嘱一句："姐你洗快点，小心着凉啊。"

"好。"言萧把帘子拉紧，这时是一天里温度最高的时候，但是只要有风，钻进来还是会冷。她脱了衣服，迅速坐进桶里，感觉身上到处是无孔不入的沙尘，还有从那幽深地下带出来的灰尘，说不定还有细菌。越想越难受，她搓洗得分外用力。

洗到一半，外面汽车声轰鸣着接近，然后传出阿古的声音："哥，你回来啦？"

"嗯。"车停了，响起关跃的脚步声。

言萧拨了一下水花，伸手去够下木架子上挂着的风衣，从口袋里摸出手机，拿在手里发了条短信："帮个忙，给我找套衣服来。"

外面手机"叮"的一声响，关跃似乎已经走远，声音远远传过来，很低："阿古，言萧干什么去了？"

阿古回："在洗澡呢。"

他没说话了。言萧靠在木桶里，等了很久没见他来，外面也没有声响了。她也不急，就一直等着。

过了有半个小时，外面传来了脚步声，帘子被扯了两下，关跃说："你自己过来拿，我递给你。"

言萧站起来出了木桶，走到帘子边上，拉开道逢，光和风瞬间钻进来，还有他的手。他的手里拿着件白衬衫，隔着层门帘，言萧先没接，故意说："这么晚才来，水都冷了，你不会是想冻死我吧？"

关跃的语气四平八稳："找不到你能穿的衣服。"

言萧伸出湿漉漉的手指，钩了一下他手里的衬衫："那这件呢？"

"我的。"

"是吗？"她的手指拉了拉，关跃松了手，那截手臂退出帘外。

言萧把衬衫展开抖了两下，果然是男人的衬衣，她披在身上，嗅到了领口轻微的肥皂味，有点像他身上的气味。

外面脚步声响起，关跃已经走了。言萧低头，扯了一下衬衣，男人的衣服穿到她身上宽松肥大，盖过了她的臀，一直遮到大腿根。没其他衣服可换，也只能这么穿着了。

洗完澡出去，外面静悄悄的，一个人也没看到。言萧在外面裹上风衣，走向关跃住的蒙古包。掀帘进去，里面光线昏暗，他不在。她在床上坐下来，拨着半干的头发等着。

过了一会儿，门帘掀开，关跃走了进来，一眼就看到她坐在屋里。他好像也刚洗完澡，手里拿着一只铜盆，头发湿漉漉的，脚上踩着拖鞋，身上披着一件宽大的蒙古长袍，没来得及系上腰带，里面只穿了条底裤。"有事？"他放下铜盆，接着背身把腰带系上了。

言萧眼动了一动："没事就不能来？"

其实她是为了昨夜在下面看到的那个地方来找他的，谁能忽视那么个地方？但现在她忽然又不想提了。

关跃没说话，从桌上拿了行李包，一件件收拾自己的东西，看起来是准备动身走了。

言萧叠起腿，盯着他笑了一声："这身袍子还挺适合你的。"

阿古比他矮半个头，这袍子在他身上就有点小，堪堪遮到膝下，但很有异族风情。男人的宽肩窄腰都束在一件长袍里，粗犷，裹着原始的冲动。她又要想起在他身上画的那个狼首了，居然还挺适合他。

关跃觉得她的语气很奇妙，回头说："你身上的更适合我。"

言萧轻轻"哦"一声，坐直脱下风衣，在床边一搭，露出里面他的衬衣："那要我还给你吗？"

关跃盯着她，一双唇抿紧了。她的风衣很长，脱去之后他才发现她里面并没有穿长裤，只有他的那件衬衣，遮住她的大腿，雪白得惹眼。她脚上穿着双皮鞋，粗跟，朗朗的硬气，但腿部往上全是如水的柔情。

关跃转头，咧嘴笑了下，发现自己居然一点也不惊讶。没事回嘴干什么，看，她总会回敬回来。何况昨夜去沙地那趟他着实阴了她一回，以她的性格，没那么容易就糊弄过去，有个空子给她钻，她肯定会逮住机会报复他一下。

余光里那片雪白动了，言萧走到他跟前追问："说啊，要我还给你吗？"

关跃的头低了点，觉得自己刚才停顿的时间太长了，给了她可乘之机。"我说要你还，你就脱了？"

"是啊。"言萧一只手搭在领口，解开了一颗扣子，本来就宽大的衬衣更松了，往下坠，里面的身体若隐若现。

关跃的目光扫过她。他往后靠上桌沿，毫不相让："好，你脱。"

言萧上下看他两眼，看他不让步，手指拨动，当真继续往下解扣子。关跃的身体忽然贴了上来。

言萧不自觉地往后退，他高大的身躯一直往前迫近，直到她坐到床上。关跃一瞬间反客为主。言萧的下巴被他的手指托起来，关跃垂眼问她："还脱吗？"

言萧昂着头看着他："只要你还要我还，我就脱啊。"她还真没半点退缩的样子。

关跃就知道吓不退她，五爷都震慑不住的人，他又能拿她怎么样？他闭上嘴，感觉刚到手的主动权又被她夺走了。

言萧把衬衣一拢，故意做出半遮半掩的样子。她是有意的，他不是叫她别试探他的底线吗？他的底线到底在哪儿？

关跃一直看着她的动作，直到现在，才一把捉住她的小腿，紧紧捏着。

言萧动了动，挣脱不了，看着他贴在面前半低的身体，握着她一条腿，姿势古怪，她反而笑了："怎么着啊，刚才不是挺威风的吗，现在怎么又打退堂鼓了？"

关跃抓着她腿的手用了力，忽地往前一推。陡然间，言萧被迫仰倒在床上，他紧跟而上，一条腿压住她的腿，居高临下地俯视着她。"到底是因为我这回阴了你，还是之前没给你情面，言萧，在我面前，你就这么不肯认输？"他低下头，手指在她敞开的领口里刮了一下，"你就不怕惹出事？"

一阵轻微的麻痒，言萧忍不住动了一下，对上他的双眼。他在看她的反应，脸上居然是冷的，她甚至听得出他最后一句带着警告。言萧不甘示弱，抬手，手指拨过他耳郭边的短发，"我认，你敢认吗？"

关跃冷笑一声，身体压了下来。他的手忽然扯开她身上的衬衣领口，一片雪白露了出来，关跃眼神发沉，头埋下去，碰到她的肩膀。言萧不自觉地弓了一下腰，肩上一热，继而猛地一痛，她浑身痛出一身冷汗，差点要骂出口。

关跃在她的肩上重重咬了一口，撑着身体从上方看着她："你看我认不认？"

言萧瞪着他。

"哥，哥！"外面忽然传来阿古的声音。

关跃立即坐起来，扯了毯子遮挡住言萧。

阿古一跨进来，就看见他站在床边上，手上用力一扯，整理好了袍子。旁边的言萧坐在床沿，身上裹着毯子，面无表情。

阿古左看右看，看出点不对劲来，暧昧地笑了一声。

"怎么了？"关跃忽然开口问。

阿古马上正经了，想起来意："哦，汽油我给车加上了，你的衣服晒了个半干，要不今天还是别走了吧？"

"不了，"关跃随手收拾着东西，"还是得赶回去，你先去忙吧，我收拾一下。"

"那好吧。"阿古边说边转头，慢吞吞地走着，一边还朝关跃挤眉弄眼。

关跃放下手里的东西，快走几步，一把推着他出了蒙古包。一到外面，阿古就忍不住了，抓着他的胳膊问："哥，老实说，你是不是跟她……"

"少胡扯。"

"什么啊，我都看见了，你俩那模样……我又不傻！"阿古说到这儿又朝蒙古包的帐门看了一眼，小声说，"哥，这么漂亮的女人，我是能理解的，只要你自己觉得合适……"

"不合适。"关跃打断他。

阿古一下噤了声，看他脸色不好，就不好再说什么了。

关跃看了看他，拍了下他的肩，什么都没再说，转头走了。

蒙古包里安安静静，关跃掀帘回来，言萧仍然坐在床沿，身上的风衣已经穿了回去，裹得严严实实的，正在穿鞋。

"回去收拾一下，该走了。"

言萧抬起头，不冷不热地看了他一眼，起身就走。

关跃没再说什么，直到她的脚步声远了，才去收拾行李，顺带着拿上了烟。小小的蒙古包里到处是女人残留的气息：沐浴露、洗发露混着她身上的气味，他的唇齿间仿佛也沾染上了。那根烟叼在嘴里，手里的打火机打了几次也没打着，他心里突然有了火，转手就把打火机砸到了地上。是对自己有火，刚才他应该更克制一些的，怎么还跟她杠上了？

各自在帐篷里准备，耽误了些时间，两人半个小时后才终于上了车。

关跃换回了自己的衣服，言萧也穿了自己的衣服，那件衬衣被她随手折了两折，扔在后排。车上路，谁也没再提之前的事。

这一阵耽搁导致他们傍晚的时候才走到半路。云往西边坠，晚霞烧红了一片，温度开始降低。

关跃沉默地开着车，瞥一眼旁边，言萧靠在椅背上，一路都在闭目养神。一抹晚霞入窗，覆在她的睫毛上，那脸上没有表情，紧闭的眉眼看上去像是睡着了。他转头，继续看着前路。

车转了个向，地面坑洼不平，车身开始剧烈颠簸，言萧动了一下，眼睛却没睁开。关跃又往她那边看了一眼，看出了不对。言萧的脸颊很红，他之前以为她是在故意装睡，还以为那红是被晚霞映的，仔细看才发现那是潮红。他伸手过去，摸了一下她的额头，果然，有点烫。

"你发烧了？"他更后悔之前跟她互不相让弄的那一出了，要是及时打住也不至于这样。

言萧睁开眼睛，"哦"了一声，声音有点嘶哑，表情却无比冷静，更近乎冷漠，除了精神不振，半点不像发烧了的样子。

关跃抿了抿唇，看她这样子，忽然间说不上来是该气还是该笑。远处冒出一片挡沙用的防护林，一排一排的杨树，因为长期被风刮，叶子全往一边长了。周围零星有几户牧民住家，关跃把车开过去，停了下来。

言萧再睁眼，就看见他低头进了一户牧民家里。片刻后关跃返回，手里捏着两颗药，另一只手端着杯水。他隔着车窗站着，把药塞进言萧嘴里，杯子抵在她唇边：“喝下去。”

言萧想端过来自己喝，但手上没力气，他握着杯子往上掀，喂她喝了一口："咽吧。"她一连喝了好几口水，药咽了下去，喉咙里还是苦的。

关跃回头去还杯子时敲敲车门："把车窗合上，有风。"

言萧手指去按按钮，没摸着，也懒得动了。

等了一会儿他返回上车，看到她还歪头靠在椅背上，车窗只升了一半，于是靠过来替她按。

言萧的手指还搭在上面，他的手伸过来就碰到了。她拨了一下他的手说："我自己来。"

话说出来也有气无力的，关跃反抓了她的手，按下按钮："按不动还逞什么能，下次再穿那么少试试。"

言萧一受激就睁大眼睛瞪着他。她的脸颊还是红的，眼睛一睁大，跟平常的模样完全不同。关跃看了她两眼，莫名就想到了被刺激的小动物，低头发现她的手指还被自己抓着，烫到灼手。

他松手坐正，把车开出去，隔了一会儿再看旁边，言萧的眼睛又合上了。

远远地，路上停了辆车，一个男人站在那儿挥手。关跃把车开近，踩下刹车，对方马上小跑过来："哥们儿，我的车抛锚了，我不太懂，能不能麻烦你下来帮忙看一下？"男人穿着一身冲锋衣，很年轻，看起来像个游客。

言萧被声音惊动，掀一下眼皮又合上。关跃看她一眼，降下车窗去看他的车，那是一辆旧车，车前面的保险杠都歪了，车窗玻璃倒是反光的，挺新。这么辆旧车还特地装个反光玻璃，也是奇特。"哪儿坏了？"他问。

"引擎那儿。"男人赔笑，"你看这出门在外的都不容易，大家能帮就帮一下吧，是不是？"

关跃解开安全带，对言萧说："我下去看看。"

她迷迷糊糊的，没给什么反应。

关跃下了车，走到他车前面用手打开引擎盖，弯下腰检查，扯了两下电线，发现松得不太正常，余光一瞄，发现那人站在自己旁边，一只手伸进了冲锋衣的口袋里，那里鼓鼓囊囊地揣着什么，似乎正要被抽出来。他直起腰，盯着他："没什么事，接触不良，紧上就行了。"

那人的手立即停住不动了，堆出笑说："谢了啊，哥们儿。"

"别客气。"关跃转头上车。

"等一下，"那人又叫他，"能领我走一段吗？我要去戈壁，不熟，怕迷路。"

关跃停下："你要去戈壁？"

"是啊。"

他想了一下，点头："行，你跟上吧。"

"唉，那太好了，谢谢你！"男人连连道谢。

关跃回到车上，轻轻推了一下言萧："队里的那五节玉璜你都带出来了？"

言萧睁眼，没力气说话，只往后排瞄了一下，那里放了她的包。关跃明白了，在包里："行了，睡吧，到了我叫醒你。"

言萧又闭上了眼。关跃把车开了出去，后面那车紧跟而上。

临近戈壁，天已经暗下来了。关跃把车停了下来。

后面那车却没停，越过他直冲到一片雅丹地貌的土丘群里，老远听到轮胎在响。那男人很快从那一片土丘里走出来，叫关跃："哎，兄弟，再麻烦你一下，我分不清方向，你能不能下来给我指个路？"

关跃点头："好，我马上下来帮你看。"他说完了却没急着下车。他靠近言萧，伸手拽住她那边的车门紧了紧，然后从她位置上的抽屉里摸出一只被布条裹着的东西往袖口里塞。移动时两个人挨得很近，肩膀相抵，他低声叫她："言萧，言萧。"

"嗯？"言萧迷迷糊糊地睁开眼。

关跃说："我出去一下，你记得给车门落锁，别下车，直到我回来为止。"

言萧的眼动了动，有点不在状态："你要干什么去？"

"没什么。"

言萧的眼睛往车窗外看，外面那个男人正往车里探头探脑，她有些警觉："你不会回不来吧？"

关跃突然有点想笑，反呛了她一句："我要回不来你怎么办？"说完了又觉得这话有歧义，似乎有种莫名的关心在里面，气氛无端有些暧昧。

言萧看着他，眼神有点微妙："那又怎么样，反正你又不在乎。"

要是搁在平时，她说这话可没法让人信服，但现在她病着，说起来居然还真有点柔弱无助的架势，关跃都没法反驳，甚至心里像被什么挠了一下似的。可再说下去又怕越描越黑，他干脆闭严嘴，推门下去。

外面的男人一见他下车就不伸头伸脑了，打趣说："怎么啊，哥们儿，那是你女朋友啊？"

关跃随口说："我女朋友身体不舒服，离不了人太久，我帮你看两眼就走。"

"行行，应该的，耽误你们我才不好意思。"男人领着他往里走。

两人转了几个弯才看到男人的车，他停得够隐蔽的。就快靠近那辆车的时候，关跃冷不丁问："你怎么就知道我一定了解这里的方向？"

前面的男人没回头："看你也像是见多识广的样子，赌一把呗。"

"那你要是赌错了呢？"

"哥们儿你这话说的，要是赌错了你能跟着我过来吗？"

后面没有声音，男人疑惑地回头，正对上一双发冷的眼睛，关跃已经到了他身后，手臂一把勒住他的脖子往车那里拖。男人被勒住要害，发不出声音，脚在地上死命蹬，地上被拖出两道灰尘印子。

关跃勒着他退到车门后方，反光玻璃看不见里面的情形，他要选择一个有利于自己的位置，方便随时攻击或者防守。"出来吧，"他抬起一只脚踢踢车门，"这么费尽心机地把我引过来，现在也到地方了，不用演了。"被他勒着的男人支吾了两声。

车门被人一把打开了，露出丁哥带疤的脸，他说话的语气咬牙切齿："关领队，你行，还是这么有能耐！"

关跃刚要问他是怎么找到这儿的，紧接着就注意到他身边还坐着一个人，那人身形干瘦，被他挡着几乎看不到。

丁哥有点急了："姓关的，你赶紧放人，别以为今天我们人少动不了你。"

关跃把手里那人勒得更紧："你要真想动手就不会这么麻烦了，叫你旁边那个来跟我说话。"

丁哥恨得磨牙，下了车站在对面盯着他。

车里那干瘦的人影挪了两下坐到边上，一双眼看着关跃，像鹰一样锐利："厉害啊，关领队！难怪你手上的东西盗也盗不走，抢也抢不走。"

关跃冷眼看着他："怎么，又不死心想去队里？"

那人呵呵笑了两声，透着阴沉："是啊，你心里有数，不拿到东西我不可能死心，今天既然碰上了，也别遮掩，咱俩就把那玉璜的事好好说清楚，该怎么办你自己定。"

丁哥还在旁边虎视眈眈，关跃瞄了一眼："你想当着他们的面谈？"

"当然不是，地方你定。"

关跃权衡一下，一把将人推过去，撞了丁哥个正着："晚点在戈壁里，你一个人来。"

言萧吃了药嗜睡，昏昏沉沉地等到关跃回来，睁开眼，就见他握住方向盘看了她一眼："没事，睡吧。"车开出去，他的侧脸没什么情绪，看起来一切如常，她就把头转过去放心睡了。

这一觉睡了很久，醒过来时四周都暗沉沉的。言萧发现身下的座椅是放倒的，摸一下额头，没那么烫了。

外面月亮出奇地亮，照出去能看得很远，到处都是影影绰绰的土丘和沙堆——还在戈壁里，应该已是深夜。车里没有关跃，言萧往外面看，也没看到他。她在车里等了一会儿，没有见他回来，看来也不是去上厕所了。

大概是因为周围太安静了，她觉得不对劲，推开车门出去。周围很空旷，一路找过去还是没见到人。言萧被风一吹，睡意全消，脑子清醒了，心里却火大。他以前还告诫过她在这种地方不能单独行动，现在他自己却跑得无影无踪，反而要她出来找他。

她走得很快，就要绕过一个高耸的土丘时，眼里忽然出现了一个人影：高大挺拔，影子被拉得老长横在前方，一眼就能认出是关跃。她的脚就要跨出去时，忽然听见有人说话，又收住往后退。

那声音不是关跃的。言萧站在土丘背后，往声音的来源跨出半步，眼睛悄悄看过去。土丘那头站着关跃，他身披月色，像尊雕塑。他的对面站着一个人，穿了一身黑，瘦得如同竹竿。

言萧一眼就认出了他，是朱矛，不知道为什么，她对这个人的身形记得特别清楚。

不知道他们在这里站多久了，风吹过来，朱矛的声音也被断断续续送过来："……那几节东西，你是不是也该自己交出来了？"

关跃的声音很低："我要不交出来你就一直盗？"

"少废话，我为什么盗你又不是不知道！今天我就把话撂这儿，这东西你挖出来够久了，也该交给五爷了，只要你交出来，我保证以后你这个队里的东西我连一根毛都不会碰。"

言萧搓了搓手指，脑中越发清醒，她听出来了，朱矛是五爷的人，她自然一点也不意外。

关跃站着没动，过了很久，他的手抬起来，手里拿着一只包。言萧的包。包拉开，他从里面拿出什么递了过去。

朱矛接了，呸了一声："就一节？"

"要就要，不要就滚。"

"你什么意思？"

"就这个意思，这一节你带给五爷，其他的事情轮不到你插手。你再敢从我手里打玉璜的主意，我不会跟你客气。"

风吹过来很冷，言萧的眼底也是冷的，她看清楚了，关跃递过去的是一节玉璜。他说什么，带给五爷？

朱矛接了，嘴里骂骂咧咧的，说的是什么她已经听不太清楚了。言萧思绪一瞬间回笼，迅速转身往回走，一直走回越野车旁，她甚至不知道自己这一路上都想了些什么，脑子完全是空白的。刚才那两个人说了什么，如同做梦，再回想一遍，还觉得很不真实。她的思维从没有一刻像现在这么灵敏，一时间她想起了好几件事——

关跃阻止她跟小板寸多交流的理由是怕惹来派出所的关注，报复宋方那次也阻止她打电话报警，他在华教授面前绝口不提自己是做考古的，还有，当她说起五爷是那个组织的幕后黑手时，他一点也不惊讶。

原先的经历像一根针戳开了一个孔，刚才看到的却是一条线，瞬间把一切都串在了一起。串起来了，却叫她心寒。她一把拉开车门，坐到驾驶座上。

他马上就会回来，他的手里还提着她的包，其余的玉璜还在他手上。言萧死死咬住唇，摸了一下口袋，第六节玉璜还被口罩包着，在她身上。言萧几乎就在瞬间做了决定，她拧下了车钥匙，狠狠踩下油门，车冲了出去。

第十三章
逃　离

荒原在眼前延伸，戈壁寂静，路上只剩车行驶的声响。言萧一手紧握方向盘，一手在拨电话，她的身体还有点发烫，仿佛连意识也是沸腾的。几声忙音之后，电话那头传出一声"喂"。

"裴——明——生。"言萧几乎是一字一顿地叫出了这个名字。

裴明生似乎对她的语气很敏感："言萧，你怎么了？"

"怎么了？"言萧气极反而笑了，"来，你来跟我说说，我进的这支考古队到底是个什么样的队？"

"怎么忽然问起这个来了？"

"我问你就答。"

那头停了一秒，裴明生回话说："就是普通的考古队啊。队员们都有从业证明，这有什么好问的。"

"那关跃呢？他又是个什么样的人？"

"领队，我跟你说过他很有本事。"

"是吗？"言萧冷笑一声，"那你怎么不告诉我，他跟五爷有牵扯？这就是你的安排？"没等对方回应电话就被她挂断了，言萧把手机重重抛到座椅上，停了一下，又拿起来按了关机。

后半夜月色更亮，言萧没有开车灯，戈壁方向难辨，到现在也没能开出去。她踩下刹车，伸手去调导航，试了半天却没有反应，才发现导航根本不能用，她气急败坏地捶了它一下。回想这一路以来，她的确从没见过关跃用导航，他自己就是一张活地图，根本不需要。又或许他早就想到会有这天了，就算她发现什么，也连跑的机会都没有。

言萧深吸口气，平静下来，再出发时只往一个方向开。地面高低不平，被月光照得影影绰绰，像是随时都会有人从那些影子里走出来，她把车开得飞快。

在言萧离开的那片沙丘处，关跃站在停车的地方，正盯着地上的车辙印，手不自觉地捏紧了。前一秒还烧得昏昏沉沉的女人，现在居然消失了。

手机响了，他立即接起来，那头不是言萧："关跃，言萧好像知道什么了。"是裴明生，他的语气很急。关跃没说话，他已经猜到了，不然她不可能忽然离开，还带着那节玉璜。

裴明生听不到他回应更急："她关机了，我联系不上她，你现在在不在她身边？"

关跃沿着车辙的印迹往前走，很久才从牙关里挤出一句话："不在，我正要去找她。"

"那你快去。"裴明生急忙说，声音忽然往下压，"杭州这边我一直盯着，一切都很顺利，所以我才把言萧交到你那边，你也得给我个交代！"

"我知道。"关跃挂电话前给了他个保证，"我不会让她有事。"

车开了好几个小时，土丘沙堆渐少，到了戈壁边缘，言萧把油门踩到底，直冲了出去。天快亮时车碾过一条颠簸崎岖的土路开上公路，两边出现了房屋，街道平整，应该是到了集镇。言萧找了个偏僻的角落停了车，推门下去，披紧身上的风衣，埋头往前走。

车她不打算再开了，关跃一定会来找她，他对这一带太熟悉，开着他的车在这里出没太容易被找到。言萧徒步走到一个十字路口，天光熹微，几个早起的人带着大包小包蹲在那里，旁边竖着一根铁杆，上面挂着牌子，用红漆刷着"候车点"三个字，斑驳得不像话。

言萧摸了一下口袋，想起钱包还在自己的包里，于是扫了那几个人一圈，挑了一个年轻姑娘问："姑娘，能不能帮个忙？我没带现金，用手机支付跟你兑个现。"

姑娘可能是担心被骗，嗫嚅着推辞："我就只有点零钱。"

言萧说："我按两倍的比例付你，你给我兑几百就行。"

姑娘这才被说动了，拉开手里的包，取出钱包。

言萧的手机一打开，立即进来了一长串的未接来电提醒，来电人全是关跃。她抿着唇，手指一滑，全部清除。

转钱给那姑娘只用了一两分钟，手机铃声就在这时候响了。清晨安静，铃声显得尤为响亮，关跃的名字随着音效在屏幕上不断地闪动起伏。

"你有电话。"姑娘好心提醒。

"没事。"言萧冷着脸又按了关机，转过头，正好，最早的一班车来了。

车是开往甘肃的，据说要开一整天才会到。时间还早，所有人上了车就睡觉了，除了言萧。她坐在最后一排，搓着手指思索着：这里她人生地不熟，身上还带着那节玉璜，回杭州是最保险的选择，毕竟那是她出生、长大的地方，她决定尽快赶去机场。

太阳升高，气温也随着升高，车在中途站停下休息。言萧看了看外面，有很多人挤在一个小站台上，她想了一下，改了主意，临时下了车。昨天一病，到现在她都没吃过东西，离开那个小站台就感觉到了饿。

这里是个几省交界的县城，人多车多，一路走过去什么口音都能听到，路上拥挤，灰尘扑面。言萧走得快，脑中冷静，行为也出奇地麻利。她先找地方吃了个饭，然后买了一身换洗的内衣，最后找了间旅馆落脚，看看时间，花了都不到半个小时。关跃如果有心，顺着方向很容易一路找过去，她还不如干脆停一下，跟他把时间错开。

旅馆很旧，言萧故意挑了这家，因为不起眼。她要了走廊尽头的一间房，比较偏，都是为了不惹人注意。办入住的时候她问老板："离这里最近的机场在哪儿？"

老板抬起胖胖的脸："在银川，河东机场，从这儿过去要十几个小时。"

"在哪儿坐车？"

老板伸手往外指："你出去看，就是对面那条街，一直走到岔路口那里有个站台，每天有一班车去银川，上午九点，要是赶不上就只能包车去了。"

言萧点头："谢谢。"她走出门去认了一下那条街，心里有了数，转身回去的时候刚好瞄到一辆大巴当街而过。车窗的位置坐了个人，有点像是路伯，一晃就过去了，她没来得及细看。大巴没停，沿着街道开了过去。

言萧进房间后看了一眼时间，刚过下午两点，她离开那片戈壁已经超过了十二个小时，关跃没有车，不知道他现在走到哪儿了。想到这里，她忽然就想起昨天发烧的时候他说的那句"我要回不来你怎么办"，现在回想，真是无比讽刺。

言萧发现自己一旦把关跃当成对手，反而能更清楚地意识到他的能力。这个男人比她见过的任何一个异性都优秀——冷静、理智，还有身手好。这一路的经历骗不了人，阿古甚至还说他什么都会，她也早见识过了，所以她要想得更细致，一步也不能错。

言萧把门关紧，走进洗手间放热水，昨夜到今天这一路走得急切，发了身汗，烧已经完全退了。这个澡洗得十分迅速，擦干身体后她站在镜子前，眼睛一直盯着放在洗手池上的那节玉璜。她穿好衣服出去，发现房间里变暗了。

言萧站在窗边，掀开窗帘看了一眼街道，外面的天阴了，路上行人不多，这里看起来是安全的。她把手机充上电，将一切都准备好，就等明天早上出发去宁夏的机场了。言萧在床上坐了一会儿，赶路的疲惫涌了上来，她躺了下去。

房间里太安静，言萧不知不觉就睡着了。但她顶多也就睡了一个小时，处在紧张的状态下，睡得浅，一有点动静马上就醒了。

外面有人在走路，脚步声越来越近，到她门外停下，紧接着就有人敲响了房门。言萧警觉地坐起来，不作声。门外传来一个女人的声音："你好，有人在吗？"

言萧这才稍稍放松，走过去打开门。

一个中年女人在门口笑眯眯地看着她："听说你明天要去银川，跟我们的车走吧，给你算便宜点儿。"

言萧脸上一冷："你从哪儿听说的？"

女人笑得很职业："做生意的嘛，跟旅馆老板关系好呗，你放心，我们是正规车，绝对划算。"

言萧的神情更冷了，这种小地方的人根本不知道什么叫隐私，随时随地都能泄露她的信息。"不用了。"她甩上门，回头去收拾东西，决定换个地方落脚。

外面的女人碰了一鼻子灰，小声骂了两句才走。

言萧很快把手机收好，穿上风衣。走到门口，门一拉开她就对上了一双眼睛，瞬间愣住了。

关跃一手扶着门框，冷冷地盯着她。不知道他是怎么找来的，像是从天而降。

她想关门已经来不及了，下一秒，关跃用力一推，迅速进门，手在背后落了锁。言萧戒备地后退一步。

他的脸上明显带着疲倦，眼下有两片青灰，鞋面上沾满灰尘，跟她隔了有四五步远，眼底阴沉："你要跑去哪儿？"

言萧咬住下唇，他这话让她感觉自己是个跑不出他五指山的猎物。

关跃走近一步，双眼盯得她更紧："昨晚你看到什么了？"

她淡淡开了口："没看到什么。"

"是吗？那你跑什么？"

"玉璜已经鉴定得差不多了，你那里应该也没那么急，我就不能暂时离开养个病什么的？"

关跃早知道她不会惊慌失措，可真到了她面前，才发现她比自己想象的还要冷静，就像什么都没发生过一样。他这一路找到现在，没有半秒的停顿，反倒成了最急切的那个人。"要走是吧？"他伸出手，"那好，把东西给我。"

言萧昂起下巴："什么东西？"

关跃脸一沉，大步接近，手在她腰上一钩，言萧来不及退就被他拉进怀里紧紧箍住。"装傻就没意思了。"他的手伸进她的风衣口袋，两边都摸了一遍，又空手抽回来。"玉璜呢？"

言萧仰头看着他，脸上波澜不惊："我怎么知道，也许是被朱矛盗走了。"

关跃面无表情，手箍着她，眼睛在四周扫了一圈，又落回她身上，目光从她脸上一寸一寸下移，落在她领口里，一下回想起了什么，手忽然伸进她的领口往外一扯，用力扒开她的风衣。

"你干什么？"言萧的脸色变了。

关跃松开她，双手往下一拉，那件风衣就彻底离开了她的身体。言萧揪住底衫的领口转身要躲。关跃跨出一步就抓住了她，将她打横抱起，扔到了床上。言萧立即就要坐起来，又被他的腿压了回去。他的大手从下往上掀开那件底衫，直到脖子，言萧的双手被迫举过头顶，脸也被遮住了，他顺手打了个结。

言萧看不见也动不了，只感觉上身暴露在空气里，微微发凉。"姓关的，你别太过分了！"气愤让她剧烈喘息，胸口起伏不定，似雪白的浪涛。关跃抿紧双唇，两节手指伸进了她的内衣，在那道沟壑里迅速探寻了一下。

腿下被压着的言萧突然轻轻颤抖了一下。关跃的双唇抿得更紧，手指抽出，拇指顺着她文胸的边沿探进去，前后刮了一圈。指腹的粗糙带出麻痒，言萧又颤抖了一下，随之一动不动，胸口慢慢透出一抹红。关跃看了一眼那惹眼的红，一把拉下她的底衫盖住。言萧的脸露了出来，他没有看她，坐在那里一动不动，脸色阴沉。

玉璜没有像上次那样被她藏在胸口，但看她随时要走的样子，绝对不可能让东西离开自己身上。关跃的眼神一动，又落到她的腰上。

"放手！"言萧叫出来的时候，关跃已经在解她裤腰上的纽扣了。

长裤被他往下扒了扒，言萧挣扎着想起来，被他一只手压了回去。他的另一只手伸进了她的裤腰，从她底裤的边沿摸到她的腿。女人的腿像是覆着膏脂，男人的掌心却粗粝像砂石，抚上去异样的感觉出奇地强烈，对彼此而言都是。

关跃的眼睛已经移开，不看却更能感觉到手下的触感。言萧在挣扎，他低头观察她的反应，看到她咬着唇，手指蜷缩起来，忽然发狠一样猛地一挣。

言萧咬着唇死死盯着他。那只手在那里解下了什么，是言萧绑在腿上的布条。关跃松开她坐正，手抽回来，指间夹着布条，拨开，露出玉璜的一角。

言萧翻身坐起来，照着他的脸就扇了一巴掌。"啪"的一声脆响，关跃脸侧着，舌抵了抵后槽牙，张嘴吐出口血沫子。房间里着实静了好一会儿，言萧的脸和脖子都透着一抹红，看他的眼神无比寒冷。

关跃避开她的视线，把玉璜塞进口袋，从床上站起来，走到窗户边上，一把拉开窗帘。外面天更阴了，他推开半扇窗，点了根烟。迎着风，这根烟抽得特别快，一两分钟就烧了半截。他捏着烟嘴，头也不回地说："衣服穿好。"

言萧衣衫不整地坐着，喘着气："又不是我自己脱的，你怎么给我扒下来的，就怎么给我穿回去。"

关跃没有说话，也没动。直到一根烟抽完，他在窗台上用力捻灭烟蒂，回头几步走到床边，俯下身，托起她的腰把长裤拽了上去，扣上纽扣，拉上拉链，动作很快。他全程没看言萧一眼，被她扇过的那半张侧脸已经肿了起来，泛着紫，冷硬地绷着。

言萧看出来了，他也有气，而且气得不轻。她一把推开他："东西到手了，你可以滚了。"

关跃直起腰："滚？别忘了我们一起在那绿洲下面发现了什么，你觉得你能随便走人？"

言萧死死地瞪着他，不作声。虽然他们什么都没说，但在那下面看到了什么，彼此心知肚明。那可能根本不是什么墓，或者说不只是有墓。那里面那么庞大，更像是什么遗址，甚至有可能是一座城。

几乎不用任何证明就可以肯定，那一定就是那座所有人都在寻找的宝藏。要不是亲眼看到，她永远也不会相信真有这样一个地方存在。他是怕自己走了就把这个消息泄露出去了，或许把他带出玉璜的事也一起泄露了。

想到这里言萧就笑了："姓关的，我为什么走你很清楚，其他事我可以睁一只眼闭一只眼，这件事，你休想。"话虽说得冷静，但每一个字她都咬得很重，人到了极怒的时候反而不会歇斯底里，只有刻骨的心凉，连吐出来的气息都是冷的。

她以为他跟别人是不一样的，自己看他的眼光也不一样，却没想到他会跟五爷有关联。这已经触及了她的底线，没的商量。言萧弯腰捡起风衣套上，朝门口走去。

出了门，言萧还没走到前台，就看到旅馆老板胖乎乎的脸上已经堆满了笑，朝着她身后打招呼："原来她就是你要找的人啊，我说怎么问我路呢。"

言萧转头，关跃就跟在她身后："谢了。"

她冷脸出了门，一眼就看到路头上停着的那辆越野车。

关跃看到了她的眼神："很惊讶？西北我待了几年了，无论是地方还是人都熟悉得很，你下次可以换个路线跑。"他扯了一下她身上的风衣："还有，下次要跑记得换一身衣服。"她根本不知道像她这样的女人行走在这种小地方有多惹眼，要留下痕迹太容易了。

言萧僵着脸说不出话，关跃抓住她的胳膊朝车那边走去。

言萧甩开他的手："别碰我，我已经忍你很久了。"她转身掏出手机，一边走一边拨"110"。

电话还没通，手机就被人从后面夺走了，言萧一回头就被一双大手抱住了腰，一阵天旋地转后，身体落到了男人的肩上。关跃扛着她大步走回车边。

"放开！"言萧揪住他的后颈，指甲在他脖子上划出几道红印。关跃一点反应都没有，拉开车门把她扔了进去。

"你……"言萧忍无可忍，坐起来又被他按了回去。

"我让你好好待着！"关跃一只手狠狠地按着她，"只要还在这个队里一天，你就得听我的！"

言萧的胸口剧烈起伏。关跃的侧脸肿得更高，目光阴沉，喉结滚了两下，像失去耐心的野兽。两个人势如水火，男人和女人的体力悬殊一目了然，言萧很清楚现在自己挣不脱他。

车门关起来，关跃挤上车，半推半抱地迫使她坐正，拽出安全带扣在她身上。还没拧下钥匙，前面路口有辆车开了过去。关跃注意到了，是那辆有着反光玻璃的旧车——朱矛和丁哥坐的车。关跃把车向后倒，朝他们相反的方向开。

言萧靠在椅背上，一动不动，看起来似乎被他震慑住，不再反抗了。车开到街道上，两边摊点一个连一个，全往道路中间挤，她忽然动了。

关跃朝她看了一眼，发现她正看着自己，接着腿上一凉，是她的手搭了上来，很冰。关跃转头盯着前路，沉下声："别耍花样。"

"这算什么花样，难道你刚才没摸过我？"言萧的手往上，在他大腿上游移。

关跃一只手扣住她的手腕："我那叫摸？"

"对，你那不叫摸，所以我告诉你什么是摸。"言萧解了安全带，人靠近，另一只手越发肆无忌惮。

关跃的身体瞬间绷紧了，他没法松开另一只手，只能任由她为所欲为。言萧的手越来越嚣张，往他最隐秘的地方缓缓移动，她听见头顶他渐沉的喘息声。

"言萧！"关跃忍无可忍地叫出她名字的那刻，她的手已经快碰到不该碰的地方了。他只能松开她去抓那只不安分的手，言萧趁机抓住方向盘用力一转。

车往路边的摊点直冲过去，关跃及时扭转了方向盘，踩下刹车。"嘭"的一声闷响，卖水果的摊点被斜擦过去，箱子掀翻在地，苹果葡萄滚了一地，响起几声惊叫。急刹使言萧往前一冲，撞了一下胳膊，她顾不上疼，推开车门就跳了下去。

关跃要下车追，但车前全是人，摊主和围观的人一反应过来就把车围住了，嚷着要他赔钱。他坐在车里喘了口气，望出去，人群里已经没了言萧的踪影。

气急了反而想笑，他坐着，把心里刚涌出来的躁动压了下去。真行，她比他想象的可有能耐多了。

天擦黑，长途客车的候车点挤满了人，露天有风，所有人都穿得严实。言萧低着头，站在人群里。手机被关跃拿走了，身上仅有的现金买完票后剩下的已经不太多了，她没法再耽搁，必须尽快离开这里。这趟车不能去银川的机场，只能去甘肃，但她想尽快走，也没的选。

刚想到这儿，有个人拍了一下她的肩。言萧警觉地扭头，一愣："路伯？"

站在她面前的可不就是路伯，他背着只洗得泛白的帆布包，风尘仆仆的。看来之前车上的人真是他，她还以为是认错了。言萧往旁边看了看："你来的时候有没有见到什么熟人？"

路伯莫名其妙："熟人？咋，你算不算？"

看来是没遇到关跃，言萧放心了："怎么在这儿遇到你，你不是回去了吗？"

路伯在袖子里抄着手："我一个到处认路的，在西北哪儿转都不稀奇，反而是你，不是跟着关领队做考古的吗？前两天才在草场那儿分开，咋一下到这儿来了？"

言萧找了个理由："工作暂停，回去休假。"

"是吗？我看关领队那天那样子，可不像是会给人放假的。"

言萧笑了一下，眼里却没有笑意。她打量着老人家，忽然想到他可能知道些什么，于是问："吃饭了吗，路伯？"

"没啊，咋了？"

"我请你，走吧。"她背着包穿过人群走下站台。

路伯也不跟她客气，还真跟上来了。

街上随处可见吃饭的地方，但她怕太显眼，特地多走了几十米，拐进一条小巷，进了一间烟熏火燎的小饭馆。里面灯光昏黄，没什么人，老板在门口站着等他们点单。路伯倒也不挑，随手从桌子底下抽出板凳坐下来。

言萧从桌上抽了两张干巴巴的面巾纸擦了一下油渍渍的桌面，对他说："路伯，你能不能跟我说一说之前带关跃去戈壁找墓的事？"

"我就知道天下没有白吃的饭，原来是有事问我。"路伯不搭理她，先抬头瞅了瞅墙上贴着的菜单，黑乎乎的都看不出什么了。他点了份羊肉泡馍，又另外要了份抓饼，还催她："你先点了餐再说。"

言萧没什么胃口，随口点了碗面。

饭还没上桌，路伯点了旱烟抽了两口，可算是开了口："这事也没什么好提的，不知道你有没有听说过，有传言说这地方藏着宝，好巧不巧，差不多就是关领队来找我的时候冒出来的风声。那会儿他叫我带他去戈壁，我以为他就是要去寻宝，但他说他是做考古的，我也没想到就在那地方他还真找到了个古墓。"

"嗯，做考古的……"言萧不自觉地笑了一声，凉飕飕的。脑子里又浮现出白天的情景，不自觉地动了动手指。她大概在某些时候幻想过对那个男人动手动脚，只是大概，但没想到会是在这个情形下，在知道他是这么个人之后。

路伯手里的烟杆停在嘴边，一双眼盯着她。

言萧回了神，若无其事地说："没什么，你还知道什么？"

路伯看她的眼睛动了动："你是他队里的人，不问他，反倒来问我？"

"你应该也知道他的脾气，他话不多，我问不出什么。"

"那你想知道什么？"

"他的事情，只要是你知道的。"

路伯皱着眉摇摇头："我知道的也不多。"

"没关系，我们就当叙闲话，没别的意思。"

路伯听到这句话，又看了她一眼，似乎斟酌了一下，抽了口旱烟，点点头："别的我不晓得，就知道关领队通晓不少东西，只要是西北这边的事情，他都能应付，你懂我意思了吧？"

言萧开始还没觉得有什么，把他这话又想了一遍就想通了。难怪感觉他什么都会，没错，在西北这边，他的确是任何问题都能应付，仿佛他这个人就是为了应对西北而生的，是巧合吗？

"当然了，他是做考古的，知道点旁门左道也不稀奇，只不过像他这么年轻就懂这些的可不多见，肯定是有来路的，至于什么来路，恐怕只有他自己知道了。"路伯说的时候还笑了一声，在桌子上敲了敲烟杆，这些事仿佛他早就门儿清，只是揣着没说而已。

言萧说不出话来，心在往下沉。这男人什么都会，但也许是刻意训练出来的，就跟朱矛他们一样，走的不是正道。

"别的我可就真不晓得了。"路伯说到这儿，老板正好端着两只大碗送过来，话题也就在这儿结束了。

言萧没问出想知道的，却也不想再问了，再问下去心里不舒服："没事，随便聊聊，你就当我什么都没问过。"她拨了一下碗里的面，看时间不早，一口没吃就放下了筷子。"路伯，我出去买点东西，你慢慢吃。"

路伯端起碗吸溜着汤汁，随口应了一声。

言萧去门口找老板付了钱就直接走了。回到站台附近，距离车票上的发车时间已经很近了，但车还没来。

天黑透了，已经没什么人在等车，昏黄的路灯下面就站着她一个人。风有点大，她抱紧胳膊往前走，前面有个加油站，可以挡风。她站在平整的檐下，靠着方方正正的石柱。路伯的话听起来好像没什么用，但坚定了她离开的决心。

一辆刚加满油的黑色越野车开了出去，她余光扫到就立即往后退了一小步，等看清车牌号才放心。风卷着两三片叶子贴地而过，擦过她淡薄的影子，她看着，忍不住自嘲地低笑了一声。仿佛回到了养父母去世的那段时光，她孑然一身，什么都没有。

其实挺讽刺的，但现实就是这样，光鲜亮丽的时候可能会一下就前途晦暗，以为柳暗花明的时候希望也可能会一下就烟消云散。算她看走了眼，这次居然连裴明生都骗了她，人能信的果然还是只有自己。

又一辆车开过，在她面前停下，车里的人按了一下喇叭："请问一下……"

言萧抬起头。

对方看到她的脸先是一愣，又转着脖子盯着她看了好几眼："我是不是在哪儿见过你？"

言萧看着他，这是个年轻男人，穿一身冲锋衣，她确定不认识他，但也有种在哪儿见过的感觉。她看了看他开的那辆车，是辆旧车，保险杠是歪的，车窗玻璃却很新，反着路灯的光，看不见里面的情形，这车好像也在哪儿见过。反正见过也不是什么好事，言萧转头要走。

那个人回头去车里不知道跟谁嘀咕了两句，后排车门忽然被一把拉开，露出一张带疤的脸。

言萧走的时候顺带看了一眼，脚步顿时就快了——是丁哥。

"这不是姓关的身边那个娘们儿吗！"丁哥一眼就认出了她。

开车的人拍了一下方向盘："对，是关十的妞！我说怎么那么眼熟！"

言萧没能走出多远就被车追上了。那辆车直冲进加油站，不管不顾，差点撞到她的身上。言萧被逼到角落，冷冷地站着。

车窗降下，露出一张瘦削的脸，双眼如鹰隼一样阴鸷，在她身上扫了两遍："别说，这么一看，我也觉得她有点眼熟了。"

丁哥的脑袋从他旁边挤过来："朱哥，你是不是见过的漂亮妞太多了，见谁都觉得眼熟啊？"

"谁知道呢。"朱矛笑得阴冷，"我还没见小十哥身边有过女人，不管到底是不是他的人，先请上来再说，省得我再去找他。"

路伯吃完了饭走出小饭馆，拐到大路上等了一会儿，迎面开来一辆黑色越野车。车窗降下，关跃的脸露出来："路伯，她人呢？"

"走了。"路伯抽出烟杆，瞅他一眼，"我把这消息告诉你是瞧着她有些古怪，关领队，你可别是对人家姑娘怎么样了吧？"

关跃急着找人，没心情说这些："她往哪条路走的？"

"就你眼前这条路。"

关跃刚要上路，想想又问了一句："她有没有问你什么？"

"问是问了，"路伯眯着混浊的眼看着他，"关领队你秘密多，她问了我也回答不上来啊。"

关跃没说什么，头扭过去，车窗一闭就开走了，速度很快，车直冲入夜色，很快不见了。

第十四章
留　下

一间窄小的屋子，四周堆满杂物，几乎没有落脚的地方，只有门口的木板床是空的，上面的床单旧得泛白。言萧坐在床上，双手被一条铁链锁了，拴在床腿上。

入夜后风逐渐转大，现在已是狂风大作，撞在窗户玻璃上呜呜作响。刚才她被关进来的时候是走了一层楼梯的，所以这间屋子应该是在二楼，想跑没那么容易。这种时候慌也没有用，她闭眼休息，挨着门听着外面的动静。

有人正在上楼，丁哥在楼下叫唤："朱哥，你不会是要上楼去找那个女人吧？嘿嘿，姓关的要是知道了……"

"老子有正事要干，你脑子里都装了些什么？"朱矛骂了一句。很快他的脚步声停在了门外，钥匙掏出来"哗啦"一声响，接着门就开了。朱矛走进来，眼睛在言萧身上扫了一下，咧嘴一笑，有点淫邪的意味，却没管她，直接去了角落挪那几只纸箱子。

言萧没动，眼睛盯着他。近看朱矛更显得瘦，身上的黑衣服松松垮垮的，这屋里灯光暗，他在角落里一站就像个影子。她听说过，盗墓这行在他们行内叫"倒斗"，盗墓贼大多都生得又瘦又小，是刻意挑选的，因为这种身形才能更方便地穿过碗口大小，甚至是更小的盗洞。照这个标准，朱矛应该是个中好手。

很快朱矛就从那头挪出一只纸箱，撕开上面的胶带，伸手进去拿出了一堆东西。东西放在地上，大小不同，形状各异，都是墨中带绿的颜色，碰在一起铿铿作响。言萧有数，应该是古玩，听声音有点像是青铜器。

"小徐！"朱矛忽然叫了一声，带着怒气。

那个穿冲锋衣的男人很快从楼下跑上来："朱哥，你叫我？"

朱矛指着地上的东西："老子好不容易带出来的东西，你给放成这样，现在拿

· 162 ·

得出去？"

那个小徐一头雾水："怎么了，放得不对吗？"

"对个屁！"朱矛一巴掌就招呼上去了，"是什么东西都看不出来了，老子就知道你靠不住。"

"对——对不起，朱哥，我不懂这个，还以为放好就行了呢。"

"不懂？跟老子多久了还什么都不懂！"

他们说这些话的时候完全没把言萧放在眼里，仿佛她根本不存在，言萧正好趁机打量那些东西。

很快丁哥也噌噌跑了上来："怎么了，怎么了？"

朱矛冲他吼："没事，你少管闲事，给我对付姓关的就行了。"

丁哥被骂了敢怒不敢言，板着脸下楼去了。

朱矛揪着小徐的领子按下去："愣着干什么，赶紧把东西收拾了送出去，真是废物。"

小徐蹲在地上赶紧捡那些东西，有点急，干脆就往衣服里塞。

言萧忽然说："你这样会把东西弄坏的。"

两个男人同时看了过来。

"青铜器上面的锈很重要，很多人就看这锈买货，你拿衣服蹭，把锈都蹭没了，谁还买？"

朱矛打量她："你懂？"

"不然你以为姓关的凭什么带着我？"

这么一说也有道理，朱矛看她的眼神有点变了。

言萧叠起腿："我可以替你处理这个，我就是干这个的。"

"老子能信你？"

"谁要你信了？"言萧动一下手腕，"要不是被锁着难受，你以为我想替你办事？"

朱矛看了她两眼，阴恻恻地笑了，踢一脚小徐："去，把东西搬到床上。"

小徐捧着一堆零碎的东西放到床单上，朱矛自己过来给言萧解了锁链，但链子换到了脚上，还是让她跑不了。

"好好干，要是弄坏了，你等着瞧。"朱矛故意在她小腿上捏了一把，出去了。

小徐跟出去，关门落锁。

言萧冷着脸活动了一下手腕，低头翻看那些东西。有几根细长带三角尖头的东西，似乎是箭镞，其余的好像是什么机关的部件，她看了很久才认出是青铜弩机和弩臂，精巧细密，保存得非常好。可能是朱矛盗出来时就太过零碎，也许他自己也不知道这是干什么的，但是她知道。

不知道过了多久，屋里刚安静一会儿，楼下冷不丁传来一声惊呼："朱哥快来！"是丁哥在叫。言萧把手上的东西一收，靠近门缝往外看。

朱矛骂他："你号丧？"

丁哥估计也有气，口气有点冲："外面有动静！"

风更大了，门像是随时会被吹开一样。楼下的屋子很空，就摆了一张桌子。丁哥从门口往后退，被朱矛一把提住后领，下一秒，门被人从外面一脚踹开了。

狂风一瞬间卷进来，屋里的灯泡都晃了两下。外面的人低头进门，他穿着件黑皮夹克，周身冷冽，手里拿了件风衣，当头扔在桌上。"人呢？"是关跃。

言萧的风衣被丁哥扒下来挂在了外面的车上，意义不言而喻，就是要招他来，但这速度比他们预想的快多了。朱矛脸上有点挂不住，一把推开丁哥："真快啊，小十哥，狗鼻子都没你灵。"

丁哥和小徐一左一右站在他后面，他们都吃过关跃的亏，神情难免戒备。

关跃看着朱矛："别把事做绝了，那女人是我的人，你懂点规矩。"

"是你自己把事做绝了。"朱矛从口袋里掏出那节玉璜扔在桌上，玉璜早就碎成了两节，"这么容易就碎了，你拿个假的糊弄我？！"

那是队里蒲佳容做的复制品，关跃带在身上就是为了防贼，防的就是他。朱矛也不是一般的盗墓贼，还是有点眼力的，这东西无论是卖出去还是送到五爷手上，都会叫他下不来台，他怎么咽得下这口气。

关跃一只手撑在桌上，冷冷地看着他："这是你自找的，我替五爷办事本来没人知道，台面上很顺利，是你一次次找碴，惹出这么多是非来。从西安到这儿，多少回了，如果我这次不给你一节假的，你又要去队里找事，最后要是捅出娄子被五爷知道了，是你负责还是我负责？"

朱矛一手拍在桌上："老子为什么总挑事你最清楚，最先过来找那个墓的人可是我，到头来五爷偏偏把这地方交给了你，凭什么？"

关跃说："是你先来的没错，你找到了吗？我能组一支考古队去光明正大地挖，你能吗？"

朱矛的眼神越发阴毒："行，不愧是小十哥，算你能耐，难怪空降到五爷这儿都这么受器重。老子不是不服你，但是你得拿出让我服气的作为来，现在'钥匙'在你手里，你不给五爷，我只不过是变个法子给五爷送去罢了，有什么不对？"

"'钥匙'有多重要你我都清楚，我要亲手交给五爷。"

朱矛根本不信这话，都给他弄笑了："五爷谁都不见，我在他手底下这么多年都没见着，你要见他还不够格，你这就是句托词。"

关跃冷笑一声："那行，你们这是要去交货吧？我跟你们一起去，我手上的'钥匙'就当着你的面交，我一次交全了，你看怎么样？"

朱矛一下没话说了。

关跃屈指在桌面上敲了两下，眼神渐狠："大家都是替五爷办事的，你放清楚点，我的女人马上还给我，别欺人太甚。我关十能混到今天，也不是吃素的。"

朱矛："……"

楼下渐渐安静了。没多久，言萧透过门缝看到有人上楼，脚步很沉，从那个楼梯拐角上来，露出黑漆漆的头顶，短发很利落。门锁咔咔几声响，关跃推门进来，眼神落在她身上。

"怎么样，小十哥，没动她半根毫毛吧？"朱矛站在门口说。

关跃瞄一眼言萧的脚踝："这算什么？"

"行，我给她解开。"朱矛掏出钥匙把锁链解了，走回门口，"时候也不早了，休息吧，明天一起上路可别忘了。"

关跃脱下皮夹克，转头看到他还站在门口："还不走？"

朱矛看了他们两眼，笑得很诡异，转头走了。

关跃把门关上，转头看着言萧，就这么看了三四秒才开口："被他们带来多久了？"

"三个多小时。"言萧往床头一靠，"怎么着，你来救我？"

"难道我是来欣赏你落难的？"

言萧笑了："你不怕得罪五爷？"

关跃看进她眼里，那双眼睛又黑又亮，半眯半睁，充满嘲讽。

"我可是得罪了五爷的人，你替他办事，现在救我不怕惹他生气？"

关跃的头低了点："你刚才都听到了？"

"一清二楚。"言萧冷笑，"到这一步了，也没必要遮着掩着了，我现在是该叫你一声'关领队'呢，还是'小十哥'啊？"

关跃没来由地笑了一声，很冷很轻。他找了一路，现在找到她了，这层纸也捅破了，她现在肯定很看不起他吧？

言萧忽然沉着脸站起来。关跃看她伸手去拉门，抓住她的胳膊一把拽回来："还想跑？现在他们都以为你是我的女人，你能跑得掉？"

言萧当然没蠢到要现在跑，听了这话却怒了，抬腿就想踹他，却被他一把按下去，人也被他按在门背上。他的腿挤过来压住她，腰边有什么硬邦邦的东西抵在她身上，她伸手摸过去，手指忽地一缩。

"怕了？"关跃盯着她，低声说，"怕就别跑。"

言萧摸出来了，那可能是刀，被布条裹着。风还在撞窗户，屋里却没声响，两人彼此对峙，冷冷地对视。忽然之间，关跃抱起她扔到床上，扯开身上的衬衣就压了上去，双手迅速解开裤带。

"你疯了？"言萧冷着脸推他。

关跃一把拉下她的底衫，头埋在她颈边说："叫出来。"

言萧一愣，听到了门外的脚步声。

关跃的手伸进她衣服里摩挲了两下，故意压在她身上一顶，言萧一句轻哼脱口而出。

"叫高点。"他呼吸火热，又顶一下。

"嗯……"言萧忍不住掐他的背，哼得半真半假。

门被一把推开，关跃立即搂着言萧坐起，冷冷回头："干什么？"

丁哥贱笑："哎哟，不好意思，我就是听动静有点大，以为你们在吵架呢，没想打扰你们的好事啊！"

"滚。"

"行行，你们继续。"丁哥带上门走了。

关跃看门关严实了，松开言萧坐正。丁哥没这个脑子，肯定是朱矛多疑，才叫他来查看的。身上还衣衫不整，他也没管，坐在床沿，掏出根烟点上，半天才回头看了一眼。言萧还在轻喘，盯着他的眼神发寒，偏偏眼底像含了水。他转过头，又狠狠地吸了两口嘴里的烟。

言萧很快平静下来，往里侧一躺，背过身。

关跃坐着没动，这根烟他抽了很久，直到烟味散尽才站起来。开关掀落，灯灭了，言萧感觉身后一沉，男人躺了下来。"过来。"他低声说。

言萧知道他的意思，朱矛随时可能再来，演戏得演到底，但她没动。

关跃没再说什么，自己贴上来，几下脱了她的底衫，把她的长裤解开往下一拉，抱住她不再动。言萧的背贴着他的胸口，他光着上身，仿佛肉贴肉般紧密。

"睡吧。"关跃的声音很低，很喑哑，但不像是因为疲惫。

言萧在心里冷嘲，臀动了动，蹭过他的小腹。

关跃的手立即死死按住她的腰，下巴抵在她的头顶，压制性地抱住她。他知道她是故意的，像她这样的女人，不会放弃任何一个机会来刺激他。他在她身后，始终没说半个字，只有手还是牢牢扣着她。

言萧奔波得早就累了，本来心里全是无处发泄的火气，结果这么被他禁锢着躺着，居然就睡过去了。

这一觉言萧睡得很浅，感觉并没过多久，在睡梦里就被人推醒了。她眼睛刚一睁开，发现一只手捂在她嘴上，关跃低声说："别说话，起床。"

言萧一言不发地坐起来，察觉到了不对劲，赶紧摸到衣服穿上。

关跃坐在床边拆手上的东西，几圈布条拆下来，隐约可见一把半臂长短的细刀被他握在手里，他起身走去窗边。

外面天已经有点蒙蒙亮，正是风最猛烈的时候，窗户被吹得咔咔作响。关跃手里的刀沿着窗缝插进去，他手上动着，窗框咯吱作响，被风声遮盖着。言萧走近，看见他一手推开半扇窗，风顿时猛灌了进来，吹得人眯起眼。

关跃把刀别回腰间，从皮夹克里掏出一卷绳子往她腰上系，低声说："朱矛是倒斗的，作息跟常人不一样，就这个时候会睡上一两个小时，正好风大，趁这时候跑，尽量小声点。"

言萧一怔："你要带我跑？"

黑暗里看不清关跃的神情，他的脸离她很近："不然你以为我真要跟他们去交货？"

言萧："……"

"快。"他低声催促。

言萧忽然想起那些青铜部件，快步回到床边，用床单胡乱把东西裹起来，绑在腰上。黑暗中看不清楚身上的累赘，想必造型很怪，又沉甸甸的，但她没想那么多，反正不想把这些东西留在这儿，那几枚箭镞也被她仔细收进长裤口袋里。

关跃把她拉过去，抱起她送上窗台："下去。"

言萧扯了一下腰上的绳子，很细，但很结实。她从没干过这么惊险的事，用双手扒着窗台慢慢往下滑，风吹过来人摇摇晃晃的，最后她一咬牙干脆松了手，人贴着墙壁往下坠。

关跃牢牢拽着绳子，她在墙上撞了几下，手背上蹭破了皮，忍着疼避开一楼的窗户，摔倒在地上。

等她爬起来解开绳子，关跃迅速将绳子收了上去。他的动作很快，将绳子的一头拴在窗户上，人翻出窗台，顺着往下一滑到底。这对他而言似乎轻而易举。

"走吧。"他脱下皮夹克，披在言萧身上，扯住了她的手。

这栋两层旧楼应该是朱矛的窝点，周围前不着村后不着店，一眼看出去都是黑乎乎的远山，两人步行了十分钟才看到车。车门拉开，言萧问："就这么一走了之，你不怕后果？"

关跃插下钥匙："留下来后果更严重，朱矛会答应是因为暂时没人手，等到半路跟同伙接了头，肯定会下手抢了东西自己去邀功。"

言萧轻笑一声："你们为了争五爷的宠还真是明争暗斗啊。"她觉得自己想多了，总不可能是他突然转性背叛五爷了。

关跃听得出来她的意思，紧紧闭住唇。

车转过一个弯，后方忽然扫来两道强光，伴随着喇叭声。言萧回头看了一眼，一辆车在远远往这里开，不用猜也知道是谁："朱矛够警觉的，小看他了。"

关跃把方向盘打到底，冲进路旁的荒野里。大概是对路况不熟悉，朱矛的车并没能追上他们，但也甩不掉，好几次他们没再见到那辆车跟着，但过了一会儿，后方就又出现了车灯。

几个小时风驰电掣，天渐渐亮了，风转小，车外面的景象越来越熟悉，言萧发现好像是在往来时的路开。到了之前经过的那片防护林，关跃停车下去，走到言萧这边打开车门，拉她下车："下来用脚走。"

言萧半个字都来不及说就被他拽了出去，他的脚步太快，她勉强能跟上。

进林子走了一会儿，隐约听到了车声，大概朱矛已经追到了他们停车的地方。言萧一只手伸进长裤口袋，摸出一枚箭镞。

关跃感觉身后忽然贴上了女人的身体，脚步一停，下一秒就有什么抵在了他的后腰上。

言萧说："松开。"

风刮进来，树叶沙沙作响，关跃的声音混在风里："你还是要跑？"

"你觉得我会跟着你做五爷的走狗？"

关跃没松手，宽阔的肩背在她眼前一动不动，冷硬得像尊雕塑。言萧手往前送，箭镞很钝，隔着层薄薄的衬衣，但用力的话仍然会刺破皮肤。

关跃身体没动，手动了，手肘往后一抵，言萧被撞得后退一步，他一转身抓住她的胳膊，把她抵在旁边的杨树干上。

言萧几乎不知道他是怎么动的手，反应过来的时候就已经被反制了，这一下撞得她发闷，捂着胸口看着他。追兵已经近在眼前，就算他没被她制住也落不得好，她就是连时机都选好了。

关跃脸色铁青："行，我们就在这儿把话说清楚，东西我是要交给五爷，而且要亲手交到他手上，如果顺利就能知道他是谁。"

言萧的眼神动了一下，他捏住她的下巴："五爷的身份可是很值钱的，就连裴明生都想要，你要走可以，但别坏我的事。出了这片林子一直往北就能走到阿古家的草场，你到了那儿让他送你去机场，就当你从没来过这里。"他掏出她的手机塞给她，往后退开两步。朱矛大概已经进林子了，已经能听到远处脚踩落叶的声响。

"走吧，我替你拖住他们。"

周围一瞬间静了，眼前只剩下他的眉眼，那张脸上的表情深沉，看不出情绪，深深的眼窝里，只有眼底透着沉沉的光。他让她走。言萧看了他两秒，咬住唇，转头就往外跑。

出了那片林子一路奔跑，她没有停过，什么都没有想。

草场里，阿古早早地起床，正拎着草料准备去喂马，迎头撞见一个人跑了过来。"姐？"他瞪大眼睛，"你怎么一个人来了？"

言萧额头上全是汗，喘着气说："有车吗？送我去机场。"

"你要去机场？"

"对。"

"哦！"阿古奇怪地看了她一眼，放下草料去后面取车。

言萧走进蒙古包，倒了杯奶茶喝下去，茶是凉的，透着一股浓烈的腥气，她舔了一下嘴唇，觉得很不舒服。

阿古很快回来了，一边套外套一边问她："姐，小十哥怎么没送你啊？"

言萧皱了一下眉："他不在。"

阿古奇怪："可是你穿他的皮衣啊？"

言萧低头，身上的确还穿着他那件皮夹克，男人的皮衣宽大，把她腰上累赘的东西都遮得严严实实。她把衣服脱下来，解下腰上的累赘。

"走吗，姐？"阿古准备好了，停在门口等她。

言萧没动，捧着那一捧床单，眼睛不知道在看什么地方。

"姐？"阿古看她脸色不对，又叫了一声。

言萧忽然抬头，把口袋里的箭镞都掏了出来："这个你帮我去磨一下，越锋利越好。"

阿古接过来，看看她："那不走了？"

"别问了，快去。"

"哦。"阿古捧着箭镞跑出去了。

言萧在椅子上坐下来，把床单摊开，拿出里面包着的那些青铜部件，摆在面前。要组装这东西难不倒她，她拿在手里一件件拼接，忽然又想起关跃说的话。每一句、每一个字，她居然都记得很清楚，到最后不禁咬了咬牙。姓关的……当初在杭州那晚的鉴宝会上看到他的脸时，她怎么会想到还有这么一天！

阿古磨好那些箭镞回来的时候，言萧正好准备出门，手里拿着个奇奇怪怪的东西，他看不明白，但也看得出来是很古旧的玩意。"姐，这是古董？"

他把箭镞递过去，言萧接了说："不，这是武器。"

"啊？"

言萧顾不上他的惊奇："恩和能不能借我用一下？"

"能啊，我去给你牵过来。"阿古出门，把马一直牵到帐门口来。

言萧抱着马脖子爬上马背，对他说："去找上次来找你的那个女警察，就说附近有盗墓贼，让她去南边的防护林里查。"

"什么？"阿古没明白，她已经骑着马从眼前走了。

言萧的马骑得不熟，一路横冲直撞到了地方。她下了马，先稳住脚步，又安抚地拍拍恩和，轻手轻脚地走进林子。

没走多远她就停了脚步，蹲在一棵杨树后面，放低身体。关跃侧对着她的方向站着，对面站着朱矛和丁哥。他们看起来还没有动过手，但朱矛的手里握着刀，丁哥的手里也握着刀，是随时都可能拼命的架势。

断断续续的谈话声传过来，听不清，朱矛忽然一把揪住关跃的衣领，刀尖贴住他的脖子。言萧的手发凉，搓了搓手指，从身后拖过带来的东西。

那个组装起来的青铜弩机勉强还能用，弓弦是她用阿古家的风筝线做的。目测这应该是汉代的东西，古代弩机的弩臂大多是木制的，但这架全是青铜制的，也许是陪葬用的，算不上真正的武器，托在手里也非常重。史书上说这东西的射程在二十到二十五米左右，她都清楚，但没实测过。

她托着弩机对准朱矛，手有点颤。"别抖。"她低声告诫了自己一句，但没用，她猛地按住那只手，"言萧，别抖！"心里一狠，什么紧张也没了，言萧深吸了一口气，眯起一只眼瞄准……

关跃身体笔直，蓄势待发，手指抵着袖口，已经抵住了里面的刀柄。

"小十哥，东西交出来，你走，今天的事老子就当没发生过。"朱矛用刀背拍拍他的脸，威吓他。

"我说了，东西我要亲手交给五爷。"

"你就死心吧，五爷不会见你。"

"以前是不会，现在可不一定了。"

朱矛不屑，谁都想见五爷，谁都想跳上去，坐到上头，赚个盆满钵满，这个机会他得不到，也不会让姓关的独占。想到这儿，他笑得更阴狠了，刚准备动手，冷不丁捂住脖子哼了一声，他弓起了腰，手指间鲜血淋漓。

丁哥吓了一跳，转头就叫："谁？"

关跃反应敏捷，劈手夺了朱矛的刀，一脚踹在丁哥身上。丁哥一摔，撞到了朱矛，混乱中还没爬起来，眼前已经没了关跃的身影了。

关跃一头冲出树林，面前忽然冲过来一匹马，他抬头，看见马背上言萧冷凝的眉眼："上来。"

风停了，山清地静，他有点失神，但下一秒，就迅速翻上了马背。

恩和冲出去时，言萧在他怀里头也不回地说："就按你说的做，我也想知道五爷是谁，我留下。"

第十五章
合　作

太阳照下来的时候，恩和已经沿着防护林跑了大半圈。一匹马上骑了两个人，只能紧紧贴在一起。关跃一手抓着缰绳，一手搂着言萧的腰，防止他们再追来，身体伏低，把她压在怀里。

远处，一阵警笛声隐隐传了过来。言萧说："下来看看。"

关跃把马停在一块坡地下面，跳下地，把她抱下来。

两个人往坡顶走了几步，蹲下来望出去，树林在几百米之外，这里是边沿地带，没那么茂密，能看见林子那头的马路，一辆警车从路的尽头开了过来。

关跃低声问："你报了警？"

"是啊，这种时候除了警察还有谁能拖住他们？"言萧从旁边转过头，看了他一眼，"放心好了，你跟我的目标还没达成呢，我还不至于把你也给搭进去。"

关跃心里也有数，挺不错，她比他想的还有计划，以前怎么没发现她还有这本事呢？

警车在路上停下，下来了几个人，离得太远又隔着树木，看得不太清楚：前面是一男一女两个穿警服的，后面跟着阿古，他穿着一身蒙古袍很显眼。一眨眼就没再看到他们了，应该是进了林子。这片林子很大，但是没一会儿就见他们回到了路上，警车开走了。

　　"朱矛肯定是跑了。"关跃拉着言萧站起来，想到什么，问她，"你刚才用什么射的他？"

　　言萧举了一下那架青铜弩机，因为实在沉，她拿着挂到了马鞍上。"文物，朱矛自己盗出来的。"

　　关跃看了那东西两眼："这么古老的东西很容易引发感染，搞不好朱矛要躺一段时间。"

　　言萧冷笑："那不是更好，省得他再来惹事。"她牵着马走了几步，脚下忽然一停。

　　"怎么了？"关跃看着她。

　　言萧咬牙切齿地回头："我给忘了，那支箭镞也是文物，便宜他了。"

　　关跃看了她的侧脸好一会儿，忽然转过头低低笑了一声。

　　"你笑什么？"言萧瞪他一眼，"那可是汉朝的东西，把你卖了都赔不起。"

　　关跃收敛了一些，几步走过来，抓住她手里的缰绳，一低头，看着她的双眼："你怎么知道我卖了能值多少钱？你卖过？"他的声音沉而低，这种时候说这种话，难得能给人一点轻松的意味。

　　言萧仔细看着他的脸，阳光泛白，照下来没有热度，他侧脸上肿的那块已经消下去了，嘴角还留着一点乌紫，衬衣上粘了几片树叶，颈边有伤痕。狼狈，但他一如平常。这样的男人应该是危险的，可她偏偏看出了强烈的男人味。大概这就是男人的特质，越危险，越诱人。

　　没等她开口说话，关跃已经牵着马往前走了，她差点以为刚才说那话的人不是他。

　　两人渐渐看到了那片草场，那辆警车就停在附近，关跃松开缰绳，拍了一下马臀。恩和识路，自己颠颠地往草场方向跑了过去。"走吧，剩下的事交给阿古，他知道该怎么做。"

　　言萧跟着他再走回防护林附近，到了来时的那条路上，越野车还好好地停在那里。上了车，倒转方向，车轮碾过一段崎岖的路面。言萧看着窗外："去哪儿？这不是回队里的方向。"

　　"暂时不回队里。"

"那要去哪儿？"

"去了就知道了。"关跃一边转方向盘一边说，"地方有点远，现在走，可能要到下午才能到了。"他说话时朝言萧看了两眼。

言萧说："你既然这么着急就直接过去吧，不用看我，我又不是纸糊的。"

关跃又看她一眼："做鉴定的都这么善于观察？"

"怎么？"

"我还没说什么，你就知道我的意思。"从昨夜奔波到现在，加上之前那一番奔逃，他觉得她应该累了，或许现在应该找个地方休息，但他还没开口她就明白了。

言萧侧过头盯着他："是啊，我一向对你观察入微，你又不是不知道。"

关跃手下转了个向，他当然知道，要不然他可能还能隐藏得更久一点。以前听她说这样的话总觉得是有意无意的挑逗，现在，感觉却有点复杂了。

下午五点多，大概是到了地方，车停了下来。言萧嘴上说着自己不累，但还是在车上眯了一会儿。睁眼时正好看见关跃在解安全带。她问："这里是哪儿？"

"进甘肃了。"

"甘肃？"言萧伸头往车窗外看：是很普通的一个小城，老远就能看到耸立的山脉，房屋都很复古，砖木上有种灰蒙蒙的色调，像是常年蒙着一层沙一样，也就眼前这条路修得最好，又宽又新。路边开着一家小饭馆，光线昏暗，还在白天就开了灯。

"下来吃饭。"关跃推开车门先下去了。

言萧下车，跟在他后面进去。里面就几平方米，刷着白墙，铺着地砖，打扫得干干净净，但坐满了人。明明街上的店很多，她搞不懂为什么关跃偏偏要选这家。没有单独的空位，就连找人拼桌都不容易。

关跃已经先一步走到了里面，站在后厨的门口，回头用眼神示意言萧过去。屋内几乎是桌子挨桌子，过道很窄，言萧走过去时不小心蹭到个男人的胳膊，顿时一桌四五个男人都拿眼瞄她。

女人的脸白嫩，身上套着男人的皮衣，黑皮衬得一截脖子更白，是西北少有的景致。那几个人倒是没说什么，就是目光老在她身上打转。

言萧不自然地拉了一下衣领，抬头就见关跃过来了。他侧着身走到她跟前，一只手拨了一下她的肩，搂着她过去。可能是身高给人一股压迫感，神情看着也不善，他用眼往桌上一扫，顿时就没人再看了。

两人挤到后厨门口，关跃才松开手。一个服务员扯着围裙擦着油渍渍的手走过来赶人："别站这儿，别站这儿，碍着事了。"

关跃说："我找一下吴三才。"

服务员愣了一下，上下看他两眼，转头进厨房去了："等着。"

后脚里面就走出个小个子男人，那人叼着根烟，嘴里咕哝着"谁找我啊"，一出门看到关跃，眼睛都亮了："哟，这不是关领队嘛，稀客稀客。"说话的时候他看了一眼关跃身后的言萧，又多看了两眼，那感觉仿佛是认识她似的，倒没说什么。

"来，关领队，这边请。"他在前面带路，这里面外面都是人，没想到穿过一个狭窄的走道居然还有个很小的包间，里面是空的。

"小十哥，请坐。"进了包间他马上就改了称呼，"我去给你们点菜，你们先喝点茶，歇会儿。"

言萧看着他出了门，转头问关跃："他谁？"

"吴三才，"关跃抽出凳子递给她坐，"这里的老板。"

"就这样？"

关跃看了看她，没作声。很显然不只是这样。

吴三才没一会儿又回来了，跟服务员一人端了两盘菜过来，放在桌上，葱炮羊肉、大盘鸡、焖土豆泥，外加一盘蚝油生菜，像模像样的。

服务员走了，吴三才坐下来，又看了一眼言萧，这才笑眯眯地看着关跃，一看眼睛就移不开了："小十哥，你嘴边怎么有伤啊，怎么了这是？"

言萧顺着他的视线看过去，之前没注意，现在才发现关跃的嘴角还紫着一块，是先前那一巴掌打的，虽然消了肿，但这点印记还没消掉。

关跃看了一眼言萧："没事，被猫挠了一下。"

"什么猫这么厉害啊？"

关跃说："野猫。"

吴三才嘿嘿笑了两声，也不知道信没信。

言萧朝关跃扫了一眼，心想早知道当时就扇得狠一点，让他真正见识一下自己有多野。

吴三才招呼他们吃菜，嘴里说："怎么着，小十哥，这次来，难道是有货了？"

言萧听到这话不禁又看了他一眼，从刚才见面开始她就觉得这个吴三才眼里有股子寻常生意人没有的精明，看人的时候总像在算计着什么。

关跃拿起筷子："我不是为这个来的。"

"那你为什么来的？"

"我想见一下你上面的人。"

吴三才的脸色一下有了变化，嘴巴一闭，不作声了。

"怎么说？"关跃看着他。

吴三才讪笑："这不行吧，我也没路子啊。"

"大家都是一路人，你有必要这么对我藏着掖着？"

"不不，小十哥，我是真没路子给你引见上面，还是算了吧，你有货就给我，没货我就等着，这事我真办不到。"

"你知道我拿到的不是寻常货，你耳听八方的，道上不可能没风声。"

吴三才凑过来："所以道上的传闻是真的？小十哥真拿到'钥匙'了？"

"够格见上头了吗？"

屋里一下安静了不少。也就是瞬间的事，吴三才又笑起来："我怎么说的来着？是真没路子，小十哥见谅，见谅！"

关跃点头："那行，那你有机会就替我传句话，就说我有很重要的事一定要见一下上面那位。"说完他转头对言萧说："吃饭吧。"后面就一句话没说了。

吴三才打着哈哈站起来，客套了几句就出去了，再也没出现过。

言萧一直等着关跃开口解释，谁知道直到吃完这顿饭出门他也一个字没说。

离开饭馆的时候也没再见着吴三才，关跃没再多留，在门口左右看了两眼，抓了言萧的手臂把她推进车里，说了句："等我一下。"说完直接去了街对面的服装店。之前一路奔逃，弄得这么狼狈，现在他需要买两件衣服换一下。

这时已近傍晚，店里静悄悄的，连老板都在打瞌睡。关跃在店里随便选了件黑衬衣，给言萧挑了件套头卫衣，转头看了一圈，没有找到试衣间，干脆走出来，拉开车门又坐上了车。他把那件卫衣递给副驾驶座上的言萧，说："换上。"

关跃刚要推门下去给她私密空间，言萧按了按钮，将车窗全升了上去。"怎么回事？"她问。

关跃知道她在问什么，推门的手收回来，搭在方向盘上，低声说："你应该猜到了，那个吴三才的饭馆就是朱矛说的交货的地方。"

言萧的确猜到了："你怕朱矛先一步跑来告你的状？"

关跃没否认，赶在前面来就占了先机，不管怎么样都有好处。他说："我想见他上面的人。"

"他上面是什么人？"

"五爷的人，五爷的心腹。"

言萧沉默，低头摆弄着那件卫衣。彼此安静地对视了几秒，她忽然问："你怎么之前不告诉我？"

"如果告诉你我要带你来见五爷的人，你心里会痛快？"

言萧心里微微一阵诧异，转头看过来，眼神落在他脸上不动了。他很冷淡，又很严肃，所以眉心总有几道淡淡的纹路，这么冷淡的人倒还关心起她的感受了。她轻轻地笑了一下："哦。"

关跃动一下脚，重新去推车门："我先出去，让你换衣服。"

"那么麻烦干什么。"言萧已经径自动手脱掉他的黑皮夹克，往身上套卫衣。

车门刚被关跃推开道缝，怕路人看进来，他还是拉上了，眼睛在她身上一扫而过，最后只看着车窗外。言萧瞥见，手故意在方向盘上敲了一下。

他转过头来，她还在慢条斯理地拉那件卫衣，水红色的宽大卫衣慢慢往下拉，遮到胸口下面雪白的腰肢，他眼睛动了一下，这次没避开。这种烂大街的款式套在她的身上居然也是出挑的。"好了？"他问完，又说，"你先出去吧，我也得换衣服。"

言萧不仅没走，还给车门上了锁："怎么了？我又不是没看过。"

关跃没法反驳，他稍微往旁边侧了一点，脱了衬衣。

言萧看到他结实的肩背，又看到他侧脸上嘴角的伤，想起了之前他说过的话，身体一倾，凑到他耳边："你是不是故意那么说的？"

关跃一时没反应过来，眼睛看过来："什么？"

言萧忽然抬手按到他嘴边的伤处，看到他皱了下眉，她笑起来："还会疼啊？不就是只野猫挠伤的吗？"

关跃想起来了，他刚才在吃饭的时候说的，她倒是记得清楚。他偏过头，避开她的手，低着头套上衬衣。

言萧贴他更近，几乎要贴上他的脸："故意指桑骂槐？"

关跃纽扣也不扣了，抬起头，看着她："那我怎么说，就说是你扇的？"

言萧发现男人也是感性的动物，就连声音都会随着情绪变化，他的声音现在低沉得过分，充满磁性。

"男人就是死要面子，还是你怕说出来就牵扯出你对我动手动脚的事了，所以干脆找个借口来遮掩？"她不退不避，反而故意把身体往前送，碰到他的鼻尖，唇微张，慢慢吐出一句，"但我还没忘了你干的事呢！我为什么扇你，理由很充分，你也得记住，小十哥。"

关跃突然用力，推着她一把压回座位上，椅背被挤出一声响，狭小昏暗的空间里呼吸渐沉，他的双眼盯在她脸上，一双薄唇紧紧闭着。

言萧任由他压着，手指伸进他敞开的衬衣里，点在他胸口，慢慢游移。手指下，他的身体渐渐绷紧，直到手被他一把抓住。她眼神往外一飘，忽然说："有人在看你。"

关跃立即松开了她，虽然明知道车窗玻璃从外面根本看不清楚里面的情形。言萧似笑非笑地看着他，又盯着他敞开的胸膛看。

关跃坐回去，拉上衬衫，一边吐了口气。她大概是在借题发挥，早知道何必说那句话，反正她总能找到时机回敬他，没有一次是肯放过他的。他慢慢扣上衬衣，却没留神扣错了两颗。他停了一下，解开，再一颗一颗重新扣上。

身旁的言萧就这么一直看着他，用那种带笑的神情，他只当没看见。他简直要忍不住想，她现在是不是在报复他了。

再开车上路的时候天都要黑了。车在街道上开了没几分钟两人就在路口看到个写着"住宿"的招牌，关跃把车靠边停下，对言萧说："就在这儿过夜吧。"说着掏出手机下了车："你先进去，我打个电话。"

言萧推开车门，看着他走到旅馆门口的角落里拨了个电话，他身上的黑衬衣融进了夜色，身形虚幻，只剩一个高大挺立的轮廓。她先进门去办住宿，这旅馆条件不错，都是标间，刚好有两间紧挨着的，斜对门，言萧就订了这两间。

订好了发现关跃还没进来，她又找出门，他居然还在打电话。她就倚在门口看，大概有十几分钟，他才挂了电话。言萧这才动了，转头朝房间走，他自然而然地跟着她，好像说好了在等他一样。

到了房间门口，言萧把钥匙递给他："你住这间，我住你对面。"

关跃拿了钥匙开门进去，关了门却没开灯，耳朵听着外面的脚步声，听到门开合的声音，料想言萧已经进房间了，又转头开门出去。

门一打开，外面站着言萧。关跃看了一眼她的房门："你故意的？"

真难得他还有上当的时候。言萧靠在门口看着他："这旅馆靠吴三才的那家小饭馆也太近了，你不急着回队偏要在这里住下，是有什么打算吧？"

关跃伸手掏烟，掏出来手停了一下，看着她。

言萧说："没事，你抽你的，我不介意。"她说完还伸手从他口袋里掏出打火机，摁出火苗，递到他面前。

关跃拿出根烟叼在嘴里，头歪着，眼盯着她，偏偏不动，像在判断她的意图。

言萧忍着笑把打火机往他跟前送，火苗在两个人眼前照出一团暖黄："你们男人是不是很喜欢看女人主动？"

"那要看是哪种主动。"

"就我这种的。"说话时她已低头凑近，脸在火光后面，像隔着层雾一般朦胧。

关跃不作声，低头塞了烟在嘴里，靠近她的手点了火，避开了她的眼神，再抬起头，眼前打火机的光终于熄灭了。他想说事情已经这样了，她再不爽也这样了，可以别玩了，但最后又没作声。门口走廊里的灯光太暗，把他侧脸的线条勾勒得分外鲜明，他终于开口，说了正事："我准备去盯着吴三才。"

"你怀疑他对你说谎了？"

"嗯，他一定知道怎么跟上面那人搭上线。"

言萧明白了，看样子他是一定要见五爷的心腹了。不，他真正想见的是五爷。言萧忽然问了句不搭边的话："为什么他们要叫你小十哥？"

关跃莫名其妙地看了她一眼："突然问这个干什么？"

"好奇呗。"

关跃抽了口烟，开口说："我跟你说过我以前在文保组织里待过，最早进那个文保组织的时候一共只有十个人，我最年轻，排行第十，就这么被叫到了今天。"

言萧点头："那你也算是那个组织里的元老了，从那里面混成五爷的手下，这算是弃明投暗？"

关跃居然笑了，虽然只是扯了一下嘴角："随便你怎么说。"

他对自己的事总是一带而过，言萧也已经习惯了，只是又在心里回味了一遍路伯说过的话：他的来路不一般。她顿了顿，又问："小石他们还不知道这件事吧？"

"队里没人知道，"关跃吸了两口烟，手指一弹，烟灰飞落，"只有你知道。"

言萧抬起下巴，意味深长地"哦"了一声。他这一句仿佛在说，这只是他们两个之间的秘密。"原来连你信任的小蒲都不知道啊？"

关跃转过身，正对着她，昏暗里那张脸蓦地凑近，在她眼前放大："现在我只能信任你，你也只能信任我，别忘了。"

淡淡的烟草味混着他身上的气息，言萧不自觉地搓了一下手指。人和人之间有种气息，离得近了就能感觉到，所以人们能感觉到吸引。"那你就记着你说的话，以后有什么事别瞒我，就像现在这样。"她拍拍他的脸，转头回房间了。

关跃一直看着她进了门，摸了一下她碰过的脸颊，看向她房间的那扇门，默默无言，直到抽完了一根烟，才抬脚出了旅馆。

凌晨五点多，整个天和地刚刚从混沌黑暗中分割出丝丝青白的时候，吴三才开上自己采购食材的小面包车出了门。出了小城上公路，沿途两边都是连绵起伏的山脉。灰茫茫的天光遮掩了他开车的踪迹，也遮掩了后面跟随着的车的痕迹。

关跃远远地开车跟着他，这一路不是去农贸市场的，越走越偏，像是要去下一个县城。天快亮的时候，吴三才的车停了，就停在大马路上，前不着村后不着店。关跃也把车停下来，在昏暗里观察着那片模糊的人身车影。

没过几分钟，迎面方向远远有车开过来，关跃眯起眼睛，等那车渐离渐近才分辨出那似乎是一辆奥迪，脏兮兮的，车型看起来似乎有些年头了。

奥迪的车门打开，从里面下来了一个魁梧的男人，隔得太远看不清楚长什么样，就看见个大概的身形。吴三才点头哈腰地上去给他点烟，两个人面对面站着说着什么，但看得出来一直是吴三才在说，那个男人大部分时间只是听着。

关跃想过很多可能，吴三才的确是诓了他，但他没想到他们碰头的地方这么不寻常，连个固定地点都没有，还好他跟了这一趟。看时候差不多了，他把车开出去，加足马力，开到他们身边时，猛地停住。

他开得太快，那两个人虽然察觉到了有车开过来，但还没来得及应对，车已经猝不及防地在眼前停下了。关跃甩上车门大步走过去，吴三才的脸色顿时就难看了："小十哥，你怎么来了？"

"路过，"关跃朝他身边努努嘴，"你朋友？"

"啊！对……我朋友。"

关跃走过去，朝他伸出手："你好，我叫关跃。"

对方跟他握了一下手，没说什么，但眼睛早就盯着他了。这人已经有了老态，两鬓斑白，看着至少也有五十岁了，但身形魁伟，很高很壮，国字脸、浓眉、面相严肃，眼神让人颇有压力。

他的身形乍一看让关跃想起考古队里的张大铭，但看张大铭第二眼就能看出憨厚和朴实，这个人的身上却有种让人看不穿的深沉，一看就经历过很多大风大浪。关跃又说了一遍："我叫关跃。"

"嗯，我记住了。"对方回头说，"三才，事情说完了，你先回去吧。"

吴三才不知怎么回事，听了这句话后脸都白了。他瞄了眼关跃，不太爽自己被摆了一道，埋着头上了车，一声都没吭。

等他的车开出去，那人掏出烟，递了一根给关跃："叫我齐鹏就行了。"

关跃推回去："齐哥赏脸，应该我给你递烟才对。"

齐鹏这次再看他，眼神已经不太友好了，因为从他的话里察觉出了别的，烟收了回去。

关跃低声说："我有点事，齐哥能不能抽空跟我谈一下？"

齐鹏看了一眼他停着的车："你挺有招啊，故意叫吴三才来传话，又跟过来，就为了跟我谈一下？"

"对。"

"你一个人来的？"

"一个人。"

"我听说你还带了个女人过来。"

关跃明白了，自己的一举一动都被盯着，他说："那是我女人，在旅馆，没过来。"

齐鹏沉默不语，很久才说："这里说话不方便，我给你个地址，今天下午三点，你单独来。"

言萧这一觉睡得久，起床也迟。从外面吃完早饭回来，经过关跃的房门口，她刚要伸手去敲门，却看见关跃从外面回来了，才知道他去了这么久。

"居然一夜都没回来，怎么，你这是有眉目了？"她观察着他的神情。

"不止，我见到那位了，叫齐鹏。"关跃神情如常。

言萧一下来了兴致："然后呢？"

"下午我要单独去见他。"

"为什么要你单独去？"

关跃推开房门，脸上出奇地严肃："他说五爷也在。"

言萧的嘴唇动了一下，又合上，一脸平静。所有人都以为五爷该在繁华的地方享受才对，可是他居然会出现在这种地方，就在她附近，可是言萧并没有什么特别的表现。

关跃观察了她好几眼，说："言萧，我们这次是运气好才直接联系上了齐鹏这根线，下次可能没这么好运了。"

言萧看他："那又怎么样？我们已经合作了，运气好不好都得往下做。"

关跃是要给她打个预防针，毕竟她和五爷有仇，但她似乎不需要。也是，她身上什么时候缺过胆子了。"我补个觉，下午得准时去见他。"他要关门。

"哎。"言萧忽然叫他。

关跃扶着门看着她。

言萧的身体往他这里倾了倾，隔着门，却又没了声，停了几秒才看着他说："小心点。"她补充道："毕竟五爷在。"

语气平淡，但她的眼神有那么一瞬落在他身上，看起来很暖。关跃心里莫名地动了动："嗯，你就在这儿等我。"

下午关跃上路时，言萧就待在了房里，没有送他。

齐鹏约定见面的那个地方很偏，他开车过去用了很久，但好在没过点，差不多刚刚好。停车的地方是一座山下，关跃下车后沿着曲折的山路一直往上，快到山顶了才看到齐鹏。他穿得很干练，袖口裤脚都绑了起来，背后树木掩映，有一间很开阔的院子。

"齐哥。"关跃走过去。

齐鹏点点头，忽然抓住他一只胳膊，手里亮出了刀子。

关跃下意识反击，手掰住他的虎口，又立即松开。齐鹏手动得飞快，在他胳膊上连划三刀，鲜血顿时渗透衣袖。关跃忍着一动不动，眉都没皱一下。

"小十哥，你坏规矩了，这是你应得的。"齐鹏收了刀，"说不出合理的理由，今天你就别想下山了。"

血沿着袖口往下滴，关跃看都没看一眼："齐哥，我知道五爷不见人的规矩，但我是带着事来的，必须见他老人家一面。"

齐鹏眼神凶狠："有朱矛联系你，你没必要见五爷，你这次千方百计地找上门来，我就不想饶你。"

"朱矛为人怎么样齐哥应该清楚，要不是他从中作梗，我也不会冒险找上您。"

齐鹏脸色稍缓，但语气仍然狠厉："到底有什么事？"

"我手上有一批好货。"

齐鹏冷笑："得了吧，那个墓的事情朱矛早就报上来了，里面就没几样东西，还迟迟不见你拿出来，现在你说你手上有好货？"

"是真的，"关跃失血的脸有点白，但语气平稳，"那个墓不算什么，顶多是把钥匙，开出来的宝库里才全是好货。"

齐鹏脸色有了变化："你什么意思？"

"我拿到了真正的'钥匙'，您可以问一下五爷，他在这地方最想要的是什么？"

齐鹏一言不发地盯着他，将近一分钟，掏出卷纱布扔给他："在这儿等着。"

关跃单手接了，叼在嘴里。伤在左臂，他解开衣袖上的纽扣往上卷，衣袖破了，血水沾了满手。还好刀口不是很深，齐鹏也只是要给他个教训。他把纱布裹上去，使劲一扯，系住，又把袖口拉下去遮好。黑色的衬衣染了血渍也不太明显，只不过血腥气很重，流的血多了，胳膊隐隐发凉。

齐鹏很快返回，看了一眼他的胳膊说："进来吧。"

关跃跟着他进了院子，里面树叶和尘土落了一地，看起来不像有人常住。往里走有一栋三层小楼，很旧，大概只是齐鹏临时找的地方。

进楼的时候齐鹏停了一下："小十哥，五爷器重你就是看中了你的本事，加上你以前在文保组织里待过，有门路，做事能摆得上台面。说白了，明面上你跟咱们是不该有交集的，所以今天不管你见了谁、说了什么，出了这个门马上就给老子忘了。"

关跃点头："齐哥放心，我有数。"

齐鹏又道："还有，你的女人……"

关跃脚步一收。

"是叫言萧吧？"齐鹏瞅他一眼，"她在杭州的鉴宝会上得罪了五爷，照片我见过，三才说你带的女人就是她，怎么，她现在跟在你身边了？"

关跃面不改色："就是因为她得罪了五爷，走投无路才会来我队里做鉴定。别的我不敢说，但能拿到'钥匙'也有她的功劳，她现在对五爷是有功的。"

齐鹏冷笑一声："行，既然你这么说了，那我就给你个面子，只要她识时务，我也不为难她。"他转头领路，又接着说："但她既然是你的女人了，要是再惹五爷，可就得由你担着了。"

关跃说："我担着。"

上了一层楼梯，拐了个弯，两个人停在一个房间门口。齐鹏抬手敲了门三下，没等里面回应，直接推了门进去。

关跃跟进去，里面很暗，窗帘拉得严严实实。整间屋子装修得古色古香，摆着红木的座椅和茶几，飘着一股茶香，往里竖着架兰竹菊梅的四折屏风，依稀可见后面坐了个人。

齐鹏一直走过屏风，低声说："五爷，小十哥来了。"

关跃走近了几步，看见齐鹏一竖手，只好停住。

齐鹏指了一下座椅："五爷让你坐。"

关跃坐下来，屏风后面的人并没有开口，齐鹏弓着腰，半边身体在屏风里，没听到说话声，他们可能是在用文字交流。过了一会儿，齐鹏站直说："小十哥，你说你拿到了'钥匙'，有什么证据吗？"

关跃从口袋里掏出一节玉璜递过去："这就是证据，我们现在发掘的那个墓里有五节，朱矛应该说过了。这是第六节，要不是为了这个我也发现不了那个地方。"

齐鹏接了那节玉璜递进屏风，里面一阵窸窸窣窣的轻响，应该是五爷在检视那节玉璜。

关跃垂着眼，透过屏风下沿的缝隙看到五爷的半只左手：皮肤皱起，看着干瘦又苍老，无名指少了一截，是断指。

这次他们似乎商议了很久，齐鹏又走出屏风："看着的确像是少见的东西，不过那个地方，甚至'钥匙'都没人见过，你能保证那真的就是一座宝库？"

"那里面我已经下去过了，地方很大，甚至还有地下河。这'钥匙'是商周时代的东西，用不着我多说，五爷肯定懂的比我多，到底是不是，心里也一定有数。"

齐鹏朝屏风里看了一眼，转头说："要真是这样，你这次就立功了，今天的事就不追究了。"

关跃站起来："谢了齐哥。"

齐鹏转眼就变了脸："那你为什么不把六节'钥匙'全带来？"

关跃盯着屏风："今天是第一次见面，不能保证见到的是五爷本人，万一出了错我担待不起。"

齐鹏脸一沉："你这是不信我？"

"我要是不信齐哥，这一节我都不会带，更不会站在门口挨你三刀。这事太大，被朱矛用刀抵着脖子我都没说，齐哥这么说反而是不信我了。"

齐鹏似乎没话说了，板着脸看着他："这就先不提了，地方既然找到了，肯定是要收下的，你来这里也应该想好怎么'取货'了吧？"

关跃说："都准备好了，只要五爷想要那里面的东西，定个时间，亲自去取，我带路，除了五爷本人，那地方我就烂在肚子里了。"

"你什么意思？你自己面上就是做考古的，还要五爷亲自出面陪你挖？"

"我也不想这样，但五爷手底下的人并不服我，这么大的地方，又是五爷志在必得的货，如果五爷不亲自出面，恐怕镇不住。"关跃说着朝屏风点了个头，"五爷，您自己考虑，您不出面，那地方我就当没发现，也当我今天没来过，反正出了这道门我就什么都忘了。"

齐鹏脸上阴沉沉的，眼看着他就要出门，开口说："等等。"

关跃站住。

隔了一会儿他才说："你先回队里去，回头等五爷的消息。"

关跃点头："劳烦齐哥。"

等他出了门，脚步声彻底没了，齐鹏才又转头朝向屏风："没想到用他用对了，还真给咱们找到这么个宝库了。"

西北天黑得晚，晚上七点钟的时候太阳才刚落山。言萧坐在旅馆的窗台前，眼睛望着外面的街道，看什么却没在意。很长的时间里，她就这么一直坐着。外面传来一阵脚步声，紧接着门被敲了两下，关跃推门进来了。

她转过头，一下全部心思都转了过去："见到五爷了？"

关跃合上门，只站在门口："算是见到了。"

言萧皱眉："什么叫算是见到了？"

"五爷很谨慎，隔着屏风，没看见他的脸，也没听到他的声音。"

"那你凭什么认定他就是五爷本人？"

关跃沉声说："有关五爷的消息非常少，我只知道他左手的无名指是断指，今天见到的那个就是，如果真要作假，他也没必要隔着屏风见我。"

"然后呢？"

"等他消息，我用那个地下城做了诱饵，他肯定会现身。"关跃说完就开门走了。

言萧大概明白他的计划了，难怪他急着让她研究那些玉璜，原来都是为了引出五爷这条大鱼。但这必须每一步都不出错才行，他像是对五爷的想法早就了如指掌，早就一点点地在计划了。想到这里，她掏出手机，拨了裴明生的号码。

几声忙音之后，响起裴明生的声音："师妹？怎么样，你现在是冷静了还是气炸了，这通电话开始前能不能先给我个心理准备？"

言萧靠在窗台前，开门见山："没空跟你废话，我问你，你跟关跃是不是约定了什么？如果知道了五爷是谁，打算怎么办？"

裴明生大概是在什么公共场合，声音一下压得很低："本来怕你硌硬，没敢告诉你，既然你知道了我就说实话吧。关跃有个幕后老板，他要为那位老板扳倒五爷，我知道这很冒险，但只要揪出五爷就能让华岩摆脱控制，所以我还是决定资助他。我资助关跃五爷其实知道，他只当我们华岩是在逢迎他，不会在意。杭州这边我也一直帮忙盯着五爷的动静，最近他应该是去西北了。你不用防着关跃，不管他是为谁办事，至少在对付五爷这点上我们是一路的，这就够了。"

言萧把这消息消化进肚子里，一时间语气也淡了："嗯，这就够了。"他是谁、要干什么，都不重要，要对付的目标是一致的就行了。至少在现在走的这条路上，他们俩是要携手的同路人。

裴明生可能说了实话心里轻松了，在电话里笑了笑："亲爱的师妹，忍耐点，只要事情成了，你就可以风风光光地回杭州了，所有奚落过你的人都会后悔，想想是不是很爽？"

言萧很理智："我看还是等先办成了再说吧。"

裴明生："……"

电话挂了。言萧的眼睛瞄到门口，地上铺着白色的地砖，上面有几点殷红。她把手机塞回口袋，走过去，蹲下看了看，又伸出手指抹了一下，搓了搓，发现是血迹，还是新鲜的，不禁朝门口看了一眼。难怪他刚才走得那么快。

斜对面的房间里，关跃坐在床上，赤裸着上身，拆下被血浸透的纱布，刚准备上药，门就被一把推开了。言萧倚着门，盯着他的左臂："受伤了？"

关跃看了她一眼，往伤口上倒药粉："嗯。"

"看来五爷的面不是那么好见的。"言萧走过来，自然而然地拿了纱布往他胳膊上缠。

被药粉覆盖的伤口看起来并不可怖，只是肿得很高，血止住了，胳膊上还留着干涸的血渍。她看着却不太舒服，一只手托着他的胳膊，将纱布一道道缠上，打结的时候低头咬住一头，另一只手配合着一拉，扯紧系上。

伤口处微微发热，是她的呼吸。关跃看到她的睫毛，很长，低垂时眼神也被遮掩住，脸上是难得的温和。仿佛有所感应，言萧忽然抬眼，两双眼睛撞在一起，她发现了他好像一直在看她，忍不住笑了："偷看我？"

关跃看了一眼被她包扎的伤口："看你扎得对不对。"

"那我扎得对吗？"

"马马虎虎。"

言萧知道他就是嘴欠，故意把收口扯紧了一些，看到他皱了下眉才放手："你这也太能忍了。"

有几个人能被划这么多刀还一声不吭的？她要不来，他还就什么都不说了。言萧忽然发现他在对付五爷这事上比她想的还要执着，不禁又瞄了他一眼。

关跃坐在床头，拿着块毛巾擦胳膊上的血迹。他这个人一旦遇到不想开口的话题就干脆用沉默应对，言萧也习惯了。

"以后再遇到这种事麻烦你开个口。"她站起来走到门口，又回头，眼神在他光着的上身转了一圈，移开眼说："万一你要是说没就没了，那该多可惜啊。"

关跃听到这话抬起头，她人已经走了，眼里只留下她关门时一闪而过的身影，像定格了一样。

第十六章

突 吻

大概是受了伤的缘故，关跃这一晚睡得特别沉。旅馆里的住客少，更安静。他后来是被外面一阵一阵的诵经声吵醒的，起床推开窗，这小城是多民族聚居的地方，街上有群转山的藏人当街经过，看日头这都快到下午了。

天气干燥，温度也比前两天高。他熟练地换完了药，出去吃饭。门一拉开看见只袋子，他拿起来，里面是几件衣服，夹着张字条：干脆多买了几件，有种你再多挨几刀试试。

一看就是言萧的手笔。关跃莫名地就有了种被训话的感觉，他摸了一下鼻子，嘴扯开个弧度，才发现自己在笑，又收敛了，退回房里换衣服。

没几分钟再下楼，他拐过楼梯看到一间公用厨房，门敞着。关跃低头进去时一眼就看到背对着他的言萧，她身上穿了条长裙，上身服帖，裹着纤细的腰肢，裙摆却大，绣满色彩艳丽的格桑花，整个人也是艳丽的。他稍低头，视线移开："你在找什么？"

言萧回头看他，问："失血的人吃什么好？"

关跃看过去："问这个干什么，要做给我吃？"

言萧拍拍手站直："是啊，看你一觉睡到现在，别五爷还没倒你先倒了，那我当时不是白救你了，亏大了。"

关跃好笑道："不至于，死不了。"

"嗬。"言萧心说：男人的自负！

灶台上有现成的面食，饺子、面条、馍，都是半成品，弄熟就能吃。关跃扫了一眼："你吃饭了没有？"

言萧摇头。

"为什么不吃？"

"不会做。"

"那你还要做给我吃？"

"我问了这里的老板娘，她会做，给钱让她做呗。"

关跃真是一点也不意外，顿了一下，又问："想吃什么？"

"随便。"

"没有随便给你吃。"他选了一个简单的，"煮面吧？"

灶膛里生起火，水烧沸，放入面。关跃的刀口被刚敷的药物刺激得发疼，他掏出根烟叼在嘴里，抽了根木柴出来点火。刚点燃，一抬头就看到言萧近在咫尺的脸。她蹲在他旁边，四目相对，木柴棍竖在中间，烧得火红，映得彼此的瞳孔也发红——隐隐的危险，也许是火，也许是人。

"听说你有个幕后老板……"话说到这里，言萧停住了，稍稍歪头，本来想问是谁，又笑着摇了摇头，"算了。"

"怎么不接着说了？"关跃盯着她。

"你的秘密你未必肯说，我也不想多问，知道得越多牵扯得就越深。"

言外之意是她并不想跟他有多深的牵扯。当初紧缠，现在疏远。关跃下颌绷紧，忽然想冷笑，手一送，木柴棍扔进灶膛，激起一阵飞扬的火星："真有你的。"

言萧闻声不禁看了他一眼。面煮好了，屋里弥漫着白汽。他站起来盛了碗面，出去了。

窗外阳光淡下去了，言萧蹲在光线暗沉的灶膛边，皱着眉，把他的话又回味了一遍。真有你的？她有点回味过来了，真是奇了怪了，这人什么时候开始学会跟她耍脾气了？

一碗面吃完，天没来由地阴了。关跃站在旅馆门口看了看这天气就放弃了马上回队的计划。刚准备回头，斜对面的巷子里拐出个人来，打老远眼睛就盯着他这里，那人走路的时候缩着身子沉着脸，不是吴三才是谁？

"小十哥，你这回可真是坑惨我了啊。"他人刚到跟前就开始数落，看样子这话憋了不是一时半会儿了。

关跃从裤兜里掏出烟，抽了一根出来递给他："不至于，齐哥不会对你怎么样。"

吴三才上下看他好几眼才接过去，在指甲盖上弹了弹，脸上挤出个笑来："趁着眼下没外人，我做兄弟的跟你说两句老实话。这回你见着上面了，把我也扯进去了，要是拿不出什么真家伙来，不只你落不得好，我也要受连累。"

"我既然敢冒这个险，当然就不是虚的。"

"那你也给兄弟交个底，那真家伙在哪儿，到底什么来源？"

关跃手搭在他肩上一带，顺势就把人带出了门，抵着墙根站着："怎么，你来找我就为了问这个？"

吴三才被他勾着肩瞧着亲昵，其实是被制住了，他瞅了瞅关跃那只铁钳般的手，笑了一声："小十哥别见外，你想想，家伙就算是真的，也不能只凭嘴皮子说说啊，不然齐哥凭什么要给你面子？他不给面子，我们还是过不去这关，你说是不是？"

"你放心，我跟齐哥打过包票了，这事跟你没关系，别的你就别问了。"

吴三才似乎没话说了。

关跃拍拍他肩："回去吧。"

"成吧，我当然是相信小十哥的办事能力的。"吴三才讪笑两声，叼着烟，扭头走了。

他这趟来得突然，说的话倒像是早就琢磨好的。关跃心里有数得很，一定是齐鹏交代他来的。再走进旅馆时，他低头翻了翻手机。并没有齐鹏的消息，看来齐鹏还是不够信他。下一秒，手机忽然响了，他接了放到耳边。

"关队，你们离队好久了，是出什么事了吗？"是蒲佳容。

关跃边走边说："没有，有点事情耽搁了而已。"

"那要我……我们去帮忙吗？"

电话那头小声小气，这是个怯懦的姑娘，尤其是在他面前。关跃心想：跟言萧真是截然不同。但随即又觉得无聊，干什么拿她跟言萧比。"不用，我们明天就回去了，你别担心。"说话间他走到了楼梯那儿，一道身影挡住了他的去路，言萧就站在楼梯上，比他高了几个台阶。关跃挂了电话。

"你心情好了？"她扫了眼他收进口袋的手机，居高临下地看着他。

他抬了下头："我很好。"

"是吗，那你之前给我脸色看？"

"没有的事。"关跃闭上嘴，越过她上楼。他开门进了房，转头要关门，发现言萧已经跟到了门口。

"刚才你跟谁打电话呢？"她问。

关跃说："小蒲。"

言萧笑一声："我说怎么是那种安慰人的语气呢，还以为是五爷来消息了。"

关跃盯着她，一只手扶着门："怎么，你在吃醋？"

以往都是她拿蒲佳容刺激他，今天却被他反将了一军。言萧故意摆出张笑脸："我吃什么醋？我又不图你一句安慰。"

"那你图什么？"她这么一副无所谓的模样，关跃觉得自己倒成上赶着的那个了，不知怎么，他心里不大痛快，"你图什么，就图自己爽快，才一直招我惹我？"

言萧的笑没了，语气也淡了下去："嗯，我是招你惹你了，你还挺得意的啊？"她垂下手，嘴角浮出嘲讽："说什么'真有你的'，这句话我原封不动地还给你。"亏她还想着来过问一句他的心情，真是自作多情。

房里突然陷入死寂。言萧刚转过身，脚还没跨出去，突然胳膊一紧，一只手把她拽了回来，她转头，身体落入了一个坚实的胸膛。"你是来跟我吵架的？"关跃的声音沉了。

言萧冷脸看着他："不是你先挑的头？我之前是招你了，现在不招了行不行？你我现在不就是合作关系吗？等明天回了队里，你又可以继续做你的好领队去了，我也没法招你了，合了你的意了，难怪你就这么得意了！"

关跃猛地抱住她往门上一撞，门砰的一声合上了。

言萧的后背猛地一下撞上门板，这一下不轻，但其实她背后压着的是他的胳膊。她的背磕在他胳膊上，皱了皱眉，眼见他铁青的脸，又装作若无其事："怎么着，你想把我怎么……"

话音戛然而止，因为关跃忽然低头堵住了她的唇。以他的唇。

言萧有一瞬间的诧异。这不是吻，关跃只是重重地压着她的唇，眼紧盯着她，离得近能看清他眼珠那两点漆黑的暗沉，仿佛要把她吸进去。

身后是坚硬的门板，身前是男人的身躯，她一动不动，牙关紧闭，唯一的感觉是，原来他的唇这么烫。脑海里划过"吻"这个字眼时，她的心里骤然一缩，这是一种很陌生的感觉。

直到双唇被压得发麻，她的心脏复苏了，手臂一撑推开他："你干什么？"

关跃的身体压回去，紧紧抵住她，眼睛也死死地看着她，一个字也不说。

言萧的身体被他压得发烫，脸上反而更冷。"我这个人你应该清楚，古董，真的就是真的；对你，说不招惹就不招惹。那你呢，你现在又算什么？"她挣扎一下，"松开！"

关跃忽然用身体撞了她一下，言萧闷哼一声，这次背直接磕在了门上，有点疼。"言萧，我们俩到底谁更得意？"话没说完，他的唇又压了上来。

言萧转了一下头，他压得更紧，一只手捏着她的两颊，迫使她张开了口。言萧发现这点的时候已经晚了，他严严实实地吻住了她。这次是实打实的吻。

言萧的呼吸顿时急促起来，男人的力气不是她能比的，他含着她的唇、夺着她的气，唇滚热，呼吸更热，短短几秒，她从脸颊到脖子都不能控制地红了起来。

呼吸一声比一声重，这男人平时有多沉静，此刻就有多强势。她简直措手不及，想退也退不了。一个吻而已，居然让她心生畏惧了。但好在，在她就快要喘不过气的刹那，他终于放过了她。

不知道过了多久，房里的光暗了许多，屋门后的这一小片天地似乎连气温都升高了，他们相对着喘息。关跃的一只手还扶在她的腰上，手掌一搓，薄薄的衣料根本阻挡不了什么，言萧感觉那只手就搓在她的皮肤上。

她轻轻地喘了口气："满意了吗，小十哥？"贴在她背后的那只手不自觉地用了点力，她拿眼斜睨着他："还想再来一次？"

关跃在她面前的身体绷得紧紧的，嘴张了一下，最后只是扯了一下嘴角。"小十哥"这个称呼把他的话全都堵回去了。他差点忘了，他是小十哥，她不想跟他牵扯得太深本也无可厚非。所以她现在不想招他了，更是应该的。

从外面的走廊上传来一阵脚步声，对面的房门被敲得"咚咚"响。言萧感觉他的手松开了，故意勾着唇角笑了："怎么样？吻得还满意吗？"

关跃深深地看了她一眼，喉结动了动，抬了手，手指在嘴唇上擦了一下："说实话，还不错。"

眼神、手指，只要男人愿意，浑身都是勾人的利器。言萧忍不住搓了一下手指，甚至觉得呼吸又要急促起来。终于想起去握门把，她转过身，轻轻一转，开门出去。

旅馆的老板娘正在敲她的房门，转头看到她过来，马上问："正找你呢，你不是说要我帮忙做补血的东西，还做不做了啊？"

"不用做了。"言萧回头看了一眼虚掩的房门。人家精力好着呢，根本用不着。

一觉睡到了天亮。第二天言萧睁开眼，一时恍惚，停顿几秒才想起昨晚的事。她懒洋洋地坐起来，想起昨夜，自己根本记不清是什么时候睡着的，她也不是懵懂的小姑娘了，被男人吻一下居然也能有这样的效果。这着实有点让她没想到。

背后和腰上都还有点疼，要么是在门板上压的，要么是被男人的大手握的，这男人平时看着挺高冷的，没想到在这种事情上居然这么狠。这还只是个吻，要是真刀真枪上阵，指不定什么样呢。言萧一边赤脚下床穿衣，一边在心里吐槽。

开门出去，走廊上没人。言萧朝斜对面的房间看了一眼，门紧紧地关着，她径自下了楼。刚走到厨房门口，就看到关跃半倚着灶台站着。她一进去，他的眼睛就看了过来，沉静地落在她身上。昨晚他吻她时好像也是这么看着她的，眼底黑亮，瞳孔里似有微光。言萧迎着他的视线笑了一下，好像把昨晚的事就这么轻描淡写地揭过去了。

刚要开口，一个女住客走了进来，进门就盯着关跃："帅哥，帮忙看一下饭好了没？"

关跃低头揭开蒸笼，白雾升腾上来，把他的眉目遮得朦朦胧胧，他的声音从雾气里传出来，越发低沉："好了。"他先拿出一个白馍，递给言萧。

言萧接了，入手就烫得要命，差点扔了。关跃及时接住，伸手把那馍从中间撕开，搁在灶台上说："凉一下，等会儿再吃。"

"嗯。"言萧站在他身后，一本正经地等着。看到那个女住客还在看着他，她的眼便追到关跃身上。他穿着她买的衬衣，藏蓝色，很合身，纽扣扣得严实，从领口到袖口一颗不落。深色调把他微微古铜色的皮肤衬黑不少，眉目却更深，从随便一个角度看过去，那张脸都是英俊的。

他这个人乍一眼只会让人注意到脸，等看多了就会发现他的身体更有料，腰线显露、身挺背直，一双腿结实修长。言萧在心里琢磨，假如不是看起来不好亲近，他应该是个女人缘很好的男人。他的确也有吸引人的资本。

大概是关跃一直不搭理人，也可能是看出了他跟言萧是一起的，那个女住客拿了吃的就离开了。

馍凉了点，言萧捏在手里一点一点撕着吃。关跃放了杯水在她面前，搁了一只碗，又往里面放两个馍，推给她。言萧说："我够了。"

关跃说："你昨晚没吃。"

言萧咽下一口，干燥的面食进了喉咙有点难受，她清清嗓子，眼钩着他："记得这么清楚？我为什么没吃，还不是你的原因？"语气低低的，带点喑哑，无端引人遐想。

关跃头垂低，看着她的双眼，一言不发。言萧发现他好像没睡好，眼里带着点疲态。她喝了口水，回问："你呢，已经吃饱了？"

"没有。"关跃回一句，拿了只馍转过了头，忽然听到一声轻轻的笑。

言萧的手指摩挲着杯子，笑得意味深长："你知道我是在问吃饭？也许是问别的呢，居然还没饱，真不知足。"说话时，她的手指有意无意地摸了一下唇。

关跃没法反驳，反驳也没用，她存了心的，谁挡得住？他往边上站了站，咬了口馍，却没尝出什么味。"言萧。"他忽然开口。

言萧不禁看向他。

"昨晚的事，"他顿了一秒，没抬眼看她，"就当没发生过。"

言萧握着杯子，眼珠凝结了一瞬，看着他抓着白馍的手指屈着，分外用力的模样，忽又笑了："当然，你跟我不就是合作关系吗？"说完转过头去，又喝了口水，面无表情。

关跃一动不动地站着，刚才那句话分明是很轻松的语气，可是他的脸却是绷着的，眼下青灰、眼底阴沉。他昨晚几乎一夜没睡，今天再见，跟她说的就是这个。

几声脚步响，有人进门来，打破了这里沉闷的气氛。老板娘从外面走进来，一看到他们就操着一口夹着方言的普通话说："我记得昨天你们好像都没下来吃晚饭吧，今天可算知道来吃早饭了。"

　　言萧没作声，关跃也没接话。他三两口吃完了手里的馍，站直说："我们马上准备退房走了。"话题就自然而然地岔开了。

　　"哦。"老板娘点点头，"那你们走得还挺巧的，外面马上就要有警察来查房了呢。"

　　言萧这才扭头去看关跃。他的脸色已经有点严肃了："怎么忽然会有警察过来？"

　　老板娘摇摇头："那就不知道了，突然来了两个警察，看着好像是在找什么人吧？刚才我看到他们在街头的那家客栈，挨家查，看样子就快查到这里了。"

　　关跃点头，看一眼言萧："我去准备一下，马上就走。"话没说完他就走出了厨房，脚步很急。

　　手上的馍还剩了点，言萧也不吃了，跟老板娘点了个头，上楼去收拾行李。

　　两人动作很快，言萧出门的时候太阳也不过才刚露头，越野车停在门口，车窗紧闭，看不见关跃的脸。她开门坐进去，看到他的一瞬间不太想说话，没来由地堵着口气，但随即想起了两人的合作关系，像是提醒了自己没这必要，于是压着声音说："你急什么，你带出那节东西的事我又没说出去，总不可能是来抓你的。"

　　关跃把车开上道，一边说："小心点好，能避就避，五爷的事最重要，在这个节骨眼上惹上条子不是什么好事，你也知道我们考古队并不正规。"

　　言萧觉得也有道理，降下车窗往外看，一路过去街道很安静，行人很少。

　　转了个弯到了镇子口，远处有山，一片灰暗的背景里冒出了红蓝的醒目色调，果然有辆警车。出口就这一条道，警车就堵在道上。关跃的手指在方向盘上点了点，转了个向："先停一下，等他们的车开走了再走。"

　　车拐到一条岔道上停了，两个人从车里下来，走进街边一家卖民族首饰的小店。只有一个回族小姑娘在看店，看到他们进来，她睁大眼睛看了看，又低下头随他们去。

　　店里没有其他人，门是玻璃的，在这儿正好可以看到外面的情形。言萧随便扫了一眼墙上琳琅满目的首饰，回头时发现关跃正在看她。他两手收在长裤口袋里，站在她身后，高大的身躯在这小店里比什么都夺目，看到她回看过来，他的眼就移到了那些首饰上。

言萧侧了侧身，挡着背后的小姑娘，伸出根手指戳了一下他的胸口，顺利把他的视线拽了回来。她低低地说："这么紧张干什么，你要是怕我被你碰一下就缠着你不放，那现在就走啊。"

关跃不语，那根葱白般的手指，隔着层布料点在他胸口，他忽然伸手抓住。言萧心里不爽，马上抽走了。

掌心里留下一阵余温，关跃握一下手掌，昨晚的画面浮现出来，她的气息就在跟前，散不出去，甚至还一点一点地往他身上深入。他那只手收进长裤口袋里，心想这不是挺好的，她现在只当他是合作伙伴，分割得清清楚楚。

"哎。"言萧忽然用胳膊肘捣了他一下，示意他朝门外看。

关跃转头看出去，街上有个姑娘正在往这儿走，她穿着皮鞋，踩在路上噔噔作响，一路走一路看。他一下站得笔直，那个姑娘穿着一身警服。

言萧说："看样子是要过来了。"

关跃脚下动了一步，低声说："我出去一下。"

言萧还没来得及说话，他推开玻璃门就走了，往左一拐，人就消失不见了。

那姑娘过街的时候左顾右盼，大概是注意到有人出门，目光在关跃离开的方向停留了一瞬，然后收回来往店里看，接着脚步加快了一点。言萧感觉她似乎在盯着自己，推开门就要走。

那姑娘小跑几步，赶到了她跟前："啊，果然是你啊。"

言萧停住看她，姑娘扎着马尾，一笑露出两颗小虎牙，看起来有点眼熟。"你认识我？"

"你不记得我了？"姑娘指指自己的鼻子，"我们见过的，你是阿古达木的那个汉族姐姐啊。"

言萧想了起来："哦，你是去阿古家的那位女警察。"

"对对，是我。"女警伸出手，"还没自我介绍，我叫刘爽。请问你怎么称呼？"

言萧伸手握了一下："言萧。"

刘爽一愣："你就是言萧？杭州的那个鉴宝专家言萧？"

"你知道我？"言萧脸上没多大反应，毕竟在杭州的时候她也有过被人认出来的经历。

"知道啊，你的事都上新闻了，关注文物这行的都知道，我能不知道吗？"

言萧不咸不淡地笑了一下。

刘爽没注意到，脸上还是笑呵呵的："言小姐怎么会在这儿出现啊？"

"随便走走。你呢，来这儿办案？"

"是啊，在抓一个盗墓贼，还是你那个阿古弟弟报的案呢。"

"哦。"言萧心说难怪说是在找人，原来要找的是朱矛。

"对了，"刘爽像是忽然想起了什么，"我有件事情能不能问你一下？"

言萧点头："可以，你问。"

"你跟阿古达木熟，知道他在一个文保组织里待过吧？"

"知道。"

"你对那个文保组织了解吗？"

"听说过一点。"

刘爽马上问："那你有没有听说过一个叫小十哥的人？"

言萧眼神一动："这个人怎么了？"

刘爽笑笑："没什么。我在找他，如果你知道就告诉我。"

言萧在心里斟酌了一下，云淡风轻地回了一句："没听说过。"如果她知道自己要找的人就是刚从她眼皮底下走的那个，不知道会怎么想。刚想到这儿，手机响了一声。言萧掏出来，点开，屏幕上就一句话："我先走，镇外会合。"关跃发来的。她眉一皱，这什么意思，他居然把她丢这儿自己跑了？

太阳升高，有点晒。刘爽抬手遮了一下，看到言萧还低头盯着手机，好奇地问："怎么了，言小姐？"

言萧眯了一下眼："没事。"说没事是假的，不是第一次了，这男人又我行我素，连句交代都没有。不过她注意到岔道上停着的越野车还在，说明他把车留给她了，迟早会来找她。

言萧收起手机，看看刘爽："问题问完了吧？我还有事，得先走了。"

"问完了，感谢配合。"刘爽跟她挥了一下手，"再见啊。"

"嗯，再见。"

言萧转头，迎面走过来一个人，是个穿着警服的男人，人高马大，理着个平头，隔着好几米远就叫刘爽："小刘，这条街查过没？查完走了。"

刘爽说："没什么好查的，就等你了，李队。"

言萧跟那男警察擦肩而过，已经走远了，忽然听到他喊了一声："言萧？"她回头，男警察看着她，眼神定定的，好像在辨认。

没几秒，他点了点头："还真是你，我没认错。"

言萧仔细看了看他的脸，男人看起来三十六七的样子，有着很刚正的眉眼。

"你是……"一个名字已经在喉咙里，她却一时没想起来。

对方笑了，提醒她："李正海。"

"啊，对！是你，李队长。"言萧记起来了。

"是我。"

"你从杭州调来这里了？"

"是啊，调过来好几年了，我自己申请过来的，这儿的文物走私太猖獗了，我现在就负责查这个。"

"哦。"那刘爽会叫他队长就不奇怪了，看来他们都是管这个的。言萧想起之前抓朱矛那次在防护林外面看到了一男一女两个警察，当时离得远也没注意，现在回想，其中那个男警察应该就是他。

作为熟人，她的反应其实有点冷淡，李正海好像也不意外，笑了笑说："我听说了你的事，你现在还好吧？"

"挺好的，一时挫折，没什么过不去的。"言萧说这话时像在说别人的事似的。

李正海左右看了一眼，声音低了点："其实你这事我心里有数，是跟那个'国宝帮'的五爷有关吧？"

言萧顿时看向他："你知道他？"

"知道，怎么会不知道？西北这一带走私势力庞杂，明的暗的都不在少数，五爷就是其中的大头，就是至今不知道他是谁，不然已经下手逮捕了，哪能让他逍遥这么多年。"

他神情挺认真的，不像是出于安慰她才这么说。言萧想了想，把手机通讯录翻出来："既然遇到了，留个号码吧。"

"好啊，"李正海掏出手机，"西北这边不比江南，比较偏，什么人都有，你得注意安全，有什么事就找我。"

言萧跟他交换好了号码，点一下头："那就这样吧，我先走了，再见。"

李正海回了句"再见"，看着她走远。

刘爽围观到现在，终于有机会过来问："李队，原来你跟她认识啊？"

李正海点头："认识，以前我刚出来工作的时候被分在杭州，处理过有关她的一桩案子。"

"她有案子？"

"她没案子，是她的养父母去世前把给她的财产交给了一个亲戚替她打理，那亲戚把她的钱全吞了，还把她赶出了家门。中间出了不少事情，她的名声也被弄得很不好，闹得挺大的，后来她还把那亲戚给告了。"

刘爽咋舌："那她也算挺有气魄的啊。"

"她可不止有气魄，那时候她才十六七岁吧，看着就是个乖巧的学生，但脾气比谁都厉害。像她这种人是吃不了亏的，谁欺她半分，她能连本带利地讨回来。"毕竟是陈年往事了，涉及人家的隐私，李正海并没有细说。乍一遇到言萧，他心里也有点感慨，这么多年过去，言萧相貌的变化还是挺大的，但他还是能一眼认出来，实在是她身上那股劲头半点没变的缘故。

刘爽追问："那结果呢？"

"结果？"李正海被她问得回了神，回忆一下说，"我记得当时她身边有个男人，挺厉害的，帮她出面解决了很多事情，那亲戚还真进大牢蹲了几年。"

"什么男人啊？"

李正海摇一下头："那还真没多大印象了，就记得挺有来头的。"话说到这儿，他想了想言萧刚才的模样：孤身一人，那个男人应该不在她身边了吧……

一条公路横在群山下面，往前看不到头，路上没有车，也没有人。言萧坐在车里，手指按着电台，调了好几个频道，全是"吱吱"的噪声，最后干脆关了。

半个小时前见到李正海，到现在她还觉得有点不可思议，自己居然还记得他，毕竟多年前的事情她都不怎么放在心上了。她并不是个爱回忆过去的人，回忆好比是水，时间是配料，有的人经过漫长的沉淀后得到的是一杯甜酒，有的人得到的是一杯苦茶。她不同，水还是水，过多久都是水，唯一的区别是当时是热的，现在已经凉了。又或者是风，吹过去也没什么痕迹。

很应景地，一阵风吹了过来，从两边大开的窗户里横穿而过，吹乱了她的头发，叫她不自觉地眯起眼。等那阵风过去，她才注意到后视镜里有人在往这里走。言萧胳膊一搭，趴在车窗上往后望："哟，小十哥，知道回来了？"

关跃沿着公路走过来，不紧不慢。

言萧耐心地等，等他就快到跟前时，身体坐正，一手拧下车钥匙。关跃刚到跟前，车就开了出去，把他甩下一大截。他的目光追着车出去，车在十米开外停了，言萧探出头来看着他，挥一下手："想上车吗？"

关跃大步走过去："你说呢？"

手刚要碰到车门把，言萧又把车开出去一段，就擦着他的手指冲出去的。关跃再追上来，站在车外面看着她："让我上车。"

"你不是跑了吗？"

"我只是不想碰到警察。"

言萧靠在窗口，拿眼瞄他："所以你就丢下我替你挡警察是吧？"

关跃刚要开口，她伸出根手指在窗框上点了点："我可没冤枉你，那个女警叫刘爽，一见我就问起你了，她在找你。你一定是知道她的目的才会跑，我正好可以帮你遮掩视线，没说错吧？"

关跃侧过头，没说话。言萧看着他的侧脸，他的鼻梁又高又挺，眉骨下一双深邃的眼，还有紧闭的薄唇。恍惚间，她觉得那双唇就要启开说些什么，但只是动了一下就又闭上了。

闭上的时候，又让她想起了他吻上她的样子。言萧反而更不爽了，冷哼一声："你这个人，总能让我生气。"

关跃转过头，又是平时冷硬的模样了："这不值得你生气。"

"怎么不值得我生气？"言萧挑起眉毛，"我跟你现在可是在互相合作，你这种行为叫作出卖队友知道吗？万一我过去干过什么坏事，这次可能就被逮住了，你负责吗？"

关跃声音很沉："你能干过什么坏事？"

"你又知道了，你对我很了解吗？"停顿了两秒，言萧轻轻笑了，"我们俩也就是合作关系而已，你当你是谁，就能知道我的过去了？"

关跃眼神一暗，瞬间盯牢她。

言萧朝他挥了两下手："算了，你喜欢跑就跑吧，回见。"

车还没动，一只大手扒住了车窗，关跃迅速伸手进来开了车门，几秒的工夫就坐在了她旁边。言萧一动，被他抓住手腕。

他抓得很紧，像用了全身的力气。一个能在鉴宝会上公然对五爷的势力视而不见的女人，怎么可能干坏事？她是怎么想的，难道他连这点判断力都没有？

言萧很快就承受不住他的力气了，挣了挣手腕："放开，疼。"

关跃没松："你过来，让我开。"

"我怎么过去？你坐在那儿呢。"她放缓口气，"下车，我们换位置。"

"下车你跑了怎么办？就这么过来。"

言萧听他的语气就知道他发号施令的架势又出来了，只能任由他拽着自己往他那里挪。从狭窄的空间里越过中间的隔挡后，实在太挤，她一个不慎就跌坐在了他身上。彼此身体紧贴，男人有力的手扶着女人纤软的腰。有一瞬，两个人谁都没动。

这样暧昧的姿势，很难不让人想歪，身体像是带着记忆，昨晚被他吻住时也是离得这么近，甚至现在还要更亲密一些。关跃现在也意识到刚刚的提议有点太过孩子气了，就因为言萧有心刺激，他居然当了真，真的怕她会就这么跑了。

他压着股无名火，双手抱着她的腰用力往上一托，一条腿先跨过去，终于坐到了驾驶座上。言萧的腿还纠缠了一下，搭在他的腿上，被他的手握着脚踝放好。

她调整了一下坐姿，看关跃握住方向盘时侧脸神情不善，心里更不痛快了。刚才是谁急着跟她撇清关系的，现在又老大不高兴的给谁看！

卷三

西北 *VS* 江南

陷　　地　　之　　城

第十七章
发 生

回程的路关跃开得特别快，大概也是为了躲避警察。路线跟他们之前走过的不一样，一路荒凉，什么都没有，言萧猜他大概又是在抄近路。好不容易看到一个小镇，她敲敲车窗说："停下。"

关跃停了车，看她要推门下去，伸手抓住她胳膊："去哪儿？"

言萧看一眼他的手："干什么，你还防起我来了？"

关跃抿着嘴不说话。

言萧轻轻"嗤"了一声："车都在你手上了，还怕我跑？连这点信任都没了还合作什么？那我们干脆掰了算了。"

关跃的手不禁抓紧了点："我没说要跟你掰。"

"那你放手啊，不就在路上整了你一下，至于这样吗？你就这么记仇？"

"你还没说你到底要去哪儿？"

"上厕所，要一起吗？"

关跃松了手。

言萧又好气又好笑，下去甩上车门，又刮了他一眼才往公厕走。

关跃看着她一路走远，直到背影不见了才抹了一下脸。刚才抓她那一下完全是下意识的举动，自己也挺意外的。他这是在干什么，还真怕她跑了不成？看样子要等一会儿，他干脆下了车。

言萧从公厕里出来，隔得老远没看到关跃，头转了转，发现他在路边的小摊上买吃的。饭点已经过了，他在买烤红薯。在他前面几步远就是一家药店，言萧想起了什么，脚一转，朝那里走去。

关跃买好两只烤红薯，正好见她从药店出来，看一眼她手里提着的黑色塑料袋："买什么了？"

言萧说："日用品，连这你要也问？"

他嘴一闭，不再多话，递了只红薯给她，转头上车。言萧跟上来，把手里的袋子随手往旁边一放，慢慢剥手里的红薯，车里顿时香气扑鼻。

关跃把车开出去的时候无意中瞄了那袋子一眼，袋口松了，里面的东西露出来，他的眼神微微一动，看向言萧。她的手指托着红薯，却没往嘴里送，眼盯着他，嘴角带着一丝玩味的笑："你那是什么眼神？"

"没什么。"关跃的视线转向车外，手转着方向盘，侧脸沉静，但从言萧的角度，看到他的喉结很轻地滚动了一下。袋子里有药膏、绷带什么的，其实全是给他用的东西。

言萧本来就是好心进去给他买药的，但她偏偏不直说："毕竟是战友，我还不希望你现在就倒下。"提前把话说清楚，省得他又费心跟她拉开距离，难道她还上赶着倒贴？

关跃"嗯"了一声，不轻不重的。

言萧瞄了他一眼，看不出他脸上的表情是什么意思。她忽然发现自己很喜欢看他这种无话可说的表情，如果在以前，甚至还有可能会故意问他是不是感动到了。但是他这么个高傲的人，当然是不会了。

车开进戈壁时天已将晚，夕阳照下来的水红色的光，在四处的沟壑沙丘里都拖出了影子。越野车急速行驶，突然像是碾在了什么东西上面，一下变得迟缓，车身重重一颠，发出一阵跑气的声响，车猛地往一边歪。

关跃迅速稳住方向盘，把车停下来，探出头去一看，前轮已经没气，整个车胎都瘪了。他推开车门下去，蹲在那里看了看，从车轮底下夹出了什么来。

言萧跟下来看了一眼，他手里拿的是根钢针，地上还有一些，这些玩意在车轮上密密麻麻扎了有半圈，有几根甚至随着轮胎的转动拉扯出了几道口子，难怪整个轮胎都没气了。她立即反应过来："人为的？"

"应该是。"关跃迅速起身，挡在她身前，一直挡着她退回到车门边，手一伸，从车座底下摸出什么别在腰后，眼睛往两边看。

五六米开外的土丘后面，一个黑乎乎的脑袋露出来，接着是人的身体，四个男人接连从两边的土丘后面出来，往他们面前合围。四个男人手里都握着枪，枪似乎是改装的，每个人拿的都不一样。关跃一手刚抓住言萧的胳膊，最前面那男人就喊了一声："别动。"

他应该是领头的，五大三粗的身材，一只眼翻白，是个独眼。他手里拿着枪划了划："关领队，手松开，别轻举妄动，乖乖听咱们问个话。"

关跃松开言萧，目光从他们身上扫过："认识我？"

独眼咧嘴一笑，露出一口黄牙："认识，咱们哥儿几个刚听说你一个人摸到了'钥匙'，探到了这西北人人想要的那个'大斗'，现在道上人人都眼红着呢！能不能把地方跟咱哥儿几个透露一下？"

倒斗倒斗，所谓大斗，自然就是指大墓。古往今来，大斗都是可遇不可求的，这么一个像传说一样的宝藏就要露头了，谁的本能反应都是那肯定是个独一无二的大斗。但他们发现的地方，又岂会只是一个大斗？关跃脸上平静："没有这样的地方。"

"得了吧，要不是有可靠消息我才不会在这儿等着呢，识相就快点开口，不然……"独眼朝旁边一努嘴，一个男人立即抬手，把手里的枪推了一下，一根钢针露出尖头，正对着他，"你看这一针下去，咱们把你和这妞拖回去慢慢问怎么样？"说着他看一眼言萧，不怀好意地笑了，"这么如花似玉的妞，想必你也舍不得是吧？到时候会发生什么，我们也没法保证啊。"

关跃说："我说了，没有这样的地方，你可能是被骗了。"

"还嘴硬是吧？成，那就别怪老子了。"独眼手一挥，旁边的男人一动，一声扣动扳机的声音。

关跃拖着言萧在身前一挡，那枚射出来的钢针一下扎到她小腹上，她一手捂住，咬牙扭头，死死地瞪着他。

不只是她，连独眼都惊了一下："你小子也太狠了，连自己的女人都能拿来做挡箭牌！"

关跃一手抓着言萧的胳膊，眼神发冷。这些人居然对他的事情很了解，连他说过言萧是自己的女人都知道，基本上是什么来历他也就有数了。先是吴三才，接着是他们，都是来逼他话的。

心狠的人都叫人忌惮，独眼刚才还指望用这女人威胁他，看来是没可能了。他眼神都变了："真是给脸不要脸！"没等他的枪举起来，关跃忽然冲出去，就地一滚，躲过可能射下的钢针，一脚踹在他的小腿上；人到他跟前时手已从腰后拿出来，锋利的刀口在独眼手腕上划一下。

独眼吃痛，手里的枪顿时掉了下来，关跃迅速捡在手里，一托一架，对准他。几个人纷纷变了脸色，马上往后退。

独眼讪笑，抬起的手又慢慢放回去："我说怎么那么狠呢，原来留着后招呢这是。"

"都把枪扔地上。"关跃把枪口抵在他完好的右眼眉骨上，拖着他站起来。这一下要是打下去，这只右眼怕是也要废了。

几个人先后扔了枪在地上，被关跃往后踢去了车底。他拖着独眼退到车边，猛地把人给抢回去，手伸到背后拉开车门，把言萧推了上去。她似乎挣扎了一下，但还是上去了。关跃一见她上去就甩上了车门，眼睛在四个人身上来回转。

独眼笑得难看："关领队，何必呢，你看我们有四个人，你就一个，真动手谁有胜算？"

"少废话。"关跃的架势摆明了就是要动真格的。旁边有人想冲过来扑倒他，刚一动，就捂着小腿坐倒在地上，脚背上已经被钉入一根钢针。关跃枪口对着他："别想拿老子试手速，这里没人，真闹出点什么也没人知道，谁比谁狠，还真说不准。"

独眼黑着脸摆摆手，其余的人拖着中钢针的那个往后退。

关跃指着独眼："这次我不为难你们，毕竟我还要做考古，不想惹来条子，你们只要记着我不知道什么大斗，你们在我这儿得不到什么答案，滚！"

独眼先往后退，眼神看着很不甘心，举动上却没太坚持。四个男人举着两手一直退到土丘后面，那里很快传出汽车发动的声音，一辆车开走了。

站了半分钟，确定他们不再返回，关跃立即转身上车，拨了一下言萧的脸，她已经昏睡过去了。当务之急是要离开这里。

他跳下车，从车底找出那几把枪，仔细检查了一下，都是装了钢针的组装枪，看来他们就是冲着问出位置来的，不是真想要他们的命。他把几把枪都砸碎，就地掩埋，然后取了千斤顶去换轮胎。

言萧不知道自己昏睡了多久，也根本不记得自己是什么时候昏睡过去的；醒过来的时候身上是麻木的，眼一睁开就看到关跃的脸，他在给她处理伤口。车窗外天黑了，他的脸逆着光看不清楚，显得很阴沉。看外面的景象，似乎已经到了戈壁深处。

"你……"开口根本没有力道，浑身都是软的，言萧只能狠狠地瞪着他。

"钢针上有麻醉剂。"关跃把她的衣服拉下去，遮住雪白的小腹，"我查轮胎的时候就发现了，不是故意要拿你做挡箭牌，首先我要确保能从他们手里逃脱，如果我中招，你一个人对付不了他们。"当然也是故意做出来给独眼看的，不然她就是个筹码。这句话他没说。

"那他们要是开真枪呢？"

"我挡。"

言萧眯眼，他这句答得很快，几乎没有半点思考就说出口了。

车窗关着，他的声音在车厢里比平常更沉："吴三才找我试探过一回，他们应该也是五爷派来的，要是真被他们抓去问出那地方的位置，就用不着我了，我们忙活这么久也就白忙了。我一个字没说，至少可以叫五爷相信我对他是忠诚的。"

道理都对，言萧也懂，但这滋味不好受："你说再多，不还是让我挨了一下。"

关跃手在挡风玻璃那儿摸了一下，捏着那枚钢针递过来："你要是气不过就在我身上也扎一下。"他一手撑在车座旁，一手掀开自己的衬衣。

言萧一把夺过来，看一眼他肌肉结实的腹部，可惜她手上没什么力气，头脑也有些昏沉，气得甩手扔了钢针："你现在真是越来越厉害了，真行！"把他也扎倒，那就谁也别想走了，就在这戈壁深处一起昏睡吧！他就是吃准了她没法下手。

关跃唇抿得紧紧的，脸垂着，眼没一刻离开过她的脸，隔半天才说了一句："你别乱动，扎得有点深。"

那声音低低的。他低头，揭开她身上的外套，把她染了血的底衫推上去，大概是在检查伤口。言萧没什么知觉，就像身体已经不是自己的一样。

好一会儿，关跃才把手抽出来，也许是误以为她睡着了，拨过她的脸看了看，离得太近，呼吸就温热地扫在她颈边。言萧在昏昏沉沉中瞪了他一眼，可惜浑身无力，想必这一眼也没什么气势。

关跃松开她，坐回去。车开起来，麻醉剂的作用又泛上来，很快言萧就又昏睡了过去。

天慢慢黑下来，月亮冒了头的时候，车还在路上开。关跃偏头看了一眼，月光照着言萧的半张脸，她睡着时非常恬静，表情淡得像水一样。大概她也就这时候最乖巧。他在心里想着，手伸过去，拿了外套盖在她身上。

言萧再醒过来时已经在考古队的帐篷里了，身上还有点发软，但知觉已经恢复了。她翻个身，看到外面很亮，隔着层帐篷的绿布都能感觉到有阳光，肯定是一觉睡到了第二天。

她掀帘出去，外面很安静，阳光不太强烈，戈壁里空气干燥得过分，像是随时要让人咳几声才舒服，看时间都已经到中午了。没有看到其他人，也没看到越野车，直到她去泉水边洗漱完，回头才在厨房门口撞见蒲佳容。

"你醒了？饭还没好，要等会儿。"蒲佳容今天穿了件嫩黄的外套，看起来挺有朝气，不过语气依旧一板一眼，"关队说你感冒了，现在好点了吧？"

言萧听了这话皮笑肉不笑："嗯，我感冒了。"

蒲佳容觉得她语气怪怪的，一时接不上话来。

言萧问："昨天我们是什么时候回来的？"

"夜里了，应该是快到十二点的时候。"

她点了一下头。昏睡了这么久，得亏关跃还有脸说她是感冒。

远处忽然一阵尘烟滚滚，越野车从西边一路开回了考古队来。言萧眯起眼睛，看到石中舟跟王传学一前一后下了车，说话声由远及近——

"想不到啊，关队跟言姐这次去沙地居然有那么大的发现，太厉害了……"

她不禁蹙了一下眉，站起来往那儿走，没两步就遇到了关跃。"怎么回事，你带他们去沙地了？"她低低地问。

关跃低声说："放心吧，我有数，不该透露的他们不会知道。"

言萧沉默。

关跃忽然问："你恢复没有？"

言萧斜他一眼："恢复什么，我不就是感冒吗？"

关跃手在裤兜里一收，看了她两秒，开口说："那难道要我告诉他们实情？"

言萧瞥他一眼，不想再提这茬。昨天这事，理智上她知道他做的都对，毕竟五爷差一步就要现身了，这种时候谁都不想再出岔子，她就是气不过罢了。"这事先记着。"总有一天得还上。

关跃说："你是不是已经记了我好几笔了？"

言萧冷笑："何止啊！数不清了，这辈子你都还不完。"

关跃的薄唇动了一下，却没开口，看着她的目光有点深。

言萧忽然觉得他的眼神不对，眼睛立即转开了。她忽然发现自己刚才这话就跟在和他打情骂俏似的，明明说好了只是合作关系。她心里的不痛快又涌出来了，不想看他，转过头，恰好看见蒲佳容隔着几只帐篷的距离看着这里。

一看到言萧的眼神，她马上说："我是来叫你们吃饭的。"

言萧看了一眼关跃，转身去厨房。

石中舟正在厨房门口眉飞色舞地跟王传学说话，手里拿着个临摹本，老远看到她就挥手："言姐，来得正好，我们这趟去沙地有个古怪的发现，你看看。"他把临摹本递过来。

言萧接过来，本子上画着几个很奇妙的图案："哪儿看到的？"

"就那地方的石盖背后有这么几个东西，我给绘下来了，还拍了照，这估计也就只有言姐你能研究出来历了。"

言萧把本子收好，对他说："吃完饭把你拍的照片发给我看看。"

石中舟答应了，一边给她盛饭一边说："说起来本来还想给你们接个风的，可惜昨天你们回来得太晚了，加上你又感冒睡着了，只好算了。"

言萧接了饭碗笑笑，知道他是客气，全队就数他最会说话。

几个人陆续端着碗出去。露天吃饭，没有讲究，拿双筷子就蹲在门口吃。言萧没什么胃口，没吃多少就端着碗站起来，关跃把她拽回去："你不吃了？"

"饱了。"

"别浪费。"他的手指在她碗沿一托，"你也知道每次队里补给一次有多麻烦。"

言萧"哦"了一声，把剩下的全拨进他碗里："那你吃吧，别浪费。"

关跃看她一眼，没说什么，真就低头吃了。

其他人说着话，没注意到他们，只有蒲佳容在对面看得清楚。她低下头，默默扒饭。她觉得他们这次回来有点不太一样，昨夜看见关跃抱着言萧进帐篷时就有这种感觉了。他们看着好像更不对盘了，可似乎又有种无形的亲密，别人根本插不进去。

队里生活枯燥，现在发掘工作也停了，更闲。大家总算又凑在一起，饭后石中舟就提议打牌，可一共六个人也没法全上，最后又改成玩游戏。

几个人分坐在空地上，石中舟拿着个空矿泉水瓶子转，指到谁算谁输，输了就要回答问题。言萧觉得挺没意思的，答应玩一局就走，可是运气不好，偏偏第一局她就输了。

石中舟拿着瓶子当采访的话筒，一本正经地问："言姐，请老实交代一下你的恋爱史。"

这话一说，王传学立马起哄："问得好，问得好！"

一时间好几双眼睛都看了过来，对面蒲佳容的、侧面张大铭的，还有旁边关跃的。但关跃只扫了她一眼就转过了头，不留心都注意不到。

言萧说："没有。"

"啊？"石中舟不信，"不可能吧，言姐你长这么漂亮，居然没谈过恋爱？难道杭州的男人眼都瞎了吗？"

"嗯，真没有。"言萧身边有过男人，但那不是恋爱，是正常的男女关系。恋爱她没有过。

看她表情不像是开玩笑，也没有害羞，石中舟终于信了。本来还以为有点八卦可以挖掘的，没想到两个字就给堵住了，他有点讪讪的。

言萧站起来拍拍身上的灰尘："你们玩，我去研究一下你带回来的东西。"

石中舟听她这么说了，也就不挽留了。她走了，那点尴尬的气氛好像也散了。石中舟想来想去还是感慨万千："杭州的男人可真是眼瞎啊，你说是不是啊，关队？"

关跃没作声，摁着打火机偏头点烟，深邃的眼窝从侧面看时阴影更重。

"算了，当我没问。"

石中舟正觉得无趣，关跃冷不丁开了口："你少打听点她的隐私。"

"怎么了？"石中舟马上聆听教诲。

关跃说："没什么。"他只是觉得看言萧刚才的样子，似乎并不怎么想提自己的事。

石中舟笑起来："嗨，难道关队你不想知道？"语气还挺暧昧。

关跃扫他一眼，石中舟顿时不敢再笑了，偏过头去装模作样地跟王传学说话。不为别的，就是觉得这一眼挺吓人的，怎么觉着关队不大高兴呢？他这是碰到什么逆鳞了，难道是被他说中了？

言萧回到帐篷里也没急着开始工作，脑子里实在没什么思路，先靠在桌边站了一会儿，才拿起石中舟的临摹本。手机响了一声，她掏出来看，因为信号不好，短信发出的时间已是半个小时前。她翻了翻，是石中舟把自己拍的照片发过来了。

对比临摹本上的图案，照片看得更清楚点，一共是两个挨在一起的纹样，乍一看很稀奇古怪，嶙峋怪角，看不出来是什么。她正要仔细研究，外面传来一阵石中舟的笑声，听起来似乎还在玩着……

关跃仍在原地坐着，石中舟到现在也没能让他输一把，不甘心，非不让他走。瓶子还在转，他没管，压了满腹的心事。口袋里的手机忽然振了一下。他伸手拿出来，看到发消息的是谁，马上就站了起来。

"关队，不玩了吗？"蒲佳容看着他。

关跃点头："我还有事，你们也准备一下，队里随时会有变动。"

"好吧。"蒲佳容看着他走了。

关跃一路走到言萧的帐篷外面，没法敲门，伸手扯了两下门上的拉链。里面"刺啦"一声响，言萧把门帘掀开了一半。他低头走进去，觉得光太暗，想把门帘打开透透光，却听见言萧说："拉上。"

他只好拉上，转头看到她靠在桌边的身影，侧对着他，在昏暗的光线里看着越发纤瘦。

"有话说？"言萧靠在桌边看着他，桌上还放着摊开的临摹本。她觉得要是没事，他绝不会主动过来。

"嗯。"关跃走过去，把手机递给她，"自己看。"

言萧接过手机，是齐鹏发来的消息，就一句话——"五爷说了，既然有这样一座'陷地之城'，他会亲自过来的，跟你们一起过去。"她明白了："看来昨天的试探让五爷终于舍得出洞了。"

"陷地之城？"关跃把这四个字念了一遍，"齐鹏是粗人，取这个代号的应该是五爷本人。"

"别说，这代号还挺符合的。坟墓不就是陷地而筑的吗？人生在世的时候垒石为城，死了后陷地为城，何况那地方还真的是个城，想不到我这个仇人还挺有文化的呢。"言萧嘲讽地笑了一声，把手机还给他。

关跃想了想，说："还是和上次一样，见他们你就别去了，我一个人去。"

言萧抬眼："他说的是'你们'，可不是'你'，这次明确邀请了我，你一个人去算什么？"

"五爷会来。"

"所以呢？你把我当什么人了，难道你觉得我会当着五爷的面发飙？"

关跃手里的手机转了一下，终于说："会有危险。"

"这一路危险还少了？"言萧捏了一下他的下巴，"别忘了当初在林子里是谁救的你。"

关跃抿着唇不说话了。言萧以为他又是不想跟她太亲近，看了眼自己刚碰过他的手指，握起来，顺带把临摹本抱进怀里："不带着我，你还怎么知道这座'陷地之城'的来历？不想知道了？"

"你研究出来了？"关跃手一伸，抓住她的胳膊拽到跟前，就想去拿她怀里的本子。

那只手刚伸进她怀里，言萧嘴里就发出一声呻吟："别……"

关跃动作一停，低声说："这是在队里。"

言萧轻笑："对啊，是在队里，那你还这样？"

她这笑脸、这语气，简直和那晚的情形一模一样，关跃就知道她又是有心的。他没被这话逼退，身躯反而骤然压了上来。

言萧被他一把抱起放到桌上，他一手箍着她的腰，一手去拿她怀里的临摹本，她避让了两下，嘴里忽然"嗞"了一声，这次是真的疼了。

关跃停下来，视线往下，看到她被扯开的衣角下，隐隐约约露出她小腹间的伤痕，刚才他的手指不小心蹭到了这里。

言萧看到他的眼神，低低说了一句："闷骚。"

关跃居然笑了，很突兀的一个笑。他看了她两眼，忽然低下头，掀开那一片衣角，毫无预兆地吻了上去。他的唇舌卷过被钢针扎过的地方，言萧惊了一下，弓起腰。

关跃蹲在她面前，手臂牢牢扣着她。她的身体绷成一根弦，手指穿插进他的短发，怀里的临摹本早就掉在了地上，没人去管。

外面忽然传来蒲佳容的说话声："你们在沙地里到底看到什么了啊？"

石中舟回："也没什么，反正挺震撼，下次你自己去看看就知道了……"

言萧小腹一缩，忍耐中指甲生生刮过桌沿。关跃终于放开她，直起腰，在她耳边低语："现在怕被发现了？"举动带着安抚，说的话却像惩罚。

言萧喘口气，看他一眼，刚缓过来，眼里像蒙着湿气："接下来你是不是又要说当作没发生过？"

"不可能了。"关跃的脸贴近，两眼沉沉地看着她，露出了悍匪气，"发生了，言萧，这是你自找的。"可能也是他自找的。

言萧的心猛地一跳，这话她听懂了，又像是不明所以，胸腔里心跳的节奏越来越快。

关跃松开她，抹了下嘴，走开两步，伸手去裤兜里摸烟，摸出来又塞回去，最后说："行，那就一起去。"

"奇怪，关队去哪儿了？"

帐篷里的两个人还挨在一起，外面石中舟的声音又飘了过来。毕竟队里就这么几个人，大白天无缘无故消失，很容易就会被察觉到。关跃弯腰捡起地上的临摹本，看一眼言萧："你到底研究出什么了？"

言萧靠着桌沿，直到现在才又恢复了思绪，眼神动了动，把心思转到他说的事上来，说："现在告诉你，万一你又临时变卦怎么办？"

关跃心里多少有数，也没再追问。反正她真要跟过去，他也没法拒绝，何况他发现除去可能有危险这个因素外，自己其实很愿意她在身边。他想到这点就忍不住抬头去看言萧，却发现言萧也在看他。她的脸上还带着未褪的红晕，半倚着长桌，胸口还在一上一下地起伏。

关跃忽然觉得对她的亲昵程度已经超出了自己的忍耐，而她看上去，似乎还是老样子。时而热情，时而冷淡，哪怕刚才在他怀里发颤，现在脸上也依然云淡风轻。他明白自己刚才那话代表了什么，会把他之前刻意拉开的距离全给推翻，但他还是说了。

"哎，你这里……"言萧看了他一会儿，用手点了点自己的唇，暗示他唇上有什么。

关跃问："怎么了？"

言萧笑了一下，这一笑让整个氛围都轻松了，她贴过来，手指抹过他的唇："沾了点我伤口上的血。"

语气轻得像能撩过心尖，她的指尖是凉的，从唇上抹过去就是冰火两重天。关跃喉结滚动，好在脸上还绷得住，自己抬手摸了一下："现在没了？"

言萧眯着眼睛仿佛特别认真地研究了一下，摇头："没了。"据说薄唇的男人都无情，他的唇也很薄，她不知道符不符合这个说法。

关跃把临摹本递给她："准备一下，我出去交代点事情。"

外面没声音了，趁着没人，他迅速掀帘出去。言萧看着有点好笑，又很快没了表情，这感觉就跟偷情一样，出乎她的意料。

石中舟正在到处找关跃，一转头就看见他穿过几个帐篷大步走了过来。没等他提出疑惑，关跃先开了口："小石，这里的墓室都封好没有？"

石中舟回："封好了，你跟言姐不在的那些天我们就封好了。"

关跃点点头："我们还得再出去一趟，你们要留心周围的动静，有什么情况就立即转移。"

石中舟一愣："能有什么情况？"

关跃说："比如有警察来查。"

"好，我明白了。"石中舟点头。

他们进队的时候就知道这支队伍有点问题，毕竟国家正规编制的考古队是不会允许私人资助的。可这里给的报酬高，做的也都是一样的事，加上关跃的为人他们也相信，对他们而言，其实跟正规的没多大差别。队里每个人都签过保密协议，这事就算关跃不开口他们心里也有数。

"还有，随时等我电话，可能会有安排。"

"好。"石中舟都记下了。

话说完没一会儿，言萧走了过来，肩头背着包，看起来都收拾好了。

石中舟盯着她看了两眼，指指她的脸颊说："言姐你不是还感冒着吗？怎么着也得休息两天，你看你脸都还有点泛红呢，可别是发烧了。"

关跃瞥过去，她脸上还真有未褪的潮红，不太明显，但浮在双颊上若隐若现，让人觉得似乎连眼里都多了几分迷离。

"没什么，小感冒，总会好的。"言萧摸一下脸，对关跃说，"我去车上等你吧。"

"嗯。"

石中舟看她走远，胳膊肘撞撞关跃："关队，你可别看言姐有才就盯着她用啊，把她病坏了，资助人那里可怎么交代？"

关跃说："没有的事，是她自己要去的。"

石中舟摇头："算了算了，把队里那几盒感冒药带上吧，路上你记得叫她吃药啊。"

关跃敷衍："嗯。"一边说目光一边追着言萧……

言萧先去泉水边洗了把脸，回到车上时关跃正好上车，手里还真提了一袋感冒药。她指指自己脸颊问他："还有那么红吗？"

白皙的脸沾了水珠后像豆腐一样嫩，两缕刘海贴在鬓边，轮廓也柔和起来——她素面朝天的时候看起来要好亲近得多。关跃看她下巴上的水珠摇摇欲坠，伸手给她抹掉："好多了。"

"那就好，走吧。"

车开起来，言萧才想起来问路线。关跃看过短信上的地址，心里很快就有了谱，手下转动着方向盘："还好，不是太远。"

在他口中是不太远，但西北这么大的地方，根本也不可能近。他们出发的时候就不早了，紧赶慢赶，傍晚也才开到一个叫敕勒镇的地方。这是个蒙古族聚居的小镇，马路旁边是几排错落的房屋，再往后就连着一片草原，只不过早就开发成景点了，没有阿古家那么原始天然。

"先吃饭吧。"关跃靠边停车，解开安全带。

言萧下车时瞄了一眼他的手机，到现在齐鹏那边也没再来新的消息，她把心思放到眼前："吃什么？"

"你选。"

言萧朝两边看了看，走进一家铺子，门口摆了一只木桶，里面是按杯出售的马奶酒，桶上挂着牌子，用蒙、汉两种文字写着价格：五元一杯。关跃走过来说："喝点，这里晚上冷，可以驱寒。"言萧于是舀了一杯。

门口忽然走进来几个人，她抿了口酒，朝他们看了一眼，都是年轻男人，一色的皮肤黝黑、身材健壮，给人一种看到兵马俑的感觉。接连几回路上都不太平，言萧难免警觉，端着杯子，谨慎地往旁边退了半步。没想到那几个人直接就朝他们走过来了。

"小十哥。"几个人一迭声称呼，又低又快。

关跃点头："什么时候到的？"

站在中间的男人回答说："刚到一会儿。"

"嗯，出去说吧，这里不方便说话。"

说话的那个男人先带头出去，其余几个鱼贯而出。言萧这才松口气，手肘捣一下关跃："什么人？"

"以前那个文保组织里的队友。"

她想起来了："哦，就是你叫去沙地里帮忙挖坑的那些人？"

"嗯。"

"他们知不知道你在做的事？"

"该知道的我会让他们知道，不该知道的他们也不会多问，他们只是听我的调动而已。"

言萧心说难怪。

关跃往外走："我过去一下。"

外面的夕阳沉了，起了风，几个男人站在路头上迎风吹着，莫名有几分萧条的意味。言萧伸头看了一眼，关跃背对着她点了根烟，站在他们中间说着什么，看那几个人的表情听得都很认真。古怪！她搞不懂这男人哪来的这样的威慑力，在考古队里人人服他，换个地方也照样人人服他。她暗自腹诽着，酒都不知不觉喝了好几杯。

过了一会儿，外面的男人陆续走了，只不过临走前都有意无意地往言萧这里看了一眼。之前答关跃话的那个却又走进了门，直接走到了老板跟前，掏了一张一百元付给他，指指言萧说："她的酒钱我付了，多的算饭钱。"说完冲言萧笑了一下。

"川子，别这样。"关跃走进来。

"没事的，十哥，难得来一回，请个客应该的，你们慢慢吃。"这个叫川子的男人左眼下有颗细小的黑痣，眼细细的，笑起来有点阴柔；整个人身上都有股痞气，说话时一边笑一边瞟了言萧好几眼。

等他也走了，言萧问："他们刚才怎么回事，都莫名其妙地看我干什么？"

关跃用眼盯着她，薄唇启开："可能是因为第一次见我身边带着女人吧。"

"哦……"言萧的语调转了个弯，"也对，估计现在道上已经被朱矛传开了，说起来我也算是你的女人了。"

关跃眉峰不自觉地往下压了一下，琢磨着她这句话里更深的含义，尤其里面那个"算是"，但言萧也没在这话题上纠缠下去，又伸手舀了一杯马奶酒。他伸手阻拦："你少喝点，会醉。"

她手停一下："度数很高？"

关跃说："有后劲的，喝多了会难受。"

"那好吧，再喝一杯，那个川子钱都花了，不喝多浪费。"言萧又舀一杯。

刚坐下来，手机响了一声，关跃掏出来看了看，是齐鹏发来的新消息。他看完就把手机递给言萧，让她自己看。

言萧接过来，短信里齐鹏提议说换个地方见面，本来说的地方在内蒙古境内，从这里过去明天就能到，现在又换到了陕西境内。"怎么换地方了？"

关跃一脸沉静："不奇怪，五爷谨慎，万一有人要对付他，突然换地方，连准备都来不及。"

言萧忍不住冷笑："怪不得能缩这么久。"

"其实也有坏处，藏这么深，真到身陷困境的时候谁能帮他？他手底下人是多，可除了齐鹏，还有谁认识他？"

这话也有道理。

这顿饭匆匆吃完，谁也没停顿就再次上了车，准备掉头换路线。车还没开上路，言萧喝的酒后劲就上来了，歪在车座上闷着头不说话。

关跃看出来了，倾身过来给她扣安全带，拨着她的脸看了看，低声说："你现在这样脸比之前更红。"眼神也更迷离，像汪了水，看人的时候出奇地动人。关跃盯着她的双眼，渐渐入了神。

言萧定定地看了他两秒，失笑："我俩到底谁醉了？"

"你。"

"胡扯。"她笑得更厉害了，脸上的红像要滴出血来。

关跃觉得她是真醉了，扶了她一下，坐正开车。

第十八章

拥 抱

第二天早上言萧从车里醒过来，发现自己躺在放平的座椅上，身上盖着关跃的外套。喉咙里一阵发干，她扶着脖子转过头。

"醒了？"关跃在她旁边坐着，看起来好像也刚醒。

"我什么时候睡着的？"她声音哑哑的。

"昨天你喝醉了，半路就睡着了。"

"是吗？"言萧只记得吃完饭他俩一起上路去陕西，后面的就不太记得了。她感觉自己并没醉，不过喝了点酒的确容易入眠，否则还在杭州的时候她就不会总跑去酒吧了。

"嗯，你醉了。"关跃双臂搭在方向盘上，身体微倾，看着她陈述，"还发酒疯了。"

言萧瞬间皱眉："什么？"

"你把五爷骂了一顿，又哭又笑，拦都拦不住。"

"不可能。"

"我手机里有视频。"

言萧瞪着他。

关跃唇松松地抿着，眼里的光沉静透亮。言萧盯了他足足有半分钟，眯起双眼："你在耍我。"虽然他脸上的表情平静，语调也没什么起伏变化，但她可以肯定，他在耍她。

关跃头偏过去，推开车门："下来洗漱吧。"

居然就这么避重就轻地越过这话题了。言萧刚坐起来，他已经拿了毛巾牙刷从车窗里递进来："快点，还得赶路。"

她后面的话就被堵回去了，言萧觉得这男人最近可真是有点变本加厉了，不但不跟她拉开距离了，还跟变了个人似的，得寸进尺。

车停在一条灰尘直飞的土路上，天还没亮透，远处隐约还有鸡鸣声传过来，两个人蹲在道旁，一手举着矿泉水瓶子，一手刷牙。言萧吐出一口泡沫，问："我们现在到哪儿了？"

关跃说："到了前面的马池乡就进陕西了。"

"离碰头的地方还远不远？"

"远。"

言萧算是看出来了，五爷一定是故意避开县城和城市，专挑偏僻的村落小镇作为碰头地点。

洗漱完继续往前赶路，车往前又开了一个小时才到马池乡。关跃朝窗外看了一眼，停下车："吃点东西吧，后面路偏，下一顿还不知道在哪儿。"

街道狭窄，卖早点的小摊挤在两边，蒸馒头的熬粥的都有，满街白雾飘散。路上到处是人，混着摩托车和农用拖拉机，甚至还有人赶着牛羊路过，喇叭声一阵又一阵。言萧跟着关跃挤进一家面馆，进门就是从人堆里挤进去的。他似乎熟门熟路，把她按在板凳上说："占个位子。"说完去后面找老板点面。

还没等他回来，言萧对面就坐了别人：是个老奶奶，领着两个小孩子，一下占了三个位子。她想换个桌子，抬头发现周围都坐满了。想叫两个孩子坐一起挪个位子出来也没可能，她一开口他们就直摇手，说的都是方言，听不明白。

关跃端着两碗面回来，扫一眼桌子说："要不出去吃吧。"

言萧挪了一下："算了，挤挤吧，外面也都是人。"

关跃在她身边坐下，板凳很窄，两个人贴在一起，胳膊也蹭在一起。言萧的右手受到妨碍，就用左手抓了筷子，两颗脑袋埋在热气腾腾的面碗里，身体挨得紧紧的，但居然一点都不碍事，莫名地合拍。

吃完了两人都是一头大汗。离开面馆前关跃又买了点馒头带上，这一天肯定都会在路上。车在小镇的加油站加满了油，好不容易才从拥挤的街道上开出去。

太阳升高到头顶，一天之中就这段时间的气温最高，风很大，吹过来干燥得像有无数把小刀子在脸上割。车里很闷，行驶在贫瘠的荒野里就像进入了一只瓮里。言萧有点渴，但车上的水已经用完了。

关跃看她嘴唇都干了，把车停下："跟我过来。"他下了车，从后备厢里拿出一只装水的空瓶，带着言萧踩过一片坑坑洼洼的黄土地，停在一汪水潭边。

那是很小的一汪水潭，但很清澈，言萧马上蹲下去抄水洗脸。洗完了脸，她又把衣服卷起来，用水拍拍脖子，水珠沿着白嫩的颈项滚进衣领，她仰着头、张着唇，胸口一阵阵起伏，脸上红艳艳的。

关跃蹲下去灌水，暗暗舔了舔牙根。她一定不知道自己现在这模样看在男人眼里是什么感觉。

言萧忽然问："这地方没别人吧？"

"没有。"

"你水装好了吗？"

"好了。"

"那你先回车上去吧，我洗个脸再回去。"

"你刚才不是洗过了？"

"太闷了，再洗一把。"

关跃看了她一眼，拧着瓶盖站起来，边转身边说："你快点，荒郊野外的，不一定安全。"

言萧点头："好。"

关跃手里提着瓶子，踩着干燥的尘土往车那儿走，走到一半，回头看了一眼，入眼就是一片身体的白。言萧已经脱了上衣长裤，只穿了内衣的身体暴露在阳光下，赤着脚缓缓蹲下去，白嫩得扎眼。关跃愣了一下就明白了是怎么回事，立即大步折返，一把抓住她的胳膊："你干什么？"

言萧回头看他，被发现了也就不遮掩了："下去洗个澡啊。"

他的声音不觉低沉："我说了不一定安全。"

"我知道，可是昨晚没洗澡，今天又出了一身汗，关领队，你好歹体谅一点吧！"

关跃又拽她一下："你别胡闹。"

言萧反手攀住他那只胳膊："那你就拉着我，要是太深我就上来，这样总行了吧？"

说话时她的身体往前一送，整个人就往水里坠了下去，关跃马上扔开瓶子双手去拉她；她身体往下一沉，他就跟着入了水，大手紧紧扣住她的胳膊，激起一阵水花，溅了彼此一头一脸。

"还好，看来是安全的。"言萧浮在水里，一手攀住关跃的肩，发现他还沉着脸，于是笑着拍拍他的脸颊，"别太紧张了，你都弄湿了，要不一起洗？"

关跃沉着脸："下次别这样了。"

言萧本来是开玩笑的，看他的表情很不善，便点了点头："好，就这一次，下次听你的。"

关跃这才松开她。她在水里动了两下，一只手始终搭在他的肩上："哎，背过去。"

关跃没动，她笑笑，也不回避了，一只手往背后伸去，扯了一下内衣的搭扣。他的眼神有了些变化，到底还是转过头去了。可言萧并没解开，只是逗逗他。她贴着他的背，男人的身躯在这样野性的荒原里就像燃烧的火，即使在水里也阻隔不了那阵滚烫。

言萧含着笑，伸出根手指，有一搭没一搭地在水下挑逗他的神经："你这不上不下的，到底要不要一起洗？"

关跃转头看她一眼，手臂一伸，猛地捞起她的腰把她推到岸边，水里一阵阵地响。他低头看着她，阳光下，她的发丝上一滴滴地沥着水。"你要不快点，那我就帮你洗了。"

言萧第一次这么近地看他的脸，第一次听他说这样近乎挑逗的话，可是头顶的光线如此明亮，风在自然里畅快地吹着，从他嘴里说出来又让人觉得是如此正大光明。她搂着他的脖子，被风吹得眯起眼睛来："我怎么觉得你越来越有魅力了？"

关跃盯着她，忽而低头在她肩上咬了一口："现在你还这么觉得？"

言萧轻"咝"一声，却不像疼，看着他的眼神没有转开。"你怎么老这样，只会用这一招对付我？"这时候她还激他。

关跃笑了一声，听起来不大友善，两条胳膊却稳稳托着她，怕她往下沉。言萧的脑子里有一瞬间闪过了更暧昧的画面，就一瞬间。她低下头，对着荡漾的水面笑了一下。她早该发现了，她对这男人有图谋不轨的心思，现在更明显了。

"你听到什么声音没有？"关跃忽然问。

"嗯？"言萧抬头，也回了神，扶着他静静听了两秒，摇头。

"好像是手机来信息的声音，我去看看。"关跃松开她，两手在岸边一撑，出了水，背对着言萧脱了鞋袜，水珠淋漓，湿透后的衣服紧贴着身体，紧窄的腰臀和结实的长腿一览无余。男人的力量感在这片原始的荒野里蓬勃似火。多奇怪，一个这么冷的人，身体里却蕴着火。

大概是察觉到了她的目光，关跃忽然回头看了她一眼，又转过头去，赤着脚、提着鞋，浑身湿漉漉地往停车的地方去了。

言萧彻底冷静下来了，抄着水洗了把脸，没再耽误，匆匆清洗了一下就上了岸。

穿好衣服回去，关跃已经换了件干衬衣坐在车里，车顶上晾着他的湿衣服，他一只手夹着烟搭在车窗上，另一只手里拿着手机。"齐鹏又来了消息。"言萧刚坐进车里，他就说，"又换地方了。"

言萧："……"她拿过手机看了一眼地址。

关跃接着说："不过五爷只是谨慎，要论急切，我猜他比我们更急。"

言萧冷着脸："这最好是最后一次。"

关跃转头拿出早上买的馒头递给言萧："吃吧。"

言萧心里有气，没一点胃口。

他说："吃点，好保存体力。"

她还是不想吃。关跃也不含糊，撕了一块馒头直接就塞她嘴里了："你刚才在水里不是说下次都听我的？"言萧只好一点点嚼着吃了。

太阳大，没过多久衣服就晒了个半干，关跃把车开上路。言萧有点累了，靠在车座上闭目养神。车在荒野里转向，退回马池乡附近，一路往北开，天快黑的时候，他们还在看不见尽头的路上。关跃刚刚提起速度，车座旁的手机忽然响了，他拿到耳边接听。

"小十哥，停下吧，我看到你的车了。"是齐鹏的声音。

关跃放下手机，手转了一下方向盘，视野里出现了那辆熟悉的旧款奥迪，后面跟着一辆路虎。

言萧马上就睁开了眼睛。黄昏时路上无人，关跃停车下去。

齐鹏魁伟地站在奥迪车旁，像棵古松："小十哥，一路辛苦了。"

"应该的，齐哥。"

"嗯。"齐鹏眼一斜，看着他身后。言萧紧跟在他后面。

关跃转头把她拽到身边："叫人。"

言萧收着下巴，半天才开口："齐哥。"

"嗯。"同样的应答，这一声听起来却有点微妙。

关跃把言萧往身后挡了挡，看了一眼齐鹏身后的路虎："齐哥，怎么改在这儿碰头了？"

齐鹏说："碰头的地方没换，是五爷叫我来接应你们，上车，跟我走。"

关跃点头，转身时看到言萧的眼睛盯着那辆路虎，隐隐地散发出一股子阴冷。他握紧她的手腕，拉着她回到车上。车门一关上，言萧就被他按在车座上。"你知道我们在干什么吧？"他的头垂低，眼睛牢牢盯着她。

言萧沉着脸："嗯。"

"那你就别用那种眼神看他们，别有敌意。"

"好。"

关跃捏住她下巴："言萧，你看着我说，到这一步了，你可千万别给我犯浑！"

言萧看着他的眼睛："我知道了。"

她脸上是少有的认真，关跃终于松开了手。

齐鹏开车在前面引路，那辆路虎及时跟上，车窗玻璃反光，什么也看不出来。关跃的车跟在最后面。道路渐渐变得狭窄不平，偶尔有成群的牛羊经过还得让路，三辆车开得不快，齐鹏在前面时不时不耐烦地按喇叭。等到车速提起来，天也完全黑了。

时间越久，夜色越发浓稠如浆，头顶星河倒扣，两边的山脉延伸，一层一层像遮天的屏障。前面的车转向，俯冲到一片低洼的平地里，车轮一阵颠簸，视野里出现一簇孤零零的火光。

十几分钟后他们才开到火光跟前。空地上烧着一丛篝火，后面是几间破败的棚屋。一群男人鬼影子一样或蹲或坐地围在篝火边上，眼睛直勾勾地盯着三辆车先后停下。齐鹏从车里出来："下来吧。"

关跃下车，走到路虎车边上，只看到下来一个司机。他眼神微变："齐哥，这是怎么回事？"

齐鹏说："五爷现在跟我家里人在一起，这里人多眼杂，他老人家不方便过来，等明天去碰头的地方再见吧。"

关跃瞥了一眼言萧："好，我一切听五爷的安排。"言萧紧跟在他旁边，低着头，看不出表情。

"坐吧，小十哥，这里是五爷的地盘，尽管歇一晚。"齐鹏在篝火边坐下，瞄一眼言萧，"只不过要委屈你的女人了，这里全是糙爷们儿。"一阵哄笑声，什么样的意味都有。

关跃扫了一眼那群男人，乍一看过去只觉得全是灰头土脸的，咧着嘴露着牙，目光不怀好意。他知道这些人的来路，都是五爷那儿最底层的手下，挖坟掘尸，为了点钱什么都干得出来，比朱矛还不如。他抓住言萧的手，找了个空地坐下，低声说："挨着我别动。"

言萧感觉有无数双眼睛盯着自己，这群男人不像人，像野兽。

"黑狗，吃的呢？"齐鹏一开口，注意力转移，她才感觉身上的压力轻了。

"齐哥放心，听说您要带小十哥过来落脚，咱早就准备好了。"叫黑狗的男人生得精壮，站起来去了几间棚屋后面，回来时牵了一只活羊。

齐鹏说："新鲜，不错。"

黑狗笑得诡异，踹一脚身边的人："刀呢？"

马上有人把刀递到他手里。半掌宽的砍刀，他握在手里比画着，冲关跃笑："现杀现烤，小十哥，招待你够意思吧？"

关跃看了一眼："还行。"

"嘿，这才还行啊？"

齐鹏瞄过来："怎么着，你这还跟小十哥有情分呢？"

黑狗说："齐哥你不知道，当初小十哥追了我一百多里地，硬生生把我刚'取'出来的货给截回去了，这还真是个天大的'情分'不是？"

齐鹏冷哼："你说这话也别指望我给你做主，小十哥的本事道上谁不知道，怪你自己技不如人。"

黑狗笑得有点僵："可不是嘛。"

"行了，小十哥是连五爷都高看的人，以前的事就别提了，宰羊吧。"

关跃沉默地看着，齐鹏故意话说一半，他替五爷做考古是保密的，这些人当然不会知道，齐鹏也不会想让他们知道。

黑狗手里的刀已经举了起来，齐鹏却忽然喊停，他的眼神转到言萧身上："言小姐想不想试试？"

言萧抬眼，男人们的视线一瞬间又全投了过来。

黑狗一直笑，分明来了兴趣，嘴里却说："齐哥这是干什么，这么嫩的女人哪敢杀羊啊，吓着了怎么办？"

齐鹏手里夹着烟，挺着背，花白的头发被火光一照，表情很严肃："怎么会呢？小十哥的女人胆子大，比这更胆大的事情都敢干，杀只羊算什么。"

黑狗听了就把刀往言萧跟前送："那好啊，让咱们哥儿几个见识一下。"

言萧一动不动。

"来啊。"刀子一直抵到她胸口，黑狗笑得猥琐，感觉只要手下一划，就要划开她饱满的衣襟。

言萧冷下脸，手臂被关跃死死地抓住。他看出来了，齐鹏是想给言萧一个下马威。她要是沉不住气真接了刀，就等于承认了自己胆大，齐鹏不会信她是真对五爷服软。

言萧的手被关跃扣在背后，他的手掌宽大，覆上来包住她的手指，用力地按下去。她到底忍下去了，把对黑狗的怒火也忍了，垂着眼盯着那把刀。

关跃盯着黑狗："把你的手拿开。"

黑狗被他的眼神一慑，不自觉地把手移开了一点。

"算了吧，到底是个女人，你就别为难人家了。"齐鹏摆一下手。

黑狗收了刀，感觉脸上没有光彩，回头抓着那只羊就朝脖子砍了下去。血飞溅，不偏不倚溅了言萧一身，腥气扑鼻，甚至有几滴落在了她的脸上，粘稠地顺着她的下巴往下滴。

她忍着恶心，闭上眼。

齐鹏骂一句："你小子倒斗不行，杀羊也不行，真是个废物！"语气里却没有半点怒意。所有人都在笑。

关跃猛地把言萧往怀里一揽，低头含在她下巴上。他的舌重重地卷过去，抬头时舔去了那几滴血，冷笑一声："别怕，就当是五爷赏你的。"

言萧在他怀里喘着粗气，火光里双颊绯红，压着怒火的身体在轻轻地颤抖，胸口一阵一阵地起伏。

没人再笑了，男人们的目光到女人身上变得灼热，暗暗吞着口水，转到关跃身上就又压了下去。他话说得通透，眼神也狠，总不可能会有人想跟五爷作对。

一根烟隔着篝火抛过来，落在关跃膝上。"开个玩笑而已，放松点，小十哥，抽根烟。"只有齐鹏还是老样子,说完转头看黑狗:"烤啊,还愣着干什么?"

羊在男人们手里被迅速剥皮清洗,很快就整只架到了火上,四下里飘着一股难闻的腥气。关跃把那根烟就着火堆点了,手指夹着,却一直没抽,眼睛看着言萧。

言萧窝在他怀里,眼里平静地映着火光,慢慢恢复了平静。这一晚上她坐在这里,感觉自己就像那只羊,任人宰割。

油滋滋地往下滴,羊肉的香气渐渐飘出来。齐鹏指挥黑狗:"切一只羊腿给小十哥,一只给他的女人,贵客就要有贵客的礼遇。"先打一棍子,再给一颗糖,这叫恩威并施。

关跃把羊腿递给言萧,她接在手里,更觉恶心,但还是忍着一口一口撕扯着咽了下去。

深夜时人群才散,篝火边一片狼藉。关跃搂着言萧走进最边上的一间棚屋,紧紧合上门。言萧脱了上衣,一遍一遍擦拭沾了血的地方。没有灯,她不知道身上有没有擦干净。

过了好一会儿,关跃拉她过去,摸到她被擦得发烫的胸口:"还生气?"

言萧说:"没事,这点小事我能忍住。"

关跃说:"很好。" 旁边有张床,他伸手按了按,好像是用木板搭的,上面铺的是干草。"把衣服穿上,戳人。"

言萧忍着羊血的腥臊把衣服穿回去,鞋也没脱。关跃按着她躺下去,跟着躺到她身后,床不堪重负般摇摇欲坠,草扎着脸,随便动一下就咯吱作响。

外面几声脚步响,混着陌生男人的喘息,仿佛随时都会有人闯进来。这棚屋四处漏风,像是到处都有眼睛。言萧的身体如绳一般拉紧。关跃一手环着她,从腰后摸出什么塞到她手里:"后面的路不会太平,你拿着防身。"

言萧摸了摸,东西缠着布条,她记得这是他的刀。"你不怕我一见到五爷就把他捅了?"

"你不会。不管是谁,真对你有威胁就下手,出了事我来善后,首先你得保证自己的安全。"

言萧把刀塞进腰里。

关跃抱紧她:"放心睡吧,有我守着,他们没胆子硬闯。"

外面脚步声不断,男人们旺盛的精力在夜晚无处发泄,不停地走动、窥探,说着污言秽语。等到终于停了,又传来震天的鼾声和磨牙声,此起彼伏。

直到后半夜言萧才艰难地睡着。关跃搂着她,大概是床上不舒服,她两条腿并紧，双臂环在胸前，有一种防卫感。他把胳膊伸到她脖子底下，她动了一下，似乎放松了。关跃闭起眼睛，身体还随时保持着警惕。

不知过了多久，外面忽然传来一声喊："快起来！"男人们有的被吵醒，不耐烦地哼骂。

门被摇动，关跃睁眼下床，走到门口，有人在外面硬推。他一把拉开门，一个人一头冲进来，被他扼住了喉咙。

"我……"是黑狗，声音生生憋在了喉咙里。

"你干什么？"关跃把他抵到门上，"哐"的一声，整间棚屋都晃了一下。言萧一下惊醒，迅速从床上坐起来。

黑狗喉咙里呼哧呼哧挤出两个字："齐哥……"

关跃松开手。

他猛咳两声，吐出一口唾沫："齐哥叫你们快上路，条子来了！"一瞬间炸开了锅，隔壁棚屋一阵喧闹，男人们爬起来拼命往门口挤，屋顶像要被掀翻。

关跃几步走回床边，抓到言萧的胳膊："快走。"

黑狗被他一下撞开，恨恨地骂了一句："狗东西……"

言萧被拽出门，迎风一吹，深吸了两口气。天刚蒙蒙亮，荒原上四面都有跑出去的人影，脚步凌乱，夹杂着骂骂咧咧的声音。面前车灯一闪，那辆路虎横冲过来，车窗降下，齐鹏探出脸来："快去开车，马上走！"

关跃的脚步非常快，拉着言萧到了车边上，有人在那儿拉扯车门，被他推开。他拉开车门，把言萧推上去，听见齐鹏说："黑狗，我的车留给你了，赶紧跑路。"

黑狗激动地嚷嚷："还是齐哥仗义！"

路虎朝前开出去，关跃上车跟上。言萧往外看，黑狗进了齐鹏那辆奥迪，好几个人拼命往上挤，车门都关不上，他根本不管，直冲出去，把一个人拖出去好远，甩了下去。远处有几束车灯在接近，没有鸣警笛。

关跃在旁边问："你清醒没有？"

言萧皱眉："半夜被警察追，想不清醒都难。"

"清醒了就好，把你的包拿好，里面的东西别让人发现，不管是齐鹏还是警察。"

言萧想起玉璜，把包抱在怀里。

手机忽然响了，关跃看一眼，是齐鹏打来的，他拿起来放到耳边。

"小十哥，警车就快追上来了。"

"是，齐哥。"

"黑狗开车跟在咱们后面吧？"

关跃朝后看一眼："嗯。"

"车我动了手脚，留给他就是为了给咱们挡路的，你知道该怎么做。"

"明白了。"关跃放下手机，油门直踩到底。

前面的路虎提速更快，早就冲了出去。后面一阵骂声，言萧转头，是那辆奥迪忽然抛锚了，眼看着就要被警灯闪烁的警车追上。她嘲讽地笑一声："我还真以为齐鹏仗义了。"

"干这行的眼里只有利，哪有什么仗义。"关跃握着方向盘，紧盯前路。

几个小时后，车轮爬过一道坡顶，俯冲下去，直冲到一片洼地里。前面的路虎停了，关跃紧跟着踩下刹车。天刚泛青白，几缕云像丝一样飘着，风卷着干燥的尘沙掠过荒原，一望无垠。齐鹏从车里的驾驶座上下来，关跃发现昨天那个司机不在了。

"小十哥，"齐鹏口气不好，"看到没有，我为什么不乐意现身，才跟那群猪猡待了一晚，差点就要被条子给端了，晦气！"

关跃推门下去，递根烟给他："齐哥别太动气，几个巡逻的而已。"

"那可未必，你听说过一个叫李正海的没有？八成就是他的人。"

"我知道这个人，听说他管西北文物这块，经常亲力亲为，我当然得提防。"

齐鹏点了烟，笑得很不屑："听说他想要端了五爷，再顺藤摸瓜把国内的走私势力一网打尽。呵，也不掂量掂量自己几斤几两。"

言萧跟下车，站在关跃身后默默听着。

齐鹏抬头朝坡上看，锁着眉头："算了，现在不是说这些的时候，不知道那些条子什么时候会追上来，这样走太显眼，咱们分头去朱水镇会合。"

关跃立即问："五爷在那儿？"

齐鹏笑一声："五爷可不在那了。"他转头，一把拉开路虎的后座车门。

关跃的眼睛瞬间扫向车内。言萧跟着看过去，目光凝固。车的后座上坐了个人，头发花白，穿着笔挺的中山装，脸朝着他们，但戴着墨镜口罩，看不清五官。他的两只手搭在膝上，尽管不显眼，还是能看出左手有一截断指。

齐鹏说："夜里我就把五爷接来了。"

关跃忽然就明白了他为什么能那么快发现警察，并没有多意外，他要是没这个脑子也不可能混到今天这个地位。"五爷。"关跃点头问候。

车里的人"嗯"了一声，声音苍老威严。

"五爷这两天赶路着凉了，还病着呢，就不多说了。"齐鹏把门合上，坐上车，

"回头见，小十哥，我往西，你往东，可别落条子手里了。"路虎从眼前开走了。

关跃回头，言萧迎风站着，眼珠一动不动，瞳仁似乎比平常更黑，离得近甚至能看见她的瞳孔在微微收缩。他拖住她的手："上车。"

太阳露头时，关跃开车到了最近的镇子上。小街上人流熙熙攘攘，远处隐约有警笛声，听不出来自哪个方向，他就近把车拐进了一家客栈。墙上挂着牌子，用粉笔写了钟点房四十块钱三个小时，关跃要了一间。

付钱的时候老板一直眼神古怪地瞄着他们，尤其是言萧。她身上穿的是雪白的长袖薄衫，上面残留着昨夜的羊血，触目惊心。关跃说："遇到人家宰羊，不小心沾了羊血，一身腥，来开间房洗个澡。"

"哦，难怪。"老板想起这条街前面就有个菜市场，有杀牛宰羊的都不奇怪，估计他们是外地来旅游溜达过去的，笑了笑，明显松了口气。

关跃抓着言萧的手上楼去房间，一进门就把她往洗手间推："去洗一下。"

言萧走进去，里面很快响起了水声。

关跃站在窗边，掀着帘子观察街上的情形，有辆警车开到了街心，堵在拥挤的小摊中间，像是怎么也挤不出去。他放下帘子，耐心地等着，很久也不见言萧从洗手间出来，于是走过去敲门："还没好？"

门虚掩着，他瞥见了言萧的身影，推开一点，看到她只穿着内衣背对着他站在洗手台边，低着头不知道在看什么。一边的花洒开着，她根本没洗。喷头下水花哗哗地溅到她的身上，一滴一滴顺着雪白的后颈滚落，到腰线，至腿下，女人纤柔的身体在昏暗的洗手间里显露，有种不可言喻的性感。关跃低头，脚步动了动，又抬头："你怎么还不洗？"

言萧从镜子里看到他，转过身，伸出手把他拉进门来："等不及？那让你先洗好了。"

关跃被她拉到洗手台边，才发现她刚才在看的是她的手机，屏幕上是之前石中舟拍下的照片——沙地里陷地之城那块石盖背面的古怪图案。

言萧看他不作声，故意逗他，伸手慢吞吞地解他的纽扣："那一起洗，把我们那次没洗完的澡洗完？"

关跃下巴渐渐绷紧，抓住她的手，把她拖到花洒下面。水流被他拧大，他拉着言萧不让她动，任由头顶的水往下冲，瞬间两人身上就被浇透了。言萧冷不丁呛了口水，急促地喘气，水只是半温，但她的身体在他掌下快速火热。

水流哗哗的，背后是冷冰冰的瓷砖墙，胸前是男人强势的身体，她有点心烦意乱，伸手在他腰上掐了一把："你干什么呢？"

关跃一只手紧紧抓着她的胳膊，另一只手一伸，把花洒拿下来，对着她冲，意味不明地笑了一声，凑近她耳边说："给你洗澡。"

言萧："……"水声混着他的低语，言萧敏感地哆嗦起来，这人霸道起来不像话，简直不按常理出牌。

差不多过了半个小时，关跃才放开她，关了水，把花洒放回原位。言萧背靠着墙，闭着眼睛，浑身水珠淋漓，表情缓缓平静。

"言萧，你在紧张吗？"他忽然问。

她睁开眼睛，眉头挑起："我紧张什么？"

关跃抄了把自己湿漉漉的头发，露出一双眼睛，紧盯着她："见到五爷。"从见到五爷之后她就像消失了一样，无声无息、心不在焉，他早就看出来了。

言萧不承认："我像在紧张？"

关跃的眼睛往下看，看她从脖子到胸口都浮着一抹红，实话实说："你身上很红。"

"那又怎么样？"言萧笑道，"这不是紧张，这是激动、兴奋。"

关跃发现她眼里有种莫名的神采，让人想起敖包上空飞过的鹰——现在的她就如同见到了猎物的鹰。彼此眼前浮着一层雾蒙蒙的水汽。"真的不怕？"关跃托起她的下巴，又问了一遍。

"不。"言萧回想起那车里苍老的人影，声音发干，"怕他我就不会在这儿了。"

关跃闷笑一声："既然不怕，那你刚才在这儿发什么呆？"

言萧不作声了。她也不知道为什么，盯着手机里的那张照片，可能是在想这个计划是否保险，把那样一个可遇不可求的地方推出去钓那老东西值不值得，推出去了又能否保得住……再想下去，好像真的是怕的，不是怕那个人，而是怕不能一次成功。

"没事，"关跃说，"你要记着，这回你不是一个人。"

这回她不是一个人了，多了个同行的人。言萧眼睫一掀，看着他。他的五官出色，但不精致：黝黑的脸、深刻的线条、来自西北的烈日和狂风，铺陈在他眉眼间，最后留在眼底。他这句话说得平静又笃定。她看着看着，忽然伸出手："扶我一下。"

关跃看着她伸出来的手，觉得自己刚才可能也有点过了，本意是想把她从情绪里拉出来，结果弄得像在折腾她。他伸手稳稳地握住了她胳膊。

言萧趁机靠了上来，头搁在他肩上。"就一会儿。"她小声说。

关跃什么也没说，手臂一收，把她抱紧了。她的身体在他怀里，他可以克制住，但她头靠着的地方，往下三寸，是他的胸腔，里面翻腾如海，克制不住。

最多五分钟，言萧就收拾好了心情，她知道现在什么事情最重要。关跃看她没事了，松开她，抽了条毛巾搭在身上要出去。这短短的五分钟，他也从激烈到平静，身上居然没来由地出了一身汗。

言萧瞄了一眼洗手台上的手机，说："我刚才忽然觉得，小石在石盖后面发现的那两个奇怪的纹样可能不是什么图案，而是文字。"

关跃停住了，回过头："文字？"

"对，所以那地方可能比我们想象的还要重要，用来做吸引五爷的饵，真的值得吗？"

关跃扯着毛巾擦了把脸，过了好一会儿，只说了句："我在外面等你，快点洗完出来。"

言萧看着他出了门，低头看看自己衣衫不整的模样，再想想刚才那样的情形，越发觉得他很闷骚。他大概是她见过的最有自制力的男人了。随即她又觉得好笑，从没想过自己会有因为他一句话就投怀送抱的时候。言萧，你什么时候脆弱成这样了？还是在他面前就变成这样了？言萧转头，又打开水龙头……

等她洗完，走出卫生间，关跃已经换好衣服了。他走到窗边，掀帘看了一眼，那辆警车已经不在了："可以走了。"

出了客栈，太阳还没升到头顶。关跃拉开车门："饿吗？"

"有点。"

"买点东西在路上吃吧，我也饿了。"

言萧把包放进车里："你看着买，我在车上等你。"

关跃看到路边有卖面饼的，走过去买了几个，他知道言萧胃口小，一向吃得不多，怕她嫌干，又特地买了几个苹果。等他走回来，发现言萧坐在驾驶座上。他把东西递进车窗："坐过去。"

言萧没动："我来开，换你睡觉。"

"用不着，我体力好。"

言萧伸出手来捏了捏他泛青的下巴："你体力有多好我可不知道，或者下回你可以给我展露一下？"

关跃盯着她的眼神变了味，幽幽的发沉，洗手间里湿漉漉的画面一闪而过，胸腔里似乎也在发沉。"少开玩笑。"他拍一下车窗，是在警告她，他也是个正常的男人。

言萧耸了耸肩："行吧，但谁也不是铁打的，你必须保存体力，这种时候大家都拿出点合作精神行不行？"

关跃嘴角一提，抬手按了按太阳穴，昨晚一夜没睡，他确实需要休息。"往东直走，有事就叫我。"他坐到副驾驶座上。

第十九章
深 陷

一路往东，接近陕北边缘，沙尘干燥，太阳照下来烈得晒人。言萧一手抓着方向盘，一手捏着面饼咬。她发现自己的适应能力越来越强了，还在杭州的时候还真没像这样紧赶慢赶地吃过东西。

东西吃完了，车已开上一条黄土路，两边山高坡陡，路下面就是沟壑；远处天灰蓝，山脉间延伸出一段夯土的古城墙，应该是古长城的一段。言萧不认识后面的路了，转头看一眼，关跃早就睡着了。她想了想还是没叫醒他，干脆停下车等他睡醒。

风往车里灌，临近初夏，空气里有了热度。言萧身上穿了件女士衬衫，觉得有点热，卷起衣袖，往后靠在椅背上，歪头看着关跃。他睡着的样子很迷人，低着头闭着眼睛，从侧面看突出的眉骨连着高挺的鼻梁，唇抿成一线，棱角分明。

言萧的手伸过去，刚想摸一下，又收了回来，脸转向窗外。很古怪的感觉，这么久以来，她还从没对谁产生过这样亲昵的念头。

过了片刻，旁边的人动了；言萧转回头，关跃醒了。他的眼里没有半点惺忪，一睁眼就马上清醒："到哪儿了？"

"不认识。"

关跃往外看："你停这儿多久了？"

"没多久，就等你睡醒的这点时间。"

关跃推开车门下去，走到车尾往远处望，没一会儿就回来了，拉开言萧这边的车门："你下来，让我开。"

言萧下车，有点莫名其妙："怎么了？"

"警察追上来了。"

言萧一愣:"你说他们就在后面?"

"嗯。"关跃刚才看到远处有辆警车在往这个方向开。

言萧看这一路没遇到过警察,还以为他们是被黑狗拖住就放弃了,没想到就停了这么一会儿竟然又追上来了。她绕到另一边打开了车门,关跃探身拽了她一把,门刚关上他就把车开了出去。

车在曲折的土路上行驶,往那段古长城的方向开,看着很近,其实远得很。没过多久,经过两片坡地,坡上遍布着成堆的羊群。一个扎着白头巾的老汉蹲在路边上放羊,关跃停下,从车窗里递了根烟给他:"老伯,你怎么就在这儿放羊?"

老汉接了烟,笑呵呵地反问:"咋了?不在这儿放哪儿放?"

"后面那块坡上草厚,我来的时候看见了。"

老汉有点不相信:"不会吧,我成天在这儿,都一个样啊。"

"真的,你把羊赶去看看就知道了。"关跃开车继续走,瞄了一眼后视镜,老汉还真赶着羊过去了。

言萧看到羊群浩浩荡荡把后面的路给堵上了,看他一眼:"想不到你这个人还挺贼的。"

"这叫贼?"

"这不叫贼叫什么?"

"叫灵活变通。"关跃踩下油门,车冲过凹凸不平的路面,猛地一颠。

言萧尾椎都被颠疼了,拧了拧眉,还是忍住了,现在也顾不上这些。她有点后悔了,早知道就不好心了,早点叫醒他不就完了,何必停下来等。

太阳西斜时,车开进一个山沟里的村寨,村民住的是窑洞,一间一间像是镶嵌在岩壁上。寨子就挨着那段古长城,抬头往坡上看,就连夯筑的土层都看得清楚,只不过下面牵了铁丝网,防止人往上爬。村口处遍布壕沟,断断续续,残缺不全,看得出来也是古代留下的遗迹。路上停了不少车,很多人在拍照参观,脖子上挂着"长枪短炮",端在手里齐刷刷对准那段城墙一阵咔嚓。

关跃靠路边停了车:"趁人多,我们在这儿吃个晚饭再上路。"

言萧解开安全带:"我去一下厕所。"

这里像个半开发的旅游区,不过到底是偏远的小村子,公共设施跟不上。公厕就是几间草棚屋子后面的土屋,白漆在左右的墙面上刷上"男"和"女",其实中间也就一墙之隔。女厕这边居然排了长队,言萧忍着难闻的气味等了快十分钟,走进去速战速决，在里面蹲了还不到一分钟。

等她出来，关跃正好找过来。边上有个压水井，言萧想洗手，压了两下没压出水来。关跃走到跟前，接了压杆重重压了两下，水出来了。他低声说："找好吃饭的地方了，跟人家游客搭伙，给点钱就行。"

言萧一边搓手一边点头："效率真高。"

"后面还有追兵，这种时候效率不高也得高。"

言萧直起腰，甩了甩手上的水："他们应该没那么快追上来吧？"

关跃松开压杆，看着她："说不准。"

言萧不自觉地皱了一下眉，脸上神情倒没多大变化，事情到了这地步，不耐烦并不能解决问题，她也不想徒增烦恼。

"走吧，饭在哪儿呢？"

关跃转头领路。言萧跟着他踩着坑坑洼洼的泥土走回路边上，那里有一排用木头搭起来的简易房，几乎都是卖杂货和土特产的。

他们进了最边上的一间，里面有好几个人，或站或蹲，个个戴着墨镜、拿着相机，一看就都是游客。旁边有个煤炉，上面架着锅，里面煮着什么，飘出羊肉的香气。一个女人在看炉火，看到他们进来，就问关跃："已经熟了，要现在吃吗？"

关跃说："就现在吃吧，我们赶时间，越快越好。"

女人揭了锅："那开始动筷子吧，我们也准备吃完上路呢。"

关跃拿了两只粗瓷大碗送到锅边，那女的拿勺子舀了满满两碗给他，回头招呼其他人都来吃饭。屋子里一下热气腾腾，变得拥挤起来。

关跃和言萧蹲在角落里，各自捧着碗，不跟其他人攀谈，吃的时候还得关注着门外的动静。吃的是面疙瘩汤，里面有羊肉，汤汁又白又浓。言萧用筷子拨了拨碗里的羊肉，全都挑出来放到关跃碗里。关跃隔着热气看着她："你不吃？"

言萧摇一下头，低声说："我吃面疙瘩就行了，一身羊血刚洗干净，谁还吃得下羊肉？"

关跃夹了两块回去："肉比面顶饱，现在最重要的是吃饱。"

"我有数，我还能饿着自己吗？"言萧又夹给他。

推来推去反而浪费时间，关跃只好随她："有时候觉得你还真是好养活。"

"嗯，我可好养活了，所以你要养我吗？"言萧刚说完就看到他盯着自己。他看人的目光深，不言不语的时候让人感觉目光更深沉，像是要穿透到心底来一样。言萧忽然觉得自己这话多余，不等他回答先笑了一声，埋头喝口汤，算是岔开了过去，也没心思揣测他那眼神到底是什么意思。

关跃看着她低头专心喝汤的模样，目光落在她一截雪白的后颈上，没来由地想：怎么养？

心思各异，但没耽误时间。刚刚吃完把碗筷还给人家，门口一个吃着饭的游客说："怎么有警察来了，是不是这儿不让人参观啊？"

有人接话："有可能啊！人家都是去景区看秦长城的，这一段本来就是不对外开放的。"

言萧的手忽然被关跃抓住，他什么都没说，拉着她往外走。几乎是下意识的，出这小屋前两人都不约而同地低了头，言萧一只手抓紧背包的带子，往村口瞥了一眼，一辆警车停在那儿，车身下半部分几乎被泥巴覆盖了。

两个警察下了车，指着他们停在路上的越野车问："这辆车是谁的有人知道吗？"

没人回答，大家都是外来的，没人在意这辆车到底是谁停在这儿的。

关跃本来要往车那儿走，看到这一幕就换了方向，拉着言萧绕了屋子后面，踏着泥埂朝村寨后面走去。过了村民们住的窑洞，后面是一道道纵横交错的黄土梁，羊肠小道穿插在中间，婉转迂回。

山野荒凉，夕阳落尽余晖，天也暗了，头顶大风凛冽，西北旷野的气势在眼前一览无余。路很难走，两个人走得一声不吭，到后来只剩下言萧疲惫的喘气声。关跃拖着言萧走下一段坡地，有个年轻人开着农用拖拉机经过，看到他们就停了下来。"你们是迷路的游客吗？"当地人都挺热情。

关跃点头："是，麻烦你把我们带到附近的镇子上行吗？"

"行啊，上来吧。"

关跃托着言萧上去，后面堆着一盒一盒的纸箱，放着蜂窝煤，他挪出点地方，拉着言萧蹲下来："别坐，会很颠。"

拖拉机在黄土地上"突突突"地开出去，颠簸摇晃，扬起干燥的尘土，言萧被颠得蹲不稳，关跃用手臂箍住她的腰，两个身体紧紧贴在一起。言萧双手抱着膝盖，蹲姿矜持，脸一点一点拉紧："如果被他们逮到会怎么样？"

身下又是一颠，关跃稳稳地扶着她，她刚才说话的声音低低的，不是离得近差点听不到。他转到她耳边说："我们是从那群盗墓贼的窝点里跑出来的，手上还有文物，你说被逮到了会怎么样？"

言萧脸沉着，一动不动。裴明生说过等风头过去，她回去还是那个前途无量的鉴定师，但如果被警察逮到，那就彻底毁了。她只想扳倒五爷，让自己重回古玩圈，可不想毁在半道上。她想到这里不禁悄悄看了一眼关跃，有他这个小十哥在，这一路上注定不会太平。

直到天黑才到镇子上，言萧双腿都蹲麻了，被关跃半扶半抱地弄下去。

关跃带着她找了家旅馆，柜台后面的老板娘胖乎乎的，慈眉善目，看起来很好说话。关跃问："身份证掉了可以住吗？"

老板娘有点犹豫："万一有警察查的话，不合规定啊。"

关跃把言萧揽到跟前："我女朋友实在累了，开个房先让她休息，我马上去补办。"

老板娘看看言萧，看着的确是累，额头上还有汗呢，她摸出把房间钥匙："那好吧。"

言萧跟着关跃往房间走，头顶的灯昏暗，她笑一声："你这种人就连说谎都容易让人信服。"

关跃停在一间房门口，掏钥匙开门："为什么？"

"一本正经地胡说八道。"

关跃："……"口袋里的手机忽然振动起来，关跃拿出来按了接听。

起初没声，等他叫了一声"齐哥"才传出齐鹏的声音："小十哥，这么久没等到你，我担心你落到条子手里了呢。"

"没有。"关跃推开房门，把言萧拉了进去。

"那就好，我们已经到了，就等你们了。"

"知道了。"关跃挂了电话。

言萧隐约听到了一点："怎么，齐鹏那边这么顺利？"

"嗯，他走西边，可以直接到朱水镇。"

"那他干吗非要我们走东边绕个大圈子？"

"你说为什么？"

言萧瞬间懂了，低低骂了一句。齐鹏是故意利用他们来吸引警察的目光，好方便自己带着五爷脱身。

关跃按亮灯，在屋里转了一圈，锁紧窗户，回头朝门口走："你就在这儿等我，我去把车开回来。"

言萧本想阻止他，但他脚步太快，她话都还没说完，他就带上门走了。她想了一下，如果没车，后面的行动的确不方便，只不过觉得这样去有点冒险。其实也未必阻止得了，他这人向来有自己的主意。

关跃一走，狭小的房间里就变得分外安静。言萧打开背包看了看，带来的衣服没几件，这一路都已经换得差不多了，之前也来不及洗就一股脑收在了包里，关跃的和她的都混在了一起，再不洗后面就没的换了。

她拿出来，走进洗手间里放水，抹上肥皂，在水池子里一件件地搓。搓到关跃的内衣时觉得有点古怪，她长这么大还没给男人洗过衣服，尤其是内衣，这算什么？

随便洗了洗，把衣服挂在浴帘的杆子上晾了，她简单洗漱了一下，就走出洗手间，倒在床上。她本意是想等关跃回来的，但这一天的逃窜实在太累，没一会儿就睡着了。

这一觉睡得很久很沉，中间一次也没醒过，睁开眼发现窗外天都亮了，再看看旁边，关跃还没回来。言萧清醒了大半，马上起床。走进洗手间，多亏这里气候干燥，昨晚洗的衣服已经全干了。

洗漱完出来，正收拾着背包，手机响了起来。她拿起来看到关跃的名字，立即按了接听："你怎么回事……"

关跃的声音在手机里听更低沉："一大早就质问我？"

言萧没好气："我以为你被抓走了呢！"

手机里一声低低的笑，穿人的耳膜："没有，你出来，我在街尾的巷子里等你。"

言萧背着包出去退了房，出了旅馆，左右看一眼，天不太好，阴沉沉的，但镇子很热闹，现在刚过早上八点，街上已经摆满了小摊。沿着小街一直走到头，果然有个宽巷，堆着废砖废瓦，还有一些别人不要的旧家具。越野车脏兮兮地停在那里。

关跃站在车后面，高大的身躯被挡了一半，露出一条腿，漆黑的长裤裤脚边上沾了灰尘。随后那条腿一收，从后面走出来，他看着言萧："吃饭了没有？"

"这种时候谁还顾得上吃饭。"

"那就是没吃。"关跃拉开车门，从车里拿出个方便袋递给她，"吃吧。"

言萧接过来，袋子里装的是几个包子，还是热的，她拿出一个咬了一口，一边上下打量他两眼，他眼下泛着微微的青灰，精神看起来倒还好。她问："你昨晚又一夜没睡？"

"睡了，回来的时候不早了，就在车里睡了，进旅馆要惊动老板娘，反而麻烦。"

言萧一顿："怎么忽然觉得我们这两天过得跟亡命天涯似的？"

关跃被她说得笑了下。

言萧又吃了一口包子，不知道是什么馅儿的，很油腻："这一路挺顺利的？"

关跃脸沉了点："可能吧。"

"什么叫可能？"

关跃往巷子外面看，眼神像警觉的豹子："在这里是还算顺利，出了这个镇子就未必了。"

言萧一下回味过来："他们堵在外面了？"

"嗯，我也是刚发现的。"关跃低头掏出根烟，点着了抽了两口，眉心皱得更紧了。

言萧心里不爽："齐鹏现在是舒服了，换我们在这儿给他挡枪。"

"五爷在他那儿，他当然要找人铺路。我们要是不配合，他也不会放心跟着我们去陷地之城。"说到这儿他又补一句，"早说了叫你别来。"

"我来这儿是对付五爷的，不是来跟警察作对的。"

关跃抬头，发现言萧的脸上很冷。他有感觉，被警察一直这么跟着，她早就烦了。他没往下接话，催促她："你快吃。"

言萧的眼神转到他身上："你打算怎么办？"

"等你吃完我再说。"

言萧只好咬着包子一口一口吃了："好了，说吧。"

"再吃一个。"

言萧："……"

"快点，吃不饱怎么赶路？"

言萧只好又吃了一个："说！"

关跃一根烟正好抽完，扔在地上踩灭，拖着她的胳膊走到巷口，指了个方向："往那儿一直走，大概两百多公里就能到朱水镇。我等会儿开车引开他们，你先过去。"

言萧脸上的神情更冷了："你不怕被逮到？"

"包你拿好，我手上没有文物，应该没事。"

"应该？"言萧冷笑一声，"逮到之后查到考古队的事呢？你明知道他们在找你，你这个小十哥不是自投罗网？"

关跃头低了点，眼盯紧她："我也不一定会被追上。"

言萧推开他，拉开车门坐进去，把包从车窗里递出来塞给他："我来引开他们，你先走。"

关跃伸手去拉门把，她已经落了锁。

"下来。"

言萧的侧脸对着他，没有表情："别废话，你明知道比起你，我的身份更安全。"她发动了车，开了出去。

关跃追了几步没追上，她开得很快，直冲出街道，转眼就看不到车了。

这一带交通闭塞，车开出去老远还是土路。好在山少了，地势渐渐平缓，视野开阔，能看见很远之外的情况。前面不远的路上停着警车，居然有三辆，他们还调来了支援。

言萧开得飞快，记住了关跃说的朱水镇方向，油门一踩，直冲了过去。警车顿时就追了上来，一瞬间警笛大作。

言萧紧紧地握着方向盘，不知怎么就想起了当初在西安跟关跃飙车的场景，谁能想到她有一天会跟警察飙车，还是在这样的路况下，坑洼不平，轮胎都像是要飞出去。她朝后视镜里看，就一辆警车跟着；再往后看，还有辆破旧的黑色小轿车也在开，另外两辆警车都在追着黑色小轿车。

言萧朝那辆小轿车看了两眼，她有点明白了：原来之所以有三辆警车等在这儿，是因为他们要追的不只是她跟关跃……

关跃在镇子上找到一家租车行，很难得有四轮的车可以租，但几乎都是报废的货车，听说他要租，出价贵得离谱。他急着去追人，顾不上，随便挑了一辆，掏出身上的现金，点了点，差不多正好够付。"油加满。"他把钱递给老板。

老板是个肥胖的中年男人，以为他是外地的游客，就想宰上一把，叼着烟说："你这出的太少了，还要加油，不够啊。"

关跃站在门口，手里拎着言萧的包，逆着光，身形显得格外高大，冷冷地盯着他："给你五分钟，慢一秒你试试。"

老板冷不丁打了个哆嗦，乍一看觉得这男人也只是个头高点，但一见他沉了脸就不像善茬。老板见的人多，心里也犯怵，担心惹上事，闭上嘴转头去加油了。

关跃转头走到店外，刚才隐约听见的那阵警笛声已经听不到了。他眉心皱着，计划着路线，甚至后悔带言萧走这一趟了。

"行了，加好了。"没几分钟，老板在店里说。

关跃大步走进来，一言不发地上了车，门一关上就冲了出去，速度快得吓人。

这一带山多、路窄，濒临报废的货车开在上面，颠簸摇晃得跟随时要散架似的，并不好走。关跃尽管开得快，过了中午也没能追上言萧。

朱水镇与蒙古搭界，临近漫长的沙漠边缘，现在还没开到，车前方的路面已经是大片的荒漠。头顶的天阴沉，从沙漠方向吹来的风却燥热沉闷。这阵枯燥的风终于又送来警笛声，关跃马上急打方向盘，追着声音开过去。手机在疯狂地振动，他来不及看就拿起来按下接听。

"小十哥，到了没有？"不是言萧，是齐鹏。

关跃脚踩着油门，双眼牢牢盯着前路："快了。"

"记得别把条子带来镇子里。"

"我知道。"关跃顿了顿，沉声说，"言萧已经替五爷引开那些条子了。"

齐鹏在手机那头笑了一声："是吗？还是你有本事，你的这个女人可比当初在杭州的时候要听话多了。"

关跃这么说是在替言萧邀功，免得她再被针对；齐鹏也不傻，听得出来，卖了个面子，算是接受了。

电话挂断了。关跃放下手机，紧紧抿着唇，开上一块坡地，居高临下地往下方望，有辆车碾过荒漠里零星的毛草开过来，光看下方的车辙印就知道在这里绕了无数圈了，他加速开了过去。是他的那辆黑色越野。关跃边开边往越野车的后面看，没看到有警车跟过来，松了口气。

越野车开到一片坡地下面，停下了。远远地，关跃看见言萧伸头出来看了一眼，应该是在辨别方向。她的后方忽然滚来一阵尘烟，一辆破旧的黑色小轿车正在往她那儿开，速度飞快，风声太大，盖住了引擎声。

关跃看了一下方向，没见那车有减速的迹象，反应过来，油门立即踩到底，往那边疾冲。还剩几百米的距离，眼看着就要到了，货车忽然熄了火。他重新拧下车钥匙，车响了两声，却没能点起火，于是抓了包就推门下车，朝前狂奔。

言萧好不容易摆脱那几辆警车，刚确定了朱水镇的方向，就瞥见后视镜里有人跑动的身影。她探出头去看了一眼，一愣，那居然是关跃，接着就看到他指了下她身后，嘴里喊着什么，但都被风吹远了。还没转过头，已经听到后方汽车轰鸣的声音，她迅速回头看一眼，转头就把车开了出去。

根本没能来得及，那辆车已经冲了上来，重重地撞在越野车的车尾，她身体不受控制地往前一冲，撞在方向盘上，胸前一阵钝疼。越野车瞬间被推出去很远，失控一样往前横冲直撞，她咬着唇猛打方向盘，把油门踩到底。车急转向冲上一片坡地，车轮打了个滑，撞在一棵干枯的胡杨树上，后面的小轿车也被巨大的力量甩开，原地打转了一圈才停下。

远处关跃正迅速地往那儿跑，亲眼看见有人从那辆撞越野车的小轿车里跳了出来，还恶狠狠地扭头往他这里看了一眼，面孔近乎扭曲，是黑狗。还没等他追上去，黑狗已经朝言萧那里跑过去了。

言萧捂着作痛的胸口从车里一下来就看到了凶神恶煞的黑狗，转头就跑。难怪刚才警车也在追这辆车，她还以为只是巧合，没想到车里的人居然是他。越野车是关跃的，黑狗一定是跟着车过来的，才会把她当作目标。

没跑出多远，她的胳膊就被黑狗抓住了。黑狗一把抓住她的头发往前拖："你们拉老子当垫背，老子死也拉着你们一起，弄死一个赚一个！"

言萧挣扎了几下没挣开，一抬腿，膝盖顶在他裆间。黑狗疼得身体缩了一下，不自觉地松了手，言萧趁机跑了出去。后面脚步踏着沙砾直响，一只手臂勒着她的脖子把她又拖了回去。言萧脸色涨红，憋出一句："你大爷的……"齐鹏害他，他却对她下手，没见过这种畜生。

黑狗被警察追到现在，早就恨红了眼，勒着她就往土丘后面拽……

关跃一路紧追过去，却还是花了点时间。等到了土丘后面，只看到一大摊血，没有看到人。他迅速扫视，来不及思考，脚已先一步循着迹象跑出去。没法大声呼喊，警察在追；风声太大，喊了也不会有回应。

远处的警笛声又传了过来，关跃转了转头，忽然看到远处有人影一闪而过，似乎是黑狗，他立即朝那头追过去。警笛声更近，黑狗注定逃不掉了。他不再往下追，喘着气在心里迅速判断了一下，转头朝黑狗闪出的方向找了过去。

天更阴沉，连光线都暗了，风吹过地面，尘沙一阵轻烟似的掀过去，地上隐约可见星星点点的血迹。关跃顺着这点痕迹看到了前面一间半塌的土屋，他快速冲了过去。

警笛声似乎远去了，听在耳朵里有点不太真切。他一脚踹开门，忽然迎头扑来一道人影。关跃手疾眼快地抓住对方手腕，那只手高高举着，手里拿着一把刀，如果动作晚了一点就会朝他身上扎下来了。他扔下包，用两只手制住了对方。

扑过来的是言萧，她浑身是血，高高举着那只手，手里抓着他给她用来防身的那把刀，刀尖对着他，大口大口地喘着气。"是我，言萧，你看清楚！"关跃紧紧抓着她的手腕。

屋子里面什么都没有，昏暗的一片，只有一根胡杨木做的柱子撑着摇摇欲坠的屋顶。言萧就站在这根柱子前，似乎终于看清了他，眼里有了焦距，凛冽的脸色慢慢缓和下来。关跃把她拉近点，仔细看了看她身上的血迹："你受伤了？"

"没有。"言萧喘着气，脸上煞白。

关跃松开她的手，拉开了她的衣领，动作太快，甚至连衣扣都扯掉了一颗，露出她胸口黑色的文胸边沿，上面也沾了血迹，但已经干了，褐色的一块粘在她颈下。言萧的眼神忽然闪了一下，"不是我的血……"她声音很轻，像梦呓，"我捅了他，三刀……"

关跃紧抿着嘴，看着她的脸，但她不看他；昏暗的土屋里一张脸朦胧模糊，她像是神游天外。他拿下那把刀扔在一边，抓着她的手却没松，反而握得更紧，忽然一扯，抱住她低头就堵住了她的唇。

言萧的唇很凉，一开始她只是木木地站着，没过两秒，像是一下活了，伸手钩住他的脖子，主动回应。关跃吻得格外用力，言萧抱着他的脖子，整个人都贴在他怀里，唇舌滚烫。她心口怦怦直跳，身体在他怀里轻轻地战栗。

关跃捧着她的脸，咬着她的唇，从她的脖子一直吻到她的耳边，收紧手臂，恨不得用尽全身力气抱住她："别怕，言萧，他死不了。"他有点后怕，黑狗毕竟跟疯了一样，如果她拿出刀来被夺过去，那才真是危险。

言萧胸口起伏，好一会儿才开口："我没怕，是他活该。"当时什么都顾不上了，如果不这样，恐怕被捅的就是她了。

关跃低头看她的脸，低声问："刚才在想什么？"

"没什么，什么都没想。"脑子里是空的，她只知道要保证自己的安全，这是他教她的，他说出了事他会善后。

关跃摸了摸她的脸颊，她脸上的冷汗沾在他手上。他又多擦了几下，总觉得她刚才的模样像是怀着什么心事，但他没有多问，只很轻很缓地说了句："没事了，言萧。"

"嗯。"言萧抱住他的腰身，闭了闭眼。她的脑子很乱，夹杂着曾经混乱的记忆，如果不是关跃及时出现叫醒了她，她甚至忘了自己刚才是在哪里、在做什么，那些反抗像是出于本能。现在被安抚了，才找回自己的头绪。

直到呼吸平复了，她才察觉彼此这样抱着好像太过亲密了，但关跃没放手，她依旧窝在他怀里，抬眼看看他，他来得太急，身上沾满尘土。他这种模样，她居然从他怀里感觉到了安全感。她不禁笑了一下："我们俩现在，简直像是无处可逃的孤魂野鬼。"

关跃一只手抱着她，一只手从裤兜里掏出烟盒，颠出一根，想低头去叼，最终又摁回去，收回了裤兜，很久没说话。刚才他的脑子里也几乎什么都没想，唯一的想法就是她别出事，直到现在，剧烈跳动的心脏才算是回归原位。

四周昏暗，只有头顶的破孔里投下来一束光，裹着束灰尘，照在两人头顶。言萧忽然从他怀里站直，抬头盯着他的下巴："总被警察追也不是办法，小十哥。"

关跃低头看过来，她这声叫的有点不同。言萧眼神渐渐有点微妙："你有没有想过，跟警察合作？"

他眼珠动了一下："没有可能。"

"有可能，"她忽然说，"你不用出面，我认识李正海。"

土屋里光线昏暗，但还是能看出关跃明显愣了一下："你怎么会认识李正海？"

言萧说："他以前在杭州工作的时候认识的。"

他又问："怎么认识的？"

"就这么认识的。"

关跃坚持追问："到底怎么认识的？"

言萧觉得不说清楚他大概是不会考虑这个提议了，沉默了一瞬说："一个亲戚侵吞了我父母留给我的遗产，我报了警，是他负责查办的。"

关跃回忆起了什么："所以你是真的穷过？"

"穷过。"言萧顿了顿，"非常穷。"

穷到住桥洞的地步，饭也吃不上。她都快忘了那种感觉了，现在说起来也没什么太大的感觉，毕竟也过去很久了。

"你的父母都去世了？"

"嗯，养父母。"

关跃没作声，她是孤儿，这他也没想到，其实他对她的过去一点也不清楚。想了想，他又觉得不对："如果没弄错，这应该算是经济纠纷，去法院告就行了，怎么会牵扯上警察？"

"因为我伤了那个人。"言萧看他一眼，"我打伤了他，打到重伤，正好是李正海过来查。"

关跃盯着她，她看起来不像是开玩笑。他沉默了两秒，怀疑之前她那模样就是因为想起了这段往事。但看向言萧，她一片平静，之前的样子更像是她的一时失态，假如他来晚点，她就收拾好了，再不会表露半分，他也就当不知道："后来怎么样了？"

"事情解决了。"

言萧说得简略，关跃却感觉没这么简单。她说这话的语气很冷，可能连她自己都没察觉。

"这不重要，"言萧语气一转就把这事抛诸脑后了，"你考虑一下我的提议，就这么一次机会，我不想出什么岔子，你肯定也不想。"

关跃思考了几秒，既没有答应，也没有拒绝，只说："我出去看一下情况。"他先开门出去了。

言萧站了一会儿，彻底平静了，拍掉身上的灰尘。关跃带来的包还扔在她脚边，她拿了，从里面找出件衣服换上。那件染血的衬衣都快看不出模样了，她就地扔了，背了包走出去。应该就要到傍晚了，四周灰茫茫的，空气沉闷又干燥。

关跃站在外面点了一根烟，已经抽了半截，回头看到她，说："警察都走了，应该是去追黑狗了。"

言萧看着他："到底怎么样，你想好了没有？"

"想好了，"关跃吐出口烟，"犯不着明着合作，等时候到了你给李正海透个消息就行，主动权在我们手里。"

言萧不禁笑了，伸手挑住他的下巴："厉害啊，小十哥！你这是连警察都要利用啊。"

关跃眼角弯了一下，因为觉得她以往的劲头又回来了。他顺势抓住她那只手："就这么定了，走吧。"

言萧看了眼被他抓着的手，没有说话，任由他握着，默默跟上。

回到停车的地方，越野车在胡杨树上撞歪了保险杠，斜着停在那里。关跃松开她，走过去用脚踢了踢，没什么大问题，还是能开的。"上车。"

言萧跟着坐上去，本想问问他是怎么追来的，可是实在太累了，还是算了。

关跃发动了车，掉转方向，往朱水镇的方向开。天阴得更厉害，很快就黑下来了。他一边开着车，一边拨通了齐鹏的号码。

对面似乎早就在等着了，忙音只响了一声就通了："小十哥，条子甩掉了？"

"齐哥放心，我们已经在来的路上了。"

"那就好，镇上有家月牙客栈，你们过来。"

"好。"

刚要挂电话，齐鹏又叮嘱了一句："我家里人也在，见了面别说漏嘴。"

关跃目视前方，眼神沉静："知道了。"

足足三个多小时的路程，车进镇子的时候天早就黑透了。这镇子因为临近沙漠，条件不好，还小得可怜，就一条街贯穿全镇。月牙客栈很好找，就在路边上，一栋小楼，门口悬着昏黄的灯泡，看起来更像是民居。

关跃停了车，看到言萧歪着头没动，拨过她的脸，才发现她已经睡着了。这一路上她也的确够累的了。他先下车，脚一沾地就看到站在门口的齐鹏。

"不容易啊，小十哥！这都什么时候了，你们可算到了。"

"我们被黑狗袭击了。"关跃话里有话，这危险是他造成的，有必要让他知道。

齐鹏倒也肯担责任："这事是我欠考虑了。有五爷在，不得不叫你们多奔波点，五爷都放在心里了。"

"替五爷办事，应该的。"

齐鹏笑一声，听起来挺满意："这里不方便多说，我就开门见山了。五爷叫我转达，你尽快做好发掘准备，有条子盯着，他想尽快得到陷地之城。"

"已经准备好了，随时能去。"

"还是你办事靠谱。"齐鹏抬手抛过来一把钥匙，"房间给你们开好了，后院有吃的，好好睡一觉，这两天辛苦了。"

关跃接住钥匙，看着他进了门，回头去车上抱言萧。尽管很瘦，但言萧身材高挑，抱在手里也是有分量的。上次她被麻醉枪打中，关跃也抱过她，但那是在平地上走，从车里走到帐篷也没多远。这回不同，他要抱着她一直走上楼梯。

还要找房间。抱着她走到房门口，他的呼吸就有点粗重了。关跃抬起一条腿，帮着撑住言萧的身体，腾出一只手开门。门打开的时候，腿上的人轻轻动了一下，很轻微的动作，但关跃还是感觉到了。进了房，合上门，他把她撑在门上，伸着一只手去摸灯的开关。言萧的身体自然而然地往下滑，她又动了一下。关跃低声说："你在装睡？"

黑暗里，一双手臂缠住了他的脖子："嗯，被你发现了。"

"故意整我？"

言萧笑了一声，声音低下去："不，我只是在想，如果我今天真的被黑狗弄死了，你大概就是这样抱我回来了……"

"胡说什么。"关跃忽然打断她，语气很冷。

言萧愣了一下，轻描淡写地说："开个玩笑而已。"

关跃没作声，身体往前挤，把她紧紧抵在门上，头低下去，没有碰到她的唇。他的嘴在黑暗里挨着她的下巴，顺着往上，移到她耳边。"别开这种玩笑，"他的声音低沉得过分，"言萧，我不希望你有事。"

房里安静了几秒，言萧手扶着他肩膀，脚踩到地，从他怀里站了起来，伸出一只手在墙上摸了摸，开了灯。灯亮了，她的脸上带着微微的笑，一只手摸了下他的脸："你知不知道，你这样会让我越陷越深的。"

关跃一瞬间盯紧了她。

"我先洗个澡。"言萧当作没看见他的眼神，转头进了洗手间，语调很轻快，仿佛刚才说的那句也只是个玩笑。

关跃目送她进了洗手间，直到那扇门关上，他对着门站着，抬手抹了把脸。越陷越深是好事还是坏事，或许他自己也说不清楚。他只知道，他已经中招了。站了一会儿，里面水声响起，他的头脑似乎也被冲刷干净了，打开房门走了出去。

言萧洗完澡出来，就见门口的置物柜上放着只大碗，装了半碗米饭，上面堆着菜，整只碗就满了。关跃刚回来，站在旁边说："刚端上来的，吃吧。"

言萧看看他，拉了一下身上宽松的 T 恤衫。她洗澡时一直在想刚才自己说的那几句话，没想到出来后第一眼看到的是他端来的饭。她其实早就饿了，午饭就没吃，一直耗到现在，这两天过的简直不是人过的日子。她端起碗，看到饭上面的菜黑乎乎的，连做的是什么都看不出来。"五爷在这儿就吃这个？"

关跃说："为了钱，有什么是不能忍的？"

她拿起筷子："这老东西还真够励志的啊！"

关跃一手掏出手机，往窗边走："我打个电话回队里。"

言萧端着碗，靠着墙，一口一口地吃了一大半。放下碗时，关跃这通电话还没打完，听起来应该是在跟石中舟说话。

她又走进洗手间刷了个牙，出来后一头倒在床上，眼睛瞄着窗边的关跃，听到他低低的声音说："你们先去沙地里准备，用不了多久我就会过去。"说话时他还特地回头看了她一眼。

屋子里又小又静，浮着一股不大好闻的味道。言萧闭上眼睛，又回想起之前被黑狗追逐的画面，勾起了很久之前那段不好的回忆，皱着眉翻了个身。关跃的声音似乎也放低了，听在耳朵里让人安心，于是那些不愉快的回忆又远去了。耳中他的声音又低又沉，分外催眠，疲倦往上涌，她很快就睡着了。

第二十章
五　爷

言萧一觉睡到天亮，睁开眼睛，房间里一片金黄。沙漠地带的小镇只要天气一好，铺天盖地都是阳光，没有遮挡地照下来，刺人的眼。言萧坐起来，看看身边，关跃不在，但她知道他在身边睡了一夜。昨天后半夜她觉得身上很沉，迷迷糊糊醒过一次，发现关跃的半边身体都压在她身上，手臂揽着她。她想推开他，反而被他搂得更紧。她的感觉那么真实，总不可能是鬼压床。

起床洗漱完，她换了件便于行动的衬衣，出了房间。一路走到楼下也没有看到人，这间客栈里好像没有别的住客，特别安静。言萧一直走到后院，那里有间厨房，烟囱里正冒出白烟。

一个女人站在门口，远远地看着她："言小姐？"

言萧走过去："我是，你哪位？"

那女人明显上年纪了，盘着头发，穿着黑底刺绣的中式上衣，挺有气质。她冲言萧客气地笑笑："我叫许恩叶，齐鹏是我丈夫，听说你们昨天晚上才到，我睡得早，也没见着。"

言萧有点意外，没想到齐鹏居然把自己的老婆也给带来了。

"来吃早饭吧。"许恩叶把她迎进门。

言萧转头看了看，没看到关跃。

许恩叶眼尖地察觉到了："你找关十哥吗？他跟老齐在说话呢，好像是说参观的事。"

言萧点点头。

许恩叶给她盛了碗粥，放在小桌上凉着，笑笑说："你吃吧，我送碗饭给老齐的老板去。"

言萧顺嘴问了一句："那位老板怎么不自己下来吃？"

"老爷子感冒了，一直没好，也不想出房间，还是我送去吧。"

言萧一点也不意外，五爷那个老狐狸当然缩得比谁都深。

许恩叶眉眼细淡，笑得也淡，没多说别的，转头去灶上盛了一大碗粥，端着往外走："你慢慢吃。"

言萧目送她出了门，端着白粥喝了几口，恰好看见关跃走进了后院，她放下碗走出厨房。太阳刺眼，关跃一路走过来时微眯着双眼，两条腿迈动，在地上拖出斜长的身影。一直走到院墙的角落里，他弯腰拨拉了一下，拎出一只汽油桶，转身看见了言萧。"吃过饭了？"他顺口问。

言萧也就喝了那几口粥，但并不饿，就说："吃过了。"

关跃拎着汽油桶往回走："我给车加点油。"

言萧跟上他："你跟齐鹏都谈好了？"

"嗯，马上就动身。"

他穿过客栈前厅，到了外面，车停在路边上，一夜过后落了一车顶的沙子，加上之前撞的地方，看起来又脏又狼狈。关跃弯腰给车加油，发现她跟了过来，看她一眼："还有话说？"

言萧跟着弯下腰，凑近他："齐鹏把他老婆也带来了，你见到了？"

"见到了，那是五爷的意思，要齐鹏带着老婆以旅游当幌子，好给他做遮掩。"

言萧觉得好笑，这老东西可真够阴的，不过她要说的不是这个："齐鹏的老婆在照顾五爷，也许……"

话没说完关跃就摇了一下头："没可能，刚才她端粥过去的时候我就在那儿，她连门都进不了，是齐鹏接手送进去的。"

言萧："……"言萧还打算从许恩叶这边找机会探一探五爷的相貌，听了这话就知道没可能了。

一桶油全灌进去后，关跃直起身，声音很低，像是随口一说："不要紧，只要他肯亲自去陷地之城就行了。"

"为什么？"言萧左右看了看，凑得更近，就快贴到他身上了，"你是不是早就计划着在那儿把他……"

关跃把空桶扔在一边，拉开车门："上车说。"

这客栈应该是被齐鹏包下来了，没看见别的人，周围也就全成了五爷的地盘。虽然从客观条件上看齐鹏不太可能在门口装个摄像头或是窃听器什么的，但防人之心不可无。反而关跃的这辆车是安全的，有他在，车里车外都不可能被动手脚。言萧坐上车，关跃跟上来，把两边车窗都闭上。

"从这里过去，靠陷地之城最近的地方叫风庙村。齐鹏会把他老婆留在前面，夜里带着五爷去风庙村跟我们碰头，然后跟我们去陷地之城，到了就直接发掘。"

"这都是五爷的安排？"

"对。"

言萧耐着性子等他说重点："然后呢？"

"风庙村是个不错的地方，我的队友都等在那里了。"

昨晚他跟石中舟打过电话，言萧的第一反应是考古队里的队友，但接着就反应过来他说的应该是文保组织里的那些队友。他是打算在那儿就制住五爷，那样一来，五爷连陷地之城的地方都见不到，就别提到了。如果是这样，那她之前的担心倒是可以放下了。"所以我没猜错？"

"没猜错。"关跃说，"你可以给李正海打电话了。"

言萧看他的眼神忽然变得有点意味深长，转头去推车门，准备下车。

关跃拉了她一把："干什么这样看我？"

言萧回过头，正对着他高挺的鼻梁，伸手捏了捏他的鼻尖："觉得你聪明而已，男人太聪明了，会让女人很有压力的。"

关跃微低头，眉头往下压，眼神忽然深沉，很久才说："我有时候也没你想的那么聪明。"有时候也没那么聪明，明知道不该，还是会往里面跳。

言萧挑起眉头，眼里带着疑问。但他没说下去，松开手说："去准备吧，马上就要上路了。"

　　言萧靠在椅背上看着他，他的短发在这些天的奔波里变长了点，下巴上冒出泛青的胡楂，脸对着窗外，目光所及的远处，是那片金黄的沙漠。她轻轻搓了搓手指，其实能感觉到他这话指的是哪方面，但对于其中的意思最终也没有细究，大概是因为追究不起。她坐了一会儿，终究打开车门下去了。

　　回到房间后，一关上门，她就拨出了手机上的号码。那头李正海似乎很忙，很久才接通。言萧把手机贴到耳边，听见他的声音："言萧？"

　　"是我。"

　　"我刚想打给你，你最近在哪儿？"

　　言萧说："还在西北。"

　　李正海在电话那头停顿了一下："我这里前两天端了一窝盗墓贼，追的犯罪嫌疑人里有个人很像你。"

　　言萧想了想，也没遮掩："对，那就是我，我就是为了这个才打给你的。"

　　"到底是怎么回事？"李正海的口气一下严肃了。

　　"那是个误会，我是被五爷的人盯上了在跑路，正好遇到警察追过来，怕惹事上身。你也知道我现在的名声，被警察追上，要是曝出去，怕是又得上一次头条。"

　　隔着电波也不知道李正海有没有相信，他那边好一会儿都没声音。言萧趁机说："我知道五爷的行踪。"

　　李正海立即开口："你知道？在哪儿？"

　　"风庙村。"

　　"你确定？"

　　"确定，我被他追到现在，这是我好不容易得到的消息，大概今天夜里他会在那里出现，有具体消息我再通知你，不用主动联系我。"言萧说完就挂了电话，怕李正海追问，连手机也关了。听说现在警方的追踪手段是很高明的。

　　楼下有说话声，她走到窗边往下看，五爷低着头、弓着背，正被齐鹏扶着上车。他戴着墨镜口罩，遮得严严实实，什么也看不出来，从她的角度只能看到他花白的头顶，他一晃就进了车里。许恩叶跟在他们后面，等齐鹏都安顿好了才上车，坐到了副驾驶座上。言萧转头收拾了一下，拎上包，出门下楼。

　　关跃等了有一会儿了，言萧一上车，他就拧下了车钥匙。后面的齐鹏按了一下喇叭，意思是准备好了，关跃把车开上道，在前面领路。走了有一会儿，他才低声问了一句："都联系好了？"

　　言萧瞄着后视镜里的路虎："好了，后面就看谁的运气好了。"

有的时候成事是需要运气的，她都倒霉到今天了，怎么着也该转转运了；五爷那个老东西藏到今天，运气总不能让他一个人都给占着吧？

这一路枯燥乏味，沿途都是枯黄的色调，车一开过去就是一阵飞扬的尘土，什么能看的景致也没有，也没看到村镇。言萧如今对这种景象看得多了，已经没什么感觉了，何况现在也没有那个看风景的心情。

中间齐鹏跟关跃通过一次话，许恩叶的声音从电话里传出来："之前不是说好的还要去阳关和嘉峪关那些地方的吗？怎么走得越来越偏了？"

齐鹏低声跟她说了两句什么，话题就被岔开了。他对自己老婆倒是难得的温言软语。这一路所有人都各怀心思，大概也就只有许恩叶以为他们真是来旅游的吧？

开到中午，中途没有地方停车，午饭也没能吃，只能继续往前开，到了下午三点多才看到一个镇子。这种偏远的小镇，路上都看不到什么人。齐鹏的车超过了关跃的越野车，沿着路开了一圈，停在一家看起来还不错的餐馆门口。他开门下车，招手示意关跃停过去。"大家都饿了，下来吃饭吧，这顿老板请客。"到了这种地方，他连称呼也变了。

许恩叶跟在他后面下车，乖顺地跟着他的脚步进了餐馆。言萧紧跟上去，想趁机朝车里看一眼，但齐鹏随即就把路虎的车门拉上了。"就我们吃，老板感冒没好，同桌也不方便，回头我会安排的，走吧。"

言萧冷眼看着他进了餐馆的门，又看了两眼路虎的车门。关跃抓住她的手，拉着她过去，经过路虎的时候走得尤其快，没有半点停顿，更没表现出半点好奇。

言萧刮了刮他的手心，贴近他低语："放心好了，最后一步，我沉得住气。"

关跃没回头，只有声音低低地传入她耳中："真不错，你现在连我想什么都知道了。"

话到这里就没再继续了，两人已经迈进了餐馆。里面不大，但挺干净。这个点不是饭点，餐馆里没有其他客人，摆着的桌子都空着，就一下显得大了。正中间一张圆桌最大，齐鹏已经坐下了。

打从言萧和关跃一进来，他的眼光就落在两人交握的手上，意味不明地笑了笑。言萧动了动手指，是提醒关跃，以为他会松手，但关跃没有松，反而还握紧了。她不禁看了他一眼，刚才他瞥了她一眼，分明是知道她意思的。

许恩叶不在，齐鹏看言萧坐了下来，就把菜单推了过去："言小姐，你来点吧；上次只请你吃了顿烤羊肉，怪寒碜的，今天别客气，尽管点。"

真是哪壶不开提哪壶，说起这个言萧就没好心情。

关跃在他对面坐下来："齐哥不用客气，你点就好了。"

齐鹏笑着说："就言小姐点吧，她这一路也没少吃苦头，应该的。"

言萧看都没看他一眼，接过来，展开菜单随便选了两个菜，算是给了他面子，又把菜单还回去："好了，你们点吧，我去一下洗手间。"

齐鹏冲关跃笑笑，没说什么。

言萧离开座位，找了个服务员问了一下，顺着过道走到头找到了洗手间，推门进去。里面有两个坑位，她推了推一扇门，锁着，应该有人，就进了另一边。刚蹲下去，隔壁的门就开了，有人走出去，拧了水洗手，然后带上门走了。

言萧跟在后面出来，走到洗手池边上。洗手池相当原始，是用水泥砖块砌出来的，水龙头都生了锈，边上摆了块香皂。言萧伸手去拿，看到香皂盒旁摆着个东西，她扫了一眼就被吸引去了注意力，两指捏着那东西举到眼前细看。那是只戒指，但尺寸很宽，正面呈方形，上有花纹，越往后绕才渐细了些，是活扣。

言萧拿在手里掂了掂，又端详了一番，确定这戒指的材质是纯金的，质感纯正，略沉，做工没有现代分毫不差的精确度，但极其精致。这种精致是岁月沉淀后的特质，一看就是陈年旧物，而且上面雕刻的花纹也不是现代样式，她用手指轻轻摩挲了两下才看清那是鹭鸶纹。

鹭鸶纹是古代有名的纹样之一，明代六品文官的补子上就是鹭鸶纹。光是用手接触，她就能断定这是个至少有几百年历史的东西了。言萧正奇怪是谁把这么珍贵的东西落在了这儿，背后洗手间的门忽然被推开了。许恩叶匆匆走了进来，看到她手里的戒指才松了口气："还好不是被别人捡到了。"

言萧问："这是你的？"

许恩叶点头："是我的，老齐送我的，刚洗手落这儿了，还好没丢，不然被他知道我就不好交代了。"说到这儿她还不好意思地笑了。虽然上了年纪，这样的笑容在她脸上却有点小女人的娇羞，不做作，就是很自然而然的流露，任谁都能感觉得出她身上那种被人宠着、呵护着的感觉。

言萧心里了然，那就难怪了，这是个古董，她在杭州时见过类似的，是明朝贵族的用物，而且是真品。市面上虽然少见，但不代表齐鹏得不到，他不就是干这行的吗？看来齐鹏这个人还挺疼老婆的，这东西可价值不菲。

言萧把戒指还给她。许恩叶道了谢，将戒指套到左手的无名指上。

戒指似乎不合她手指的尺寸，只能套到关节上面，她也不调整活扣，好像很急一样，随手那么一套就握起了手指，那戒指卡在指上不上不下的位置，看着有点不伦不类，她好似也不在意。言萧也不好笑她，转过身，抹上香皂继续洗手。

等她洗好拧上水龙头，回头看到许恩叶还在身后站着。"言小姐……"许恩叶看着她，欲言又止，顿了一会儿才说，"老齐这次忽然跟你们过来走这一趟，是不是要干什么事啊？"

言萧慢条斯理地抹着手上的水珠："你指什么事？"

"说不上来……"许恩叶皱眉，额头上挤出几道深深的皱纹，"这么多年来他是第一次想要带我一起旅游。"

"一起旅游还不好吗？"

"也不是不好，他这个人年轻的时候是穷过来的，向来省吃俭用，也是粗人一个；这么多年也从没讲究过什么生活品质的，忽然这样我不太习惯，何况还带着他那个老板……总让人觉得很古怪。"许恩叶看着她，"言小姐，要是真有什么事，你可不能瞒我啊。"

"没什么，我也只是跟着来的，知道的还没你老公多，你们夫妻间谈话肯定比问外人好。"言萧有意又推到了齐鹏身上，话到这儿她就开门出去了。后面脚步声跟着，许恩叶也出来了。

回到饭桌旁，菜已经上齐，但齐鹏和关跃都没动，在等她们。言萧坐下来，齐鹏的眼神从她身上一扫而过，又看一眼许恩叶，似乎确定了她没泄露什么，然后招呼大家开吃。言萧觉得这人的确会演，在家里人面前温和又爱笑。

一顿饭吃得不热络，齐鹏没有刻意跟关跃闲聊，只有许恩叶偶尔说几句，其他时候几个人就默默拿着筷子吃菜。

墙上挂着钟，关跃抬头看了看时间，已经快四点了，于是放下筷子说："齐哥，我们先过去了。"

"好，路上注意安全。"齐鹏笑眯眯地叮嘱了一句。

关跃朝言萧递了个眼色，她站起来跟他出了门。

到了门外，再经过那辆路虎车前时，言萧发现车窗开了道缝，依稀能看到里面的人在一片昏暗里笔直地坐着。如果这是个普通的老人，她会觉得这是精神矍铄，但对着他，她只感觉需要极强的忍耐力。

关跃带着她坐到越野车上，将车开出去时，转头看了她一眼。言萧双眼定定地看着前路，眼里的神采又显露出来。用她自己的话说，那是激动、兴奋。"或许我应该让你和许恩叶待在一起。"他没来由地说。

言萧摇头："那我得多失望啊，当然还是亲眼见到那老家伙落网比较开心了。"

关跃也知道这不可能，毕竟她等这一天已经等很久了……

车沿着沙漠边缘一路开进风庙村时，天刚刚有点擦黑。这村子地处沙漠边缘，小而偏僻，但村里居然修了平整宽阔的水泥路，沿路两边堆满了树苗和草团。言萧在电视上见过这些，应该是用来治沙的，难怪这小村子人来人往的很热闹。

横穿过这条街道，车轮碾上沙砾，停了下来。头顶最后一丝余晖在天边摇摇欲坠，天是墨蓝墨蓝的，连接着不见边际的沙漠，天和沙漠随着天光渐趋黯淡而浑然难分。

眼前浅浅的地表水蜿蜒而过，不远处是一片被风沙吹蚀的土丘。往前是一望无际的黄沙，沙里矗立着零星几棵孤独的胡杨树。地方到了，这里安静得仿佛只有他们两个人。关跃用手指点了点方向盘，说："等着吧。"

夜缓缓而至，这几个小时分外漫长。言萧等了很久，渐渐坐不住，下车去走动。今晚的月亮出奇地亮，沙漠在尽头延伸，另一头是小小的村落，房屋如同盒子似的排列，被照得白晃晃的。

关跃也下了车，绕过来说："确定一下李正海到了没有。"

言萧掏出手机开了机，看了看信号，刚要拨电话，却被他拦住了："发消息——到了这里就别打电话了，手机调成静音。"

言萧照办，调出短信，编辑了一条信息发出去。李正海显然是听进了她的话，到现在还真没主动联系过她。只过了几十秒就收到了回复，她看了一眼说："到了，他在等我的消息。"

关跃点点头："他藏得挺好，一点动静都没有。"不仅没动静，还沉得住气，比他想象的要配合得多。

"我怎么回复？"言萧问他。

关跃想了一下："你告诉他位置就在沙漠入口，让他继续等着，一旦收到你的消息就立即过来包抄。"

言萧心领神会，低头编辑短信，发完顺带看一眼时间，不知不觉都过了十点了。她背倚着车门，轻声问："你有把握吗？"月光拖着人影斜在脚下。

"一半。"关跃背靠车门站着，出乎意料地干脆。

言萧微微蹙眉："才一半？"

"这还算好的，如果是在他安排的地方，连半分把握都没有，不然我在朱水镇里就下手了。齐鹏就是他身边最大的变数，现在到了这里我才敢说有一半把握了。"关跃拿出根烟，叼进嘴里，一手拢着，一手摁下打火机。火光亮起的刹那，他借着火光看着言萧的脸，发现她下巴尖了不少，双唇有点干燥，很难形容她现在脸上的神情。他手一伸，钩着她的腰拽到跟前："你饿不饿？"

言萧眼睛转动，说："我不饿、不困，也不想上厕所，我平静着呢！"

关跃低笑一声，这些事情他计划了很久，但没想到真到付诸实施的这一天，身边会多出一个她来。他夹开嘴里的烟："等五爷到了，后面无论发生什么情况，你都要先确保自己的安全，记住了？"

"好。"

关跃拥着她，在月色和夜风里，耐心地等待着。

言萧嗅到他身上混着烟草和风尘的味道，心里彻底安定下来。很奇怪，这样一个说不清道不明的男人，却总给她这种安心的感觉。"哎，"她忽然用胳膊肘捣捣他，"你说你是不是闷骚，背着我把自己洗得干干净净的了吧？这么好闻！"

关跃偏头看过来："这就是你说的平静？拿我开涮转移注意力？"

"不，我真平静。"她踮脚，往他颈边贴近，深深嗅了一下，轻轻说，"平静地明白你是我的合作队友，不然我一定不只是和你接吻。"

夜色浓稠，她的话连着她的气息像是凝成了实物的藤，往他身上缠。关跃的喉结滚动，被那根藤缠得紧，胸腔里都在震动，能遮掩的只有面上的情绪，无人知道他心里的沸腾。"你想吗？"他开口，口气如常，尽量压住那一丝丝的冲动。

"你敢吗？"言萧反问。

关跃听出了她语气里的挑衅：三分挑衅，七分骄傲。当然，她现在有资本骄傲了，尤其是在他面前。他笑了，笑声很低，搂着她的手用力一按，按着她在自己胸前，手下是她的腰，真是软成了藤一样，还热，是可以融化的热度。他的声音混着风声响在她头顶，听起来特别邪气："有种你等着。"

言萧心里陡然一烫，或许脸也热了，她没了声，因为他这句话。等什么，不言而喻。这句话带着男人的匪气、占有、狠戾，甚至还有一丝莫名的决绝。她靠着男人坚实的躯体，没再往下想。

关跃不再抽烟，说完这句话后就把烟掐灭了。不出一分钟，有车灯照了过来。"来了。"他松开言萧。

言萧顺利站直，收敛心神。灯光划过村口，路虎车的轮廓慢慢清晰，朝这里开了过来。言萧看到关跃忽然扭头朝远处的土丘看了一眼，猜他的那些队友应该是到了。

车平缓地开到了跟前，停住。齐鹏开门下来，还没说话，先转头看了看左右。

关跃说："放心，这里没有别人。"

"是吗？"齐鹏转回头来，"那就好，这么偏的地方不得不防啊。"他的语气听来别有深意，说完这话，转头拉开了后排车门。

言萧瞥见里面坐着的人影，背过身走开几步，悄悄编辑好了短信，手指刚要按下发送，忽然瞥见身旁接近的人影，下一刻胳膊就被一把抓住了。她回过头，关跃就在身侧，把她的手机按了下去，轻微又迅速地摇了一下头。言萧察觉出不对，看向那辆路虎，里面的人走了下来：不是五爷，而是齐鹏的老婆许恩叶。

齐鹏在那头道："老爷子谨慎，叫咱们先来看看，怎么样，这里没什么问题吧？"

关跃说："齐哥都看到了，就我们两个人。"

"好，"齐鹏点头，"这里安全就好，我这就回头去接老板过来。"

"真不知道你在瞎折腾什么。"许恩叶嘀嘀咕咕地站到旁边。

齐鹏笑着说："你一个人待在宾馆也闷，出来转转，正好跟人家聊会儿天，也省得人家干等着无聊。"说完他就上了车，又沿着来路开回去了。

言萧有点烦躁，走到车前面，手里紧紧攥着手机。还好消息没发出去，不然李正海带人包抄上来却没有五爷，那就打草惊蛇了。现在齐鹏还故意把老婆丢在这儿，就像多了双眼睛，让她跟关跃连私下说话的空间都没有。都到这一步了还来这么一出，难怪关跃说他是变数。

许恩叶走了过来，在月色下就像道灰白的影子飘过来一样："言小姐，你别站风口了，夜里吹风容易着凉的。"夜色里她的身形微微佝偻，老态明显。

言萧不咸不淡地"嗯"了一声。

关跃走过来，把她往身边拽了拽："齐嫂说得对，你别冻着，就在这儿跟齐嫂说说话。"

他话里明显有深意，言萧又"嗯"了一声，靠在车门上，有一搭没一搭地跟许恩叶闲扯。关跃站在旁边，身上披满月光，脚下连着被拖长的斜影，在半明半暗的夜色里，让人感觉他的双腿格外修长有力。言萧知道他现在已经蓄满了力。

并没有等多久，路虎就返回了，从村子方向一路开过来，这次连车灯都没开，只有汽车引擎的声响，也被风声掩盖了。来得这么快，五爷显然就藏在半路。

齐鹏刚把车停稳，关跃已经大步过去拉开车门。后排坐着的那道苍老的人影，上身笔挺，头慢慢转过来，脸朝着他的方向，在昏暗中都能感觉到他的视线和威严。

"齐哥，一夜就这么长，经不起耗了，那边还在等着，你跟老板要再玩就是耽误时间了。"关跃声音沉静，这句话说得很有分寸。

齐鹏笑一声："小心点总没错，这回不是玩了，走吧。"

关跃合上车门。齐鹏探出头来对许恩叶说："你去村子里等我们吧。"

"这个点让我回村子哪还有地方待，我还是跟你一起去吧。"许恩叶坐到了副驾驶座上。

齐鹏似乎有点无奈，回头问五爷："老板，带着我老婆可以吧？"

五爷依然不说话，只不轻不重地"嗯"了一声。

他许可了，关跃也就不再说什么，拉住言萧，转头上车。言萧坐进车里，扯了一下他的衣袖。关跃低声说："别动，继续走。"

言萧压下了发消息给李正海的念头。在这里动手是没可能了，齐鹏防范得太严密，到了最后，陷地之城这一趟还是必须去。

月上中天，月光洒进沙漠里，四周越发亮起来。两辆车在沙地上行进，风大了许多。关跃在车里低声说："你现在给李正海发消息，让他半个小时后带人进沙漠，一路往西，大概一百多公里，停下来守着。"情况变了，计划也得跟着改变。

言萧一言不发地发完消息，他似乎没别的安排了，沉默地开着车。这一路足足开了三个多小时，直到翻过一片高耸的沙丘，前方冒出了绿洲，往下凹陷，如同一块圆形的谷地。

地方到了。两辆车先后开下去，直入腹地，先后刹住。前面闪着一束手电的光，两个人一前一后走过来。齐鹏从车上扶下五爷，看到之后马上用一条手臂警觉地横拦住车门。

关跃说："齐哥放心，那是我队里的队员。"

齐鹏干笑一声，垂下了手。那两个人走近了。"关队。"是石中舟和王传学。

关跃指了指齐鹏："这位是来队里参观的。"

石中舟最会做人，马上就说："欢迎欢迎。"

齐鹏伪装得也好，笑得很温和："不用客气，麻烦带个路吧。"

几个人一路往前，很快就看见几面竖着的三角彩旗，分插在四方，绳索围着旗杆绕了一圈，圈出了一个方方正正的深坑。圈出来的就是"考古发掘"的范围。

齐鹏左右看了一眼，拍了一下身边关跃的肩："这地方可真难找啊，要不是有你带着，谁能找到这里？"

关跃看看后面："让齐嫂在旁边歇会儿，我们下去看看。"

齐鹏回头对许恩叶说："你去旁边等我们吧。"

关跃看了一眼言萧。她明白他的意思，是让她跟许恩叶一起避开。

许恩叶像是也累了，走到一棵干枯的胡杨树旁边，坐了下来。言萧跟过去，也倚着树坐下，远远盯着土坑方向。石中舟和王传学先下去，大概是摆好了扶梯，齐鹏踩着一步步往下走。关跃就站在坑边，弯下腰，搭手扶了一把五爷，把他送了下去。

那苍老的人影一点一点往下，渐渐没入幽深的坑底。关跃还在上面站着，身体在月色里笔直如松。

许恩叶问了句："他怎么没下去？"言萧没有理睬。

仿佛过了很久，又仿佛只是瞬间的事，坑里传出一声闷哼，下一秒，关跃忽然跳进了坑里。她的目光瞬间凝聚在坑口。

几声沉重的闷响，不知道下面发生了什么，紧接着是一声枪响。言萧一惊，身体往前一倾，那是本能的反应，差点就要起身往那儿跑。如果没判断错，那是枪响。真的枪响，突兀又炸耳，这是她第一次在现实里听见枪响。

一道人影快速爬出了坑，高举手臂，对天放了一枪，大声喊了句："保护五爷！"出来的是齐鹏。

沙丘方向忽地有一辆车自背面攀越到顶，又俯冲而下，还没停住，车门已经打开，一群人陆续从车里跳出来。言萧迅速躲去树干后面。齐鹏还带来了人。她毫不意外，他要是不带人才奇怪。

那群人朝坑口跑过来，月光照出领头人的脸。言萧眯着眼睛看了一眼，似乎就是之前在戈壁里射过她麻醉枪的那个独眼，要不是他的眼睛太显眼，还认不出来。独眼带着人往坑口冲，个个手里都举着家伙；同时另外一群人从绿洲的角落里闪了出来，半路就截了过去，当中有人高喊了一声："十哥！"言萧听出这声音好像是那个川子的。

旁边人影一晃，许恩叶忽然朝那里跑了过去，她跑得非常快，速度惊人。言萧差点都忘了她的存在，刚想跟过去，齐鹏就朝这里跑了过来。她又躲回胡杨树后面，看见齐鹏抓住许恩叶的胳膊就朝沙丘方向跑了。

独眼那几个人中途折返，似乎放弃了下坑抢夺五爷的计划，掩护着齐鹏一路后退。川子他们一路把他们撵上沙丘，言萧终于有机会跑出去。她刚跑到坑口，就见一只手搭在边沿撑着，接着一个人影一跃而出。看到那身形，她一下停住，紧跟着松了口气，心还在怦怦直跳："你没中枪？"

关跃一眼看到了她："没有。"他回头蹲下身，伸出手往坑里拉了一下，五爷被他拽了上来，却是横着上来的。

石中舟在下面托着送了一把，一跟上来就累得坐在地上："关队，你叫咱们准备，就是为了抓这个人吗？"

王传学紧跟其后，慌张得话都说不利索："现在怎么办啊，关队？"

言萧看清了，中枪的不是他们三个，而是五爷，他脸上的墨镜口罩都拿掉了，露出一张平平无奇的老人面孔，早已昏了过去。那一枪打在他肩上，衣服半边染了黑乎乎的浓稠血迹，被风吹着往人鼻孔里钻，腥味刺鼻，让人心烦意乱。

关跃喘了口气，指挥身旁两人："你们两个带他出沙漠，往西走，会遇到警察，就说你们是意外发现他受了伤，让他们送人去医院。"

石中舟赶紧叫王传学搭手，两个人手忙脚乱地抬起老爷子往停车的地方跑。他们是租了一辆沙地车来的，倒也算快，很快就消失在西边。

言萧看着关跃："怎么回事？"

"抓错人了。"关跃语气挫败，站了起来，"刚制住他们，齐鹏的第一反应就是朝他开了一枪，这个人不可能是五爷。他左手无名指我也看过了，断指是新截的，切口是裹了假皮肤做旧的。"

所以齐鹏刚才不是想救他，而是想杀他灭口。言萧愣住，脑子里一片空白。

关跃沾了血的那只手握成了拳，转过头狠狠骂了句粗口。这么久的安排，就这样失败了，连重来都没可能。

"等等，"言萧忽然回神，"你刚才说左手无名指？"

关跃点头："我是说了。"

言萧一动不动地站了几秒，忽然转身冲到停车的地方，坐进车里，点火转向。车轮急转，冲到关跃身前时，扬起一阵黄沙："上来！"

"你干什么？"关跃问话时没有耽搁，已经拉开车门坐进来，看着她。

言萧紧握着方向盘："你之前见五爷的时候他一句话也没说对吧？"

"对。"

"五爷一定有不能暴露声音的原因。"

关跃盯着她，她注视前方，脸上表情森冷。

"五爷谁都不信任，偏偏信任齐鹏，也许是因为他们的关系本来就不一般。"

"言萧，你说明白点。"

"许恩叶！齐鹏的老婆！"话音没落，车已冲了出去。

第二十一章

十　嫂

车猛地冲过一片沙丘，关跃搭手转了一下她手中的方向盘，帮忙确定了方向，松开时问："你为什么认定五爷是齐鹏的老婆？"得知了这么震惊的消息，他居然还很淡定。

言萧没法淡定，她胸口微微起伏，紧紧握着方向盘说："许恩叶的左手无名指戴了一只戒指。"顿一下，她解释："那是个明代的古董戒指，比较宽，正常人戴戒指都会套到手指根部，但在洗手间里我亲眼看到她只套在了关节上面的位置。如果假五爷可以用假皮肤做出断指，许恩叶当然也可以用假手指遮掩断指，那戒指就是为了固定假手指用的。"刚才齐鹏第一时间带着许恩叶逃跑的时候她就该想到的。之前一心只想着揭开那个老头子的面纱，没想到正主就堂而皇之地在身边晃着，这对夫妻真是太能演了！

关跃又伸手过来帮她稳住方向盘："你马上跟李正海通个气，齐鹏不认识路，肯定会顺原路返回，他在的地方正好可以拦截。"他之前安排的时候就考虑到了这点，本来是作为备用方案的，没想到现在必须靠他们了。

言萧一手拿出手机，飞快地给李正海发消息。信号不好，试了两次才发送成功。

前方沙丘群里，人影幢幢，根本很难分清是谁跟谁。他们的车追过去，正好看见了川子，他带来的人多，独眼带来的那几个人被撺得四处奔逃，但成功拖延了时间，那辆路虎已经在灰蒙的夜色里开出老远了。关跃说："从左边超过去。"

言萧开着车从侧面冲过去，车在沙地里难开，冷不丁转了好几个圈，她惊出一手心的汗。

关跃笑了一声，很闷，这种时候听起来却有一股莫名的痞气："没事，你比我想的还有本事。"说话时他已经解开安全带，降下车窗，一手从车座底下摸出只袋子，掏了两下，窸窸窣窣的响声后，从里面拿出个黑乎乎的东西握在手里："开稳点。"

言萧把油门踩到底，不自觉地看他两眼，声音压在嗓子里："那是什么？"她怀疑自己看错了。

"你说呢？"

"你有枪？"她终于挑明。

他看过来："怎么，你怕了？"

言萧咬住下唇，不作声，眼睛盯着前面渐渐靠近的路虎。怕？不，任何可能到了这个男人身上，她都莫名地觉得合理，说不上来为什么。刚才经听过真枪响了，自己这方有枪不是更有胜算吗？这时候，她不仅不怕，还觉得是应该的了。

关跃在给枪装消声器，其实这枪就是为了对付五爷准备的，但现在也不是跟她解释来历的时候。消声器装好了，他"啪嗒"一下拉开了保险，眯着眼往车窗外看。隔了几十米，隐约能看见车里齐鹏转着头在往后望，旁边是坐得稳如磐石的许恩叶，只看得见她半边模糊的肩头。他探出身，胳膊搭在车窗上，瞄准前方。

接连三声枪响，是关跃射出的。一枪打在路虎车尾，发出一声清晰的金属撞击声，另外两枪都打中了轮胎。路虎迅速倾斜，往一边横甩过去，扫起一阵尘沙，匆忙停下。

"刹车！"关跃一把按下言萧的头。几乎同时，她踩下刹车。一声响亮的枪声，挡风玻璃轰然碎裂，玻璃碴子落满两人后颈。

那头，齐鹏跳下车后的第一反应就是朝关跃的车开了一枪，看到挡风玻璃碎了，车里也没人下来，他觉得就算没打中也震慑住他们了，拽起许恩叶就跑。沙地里一脚一个坑，他们从沙丘上翻越过去，满脚沙子，分外吃力。齐鹏回头看一眼，发现那辆车又朝这里开了过来，立即拉着许恩叶往下跑。躲到沙丘背后时，两人都已气喘吁吁。

"怎么没能打死他们！"齐鹏喘着粗气，"姓关的真有胆，老子错看他了，这小子背后肯定有人。"

许恩叶的手伸进他口袋摸到烟和打火机，拿了一根出来，熟练地点燃，抽了一口说："亏我还特地装模作样地跟姓言的套近乎，没想到咱们还是进了个圈套。"逃跑的疲惫把她刻意的伪装都打破了，她的声音嘶哑，精心保养的脸上纹路挡不住地显露出来。

齐鹏说："放心好了，咱们什么风浪没见过，我一定会带你跑出去的。"

"我知道，这么多年我总是信你的。"

这种危险以前也不是没有遇到过。从三十年前开始，许恩叶就和他一起出生入死，那节断指就是当年被仇家斩断的。当时齐鹏带着她逃出警察的追捕，身上中了四枪，差点没命。

后来她在风口浪尖里选择嫁给这个跟随自己多年的左膀右臂，没有什么山盟海誓，只记得他说过："你放心，我齐鹏这辈子会用命对你好的。"两个人无儿无女，也没多么轰轰烈烈，但这一辈子她就因为这么一句话，信了这么一个人。

许恩叶慢慢抽完一根烟，在沙地里捻灭，身体微弓地坐着："这地方我记熟了，只要能出去，我们下次还能自己来。"

"你瞧那地方是真的？"

"真的，这么多年经验摆在这儿，那地方地形特殊，我不用去坑里看就知道有货。姓关的也是懂行的，不会蠢到拿假的来蒙我们，他知道蒙不过五爷。"

外面又是一声极闷的枪响，到现在都没见到掩护他们的独眼。齐鹏不再指望他，拉起许恩叶继续跑，一出去就撞见关跃的那辆越野车正从沙丘旁边绕过来，近得只离了几十米远。他马上又放了一枪，也没管有没有打中，接着往前跑。

来的时候他特地注意过方向，勉强能辨认沙漠出口，一路过去，尽量往沙丘后面躲避前行。后面的车却紧追着不放。

跑得就快精疲力竭时，前面几百米的地方忽然闪烁出一排红蓝车灯。齐鹏连忙转身，拖着许恩叶回头，跳入沙坑。"居然还有条子守着。"他怒火攻心，额头上青筋凸起。

许恩叶一声不吭，坐在沙坑里喘了两口气，忽然笑了一声："就算他们追上来也没什么，肯定都是盯着我的。"

齐鹏似是明白了什么，朝她的手指看一眼："他们发现了？"

"是那个言萧发现的吧？她在洗手间里看到了我的戒指。那女人实在碍眼，当初在杭州的时候，你给她的教训还是太轻了。"

齐鹏粗嘎地笑一声，蹲着的姿势像蓄势待发的野兽："等出去了，新账旧账跟她一起清算就是了。"他知道那姓言的女人出现在这里一定跟华岩脱不了干系，华岩那个裴明生看起来俯首帖耳的，其实一肚子坏水，杭州那片未必没被盯着。看来是时间久了，五爷的名号也镇不住他们了，牛鬼蛇神都敢出来作妖了。

许恩叶摇摇头，摘下戒指，把那截假手指也扔了，幽幽地笑了："要一起跑出去是不可能了，不过他们真抓到我了又能怎么样，真正的五爷还在就行了。"她那只残缺的手拍了拍齐鹏的脸："老齐，以后你自己好好干吧。"

齐鹏魁梧的身躯僵了一下。没人知道，其实五爷只是个名号，背后的人是谁不重要，反正下面的人也只认识齐鹏。所以许恩叶不过只是个挂名的存在而已，齐鹏才是决定一切的人。只要齐鹏还没倒，五爷就还没倒。就像那个被切断手指拉来做替死鬼的老头，真到了迫不得已的时候，许恩叶也可以拿自己做挡箭牌。

都是刀口舔血过来的，过去以命换钱的路上培养出来的夫妻情意，没有世俗的儿女情长，只有单刀直入。齐鹏护了许恩叶大半辈子，许恩叶也可以替他挡枪，她并不觉得有什么不妥，这是对等的。

"那地方富可敌国啊……"许恩叶闭着眼睛，嗅到风里的气息，也许是沙的气息，也许是这片土地下深埋的文物的气息，那些古旧的玩意转头就会变成真金白银，所以那应该是财富的气息，"我是真的很想得到。"

那座"陷地之城"，她是真的很想得到，否则就不会冒险孤军深入。直到现在，他们也没有后悔来这里，贪心在他们心里是荣耀，绝非错误。这么多年下来，一向如此。

天就快亮了，月亮早就隐了下去，天边隐隐泛出青白。言萧开车时还能感觉到时不时有玻璃碴子从头顶和身上落下去，好在没有割到哪儿。转过一片沙丘，警笛声传了过来。她踩下刹车，盯着前面："我们已经把他们赶到李正海的面前了。"

"嗯。"

没有挡风玻璃，反而看得更清楚，齐鹏和许恩叶已经分开逃窜了。许恩叶大概已经体力不支，跑得不快，眼看着就要被警车包围，那里时不时响起两声枪响作为威吓，但没效果，她还是拼命往前逃窜。尽管如此，被追上也是迟早的事了。

晦暗不明的天光里，隐约有个人在朝着另一个方向跑，几乎没有人追他，眼看着就要逃脱了。关跃忽然反应过来："追上他！"

言萧只关心五爷有没有被抓到，但还是立即跟了上去。跑的是齐鹏，他很警觉，很快就发现了他们，回头连开几枪。言萧急急转弯刹车，子弹打中了侧面的玻璃，碎裂声炸在耳边。

关跃迅速推门下去，说了声："你小心。"就去追人了。

言萧下车时，又是一声枪响，她立即趴下，看到齐鹏居然从另一边绕过来了，枪口对着她的方向。

两声闷响打中他脚边的沙尘，阻挡了他的脚步，关跃开完枪就躲回了侧面的沙丘后。言萧趁机后退，躲到车后面，捂着胸口剧烈地喘息。好在关跃成功把齐鹏的注意力吸引走了，她在喘息中尽量让自己的思绪集中。

枪声断断续续，好一会儿才停歇，她这才伸出头去看。齐鹏在月色下缓慢挪动，像个行动诡异的野兽，一点点接近关跃藏身的那片沙丘。她正紧张着，只听见一声闷响，齐鹏背朝着她的方向，一动不动地站着，下一瞬，忽然膝盖一弯跪在了沙地里。

刚才交手的那阵枪声把警察吸引了过来，几辆警车呼啸而至，车门打开，一群荷枪实弹的警察合围过来。齐鹏想跑，但站起来也只能单腿拖着前行。他的腿上中了一枪，手臂刚抬，手里的枪也被打落，很快就被警察制服。

被铐上双手拖走前，他忽然扭头，身体扭曲挣扎，对着沙丘的方向狠狠地喊了句："关十，你给老子等着，老子绝对不会放过你！"

一群警察中响起一道声音："关十？是小十哥！"

沙丘后面人影一闪，关跃跑了。他一路跑进起伏的沙丘里，那辆残破不堪的越野车冲到了他面前，言萧从车里跳下来，把车钥匙抛给他："快走！"

关跃一只手臂垂着，单手接住，看向她。

"快啊！"言萧催促。

关跃迅速上了车。

几个警察匆匆追了过来，车已开走，只留下一阵弥漫的尘沙。沙丘后的阴影里隐约有些响动，他们慢慢围上前。

人影站起来，缓缓从沙丘后面走出，举着双手，全身暴露在淡淡的天光里。

李正海拨开几人大步走近："言萧？"

"是我。"

早上九点过五分，太阳洒进平房，强烈地刺着人的双眼。言萧坐在桌子后面，双眼遏制不住地眯起。

这里是风庙村村委会的办公室，几平方米的屋子里就一张办公桌。一只红色塑料水瓶摆在上面，旁边是桶吃了一半的泡面，外加一个台历，正翻在六月。她的面前放着个纸杯，里面的水已经凉了。那位叫刘爽的女警站在对面，拎着水壶又给她添了点热的。"言小姐，你都坐到现在了，怎么就不肯跟我好好聊聊呢？"

言萧捏了捏眉心，一夜没睡，加上精神高度紧张，她现在很疲倦："该说的我都说了，至于小十哥的事情，我真的不清楚，我就是跟着五爷的踪迹才去到那片沙地的。"

刘爽从大半夜跟她一直磨到现在，口供早就录完了。其他都好说，就是小十哥的事，到现在什么也没能问出来，反正言萧翻来覆去就这么几句话。刘爽的五官都要耷拉下去了。

"小刘，你出去吧。"李正海从外面走进了门。

刘爽如蒙大赦，站起身就出门，走到门口跟他擦肩而过时，还朝言萧那头使了个眼色，做了个摇头的动作，意思是太难搞了。

李正海没穿警服，身上套着件褐色的夹克衫，牛仔裤、运动鞋，老气横秋夹杂着青春活泼，不伦不类的。他把刘爽送出去，关上门，走到言萧对面坐下，开口就说："昨天的事我得谢谢你。"

言萧靠上椅背："是得谢我，没我你没可能那么顺利地抓到五爷。"

李正海点头："确实，不过仔细想想，我该感谢的好像是'你们'？"

言萧的双唇合上了。

李正海说："咱们明人不说暗话，从你联系我开始就很不对劲，那些安排不是你能做出来的。你一个来这儿没多久的人，对西北的路线不可能那么熟悉，肯定有人在旁边指挥着，那个人是不是就是小十哥？"

言萧叠起腿，端起纸杯喝了口水，半天不说话。

李正海也不急："你不开口是没意识到这其中问题的严重性。我这么跟你说吧，五爷只手遮天，这次能这么容易就被抓获，必然是有别的势力在帮忙，小十哥极有可能就是这势力里的。"

言萧看了他一眼："李队长，我是看在你的面子上才待到现在的，其实我什么事也没犯，你这样扣着我，我完全可以告你滥用公职的。"

李正海笑了一声，他眉眼刚正，就算笑的时候看起来也有点严肃："你这脾气一点没变。"

言萧明白他的意思，他是要打一打过去那点情分的感情牌了，但也因为想到了过去，她脸上的表情更淡了。

李正海叹口气："那行吧，你给足了我面子，我也不能不给你面子，你走吧。"

言萧一手拎着包站起来，似乎就在等他这句话。

走到门口的时候，李正海转过椅子来，又冲着她开了口："言萧，我还是得提醒你一句，小十哥这个人很有可能来路不正，我们正在查他，你最好离他远点。"

言萧握住门把的手停了一下："嗯，我会记在心里的。"她拉开门出去。门外有层水泥台阶，路口上只停了一辆警车，据说其余的警察都还在沙地里做最后的搜查。

言萧站在台阶上朝四周看了一圈，余光瞥见隔壁屋门口蹲着个人，转头去看，发现那是吴三才，他正蹲在那儿，被两个警察问话。他一个劲地重复："我真的什么都不知道，我就是个开饭馆的……"

言萧转过身，把包背在肩上，双手往口袋里一插就走了。这人还是根据她提供的线索抓到的，所以能说的她真都说了。除了关跃的事。

出了村委会的院子就是大马路。村子里白天很热闹，人来人往的。可能是因为有其他地方的志愿者来这里参与治沙，沿途也有商店和小旅馆，都是本地人自家开的，比较简易。言萧走在路上，旁边有几个治沙的人在整理树苗，嘴里议论着昨晚的事，说得绘声绘色的——

"有枪响咧，我听到了好几声，跟放炮仗似的。"

"怪不得忽然来了好多警察。"

她边走边拿出手机，低头翻出关跃的号码，忽然想起什么，把手机竖起来，借着屏幕的反光朝后面照，模模糊糊的好像有人跟在后面。言萧放弃了拨号的打算，把手机收回口袋，走进路边的面馆。

随便点了一碗面，她坐得靠里，没有看到有人跟进来，也许是在外面守着。

她吃了几口，又拿出手机拨了关跃的电话。刚响了一声忙音，他那头自己挂了。没一会儿进来条短信："我就在村子里，九曲旅馆大门口。"

言萧站起来结账，走进后厨，老板娘正在狭窄的小屋子里大汗淋漓地煮面。她问："请问九曲旅馆怎么走？"

老板娘头也不抬地说："你从这儿出去左拐，直走，一会儿就到了。"

言萧扫了厨房一圈："你这儿能出去吗？"

老板娘这才抬头，古怪地看她一眼，伸手拉开一扇油渍渍的后门："能。"

言萧道了谢，快速走出去。村屋之间挨得很近，挤出一条条的窄巷，她从巷子里穿出去，又回到路上，没几分钟就看到一栋两层小楼，外面伸出一个破旧的灯箱，印了九曲旅馆的招牌。

大门口只有住客停着的车，没有看到半个人。言萧站在墙根下，留心着马路上来往的车和人，忽然有什么砸在她肩头，"吧嗒"一下滚到地上。她低头看，是一团香烟纸，顺着往上看，二楼窗口有人影对着她，隔着玻璃轮廓深刻，一闪而过。言萧往左右看了看，低下头，快走几步，进了客栈大门。

二楼有好几间房间，她凭着感觉推测了一下位置，走过去敲门。没有回应，言萧怀疑自己敲错门了，转头去看隔壁，面前的门忽然开了，胳膊被人握住，她被一把拽了进去。

门合上的瞬间她已被一双手臂圈固在门背后，关跃结结实实地笼罩着她。"有没有人跟着你？"

"有，被我甩了。"应该是刘爽，言萧觉得从手机屏幕里看到的那身形有点像她。不过不重要，反正都甩掉了。

"那就好，你很警觉。"

"那当然，"言萧仰着头冲他笑，"不然我们能扳倒五爷吗？"

关跃低头对上她的双眼，嘴角慢慢扬起。没有比这更让人高兴的事了，两个人对视着笑，无声无息。言萧笑时眉头舒展，双眼微眯，有万种风情。关跃的头不自觉地放得更低了，唇就挨在她的额角，呼吸都有些灼热了。

言萧这才发现他的衬衫没扣，手臂撑在她两边，身体下压，衣服被拉得更开，结实的上身一览无余。她挑挑眉毛："干什么啊你，一见面就色诱我？"

关跃的眼神从她脸上扫过，手臂一撑，站直了。房间小，有他高大的身影在，似乎哪儿都显得缩手缩脚。

言萧走到床边，把包拿下来，一屁股坐下，紧绷的神经才稍稍放松了些。鼻尖忽然嗅到一股淡淡的药水味，她一扭头，看见床头柜上摆着医用纱布和消毒药水，盖子还没拧上，用过的棉团上沾着血迹，再看看关跃，她瞬间就明白了。难怪他敞着衬衫，是因为刚才在处理伤口。"你受伤了？"她问。

"被子弹擦了一下，没入肉。"关跃动一下左肩，示意自己没事。

言萧仔细看了看他身上，看起来的确像没事，不过他这个人向来也能扛。她看了好几眼才把目光转开，盯着他的袖口："既然昨晚都走了，为什么不趁机走远点？"

关跃就势坐在床头柜上，侧着身体对着她，一条长腿伸得笔直，扭过头来看她一眼："你说呢，当然是在等你。"

言萧的目光微微动了动，叠起腿，手臂在膝头一撑，支着腮，眼睛一眨不眨地看着他："那我要是不来找你了呢？"

"你不是来了？"

"我说如果。"

关跃起初沉默，一手伸进口袋里掏出烟盒把玩，又抬眼看了她一眼，嘴角扯了一下："你会来的。"

言萧看着他，轻轻地笑了笑："这么自信？"

他没作声，神情平淡，侧脸紧绷着，显得丝毫不近人情，但他越是这样越有说不出的魅力。

言萧双手在床沿撑一下，站到他面前，伸手捏住他的衣领："让我看看你的伤。"

关跃没动，任由她掀开了他的衬衫。伤在左边肩头，子弹擦过他左臂的肱二头肌，纱布缠在上面仍然鼓出肌肉的轮廓。这条小臂上还有当初被齐鹏割伤留下的疤痕，他的身体遭到了破坏，不完美，却更有吸引力。刀枪里蹚过的男人浑身都有种危险的气息，言萧在他身上嗅到了，但不想退却，反而更加沉迷。她伸出根手指，在纱布的边沿摩挲了一下："还好留着命，不然鬼才来找你……"

关跃抓住她那只手："如果不来找我，当时为什么要帮我离开？"

言萧屈起手指，指甲刮过他的掌心，故意问："难道我不该帮你吗？"

关跃忽然将她抓得更紧，眼睛紧盯着她："别跟我装听不懂，言萧。"刚才沉默时，他就想说这句话。

言萧笑起来："小十哥……"

关跃抬手，手指压住了她的唇，阻断了她这个称呼。

言萧静默了一瞬，突然想起那晚他们之间那番隐秘的对话——他问她："你想吗？"她反问："你敢吗？"她启开唇，含住了他的指尖，直接又了当。偏偏双眼还缠着他的脸，似要勾人的命。

胸口轰的一声，如有团火陡然烧起，关跃拿开手，猛地低头，狠狠吻住了她的唇。

言萧热情回应。

两张嘴分开时，她在他怀里急促地喘息着。关跃一手抱着她，低头凝视着她的双眼。整个房间都安静了。

"再说一遍，来找我吗？"他低声问。

言萧踮起脚，迎着他的视线，很轻很慢地搂住了他的脖子："嗯，你赢了。"当然会来。

刹那间，她整个人又被他一把搂进怀里。他的手绕到她背后，唇贴在她耳边："言萧，我给不了你什么，要的却可能比你想的还多。"

言萧感觉到他贴在自己背后的手分外用力，其他就什么都感觉不到了。她的声音轻得只有彼此能听见："你要什么，来啊……"

关跃绷着身体，周围什么声音都远了，只有她这一个人、这一句话："来啊……"下一秒，言萧身体一轻，被他拦腰抱起压到床上。

她的手指刮过他上下浮动的喉结，双手一左一右扶住他受伤的肩："别逞强啊，小十哥。"

关跃的脸从她双臂间抬起来，眼里更黑更沉："这点伤算不了什么。"

言萧看着他的脸，他的表情还是沉静的，声音却已经变得低哑。这之后，仿佛彻底解脱……言萧咬着唇。

关跃却忽然一手捏住她的下巴，低头吻住了她。比之前更深的吻，他吻得极具侵略性，碾着她的唇，动作却意外地很轻。言萧快喘不过气了，想回避，却被他的手禁锢。

言萧在他耳垂上含了一下："小十哥。"

关跃压着声："别这么叫我。"从刚才到现在，她一直这么叫他，像故意的。

言萧搂着他的脖子："小十哥……"

"叫我的名字。"

"小十哥？"

"重叫。"

"小十哥，十哥……"她就是故意的。

关跃声音里混着气极的一声笑，没了放过她的打算。窗帘敞了一半，窄小的窗户外面艳阳高照。

她的双臂把他的脖子搂紧，睁开眼，清亮没了，眼底是一片迷蒙，像清早微风拂过的深潭。

关跃搂住她，发现她的眼神落在他身上，他看进去，第一次，好像看到了一些不一样的东西。"言萧，看着我。"

言萧伸出一只手抚着他的脸，眼睛一瞬也没有移开。关跃喜欢她这样的眼神，仿佛全世界她就只专注地看着他一个人。这一刻，这地方，就只有他们彼此。这感觉很奇怪，简直要逼死他。

窗外阳光西移。关跃一条长腿压在言萧身上，把她严严实实地圈在怀里，盖上毯子。言萧一扭头就发现他胳膊上血迹渗出的痕迹变大了，轻轻推他一下："起来，你的伤口要重新包扎。"

"没事。"

"重包，万一出了事，我就是罪人。"

关跃的嘴角有了弧度，腿从她身上拿开，低声说："你的确是罪魁祸首。"

两个人困兽一样的纠缠完了，疲惫挥之不去。他掀开毯子坐起来，声音是微哑的，坐在床沿拆纱布，肩背上有深深浅浅的痕迹。

言萧浑身酸软，慢吞吞地坐起来，想要伸手帮忙的时候，他已经重新上了药开始包扎了。她看看他的侧脸，他时常抄上去的头发垂下来，挡在额前，眼下有浅浅的青灰，就这么垂着眼坐在那儿，缠绕纱布时右手臂快速绕圈，干脆又熟练。

言萧觉得他之前说的并不是夸口，这点伤在他眼里的确不算什么，更像是早就已经习以为常。这个角度让她又看到他肩后的那个很深的伤疤，她伸手摸了摸，忽然想起李正海说的那句话，他可能来路不正。她说她记住了，但并不在乎。和他之间这一场，也并不后悔。就像他之前问的那样，没错，她想。

关跃察觉到她的动作，伸手一拉，她身体往前一倾，贴上他坚实的后背，听见他低沉的声音："还没累？"

"累，累得要命！"疲倦让言萧的声音又低又柔。关跃松了手，她顿时就躺了下去。放纵之后几天来的疲倦全涌过来了，挡都挡不住。

关跃很快躺回来："困就睡吧。"警察现在都忙着处理五爷的案子，不会分散精力特地来追他，这里应该很安全。

"你就这么一句话？"言萧有心这么说，笑了一声，背过身去。

身后关跃贴上来，拉着毯子搭在她身上，从背后搂住了她。言萧以为他会说什么，可没等到，只觉得他把自己抱得很紧。她闭上眼睛，疲乏上涌，没一会儿呼吸就均匀起来。

关跃感觉她睡着了，才闭上眼睛。言萧的身体窝在他怀里，无遮无拦，直接明白的一把火，烧得又烈又旺。他其实在克制，一半为了她，一半因为伤。

屋里很安静，两个人实打实地睡了个好觉。言萧再睁开眼睛时，看到窗户外面太阳都沉了，天已经隐隐擦黑。她回想了一下，这一觉恐怕睡了得有五六个小时。她翻过身，关跃正在床边穿衣服。他单手拉起拉链，看着她："醒了就起来吧，该走了。"

言萧坐起来，缓了一下，光着脚进了洗手间，很快清洗完出来，开始穿衣服。关跃站在窗边抽烟，看着她。言萧修长的身体像是晕着白瓷的光泽，凹凸有致，纤细又精致。他从没这么仔细地欣赏过她的身体。现在，才能在离她最近的距离欣赏。

"我们要怎么走？"言萧扣着衣服上的扣子，转身看他。那辆越野车应该已经废了。

关跃又朝窗外看了一眼，捻灭了烟："我都联系好了，你跟着我就行。"

言萧点点头，背上包。这个点出门很合适，到了傍晚，村子里走动的人明显减少，路上也很少有车经过了。言萧谨慎地走着，看到前面疑似有警车开过就马上往路边靠。关跃反而像没事发生一样，始终脚步很稳地走在她前面，只不过仔细看看就会发现他没有抬起过脸，始终紧收着下巴。

前面还真有警车经过，言萧伸手扯了一下关跃的袖口，靠到了路边的商店旁，店门口正好有个卖煮玉米的摊子在，遮挡了她的身体。

摊子上摆着只铜盆，里面是满满一大盆煮熟的玉米棒子。香味一飘，勾出了言萧的饥饿感，她顺手挑了两个大的，低头掏钱，一顶帽子忽然落在她头上。她下意识地扭头，关跃高大的身影站在她后面，头上戴着顶棒球帽，帽檐压得低低的，一眼只能看见他的薄唇和下巴。"你买的？"她问。

"嗯。"

她摘下头上的帽子，白了他一眼："什么品味！这个颜色？"暗粉的，艳俗得要死。

"随手买的，只有这个。"关跃拿过去扣在她头上，还低头端详了一下，"挺好的，能遮脸就行。"

"挺好的？"

"嗯，我说真的。"在他眼里，她这张脸戴什么都很好看。

言萧拿了根玉米塞在他手里，看他夸得真诚，就挪了一下帽檐，没摘下来。这地方太阳大风沙也大，戴帽子遮头巾都是常态，两个人这样戴着帽子反而正常。

两人一路低着头顺着马路走出村口，在路上玉米就被吃完了。马路一边是连接沙漠的戈壁荒漠，一边是绵延的群山和村镇。言萧跟着关跃走进荒漠，没多久就看见一辆车的轮廓，车外面蹲着一个男人，看到他们就站了起来。那男人身材瘦高。

　　"十哥。"是那个川子，他好像等很久了，一见面就问："你们怎么现在才来啊？"

　　关跃走过去："有点事。"

　　"什么事啊？"

　　关跃一下没回答上来。

　　言萧扶了一下帽子，莫名地想笑，脑子里拍打着一波一波汹涌的浪潮，潮尖上全是他跟她一起的画面，笑就变了意味。她想看看关跃此刻的神情，可惜他帽檐压得太低了，没法看清他的神情。

　　"昨晚警察没追到你们？"关跃及时转了话题。

　　川子摇摇头："没有，那些条子哪能有我们熟悉沙地啊。"

　　关跃点头，拿出手机："等会儿，我打个电话再走。"

　　言萧看着他走远，听见他叫"小石"，大概是问他们的情况。

　　冷不丁地，旁边冒出一声突兀的称谓："十嫂？"

　　言萧转头，川子对着她，脸上笑眯眯的，在黄昏里看起来一副吊儿郎当的模样。

　　"你刚才叫我什么？"

　　"十嫂啊。"

　　言萧不自觉地朝那边的关跃看了一眼，和他天翻地覆地滚了一遭都没感觉不自在，却在听了这个称呼后有点不自在了，低声说："这么叫不大好吧？"

　　川子痞痞地笑起来："怎么着啊嫂子，你这脸皮也太薄了吧。"

　　言萧笑笑，不置可否。

　　"行行行，那好吧，以后都不说了。"川子笑嘻嘻地收住了话头。

　　关跃正好走了回来，看了眼言萧："小石他们没事，我们走吧。"

　　言萧"嗯"了一声，摘下帽子坐进车里。关跃从后面跟进来，和她一起坐在后排。

　　川子把车开出去，贴着沙漠的边沿拐着一条弯弯绕绕的路线，嘴里忽然说："十哥，我听说你那支考古队的营地被警察查过去了，那几个队员就这么放着不要紧吗？要不就干脆叫来咱们营地……"

　　关跃打断他："没事，他们自己会安排。"

川子耸耸肩，似乎是生生咽回了后面的话："那成吧。"

第二十二章
告　别

星光穿透车窗投下来，绚烂夺目。车后排窝着言萧。她没想到川子这车一开就开到了半夜，外面风呼呼作响，偶尔卷着沙子拍打着车窗，他们正行驶在沙漠里。"我们要去哪儿？"她问。

关跃在旁边说："文保组织的营地。"

言萧"哦"了一声，心里有数了。

车灯扫出去，几座古代遗留下来的烽燧耸立，狂风吹过残影，说不出地苍凉。沿途见得最多的还是胡杨树，有时只有一棵，有时是几棵挨着，影子一样竖在沙地里，灯一照过去，树顶橙黄似燃烧的火焰。川子方向盘突然一转说："到了。"

视野里出现一片耸立的山体轮廓，山底有建筑，矗立着露出一角，下方是围了一圈的高墙。车拖着尘烟直冲进院墙。

言萧下了车，先看了看眼前的房子，一排泥砖屋子依靠山体而建，胡杨木搭建起门廊，廊下有灯，尽头那间顶上似乎还挑了一层出去，搭成了楼，让她想起了莫高窟。在这之前，她一直以为那个文保组织只是一群民间志愿者组建的闲散组织，没想到还能有这样像模像样的一个营地。

川子下了车，走到正中间那屋敲了敲门："都出来，小十哥回来了。"

门拉开，一群男人鱼贯而出，一溜的皮肤黝黑，身材高大，纷纷跟关跃打招呼。言萧之前见过他们，有点印象，每次见到他们都感觉是见到了一群活着的兵马俑。

男人们几乎都注意到了她，只是关跃没做介绍，他们也没打招呼，冲她笑笑，或者只是看着。有人递了根烟给关跃，川子按着打火机要给他点上，他没让："等会儿，我叫你们善后的事都做好了？"

川子说："放心吧，十哥，按你说的，那个挖出来的坑我们已经填回去了，二柱现在带着人在那儿守着，那地方不会暴露的。"

"那就好。"

川子瞥了一眼言萧，胳膊肘捣捣关跃："你们应该饿了，我去看看有没有吃的，十哥你先带人去落脚吧。"

关跃点头，接过言萧的包："带你去住的地方。"

言萧跟着他踏上门廊，直走到头，看到一层木质楼梯。

关跃踩上去，楼梯咯吱作响。上面好似一个小阳台，屋门是对开的，挂着把锁。关跃麻利地开了门："这间在楼上，没什么人住过，干净点，也没人打扰。"

屋门吱呀一声推开，关跃在门后摸索了一下，拉扯到一根绳子，灯闪了两下亮起。很小的一间屋子，就一张木板床，临窗一张小桌，连凳子都没有；窗户是敞着的，风往屋里狠狠地灌。

言萧走过去关窗。沙漠地带的建筑窗户都很小，这是为了白天可以减少太阳热量的传入，晚上也可以使热量不会迅速散失，而且能有效防止沙尘暴。这小窗难关，像是怎么也合不严。

她试了两次没成功，关跃走过来用手指拉着一扣才合上了，屋里顿时风平浪静。他拍去手上的灰尘："暂时在这儿住着，周围的警察用不了多久就会撤走了。"

言萧倒是无所谓，这地方其实比考古队的条件要好多了，至少还有个像模像样的屋子。更何况，她应该也待不了多久了……

"想什么呢？"

"嗯？"言萧回神，倚在桌边看着他，"哦，我在想五爷也是因为你这支假考古队才落网的，就算你真被李正海查上，难道不能将功补过？"

"没那么简单。"

他这句话一带而过，言萧差点以为自己听岔了："怎么就没那么简单了？"

"没什么。"关跃转头在屋子里简单收拾了一下，说，"我去给你拿被子过来。"门框不够高，他出去时要低着头，披着门外的一天星光，踩着咯吱响的楼梯下去了。

言萧扭头看向窗外，玻璃模糊，但挡不住漫天灿烂的星河。这个高度可以远眺到静谧的沙丘，荒凉中透着粗犷，仿佛是另外一个世界。她忽然觉得这地方挺美的，其实留久点也不是不可以。

也就几分钟时间，关跃回来了，他一手夹着棉被枕头，另一手端着只大碗，上面架着副筷子。言萧看过去："你给我把饭也送上来了？"

"怕你不习惯跟一群老爷们儿一起吃饭。"

她接过碗，顺手刮了一下他的鼻尖："这么体贴啊！"

关跃摸一下鼻子，对她这自然而然的亲昵举动照单全收，看了她一眼，才转头去铺床。

言萧放下碗走过去："放着吧你，手臂不是还有伤吗？"

关跃直接把一角递给她："牵着拉紧。"

言萧只好接过来，绷着床单铺上，发现床很窄，不禁看向他："你住哪儿？"

"就你楼下，川子说有事跟我说，我今晚跟他住。"

"哦。"言萧觉得好笑，"我又不是要留你过夜，不然怕你伤真的好不了了。"

关跃抬眼看着她，屋里的灯不够亮，言萧忽然觉得他的眼睛比刚才看过的星子还亮。她笑着扯一下他的领口，他才低了头，继续帮她掖好床单。床铺好了，关跃站直说："我给你打点水来，吃完洗漱一下就早点睡吧。"

"嗯。"言萧在桌边捧起饭碗的时候又朝窗外看了一眼，星星更密集了，光却暗了点，波澜壮阔的美里多了一丝凄凄的色调。她忽然觉得好奇，关跃到底是怎么来到这地方的？又是怎么进的这个文保组织？这个男人像个谜，一直都像……

来的时候已经不早，等躺到床上已是后半夜了。不过言萧睡饱了，根本也不困。

楼下的屋子里，川子洗完脸进屋，看一眼头顶，又看一眼坐在床边的关跃，笑着问："十哥，你怎么舍得把自己的妞带这儿来了？"

"要不是没有地方去，我也不会带她来这儿。"关跃说。

"那她知道咱这文保组织的事吗？"

关跃压低声音："不知道，所以你们都注意点，别露了马脚。"

川子笑了两声："知道了，十哥，你是怕她知道你在干什么就吓跑了？"

关跃忽然扯了一把他的衣领，脸沉下去："嘴巴放严点，这话以后不要再说了。"

川子没想到随口一句玩笑弄得他跟动了气一样，于是不再笑了，认真地点头："放心吧，十哥，我们都听你的，绝对不会说的。"

关跃松开了他。

言萧不知道自己是什么时候睡着的，再醒过来已经是第二天了，叫醒她的是来电铃声。一睁开眼，阳光从正对着床的小窗洒入，照了她一脸，她随手摸了摸，摸到关跃买的那顶帽子搭在脸上，才接通电话。

"师妹。"是裴明生。

言萧声音沙哑："师兄。"

"心情这么好，肯叫我师兄了，是不是猜到我要说什么了？"

"嗯，猜到了，五爷倒了。"

"我没看错关跃，他还真把五爷给扳倒了。今天杭州这边有警察来华岩问话我才知道，他怎么没给我消息呢？不然我肯定第一时间就给你打电话了啊。"

言萧停顿了一下，说："也许是他忙吧。"

裴明生在那头愉悦地笑着："我当初就说让你去西北是为你好，你现在信了吧？"

"谁知道你这狐狸当时打的什么算盘。"

"行了行了，你在那边没工作了吧，什么时候回来？"

言萧拿开脸上的帽子，睁开眼睛，又抿了抿干燥的双唇："这么快？"

"快？你不在的这段时间华岩简直快忙疯了，那些本来能一遍就鉴定好的东西他们能给我鉴定个七八遍，我真是想死你了。"裴明生也是开玩笑，说完就正经了，语速放慢了点，"你也的确该早点回来，总不能一直跟那群人待在一起，尤其是关跃，你该明白我的意思。"

言萧当然明白他的意思，但还是反问了句："什么意思？"

"你跟他们不是一类人，别忘了你是去避风头的。五爷倒了，你的事也就清楚了，还有什么理由在那儿待着？"

何止，她跟关跃，跟这里的一切，全不是一类。他们只能一起走到半途，这半途是为了对付五爷。言萧都很清楚，但她没回应。

裴明生在那头问："怎么了，难道你还不想回来了？警察还等着问你话呢，你总不会希望他们去关跃面前找你吧？师妹，我得提醒你一句，好不容易从五爷这边择干净了，你可别再栽进去。"

没错，李正海说了，现在警察已经盯上了关跃。言萧回了神，舔了舔越发干燥的唇，过了好几秒才说："不能多给我点时间吗？"

"为什么？"裴明生狐疑地问。

"没什么，"言萧改口说，"我知道了。"挂了电话，她坐起来，阳光实在太刺眼了，她又闭了会儿眼睛才缓过来。裴明生应该没察觉到什么，所以他说的话反而更加客观。

她没有动弹，坐在床上，迎着刺目的阳光把自己这一路的经历都回想了一遍：在杭州失去一切的情形，刚来到西北那天的情形……

离关跃远一点。可别再栽进去。她低头，一手撑着额角，一手拿着手机翻出了石中舟的号码。

忙音响了一声，石中舟的声音就传了出来："言姐，你找我啊？"

言萧的声音低低的："嗯，我听说考古队被警察查过去了？"

"是啊，不过没出什么事，我们都转移了。"

"转移到哪儿了？"

"定边县城里。"

"我的行李带出来了吗？"

"带着呢，队里没留东西，你的行李都在我这儿呢，言姐你要用吗？"

言萧想了想："你给我找地方存起来吧，存好了给我发个消息，回头我自己去拿。"

石中舟答应得很干脆："好嘞。"

楼下，男人们刚背着大包小包爬上车开走，关跃低头走上门廊。

川子蹲在那儿抽烟："十哥，那地方有那么重要吗，干吗搞得这么麻烦？"

关跃刚才把队员分了组，让他们轮班去守那座陷地之城。"少废话，你们照办就行。"

川子笑着说："行，不废话，那咱说点别的，就说说你是怎么泡到咱嫂子的吧。"

关跃叼了根烟在嘴里，看他一眼。

"说啊，十哥，我们都好奇死了，差点以为再过两年你就要顺着这条道去西天取经了呢，圣僧啊你！怎么一下就有女人了？还是个这么正点的大美女。快说说，是她追的你还是你追的她？"

关跃回答不上来，他们之间有过正常的追求吗？走到这一步，只有他们自己了解是怎么回事。

川子等着他开口，关跃的五官被阳光一照，阴影错落，分外深刻。他恍然大悟一样拍了一下腿："果然还是得看脸吧！"

关跃踹了他一脚，抬眼正好瞄到尽头的楼梯，就夹着烟走了过去。

言萧背着包一路走过来，叫他："哎。"

"嗯？"他应得自然而然。

"我刚打电话问了李正海，他押着五爷去西安了，这里的警察肯定都撤了，我们出去逛逛？"

"逛逛？"

"嗯，"言萧笑得在阳光下眯起眼，"就我们俩。"

这地方乏味无聊，的确没什么意思，关跃没有异议，先去开车。

川子眼尖地注意到了，追过去拦住："怎么着，十哥你这是要走了？"

关跃说："不走，我带她出去转转。"

川子松了口气，紧接着就笑他："你这也太宠她了，这地方有什么可转的，挖空心思陪她呢？"

关跃恍若未闻，低头坐进车里。

言萧正朝这儿走。川子给她让道，一面叮嘱了一句："你们别玩太晚啊！说好了今天要给你们接风的，等换班的那几个回来咱就准备。"

言萧扶住车门："这么客气？"

"应该的，十哥都好久没回来了。"

她笑了一下："好，我不会占用他太多时间的。"

车从厚高的泥墙院里开出去，沙漠里干燥的风一阵阵钻进车窗。日光强烈，但不毒辣，言萧戴上墨镜，看着沿途急速倒退的沙丘裸岩。关跃握着方向盘问："怎么想起来要出去？"

"好不容易扳倒五爷，放松一下，我以前可忙得没空旅游，就当免费游西北了。"

关跃听了有点想笑，语气难得地轻松起来："那你想去哪儿逛？"

"这附近有城镇吗？"

"有个镇子。"

"就去那儿吧。"

关跃转了一下方向盘。言萧看着车窗外的景象："这是在往哪个方向走？"

"南边。"

言萧点头，一路往南，她记住了。

中途，车开到一块半沙漠化的沙土地里，关跃停了车："下来看看。"

灰黄的沙土堆积，连接金黄的沙丘，几棵矮而粗壮的胡杨树茂盛地生长。言萧跟着他下了车，在周围走了几步，看了一圈："看什么，风景不错？"

关跃拉着她的胳膊，把她往前带，一边走一边说："不只风景，这里以前还经常能淘出文物。"

言萧意外道："那不是跟古董滩很像？"古阳关的遗址外有个地方，据说随随便便就能捡到古董，吸引了很多人去淘货，坊间给了个称呼叫"古董滩"。没想到这里也有，难怪那文保组织的营地就在这附近。

关跃说："是很像，这一带文物很多。"

"你刚才说以前，现在还有吗？"

"应该没了，组织里经常来挖。"

言萧一愣："直接挖走？你们文保组织保护得够彻底的啊。"

关跃没接话。言萧也没在意，蹲在那棵胡杨树下，头顶有树荫，她掀开墨镜卡在头发上，问他："你来西北有好几年了？"

关跃点点头："嗯。"

"这些年都在做考古？"

"没有，前几年都在文保组织里，我是冲着五爷才去组了这支考古队。"他背后有人出面牵头给他指路，让他顺利到了五爷手底下。这里面弯弯绕绕太多，他没细说。

言萧忽然问："你是缺钱吗？"

"什么？"关跃看着她。

"不缺钱谁肯干这些？"她记得他说过五爷的身份很值钱。这一路上他为了揪出五爷，费尽心机，受伤受累。如果不是为了钱，那就是和她一样，也跟五爷有仇。

关跃的手在地上撑一下，坐下来："嗯，我缺钱。"

"缺多少？"

他眼神古怪："干什么，你想给我钱？"

言萧笑了："我就问问。"

关跃沉默了一瞬，答非所问："我不要钱。"

言萧顺着他的话接下去："那你想要什么？"

关跃的脸转过来，双眼瞬间触到她的视线。荒凉的环境里一点色彩都会带来很强的冲击力，这里粗狂而原始；他的眼神是另一种原始，深不见底。言萧身体前倾，慢慢靠近："要我？"

关跃捏住她的下巴，拇指搓过她的唇，很凉很软："你说呢？"他说过，他要的比她想的还要多。

言萧张嘴轻咬了一下他的拇指："我以前怎么会觉得你禁欲的？你个闷骚。"

关跃笑了笑收回手，她好像曲解了他的意思，他说的不是那种事。

"说点别的想要的，"言萧引导，"物质上的。"

关跃摇一下头："没有。"

言萧不作声了。

关跃拉她起来："走吧。"

上了车，继续前行，到了镇子上正好是中午。小镇背枕沙漠，有种浓烈的风情。这时候太阳正烈，路上的人少，随处可见卖纱巾披肩的，哪怕是小饭馆都要顺带在门口挂上几条售卖，乍一看过去整条街都飘着艳丽的色彩。关跃跟言萧坐在饭馆里，两人面前摆着烤馍、羊肉汤，花样不多，但分量十足。

言萧一路上没说什么，饭快吃完才开口："你会一直待在这儿？"

关跃从对面抬起头："说不准，谁也不知道以后会怎么样，也许再待几个月，也许又是几年。"

言萧撕着烤馍上烤焦的皮："没有想过干点别的吗？"

关跃停顿一下，看了她一眼："没有，我干这行挺好的。"

彼此都沉默了一瞬，言萧忽然觉得自己很可笑，刚才这话仿佛在试着改变他一样。她有什么理由扭转他的想法？这世上谁也不是为谁活的，他有他的自由，总不能舔着脸说是为了她，那太矫情，她也没立场。

把手里的烤馍塞到嘴里，用力嚼了嚼，她脸上又堆起笑："你在这儿这么久就没有一点不习惯的时候？"

"也有，冬天在荒郊野外没有暖气的时候是最难熬的。"关跃喝了口羊肉汤，这句话像是随口一说。

言萧听得出来，因为这时候的他极其轻松。

说完他抬头看她，汤热，他看她的眼神也是热的。她今天问了他很多事情。言萧直到这时才"嗯"了一声，算是回应。

吃完饭出去，一片乌云遮在头顶，阳光没那么强烈了，街上的人多了点，摆摊的都出来了。言萧的眼睛往两边扫视，终于找到镇上唯一的一家裁缝店，拉着关跃进去。

店里摆着台老旧的缝纫机，墙上挂满布料，大多是少数民族的款式，色彩张扬。裁缝是个少妇，面庞被晒得黝黑，看着他们问："要做衣服？"

言萧把关跃推过去："给他做一套冬衣。"

关跃问："干什么？"

言萧笑了一下："没什么，就是想送你点东西。"

他看着她："好好的送我东西干什么？"

言萧捏了一下他的脸颊："想送就送啊，一件衣服又不值什么钱，你少给我说不要。"

关跃还真想说不要，看见她带笑的脸又忍回去了。

少妇拿着皮尺过来给关跃量尺寸，一边拿笔记在小本上。他伸展双臂站着，眼睛瞄着言萧，她靠在缝纫机那儿翻着样本册子选款式。没一会儿她的眉头就皱起来了，合上册子说："算了。"

少妇疑惑地回头："不做了？"

"不做了。"言萧推着关跃出了门，小声说，"样式都太土了，料子也不行，你穿了会老十岁。"

关跃眼里有笑："早想叫你别做了。"

言萧想想又转头回去，问那少妇要了关跃的身材尺寸收在口袋里，出来说："回去吧。"

"不逛了？"关跃边说边转着头看了看街道四周，他很乐意奉陪，只要没有警察的踪迹。

"不逛了，怕川子他们等太久。"言萧推着他去车上。

关跃坐进驾驶座里，透过后视镜看到自己脸上松快的表情，抬手抹了把嘴，若无其事地看着言萧上了车，坐到自己身边。"还满意吗？"他问。

言萧看他，点头："满意啊，能出来一趟就很满意了。"

关跃转头开车。这短暂的相处时光是偷来的，他很清楚，不过她满意就够了。

一来一回的时间大多花在路上，回到文保组织的营地里时天都快黑了。川子早就在院子里等着了，车一开过去他就走过来说："正等着你们呢，都准备好了。"

门廊上的灯全开了，好照亮院子。厨房在边角单独的一间屋子里，可能是嫌里面太小，两张桌子被搬了出来，拼在一起，旁边架着个烧烤架，炭火刚点上。几个男人叼着烟在那儿穿烤串，这画面莫名有点滑稽。

言萧说："我等会儿来。"

关跃点头，先朝那边过去了。

言萧上楼去放了包，下来后在院墙角落里找到压水井洗了把脸。直起身，看见了前面墙边上停着的几辆车。大概是需要经常出去跑的缘故，这里不缺车，比考古队可要阔气多了。余光看到有人从旁边经过，她看过去，叫了一声："川子。"

"来了！"川子应一声，走过来，"叫我有事？"

言萧问："你们这里的车可以用吗？"

"当然可以。"川子觉得她可能是出去一趟野了心了，也不奇怪，这破地方哪能圈得住女人啊，猜她是后面还想出去，他笑着说，"钥匙都直接扔在车上，你跟十哥想用就用，没事的。"

言萧笑笑："谢了。"

等她再回到院子里时，天已经黑了，起了风，院子里弥漫着一股炭火的气味，烧烤的烟很重。言萧在最边上的凳子上坐下，关跃在那头跟两个人说了几句话，就走过来，挨着她坐下，挪了挪位置，有意无意挡住了飘过来的熏烟。

川子居然还拿了酒出来，这里的男人都不善言辞，吃东西的时候话都很少，但一看到酒就不一样了，气氛登时热络起来。吃到一半，川子给关跃倒了满满一玻璃杯酒："十哥，多喝点。"倒完又想给他旁边的言萧倒。

言萧及时伸手盖住杯口，一只手盖在她手背上，关跃拦下了："别胡闹了你，咱们喝就行了。"

川子把酒拿开了，痞痞地笑着说："我看你俩一起出生入死的，还以为这是个能喝的女中豪杰呢。"

"你们喝吧，我差不多也饱了。"言萧抽出手，站起身的时候蹭过关跃耳边，低声说了句什么。炭火把他的侧脸映出暗红，有种难以形容的诱惑感。

他偏头看了言萧一眼，手指握住杯子。她上楼去了。

川子啧啧感慨，这些城里来的美女就是吃得少，一边举杯对着关跃笑："十哥，恭喜你啊，这回是双丰收了。"

双丰收，指的大概是五爷和言萧。关跃跟他碰了杯，没否认，白酒辣喉，他全干了。大家伙全跟着笑起来……

这顿饭吃到半夜，醉倒了一片。廊下的灯似乎也暗了，关跃看了一圈在场的人，离开了座位，走向住处。他借着昏暗的灯光一步一步踩着楼梯上楼时，尽管脚步很轻，还是有咯吱声传出来。走到房门口，他转身朝院子里看了看，没有被人发现。

身后的门开了，一双手臂从背后抱住他的腰，把他轻轻拉进去。门合上，关跃回身抱住怀里的人。言萧刚才临走的时候说："我在楼上等你。"

风从窗缝里挤进来，丝丝凉意，门也被吹得吱呀作响。院子里三三两两的说笑声还在继续，碰杯声都还能时不时地听见。房间里却只有渐浓的呼吸声。言萧主动地迎接了关跃。他想要她，那就给他，就今夜。

关跃抱得她死紧。窄小的一张床让他们挨得更紧，连床板也在有规律地轻响，言萧没有半点退缩，不分彼此，你中有我。今晚她毫无保留，把自己融成一汪水，无论他是什么形状，她都能容纳承受。

关跃一遍一遍地吻她，他喝了酒，身上有酒气，吻她的时候缠住她的舌尖，渐渐地，似乎彼此都有点醉了。

过了很久，风似乎停顿了，外面也安静了，彼此的喘息也渐渐平复。他们全程没有说过一句话，在黑暗里，完全用身体感受了彼此。言萧还被他压着，他很沉，但她没有推开。

"怎么忽然这么热情？"关跃埋在她颈边，声音闷着，低沉又磁性。

言萧轻轻笑了，一只手抚摸着他的脊背，咬了咬他的耳垂："关跃。"

"嗯？"关跃的头动了一下，脸冲着她，他在听。

言萧想说一句温存之言，比如男人和女人最亲密时总会说的那些话，但话已经到了嘴边，又咽了回去。没有意义，也没有理由。"没什么，就叫你一声。"

关跃说："你叫我的名字比叫别的都好。"不是小十哥，也不是关领队，只是关跃，他希望她能叫他的名字。

言萧有点想笑，抿了抿唇，没出声，一只手伸向床沿，摸到他的衣服递给他："穿上吧。"

关跃接过去，坐起来，扯着床单随意在身上擦了一下，伸着胳膊套上衣服。

言萧翻过身侧卧，眼睛瞄着他昏暗里的影子，语气还是慵懒的："对了，有件事情你别忘了。"

关跃下了床，回过头问："什么事情？"

"那五节玉璜，你们的'钥匙'，还在我包里，你拿走吧。"

屋里骤然安静了。关跃站在床边，一动不动，站姿像是沉入黑暗的一尊雕塑："为什么？"

言萧温声说："这东西挺重要的，我一直收着也不合适，还是交给你保管比较好。"

关跃走去桌边，摸到她的包。言萧躺在床上，听见拉链拉开的声音，一垂眼就能看见他的背影。东西他应该拿到了，却迎着小窗外微薄的夜色站了很久。

外面川子在找关跃，在楼下大声喊着"十哥"。关跃这才转身出去。门拉上，木质楼梯咯吱轻响，紧接着又恢复安静。言萧默默躺着，想了一下，应该没什么遗漏了，该做的、不该做的，全做了，还能有什么遗漏？

过了一会儿，她赤脚下床，去锁门。一阵风撞到门上，送来轻而稳的脚步声，楼梯再次发出咯吱咯吱的轻响。下一刻，门被人推开，高大的身躯站在她眼前。关跃又回来了。言萧身上只披了件外套，夜风吹到她身上，凉得刺骨。

门被用力关上，关跃一只手臂搂住她，近乎钳制一般，挟着她压在门背后："言萧，你有什么话要对我说吗？"

言萧推了他一下："你怎么还这么有力气？"

关跃没被这句话岔开注意力，从背后抱住她，不让她动，贴在她耳边又问一遍："到底有没有话跟我说？"

言萧沉默了两秒："没有。"

"真的没有？"

"嗯，没有。"

关跃没了声音，过了一会儿，忽然说："你别骗我。"

言萧不自觉地蹙了下眉。他的声音听起来有点冷："言萧，你最好别骗我。"

言萧忽然转头，主动堵住了他的唇。刹那间，关跃打横抱起她放在床上，床单被拉扯了一下，他紧紧抱着她，又纠缠到了一起。

不知过了多久，关跃忽然停了。言萧心里轻松，却又感觉更煎熬，脸埋在枕上，一言不发。身体被拨转过去，她变成仰躺，关跃撑在她身上，隔着浓浓的黑暗注视着她。

彼此都只是闷声喘气，谁也不开口，只是这样看着对方。看了几秒，他才又行动。言萧的唇被他堵住。他吻她，铆足了劲。

言萧闭起眼，不再看他。但这不是终止，起码对关跃而言不是。他重新抱住她，比之前抱得更紧。言萧的脑子几乎已经空了……

不知多久，时间似乎又流动了，屋里的气息仿佛一瞬间从凝滞中活了过来。言萧缓过来的时候，人还在关跃怀里。"你干什么呢，别太过火了。"她声音嘶哑，莫名带着点娇嗔的意味。如果把自己作为礼物，今夜已经算得上是前所未有的厚重的了。

关跃的脸与她相贴，黑暗里近看他的五官，深刻里有种神秘。"我知道我在干什么。"他阴沉地说。

言萧觉得他这句话似乎还有其他意味，他知道他在干什么，就好像表明了什么决心一样。她笑出声音，故作轻松："我怎么觉得你是在跟我较劲呢？"

"我没跟你较劲。"

"那就好。"言萧背过身，眼前忽然亮了一下，是她塞在枕头下的手机来了消息，露了一半在外面，她瞥了一眼，伸手把手机全推进枕头下面，脚趾蹭了蹭关跃的小腿："你该走了，不然会被川子他们发现的。"

关跃没动，也没有应声，双臂伸过来，又从背后把她搂紧。言萧摸到他的手臂，硬实、温热得像块铁。离得越近越能发现他的不同，原本拒人于千里之外的一个人，贴近了浑身却都是火热的。她心里沉沉浮浮，没有再催他离开，默默闭上眼睛。

屋里没有了声音，喧嚣的风声又入耳，但不妨碍入眠。被关跃抱着，她睡得很安稳。

有事情在心里的时候，言萧通常都很难睡得沉，何况睡前她还刻意给了自己强烈的心理暗示，所以没过几个小时她就睁开了眼睛。窄小的窗口透了一缕光进来，外面天没亮透，天光照进来也是一片朦胧。差不多到时间了。

言萧掀开被子，一寸一寸轻缓地往外移，直到踩在了地上。她下了床，回头看，关跃果然还在。他一夜没走，手臂还向她躺的位置伸着。言萧有经验，关跃的睡眠非常有效率，一旦睡着了就会睡得很沉，但也很容易苏醒。

幸好没有把他惊醒。或许是因为他昨夜太过放纵了。以他的为人，这是很难得的情况。

言萧穿好了衣服，怕有声音，没穿鞋，赤着脚收拾了昨夜他们制造出来的凌乱。好在房间小，来回就几步，动静不大。再走到床边，她的脚步轻得像猫。

熹微的天光照着关跃的脸，言萧的目光流转过他突出的眉骨、高挺的鼻梁，至薄唇，到下巴。她垂在身侧的手指轻轻搓捻。

鉴定古董和文物的时候她也喜欢搓捻手指，那是为了回味触碰古物后留在指尖的感觉。而现在，有点不同。临别前她也很想触碰一下这张脸，但怕把他弄醒，她只能在心里触碰了。言萧倾身，低头凑近他，微微启唇，无声开合："谢谢。这一路走来，经历了种种，不管怎么样，都谢谢你。"悄无声息地说完，她转头拿了桌上的包，提起鞋子，轻轻开门出去。

风还在吹，让人清醒。言萧走下楼梯，弯腰穿上鞋，走向车时，迎着风闭了闭眼。这么凛冽如刀的西北风，以后大概也不会再吹到了。她拿出手机，翻了翻，昨晚发来消息的果然是裴明生。

汽车开过的声音只是一阵而过，楼上的小屋里，关跃陡然睁开眼睛，坐起身，一屋空荡。言萧不在，她的包也不在，这里完全没了她的痕迹。屋门被他一把拉开，关跃边套衬衫边走下楼梯，扣子都来不及扣就跑去开车。

川子披着外套走到门廊下面，转过头时正好看到他，一脸诧异："十哥，我刚才好像看到嫂子开车走了啊。"

关跃没接话，人已经上了车，重重拉上车门，拧下车钥匙的时候死死咬着牙。汽车如同脱了缰的野马，直冲出院子，后视镜里川子叫着他追上来几步，他也没顾得上管。

她走了。难怪她昨天一整天都很反常，原来是在跟他告别。不，更像是永别。昨天晚上让他拿走玉璜的时候她就已经是在划清界限，他感觉到了。她不再是他的队员，不再是他的合作伙伴，也不会跟他同行下去了。

车横冲直撞，沙尘蔓延的前路一望无垠，视野里什么都没有，关跃一脚踩下刹车。言萧已经走得无影无踪。她早就做好了准备，却根本不告诉他。他在车里坐了很久，迟缓地推开车门。

沙地里的风掀着他敞着的衬衫，他衣衫不整，敞开的胸膛一阵阵起伏，忽然转头一脚踹在车上。整辆车生生被踹开了一寸，在沙地上拖出一道深深的印子。关跃紧紧捏着拳，从牙缝里挤出那个名字："言萧……"他偏头，眼神横越沙地，遥遥望南。

第二十三章
大 衣

天上刚露日头时，言萧到达小镇，接着转向开去定边县城，取了石中舟帮她寄存的行李就马不停蹄地赶去了机场。最近一班飞杭州的航班在下午，她刚买好机票，裴明生的电话就来了："师妹，出发了没有？"

言萧盯着手里的票说："今天下午四点多的飞机。"

"好，我安排人去接你。"

"算了吧，我现在的样子不适合见人，洗了把脸就一路赶到了机场。"

裴明生笑着问："怎么回事，你这是从魔窟里逃出来的？"

"赶时间而已。"

"这么赶干什么？万一路上出点事我得多心疼啊！"

言萧不咸不淡地笑一声："不是你希望我早点回去的吗？还催了好几次，半夜都发消息提醒。"

电话那头安静了一两秒，裴明生才又开口："我怎么觉得你语气不大对，心不甘情不愿的，难道你真不想回来了？"

言萧换只手拿手机，另一只手揉了揉太阳穴："没有的事，就这样吧，有什么话回去再说，我先挂了。"

"欸……"裴明生似乎还想再说什么，但电话已经被她挂断了。

时间还早，言萧收起手机，打算找个地方吃饭。她在机场里就地选了间餐厅，进去时手机又响了。来电的是石中舟，言萧莫名地不太想接，但一通结束之后他又拨来一通，她只好接了起来。

"喂，言姐，你的行李拿到了吧？"他还挺负责的。

言萧"嗯"一声："拿到了。"

石中舟放心了："那就好！其实你说一声，我给你送去就行了。"

"没事，"言萧沉默了一下说，"小石，谢谢了。"

石中舟笑着说："忽然这么客气干吗？这点小事有什么好谢的。"

言萧找了个位子坐下来，心不在焉地翻着面前的菜单："应该的！还有，当初在西安的时候找人打了你们，不好意思。"

大概是没想到她会说这种话，石中舟再开口时声音都有点颤了："言姐，你忽然这是怎么了？"

"我要走了，跟你道个别而已，你帮我谢谢小王和大铭。哦，还有蒲小姐。"言萧记起来蒲小姐的大名叫蒲佳容，不知道是因为关跃还是因为曾经和她有点不愉快，自己似乎有点刻意忽略她了。

石中舟在电话里问："你这是要去哪儿啊？"

"回杭州了。"

"哦，那什么时候回来？"

这话问得自然，言萧忍不住笑了："小石，我的工作在杭州，家也在杭州。"他似乎搞错了，她当初只不过是迫于无奈才来了这里，她从不属于这里，又谈何回来？

石中舟似乎回味过来了，在电话那头长长地"啊"了一声："那关队……"他的第一反应居然是这个。

"就先这样吧，我还要赶飞机，再见。"言萧把手机放下，拿起菜单。刚才发生的一切仿佛不过是个小小的插曲，可是她忽然就没了胃口，对着菜单选了半天都兴致索然。最后她干脆把菜单一扔，起身拖着行李箱又离开了餐厅。

飞机没有晚点，下午四点五分准时起飞。手机没有别的来电了，登机后，言萧看了一眼就关了机。头等舱里只坐了她一个人，靠在柔软的座椅里，昨晚身体遗留的酸软就涌了上来。她歪一下头，靠近窗口。

阳光还很强烈，褐黄的地面随着渐渐拉长的距离在她眼里推远。这块大地上的绿色很少，山脉起伏，纵横交错的沟壑如同老人脸上的纹理，越往上越感觉像是有一双大手在撕扯。这就是西北：荒凉，但广阔；贫瘠，却壮美。与之相比，人根本不算什么，这里发生过的事也根本不算什么。

直到飞机冲上云层，往下再也看不见什么，言萧才转过头闭目养神。迷迷糊糊睡着的瞬间，思绪也有点恍惚，仿佛还处在那个文保组织营地的阁楼上，还在那个男人的怀抱里。后来又莫名惊醒，她忍不住半眯着眼，在心里笑自己：和他这样算什么呢？可能连他都说不清楚。想什么呢言萧？她好笑地摇摇头，倚着舷窗继续假寐。

将近三个小时的航程，正好补够睡眠。空乘过来温柔地将她叫醒，言萧睁开眼，有点恍神，接着才意识到萧山机场到了。

顺着人流下飞机、取行李，言萧一路戴着墨镜、拖着箱子走出机场。晚七点的杭州天已经黑了，不像西北，这时候天还是亮的。

一辆黑色轿车开到面前，言萧看过去。车门打开，裴明生西装革履地从车上下来，镜片后的双眼带着笑："欢迎回来，言萧。"

言萧摘下脸上的墨镜："你亲自来接我？"

"是我亲自把你送走的，当然要亲自来接你。"裴明生没带司机，开的是自己的车。

言萧手一推，行李箱朝他滚过去："算你还有点良心。"

裴明生笑着接住，上下打量她："你不是说你现在不能见人？这不是挺美的吗？气色比走的时候可好多了，怎么，在西北过得很滋润？"

言萧一脸平淡地拉开车门："是你眼花了。"

裴明生没想到她是这个反应，无奈道："怎么好像还是不高兴呢？"说着托一下鼻梁上的眼镜，去给她放了行李。

晚高峰还没过去，离开机场时还好，等车开进城区后就混入了车流的长龙，尾气混着潮闷的空气钻进车窗，六月的江浙一带早就已经热起来了。言萧把车窗降到底，等得烦闷，偏偏又找不到什么宣泄的出口，全程都皱着眉头。

裴明生脾气好，堵成这样也有耐心，任由车一点一点往前挪，看到她好像情绪不佳，开口打岔："挺巧的，听说五爷被西安那边移送到杭州的公安局了，大概是要跟那桩鉴宝会造假的案子一起审，也是今天到的。"

言萧的目光落在窗外的十里华灯上，忽然有了个想法："哪个公安局？送我去看看。"

裴明生看她一眼："看什么？"

"看五爷。"

"你怎么会有这念头？"

"想看看仇人的惨状开心一下。"

裴明生被她弄笑了，这还真符合她的做派。他看了看外面拥堵的道路："那好吧，我知道你在西北吃了不少苦，乐意满足你这落井下石的美好心愿。"车流终于动了，他转动方向盘。

晚上八点半，车停在了公安局外面。裴明生这种富家少爷，某些时候很是矜持，不大爱去警察局这种地方凑热闹。他没进去，就在车里等她。

言萧知道李正海肯定来了，正想给他打电话，走进玻璃大门就看到他一手叉着腰在打电话，省事了。李正海转头看到了她，挂了电话走过来："你回来了？"

"嗯，"言萧开门见山，"我想见一下五爷。"

李正海有点意外："见哪个五爷？"

根据警方多年的调查，"五爷"只是个称号，齐鹏这几年已经接替了这个称号在作案，所以从警方的角度来说，他才是真正的五爷。但从习惯角度，五爷是许恩叶，甚至齐鹏自己也认她是五爷。

言萧点名："许恩叶。"

还以为要费点事，没想到李正海看了她两眼就转头带了路："跟我来吧。"

这个时间公安局里人不多，非常安静。言萧跟着他走到一间审讯室外面，门被推开，被铐在审讯椅上的许恩叶缓缓抬起头，神态苍老，目光如电。

"因为你协助有功才给你开了后门，最多两分钟。"李正海带上门走了。

言萧走过去，在许恩叶对面坐下，交叠起双腿。差不多有一分钟，谁也没说话，就这么冷眼注视着对方。

许恩叶忽然冷笑了一声："别太得意了，言小姐，如果没有关十，你现在还不是被老子捏在手里？"

言萧上下看了她好几眼，虽然早就有所准备，真看到她这样的架势，她还是有点意外，这的确是见过大风大浪的五爷。"可是偏偏有关十啊，现在是你被捏在手里了。"

许恩叶脸上表情发狠，额上皱纹深如沟壑："你过来就是来向我炫耀的？"

"不止，我来看看什么叫邪不胜正，你跟齐鹏当初是怎么把我逼出古玩圈的，我现在就怎么回来了，不知道你感觉如何？"

许恩叶冷笑："这样看你，还真有点像年轻时候的我。"

"是吗？"

"没错，同是女人，我看得出来，你也是个狠角色，对别人狠，对自己更狠。"

言萧慢慢冷下脸，她怎么可能跟这样一个"国宝帮"一样。

"你们要是现在就高兴未免太早了，"许恩叶的腮帮子一吸一松，像皱皮的橘子，"关十在打什么主意，老子心里多少有数，他背后的势力什么来头，老子也有数。你也算好命，有他这么一条能干的狗。"

言萧忽然一脚踹过去，铁制的审讯椅一声巨响，许恩叶浑身一晃，差点摔翻。

"嘴巴放干净点。"她低喝。

李正海推门进来："干什么！"两分钟到了。

言萧狠狠地看了一眼许恩叶，站起来就出了门，走了很远，还能听见她低低的冷笑声。

出了大门，李正海追了出来："等等，我有事找你。"

言萧转过身。李正海从口袋里掏出一张照片："想请你帮忙鉴定一下这个。"

言萧用手指夹住照片，看他一眼："为什么找我？"

"五爷倒了，当初那场鉴宝会就成了最好的检验场，所有人都知道你才是真有本事的，不找你找谁？"本事还是其次，至少敢说真话。这个说真话的原则，才是李正海找上她的原因。

言萧低头看照片，拍的是一节玉璜。她的手指在上面摸了一下，仿佛还能感觉出那触感："哪儿来的？"

"许恩叶身上搜出来的赃物，我们怀疑他们当天去沙漠是要进行盗墓活动，想查到这东西的出处，也好防止文物遭到破坏。"

言萧其实知道，这是关跃给五爷做诱饵的那节玉璜，他们当初一起从陷地之城里带出来的那节。她想了想，把照片还了回去："不好意思，我没时间。"

李正海皱了一下眉，倒也没勉强："那好吧。"

言萧朝他挥挥手，在裴明生的注视下回到车上。

裴明生看着她坐好，温文尔雅地笑了笑，忽然说了一句："关跃可真有本事。"

言萧拉上车门，系上安全带，听见他口中的名字，随口问："你想说什么？"

"你还不知道吧？就是因为你当初在鉴宝会上得罪了五爷，五爷才会叫关跃来找我资助考古队，那老家伙就是想叫华岩放血。我本来心里不愿意，见过关跃之后就改了主意，因为我看得出，他能做成这事。"他的语气里有些许得意，事实证明他的确有眼光。

不只这样，他又接着说，关跃来杭州那次，他们就已经达成共识：他在长三角一带盯住五爷手底下的交易和买卖，关跃在西北与他呼应。当然，现在都切断了，为了撇清关系。

"嗯……"言萧轻轻拖出一个音，没有半点起伏。她知道了，也知道当初在鉴宝会上，关跃一直看着她的作为。因果早就注定，她开始了因，有了现在的果。

裴明生说："回去好好休息，改天给你接风庆功。"街头熟悉的繁华从车窗外闪过，车驶入夜色，仿佛驶入一片灯海。

一周后——

早上九点，城市商业中心的一间高级门店里，言萧正坐在沙发上翻着册子。这是一家专为私人高级定制的男装店，裴明生算是这里的常客，言萧以前顺道陪他来过一两次，她自己来却还是第一次。

一个穿旗袍的中年女人陪她坐着，是这里负责接单的莉姐。她接单之后，订单会送去意大利交由专人手工制作。

差不多快翻完全本，言萧终于停止翻动，看着册子里的一张照片。照片里是一件男式羊绒大衣，双排扣，黑色立领。模特是外国人，身材又瘦又高，这件衣服穿在他身上像挂在了空架子上。假如换个人穿，一定会不一样。言萧的头脑里自然而然地跳出那副男人的身躯，想象和眼前的画面重合，这件衣服似乎也顺眼了。她指了一下照片说："就这个吧。"

莉姐忍不住笑了："言小姐怎么想做羊绒大衣了？现在天可正要热起来啊。"

言萧笑了一下："提前做好啊。"

"那没问题，您有什么要求？"

"保暖。"

莉姐正拿笔记着，停了一下："就这样？"

"这就是最重要的。"言萧从口袋里掏出张纸递给她，"照这个尺寸做，按你们最高的规格来，料子都要最好的。"

莉姐接过来，看了一眼，笑着多嘴了一句："裴少东的尺码我还记得，怎么跟以往不一样了？"她还以为是给裴明生做的。

言萧没回答："什么时候可以做好？"

"您是贵客，可以优先，要是急着要，我会安排国外那边提前开工。"

言萧点头："我急着要，越快越好，做好了帮我包好寄出去。"

莉姐有点意外："您要直接寄出去？"

"对，我给你地址，有点偏远，记得别寄错了。"

仅仅过了几天，五爷落网的消息就掀起了滔天大浪，古玩圈里天翻地覆，导致很多拍卖行的生意也受了波及，华岩的工作量也减少了很多。但言萧很忙，还有很多工作等着她去做。

她在华岩的那间工作室一直原封不动地保留着，里面打扫得干干净净，早就在等着她回归，就连摆在工作台上的鉴定工具都还保持着她离开时的模样。

一张刚刚打印出来的照片放在桌上，言萧坐在工作台前。照片上就是那块石盖背面两个特殊的纹样，她存在手机里一路带了回来，现在终于可以确定，这的确就是两个古文字。

言萧的父亲生前对古文字很有研究，她自己虽然不是很擅长此道，但好歹也耳濡目染，知道点门道。她这几天几乎翻遍了古籍，依然毫无头绪，后来翻到了她父亲留下来的笔记，才算找到了点眉目。她低头翻看着一本红皮笔记本，上面是她父亲生前手写的一些记录。

搞研究的都喜欢做些记录，她以前从来不动养父母的遗物。如果不是那天挪书架找资料，偶然在笔记本的红皮封面上看到了一个差不多的字体，她大概永远也不会打开这个笔记本。那个差不多的字体是她父亲画上去的。中文是象形字，古文字很多就跟画一样，说画上去的并不为过。这么多年，她几乎忘了她的生命里还有养父母的痕迹，因为这个居然又跟他们有了交集。

翻完了全本，言萧合上笔记，做下了记录。其实这两个字不在记录里，但是至少给了她一点方向。桌上还放着一只珐琅鼻烟壶，那是裴明生特地交代她要做的工作，也因为这个给耽搁了。

手机响了一声，言萧擦了下手，拿起来看了一眼，又抬头看一眼墙上的钟，才发现已经过了晚上七点。裴明生特地交代了今天给她安排了庆功宴，叫她无论如何不能迟到，直到现在他发微信过来提醒，她才意识到自己实际上已经迟到了。

她又看了一遍那张照片，才收拾了一下，走出工作室。

晚九点，言萧才赶到酒店。头顶灯火辉煌，服务生托着餐盘穿行在宾客里，来的都是古董圈里的人，收藏大拿或者投资商，还有华岩的同行和高层。

裴明生一身笔挺的西装，站在大厅入口迎接她，一见面就用眼神控诉她的迟到。

言萧用手指拎了一下裙摆，意思是她要赶回家换身行头才能过来。

"弄这么正式干什么？你知道我不喜欢应酬。"她顺手从托着托盘经过的服务生手里拿了杯香槟。

裴明生一边带着她往里走，一边好笑地说："要你应酬什么，我不还在旁边站着吗？"

言萧跟上他的脚步，她身上穿了一条黑色长裙，抹胸收腰，走动时身体如软缎一样柔缓。

裴明生回头看了看她，她有时候会不经意地散发出女性的妖媚，但不知道是不是错觉，这趟从西北回来后，她似乎更有风情了。

到餐台旁，他放下手里的酒杯，打趣说："我是巴不得你为华岩赚钱，不过你现在的工作劲头也太足了，回来才休息几天就栽进了工作室，我可没催那么急吧？这么鞠躬尽瘁，我这个做少东的都要汗颜了。"

言萧没好意思说自己根本还没做他交代的工作，笑了笑说："忙点好，感觉很充实。"

裴明生刚想说话，几个人端着酒杯走了过来，他让开一步。

"言萧，恭喜你，总算是沉冤得雪了。"一个鉴定师举起杯。

言萧随意地点了一下头，没有跟他碰杯，只抿了口酒。

"言姐现在是古董圈里……圈里的大红人了，前途无……无量啊！"另一个小助理说得就有些巴结了。

恭维的话都大同小异，言萧只是一个个点头，抿酒。其实这些人在她得罪五爷后大多数都跟她划清界限了，她记得很清楚。现在她翻身了，又好像之前什么都没发生过一样，开始跟她热络起来。

"好了，大家一起喝一杯意思意思就行了。"裴明生发了话，在人群里带头举起酒杯。

少东开口，大家自然服从，一个个带着笑脸举起酒杯，齐刷刷朝着言萧。言萧慢慢站直，迎着众人的视线举了一下酒杯，脸上露出笑容："敬我自己。"

大家都一愣。裴明生的手指扶着镜框，笑得快要抖起肩膀了。言萧永远是言萧，不管是逆境还是顺境，她都不会变：可以外表柔媚，也可以一身铁骨。这种时候她居然大言不惭地来这么一句，分明是有意打小人们的脸。

大家在一片和谐的笑声里纷纷举杯、赔笑，笑出欢愉和谐。

等那群人散去，裴明生告诉她说："我本来还特地邀请了宋方过来看看你现在的风头，可惜他被警方带去问话了。"

言萧好笑道："你就是真请了他，他也没脸来。"

裴明生不置可否，从西装里掏出个厚厚的信封按在餐桌上推给她。

言萧用两指夹住，眉头挑了起来："这么多！给我的？"

"一码归一码，这是你应得的奖励。"裴明生笑眯眯的。

言萧不客气地收进手包："就我有吗？"

裴明生反应过来："你指考古队？他们当然也有，我都准备好了，不过没送出去。"

言萧看着他："怎么了？"

"关跃接受资助的那个账户封了，钱打不过去，我打了几次电话给他，他一个都没接。"

"打不通？"

"通了，他不接。"

言萧转着手里的高脚酒杯，没说话。

裴明生摇一下头："算了，他毕竟有自己的老板，五爷的事了了，大概也不想跟我们再联系了。"

"嗯。"自她离开，他们就没再联系过，仿佛从不认识一样。或许，这样就是最好的。言萧仰脖，把杯子里的最后一口酒倒进喉咙。

西北这两天刚经过一场沙尘，别的地方都还好，就沙地里感觉特别难熬。川子正在收拾营地里的沙子，一辆车开进营地，车门打开，关跃走了下来。他喊了一声："十哥，又去那什么城了？"

关跃"嗯"一声，边走边脱了身上的外套。

"有他们守着就行了，你也用不着天天去。"川子又说。

"沙尘推进绿洲了，不去不行。"

川子觉得他这就是在找事忙，但又怕说出来惹他不痛快。那天早上，他看着关跃开车追了出去，后来自己好不容易也追过去，就看到他坐在车里抽烟，就像当年第一回见到他的时候一样，四周是茫茫黄沙，他一个人坐在那儿，面无表情、一言不发，偏偏充满了威慑力。后来回了营地，川子才终于忍不住问："怎么不追上去啊？"关跃回得很冷："她想走，我追上去也没用。"

他没追，也没打电话，第二天就恢复如常，每天该干什么干什么。这些天，天天这样。

川子想到这儿，扔了手上的铁锹，走过去递给他一根烟，什么也没说。他不知道该说什么，何况男人之间的相处有时候不需要过多的语言。

关跃点了烟，夹在指间，背靠着门廊上的胡杨木；阳光有点淡，照下来在脚边拖出一道模糊的影子。

一根烟抽了一半也没听见他开口说过话，忽然有车从外面开了过来，是辆旧货车，老远就听见突突响。川子抬头看一眼，"哟"一声："那不是阿古吗？什么风把他给吹来了。"

阿古依然穿着那身蓝色的蒙古袍子，从车里跳下来，手里捧着个东西，朝关跃挥手："小十哥！"

关跃踩了烟蒂走过去："你来干什么？"

"给你送东西，有个包裹寄到我这儿，让我转交给你。"阿古双手托着个厚厚的包裹递给他。

关跃接过来："哪儿寄来的？"

"杭州。"

他脸上的表情一下就凝住了。

阿古没注意，还催他："哥，快拆开看看里面装的是什么，包得可严实呢。"

川子也好奇地走了过来。

关跃抓着那包裹架在车前盖上，几下撕扯掉了外面的包装袋，里面的盒子露了出来，结实精致，表面甚至还包了一层黑色的丝绒。

阿古迫不及待地替他掀开盒盖："嚯，原来是衣服啊。"一件黑色的羊绒大衣。阿古用两只手拎出来，抖了抖："这么沉，瞧着就很贵。哥，是不是咱姐送你的？"

关跃盯着那件大衣。真是难为她了，这么贴心。这算什么？他从阿古手里抢过大衣，塞回盒子："退回去。"

阿古一愣："怎么了哥，你不要？"

"不要，给我退回去。"

阿古看他不像开玩笑，张张嘴想说话，又没敢开口，最后乖乖盖上盒盖，又抱着盒子上了车。

川子目送着他的车开出营地，转头拍了一下关跃的肩："十哥，这是咱十嫂送的吧？"他琢磨着都这么贴心地送衣服来了，两个人之间顶多就是点小隔阂，没什么大事。

"你叫她什么？"关跃冷笑一声，停了两秒才说，"少乱叫，你到现在还没明白吗？我跟她不是那么回事。"

川子语塞，不知道他口中的"不是那么回事"算是怎么一回事。明明都出双入对的了，难道不是在搞对象？他拨了一下头发，想着还是低估这俩人的矛盾了，只好笑笑说："行，我叫她言小姐总行吧？"

关跃没说什么，转身回屋。

川子想想又追上来："十哥，兄弟知道你的脾气，但你有话也别憋在心里，要么干脆打个电话过去？女人嘛，她都低头示好了，你还昂着脖子有什么意思，就哄哄她不就好了？"他推断他俩只是吵了架，现在人家妹子都送衣服来了，那这边说什么也得大气点啊。

关跃沉着脸，一言不发地进屋，甩上门。直到现在他才发现原来自己心里窝着的火从没消退，但不是气言萧。他气的是他自己，气他在这里，根本没资格去留她。

时钟的指针指在上午十点。言萧对着资料研究那两个古文字有一会儿了，忽然听到工作室外面传来脚步声。她手一翻，盖上刚刚在看的照片，开始摆弄那只放置了很久的珐琅鼻烟壶。

工作室的门随后就被推开了。裴明生从外面走进来，背着双手在她身后慢悠悠地走了半圈，一副富贵闲人的模样。忽然他头一倾，靠在她耳侧："师妹，你最近很不对劲啊，是不是在外面有野男人了？"

言萧垂眼盯着手里的鼻烟壶，头都没抬一下："好好的胡扯什么呢。"

"听说你在莉姐那儿定做了一件男装送了人，这不是胡扯吧？"

"一件衣服而已，哪儿那么多事。"

"价值十几万的衣服，叫一件衣服'而已'？"

言萧终于抬头看他："怎么，我花自己的钱你还要管了？"

裴明生托了一下眼镜。"别误会，你是知道的，你的私事我一向不过问，但是作为师兄，我得关心一下你吧？还有……"他的手指在桌上点了点，"这只鼻烟壶拖了这么久，你回来后一直在忙着研究别的东西我也注意到了。怎么，还记挂着西北呢？"

言萧转过座椅，叠起腿："话里有话？"

裴明生仔细看了她两眼，又摇了摇头："算了，当我没说。"

"为什么不说了？"

"我还不知道你？你要是这么容易就被什么野男人打动，我早就有机会了。"裴明生的语气里一半带着玩笑。

言萧丝毫不给他面子："那没可能，兔子不吃窝边草。"

"你是兔子？"裴明生差点没笑出声来，"你这性格，应该是狼吧？哦，不对，刚正不阿的动物是什么？神话故事里那个獬豸？对，我应该用那个来比喻你。"

言萧瞄他一眼："嗯，我就是狼，所以我肯定要去找头公狼；你就是只狡诈的狐狸，我们俩物种不对，更没可能。"

裴明生跟她开玩笑开习惯了，好笑地看着她："那你要上哪儿找头公狼去？"

言萧的脑子里忽然闪当初在考古队里画的那个狼首，抽象的图案描画在男人古铜色的脊背上，即使是用口红画的，也出奇地适合他。那个男人就像一头狼，在西北大地上神神秘秘地独来独往。但这想法只是一瞬间的事，刚冒出来就被她压下去了。"少烦我，我要工作了。"她转过去，继续摆弄那只鼻烟壶。

裴明生摁一下她的肩，口气认真不少："言萧，你的事我不管，但我希望你别跟以前一样，再碰上个不合适的人。"

"什么叫跟以前一样?"

"你知道的,当年在你身边的那个人。"

言萧又抬头看他,眼神尖锐了许多:"裴明生,你能不能别没事找事?"

裴明生收回手,举起来做投降状:"好好好,随便聊几句,别放在心上,我就是来通知你明天要去参加一个电视采访,没别的事了,你忙吧。"门关上,他走了,走得还挺匆忙,怕言萧追究似的。

言萧推开手上的工作,仰靠在椅背上,脑子里有短暂的空白。"别碰上不合适的人",这话其实没错。裴明生打电话催她回来的时候,就已经是警告了。她很清楚,今天这几句话不过是程度轻了点而已,其实意义是一样的,他从来都很擅长打太极一样说出自己的用意。

桌上的手机忽然响了,突兀的铃声打断了她的思绪,她拿起来看了看,是莉姐打来的。"喂?"

"言小姐,非常不好意思,那件衣服被退回来了。"

"什么?"言萧拿着手机往耳边贴近了些。

可能是她口气有点不好,莉姐在那头连忙道歉:"真的抱歉,言小姐!地址是完全正确的,对方是重新打包寄回来的,所以绝对不存在我们这边寄错了的问题。"

言萧没了声音,握着手机的手指渐渐用力。

"言小姐,真的很对不起⋯⋯"莉姐还在一个劲地道歉。

言萧挂了电话,手指一翻,一排名字滑上去,看到了关跃的名字。有一瞬间,手指差点就要点下拨号,但停顿两秒,还是没按下去。随手将手机抛在桌上,言萧靠在椅背上,居然有点生气,却又说不上来到底在气什么。她忽然忍不住去想,那个男人现在在干什么⋯⋯

天就快黑了,沙地里正当暮色四合的时候,天半暗,可以遮掩很多行迹。关跃伏在沙丘后面,双眼像豹子一样,紧紧盯着远处在沙里冒出头的两个人影。

人影所在的那片沙地里已经被掘出了坑,那两个人其实已经在那片坑里忙活半天了,但没料到早有人在暗处蹲守着。

远处一声口哨,川子第一个冲了过去,几个弟兄紧跟其后。那两个人被拽了出来,随他们一起出来的,还有刚被他们挖出来的文物。

关跃看他们抓到人了就没过去,爬起来坐在沙地上,掏出烟。

刚点上一根,川子过来了,其他弟兄已经把那两个人扭送走了。"十哥,还是你回来的好，自从你去做考古了，我们截的货都比以前少了。"他们管这叫截货。

关跃抽着烟，看他一眼："他们带出什么好货了？"

"都不行，估计这一带也被挖空了吧？你看看。"他捏着个圆圆的金币递到他眼前，"就这个还行，不知道是哪个古国的货币，也就这么一个。"

关跃扫了一眼："带回去收好吧，其余的也别落，残缺的也是文物。"

"知道了。"川子把金币揣进口袋，没急着走，"十哥，我多嘴问一句，咱们这个文保组织断断续续也好几年了，不管是挖来的还是截来的文物已经不少了，全存着没交文物局，就是为了等老板来，可老板到底什么时候来啊？"

关跃吐了口烟："你话怎么变多了，想跟阿古一样回老家养马？"

川子一愣，痞笑着说："别，我还想跟着你继续干呢。"

关跃补充一句："老板迟早会来的，别问太多，知道多了对你们没什么意义。"

川子想起之前他安排他们去对付五爷的时候也是这么说的，忍了忍，话就咽回去了："成，我不多问，我先回去了。"

等川子走了，关跃掏出手机，翻了翻，没有电话。他捻灭烟，又把手机收回口袋。言萧当初是为五爷留下来的，他知道她迟早要走。她可以走，可以回她的西子湖畔，继续做她的鉴定师，他并没有怪她，只是没想到她会用这样的方式——连句交代也没有，仿佛他们之间什么也没发生过。

他也不知道自己还在期待些什么，明明自己也扛着不给她打电话，却在期待她突然回来似的。但这种期待也许根本没有意义。

晚上九点，言萧开着车在回家的路上。没想到这个点都能堵，她踩住刹车，降下车窗等着。忽然想起下班前助理给了她一封挂号信，她伸手在车抽屉里摸了出来。信是今天寄去华岩的，她当时忙着研究古文字没看，现在才想起来。

她按亮车内灯看，里面原来是封邀请函，邀请她去香港的某个文保组织做交流活动。她一个做古董鉴定的，就因为五爷倒了，连身份都"高贵"起来了，最近简直什么活动都能想到她。

文保组织。言萧看到这四个字就联想起了那片沙地深处的营地。言萧把邀请函又塞了回去，顺手拧开音乐。电台里正在播一首蒙语歌，唱歌的男人声音高昂，像能穿透苍穹，唱了几句蒙语之后转成汉语，歌词她似乎听过，简单又婉转——

"鸿雁，向南方，飞过芦苇荡……"

"鸿雁，北归还，带上我的思念。"

"歌声远，琴声颤，草原上春意暖……"

鸿雁，草原，向南，往北。言萧听着听着，冷不丁笑了，手指一点，按下关闭。说来也怪，以前怎么没发现哪儿都有西北的影子呢？音乐没了，反而让人觉得不耐烦，她重重拍了两下喇叭，催促前方的车。

车慢吞吞地上路，回到家时已经是夜里了。言萧没心情吃饭，煮了杯咖啡喝了就去洗澡。洗完出来听见手机在疯响，她裹着浴巾，拿起手机，有点意外，居然是李正海，她犹豫了一下才按下接听。

"言萧，我有点事情想要问你一下。"李正海开门见山。

"嗯，你问。"言萧一边听电话一边擦着湿漉漉的头发。

李正海说："你在西北的时候有没有去过一个跟狼有关的地方？"

言萧："……"言萧手一停，在沙发上慢慢坐下来，有点意外，他居然仅靠那一节玉璜就能查到这一步。她并不希望李正海查到陷地之城，因为那意味着他也会查到关跃。她承认她有了私心，就是因为怕这样，她才会直接拒绝帮他研究那节玉璜。可是没想到他还是查到了。"没有，怎么了？"她故作不知地反问。

"那没事了，我就问问。"李正海说到这儿，忽然一顿，"对了，我就要回西北了，你以后还去不去了？"

"我为什么还要去？"这句反问倒是很干脆。

李正海在那头清晰地笑了一声："我还以为你还会去见小十哥的。"

言萧就知道他是在套话："少胡思乱想吧，李队长，一路平安，没事我就挂了。"

"谢了，"李正海也没追问，"有事再联系。"

电话挂了，言萧却是一点也不想再联系了。坐了一会儿，她站起来去房间。

她回来后就没动过行李，被这通电话提醒，忽然很想找到那张当初在关跃背上拓印下来的狼首。从行李箱一直找到那只最常用的双肩包里，打开拉链翻了翻，她的眼神突然凝住。包里放着她意想不到的东西，她拿起来，掀开包裹的布，一节一节捏在手里看。是那五节玉璜。那一晚她让关跃拿走，他根本没有拿走，居然被她从西北带回了杭州。

言萧把东西一放就冲出了房间，拿起手机迅速翻出那个号码。没有半点迟疑，她根本想都没想就拨了出去。忙音响了三声，一声急促，一声沉闷，第三声却成了悠远，抵达了遥远的彼端。

电话通了。言萧胸口微微起伏，很久才挤出句话："怎么回事？"

电话那头有风声，还有关跃沉静的呼吸声。

"关跃，你说话，怎么回事？"

关跃终于开了口："看到东西了？"

言萧咬了咬唇："为什么没拿走？"

"也许就是为了这时候吧。"

言萧："……"她拨了拨长发，头发还是湿的，水珠沾在手指上，她莫名地有点烦躁。

"为什么不告而别？"关跃的声音听在耳朵里有点冷，"我不是跟你说过让你别骗我？"

言萧无意识地搓着手指："小十哥，你是聪明人，会不懂这意思吗？"

"不懂。你自己来说说你是什么意思，既然走了又送什么衣服？言萧，你什么意思，你自己明白吗？"

言萧的声音低下去，缓缓地说："你可以当作感谢你帮我扳倒了五爷。"

"是吗？"关跃冷笑了一声，那股子邪气又冒了出来。言萧甚至能想象出他此刻的表情，一定是嘴角轻扯，眼神阴沉，"用不着，我做这些并不是为了帮你，更不是为了得到你的感谢。"

言萧沉默，很久后才又开口："东西我会还给你的。"

关跃的声音越发低沉："你也可以直接交给警察，如果真想断干净的话。"电话突兀地挂断了。

言萧一动不动地站了半天，忽地用力按住手机，干净迅速地关了机，扔到一旁的床上。手机是甩过去的，从床上滑到地上，"啪"的一声，不知道是不是摔坏了，她没顾上看一眼，耳朵里反反复复地回响着他那几句话。

卷四

正义 *VS* 无畏

陷　地　之　城

第二十四章
再 逢

上午十点，电视台的录影棚里，裴明生提到的那个采访活动正式开始。

"言小姐，听说您在沉寂的这段时间里去了一趟西北是吗？"聚光灯强烈地照在人身上，女主持人对着台本提出问题。

言萧侧对着光坐着，脸上化着精致的妆，穿一身黑色职业套裙，双腿交叠，坐姿优雅："是的。"

"当时整个圈子里都在排挤您，您怎么会选择去西北呢？"

"走投无路而已。"

女主持人不禁微笑，对她的坦诚很欣赏，自然而然就要诱导她多说一点："警方透露说'五爷'被捕是得到了您的协助，能告诉我们您在西北都做了哪些事情吗？"

"也没做什么，只是把我知道的都告诉了警方罢了。"

诱导失败，女主持还得尽量保持微笑："那么您这趟西北之行有什么收获吗？"

言萧点一下头："五爷被捕，古玩市场得到净化，大家得知了真相，我也重归了鉴定这行，这些全是收获。"

"还有其他的收获吗？我想在被逼无奈的情况下选择远赴边疆，对一位都市女性而言是非常艰难的抉择，您一定经历了很多吧？"问话的重音落在"经历"上，简而言之就是猎奇，主持人希望能得到一些离奇的信息，越离奇、越匪夷所思就越好，谁让现在的观众都爱吃这种瓜呢！

言萧的手搭上膝头，语气轻淡地说："没了，没什么收获了。"还有其他收获吗？有，或许是有的，她还收获了一个男人。只可惜，这个男人和常人所想的不太一样。

录影持续了好几个小时，中间中断了几回，补妆、休息，断断续续的，一直到下午才彻底结束。对方一喊停，言萧就直接走出了摄影棚。

裴明生找过来时，她正站在走廊的窗户边上对着外面的花坛出神。"师妹，电视台这边的人跟我抱怨说你不太配合，那位女主持人说跟你说话就跟斗智斗勇一样，听说你好多问题都没回答她？"

言萧一脸无所谓，靠在窗台上说："我还以为是专业方面的采访，结果只是想挖出我在西北干了什么而已，这跟那些八卦周刊有什么差别？"

"他们也是为了收视率而已，"裴明生说着故意凑近看一眼她的脸，"不过有你这张脸，收视率已经有保证了。"

言萧心不在焉地笑了一下，虽然明知道他是在打趣。

裴明生没在意："对了，你的手机怎么打不通了？"

"关机了。"

"怎么了，好好的关机干什么？"

不仅关了机，甚至今天出门时她都没带在身上，手机到现在都还在床头的地板上。想到昨晚那通电话，言萧就不自觉地沉默了。

"你到底有没有在听我说话？"裴明生盯着她近乎空洞的双眼，"言萧，你在想什么呢？"

言萧看了他一眼，还是没说话。她在想什么，她也不知道。大概她一开始就走错了，才让西北这局棋乱了，乱得没法收拾。可是她是怎么走的？没有刻意安排，甚至还一直被推开被拉远距离，却还是纠缠到了一起……

裴明生只当她是录影不愉快，一手揽住她的肩膀，掏出车钥匙："行了，不就是个采访吗？走，师兄请你吃饭。"

言萧走出去时，特地提了提精神，不再多想。

车从电视台开出去，前往餐厅。午后城市里的空气又闷又热。路上裴明生想到什么，握着方向盘说："明天我要去香港谈个合作，你要不要跟我一起去？就当散个心，省得你再跟手机较劲。"后面一句当然是玩笑。

言萧看着外面快速倒退的绿化带。去香港是往南，跟去西北背道而驰，去了就能远离，然后大概也就能彻底断干净了。

"怎么样，你到底要不要一起去？"裴明生一边开车一边看了看她，怀疑她没听见。

"不去。"言萧忽然说，"停下，我要下车。"

裴明生踩住刹车，看着她："怎么了？"

"我去不了香港，我要去一趟西北。"

"去西北干什么？"

"有点事，要去处理。"言萧伸手去开车门。

裴明生拦住她："到底怎么回事？你说清楚。"

言萧的脸转过来，眼睛落在他的脸上，又移开，有点回避的意味："我要去见关跃。"

裴明生皱眉，其实已经有预感了："事情已经了了，你还见他干什么？"

言萧说："有个东西要送过去，考古队的东西，我不小心带回来了。"

"就这样？"

她沉默了几秒，也许更久，说："就这样。"

裴明生仔细看了看她的脸色，慢条斯理地摘下眼镜，捏捏眉心，又戴回去，语气已经变了："师妹，这么多年了，我对你的心性很了解，这是你第一次主动去找一个男人，以前从没有过。"

"我是有事要去处理。"她强调。

"别这样，言萧，你跟我可以说实话。"

言萧的脸色很冷，抿着唇不吭声。

相处多年，知根知底，裴明生大概知道那件衣服是送给谁的了。其实他早就有感觉，言萧这次回来后的状态跟以往不一样。像是留了什么在西北，又像是从西北带了什么回来。"为什么是关跃？"他问。

言萧没回答，她的脸上没有表情，眼神也没有着落。她的心思根本不在这儿。

裴明生的口气难得严肃："这是你的私事，我不管你跟关跃之间有什么，但我必须提醒你一句，关跃是个连考古队都敢冒充的人。我早说过了，你跟他不是一类人，别跟他牵扯太深了，你好不容易才找回你的事业，正当前途无量的时候，千万别把自己毁了。"

车里是长久的沉默，言萧推开车门："我知道。"不知道她就不会回来了。细细的高跟鞋踩着路面，她下了车，头也不回地往前走了，身影很快就消失在了人群里。

裴明生靠在椅背上，望着她消失的方向，按了按太阳穴。或许当初关跃提出让言萧去做文物鉴定的时候，他就不该答应的。

当天下午，言萧从杭州直飞银川。飞机降落在机场时已经是下午五点，她背着包走进一家手机店。手机卡插进新手机里，言萧翻了翻通讯录，那个名字很快跳出来，但她最终还是没有拨出那个号码。没有必要特地通知他，也没有理由，说起来，她也只不过是来还东西的。

神奇的是上次从营地里开来的车至今还停在机场的停车场里，川子居然都没来取过。这感觉仿佛是知道她还会回来的一样。言萧缴了停车费，又开着那辆车上了路。

远离城市没多久天边余晖已落尽，辽阔的原野扑面而来，她单手握着方向盘，一只手伸出窗户，又触碰到了干燥的西北风。这里似乎什么都没变……

另一头，夜里十点多，文保组织的营地里还亮着灯。川子拍响了关跃的屋门："十哥。"

关跃打开门："怎么了？"

"好像有车进沙地了，二柱说他昨天看见个人很像朱矛，别是这小子又来找事了吧？"

关跃回头进屋拿了件黑色外套出来，搭在身上双臂一伸，边穿边走："分头去看看，真遇到朱矛就直接下手逮了。"

"好。"除去每天例行换班去守那座陷地之城的人，营地里剩下的人不多，这会儿一个也没睡。川子打头，他们先一步分头开车出去了。

天气不太对头，头顶虽然有月亮，却红丝丝的。关跃坐进车里，掏出手机看了一眼。手机里有一条未读消息，只有一句话："近期我会过来。"关跃看完署名就删了。

这里不算沙漠腹地，就算信号不强也不会妨碍通信，但昨晚那通电话之后，他跟言萧之间再无联系。关跃猜她当时心里肯定有气，尤其是他还抢先挂了电话。以前她就说过："你这个人，总能惹我生气。"她说的每句话，他现在居然都还清楚地记得。关跃把手机收回口袋，开车出去。

在附近绕了一圈，没什么发现。越开越远，忽然在一片起伏的沙丘间看见了汽车的轮廓，他开着车缓缓靠近，终于看出那是一辆车陷在了沙坑里。关跃下了车，手摸到腰后，从车后方向那辆车接近。

直到靠近驾驶座的车窗，他手臂一抬，枪口迅速指入车窗。车里的人动了一下，抬起头，脸慢慢地转过来。月光把沙地映得红殷殷的，那张脸也被照清了：白皙的脸、黑白分明的眼，神情里的错愕一闪而过，然后没了表情。关跃瞬间收回了手。言萧正看着他。

谁也没想到会在这样的情况下再见，一时间谁也没说话。男人高大的身影只隔着扇车门站着，有种威压感，言萧看到他的瞬间呼吸就不觉微微一窒。她就不该在天黑后还开进沙地，弄得现在这么狼狈。她脚下恼恨地踹了一下，车身一晃，陷得更深了。

关跃伸手扒住车窗，用力拉了一下车门，拉不动："为什么不打电话叫我去接你？"

隔了段时间再听，他的声音似乎更低沉了。"没关系，我自己可以来。"言萧早就尝试过推门，但沙子堆积，根本推不开。

"那你就算陷在这里永远出不来也不打电话给我？"

言萧无言以对，忽然来了脾气："我自己可以出来。"她把包扔出车窗，抓住车窗往外爬。她的身体一半到了外面，重心转移，车身一晃，结果连人带车都往沙子里陷。

一只手紧紧抓住了她的胳膊，另一只手钳在她腰上，把她从车窗里拖了出来。"你千里迢迢来这一趟就是为了在我面前逞强？"关跃的声音压抑在风里，看不清他脸上的神情。

言萧一身是沙，被他扶着站稳，喘了口气："当然不是。"

关跃看她两眼，到底没再说下去，松开手往前走。言萧捡起包，跟在他后面，深一脚浅一脚地踩着沙子。他不作声，她也不说话，这一路上就只剩下彼此脚踩沙地的声响。

回到营地里已经是后半夜了。其他人还没有回来，言萧被关跃抓着胳膊带上楼，推进屋里。

灯亮了，他扒下她的外套，擦了擦她的脸，她头上身上都一团糟，沙子很快在脚下落了一层。言萧的衣领敞着，胸口起伏，脸颊被他的手碰过后泛出了红晕。白天在电视台里化的浓妆还没卸，她现在明艳得出格。关跃注视着她，眼神又暗又沉。

言萧别过脸，把手里的包放在地上，故意避开了他的眼神："东西在这儿了，顺便提醒你一句，李正海正在查陷地之城。"

"还有呢？"

"你还想要我说什么？"

瞬间，她被关跃推着压在墙上。"言萧，既然来了，你把其他话也一起说清楚，"关跃拨过她的脸，强迫她看着自己，"还是你本身就想跟我这么不清不楚？"

言萧终于抬起眼睛看着他："何必呢，小十哥？只要你还被人叫一声小十哥，我们之间就不可能清楚。这样也好，你没说过开始，我也不说结束，就当彼此是对付五爷路上的一丝慰藉好了，难道你当我们俩这是在谈恋爱吗？"

关跃两腮紧了紧，松开了她，只重复了一遍她说的那个词："慰藉？"

言萧嘴唇动了动，听不出他话里的情绪，强撑着笑了笑："是啊，你明明以前也总跟我拉开距离，现在不是正好？你看，我其实一点也不黏人。"

第二天一大早，川子才从外面回到营地，刚下车他就看到有人正从楼梯上下来，仔细一看居然是言萧，差点以为自己是一宿没睡花了眼。

"早啊，川子。"言萧微笑着跟他打了个招呼。

"早！你这是什么时候来的？"他上上下下打量她。

"昨天晚上。"

"十哥知道吗？"

言萧仍笑着："当然知道，就是他把我从沙地里带回来的。"

川子更意外了，但见到她也挺高兴的，转头就跑去找关跃，发现他正在院子角落里洗脸。

"十哥，嫂……言小姐来了啊。"

"嗯。"关跃弯着腰，对着脸盆重重搓了两下，随手抹了一把，就这么晾着，掀盆倒了水，"一晚上转下来有什么发现？"

川子本来还想接着再聊儿句言萧呢，听他这么问只好回话："没什么发现，可能是我们太多疑了吧，五爷都倒了，朱矛那小子应该是不敢露头了。"

关跃又"嗯"了一声，没再说什么，转头就走了。

川子觉得他挺古怪的，脸色也很沉。怎么了这是？好不容易人来了，人家妹子都让步成这样了，居然还不高兴？

言萧站在楼梯那儿等了没一会儿，就看到关跃走过来了。他刚起床，身上只穿着件背心就出来了。脸上水珠没干，下巴上胡楂泛青，额边几根碎发也沾了水珠，眼神在她身上扫过就转开了，嘴里问："什么时候走？"

言萧手搭上楼梯的扶栏，指甲有一下没一下地刮着上面斑驳的木质纹理，想了一下，似乎也没别的事了，那也就没理由再留了。"就现在。"

"我送你。"关跃说完转头回屋，仿佛就只是来例行公事地问一句一样。

言萧看着他的背影，他的肩背似乎更宽阔了，走动时腰腿间的肌肉都在偾张出力量感。她看了两眼，又慢慢移开视线，想起昨晚他走时也是这样的背影。

昨晚他临走前，最后停在她面前说："假如，言萧，假如我不是什么小十哥，你还当不当这只是场慰藉？"

言萧反问他："我把你当作慰藉又怎么样，不当又怎么样？"

他压低声音："我说过我给不了你什么，但不代表永远是这样，如果这不是什么慰藉，我以后会去杭州找你；如果是，那就当我什么都没说过。"

"可你是小十哥。"她说。

他沉默两秒，忽然凉丝丝地笑了："没错，跟我这样的人纠缠的确不值得。"

言萧记得他当时的眼神，黑沉沉的，意味很深，有种说不出的坚定，但她不知道他坚定的是什么。他说完那句话后就走了，她却几乎一夜没睡，躺在那张曾和他缠绵过的床上，一遍遍回想裴明生的忠告、李正海的警示——离他这样的人远点，别又栽了。

言萧，你忘了自己是怎么过来的吗？好不容易拿回自己的事业，不要再蹚这浑水。关跃这样的人，你不能陷进去。他是什么样的人？他是入了警方视野的小十哥……

　　她并不后悔，时至今日，依然不后悔和他的一切，只不过必须断了。

　　半个小时后，言萧洗漱完毕，也没吃东西，背着包上了车。川子和其他几个队友陆续回来了，都去补觉了。正好，她也用不着道别了，避免了很多尴尬。

　　关跃套了件衬衫在身上，不知道从哪儿拎来桶汽油加进车里，然后坐上车，发动，上路。

　　天气不好，没有太阳，风也很大，一路都有沙尘，其实今天不太适合上路，但他没说什么，因为明白无论他说什么言萧还是会走。大片的黄沙被甩在背后，荒凉的戈壁向前方延伸，整个天地都是灰茫茫的。

　　他们一路上没有说过话，甚至连简单的眼神交流都没有，就如同两个陌生人。直到一个转向，言萧余光忽然瞄见了关跃的小臂，他衣袖卷起，左臂那几道刀伤已经好了，留了疤，隐约可见。

　　她顿时想起了他身上的很多疤，张了张唇，终究还是开了口："关跃，你以后在这儿小心点。"

　　关跃脸朝着前方，没看她，语气沉稳："我一直都很注意。"

　　言萧说："我不知道你为什么要一直待在这里，但我知道你做的事是有道理的，你保重。"她心里有数，假如他有半点邪念，那座陷地之城早就被他带着人搬空了；如果他真有什么邪念，她也希望能提醒他尽早收手。所以即使李正海说他来路不正，她也愿意替他遮掩。

　　关跃这次简洁地回了一个字："好。"他没有叮嘱言萧什么，相信她回去后会过得很好，毕竟她比任何人都要清醒理智，这似乎也不是什么坏事。

　　风更大了，一阵沙尘陡然拍上来，车身摇晃，噼里啪啦地响。车已经开出好几十里地，路线迂回，好不容易，前面出现了一间低矮的木棚屋，孤单地矗立在山岩下。这种废弃的小屋是以前治沙人搭建的，如今成了背包客落脚休整的地方。

　　关跃有经验，知道这风是一阵一阵的，停下车说："等这一阵过去了再走吧。"

　　言萧回了声"嗯"，推开车门下去，背着包低下头，一路回避着狂风走向那间小屋。推开门的瞬间，意外地发现里面还有别人在，她只看了一眼就要退出来。关跃跟在她后面，察觉到不对，立即伸手要把她拽回来。

　　已经来不及了，里面的人早就等着了，一把亮光光的刀先一步指在言萧的脖子上，她又被对方拽了回去。屋里的人挟持着言萧慢慢走了出来："小十哥，好久不见啊。"是朱矛，他看着似乎更干瘦了，半边身子藏在言萧身后，一双眼阴鸷得骇人，身边还有那个总是跟着他的丁哥。

关跃一只手不经意般搭在后腰："原来你们躲在这儿。"

"是啊，被你们撵了一夜，真是不容易，在这儿又遇上你们了。"朱矛阴阴地笑了起来，"怎么样，没想到老子当初没被你们那破烂玩意射死吧？你可真有种啊，居然敢动五爷，老子早看出你不是什么好鸟，果然是对五爷有异心。五爷也是鬼迷心窍，居然留你给他办事！看，老子早说什么来着？"

关跃看了一眼言萧："你想怎么样？"言萧很冷静，至少从脸上没看出慌乱，她只是尽量抬高脖子，维持不动。

朱矛的刀尖抵着她的颈动脉，像是故意在刺激关跃："老子不像你，老子对五爷忠心耿耿。老子今天就是要撬开你这张铁嘴，看看你到底在替谁卖命，还要你带路找到那个大斗的位置。"

关跃双眼沉沉地看着他，没有开口。

"不肯说是吧？那我就只好拿你的女人开刀了。"朱矛扣着言萧的那只手故意伸进了她的衣领里，摸着她那截雪白的脖子。

言萧脸瞬间就冷了，眼里像结了铺天盖地的霜。关跃一把抓住了腰后的东西。

"听说独眼拿她要挟你，发现你根本不在乎？"朱矛啧啧冷笑，"你蒙得了他可蒙不了我，我可知道你当初为了这个女人单枪匹马跑我那儿去干了什么，你说是吧？"

言萧的衣领被他猛地扯开，一大片雪白的胸口连同文胸都暴露了出来。朱矛故意当着关跃的面在那片雪白的皮肤上揉搓，甚至还低头在言萧脖子上咬了一口："你有种死撑，就看着我在这儿把你的女人给办了吧。"

丁哥在旁边面红耳赤地看着，嘿嘿直笑："朱哥你真会玩！"

关跃牙关咬得死紧，又看了一眼言萧。她在抖，却没有看他，声音冷飕飕的："我不是他的女人，你拿我威胁不了他。"

"你别费心机了，说什么都没用！这还得看小十哥怎么说了。"朱矛的手不安分地往她脖下走，观察着关跃的神情。

关跃没什么表情，但眼神已经变了意味，一瞬间就锐利如刀："放了她！"

朱矛知道自己得逞了，拿出那只手，得意地笑一声："把你腰后面的家伙扔过来，我再考虑考虑。"

关跃把腰后的枪拔出来，扔在地上，踢了过去。丁哥接到朱矛的眼神，捡起那把枪递给他，嘴里嘀咕了一句"真沉"，心里更加忌惮了，因为沉意味着是真家伙。

朱矛抓着那把枪，拽着言萧走过来，枪口直抵到关跃脸上，才终于推开了言萧。关跃立即拉了她一把，把她挡在身后。

朱矛举着枪对准他，拉开保险，忽然拽着他的衣领拉近一步，一脚踹在他膝弯里。关跃膝盖只屈了一下，稳稳地站着，那支枪已经挪到他太阳穴上。

朱矛看他还是这么刀枪不入的，变了脸，朝旁边的丁哥使了个眼色："请小十哥给咱领个路，不过上路前好好地'招待'他一下，咱们这些日子的罪可不能白受了。"说着把刚用过的刀抛了过去。

丁哥接了，几步走过来，一刀扎在关跃的膝弯上，用力一踹，终于让他单膝跪地。"你小子不是很能吗？现在你再能啊！"

关跃单手撑在地上，像被拔了牙的猛兽，一声不吭。

足足过去了二十几分钟。言萧的手机已经被搜走了，人却被留在原地，眼睁睁看着他们把关跃拽去了车上，绝尘而去。

这阵风终于过去了，她站在原地，遏制不住手指的颤抖，眼睛紧紧盯着地上的一摊血迹。关跃在上车前已经浑身都是伤，那两个人要留着他的命，又蓄意在他身上发泄着恨意，一直在折磨他，就当着她的面……

言萧用力搓了搓手指，强迫自己冷静下来，想了想，忽然拔腿就走。她没有手机，无法联系上别人，也没车，只能走回营地，虽然很远，但也许来得及通知川子他们。

不知道走了多久，很长时间里她的脑子空得根本不知道自己在干什么，只知道一定要去搬救兵，不然关跃就会有危险。

似乎有汽车驶动的声音，她起初还以为是幻觉，但那声音越来越近了。言萧转过头，居然看到那辆车又开了回来。她惊了一下，立即朝边上跑。车速极快，直冲到她面前，车门打开，里面的人跳下来，很快就追上来，一把抓住她的胳膊。言萧回过头，看见关跃的脸。他抓着她的手，剧烈地喘着气。

言萧难以置信地看着他，不敢相信他居然就这样回来了，但看到他手里拿着的枪上沾满血迹，瞬间就明白了，他一定是冒险跟他们近身肉搏了。"你怎么样？"言萧抓住关跃的衣领，几乎是下意识地问，他的身上血迹斑斑。

"死不了，我死不了。"关跃重复了两遍，大手扣着她的手腕，格外用力。

言萧的胸口还暴露在外面，彼此在对视中喘息，如两头困兽。陡然间，关跃扣着她的后脑勺就吻了下来。

言萧被他用力抱紧，唇被他狠狠地碾着，刚才那些被朱矛碰过的地方，全被他的吻洗刷了一遍。她敏感地缩在他怀里，伸手想阻止他，但被他按住了。关跃忽一用力，抱起她就转头上了车。

坐到车上时，他仍压着她狠狠地吻，两个身躯挤在驾驶室里，密不透风般紧贴，简直快要窒息。刚才关跃在车上假装昏死突袭，制住朱矛时几乎差点就开枪要了他的命。言萧根本不承认是他的女人，他却可以为了她拼命。好在她就要走了，以后都不会再来了，以后也不会再有这样的事情了。

"关跃，你在流血……"言萧终于寻到间隙说话，声音在发颤，说不清楚是因为慌乱，还是因为突如其来的情潮。她从未有过这样的体验，凶猛狂烈，不顾一切的疯狂，明明身体贴在一起，却像是抛却了整个世界。

关跃紧紧按着她，声音发闷，咬牙切齿一般："你对我就只有这样？真的就没别的了？"

言萧看着他的双眼，他的眼出奇地亮，失了血的脸却发白，看起来不同以往。她从没见过他这样，放在以前，他根本就不会问这种话。她忽然有种不祥的感觉，心里涌出无边的慌乱，伸出手臂紧紧抱住了他："你想怎么样？别乱来！"

关跃伤口崩裂，闷哼一声，抱得她更紧。他忽然想到，也许只有在这种生死关头她才会这样热情。

"快起来，关跃，你得止血。"言萧轻颤着说。她已经感觉出他压在身上的分量变重了。

关跃却没有动，闷声喘息着，身体沉重地压在她身上。言萧觉得不对，连忙推开他坐起来，吃了一惊，他的身上仍在流着血，沾到了座椅上，甚至也沾到了她的身上。

她艰难地放倒座椅，让关跃平躺，跳下车去，前前后后找遍了车上和后备厢，没有找到医药箱。再回到车上，她把关跃翻过来，看他的情形。他现在完全任她摆布，原先那张偏古铜色的脸越发泛白了，阖着眼，一动不动。衣服早就凌乱不堪，沾着斑斑血迹，破了好多处，她没有费什么力气就给他扒开了。

言萧压着剧烈的心跳检查他身上的伤口，他腿弯那儿的一道割伤不太深，已经自己止了血；肩膀和胸口那几下是扎伤的，一刀一个孔洞，扎得很深，血往外淌，到现在都还没止住，从他的身上一直滴到座位上。她拿了他的衬衣紧紧按压住，喘着气喊他："关跃，关跃！"

关跃睁开眼睛，看着她。言萧转过脸，深吸口气，又转过来："怎么做，你教我。"

"就这样压紧，止了血就好了。"他说得很平静，比起先前，整个人都很平静，以前的样子又回来了。言萧听到他的声音才算松了口气。

过了许久，她手都按酸了，血终于止住了。她扔开那件染血的衬衣。关跃从头到尾都清醒冷静，甚至还自己把座椅按起了一些，掏出手机，拨了个号出去。"喂，川子……在戈壁那里，那个废屋往东……朱矛在，他们一共两个人，都受了伤……"

言萧把他身上被压皱的背心和长裤拉了拉，夺了他的手机，下了车。川子还在电话那头问："十哥，你们没事吧？"

"是我，"言萧用力地握着手机，指关节都泛白，压着一肚子火，"你们找到朱矛之后别手软，往死里整，能多狠就多狠，最好去他一层皮！"去他一层皮都算轻的。她现在满脑子都是他们折磨关跃的画面，到现在都气得浑身发抖。

川子没说话，可能是被她的口气震住了。言萧挂了电话，转头又走回车门边，吸了口气，说："这样不行，我送你去医院。"

"不用，这里离营地更近，等川子他们过来就行了。"关跃靠在座椅上闭目养神。

言萧在车门边走动两步，摸了下脖子，才发现自己现在也衣衫不整。她把衣领扣起来，有颗扣子被拉坏了，只能这么耷拉着。她没管，坐进车里，脱下身上的外套搭在他身上。车门拉上，车里变得分外安静。言萧低着头，眼睛盯着他："关跃，你别拿自己的命开玩笑。"

"我不会的。"

"你刚才那样是不是疯了，你还说你不会？"

关跃又睁了眼，认真地看着她："我不会，你放心，我一定会好好活着，不会让你欠我。"

言萧沉默了一瞬，轻轻说："我只是希望你能好好的。"

关跃抿住唇，喉结滚了滚："嗯，知道了。"

似乎再也没什么可说的了。言萧心里有一块地方被堵着，沉沉地发闷，她转过头看车窗外，透过车窗玻璃上模糊的倒影看关跃的侧脸。

外面隐约有声音，她仔细听了听，一下坐正，发动汽车，把车开了出去，连安全带也没来得及系。如果没听错，那是一阵警笛声。

"往回走，进沙漠。"关跃的呼吸有点重，手在口袋里摸一下，把她的手机递了过来。他居然连这个都抢回来了。

言萧随手拿了塞进口袋："会不会是来追朱矛的？"

"有可能，"关跃坐起来，"开车目标太大，下车走。"

言萧踩下刹车，还没停稳，他已经一把推开车门下去了。她把包往肩上一搭，下车去扶住他。关跃的伤口刚止了血，又裂开了，却还走得很快。言萧抓着他的胳膊搭在肩上，好在她够高挑，还能架得住他。

往前一直是沙漠，沙丘遍布，血滴进沙土里，瞬间就被包裹不见了。关跃的体力强得惊人，走了很久也没有要停下的迹象。言萧怕他休克，觉得差不多了，坚决不再走，扶着他就在沙丘后面坐下。如果在这地方休克就完了，救都没法救。

远处忽然传来一声呼喝，闷在风里像哑了一样，依稀听得出来那是川子的声音，她回头望一眼，没法辨别是从哪头传来的。关跃说："他们应该快到了。"

"十哥。"远处果然传来了川子的声音。

言萧拉着关跃站起来，看到有车朝他们这里开了过来。一辆吉普车拖着老长的尘烟疾驰过来，川子半个身子都从车窗里探了出来，朝他们遥遥挥了挥手。

车很快停在附近，他一马当先跑过来："十哥，我们找到朱矛了，不过被警察抢先了。"话没说完已看到关跃身上的血，他吓了一跳，赶紧过来扶人："怎么弄成这样了？"

关跃喘口气："没什么，朱矛被警察逮到了？"

"可不是，我们找过去的时候那小子居然装死，差点被他偷袭到，我们跟他一通动手，结果就把警车给引过去了。"川子他们是在一个沙坑附近发现那两个人的：丁哥昏死在一边；朱矛更严重，手脚都被放了血，手被皮带绑在了胡杨树干上，出气比进气多，几乎去了半条命，脚底下的沙土都被血泡红了。

本来川子还惦记着言萧的话打算给他点苦头吃，看到这一幕差点惊呆了。一看就是关跃的手笔，但他很少见关跃下这么重的手。

朱矛也是狡诈，居然还拼了口气，趁他们过去解开他的时候出其不意地要捅刀子，结果缠斗的时候闹出的动静就引来了警车。川子担心关跃，放弃了那小子就赶紧一路找了过来。

关跃听完他的叙述，点了点头："被警察逮了也干净。"

言萧一个字没说，只觉得太便宜了朱矛。

"行了，十哥，先回去再说吧。"川子二话不说从言萧手里接过他，就要往背上背。

关跃没让："用不着，我还没到那地步。"说着自己朝停车的地方走过去了。

言萧在原地站了一瞬，过去几个小时的经历纷纷乱乱地挤在一起，她的脑子里反而是空的。直到现在，关跃留在她身上的吻的力度都还在，其余的都不太真实。她掐了掐手心，跟过去，手机忽然响了，拿出来看一眼，是裴明生打来的，她现在顾不上接，按掉了。

刚到了停车的地方，手机又响了，再拿出来，还是裴明生。她只好接起来，眼睛还注意着刚刚上车的关跃，说话也心不在焉的："有什么事等会儿再说。"

裴明生开门见山："言萧，你跟关跃的事情解决好没有？"

"现在问这个干什么？"言萧盯着车里，心烦意乱。

川子还是坚持搀扶了关跃，紧跟着他上了车，他正在跟关跃说话："十哥，差点忘了告诉你了，老板今天忽然过来了；听说了你的事也跟着一起来了，就在后面那辆车里。"

关跃"嗯"了一声，好像并不意外。

电话里，裴明生还在说："我跟你说过关跃有个幕后的老板你还记得吗？我今天在香港刚知道一个消息，那个老板居然是你认识的人。"

言萧早注意到川子他们的车后面还跟着一辆车，车窗玻璃降了一半，能看见后排坐着个人。她看了一眼那人影，下意识地问了句："谁？"

"就是以前你身边的那个人！"

言萧："……"言萧浑身血液如同凝滞。

那辆车的车门被推开，里面的人下了车，一路走到前面的车门口，和里面的关跃说了两句话，然后转身朝言萧走了过来。

裴明生在那头问："言萧，你听到了吗？是顾廷宗！关跃的老板就是顾廷宗！喂？"

言萧举着手机，默默盯着迎面走来的男人。

"萧萧。"他在她面前停下，端详着她的脸。

言萧垂下了手。

两辆车先后往营地开，川子急着带关跃回去治伤，在前面开得飞快。后面的车里坐着言萧，她一只手披着敞开的领口，旁边是顾廷宗。其实这个名字已经很久没出现在她的脑海里了。

"萧萧，你长大了。"

言萧看了他一眼，淡淡地说："你老了。"

顾廷宗愣了一下，接着就忍不住笑了："是啊，岁月不饶人啊。"

其实他还算不上老，男人在四十多岁正是年富力强的时候。顾廷宗有副很儒雅的外表，身材保持得也很匀称，他依然很有魅力，那种成熟男性的魅力。据说现在很多年轻小姑娘就喜欢这样的男人，被称作大叔控。但对言萧而言，他还是老了，毕竟认识他的时候，她还年少。她找不到什么话说，沉默半天，只问出了盘旋在心里许久的问题："你怎么会是关跃的老板？"

顾廷宗说："这个文保组织是我创立的，我当然是他的老板。"

言萧以前只知道他经商，但不知道他是做什么生意的，他也从来没有跟她说起过，她从没想过他还跟文保组织有关。她往前看，其实原本不想和他并排坐在一起，只是因为除去司机外，前面的副驾驶座上还坐了个中年人，是顾廷宗的助理，一声不吭的，仿佛不存在一样。

顾廷宗调整了一下坐姿，坐久了身上斜条纹的西装被压出了细细的褶皱："我已经听说了你的事，我让关跃去扳倒五爷，也算是替你出气了。"

言萧盯着前面的车尾："说这个干什么，我并不会谢你，因为这不是你的功劳。"扳倒五爷，明明是她跟关跃一起做的。

顾廷宗眼角挤出笑纹："你也不用谢我，我希望能为你做些事。"

言萧默不作声，眼睛看着车窗外一路倒退的黄沙枯杨，以及前面飞驰的车尾。她不知道车里的关跃现在怎么样了。

车终于开进营地，川子毫不停顿地把关跃送进屋里，几个大男人忙进忙出地给他处理伤口。都是久伤成医，手脚也麻利，很快就处理好了。其他人都走了，只剩下川子还在屋子里给他收拾。"十哥，你胸口那两下被刺得有点深，要不咱还是去医院看看？"川子一边说，一边给他披上衣服。

关跃忍着药水的刺激，额头上不断冒汗："没事，你别告诉言萧。"

川子会意："怕人家担心是吧？了解。"

关跃说："她就要走了，别给人添堵。"

川子还在奇怪他怎么好端端就遇到朱矛了呢，这下算是明白怎么回事了。

门被敲了两下，川子转头，看到来人，再看看关跃，还真嘴巴一闭什么都没说，出门走了。

言萧走了进来，身上换过了衣服。这间屋子她是第一次来，虽然就在她住的那间阁楼的下面。关跃身上盖了毯子，露出赤裸的上身，早上出门时肩背上还都好好的，现在却包扎着厚厚的纱布。言萧盯着他硬实的胸膛，忽然间词穷。短短几个小时，他们差点经历生死。

关跃忽然问："你什么时候走？"今天的飞机明显是赶不上了。

言萧看着他。她的眼珠很深很黑，专注着看人时，仿佛全世界就只有眼前这么一个人。关跃于是移开眼，盯着床角，听见她的声音说："我还要再待几天，你好好养伤。"

"为什么？"他又转过头来看她。

"什么为什么？"

关跃说："没有必要，言萧，你要是不想留，随时可以走。"何况这里也不安全。

言萧走近，在他床沿坐下："我有别的事，顾廷宗要我留几天。"

关跃眼神有了变化，其实在车上的时候他就注意到顾廷宗找了言萧。他在侧躺到座椅上时一直看着她，看着她跟着顾廷宗上了后面那辆车。"你们早就认识？"

言萧的眼神有一瞬间的飘忽："嗯，早就认识。"

第二十五章
故　人

营地里并没有因为老板来了就有什么变化。晚饭是川子和那位助理一起弄的，跟平常差不多，唯一的区别是多了份土豆烧肉。

直到川子来给关跃送饭，言萧才站起来离开。她在屋里待了很久，话却没说几句，很长时间里就这么在他旁边坐着，像是在陪护似的。有些话彼此心照不宣，根本没什么好提的。

临出门的时候，关跃叫住她："你还是尽快回杭州去。"

他的语气很认真，言萧听不出来是不是在赶人。她在门口徘徊了一下，说："我本来也没打算久留。"假如不是因为朱矛，她可能现在已经登上飞杭州的飞机了。

关跃几乎当时就想问："那你是因为顾廷宗留下来的？"但他忍住了。言萧走出去了。

天已经快黑了，言萧打了盆水去楼上，洗了脸，换了身衣服，刚在床边坐下来，又接到了裴明生的电话。这次他的语气恢复如常了："言萧，你现在怎么样？"

言萧摸着被气候弄得发干的脸，回答："不怎么样。"

"要我过去吗？"

她好笑："你过来干什么？"

裴明生在那头停顿了一下，说："怕你经历'修罗场'啊，师兄可以直接过去以工作的名义把你接回来。"虽然是玩笑，但也听得出他语气挺认真的。

言萧直接笑出了声："难得你这么体贴，不过没用的，该来的总会来。"顾廷宗已经告诉她，在杭州时她收到的那封来自香港某文保组织的邀请函就是他发来的。现在他又主动联系了裴明生，透露了他身为关跃老板的身份。很显然，他想出现，是挡不住的。

裴明生在电话里问："那你就继续待在西北？"

"放心，不会太久的。"

挂了电话，言萧坐了一会儿，门忽然被人敲响了。她提提神，站起来去开门。

门外站着顾廷宗，他没带助理，一个人来的，身上的西装换成了很休闲的开衫，下面穿着贴身柔软的长裤，头发也梳得松松的，这让他看起来年轻了不少。"不请我进去说？"他朝她身后看了看。

言萧只好让他进门，一边问："东西拿来了？"顾廷宗提出留她几天，帮他鉴定一下藏品。她答应了，原因很简单，她欠他的。

"没有，那不急。吃晚饭的时候没见到你，我来看看你。"顾廷宗进门后先打量了一圈四周。

言萧看了他一眼："你是这里的老板，要想住这里的话我可以换地方。"

顾廷宗抬手拦了一下："你就住这儿，女人当然还是适合住在阁楼上。"

言萧冷不丁笑了："金屋藏娇是吗？"她记得十几年前就有人拿这四个字形容过他们。

顾廷宗看着她，微微皱眉："别这么敏感，萧萧。"

言萧心想男人分明有时候比女人还敏感，至少她已经能拿这种事情开玩笑了，他自己倒是挺介意的。她不急不忙地转过身："我工作很忙的，你有什么藏品尽快拿出来，这地方我待不了多久。"

顾廷宗靠过来，摸了摸她的头："我现在只能用这种方式留你了是不是？"

言萧侧身让开："难道还有别的理由？"

"我以为这么多年没见，你对我是有点怀念的。"

言萧一言不发，被他的话勾起了那段过往。她的父亲是知名历史学教授，而顾廷宗就是他众多学生中最得意的一个。她已经不记得第一次见他是什么场景，只记得他经常去家里拜访，每次眼神都会停留在她身上。

人和人之间的吸引很难说清楚，终于某一天，顾廷宗在阳台上情不自禁地吻了她的脸。那天晚上，言萧被养父叫过去训了很久："我都看到了，你们不能在一起，你才多大？你们不合适！"言萧没有反驳，因为的确不合适。

几个月后，养父因为心脏病复发去世。那时候她的养母身体也已经很不好了，逢此巨变精神都有点恍惚，葬礼上忽然跟她说："你不该气你爸爸的，如果没有那件事，说不定他就不会发病。"

言萧告诉她："医生说爸爸发病是劳累导致的，我没有气过他。"但似乎没有用，自那之后，养母总是一次次提起那件事，甚至渐渐有了责怪的意思，口气也越来越不好。言萧于是不再辩解，如果这样能让她好受点，那就这样吧。可情形没有好转，没多久，养母也去世了。甚至在临终前，当着病床前医生护士的面，她都还在怨怪言萧。

一个被称呼为二叔的男人成了言萧的监护人，实际上他们顶多也就见过两次面。没多久外面就有了传言，她还没成年就跟一个大她十几岁的老男人混在了一起，气死了养父母。那个二叔管她叫白眼狼，义正词严地把她赶出了门。

言萧身无分文，很长一段时间没去学校，只能睡桥洞。那个时候她才发现原来一个人可以穷到那样的地步，比书里看的、电影里演的任何一种都要难以忍受。

顾廷宗后来在大街上找到了她，她很狼狈，在寒风里穿得很单薄，和几个小混混走在一起。

言萧被他拽上车，关车门的时候不小心夹到了手，狠狠地骂了一句："妈的。"

顾廷宗皱眉："别跟那群人混在一起了，你都学会说脏话了。"

言萧看着他："史籍里'竖子''叱嗟，而母婢也'都是骂人的话，怎么骂直白点就不能接受了？"

顾廷宗不禁笑了："萧萧，别逞强，有事为什么不找我？我一定不会让你受委屈。"

言萧那时候就像只刺猬，什么都不想依靠，只在他那里窝了一晚就走了，后来也并没有找过他。她成绩好，可又不像个好学生，只要帮那群逃课的小混混们写作业，就能跟着他们勉强应付一天的生计，还能得到他们的庇护。以至于她后来在路上看到那个靠帮石中舟看车赚钱的小姑娘时，就仿佛看到了当初的自己。不过这种日子并没过多久，那个二叔忽然叫她回去，说愿意把她的家还给她。

言萧回去了，二叔却喝得醉醺醺的，一见面就对她动手动脚："你不是就喜欢比你大的吗？外面的日子不好过吧，跟了我，我把房子跟钱都还给你。"

言萧又惊又惧，一边抵抗，一边摸到能摸到的一切东西招呼了上去：台灯、书，甚至是厨房里的锅碗……她的心底深处压着的久未喷发的火山，在那一刻喷薄而出，势不可当。等到她停下来时，那位二叔已经躺在血泊里一动不动了。

她愣了很久才回过神来，跟跟跄跄跑出门去，瑟缩着身体，蹲在寒冬空无一人的大街上孤立无援。后来她终于想起找顾廷宗，跑去公用电话亭里，拨通他号码时声音都在抖："顾……顾廷宗，我打死了人……"

那种惊惧感在多年后拿刀捅黑狗的时候又涌了出来，当时她的身边是关跃，而多年前，她只能找顾廷宗。

顾廷宗来了，警察也来了。人没死，重伤。她至今都记得李正海当时看她的眼神，像看一个怪物："你打伤的？你才多大，能把人打成这样？"

言萧身上披着顾廷宗的西装，坐在冰冷的凳子上，回答："我怕他强奸我。"

顾廷宗替她解决了一切事情，她不知道他是怎么做的，反正她赢了官司。那时候她才发现顾廷宗很有来头，他成熟、文雅，也温和，可实际上很有手段。

他们顺理成章地走到了一起，从十六岁到十八岁，顾廷宗陪在她身边两年，很多人都以为他是她的长辈。他帮她安置，料理她念书、生活的一切事宜，不用所谓的助手，都亲力亲为。

等到言萧成年，他们才算真正地在一起，可是并没有多久，顾廷宗就从她的生命里消失无踪了。言萧那年刚进大学，刚刚认识裴明生，他有时候会问她："那个总来接你的男人去哪儿了？"

她不记得自己当时是不是伤心过，又或是根本没有感觉，既然断了，就断得彻底点，这些陈年往事也早就尘封了。只是她有时候会回忆起养父的话：你们不合适。不要找个不合适的男人，不管过程多吸引人，不合适终究不合适。

言萧此刻看着眼前的顾廷宗，他老了，跟记忆里不一样了，实际上在这里遇到他之后，她发现自己根本也未曾了解过他。只记得他说过自己一直独身未婚，因为没有遇到喜欢的，他说他喜欢的就是她这样的。她是什么样的，她没问；他说的是真是假，她也从未追究过；更没有怀念，或许是因为曾经不够刻骨。

"什么时候开始鉴定？"到最后能说的依然是这样公事公办的一句话。

顾廷宗张了张嘴，话似乎又咽了回去，温和地笑着说："随你吧，只要你高兴就好。"他出门走了。

言萧走到床边，倒头躺上去，没两分钟就听见楼下房里的脚步声，忽然就想起裴明生说的"修罗场"三个字，自嘲地笑起来。一夜无眠。

第二天一早，关跃换完药出门，正好碰上顾廷宗来找他。"老十，伤好点没有？"

他停在门口说："好多了。"

"那就好，"顾廷宗眼角笑出鱼尾纹，"带我转转吧。"

阳光热烈，照入营地，到处都亮得晃人眼。关跃拿着钥匙，打开了营地边角处一间屋子的门，侧身让开。顾廷宗走了进去。

关跃跟进去，揭开一块布，灰尘四散，下面露出几只大木箱："东西都在这儿了，一件都没有交出去。"

顾廷宗在旁边踱着步，看了几眼，点点头："这些年真是辛苦你了。"

木箱子里的文物有的是这些年文保组织从盗墓贼手里拦截下来的，有的是就地发掘出来的。言萧来的那晚，那条说近期会过来的短信就是顾廷宗发来的，关跃早就准备好了。"应该的。"他把布盖上。

顾廷宗笑笑："再去那座'陷地之城'看看吧。"

关跃点头，出去开车。经过楼梯那儿，他特地朝阁楼上看了一眼，没有看到言萧。

"怎么了？"顾廷宗在后面笑着问。

"没什么。"他拉开车门。

时间还早，营地的院子里没有其他人，顾廷宗也特地没带助理在身边，只有他们两个人上路。车开入沙漠，走了很久后，顾廷宗开始在车上闲谈："听说那地方是你跟言萧一起找到的？"

关跃目不斜视地盯着前路："是。"

"言萧还是跟以前一样聪明。"顾廷宗说话时出神似的望着车窗外，语气里不自觉地流露出亲昵，"当初我在她身边的时候她才十几岁，如今真是女大十八变了。就是秉性一点没变，还是那么敢作敢当，对着五爷那么大一个'国宝帮'也敢硬抗。"

关跃一言不发。顾廷宗参与了言萧的过去，他没有。

"人啊，总要到一定的年纪才知道自己要什么，如果当初我没把事业重心转去香港，可能跟她也大不一样了。"

关跃握着方向盘，沉稳地转向、加速，只不过手上不知不觉多用了点力。

"老十，你觉得言萧怎么样？"

他问："什么怎么样？"

"人怎么样？"

关跃又不作声了。

"算了，我也是随口问问，听说营地里有人管言萧叫十嫂？"顾廷宗说到这里笑出了声，"也不稀奇，跟这样的女人朝夕相处，除非是石头做的，哪个男人能不动心呢，你说是不是？"

关跃不需要回答，他听得出顾廷宗是故意说给他听的。

"到了。"他踩下刹车。那片绿洲到了。

顾廷宗推门下车，远眺一眼，眼里已有了赞叹："真是好地方，这么大一片宝库，难怪五爷会甘愿冒险，我这趟亲自过来也算值得了。"他转头拍一下关跃的肩：
"当初这个文保组织创立的时候就十个人，你是最年轻的，我没想到他们都走光
了，反而是你留到了最后。"

关跃说："我是自愿留下的。"

顾廷宗点头："你替我扳倒了五爷，我也可以放心地把西北这块彻底交给你
了。我给你条线路，把收着的那批文物送出去吧。好好干，至于别的人和别的事，
就别放在心上了。"

别的人是指谁，别的事又是什么，彼此心知肚明。关跃从烟盒里抖出一根烟，
递到嘴边叼住，含糊不清地说："知道了。"

正当中午，阳光最强烈的时候，有辆车开进了营地。言萧走到院子里，忽然
听到一阵熟悉的说话声，紧接着就听到有人叫她："言姐！"

她看过去，居然是石中舟。

"言姐，你从杭州回来了啊！"有段时间没见，他瞧着越发圆头圆脑的了。

言萧看看周围，问他："你怎么来了？"

石中舟指指正在那边关车门的川子："他接我们来的。"来的不止他，车旁边还
站着王传学和蒲佳容，除了张大铭，整个考古队都在这儿了。当然全队本来也没
几个人。

"言姐！"王传学也兴高采烈地跟她挥手。

蒲佳容看到她之后神情却有点僵，只跟她点了个头。

川子在那儿催："走吧，我先带你们去住的地方，两位姑娘就麻烦挤一挤了，
我就不另外安排了。"

石中舟急匆匆地跟过去："回聊啊，言姐，我们先去把带来的工具拿下来。"

连做考古的工具都带着，言萧大概猜到他们为什么来了，不自觉地皱了眉头。
蒲佳容提着只旅行包走过来，言萧才想起川子刚才说的话，转头带她上楼。

一路无话，只有踩着木楼梯咯吱咯吱的声响。进了屋，蒲佳容忽然开口："言
小姐，我听说你之前走了。"

言萧收拾着床，给她挪地方："嗯，怎么？"

蒲佳容看着她，欲言又止，有一会儿才说："我以为你不会回来了。"

"失望了？"言萧转头说。

蒲佳容："……"她不自觉地红了脸。这么长时间关跃一直带着言萧在身边，
她已经放弃了，但那天忽然听到石中舟说言萧走了。没有理由，就这么走了，就

跟她来的时候一样突然。来这里之前，蒲佳容心里不可遏制地生出了一丝希望，可是来了却看到言萧就在眼前。"你跟关队现在……"她问。

言萧笑得很淡，一晃就没了："你想听到什么答案？"

蒲佳容合上双唇，忽然后悔这么问了。言萧不急不忙，她自己却像是乱了阵脚一样，一来就想套问出他们现在的关系。她放下旅行包，慢吞吞地说了句："你当我什么都没说，我先下去了。"

言萧心知肚明，蒲佳容喜欢关跃是她自己的私事，外人管不着，她当然也不会管，所以女人之间的这种试探，根本没有意义。

临晚，又是一辆汽车轰鸣着开回了营地。关跃带着顾廷宗走了几个地方，刚刚回来。

下车前，顾廷宗说："老十，你的那几个考古队员我让川子去接了，现在应该已经到了。"

关跃眉头往下压了压，脸色微变："他们只会做考古，来这里恐怕不合适。"

"没什么不合适的，我听说考古队被警察查过去的时候你让他们自己跑了，川子提议让他们来这里也被你拦下了。何必呢，老十，那座城太宝贵，还是由专业人员来开最好。"顾廷宗笑着说，"就这么定了，去见见他们吧，毕竟你也是领队。"

关跃把剩下的话咽了回去，推开车门。木廊笔直，窄小的屋门口站着蒲佳容，她身上穿了件淡绿的长袖衫，在这地方很显眼。关跃从廊下过去，一眼看到了她。

"关队……"一看到他，蒲佳容就想问他这段时间好不好，可看着他的脸又没问出口。

关跃问："小王和小石呢？"

蒲佳容提提神："都在屋里呢。"

关跃走进屋子。石中舟和王传学正坐在床上整理东西，看到他进来，像弹簧一样跳起来。"关队，我们可算又聚首了！"

"就是，言姐也在呢。"石中舟说起来就感慨，"我前阵子还真以为她不回来了。"

关跃听了就当作没听到，把话题拉回来："你们都是做正规考古的，到了这里不比以前，什么事情都要多长个心眼。"

三个人都习惯了听他调动，听到这种话第一反应就是点头，也没问原因。

关跃想了想，又说："要是不想待就直说，我可以送你们走。"

蒲佳容愣了愣："当然想待，我们早就想来找你了。"

王传学附和："是啊，不想待就不会来了。"

石中舟到底要机灵一点："关队，这个文保组织的老板忽然接我们来，是有新的发掘工作请我们参加吗？"

关跃说："这次跟之前不太一样。"说话的时候他的余光扫到屋外，看到一道女人的身影。言萧站在门廊的阴影里，正低头拿一块白布擦着手指。关跃知道，她一定是要经手鉴定的工作了。

似有所感，她的脸忽然抬了起来，不刻意，甚至像是漫不经心的一瞥，也许只有短暂的几秒，却像过了很长时间。然后她收起白布，走去了顾廷宗的那间屋子。关跃收回视线，喉结滚了一下。石中舟还在跟他说话，说了什么，他也没有在意。

顾廷宗的屋子里此刻茶香四溢。屋子毫不意外地窄小，但他懂得享受，靠窗的位置摆着他特地带来的紫檀柜子，柜子上是一套紫砂茶器。那个一板一眼的助理正在柜子旁为他泡茶。

言萧进去后，助理就放下茶具退出去了，还顺手关好了门。她站在门边问："要我鉴定的藏品是什么？"

顾廷宗端了杯茶，往她的方向推了推："这么着急？"

言萧看都没看一眼："别拖时间，否则我也可以用别的方式偿还你，比如直接还你钱。"

"还我钱？"顾廷宗脸上的笑有点不好看，"别这样，我们当初并不是买卖关系。"

"是吗？"言萧想问那还能是恋爱关系？随即想起这话她也问过关跃，便没了开口的兴致。

大概是她语气不对，顾廷宗终于放下茶壶，从柜子抽屉里拿出了一个盒子，放到她面前。

言萧接了，手指挑开盒盖，里面是那五节玉璜。她抬起眼："你这是什么意思？"这五节玉璜她早就鉴定过了。

"这不是要给你鉴定的，是要送给你的。"

"什么？"她以为自己听错了。

顾廷宗把盒子盖好，朝她怀里推了推："这是你的了，萧萧。"

言萧的眼神有点变味："你知道这是怎么来的吗？"

"知道，当然知道。"

"那你就该知道这是文物，不是你私有的。"

顾廷宗笑得温和："在我眼里，什么文物的价值也比不上你。"他好像完全没在意后半句。

言萧把盒子放在柜子上，眉头拧起："你究竟想干什么？"

"你明白的，萧萧。"

她明白的，但不想听。顾廷宗叹口气，手指摸过她的头发："我这次亲自过来就是为了你，当初是我对不起你，我一直想回来找你。"

对不起她？言萧心里没有一丝波澜。十六岁时起她被所有亲戚唾弃，流言蜚语持续了很久，跟顾廷宗在一起前她被说成不知检点气死养父母的白眼狼，跟他在一起后又被说成不知廉耻被男人包养的烂货。

她以为自己明白这段关系是什么就可以了，但直到顾廷宗突然离开，才发现别人没有说错。她在这段关系里如同被豢养，那根本不是一段正常的恋情，所以可以被任意地丢掉。言萧的确不记得自己有没有伤过心了，但她记得每一句谩骂和指责，记得他们幸灾乐祸的嘲讽。

人言可畏，有段时间她甚至真的产生了错觉，觉得真是自己气死了养父母，整个人郁郁寡欢。她把自己关在屋子里几个星期，甚至产生过不该有的念头，想一了百了，但她挣扎过来了。年少时不懂事，以为经历过的就是情爱，现在才发现那不过就是成年人随意玩过的一撮泥，风干之后，在指尖一捻就能随风而散。

言萧歪头避开他的手，淡淡说："你一个学历史的，应该知道什么叫历史吧？昨天的事情到了今天就成了历史。顾廷宗，你跟我已经是历史了。"

男人的身体靠过来，一只手轻轻搂住了她的腰。"你长大了，我们可以重新开始。"顾廷宗的手从她的腰往上滑，"你真的长大了，萧萧。"女人的臀是浑圆的，胸是饱满的。他见过烟雨江南里豆蔻一样的言萧，现在她已长成了成熟的蜜桃，在这片粗犷的西北大地里，成了浓烈带刺的玫瑰。他的眼里仿佛烧起火星，低头接近她的脖子："你不知道这些年我有多想你……"

言萧一把推开他就朝门口走。顾廷宗忽然抱住她，言萧往后一靠，背抵在紫檀柜子上，撞在上面一声响，连上面的茶具都差点翻落。助理守在外面，没人接近这里。衣服被掀开，顾廷宗的手伸进去，女人的皮肤滑腻得像涂了一层蜜蜡，他的呼吸不禁急促起来，抚摸她的身体时用一只手去解自己的衣服。

言萧僵着身体："别碰我。"

顾廷宗看着她的脸，只看到一脸冷漠，慢慢松开了手。到了他这个年纪，对欲望已经能做到克制，勉强女人不是他会做的事。但任何年纪，被女人拒绝都会觉得脸上无光。"为什么？"

言萧实话实说："我心里没有你，肉体也吸引不了我。"

顾廷宗的脸很白，除了年龄带来的细纹，没有一点风吹日晒的痕迹，敞开的衣领里，胸膛不结实，一片光洁。养尊处优的男人，和在西北风沙里蹚过的男人截然不同。言萧很清楚吸引她的男人是什么样的。

顾廷宗理了理领口，眼神深了许多："萧萧，能吸引你的并不能当真，玩一下可以。他是什么样的人你并不清楚，别不理智。"

言萧冷眼看着他，很明显，他知道她和关跃的事。"你是什么样的人我也一样不清楚，但至少我知道，他跟你不一样。"言萧拢好衣服走到门口，又停了一下，"还有，别动那座陷地之城，那是犯法的。"

顾廷宗看着她开门出去，慢慢转过身，端着一杯凉透的茶喝了下去，一甩手，紫砂茶杯砸到地上，四分五裂。

助理连忙跑了进来："老板？"

"没事。"顾廷宗指指地上，示意他收拾干净，眼睛朝门外瞄了一眼，早没了言萧的身影。所有女人都可能回头，言萧却不会，他曾经占尽先机，如今却一败涂地。怪得了谁？怪他自己。

没人知道这点小小的风波。营地不大，但各有各的世界。天黑得早，当晚沙地里又有风沙。大部分人都还守在那片绿洲里，剩下的人也早早吃了晚饭回屋避风了。

过了夜里十点，关跃站在门廊下抽烟。烟抽完，他走到顾廷宗的屋门口，敲了两下。

助理拉开门，臂弯里夹着件西服，转头给顾廷宗披上，才退回屋里去。顾廷宗就站在门口，递出来一张纸条。

关跃拿了，收在口袋里。

"老十，这就是那条路线，你尽快把东西送出去，这里我待不久了。"

关跃"嗯"了一声，灯光昏暗，看不清顾廷宗的表情，但关跃觉得他的情绪似乎有些变化。他下意识地朝阁楼方向瞄了一眼，灯光已经灭了，言萧今晚睡得很早。今天整整一个下午没见到她，他早留心到了。

顾廷宗又说："那座陷地之城得加快发掘，后面我会安排人过来把东西运走……"话语戛然而止，木质的门廊下有两声脚步响。关跃转过头，胡杨柱子旁站着一个人，动了一下。

"关队？我出来找一下厕所。"是石中舟。

关跃瞬间皱紧了眉。背后，顾廷宗拍了一下他的后腰，走回屋里之前低声说："处理一下。"

深夜里，风一阵阵拍打着窗户，言萧在黑暗里睁着眼睛，没有睡意。她的本意是来这里善后的，阴差阳错，现在却跟顾廷宗彻底善了后。也好，老天这是要让她结清一笔陈年旧账。

地上的人翻了个身，那是蒲佳容，她觉得床太窄，坚持要打地铺，也许是不想跟言萧挤一张床。言萧也没拦着，这张床她跟关跃滚过好几次，说实话，睡了别人也有点怪。

毯子被子都给了蒲佳容，言萧扯了一下身上搭着的外套，翻了个身，忽然感觉手机在振动。她伸手在枕头底下摸了摸，拿出来，手机屏幕上有条消息。她看了一眼就赶紧坐了起来，没有惊动蒲佳容，提上鞋子，轻手轻脚地开门出去。

外面黑灯瞎火，一个人也没有，除了风声什么也听不见。言萧贴着墙脚走到泥墙院外，隐隐约约看到一辆车停在那里。刚走近，一只手拉着她，把她推进了车里。

言萧坐下就问："叫我出来干什么？"

"开车。"关跃从后面坐进了后排，声音压得很低，带着喘息。

这命令般的句式让言萧下意识就握住了方向盘："去哪儿？"

"医院。"

言萧以为自己听错了，忽然感觉车里似乎还有别人。她按亮手机，举着微薄的蓝光照亮后排，车座上蜷缩着个人，看样子似乎是石中舟。关跃一手按着他的腿，那条腿上裤管已经被血染透。"怎么回事？"她惊讶地问。

关跃说："中了枪，快走。"

言萧愣了一下，来不及多问，转头放下手机，立即把车开了出去。

石中舟似乎昏迷了，一路都没怎么出声，中间只是断断续续地哼了两声，听起来也并没有醒。到了镇子上已经是后半夜，路上一个人也没有，整条街就一盏路灯。关跃在后面指路："往右走。"

言萧转向开过去，车灯照亮了乡镇小诊所的围墙。

车还没停稳关跃就开了车门跳下去，也就言萧下车的工夫，诊所里灯亮了，他拽了一个男人出来。那是医生，他边被扯出来边套白大褂："别急别急，我瞅瞅。"他探身进去看了一眼，连忙跟关跃一起把石中舟抬进诊所。

言萧一路跟进诊室，里面就一张斑驳掉漆的铁床，石中舟躺在上面，脸色蜡黄。诊所小得可怜，就这么一个医生，口罩都没顾上戴，只戴了副手套，一边拿剪刀剪开石中舟的裤管，一边问："什么伤？"

"枪伤。"回话的是关跃。

医生果不其然愣了愣，接着连忙说："那我治不了，你们还是赶紧送大医院吧。"

"再耽误要出事。"关跃一脸冷静,"你放心,子弹在小腿肚子上,不深,取出来就行,我可以帮你。"

"你帮我?"哪有说话这么笃定的。医生看一眼床上的石中舟,犹豫不决。

"快点,救人要紧!"关跃口气变了,看一眼言萧,"你先出去。"

言萧深吸口气,知道不能打扰他们,听话地出了门,才缓缓吐出来。这诊所就是个大杂烩,看得出来是私人开的,进门的地方竖着一排药柜,柜子上除了一些常见的中药名,还有什么沙前胡、播娘蒿、牧马豆,应该都是蒙藏药。言萧从旁边经过,刺激的药味钻进脑袋里,脑仁都突突作痛。

走到门外,她对着黑黢黢的天一遍遍整理着头绪。白天见到石中舟还好好的,晚上就中了枪,她不明白这是怎么发生的,何况枪是随随便便就能中的?

诊所门口挂着牌子,一半汉字,一半蒙文。直到她就快把那天书一样的蒙文笔画记下来了,才听到关跃跟医生说话的声音,然后他才从里面出来。言萧立即问:"怎么样?"

关跃站到门边的阴影里,低着头:"子弹取出来了,人还昏迷着。"

"他怎么中的枪?"

关跃仍然低着头,沉默。

言萧这才发现他的手里拿着块医用纱布,低头是在擦手上的血迹,他高大的身躯逆着门里的灯光,看不清他的神情。"说啊,到底谁开的枪?"她的声音又低又轻,很飘忽。

"我。"

言萧一怔:"你再说一遍。"

关跃丢了纱布,往墙上一靠,脸朝着她:"我开的。"

她语气重了:"为什么?"

"他听到了不该听的东西。"

言萧一把揪住他的衣领,压着声音低吼:"你胡扯什么,是不是疯了!"

关跃低头对着她的视线,暗夜里眼底一片幽沉:"我没胡扯,事情就是这样,你别说出去,明面上小石这个人已经不存在了。"

言萧:"……"她松开手,不可思议地看着他。

关跃转头朝诊所里看了一眼,又转过来:"出了这种事我得回避一下,小石就交给你了,我暂时在附近的旅馆里落脚,有任何消息及时通知我。"说完他就要走。

言萧扯住他:"为什么找我?"

关跃停住,双眼定定地看着她:"这种事情我能找谁?谁也不能相信,我只信你。"事关生死，他只信她。

言萧松了手，看着他迅速走出诊所的围墙，身影消失在夜色里，一个字也说不出来。一头乱麻，她用力地搓了两下手指，深吸口气，又走进诊室。

石中舟躺在床上一动不动，脸上青白，没有血色，腿上包扎了厚厚的纱布。床边的小柜子上摆着医用托盘，里面杂乱地摆着染血的手术刀和止血钳，止血绷带的一段耷拉在里面，一切简陋又仓促。窗户紧闭，外面黑黢黢的，像把这里包成了个盒子。言萧在旁边守着，偶尔看一眼墙上老旧的挂钟。时间过得很快，凌晨四点了。

医生不知道去了哪儿，到这会儿才匆匆走进来，大概是头一次遇到这种事，头上都是汗。见到言萧在，他叹了口气说："看看情况吧，实在不行还是得送去大医院，别后面出什么岔子，我可负不了责任。"他一边嘀咕一边往外走，"奇怪了，怎么到这会儿警察还不来？"

言萧一下盯住他："谁让你报警的！"

医生被她这一句吼得莫名其妙，转头说："你这人没事吧，这可是枪伤，怎么能不报警啊？对了，还有个人呢？待会儿警察来是要问话的。"

言萧冷着脸，说不出话来。医生古怪地看她两眼，也老大不高兴，板着张脸走了。

言萧没问他到底什么时候报的警，也没法估计时间，就这会儿工夫，王传学忽然从外面一头冲了进来："言姐，关队叫我过来帮忙照看小石，他怎么了？"

言萧来不及多说："你来得正好，离这里最近的市区在哪儿？"

王传学说："榆林。"

"那好，马上送小石去榆林市区的医院。"

"到底怎……"

"别多问了，马上走。"言萧去床边扶石中舟。王传学只好赶紧过去帮忙，背起石中舟就匆匆出了门。

刚把石中舟送上车，路上就已经能看见闪烁的红蓝灯条。言萧一把甩上车门说："你们先去，挑你们熟的路走，别碰上警察。"王传学开着车走了。

言萧转过身，打算朝另一个方向走，但没走多远一辆警车就直冲到了眼前。车窗降下，李正海伸头出来："又是你，言萧，你不是不来西北了吗？"

也是巧，要是因为别的事情报警，来的还不是李正海，偏偏是枪伤。前几天警察在沙地里抓到了朱矛，审问后得知他跟小十哥动了手，据说小十哥手上带着枪。李正海自然就对枪支弹药这块上了心，要求有相关消息都直接报给他。他来得也真对，又遇到了言萧。

天亮了。昨夜的风沙让镇子到处灰头土脸，连小镇的派出所里都弥漫着尘灰。言萧坐在桌子后面，李正海坐在她对面。

又是一番漫长的对峙。李正海靠在椅背上，有点无奈："中枪的人跟小十哥有关？"

言萧说："看到我就是跟小十哥有关？"

"中枪的人少得很，我们很快就会查到，到底是不是跟他有关另说。就算跟他无关，小十哥也是必须找的。朱矛说你是小十哥的女人，言萧，我还真不知道你跟他是这样的关系。"

"我是五爷的仇人，朱矛是五爷的人，他一直仇视我，你觉得他说的话能信？"

李正海拢着双手往桌上一搁："就算你不承认我也还是要奉劝你一句，别找不合适的人。你一个在鉴宝会上敢公然对抗五爷的人，是知道大是大非的，别头脑发热。说吧，他在哪儿？"

别找不合适的人，裴明生也说过这话。曾经她养父说顾廷宗跟她不合适，现在是关跃。所有人都觉得他们不该是一路的，甚至就连她自己也是这么觉得的。她很清醒，很理智，不会犯浑。"我不知道，有什么事我可以让我的律师来。"

李正海绷了绷脸，五爷的案子他正查到关键，偏偏在这关卡过不去，可他又不能拿言萧怎么样，毕竟没有证据证明她跟小十哥有关，想想就很头疼。

言萧站起来，冲他点了下头，算是打过招呼了，就出了门。

刘爽就在门外站着，看见门里的李正海站了起来，似乎想叫住言萧。她忽然朝李正海使了个眼色，自己追了过去："言小姐，都这个点了，一起吃点东西再走吧。"

言萧回头看了她一眼。刘爽今天没穿警服，穿着件套头卫衣，站在这古朴的小镇长街上，嫩得就像个刚出校门的大学生。

太阳都出来了，的确不早了。她还没答话，刘爽已经自来熟地，半拖半拽地把她拉进了路边的一家面馆。言萧只好在角落里的一张桌子后面坐下来，看她葫芦里要卖什么药。

刘爽麻利地忙前忙后，很快就从后厨那边端了两碗面坐过来，推一碗给对面的言萧，上面居然加了好几块牛肉。

言萧心里有数："你也想问话？"

刘爽笑出小虎牙来："也不是要逼着你说，咱们李队碍于职务，不能透露案件信息，说话是硬了点，你别往心里去。我就是想告诉你点实情，让你自己拿主意。"

言萧忍不住笑了，因为觉得她这次的问话方式比上次高明多了，连说话都客气婉转了许多，可能针对自己还做了点功课。她干脆叠起腿，大大方方等她开口。

刘爽吃了口面，问："你知道五爷是断指吧？"

"知道。"

刘爽点点头："她那一节手指是被仇家斩断的，所以说西北这地方，这么多年来，一直都不止一股势力。"

言萧点头："所以呢？"

"五爷落网后，我们审出了个大概，牵扯出西北另外一股势力，这股势力涉及境外文物走私，可比五爷的那张网还要大。根据我们的调查，小十哥就是这股势力里的关键。"

言萧的表情没变，只有眼睛微微动了动，低头拨着碗里的面，迟迟没有下口。

"我不止一次去阿古达木那里查那个文保组织，这你也是知道的，虽然他什么都不肯说，但我们也或多或少查出了点问题。"刘爽放下筷子，左右看看，好在现在面馆刚开门，没什么客人，她低声接着说，"这个组织看起来挺像模像样的，但里面的成员鱼龙混杂，关键是他们一次也没交过文物上来，我们有理由怀疑这个组织其实是在监守自盗。"

言萧盯着面碗，脑子里想着石中舟。关跃说他听到了不该听的。接着又想到了顾廷宗，他似乎想动陷地之城。她动了动抓筷子的手指，有点发僵："那你们的结论是什么？"

"我们认为小十哥扳倒五爷是在黑吃黑，五爷一倒，西北的势力就会被他上面的人全盘接收，这里很快就会出现新的五爷。"话一说完，刘爽就急切地想从言萧脸上看出什么，但什么也没有，言萧的脸藏在面条的雾气后面，并没有什么别的表情。

"你们有确切的证据吗？"

刘爽愣了一下："这个……暂时还没有，但……"

言萧点头："我知道了，谢谢你的面。"

第二十六章
同 行

营地里，助理把顾廷宗的行李拎上车时看了看表，已经是上午十点多了。

川子恭恭敬敬地把他们送出院门："老板，才来这两天就要走了啊？"

顾廷宗边走边扣起西装纽扣："香港那边事情多，这里以后交给老十，你们都听他的调动就可以了。"

川子转着头看了看左右："奇怪了，一早起来就没见着十哥，不知道他去哪儿了，也没瞧见考古队的那俩小子。"

顾廷宗文雅地笑着："他有他的事，你就别过问了，去干自己的事吧，就不用送我了。"

川子在此之前都没见过他，只听说有这么个老板，一直想见一见，这回总算见到了。顾廷宗既有派头，脾气又好，他还是挺服气的，二话不说领了命令，回头招呼剩下的弟兄换班去了。

顾廷宗却没急着上车，任由车门敞着，就这么等着。整整一上午没见到言萧，她好像出去了。

差不多半个小时后，一辆车开到营地门口，言萧从车里走了下来。她身上穿了一件简单宽松的白T恤，看着像是刚起床一样，脸上素净，还带着点疲倦。顾廷宗站在院门口，叫住她："萧萧，到哪儿去了？找你到现在了。"

言萧停下脚步，然后朝他走了过来，一直走到他面前站着，很久才开口："找我有事？"

"我就要走了。"他的车就停在路上，这么明显的事情，她却好像没看见一样。顾廷宗心里明白，但难得脸上还有点笑容："临走前还是想再问你一句，愿不愿意跟我一起走？"

言萧看着他，觉得有点可笑："我为什么要跟你一起走？"她已经不是当初那个无家可归的小姑娘了。

顾廷宗脸上的笑隐了下去："那你要跟谁？"

"重要吗？"

轻描淡写的三个字，已经足够让人联想颇多。顾廷宗脸上看似没什么，眼里却有阴沉："萧萧，我就挑明说了，老十是我手底下的人。他怎么样我知道，其实他什么都干得出来，你要想清楚。"

言萧的心里极快地抽动了一下："是啊，他什么都干得出来，包括枪杀无辜，是吗？"周围没有别人，空空荡荡的，如同她的声音。言萧忽然凑到他耳边，低低地说："那一枪，是你逼他开的，对吗？"

顾廷宗皱起眉，额头上挤出细细的纹路："你在胡说什么，哪一枪？"

言萧慢慢直起腰，手指遏制不住地微微发抖："没什么，觉没睡好，说话也有点混乱了，我也不知道我在说什么。"

顾廷宗的脸色有点难看，刚才是他心急口快了。昨晚叫关跃处理那事时，他拍了一下关跃的后腰，因为知道他后腰上别着枪。他并没有明说，只不过给了暗示，只要关跃足够忠心，就该知道怎么办。

言萧看着他的眼神轻飘飘的："其实没必要，我拒绝了你，给了你难堪，但你真没必要这样。"没必要这样在她面前贬低关跃。那一枪是怎么回事，点到为止，顾廷宗只会装作不知道。言萧是故意装作按捺不住提出来，因为她心知肚明，藏得越深，越会惹顾廷宗这样的人怀疑，她急切开口，他反而可以直接反驳。既然他装傻，她也不会再提，只是觉得心寒。"走吧，我希望你创立的这个文保组织是真的在保护文物。"她大概知道为什么当初顾廷宗会不告而别了，因为他不能再待下去，不能暴露。尽管他们之间不再有瓜葛，她也不希望他成为下一个五爷。

言萧转过身，手腕却被抓住了。顾廷宗抓得很紧，甚至还有点急切，不像他平时一贯温和平淡的模样。

言萧一动不动："放手吧，顾廷宗，别把当年那最后一点恩情也给弄没了。"

顾廷宗没开口，只有呼吸有一点点急促，憋了一口气一样，到最后却还是一个字也没说出来，终于松开了手。助理拉开车门，他坐了上去，车很快发动，然后驶离。

言萧没有回头看一眼。她走进院子里，再看一圈这营地，忽然感觉分外陌生。她吸了口气，脚步加快，直接上了楼，推开屋门。蒲佳容还在屋里，正在整理自己做文物复制的工具，看到她进来，抬起头看着她。

言萧说："拿上你的行李，跟我走。"

蒲佳容莫名其妙："怎么了，我们不是才刚来吗？"

"马上走，去榆林的医院里找小王和小石。"

"医院？"蒲佳容这才收拾东西，着急地问，"他们谁病了？"

"先走再说。"言萧拿了自己的包，刚赶回来，连口水都没顾上喝，就又带着蒲佳容出门上路。

直到上了车，碾着松软的沙子冲出去老远，蒲佳容还在旁边追问："言小姐，你能不能告诉我到底是谁出事了？"

言萧一个字也不说，车开到最快，沙子像海浪一样被破开，在车身两边一路飞扬。蒲佳容没见过这样开车的架势，可能被吓到了，没了声音。

到了镇子上，言萧把车停了下来。她离开镇上的时候，刘爽已经随李正海去查那间诊所了，她才能趁着间隙赶回营地，这会儿说不定他们已经就快查到石中舟的所在了。如果她直接把人送去榆林，被撞见反而是给他们指路。"后面我就不送你了，你去跟小王他们会合，遇到警察什么都别说，以后也别再回来了。"

这一路开得太快，蒲佳容脸色有点发白，听了这话根本没动："你这么说是什么意思？"

"就是字面意思。"

她有点意外："你这是在赶人吗？"

言萧点头："对，我就是在赶人。"

蒲佳容脸腾地红了，声音拔高："你……你凭什么？"她难得有跟人大声说话的时候，话都说不利索了。

言萧不想说那文保组织是什么情形，怕吓着她。"随你怎么想，反正你们不能再待在那里。"

"是因为关队吗？"蒲佳容冷不丁问出这句。

言萧笑起来，眼睛斜过去："对，就是因为他，就凭你继续待下去也没机会了，能走了吗？"

蒲佳容脸上的红晕迅速褪尽，没了血色。上一秒因为气愤涌出来的气势，这一秒就没了，低低嗫嚅："所以你跟关队……"

"我跟他在谈恋爱。"

蒲佳容："……"她震惊地看着她。

"当然，你也可以问问他的意见，如果他愿意留你，我也不阻拦。"

蒲佳容一下回过神，从包里翻出手机。言萧第一次看她这么坚决而迅速地做一件事，开门下车，给她留点私人空间。

街道上人来人往，喧哗吵闹，跟平常一样，没人知道这一夜发生过什么。言萧双手收在口袋里，靠在车尾，眼睛来回扫视着路上的情形，却不知道自己在看什么。这一夜到底发生了什么，连她自己都糊涂了，世上的事总是变化多端。她刚才在车里说什么？她跟关跃在谈恋爱？言萧用鞋尖蹭了蹭地，想起刚才说起那句时居然毫不犹豫，她这是怎么了？

大概有二十几分钟，她才朝车里看了一眼，蒲佳容低着头，手机早就不在耳边了。车门随后打开，蒲佳容提着行李走了下来。

"我走了，言小姐。"蒲佳容眼眶有点泛红，头垂得很低，"其实我早就放弃了，就是听说你走了又不死心，但这回我彻底清楚了。"

言萧没问他们之间说了什么，也不明白她为什么要跟自己说得这么清楚，她大可以直接拎包就走，何必告诉她所思所想，反正只要她肯离开这个是非之地就行了。

"再见。"蒲佳容提着旅行包走了。其实刚才的电话没有通，只有冰冷的女声提示音，关跃的手机是关机的。就算真通了蒲佳容也不想说什么了，听到言萧话的那刻她就明白了，关跃在言萧面前是个普通男人，在她面前不是。她早看出来了，就是不愿承认而已。

街道狭窄拥堵，人潮很快遮掩了她的背影。言萧坐回车里，忽然想起许恩叶说过的话。许恩叶说她们是一类人，像她这样的人，对别人狠，对自己更狠。她觉得自己刚才就挺狠的。但还是比不上关跃，他对自己才是真狠。

言萧无处发泄，无声地捶了一下方向盘，才把车开出去。关跃说他在镇子上的旅馆暂时落脚，转了一圈她才发现整个镇子就一家像模像样的旅馆。她特地绕路，把车停在另一条街上，低着头走过去，快步进了旅馆大门。

老旧的两层砖楼，采光不好，里面黑洞洞的，从前台一直走到楼梯口也没有见到人。言萧拨了电话，不通，也不好直接开口叫名字。她心里铆了一股劲，直接去敲门。第一间没人；第二间开了，一对老夫妻扶着门框看着她；第三间里是风尘仆仆的男游客……从一楼到二楼，一共敲开了十二个房间，言萧没有刻意数过，却清楚地知道自己敲了多少。

下一间，很久没有人应门，言萧猜就是这间了。她喘着气，额头抵着门："开门。"

门开了，关跃一只手扶着门框，看着她。他眼下青灰，也是一夜没睡，反而先问她："你怎么弄成这样？"

言萧出了一身汗，从脸到脖子都汗津津的。她快步走进来甩上门，扬手就给了他一巴掌。"啪"的一声，在安静的房间里听起来很响。"是不是顾廷宗让你干什么你都肯干！"

关跃古铜色的脸颊上浮出红印，舌尖抵了抵后槽牙，一动不动："他是我老板。"

言萧胸口剧烈起伏，一转头，冲进洗手间，拧开水龙头，抄着水用力搓了搓脸。

关跃走到门口，从镜子里看着她："你来这里就是为了问这个？"他几乎不在意被扇的这巴掌。

言萧扶着水池，脸上水珠淋漓。关跃舔了一下破了的嘴角，大步走进来，拽着她胳膊就把她拉出了洗手间："是不是有什么消息？你到底干什么来了？"

言萧背靠着墙，呼吸一点点平复，慢慢抬起头，脸颊边的长发掩着一双湿漉漉的眼："我问你，既然你这么听老板的话，那老板想要的女人你敢要吗？"

关跃的眼神凝固了。言萧仰着头，声音很轻，脸上的迟疑一闪而过，消失得无影无踪。她咬了下唇，看着他，坚定地又问一遍："敢不敢？"

关跃深深盯着她的脸，启开牙关："敢！只要那个女人肯给。"只要她肯给。

言萧一把扯住他领口："那你就别在这条路上走到黑，别坐牢。留着这条命，以后才能去找我。"

关跃喉结滚了滚："你知道自己在说什么吗？"

"知道，我知道……"言萧垂下头，又抬起来，语气很淡，但字字清晰，"我改口了，我不当你是慰藉，只要你说开始，我就不说结束。"

方寸天地，只有彼此，两双眼睛一瞬不移地对视。她的眼眶微微泛红。在所有人都阻拦的时候逆流而上，这一次，只要他敢，她就是他的。

关跃手臂一收，把她按在怀里就吻了下去。身躯紧缠在一起，言萧被他托起压到床上。"言萧，你别反悔。"别反悔，这一步都迈出来了就别想再收回去。

房间里弥漫着喘息，言萧无言地承受着身上的关跃。明明两个人都一夜没睡，却像是有用不完的精力。"言萧，你不能反悔。"关跃在她耳边重复了这一句。言萧说不出话，人被他抱起来，脸正对着他。他盯着她："回答我。"

"嗯……"言萧只能应答，带着万般忍耐。她不反悔，下了决心的事她从不反悔。来找他的路上她就已经想得清清楚楚，又或者，在上飞机重回西北的时候她就已经清楚了，只不过直到现在才承认罢了。

再睁开眼时，窗口已透出微弱的天光。事后言萧迷迷糊糊睡了一觉，不知道现在是什么时间，可能都到第二天了。关跃躺在旁边，发现她醒了，下了床，拉她起来去洗手间。站到洗手台边上时，言萧清醒了大半。她的身体还是软的，只能歪靠在他身上。

"言萧？"

"嗯？"她一开口才发现自己嗓子都哑了。

关跃拧开水龙头，偏过头看她："你是不是知道了什么？"

言萧长长的睫毛掩着眼下："李正海追查过来了，那个刘爽跟我说了文保组织的事。"

关跃明白了。

言萧转身，背靠着洗手台，手搭在他肩上，他身上的伤好得很快，就剩了胸口那两处扎伤还贴着纱布，外沿有一小圈红肿。她伸出一根手指在那红肿上画着圈。

关跃抓住她的手："你有没有在顾廷宗面前暴露什么？"

"你指什么？"

"你跟他说过什么没有？"

言萧凉凉地笑了笑："他是聪明人，就算我说过什么，他也会遮掩过去。"

关跃没作声，他不希望言萧卷进顾廷宗的事情里，所以才希望她尽早离开这里回杭州去。不过他也信她凡事都有分寸。他松开抓住她胳膊的手，特意看了看言萧的眼睛。昨天她说出那番话的时候，竟然红了眼，他还记得。

"你看什么？"言萧问他。

关跃摇了一下头："没什么。"可能就连她自己都没察觉：不管明面上表现得多么理智决绝，最终她还是在这种孤立无援的时候，站到了他的身边来。

言萧捏着他下巴："你明明就在看我。"

关跃扯了下嘴角："我早知道你是能跟我走一路的人。"当初在林子里，她骑着马来救他的时候他就知道了。

言萧的手指摩挲着他的下巴，新冒出的胡楂刺着她的手指，她什么也没说，转头在洗手台上找到一把刮胡刀，浸了水，给他打上肥皂，慢慢刮着。

关跃双手撑在她身体两侧，紧紧地贴着她。言萧仔细地刮完他的下巴，拿了毛巾抹干净，拇指又缠绵地蹭过他的下巴。像是回应，关跃的身体渐渐绷紧。感情一旦交融，身体简直就不存在什么克制力了。他握着她的肩狠狠吻了她一通，直到两个人都气喘吁吁才退开："我送你离开这儿，你不能在这里跟着我东躲西藏。"

言萧从洗手台上下来："然后呢？"

关跃拉着她站到花洒下面："这里的事情还没完，后面我也没法去找你。"所以就像他说的那样，他能给她的，只有关于以后的一个承诺。有时候他也有点迟疑，他们之间是不是真的不该。之前没有去找她，是真抱了没以后的打算了，但没想到她来了，他还是沦陷了。

言萧听了这句话后就没再开口，伸手又拧开水龙头，水柱冲下来，一时间哗哗的声音充斥着耳膜，其他声音也听不见了，话题自然而然地终止。

没有时间耽误，关跃还有安排，他先出去，让言萧清洗一下。等换他进去，再洗完出来，前后也就花了不到二十分钟。他站在床边，拿毛巾擦干了身体，套上长裤，处理着上身被水沾湿的伤口。

言萧叠着腿坐在床沿，眼睛眨也不眨地看着他，视线扫过他结实的身体线条，忽然问了句："关跃，你到底是不是真的缺钱？"

关跃抬头看了她一眼："我要真是缺钱怎么办，你还跟不跟我了？"

"你要真是因为缺钱才待在这里倒好办了，"言萧笑出声，被他的话弄得反而轻松起来，"我挣得多，能养得起你啊。"

关跃按紧伤口上的纱布，冲她点点头，眼里也有笑意，带着那股子邪气："这话我信。"

言萧脸上的笑又淡下去："我真希望你只是为了钱。"凡事如果只是跟钱有关，反而还好解决。

关跃沉默。他身上衣服已经穿好了，随手拨了下半湿的头发，说："不是为了这个。"

"那是为了什么？"言萧目光紧盯着他。

关跃站在她面前，蹲下来，抬起眼睛看着她，神情里居然有了点虔诚的意味："我不能说，对不起言萧，命我都能给你，但这我不能说，至少现在不能。"

言萧安静地看着他，他的眼珠背着光，幽幽发暗，深沉得看不见底。这大概是他在她面前说过的最重、最认真的一句话。

关跃一倾身，从枕头底下摸出那把沉甸甸的手枪，站起来，在床头柜边上迅速拆解。拇指按下扣销，弹匣取出，左手一推，卡簧脱离连接轴，套筒、枪管……很快一堆零散的部件就散在柜子上。那双手灵活凌厉，又以更快的速度把它恢复原状。

言萧默默看着他的动作，看得出来他的枪用得很好，枪法也准。

关跃把枪别在腰后，看着她："别怪我，言萧。"

言萧看着他的脸："那就以后告诉我？"

关跃说："好。"

言萧点了点头："记着我跟你说的话，因为你信我，我也信你。"记着她说的话：别坐牢；留着命，才能有以后。

关跃想说什么，但忍住了："嗯，我都记着。"每一个字都记着了。

窗外日上三竿，言萧待到这时候，得走了。她简单收拾了一下，刻意先一步离开房间。到了大街上，随便买了点吃的，一边走一边观望着路上的情形。走到自己停车的地方，透过模模糊糊的车窗玻璃看了一眼车内，关跃已经坐在驾驶座上了。

"他们都在榆林。"她坐进去时说。

关跃点点头，先前后看了看路，才把车开出去。

言萧坐在副驾驶座上翻了翻手机，昨天王传学给她发过几条信息，说了石中舟的大致情况，但过了昨晚十点就没消息了。她猜大概那会儿有警察查过去了。

几辆警车此时就停在榆林市区的医院大门口。王传学刚刚送走几个警察，领头的就是李正海。他回到病房，看看床上紧闭双眼的石中舟，挠了两下头，百思不得其解："小蒲，你知道这是怎么回事吗？"医生说石中舟腿上是枪伤，还引来了警察，但这到底是怎么发生的，他们都一头雾水。

蒲佳容在床尾坐着，摇摇头："只有等小石醒过来才知道是怎么回事了。"

门被轻轻敲了两下，有人从外面走了进来。王传学看了她两眼，惊呼："言姐，你可算来了！"

言萧头上戴了顶遮阳帽，穿了件异常宽大的灰色外套，跟她平常干练的打扮一点也不像，不注意看差点没认出来。她竖着根手指在唇边做了个噤声的动作。王传学立即捂嘴，点头。

蒲佳容站起来，冲她点了个头，站到了一边，微微垂了头。

言萧走过来，看了看石中舟，小声问："小石怎么样？"

王传学说："医生说他命大呢，子弹不深，没有伤到骨头，也没伤着动脉，只要好好休养，应该不会妨碍以后活动。"

"那就好。"言萧松了口气，低声问，"警察来过了？"她刚才从侧门进的住院大楼，看着警车开走的。

"来过了，我们什么都没说，那个李队长说等小石醒了还要再过来一趟。"

言萧猜想李正海还会盯着这里，不好久留。他们都跟关跃久了，好像早就约定好了怎么应付警察，也用不着提醒。

刚准备走，床上的石中舟动了一下，睁开了眼睛。言萧低下头："你醒了？"

石中舟清清嗓子："醒了有一会儿了。"

王传学吃惊地看着他："原来你小子在装睡啊？"

"废话，不然我不是要回答警察的问话啊？"石中舟苦着脸，说话有气无力，"妈呀，真疼啊……"

言萧在床边坐下："小石，你到底听到了什么？"

"我哪儿听到什么了，那时候都深夜了，灯又暗，我只是出来上个厕所……急匆匆的，连关队在跟谁说话都没看清，就听到那么没头没尾的一句话，嘻……倒了八辈子霉。"可能是腿又疼了，石中舟龇牙咧嘴，句子一长就喘气。

言萧怕他留下什么阴影："都忘了吧，以后去干正经考古，别跟这里有瓜葛了。"

"唉，言姐你别这么说啊，好像我们之前干的都不是正经事一样。"

言萧看他这样就放心了，人虽然虚弱，但至少还能开玩笑。

石中舟忍着疼，安静了一会儿："言姐，你要是能见着关队就替我带句话给他，就说……我不怪他。"

那晚关跃把他拽出去的时候说了句："小石，如果你以后残了我赔你一条腿，你死了我赔你一条命，但你要是没事，就跟我断了联系，怎么恨我都行，就当没认识过我。"石中舟不傻，知道那意味着什么。他跟关跃的时间不长，似乎就只有这么一句话是交了心的。

离开病房后，言萧沿着走廊一直走到安全出口，角落里藏着男人高大的身影。"你都听到了？"

"嗯。"关跃身上穿着黑衬衣，戴着棒球帽，帽檐压得很低，"人没事就行了，走吧。"

出了医院大门，两个人低调地上车，开上公路时车窗外阳光已渐渐西斜。一路上见不到什么车。关跃安静地开着车，言萧偶尔会瞄一眼他的侧脸，却完全看不出他在想些什么。

就快接近高速口，老远看到那里停着几辆警车，前面的车在接受临检。关跃转了个向："走小路吧。"

车开进荒野，兜了个大圈子。再次拐上公路的时候言萧说："在这儿停一下。"关跃踩下了刹车。

远处有山，他们下了车，在车旁站着，吹着西北的风。言萧手指一勾，钩着关跃的裤腰，他自然而然地顺着那点牵扯的力道靠到她眼前。"你没法去找我就别去，熬着，可别太想我了，嗯？"这句话说得像玩笑。

关跃顺手扣住她的腰："那你呢，也熬着？"

言萧一只手搂住他的脖子，似笑非笑："那可不一定，也许我会来看你的，再说我也未必那么想你啊。"

关跃脸上先有点笑，又渐渐地没了笑意，口气认真起来："别来，现在弄成这样，可能会不安全。"

"不是有你这个小十哥在吗？"

关跃嘴角一提，笑得略微苦涩。她怎么会明白，他已经不再是以前的小十哥了。以前他在道上黑白无阻，是因为没有软肋，谁都要惧他三分、敬他三分。现在不一样，他有软肋了。

言萧最终没让关跃送去机场，两人就在荒野里分别，一个往西，一个往东。当天晚上她就回到了杭州。

飞机落地时，时间已经不早，机场外一片浓重的夜色。城市里真正热了起来，言萧打车回家，出了一身汗。

进了门，脱了那身刻意的乔装，她洗了个澡就疲惫地躺到了床上。她一路都放空脑袋，什么都没想，用最快的速度回到了自己的大本营。她闭上眼睛，昏昏欲睡，又突然睁开，手从枕头底下摸出手机。

本来她想直接拨电话，但想想可能关跃那边手机还没开机，就发了条短信，告诉他自己到家了。放下手机时，又对着屏幕多看了几眼，好像担心他随时会回复一样，之后就睡着了……

睁开眼，已经是第二天。手机还握在手里，言萧翻了个身，眯着眼睛看屏幕，时间已经是下午三点。有条新短信，是关跃的回复，他只回了一个字："好"，回复时间是凌晨四点。大概那时候他才终于开了机，又或许就是为了等她的消息才开的。

言萧扬起唇角，一条短信都能叫人有情绪的变化，这感觉陌生又奇特，这么多年她似乎还是第一次体会到。

但下一秒手机的来电铃声就把她的笑给打断了。裴明生的名字在屏幕上闪动。言萧心里有数，没有接，按了挂断。既然回来了，总有见面的机会，有些话不如等见了面再说。

华岩拍卖行。

下午，言萧一身职业套裙，如往常那样走向自己的工作室。门一推开，里面已经有人等着了——裴明生手里端着杯咖啡，正优哉游哉地坐在她的椅子上等着。"回来了，师妹？"他还笑眯眯的。

"嗯。"言萧扣好身上的黑色西装，理了一下套裙的裙边，踩着细细的高跟鞋站到桌边，"你有什么想问的就问吧。"

裴明生手指托一下眼镜，不疾不徐："你的修罗场都处理好了？"

没想到他这个人有时候还真有点八卦。言萧低头翻着助理整理出来的工作安排："处理好了，我跟顾廷宗都是陈年往事了，在我心里我们当年就断了。"连现在说起来都没什么拖泥带水的，该干什么不该干什么，她自己一直都很清楚。

裴明生点点头："好事，你们俩不合适。不过我在香港的时候他叫人联系过我，说想跟华岩合作古董生意，这事你怎么看？"

言萧立即说："别跟他合作。"

"怎么？"

"你听我的就行了，"言萧停顿了一下，接着往下说，"顾廷宗并不像表面那样和善，华岩刚摆脱五爷的掌控，稳点最好，何必着急跟别人合作。"

裴明生觉得她说的也有道理，其实他也没那个心，要不是看顾廷宗生意做得挺大的，他根本连提都不会提，提了大概也是为了看看她的反应。"那关跃呢，你也处理好了？"他还想看看更想看的反应。

"处理好了。"言萧摆弄着仪器，看起来神情如常。

"怎么处理的？"裴明生慢条斯理地抿了口咖啡。

言萧瞥他一眼："等你咽下去我再说。"

裴明生有点莫名其妙，还真依言把咖啡咽下去了："好了，说吧。"

"我跟他在一起了。"

裴明生："……"他一脸蒙了的表情，假如那口咖啡没咽下去，可能已经呛到了。

言萧一点不意外他的反应，很少有机会把他弄成这样，大多数时候他都是气定神闲的。

"为什么？"他问。

言萧好笑地说："人帅、条正、带劲。"

裴明生站起来，放下咖啡杯："认真点，言萧，你走之前我跟你说的话都白说了？他跟你就不是一个世界的人。"

言萧脸上的笑容凝固，无法反驳。

"你自己想想，他能给你什么？"裴明生完全是站在她的角度考虑。

言萧脸上的表情也认真起来："师兄，我不是懵懂小姑娘，我知道自己在干什么。"她和关跃就像两块磁铁，摆放的方向错了就总是相互排斥，找对了位置就会相互吸引。她挣扎过了，也看清楚了。她现在很清楚，她就是想要这个男人，不图别的。

裴明生皱着眉，摘了眼镜，掏出折叠齐整的手帕，低着头擦拭了一下，再戴上："言萧，你是第一次这么不理智，太让我惊讶了。"

言萧耸耸肩："是不是第一次我忘了，不过肯定是最后一次。"

天快黑的时候，沙漠的营地里正忙碌。川子领着弟兄们把营地里一直收着的文物都搬上了越野车，用厚实的油毡布仔细遮盖好，一扭头，关跃回来了。

"十哥，"川子赶紧迎上去，"你这两天到底去哪儿了啊？"

关跃边走边摘了头上的棒球帽："有点事情出去了，让你们准备的东西都准备好了？"

"好了，东西都搬上车了。"

关跃走过去掀开油毡布看了一眼就盖上了："老板交代我跑一趟外地，你们最近能少待在营地就少待。"

川子好奇："十哥，你是不是有什么事瞒着咱们啊？"

关跃盯着一排房屋后面的裸岩山壁，这营地因为隐蔽才存在到今天，不过最近警察查得严，可能会进入沙漠，一旦进行地毯式排查，这里迟早也要暴露。"没什么，你们该干什么就干什么，我的事情就别多问了。"关跃说完转头看向一个黑黢黢的魁梧汉子："二柱，你跟川子把人都带去那片绿洲里守好了，千万别出岔子。"

二柱嘿嘿笑着露出白牙，走过来递烟给他："我知道的小十哥，能不好好守着吗？你跟老板都那么重视，那地方肯定特值钱吧？"

文保组织里招的都是孔武有力的粗人，没什么学历，有的甚至还有过犯事的前科，二柱和川子都是这样的人，眼里只看得到钱也不奇怪。关跃借着他打火机里的火点了烟，叼在嘴里，扇一下他后脑勺："就知道钱，文物也不只是钱。"

二柱知道他是开玩笑，但营地里的兄弟一向都被他镇着，只摸着后脑勺笑躲，也不敢再多话了。

关跃又叮嘱了一遍："记住了，那地方少根草我都饶不了你们。"

"得嘞，十哥，放心吧，咱们都记住了。"

"文物的价值当然不只是钱，它们是人类留下的宝贵历史文化遗产，这种传承是无价之宝。试想如果没有文物，我们中国的历史将会空白成何等模样？考古基于历史，一般只做抢救性发掘，而盗墓贼仅仅为了钱就可以将墓门直接炸开，壁画直接撬走，带不走的就砸坏……走私分子为了将文物卖出国门更是无所不用其极，任由一件件国宝流落海外。他们只知道文物值钱，却不知文物的价值正是在于它们承载的历史，而他们的作为恰恰是在破坏历史……"

一场讲座结束，现场掌声雷动。台上两鬓斑白的老学者放下话筒，向大家点头致谢。

言萧从后排站起来，离开现场，快走到门口时，有人叫住了她："等一下。"

她回过头，叫她的就是刚刚做讲座的老学者。他脚步匆匆地走过来，一脸惊喜的样子："没想到能在这里见到你，你还记得我吧？"

言萧点头："记得，华教授。"

也是巧，市里安排文物历史交流会，本着净化古董市场的原则，部分古董行业人员也受到了邀请。言萧最近风头正盛，免不了成为其中之一，还是代表。华教授是专程从北京飞过来的，上次还画像砖那事他记忆深刻，看到言萧就一眼认出来了。

老人家非要跟她说几句话。言萧盛情难却，跟着他出了会场，走进附近的一家茶楼。

"你是做文物鉴定的吧？"华教授一坐下来就问。上次见面他就看出来了。

言萧坐在他对面，笑笑："我的工作是古董鉴定，文物鉴定其实做得很少。"几乎没有，如果不是这次去西北的话。

华教授点头，倒没追问："对了，你姓言，以前有位有名的历史学教授叫言修实，也是杭州人，你认识吗？"

言萧说："那是先父。"

华教授拍一下膝盖："难怪啊，我说你怎么年纪轻轻就能做这行，原来是言大师言传身教出来的。"他的神情忽而又遗憾起来："我最近在帮陕西警方研究一节玉璜，早知道就带过来跟你交流一下了。"

言萧心里一动，明知故问："什么玉璜？"

"挺少见的玉璜，上面刻着狼纹，我们一直在研究它的来历，现在初步断定是跟某个少数部族有关。"

"少数部族？"

华教授说到考古的东西就滔滔不绝："没错，商周时代还没有什么民族概念，但各个部族还是有明显区分的，我个人认为这玉璜可能是活动在陕北一带的某少数部族的象征物，这个少数部族的图腾就是狼。"

言萧叠起腿，交握的双手搁在膝头。她终于知道为什么李正海能那么快就查到跟狼有关了，原来都是华教授的功劳。也终于明白自己为什么能从养父留下的笔记本里找到线索，看华教授的口吻，他们之前对那些古老的历史都有研究。

"要是我那个师兄还在就好了。"华教授说到这里叹了口气，"五爷落了网，也不知道能不能找到他，听说他以前就找到了一个跟狼有关的地方。"

他要找路伯。言萧也不确定"陷地之城"还能在警察眼皮子底下保密多久。

"对了，"絮絮叨叨说了一通，华教授想起了别的，"上次跟你一起送画像砖过来的那个小哥呢，说自己在文保组织待过的那个，他没跟你在一起了？"

言萧回神："在一起，不过他不在这里。"

华教授笑着说："那是你对象？"

言萧点头："对，我对象。"

"挺好的，那小伙子瞧着不错。"

"嗯，我也觉得他挺好的。"言萧心想如果李正海告诉他小十哥的事情，不知道他还会不会这么想。当然，他绝对想不到那个人就是小十哥。

夜里，关跃提着油桶给越野车加油，准备出发。川子打着手电筒在旁边给他照着："十哥，差点忘了跟你说了，考古队里的几个人不见了，还有言小姐也不在了。我就去那地方守了一宿，回来就一个人也见不着了，真不知道出了什么事。"

关跃直起腰，把空桶递给他："他们都走了，这事我知道。"

"那好吧。"川子退到一边，给他让路，心里松了口气，就怕那女人又跟上次一样是不告而别，惹得他又不痛快，还自己憋着。

关跃坐到驾驶座上，忽然手臂在车窗上一搭，探出头来："川子。"

"唉，怎么了，十哥？"

"叫嫂子。"

川子一愣："啊？"

"以后别再叫言小姐了，要叫十嫂。"

"你来真的了？"

"嗯。"

川子挠一下头，又咧嘴笑了："行啊你，十哥！"

关跃的脸转过去，开着车走了。川子一直看着他的车开出去，忽然觉得，他那张脸给人的感觉比之前任何时候都要鲜活了。

第二十七章
掩 护

裴明生再来找言萧的时候，她没在工作，正靠在窗口打电话。工作室的窗户是高大的落地窗，言萧靠在那里，纤长的身体逆光成了一道剪影。"……是的，华教授，给您介绍几个人，都是做考古的。一个叫石中舟，一个叫王传学，还有个姑娘……对，都是专业的……"

这几个名字都不陌生，裴明生倚在门口，耐心听她把这通电话打完。大约过了十分钟，言萧挂了电话，一回头就看到了他。裴明生问："你在给考古队那几个人介绍工作？"

"对。"

他有点无奈："关跃到底给你灌了什么迷魂汤，连他的队员你都要操心？"

"这事跟他没关系。"言萧低着头，编辑着短信，把华教授的联系方式传给了王传学，让他们自己去联系华教授。跟着华教授做考古，至少是份正经工作，比起被警察查可要好多了。

裴明生捏捏眉心："算了，让关跃到杭州来，我也可以给他一份工作。"

言萧抬起头："你这是干什么？"

"他干点什么不比他在西北干那些事强？"裴明生往椅子里一坐，靠着椅背看着她，"我是你师兄，看着你一路怎么艰难过来的，如果他连这点事情都不能为你做，凭什么值得你看上？"

言萧难得对他认真："不用，你肯这样我已经很感激，就当是你的祝福了。"其实她也想过这么做，在不告而别的前夕，在坦诚接受他的那天，但最后还是选择了信任他。他说过命都可以给她，给了她最重的承诺，她没理由不信他。

裴明生该说的也说了，能做的也做了，没想到言萧比他想的要坚决。他沉默地站起来，走到门口，又停下说了一句："言萧，我希望你以后不会后悔。"他希望言萧能敞开心扉接纳一个人，但不希望她后悔。过去这十几年来她就没顺过，他不希望她再跌一次。

言萧说："不会的。"

裴明生再没说别的话，板着脸出了门。有时候他是真觉得她鬼迷心窍了。

言萧掏出手机，忽然想拨那个号码，又担心他还在哪儿躲着警察，又放了回去。

关跃还在路上。从顾廷宗那儿得到的路线非常隐蔽，出了沙漠后往甘肃方向走，连他这个自认把西北摸得够透的人对这条路也不熟悉。

车在路上走了两天，太阳太烈、风沙干燥，他大部分时候是晚上走，白天休息。一路上很少会看到人，因为路非常难走，或是荒野戈壁，或是石块嶙峋的山脚，即便偶尔能上国道，也很短暂。

晚上十点，关跃把车停在荒无人烟的一段土路上，去车后面检查木箱里装的文物。东西都包裹得严密，川子还在里面垫上了充气气垫和塑料泡沫，不过这一路下来还是有损坏的。走这样的路，什么好东西都被颠坏了，以前在这条路上应该也没少损坏过文物。

关跃手上翻着，低低爆了句粗口，盖好木箱，一抬头，正好看见夜空。初夏，漫天星斗，北斗七星最明显，在旷野里看，穹隆如同倒扣，感觉像是触手可及。

当初跟言萧一起宿营那晚，王传学告诉她西北的星空是一绝，可惜当时并没有看到，不知道为什么此时此刻忽然就想起来了。也是忙到这时候才想起来，这几天都没顾上跟她联系，他的手机一直开着，她也没有打过来。关跃掏出手机，翻出她的号码拨出去。

忙音响了两声就通了，言萧开口是一声轻轻的"嗯"，语调上扬，透着股慵懒，仔细听能听出其中的疲惫。

关跃靠在车上，眼睛盯着地上自己模糊的斜影，低声问："还没睡？"

"睡不着，在工作。"

"很晚了。"

"你不也没睡？"

"我也在工作。"

"工作还打给我？"言萧笑了一声，隔着电波的声音就像当初闷在他怀里时一样，"怎么，想我了？不是叫你熬着的吗？"

关跃没有立即回答，听筒里只剩下他的呼吸声。

"不想？那我挂了啊。"

关跃还没说话，听筒里传出忙音，她居然真挂了电话。他拿开手机看着还亮着的屏幕，有点诧异，又有点好笑，手指点了点，又回拨了过去。

电话通了，言萧在那边问："怎么说？"

关跃摸了下鼻尖，想象着电话那头她的表情，嘴角勾起来："那你呢，这么晚睡不着，不也在想我？"

电波的另一头，言萧换了只手拿手机，从桌前抬起头："你少得意，我现在就回家睡觉。"

关跃低笑，隔着电话的声音充满磁性："路上注意安全。"

言萧听见"路上"两个字，转头看一眼窗外，古城灯火掩映着西子湖。这里不像西北，没有荒凉的高原，这里的天离头顶又高又远，乌沉沉的，隐隐有雷，好像就要下雨。她听见听筒里的风声，想象着他现在一定身在荒郊野外，轻声说："你也注意安全。"这句话是认真的，她真的担心他在那里会不安全。

"我会的。"他的呼吸声传过来，一声又一声。

"快挂吧，"她说，"怕你被警察截到。"

"没那么容易。"关跃说。但电话终究还是挂了，因为没法耽误时间，他还得继续上路。

言萧放下手机，往后靠在椅背上，看着面前摊开的照片和一堆凌乱的资料。资料上的两个词被她用红笔重重地圈了出来——少数族族，狼图腾。华教授的话给了她很大的启发，加上古文字的研究，她觉得自己应该已经找到陷地之城的秘密所在了。

手机忽然"叮"的一声响，有短信进来了。言萧回神，拿起来，是关跃发来的，只有短短的几个字："嗯，我很想你。"闷骚，早点承认不就完了？她嘴角扬起，无声地笑了。

天上果然开始落雨，打在落地窗上噼里啪啦地响，但室内的人心情明媚。言萧脚在地上一蹬，坐着转椅滑到窗边朝外看出去，一只手握着手机迅速回拨了那个号码。只一声忙音，电话就再度接通了。她问："你在哪儿？"

"在路上。"听筒里有汽车引擎声。

"我知道你在路上，我是问你落脚的地方。"言萧倚在窗边，听着外面淋漓的雨声，告诉他，"杭州下雨了，我查查你那边天气怎么样。"

路线上的终点站是个小县城，要过酒泉，靠近嘉峪关，名不见经传，关跃就是要去那落脚。言萧在电话里告诉他，这一带属于河西走廊的中段，北侧是黑山山脉，南侧是祁连山脉，是古代丝绸之路的咽喉。

又是一天快要过去，关跃从路边的小饭馆里吃完饭出来，站在路上往两边望了望，一眼就能看见祁连山终年积雪的山顶。言萧说的一点没错，所以说精通历史的人真厉害，透过一个地名就能熟知他周围的一切，从古到今。

气温偏低，关跃拉了一下领口，一只手扣着外套领口，转头朝停车的地方看了一眼，看到了两个巡逻过来的警察。他不动声色，双手往口袋里一收，朝那边走。

越野车这一路下来早就看不出车身本来的颜色了，就连车牌上都沾满了泥灰。那两个警察站在车后面看了几眼，抬头看到了他。"这是你的车？"其中一个戴眼镜的问。

关跃说："是。"

对方又问："从哪儿开来的？"

"陕西。"

一个警察用脚蹭掉了车牌上的污泥，总算看出是陕西的车牌，"嗯"了一声，拿着个小本子，低头做记录。另一个说："车打开，我们检查一下。"

两个警察看着都很年轻，也许刚工作不久，应该不难打发。关跃收着下巴，脸埋得低低的，手在口袋里摸了摸，说："我车钥匙落在饭馆里了，你们稍等。"说着转身要走。

偏远地区的警察都比较警觉，那两个警察怕他跑，马上说："我们跟你一起去。"

"行。"关跃走在前面，快到饭馆的时候转了个向，拐去墙角，那后头有面院墙。

"等等，你往哪儿走呢？"一个警察话刚问出口，关跃已经转过了身，一记锁喉，另一只手臂勒住了另一个警察的脖子……

没几分钟，他从那后面走了出来，经过路边垃圾桶时悄悄扔了手里的麻醉针，拍拍手，走到饭馆门口叫了一声："老板，我看你饭馆后面好像晕了两个人。"

老板急匆匆地走出来，只来得及看见一辆越野车从眼前开走，将信将疑地走去院墙后面看，一眼看到两个警察晕在那儿，吓了一跳，赶紧去报警。

晚上八点，关跃到了目的地。这小县城不在旅游路线上，就没能沾上近年大热的西北旅游的光，也没什么名气。不过好在交通并不闭塞，街上很多住宿吃饭的地方，往来的车辆也不少。这是好事，往往流动人口越多，排查越困难，对他而言反而越安全。

关跃找了家僻静的旅馆，在后院里仔细停好了车，刚走进房间，口袋里的手机就响了一声。他拿出来，屏幕上是言萧发来的短信："今晚你住哪儿？"

关跃打了一行字："在外面，当然住旅馆。"

很快又收到她的回信："旅馆叫什么名字？"

关跃走到窗口，窗户没关，风凉丝丝地往屋里灌。他看了一眼旅馆门口，灯牌亮着，上面写着个巨文艺的名字——"风语客栈"。他照实回："风语客栈。"

言萧没再回复了。关跃以为她只是随口一问，于是放下手机，脱了外套，把腰后的东西都拿出来塞在枕头底下，仔细检查一遍门窗后关严，走进洗手间去洗澡。

洗完出来，房门忽然被敲响了。关跃迅速穿上衣服，从枕头底下摸了枪塞在腰后，才去开门。

门打开，是见过的旅馆老板娘，一个两颊透着晒红的中年妇女。她指了指下面："楼下有人找你。"

关跃扶着门，只开了他侧身能站的宽度："找我？"

老板娘说："你是姓关吧？我刚给你登记过的，咱们店里就你一个姓关的客人，那个人说就是找姓关的，不是找你找谁啊？"

"什么人？"他没动。

老板娘说："一个女人，还很漂亮咧。"

关跃想了想，一下想到什么，立即开门出去。

老板娘起初看他没动，都想甩手不管了，她做个生意还当起报信员来了，爱去不去，却又看他一阵风似的跑下楼去了，嘀咕了句"莫名其妙"，这才走了。

关跃出了客栈，到了马路上，站在风口朝对面望。对面有个小店，上方窗口悬着报纸杂志，下面柜台卖烟酒饮料。

小店墙边倚靠着言萧，她身上穿着职业装，女士西装搭半身包臀裙，高跟鞋踩在凹凸不平的地砖上，肩膀上挎着包。隔着一条街的晦暗灯火，她转头望向他。

关跃大步走过去，低头看着她的脸，有点难以置信，低低问："你怎么来了？"

"想给你送东西，又怕寄过来你跟上次一样不收，所以干脆本人过来了。"

"送什么东西？"

言萧昂起脖子，半明半暗的路灯照进她开得低低的领口，一片晃眼的白，掩着胸前深深的沟线："忘记带了，所以就只有我来了。"

关跃看着她的脸，声音分外低沉："签哪儿？"

"什么？"

"还没签收，我签哪儿？"

言萧忍不住笑了一声："随你。"

关跃把她拉到墙角，拉下她的衣领，朝她的脖子上吻了下去。言萧双手搂住他的脖子，藏身在墙角的暗影里，唇被他含着，胸口猛烈地击撞。她从没见过他这么撩人的样子，他竟然也会说出这种调情的话来。

他下巴上的粗糙扎得她脸上很痒，她呼吸急促，舌尖酥麻，快喘不过气来的时候，才被他扣着双手按在墙上。他喘着气问："你当时问我在哪儿落脚的时候就准备来了是吗？"

"也不是，我当时真的就是查个天气。"她抵着他的鼻尖说。天气不错，所以就顺便买了张机票。硬要说什么时候下的决心，大概是他承认想她的时候。

关跃其实猜到了，言萧一定早就到了镇上，不然不会一问清他住的地方就直接找了过来。她一直算着时间在等他。

两个人从墙角出来的时候，言萧朝旁边看了一眼，伸手拽了一下关跃："快走吧。"

关跃顺着她的视线看了一眼，旁边的小店窗口上，悬下来的灯泡边上绕着飞虫。也不知道是不是因为刚才两个人闹出了点动静，守店的小老头正透过窗口伸头伸脑地打量着他们。她是不想让他在人前多暴露。

关跃拉着她往客栈走，才意识到刚才他也有点高兴过头了，能见面当然好，可他手上还有事情要办，现在并不是什么好时机。

客栈楼梯逼仄，头顶灯光昏暗，上楼时言萧紧紧贴在他身上。她身上有股很淡的香水味，并不甜腻，有股都市里干练清爽的味道，贴在他身上，淡香连带体温都传了过来。关跃伸手把她搂进怀里，终于可以在这狭窄的楼梯上并肩而走："明天我要出去一趟。"

言萧看他："我跟你一起去？"

关跃不答话，手臂收紧。言萧环住他的腰："怎么，不想带上我？"

关跃看了她一眼，虽然没说什么，但眼神表明了一切：不太可能。

到了房门口，他伸手去推门。门开时，他还是镇定的；门一关上他就反身抱住了言萧。言萧抱着他的脖子，甩掉高跟鞋，双腿缠上他，故意咬了下他的耳垂："这么直接，弄得好像我专程赶过来就是为了这个似的。"

关跃紧贴她："这种时候别打岔。"

言萧受不了他这样，刚刚平复下来的呼吸又乱了起来。

他压抑的呼吸喷在她耳边："你现在来不合适……"

"那你不想我来吗？"言萧搂着他的脖子轻轻问，"想不想我来……嗯？十哥……"

关跃用自己的嘴堵住她的嘴，截断了她要说的话。怎么不想，想得要命。要是事情都完了，根本不用她来，他早就去找她了。

整整被折腾了大半夜，言萧精疲力竭，不知道是不是小别的缘故，总觉得这次他和以往不同。她也热情，敞开了心扉。

到后来也不记得是什么时间了，关跃手臂一伸，严严实实地圈住她，没一会儿，她就在他怀里睡着了。

等到再睁开眼的时候，窗外面太阳已经升起了老高。言萧翻了个身，身边没有了关跃。昨晚太累，她睡得沉，完全没意识到他是什么时候走的。她睁着眼睛盯着发白的天花板，头脑空白了几秒，忽然明白了。

难怪他昨晚那么折腾她，"小别胜新婚"只是一方面，他一定也是为了不带她一起出去。她转头看看窗外，阳光强烈，今天是个好天气。

这样的好天气，就连坐在车里，隔着层车窗玻璃，猛烈的日光都刺得人眯起双眼。关跃坐在车里打着电话，眼睛盯着路边的一家木料厂。看了好几分钟，他挂了电话，把车开进去，停在一堆高高堆放的白松木中间。

车外面早就站着个精瘦的小眼睛汉子，看到他下车马上笑着递烟过来，一开口，满嘴浓重的南方口音："小十哥，正等着你呢。"

关跃接了，别在耳后："莫平是吧？"

"是我，老板交代了叫我在这儿等着接货。"

关跃看一圈四周："就你一个人？"

"不止，还有几个。"

"人呢？"

莫平回头叫了一声："都出来！"不远处的厂房里很快走出四五个男人，过来挨个跟关跃打招呼。

关跃问："你们怎么带出去？"

"我们有这么多人，一人揣几样，分头走就带出去了，不会被条子发现。"

"这么有把握？"

"那当然，我们也不是第一回干这个了，从没出过岔子。"

关跃点点头，掏出车钥匙开了锁："货都在这儿了。"

莫平走过去打开后备厢，一把揭开油毡布，露出木箱，手在里面挑拣，像是买菜一样随意。比较完整的放在一边，破碎的残片就随手丢在木箱外面。

关跃看着他的动作："你干什么？"

"挑货，这些碎得太厉害了，带出去容易丢，还不如扔了。要么就给弟兄们分分吧，当点外快，我们以前也是这么干的，嘿嘿。"

关跃走过去，脱了外套扔在他面前："挑出来的放衣服上，谁也别动。"

莫平手停一下，随即会意，笑道："既然小十哥您开了口，那当然都是您的了，我们绝对不动。您如今是老板身边的一把手了，以后多关照我们弟兄。"

"谈不上，你们跟老板久，资历比我老。"

这话莫平似乎很受用，笑得眼睛都快瞧不见了："小十哥谦虚了，资历老有什么用，我们顶多也就是跑跑腿，老板手底下多的是我这样的，比不上您的本事。要不是您，我们也不可能一次见着这么多货，这回赚的，说不定能翻个好几番。"

关跃看着他夸张地翻动手掌，仿佛已经看到了钱一样，眼里都冒光。

莫平挑好了，把油毡布随便一搭，拍拍手："小十哥送货辛苦，赏脸跟弟兄们一起吃个饭，吃完我们就开工上路了。"

关跃把包着那些残片的外套一卷，抓在手里，合上后备厢："应该的。"

一群人进了厂房，里面摆了张大圆桌，酒和菜都已经准备好了。关跃被莫平推去上座，在场的都知道他如今是顾廷宗的心腹，都尽可能地跟他套近乎，好几个人张罗着要给他倒酒。

关跃把外套搁在腿边，拿下耳后那根烟，在指甲盖上有一下没一下地弹着，随口问莫平："你们跟着老板多久了？"

"有十来年了吧。"莫平举着酒杯送到他面前，一边回忆历史，"以前我们是跑香港南洋那条线的，现在多亏了小十哥你，替老板打理组织，又除掉了五爷，占据了西北这块宝库，以后肯定全国的货都是老板的了。那话怎么说来着，对，小十哥这叫居功至伟啊。"

关跃拿了打火机摁着，点烟："嗯，好好替老板干吧，不过都小心点，别栽。"

"那没话说的，老板可不像五爷，那老东西干的事情比放炮都响，再偷偷摸摸不见人又有什么用，这不栽您手里了？老板不一样，有正经生意，现在又有个正经的文保组织遮掩，就是让那些条子查也查不出什么。"

关跃点头，举起酒杯跟他碰了一下。一群人互相奉承，嘻嘻哈哈。看得出来，他们都很自信，已经对眼前的事情很放松了。

可惜好景不长，饭还没有吃完，外面忽然有人跑进来："有条子过来了！"

莫平反应极快，第一个变了脸色，从桌边站起来："货还没来得及分呢！"

关跃抓起外套就起身出门："快去抢货！"

一群人匆忙跟他出去，飞快地跑向越野车，但已经晚了，警笛声已经到了门口。

莫平朝众人打了个手势，先赶去门口，笑着跟警察搭话，却没能拦住，一群警察二话不说直接就进来搜查。

其他人见这情形也顾不上了，两个人拉开后备厢，疯狂地要把木箱往外搬，但警察脚步也快，已经朝这头跑了过来。不知道是谁慌乱当中突兀地掏出了刀子，引来一个警察的一声暴喝，立即就有好几个警察围了过去。现场一片混乱，一群人掉头就往四处的木材堆后面跑。

关跃看到，放弃了接近越野车的计划，迅速往侧面走。快走出去的时候，莫平发现了他，什么也顾不上了，张口就高声叫了句："小十哥，帮忙啊！"

几个警察闻声马上追了过来，边追边往腰上摸装备。关跃瞄见，抢先动手，转身一枪打在地面上。他们似乎是惊住了，没料到他会有枪，一时间没能接近。但很明显，他们都朝着这个方向，应该是看见了他的脸。

关跃转身就跑，出了木料厂的范围，直接跳进后面的河道。

已经是下午了。言萧出去吃了饭，以为回来就会看到关跃，可是几个小时过去了，依然没见到他人。她站在窗户边上往外看，不禁有点怀疑自己来这儿是干什么来了，难道就是为了在这儿傻兮兮地干等？街上忽然有辆警车开了过去，她忍不住多看了两眼。

又等了十来分钟，她有点站不住了，转头拿了包就走，刚到门口，门被人从外面推开了，关跃闪身进来。

言萧上下打量着他，一颗心放下了，嘴里却不饶他："真厉害啊你，昨晚那么卖力，想让我下不了床？今天瞒着我都去干什么了？"

关跃全身湿透，放下手里的外套，把累赘的上衣长裤都脱下来，拧了拧水，看了她一眼："我看你精神还是很好。"

"那或许你还得继续努力了。"她侧身靠在门板上说。斜倚的身姿，全是风情。

关跃笑了笑。

"别想蒙混过去，"她又问一遍，"到底干什么去了？"

他只好说："不是什么好事，不能带你去。"

言萧笑了，靠近他，手指钩了钩他湿漉漉的裤腰："弄成这样回来都不说？"

关跃按住她的手，用力一拉，就把她箍在了胸膛前，让她没法逞凶，才终于说："去给顾廷宗办事了。"

言萧脸上的笑消失得干干净净："那难怪不带我了。"

"警察也过去了。"

她顿时没了话，过了好几秒才开口："你说实话，顾廷宗是不是真的在走私文物？"

关跃看着她的双眼："对，他的确在走私文物，而且早就开始了。"现在只不过是变本加厉了而已，他是在扩张走私帝国的版图。但这些都是私底下的，在外人面前他始终是个热衷保护文物的正经商人。

言萧倚着门板，冷冷地笑了一下，说不上来是什么意味。以前顾廷宗为她的官司、她的生活出过力也出过钱，而那些钱，原来是这样来的。这个事实很难消化，她觉得背后生寒。

关跃托起她的下巴："你很在意吗？"

言萧垂眼盯着鞋面，吸了口气，又抬起头："那是他的选择，该他自己负责，我在意的是你别做这个。"

关跃一声不吭。言萧盯着他看了一会儿，觉得等不到他开口了，自己先放弃了这个话题，再说下去她会更难以忍受。他做这个决定需要时间。于是转换了话题，问他："你甩开那些警察了？"

"甩开了，"关跃松开了她，"但是被他们看到了脸。"

李正海从榆林市区的医院里出来，站在大门口点了一根烟。往这儿跑了好几趟，那个石中舟总算是醒了，可是他一口咬定自己腿上的枪伤是误伤，也坚持说自己不认识什么小十哥。

明明朱矛都把他们做假考古队的事给招了，领队就是小十哥，也亏得这几个人嘴这么严，死活维护他。虽说是假考古队，做的事却又和他想的不同，这个小十哥实在正邪难辨。李正海抽着烟，理着头绪，手机忽然就响了。

"李队，有大发现！"刚接起来就听到那边刘爽兴奋的声音，简直高了好几个度。昨天有消息说甘肃那边出了两个民警遇袭的事，那下手的男人身高、体型都很符合他们对小十哥的印象，李正海就派她追过去查了。

"咋咋呼呼的，又怎么了？"他严斥。

刘爽激动难掩，不以为意："甘肃这边的同事接到报警，在一个木料厂里端了一窝走私文物的假工人，一下逮了五六个人。"

"难怪你这么来劲。"这是个好消息，李正海听了也不自觉地笑了，多久没新进展了，鼠窝里的老鼠也是线索。

"我可不是因为这个来劲啊，"刘爽继续说，"小十哥当时也在现场，有两个同事说他们看清了小十哥的脸。"

李正海一愣，拿开嘴里的烟："真看清楚了？"

"真的！"刘爽声音又拔高了。

"叫技术科绘图传给我。"李正海当机立断，"小十哥既然当时在场，我们就有充分理由怀疑他跟走私有关了，你跟那两个同事在当地排查，说不定他还没能跑远。"

"是！"刘爽领了命令，笑嘻嘻地在电话里问，"李队，我这次能算是戴罪立功吗？"

"你想得美，案件还没定性就私自透露给相关人员，没记你处分就不错了。"

刘爽声音一下低下去了："我把文保组织的事告诉言萧也是为了争取她的配合啊，又不是无缘无故的。"

李正海又好气又好笑："你争取她？言萧是什么人，她要是那么好摆布，能连五爷的势力都不放在眼里？她这个人心里有自己的一杆秤，真要朝小十哥那头斜，谁也左右不了。"

刘爽嘀咕："那咱们现在有证据了啊，她不配合也得配合了。"

"说不定她还在西北呢！你也可以顺着她找一找线索。"李正海拉开车门，对着手机又叮嘱一句，"队里说发现了个老人，很像是华教授说的那位陆教授，我要去见一下。你在那边给我招子放亮点，小十哥这个人很可能具备反侦察能力，别掉以轻心。"

"是！"刘爽声音洪亮，分外认真。其实她现在人就在木料厂里，挂了电话后，她回头看看一片狼藉的现场。散落的木材到处都是，还有人负伤留下的血迹，她的面前就是那两个见过关跃的警察。

"别说，听你们刚才的形容，这个小十哥长得还挺不赖的。"刘爽把手机收进口袋里，笑出小虎牙，问他们，"当时看到他往哪儿跑了吗？"

一个警察回答说："不太能确定，他速度很快，我们猜测可能是从河道里跑的。"

"那就顺着河道往下查吧。"刘爽刚坐进车里，忽然想起什么，又探出脑袋来，"哎，对了，差点忘了问，报警的是谁啊？"

"不知道。"坐在驾驶座里的警察把车开出去，"对方说不方便说太多就挂了，我们再回拨那个号已经打不通了，查了一下是今天刚办的新号，可能对方是怕被报复吧。"

"哦。"刘爽琢磨着，这个情况还是跟李正海反映一下比较好。

客栈里，关跃把换下来的湿衣服卷起来扔进垃圾篓，仔细收拾好东西，连枪一起塞进一只旅行包里，提着从洗手间里出来，没看见言萧。

没两分钟，房门外高跟鞋响，脚步声熟悉，是她没错。他把门拉开，果然见她走了进来。"你去哪儿了？"

言萧走得快，呼吸有点急，从包里拿了样东西塞给他。关跃低头看一眼，是副黑框眼镜。

"平光的，戴上，你不是暴露脸了吗？"

关跃看了两眼，又看她："出去就为了去买这个？"

"是啊。怎么，没用？"

"有点用。"乔装术里这算是最低级的，不过好过没有。关跃戴在眼睛上，看着她："怎么样？"

言萧端详两眼，她选的是一副细框眼镜，跟裴明生戴的款式很像。但他跟裴明生截然不同，他这个人浑身都太男性化了，说白点就是太男人，就是戴了眼镜也没有斯文气，不过跟原来的样子还是有差别的："有点效果，戴着吧。"

关跃走到窗边，朝外看一眼，转头说："走吧。"

她问："怎么走？"

"车被缴了，想办法找别的车走。"

脚还没动，言萧手心摊开，拿着串钥匙在他眼前晃了一下："我刚租的。"

关跃这才明白她刚才出去是干什么的，看她的眼神都深了几分。

不等他伸手来接，言萧一把收了回去："现在还说我来得不是时候吗？"

关跃把她拉到怀里，顺手就拿到了那把钥匙："是时候！我说错了行不行？"

言萧说:"这还差不多。"

关跃抓住她的手,紧紧握着,开门出去。下了楼梯,他先去退房。言萧站在门口等他,眼睛留心着街上,看到交叉口经过了好几辆警车。关跃及时走了过来,拽住她的手:"走后门。"

兜了个圈子找到了路上的车,两个人一坐进去就开上了路。开了几条街都没什么问题,到了主干道上往出口开的时候却遇到了阻碍——出口已经被拦了,车流堵了一路,排成了长龙。

意料之中,关跃心里明白,莫平他们可能也有没落网的,就算不是找他,为了抓到木料厂里的那些人,警察肯定也会到处检查。他很平静地转了个向:"找机会再走。"

街边的小饭馆一家比一家热闹,因为排队等着检查,很多人干脆就下车提早吃晚饭了。关跃沿着小镇街道漫无目的地开,眼睛在车窗外面扫来扫去,没一会儿在一家饭馆外面停了下来。

言萧顺着他的目光朝外看了一眼:"你在看什么?"

关跃说:"看那支车队。"

言萧这才注意到路边上停了十来辆越野车,车型都不一样,但车上都贴着统一的标志,车顶还竖着小旗,写着某野外探险俱乐部的字样。

关跃推开车门:"你在这儿等我,我去跟他们的领队说一声,看能不能让我们混进他们的车队里走。"

言萧看着他走去了车队边上,路边的小饭馆里很快走出几个男人问话,他掏了烟出来散了几根,男人们就这么顺理成章地聊了起来。

起初他们是在聊车,关跃指了指一辆车的轮胎,提了点改装意见,又说到了附近的地形,如何适应路况等等。对方听出他是个内行,一下聚集了不少人,都跟他聊上了。

言萧看这架势,还以为他们会聊很久,但也就五六分钟的样子,关跃就转头回来了。"他们正好需要一个领路的,同意了。"他在车窗外低下头说。

言萧点点头,暗暗松了口气。

关跃本来想进车里跟她一起等,但那边一个中年男人正在叫他:"兄弟,过来再聊几句,咱们合计一下怎么走。"

言萧看了他一眼:"你去吧,还要靠他们走,得打好关系。"

关跃只好直起身过去。刚才叫他的中年男人是车队的领队,本来他的主要工作就是负责在车队里领路,但第一次走没经验,走岔了就到这儿了,遇上关跃也是巧。他们开的都是名车，一看就是一群有钱有闲的人搞的活动，这些人也乐意在路上施舍好心，不然也不会愿意带上陌生人。

言萧没过去，就坐在车里等着。

关跃跟那位领队进了一辆越野车里坐了，看着他拿出来的地图，偶尔抬头隔着车窗玻璃看她一眼。言萧坐在车里，眼睛往两边望，一截脖子转动，纤长雪白，有股说不出的味道。让她跟着自己打游击一样东躲西藏，关跃心里多少有点不是滋味。

闲聊了一会儿，前面排的长队忽然动了。言萧感觉后面有动静，从后视镜里看了一眼，看到有三个人在往这儿走。她探出车窗又看两眼，没看错，两个警察跟着一个穿便衣的姑娘，那姑娘是刘爽。三个人偶尔停下问一下路人，或者就走进路边的店里看看，很快就会走到车队这里。言萧想了想，推开车门走了下去。

关跃听到她低低的说话声，看出去的时候发现言萧坐进车里，掉了个头直接把车开走了。他意识到什么，往后看，看见刘爽正往这儿来。不知道是不是注意到了言萧，她改了方向，忽然朝言萧开车走的方向追过去了。

关跃下车往那儿走，刚好车队里的一个男人迎面过来，叫住他："你不跟我们走吗？刚才那女的过来说她有事，叫你坐咱们的车走。兄弟，那是你什么人啊，怎么看到警察过来就走了，没什么问题吧？"那女人一身名牌，很出挑，他们早就注意到了，就是这举动让人觉得古怪，出门在外总得多长心眼不是。

关跃停下脚步，眼睛盯着言萧离开的方向："那是我女朋友，没什么问题。"

对方懂了，露出会意又宽慰他的笑容。就连车队领队都从身后的车里伸出头来："怎么着兄弟，闹矛盾了吧？"不然人家妹子哪能把他一个人丢下自己走人呢。

关跃"嗯"了一声，算承认了。

言萧找了个僻静的地方停了车，回头看了看，刘爽因为刚才没开车，暂时还没追上来，但不代表她不会及时找来。下了车，她低着头走了一路，刚好看到路边一家理发店，推门走了进去。

那一头，刘爽匆匆在街上找了一会儿，忽然就没了目标。

那是言萧，她不可能认错，刚才还看到了她的车，以及那道长发披肩的高挑背影呢，现在怎么找也没看见了，明明路上滞留的车和人都这么多，哪能说没就没了？刘爽一边走一边问同事："出口那边查得怎么样了？"

后面跟着的警察说："肯定还没消息，有消息的话早传过来了。"

刘爽顿时停住脚步，来来回回地看眼前这条街，忽然觉得不大对头，怎么好像就在眼皮子底下让人给溜了呢？

第二十八章

捆 绑

次日，一大清早。一排越野车停在陕北的黄土地里，旁边是错落的帐篷，竖着探险车队的旗子。阳光明晃晃的，到处都被照得黄灿灿的。出了甘肃进入陕西，气温一下升高了不少。

昨天天黑之后这支车队才顺利过了检查，路上没有合适的地方落脚，一直到后半夜他们才抵达这地方扎营露宿。车队的领队刚用架的铁锅煮好一大锅泡面，绕过帐篷，看到蹲在地上拿着矿泉水洗漱的男人，问话说："兄弟，后面还跟咱们一起走吗？"

关跃抹把脸，站起来："不了，我要去的地方跟你们不顺路。"

领队说："那行吧，我给你盛面，你吃完了再走。这一路感谢你指路了，赶紧去找你女朋友要紧，这次有话好好说，可别闹一下脾气把人给弄丢了。"

关跃点一下头："不会丢的。"走得再远也得找回来，怎么可能丢。吃完了面，差不多其他人都起来了，关跃放下碗跟大家点个头告别。

等他走远了，车队里一个人凑过来跟领队小声嘀咕："总觉得这男的有点奇怪啊，昨天检查的时候你注意到没？"

昨天检查的时候，为了节省时间，由领队集中把成员们的身份证交上去，警察看完了就可以放行。结果交身份证的时候没见他人，快走的时候他忽然坐进了一辆车里，说是之前上厕所去了，车队就这么过去了。乍一看没什么，可回头想想也太巧了，好像是故意躲检查一样。

领队倒没在意："管他呢，反正能给咱们指路就行了，他又没对咱们怎么样，现在人也走了。得了得了，赶紧吃饭吧，吃饱了还得赶路呢。"对方一听在理，也就不说什么了。

关跃走在半路回头看一眼，已经离车队很远了。他摘了那副眼镜收在口袋里，手机刚好响了，他以为是言萧打来的，掏出来一看，屏幕上的却不是她的号码。按下接听，那头传来顾廷宗的声音："老十，你居然失手了。"

关跃早料到他会打过来，因为漏网在逃的人一定会给他通风报信。"是，对不起老板，我失手了。"

"以你的本事，不应该这样。"

"是我的失误，没防住条子。"

顾廷宗的语气不同以往，关跃听得出来他在克制怒气："莫平是我特地从香港派过来的，这么多年没失过手，一跟你接头就被警察端了，真的就只是失误？"

　　关跃听出了他的弦外之音："老板，我跟您五年了，这五年来我做的事您都看在眼里，您让我黑我就黑，让我白我就白，如果您对我有怀疑，那我任凭发落，绝没有二话。"

　　电话那头安静了许久，仿佛真的是在思索如何发落他。但最后，顾廷宗居然笑了一声："我也不是怀疑你，只不过事情太巧了而已。"他叹口气："算了，人损失了可以拨别人过去，货没了也可以再补上。只要还有那座地下古城在，就够抵一切了。我派的人已经在路上了，你留心。"

　　关跃说："我明白了。"石中舟那事之后，用考古队来开陷地之城的计划就注定走不通了，他是决定派人来直接取了。其实那一晚也大可以直接收买石中舟，但他当时要自己动手，关跃就知道，他还是在测自己的忠心。

　　顾廷宗又缓缓地叮嘱了一句："老十，我一直都很看好你，别再让我失望了，毕竟，我已经把最宝贵的都给你了，你应该明白我的意思。"

　　电话被挂断了，只剩下一阵一阵空洞的忙音。关跃迎着黄土塬上干燥的风，紧紧握住手机。最宝贵的，不过就是在说言萧。他忽然很想冷笑，言萧怎么会是他赐予的？她也从来不是可以用来谈条件的砝码。

　　手机又响一声，关跃低头看，这次是言萧发来的短信，她在等他。他收起手机，立刻上路。

　　太阳西移，戈壁里的风吹过来，带来一阵沙尘，扑进车窗。言萧早就坐在车里等着了。她被风沙刺激得眯了眯眼，等那阵沙尘过去，看到了从车前方跑过来的人影。

　　"言萧！"关跃老远就在叫她。

　　言萧立即把车开过去，还没停稳他就拉开车门坐了进来。

　　"你……"关跃转过头，一句话刚起了个头就骤然停住，眼睛一眨不眨地看着她。她的长发剪短了，只到下巴的长度，掩着脸颊，乍一看跟之前的差别很大。关跃刚才是想问她怎么过来的，现在不用问了。

　　言萧拨一下头发："好看吗？"

　　他没回答。她好笑地看着他："一把头发而已，至于说不出话来吗？"

　　一把头发而已，的确没什么，但现在可以是头发，以后也可以是别的。

　　言萧乌黑的眼睛看着他，身体一倾，凑到他面前，又问了一遍："好不好看？"

关跃终于低低地"嗯"一声。

"那你喜欢吗？"

"嗯。"

言萧的手指捏住他的下巴，轻轻摩挲："我要你说出来。"

关跃的眼神似乎暗沉了些："喜欢。"

"喜欢我长头发还是短头发？"她的手指凉凉的，搓在他泛青的下巴上又轻又柔。

关跃说："都喜欢。"都喜欢，她什么样他都喜欢。

"那不就完了？"言萧低头在他唇上咬了一下，"你不用可惜，我十几岁的时候就是这发型，你就当我是在回顾过去好了。"

关跃不作声，她十几岁的模样他没见过，大概顾廷宗见过。一刹那，顾廷宗的话就飘到了耳边。他猛地按住她的后脑勺就堵住了她的唇。

言萧稍微愣了一下，身体很快就软了下来，环着他的脖子热情地回应他。关跃揉着她剪短的头发，她的头发很硬，就像她这个人，倔强执拗，可是她的双唇柔软，暖如春水，足以融化一切。

荒无人烟的戈壁里一点声音都没有，只有狭小的车厢里弥漫着彼此浓重的呼吸声。关跃的唇贴到她的耳朵，忽然说："叫我，言萧。"

言萧喘口气："嗯？"

"叫我。"

"小十哥？"

关跃咬一下她的耳垂："叫名字。"

她偏不，笑着叫："十哥……"

关跃握着她的腰，断断续续地吻她的脖子："叫我的名字，言萧。"

言萧双手抓住他脑后的头发，身体后仰，脖颈线条舒展……漫长的忍耐，终于在他的热情里缴械投降："关……关跃……"关跃这才放过她。

言萧缓了缓，把车窗降到底，深深吸了口气，还没缓过那阵喘息，头脑倒是清醒了。"说吧，"她头一转，看着关跃，"你这是受什么刺激了？"

关跃靠在椅背上，看她一眼："没什么。"

他落在两人座椅中间的手机偏偏不合时宜地亮了一下，关跃拿起来看了一眼就收起来了，但言萧还是瞄到上面进来的消息名字，浮动着"老板"的字眼。她的眼神一下就冷了："因为他？他跟你说什么了？"

关跃还是那句："没什么。"

"你不会是怕他了吧？"

他皱眉，看过来："什么？"

言萧冷笑一声，推门下车，又用力甩上，隔着车窗看着他："你要是真怕他就别要我，就当是我之前犯贱，我又不会贴着你。"说完转头就走。

关跃立即下车追上去，紧紧抓住她手腕："谁说不要你了？"

"那你刚才是什么意思！他说了什么，你就能受刺激！"

"我的意思早就告诉你了，别说一个顾廷宗，就是天皇老子拿枪指着我，我也要你！"关跃压着声一口气说完，紧盯着她。言萧缓缓合上唇，起伏的胸口一点点平静。

他忽然一笑："你就非要知道他说了什么吗，至于这么激我？"

言萧眼睛动了动，其实她刚才不全是为了激他，顾廷宗始终横在他们中间，她很清楚这点。

关跃说话时还死死地抓着她的手腕没放，一用力把她拽过去就低头又吻了下来。言萧踮脚，钩住他的脖子。关跃紧紧按住她的背，一把抱起她回到车上。

风稍微大了点，言萧刚才吹了点风也彻底冷静了。谁都是凡人，一旦陷进恋爱这档子事里，情绪都是说来就来。在车上坐了好一会儿她才又开口："关跃，我一直没问你，你今年究竟三十几了？"

关跃说："三十一。"

言萧轻轻颔首："我今年二十九了，你正好比我大两岁，所以我十六的时候，你十八。"

关跃从驾驶座上偏头看过来，等着她继续说下去。

言萧问："你十八岁的时候都在干什么？"

关跃回想了一下："念书，偶尔也打架逃课。"

听起来也就是很正常的学生生活，谁没年轻过？言萧想了想，接着问："有没有爱过什么女孩？"

"谈过，但没爱过。"

言萧挑眉："这么肯定？"

"肯定。"现在回想，他连对方长什么样他都不记得了，大概就是青春年少时凑了一场热闹。其实在遇到她之前，关跃根本不知道原来爱是这样的。明知不该，还是会认栽，栽得彻头彻尾。

言萧望着车窗外，轻轻笑了笑："我十六岁的时候如果能遇到你就好了。"

关跃忽然愣了一下。

言萧转过头看着他："真的，如果能选，我不选顾廷宗，我希望当年在我身边的是你。"尽管穷困潦倒，尽管受尽白眼，尽管当时的他可能也帮不了她什么，她还是愿意早点和他相遇。不是顾廷宗，她选的是他。她看他的眼神直接又坦荡，毫无保留。

关跃手臂一伸，把她圈进怀里："现在也不晚。"人没办法选择跟谁相遇，岁月也没可能重来，但现在也不晚。

他忽然觉得自己有点可笑，活了三十年就从没在什么事上患得患失过，现在却因为她随便一句话就能掀起一阵波澜，但也因为她一句话就平息了。顾廷宗根本不算什么，言萧是他的，再宝贵也是他的。

李正海一脚跨进一间窑洞，转着脖子打量了一圈四周，又回头看向门口。老人佝偻着背蹲在门边，头上扎着白羊肚手巾，拿一杆旱烟，正在吧嗒吧嗒地抽。

"陆教授，您这些年吃了不少苦啊。"李正海走到他跟前说。

路伯磕一下手里的烟斗："咋，公安部门的工作成关心老年人生活了？"

李正海好脾气地笑起来，他这两天见了不下十个老人，废了好大劲才找到他，眼下心情松快不少："感慨一句而已，当年要不是五爷，您现在哪会在这里？可叫我们好找啊。"

"找我干什么？"

"是这样，五爷落网后一直拒不交代他们去沙漠里的目的，我们怀疑他们是要盗劫文物。华教授协助我们查出了点眉目，说那地方您应该知道。"

"哦。"路伯应一声，却没往下说，一杆烟抽得更凶了。

李正海拿不准这老头的脾气，毕竟他当年从辉煌栽落尘埃，也许是带着怨气的。万一嫌警察抓到五爷太晚了，那也是有可能的。正跟他耗着，外面有车开过来的声音。李正海朝那头看过去，刘爽走进了院子，身后还跟着两个警察。

"李队，正急着见你呢。"一看到他刘爽就小跑过来。

他一张嘴就问："查到小十哥了？"

她顿时讪讪："那还没……"查了两天，一无所获。

李正海板起脸："那你见我干什么，想讨骂？"

刘爽马上分辩："不是啊李队，我刚回队就见到这两位杭州来的同事，是他们急着见你，说是杭州那边出事了。"她还真怕挨骂，说话跟倒豆子一样。

李正海只好先放下她这茬，朝那两个警察走过去。互相握了个手，他们就开始说来意。很快，李正海听完了他们说的事情，转头回来时脚步快了，又返回到窑洞门口，他脸上早已经是一片严肃："陆教授，五爷那边出了点情况。您是做考古出身的，总不会希望那地方被不法分子占了，请您务必协助一下警方的工作。"

路伯送到嘴边的旱烟停了停，大概是从他语气里听出了严重性，横着眼看了他一下。

李正海强调："这是为了咱们国家的历史文物。"

路伯转头抽口烟，不作声，又抽一口，得有好几分钟，终于，一只手在膝盖上一撑，慢吞吞地站了起来。

李正海看他动了，松了口气。"小刘，"他一边朝外走一边说，"回去拿画像给朱矛辨认，相似度尽可能精确，在全国范围内排查小十哥，我马上回去请求上面协助。"

刘爽看情况不对，赶紧立正说是。

天擦黑，风过草场，蒙古包上炊烟袅袅。羊肉、牛肉、马肉，陈年酿造的马奶酒，阿古几乎要把家里的好东西全搬出来了，忙前忙后，做了一桌子的好菜。

言萧倚在灶台旁边说："阿古你干什么呢，过年啊？"

阿古笑出一口白牙："你跟哥都好久没来了，我不得好好招待一下吗？"

因为从那片戈壁到他家草场是最近的，他们自然而然地就又跑这里来了。言萧想了想说："我怎么觉得你这儿就跟关跃的根据地似的？"

阿古手上一停，接着又嘿嘿憨笑："没错，我这儿就是他的根据地，所以你们想啥时候来都成，就当自己家。"

言萧觉得他真是越发热情了，还没开口，忽然听见关跃在外面叫了他一声："阿古。"

"哎，来了。"阿古擦一下手，匆匆跑出去。

关跃刚好走到门口，跟他顶头撞上，站定就说："我带了点零散文物放你这儿了，等我们走了你找个理由交上去。"他说的是从木料厂里带回来的零散文物，塞在旅行包里，搁在车上，被言萧一路开车带了出来。

阿古点头："这你不用交代我也会办好的，放心吧。先吃饭，今晚有好酒。"

关跃问："怎么今天这么高兴？"

"我是替你高兴啊！"阿古撞他一下，回头看一眼帐门里面，小声说，"哥，你跟姐是好上了吧？我看你们昨晚住的是一间蒙古包啊。"少数民族的小伙就是直接，一个"好上"点透一切。

关跃点头："对，我跟她好上了。"

"那太好了啊！上回见你那样，我还担心呢，以为你又要把人往外推。"阿古声音压低了点，不想叫里面的言萧听见，"十哥，咱俩共事这么多年了，我得多嘴叮嘱你一句，正事要干，人你也得把握啊，大家都是肉做的心，谁还不是个凡人啊。"

关跃停顿两秒，才说："我知道。"

阿古担心自己说得太多了，看看他脸色，没见不高兴，才算放心："嘿嘿，等你们以后结婚的时候，我就把恩和送给你们做贺礼。"

关跃没理会他这新奇的想法，脑子里却情不自禁地脑补了一下言萧穿婚纱的模样，朝帐门里看了一眼，只看到她的侧影，心口紧了一下。他以前从未对谁有过这种想法，偏偏这想法一旦有了就抹不掉了。

天黑了下来，阿古做的菜全都上了桌，果然丰盛。他把言萧和关跃两个人凑着坐一起，一杯接一杯地给他们倒马奶酒。关跃握着筷子的右手抵着言萧的胳膊，她看过去时，看见他灯火里古铜色的手背，手指修长有力。

酒过三巡，帐外都有了月光。阿古酒喝得有点多了，话匣子也打开了，举着酒杯非要敬言萧："姐，来，我敬你！咱哥这些年一个人太不容易了，现在可算是有了你，真是太好了。"

言萧打趣："你怎么欣慰得跟嫁女儿似的？"

关跃不禁看她一眼。

阿古早就在一旁笑趴下了："姐，你可不能反悔啊，老话说嫁出去的女儿泼出去的水，咱哥从今以后就是你的了，可不允许退货的啊！"

言萧被他逗笑了，端起酒杯跟他碰了一下："行啊，我不退。"

关跃又看她一眼，脸上还是没什么表情，但眼神是暖的，这时候什么匪气、戾气都没有，只是个再普通不过的男人。他说："别喝了，不然又要醉。"

言萧脸上已经浮出微醺的酡红，阿古还不尽兴，摆手咕哝："别拦啊哥，高兴嘛。"

关跃刚要劝他，手机响了，是川子打来的，他只好暂时不管他们，先出去接电话。正当月光最亮的时候，草场上像覆了层银光一样，他踩着长高了的青草走开几步，按下接听。

信号不好，川子的声音在这头听着不太清楚，像号一样："喂？十哥，能听见吗？"他似乎站在很高的地方才找到信号，听筒里风声灌得呼呼响。

"能听见，你说。"

川子像是松了口气："我们今天在绿洲里撞见了那个独眼，他被我们挡回去了，但我看他那样子可能还会来，还是跟你说一声。"

关跃沉了声："你确定是独眼？"

"确定，抓五爷那晚咱们跟他交了手，我记得他的样子。有点怪啊十哥，五爷都倒了，他怎么还敢来这儿，学朱矛呢？"

关跃想了想："你们小心守好那地方，老板派的人应该快到了，我会尽快回去。"

川子应了一声，手机里杂音呼呼的，他赶紧把电话挂了。

关跃握着手机在原地走了两步，心里琢磨了一下：朱矛找过来是因为跟他有私仇，独眼却是直接听五爷调动的，之前都没动静，忽然冒出来，肯定跟五爷有关。毕竟那么大的势力，没那么容易死绝。他收起手机，转过头就看见身后的人影。

月光太亮，就连言萧酒后迷离的双眼都被照得一清二楚。"我听见了一点……"可能是喝了酒的缘故，她说话很缓慢，"看来顾廷宗对那座城是势在必得了。"

关跃抿着唇不作声，低头从口袋里掏出烟，慢条斯理地捻出一根。

言萧往他跟前慢慢走过来，在月光下挨着他的影子："其实我这次来，还有件事要告诉你，那座城的来历，我已经有眉目了。"

关跃刚摁出打火机火苗的手一顿，眼抬起来："你研究出来了？"

"嗯，如果没猜错，那石盖背后的两个古文字代表的是一个商周时期的少数部族。"言萧盯着他，"这种地方甚至可能填补一段历史空白，所以那地方的意义也许已经超出了我们的想象。"

关跃松了手指，火光灭了，脸沉在昏暗的月光里看不出表情："我懂你的意思，但我还是要替顾廷宗办事。"

言萧"哦"了一声，很轻。

关跃把那根烟揉皱，收回口袋，几步走近。他低下头，抵着她的额头："这些年有时候我也不知道自己是黑是白，不过跟你的事，我还是不后悔。"

酒气混着他身上的气息，莫名地诱人。言萧笑一声，感觉自己醉得更厉害了："我也是。"不后悔遇上了他，哪怕不知他是否正义，也还是愿意和他一路同行。

但她还有一句没说的话是，她希望他正义。因为原则永远都在。愿他正义，愿她无畏。

早上的阳光一升起来，蒙古包里就是一片透亮。言萧睁开眼睛，关跃的脸近在眼前，他还在睡着。她伸出一根手指，从他高挺的鼻梁上滑过去，点过他的薄唇。极其轻微的动作，他竟也动了一下。

警觉的男人，连睡着的神情都带着隐忍，她有时候都怀疑他是不是纪律性太强了，才养成这样的习惯。明明昨晚跟她纠缠的时候可没这么隐忍。言萧安静地起床。

外面天高云白，她正眯着眼迎着风刷牙的时候，口袋里的手机响了。她漱了口，拿出来看了一眼就不想接，但那边没有放弃的打算，铃声还是疯响不停。她只好接起来："喂，李队长。"

李正海在那头问："言萧，你在哪儿？"

言萧望着大草原上的天，手指故意往听筒那里挡了挡风声，说："杭州。"

"不管你在哪儿，听好我说的话。"李正海的口气格外认真，"齐鹏越狱了，据说他已经逃窜回西北，你要注意安全，小心他的报复，有任何情况立即报警。"

言萧举着手机，那头已经挂断了。她站了有一会儿才回了神，又含了口水，吐了，心里暗自骂了一句。他居然逃了！

洗漱完走进蒙古包的时候，关跃已经起来了，正在收拾东西。言萧坐在床上，看着他收拾："今天就回去了？"

关跃转头看她一眼："嗯。"

"走之前你是不是还有事没跟我说？"

"昨晚不是都说了，要替顾廷宗办事。"他说得轻描淡写的。

言萧问："就没有别的了？"

"没了。"

她垂了眼，又抬起："那你知道齐鹏越狱了吗？"

关跃收拾的动作停了一下："不知道。"但猜到了。昨晚川子说独眼出现了，他就猜到了，没想到的是她也知道了。

言萧想起齐鹏被捕那晚的叫嚣，想起警察的追查，竟然意外地很平静："关跃，你已经成了黑白两道的眼中钉了。"

他"刺啦"一声拉上行李包的拉链："嗯，我知道。"

"知道还是要去？"

关跃看着她，手搭在行李包上，笑了："当然。"

言萧和他对视，双肩微微前倾，像被一双手绷直了一样，好一会儿，却又忽然放松下来，甚至还耸了耸肩："那就去吧，把你要办的事办完。"既然知道还是要去，那就去吧。她早说过，他信她，她也信任他。

关跃抬手抹了下发干的下唇："你最好还是回杭州去，齐鹏如果逃回了西北，这里就不够安全。"

"好，我回去。我让你放心，你也让我放心行吗？"言萧毫不拖泥带水，站起来就去收拾行李。

手腕忽然被紧紧抓住了，她如触电般回过头，一头扑上去。刚才的冷静土崩瓦解，关跃抱她抱得极紧，两张唇迫不及待地吻在一起。他含着她的唇，用尽了力气，粗喘，闷哼，从没想过吻也能这么深入，噬骨入髓，恨不得给对方烙上印记。

退开时言萧的唇已被咬得鲜红。她搂着他的脖子，胸口起伏喘息："你知不知道，我现在恨不得把你绑上飞机跟我一起离开这里。"

关跃看进她的双眼，眼底黑沉，翻江倒海。如果可以，他也想。

车在国道上疾驰。言萧拧开音乐，里面飘出一首很耳熟的歌——"后视镜里的世界，越来越远的道别，你转身向背，侧脸还是很美……我一路向北，离开有你的季节……"很应景，仿佛在提醒她此时所处的情境。她把危险留在这里，和这里离别。

天际的云压得低，阳光暗了点。空旷的公路两边都是群山，前面看不到头。这条路直通银川城区，要过了收费站车才会多起来，言萧已经很熟悉了。

收费站还没到，却远远看到前面停着一排警车，几个警察站在那儿，拿着笔和对讲机对过往车辆进行临检。所过的车辆不多，就一辆银灰色小轿车和一辆货车挨着在接受检查。言萧并不意外，她要过去的话应该也不难，但出于谨慎考虑，最好还是别跟警察正面碰上的好，于是手转了一下方向盘，拐下公路。

路边不远有个依山而建的厂子，旁边是给工人建的小店和公厕。一群游客在小店外面三三两两地聊着，听谈话似乎也是不想过检查，在等那些警察走了再上路。言萧也靠边停了车，去小店里买了瓶水，出来的时候感觉路边似乎有人在看她，转头看了一眼，那群交谈的游客里站着几个抽烟的男人，正一边说着话一边朝她这里看着。

她确定自己不认识他们，没有多看，往车那儿走，刚到车旁，那几个男人大步追了上来。"言小姐好啊。"说话的人走在最前面，右边眉毛上一道淡淡的疤，有很重的广粤口音。

言萧没搭理，连看都没看一眼，径自去拉车门，但被那人挡住了："言小姐，Hello？"

她这才扫去一眼："叫谁呢？"

那人手在车门上一搭，挡着不让她上车，咧嘴笑："言小姐不用否认，我们都见你的照片，都认识你，还特地去杭州找过你，可惜没找到。正打算在西北好好找找你呢，躲个条子就碰上了，这是老天的安排啊。"

言萧问："你们什么来路？"

"香港来的，我们老板想请言小姐去做一下鉴定工作。"

言萧瞬间就明白了，冷冷地笑了一声："你们老板姓顾吧？"

那人没否认，拿出手机拨了个号，嘴里换成粤语说了几句，把手机递到她跟前。言萧接过来放到耳边，听见顾廷宗的声音："萧萧，我就猜你在西北，你还真的在。"他的话里居然有点笑意，漫不经心的，但也就是这丝笑，让人听出了隐隐的凉寒："怎么，你连句话都不想对我说？"

言萧转头看着灰蒙蒙的远山，这世上山不变，水也不变，除了人。"我没话跟你说。"事到如今，无话可说。

顾廷宗发出笑声："别怪我，萧萧，我想那地方你比我了解，有你在事情会好办很多，也许你能为我解开那座城的秘密呢！"

言萧冷脸不语。话说得好听，他可根本没给她选择。

当天下午，关跃在路上接到消息，转向把车开到沙漠边沿。不毛之地一片灰白，风一吹就掀走地上一层沙。足足等了好几个小时，两辆车一前一后远远开了过来。关跃隔得老远看见车牌，开门下去。

车在几米外停下，下来四五个人，为首的男人右边眉毛上有道淡淡的疤，他打量了一下关跃，开口说："小十哥，久仰大名，我是汤仔。"

关跃点一下头："老板来电话知会过了。"

汤仔给他介绍了一下后面几个人，口音太重，名字都说得不大清楚，脸上笑得很邪气："小十哥居然亲自来接我，我真是有面子。"

关跃看了一圈："就你们几个？"

"就我们，老板说你这里也有人，我们来这几个足够了，毕竟现在风头紧，你知道的，莫平不是被端了嘛。"最后几句语气古怪，意有所指似的。

关跃抛根烟过去，转头上车："那就走吧。"

汤仔接住，夸一句"利落"，却把烟抛给了后面的人。他是顾廷宗的嫡系心腹，小十哥是新升的左膀右臂，在一个老板下面效力，彼此三分敬，更有七分不屑，这条道上出来的人，谁能看得起谁？

远在另一头，川子早就收到消息。在绿洲高处的沙丘上一直等到太阳落山，川子终于看到了拖着尘烟过来的车。

川子遥遥挥一下手，跑下绿洲，把二柱他们那群人都叫过来，几辆车正好开了进来。"十哥。"

关跃下了车，朝后面看一眼："这几位是老板派来的人。"

川子冲汤仔他们点个头，掏出烟挨个散了一根，客套说："老板特地从香港派人过来，还真是重视这儿啊。"

"那是当然了，这地方可不一般呢，你们保护了这么久，现在有我们来接手了，可以不用管太多了。"汤仔肆意地笑两声，其他人也跟着他一起笑。

川子莫名觉得这几个人不太客气，收起烟看了关跃一眼。

关跃冲他递个眼色。川子虽然平常有点痞痞的，倒是还能忍，毕竟是老板派来的人，多少要给点面子。

绿洲里随处可见胡杨树，树后面搭着大家住的帐篷。汤仔转了一圈，眼里是黄沙、绿洲、灰白的土地，就是没有见到预料之中的深坑。"小十哥，你不会还没挖吧？"

关跃说："你们不来，我当然不能动，盯着这里的眼睛多的是。"

汤仔皮笑肉不笑："那现在我们到了，可以开始了吧？"

"你要什么时候开始？"

"现在。老板交代过，夜长梦多。"汤仔意有所指，"这么大一块宝地弄砸了，可没上次那么好糊弄过去了。"

关跃看了他一眼，塞了根烟在嘴里，偏过头拢着手点上。短短几秒，他转过头说："川子，按我交代的，动土。"

川子应了一声，带着人过去了。

汤仔走到停车的地方，手抓住门把："老板说这地方宝贵，得有个内行坐镇才行，小十哥也不容易，他叫我们给你请来个帮手，你肯定是想见的了。"

车门打开，关跃看进车里，深邃的眼窝里阴影陡然深了一层。言萧坐在后排，安静地看着他，脸上没有表情。极短的对视，没有只言片语，似乎风平浪静，只有彼此能看出对方眼底的情绪。

汤仔咧开嘴，拍一下车顶："老板一片好心，言小姐都给你请到了，小十哥这次可别再让他失望了啊。"

关跃用舌尖抵住牙关，又松开，顾廷宗果然还是不够放心他。"替我谢谢老板，有女人在身边，办事会更有劲。"

汤仔暧昧地笑了两声："出来吧，言小姐，也好让小十哥多点干劲嘛。"一群人哄笑。

言萧被汤仔带着走向绿洲深处。关跃走在她前面，背影宽阔，脚步一如既往地沉稳。

陷地之城到了，这里经过数次挖掘和填埋，印记很明显。川子他们正在挖坑，抬头看到这边，一声惊呼："十嫂，你也来了？"

汤仔听到这个称呼，流里流气地笑出声。言萧平淡地看着他们忙碌，没有应声。

"这样也太慢了，到吃晚饭的时候能挖几米？"汤仔看看黑下来的天，没了耐心，走到关跃面前，小声说，"小十哥，我们带了雷管，拿出来埋上，今晚就能进去了。"

"里面的文物不抗震，还有建筑，你一炸就碎一片。"言萧在旁边接话。

汤仔不屑一顾："言小姐不要糊弄我，干这行我是有经验的。"

"刚才是谁说我是内行的？"言萧冷笑，"你下去过吗？"

汤仔知道顾廷宗对她不一般，也不敢跟她计较，干脆不做理会。他用粤语跟同伴交谈了几句，看向关跃："小十哥怎么说？"

关跃点头："你炸吧，这主意是你出的，只要炸坏了里面的东西你去跟老板解释，我就没意见。"

汤仔话被噎了回去，脸色不大好了，拔高音量说："好，那大家都别睡了，连夜挖！"接下来的任务就只是不断地挖土。

月上中天的时候，坑才挖出个轮廓。所有人暂停，点了篝火，吃着大锅里煮的饭。一群男人不自觉地分成了两拨。汤仔跟自己带来的人用粤语交谈，也许是嫌吃的不行，口气不是很好，偶尔看一眼那座在挖的陷地之城，眼神动来动去，让人捉摸不透。

"十哥，你之前不是在电话里说这次可能不太安全吗，怎么嫂子也来了？"川子远远瞟了眼汤仔，端着碗坐在关跃身边，悄悄问。

关跃手里夹着烟，隔着火堆看着言萧，她也在看他，两道目光缠在一起，比火还热。"她既然来了，我就得护好她。"关跃手指一弹，烟飞入火堆，跳起一阵火星。他站起来，看着言萧："过来。"

火光里，他的眼睛暗沉，也簇了火苗。言萧站起来，往他那儿走。

汤仔闻声看过来，吹了声口哨："小十哥，可算挨不住要言小姐陪了？"

关跃伸手一拽，一只手臂紧紧箍住言萧："这得谢谢老板，别妨碍我们。"

"那当然，你们随便玩咯。"一群男人豺狼一样看着他们笑。

关跃一路揽着言萧，避开火光，走到暗处。夜晚的风在吹，干燥地刮过胡杨叶，沙沙作响。树背后，帐篷角落，言萧的手冰凉，伸进他胸口，摸到一片滚烫。关跃一把抱住她，她的双臂一下缠到他腰上，搂紧了："我拖累你了是吗？"

"没有，"关跃急促地吻她，"是我连累了你。"

"顾廷宗不够信任你。"

"他不相信任何人。"

"如果我走了，他更不信任你。"

关跃含住她的耳垂，泄愤一样，一下一下地吸气、呼气。言萧伏在他的肩窝，微微战栗："关跃，我们已经绑在一起了。"

风停了，气也平了，人影下是一地如水的月光。关跃抱紧她，心里干涩："对，绑在一起了。"

言萧将他缠得更紧，她已被卷了进来，和他一起陷在这泥沼里。终于，顾廷宗把最后那点恩情也弄没了。

第二十九章
回　去

一铁锹下去，翻出一层土，颜色比之前深了很多。川子爬上梯子，一手拎着铁锹往上送："十哥，你看看。"

文保组织里的所有人，加上汤仔带来的人，全围了过来。火堆灭了，天也早就亮了，整整一夜过去，除了吃喝拉撒之外，他们轮流换班，就没停过挖掘。眼下坑四四方方，只挖了能通过两人左右的宽度，高度却已经超过三人了。

关跃站在坑边看了一眼："土里的湿气越来越重了。"

旁边的汤仔看向他，眼里都有了血丝："小十哥这么说是什么意思？"

"湿气越重往下越深，意思就是快了。"

汤仔顿时来了点精神："那还等什么？赶紧开挖。"

"现在不行。"关跃指一下天，"天亮了，万一有人闯过来，大家都耗尽了体力，这里就等于是给别人挖了的了。川子，你跟二柱去周围巡逻一遍，其他人都上来睡两个小时，确定安全了再接着挖。"

"真麻烦！"汤仔咒骂了一句，到底自己也累了，挥两下手，"那就都上来睡两个小时。"

言萧坐在树荫下面，看着那些男人一个个从她身边经过，东倒西歪地倒进帐篷里，她的脚边放着那块挖上来的石盖。

汤仔打旁边经过，用脚踢了一下石盖，笑着问："言小姐，你一定知道这地方的来历吧？来估个价，这地方能值多少？"

言萧看一眼石盖背后的两个甲骨文："反正够你们用几辈子的了。"

"那就太好了，老板说言小姐的话是要信的，听你这么说我就高兴了。"汤仔笑着站起来，回头看一眼关跃，"这里就交给小十哥了，昨晚你跟言小姐肯定也休息得够好的了。"

关跃看他一眼："嗯，还行。"

汤仔转头走人时心里暗骂一句"咸湿佬"，他们在这儿拼命，他倒好，搂个女人睡了一夜安稳觉，真不是东西。

川子拍了拍身上的土，准备去开车，临走前想起什么，走到关跃身边小声问："十哥，你为什么不叫我们照以前挖的那个法子斜着往下挖，就挖一人宽的洞进去，那样不是更快吗？"

关跃说："别多话，就这么挖。"

"我肯定不多话，也就是问问你。"川子正好看不惯汤仔盛气凌人的模样，心想让他挖久点也好，就是实在有点累人。

川子和二柱开着车离开绿洲的时候，周围的胡杨林里已经鼾声四起。关跃走到言萧身边，挨着她坐下。

"我现在有点后悔发现这地方了。"她的声音听起来轻飘飘的。

关跃眼睛望向那片深坑："就算没有这里，还会有别的地方，顾廷宗从建立这个文保组织的那天起，就是打算包揽整个西北的。"

"那他怎么不自己过来？"

"有五爷的前车之鉴，他不会冒这个险。"

言萧冷笑："说得也是，他是那么谨慎的一个人。"否则当初又怎么会不告而别直接去了香港？"只可惜要这地方的不只是他。"她没有说出名字，但知道关跃心知肚明。

齐鹏。这人越狱后如果真逃窜回了西北，绝对不会是为了别的，肯定也是为了这里。也许还有别的目的，为了报复。抓到五爷的那晚，他曾恶狠狠地叫嚣过："关十，你给老子等着，老子绝对不会放过你！"

"我知道。"关跃握住她的手，她的手越来越凉，但他的手暖，宽厚的手掌一包拢就把她的冷给化掉了，"言萧，还没发生的事，你不要多想。"

"想了也没关系，"言萧微微笑了笑，"反正我都随你。"如果能走，她不会成为他的拖累；但如果走不了，那也没什么，她随他。真认定了一个人，这世上的事，都没什么大不了的。

关跃感觉到她手指的轻微颤动，但她的脸上无比平静。一个女人的爱该有多炽烈，才会在和他走了一路的荆棘道，没安稳过几天的情况下，仍然愿意和他同生共死？关跃胸口热胀得发堵："不行，生可以随，死不行。"

"没人说死，我不是那种人，我就随你生。"

对，她不是那种人。挺过那么多波折的女人，比他想象的还要坚韧，所以她才会有这样的决心。关跃把她的手握得更紧："好，那你要听我的安排。"

"嗯，我听你的安排。"人都随他，当然也随他的安排。

天阴着、云垂着，纵使有不安，心也静了。很长的时间里，他们就这样坐着看着远处的沙丘，近处的胡杨，还有那座被挖开了大坑的陷地之城。

没多久，远处传来一阵汽车疾驰的声响，川子和二柱巡逻完一圈回来了。"十哥，没看到有什么人。"车一停下川子就说。

关跃站起来："确定？"

"嗯……"川子又有点迟疑，"其实我们在沙地里发现了车轮印，不过方向很乱，瞧着好像也不是往这儿开的。"

"管那么多干什么，既然没事就赶紧接着挖。"接话的是汤仔。

关跃回头看了他一眼，他好像根本没睡，早就在旁边听着动静，一听说没人就转头拍拍手叫大家起来。一群人陆陆续续从胡杨林子后面出来，他们差不多也就睡了几十分钟的样子，强打着精神又挨个下去挖坑。

川子不屑地嘀咕了一句："真是疯子一个。"可拿钱办事，终究还是拿起地上的铁锹去帮忙了。

言萧看了一眼关跃，他没过去，笔直地站在那里，沉着双眼，面朝着那片坑的方向，不知道在想些什么。

沙地里的风渐渐大了，挖坑的速度却没减。汤仔身上的确有股子疯劲，可能这也是顾廷宗重用他的原因。他好不容易放大家停下来吃饭，却仍然在旁边急切地催促。这边一伙人在吃饭，那边仍然有几个人埋头在坑里忙着。

吃的是大锅煮的速冻饺子。言萧只吃了几颗，刚放下碗，就听到坑里传来一声惊呼，夹杂着叽里咕噜的几句粤语，汤仔闻声几步冲了过去。川子从坑边跑过来喊："十哥，挖到入口了！"顿时所有人都跑了过去。

言萧看着关跃，小声问："真要进去？"

关跃的眼光看着别处，沉默了一会儿说："没事，那就进去。"

汤仔又从坑边折返回来，皮笑肉不笑地看着言萧："言小姐，一起下去吧，没你这个专家在怎么可以呢？"

关跃伸手挡了他一下，顺手抓住言萧的手腕就越过他走了。汤仔对着两人的背影翻个白眼，跟在后面去了坑边，招呼大家跟他一起下去。

关跃说："把下面的人叫上来，先让他们留在上面接应，万一外面出什么事，人全在下面不容易应付。何况里面的东西珍贵，万一有人趁人多手脚毛躁不干净的，让老板有损失也不好办。"

他搬出了老板，汤仔也不好说什么，只不耐烦地摆了一下手："那就我们三个下去打前锋，别废话了，赶紧的，东西还得搬出来呢。"

下面的人上来了，换他们三个下去。坑挖得很深，顺着梯子下去，仍然没到底，再往下就是人为挖出来的土台阶了。洞口太窄，台阶挖得又陡又潦草。坑上面的人抓着绳子绑在他们身上，三个人成一个纵队慢慢往下走，很快头顶就没入了幽深细窄的洞口。

汤仔心急，自己打头阵，还一路走一路催后面的关跃和言萧跟上。渐渐没了自然光，只有手电筒的光亮照着逼仄的空间。关跃紧紧抓着言萧的手，挡在她前面，两边是不断被蹭下来的碎土屑，很快谁都变得灰头土脸。

足足又下了将近二十米才停。手电光照在一块泛着青灰的石板上，这就是他们所说的入口了。言萧一眼就看出那块石板已经被撬动了，虚虚地开了道缝。

关跃也发现了，看了一眼汤仔，不用问也知道肯定是他叫下面的人抢先动的手："就算只是块石板也是文物，你要是弄坏了，我没法向老板交代。"

汤仔张嘴吐了口唾沫，毫不在乎，尤其配合他的粤普腔调，甚至让人感觉是理所当然的："放心好啦，我要真想弄坏它，早带雷管下来咯。"所以这意思是他下手还算轻的了。

关跃又看了一眼那道黑漆漆的门缝："这里面不知道有什么，我先进，确定安全了你们再进。"

"小十哥可真是好心啊，不过老板交代过了，担心你一个人再有什么闪失。我是代表老板来的，怎么能不带头呢？"汤仔说完就直接提了铁锹去撬门缝了。

言萧看了一眼关跃，他的侧脸在半明半暗的灯光里没有表情。她忽然有种感觉，他好像一直都在试图拖延时间，从挖坑那时候起她就有这感觉了，也不知道是不是想多了。

空间太小，汤仔也不叫人帮忙，关跃更不可能帮他，他硬是独自把门撬到了半人宽，迫不及待地就扔了铁锹侧身钻了进去。里面一片漆黑，他钻进去就像只泥鳅没入了不见底的黑泥。

关跃抓紧言萧的手，跟着挤了进去。汤仔在前面摁亮了手电，在他们看来那只是一束细窄的光。和上次他们进来的方位不一样，这次进的是正门。进去就是一段五六米长的甬道，宽约有两米，左右两堵石墙由粗糙的石块垒筑而成，上方为穹顶，笔直往前，毫不曲折。

汤仔走得快，出了过道差点摔一跤，稳住才发现脚下是石阶。他手电往前一照。言萧顺着光看过去，又看到了之前看到过的那些随处可见的白毛一样的灰尘，以及影影绰绰看不出具体模样的东西，大片大片看不到头的黑暗，隐约能听见细微的水流轻响。上次她和关跃就是从这侧面下来的，如今再看，这里依然神秘又可怖。

大概是没想到这里面竟然这么开阔，汤仔转着脖子看了一圈，嘴里用粤语嘀咕了一句，语气很惊异。然后他像是想起了什么，赶紧掏出手机拨号，边拨边伸手往入口外面的高处举，试了半天也没有信号，只能走回甬道口那里，才总算拨出了号码。过了一会儿电话才通了，他连忙拿到耳边说了一通粤语，又快又急，倒豆子一样。短短几句他就把电话从耳边拿开，转过身，手里的手电筒的光在言萧身上晃了一下："言小姐，这里面的东西你鉴定过，哪些最值钱你肯定清楚吧？这里面这么多东西，我们先从哪里开始搬？"

言萧抽出被关跃握了一路的手，活动了一下手腕，看他就站在那甬道口不过来，说："把免提打开，我知道顾廷宗在听。"

汤仔干笑一声，他还真没挂，低头在手机上按了个键，还翻过来给她看了一眼："说吧。"

言萧看一眼关跃，昏暗里他的脸朝着她的方向，似乎也在等她开口。

"那块石盖背面的两个甲骨文是商周时期中原王朝对一个少数部族的称呼，历史记载这一带在商周时期的确有个少数部族在生活，我们现代人把他们叫作猃狁；他们部族的图腾是狼，是个神秘又彪悍的部族，所以这地方应该是属于猃狁的。"

汤仔听得云里雾里，老大不耐烦："谁要听这些，你能不能说重点？"

"让她说下去。"电话里响起顾廷宗的声音，汤仔顿时闭了嘴。

言萧又看了一眼一言不发的关跃，接着往下说："这里有祭台，我猜测这地方本身就是猃狁用于祭祀的场所，这种地方必然藏着他们最值钱的东西。猃狁也曾盛极一时，也许是他们部族里出了些事，内讧或者顶梁柱损失都有可能，导致他们被中原王朝打败，然后迁离了这里，留下了这座城。而商周王朝为了防止他们卷土重来，就以玉璜作为祭祀品献祭给神，希望永远压制住猃狁，并且封了这地方。后来因为沙漠化，这地方才这么久都不见天日。"

汤仔："……"他一只手托着手机防止信号断掉，另一只拿手电的手却忍不住蹭了蹭额头，一脸的不耐烦。他根本不在乎这些古人发生了什么，要不是顾廷宗开了口，他早忍不住打断她了，简直是浪费时间。

"原来是这样……"信号维持得实在很勉强，顾廷宗的声音断断续续的，"萧萧，你让我感觉像是回到了被你父亲教学的时光，我相信你的推断。"

言萧口气冷淡："你自己就是学历史出身的，应该比我更清楚像这种历史上缺乏记载的外族古城多有价值，随便动这儿，后果你可能承担不起。"

电话里没有回音，就在她以为信号已经断了的时候，顾廷宗笑了一声，叫了声汤仔，说了句粤语，然后电话就被挂断了。他根本不在乎什么后果，或者是因为在这里的所有人都会替他承担后果。

言萧摸到关跃的手，握了握他的手心，他仿佛明白她的意思，紧紧回握住。其实她刚才那些话是有意在拖延时间，他看得出来。

汤仔把手机塞进口袋，这才又走进来："不废话了，小十哥，老板不希望等太久，干正事吧。"

关跃说："再往里我也没去过，不确定会不会有危险，劝你小心点。"

"够了！"汤仔没耐心了，"老子不是第一天干这行了，你以为还真跟电视上放的一样有飞镖暗器呢？"

言萧往里看，漆黑幽深，什么也看不见。这里面是一个未知的世界。

眼前的人影晃了一下，汤仔已经骂骂咧咧地走过去了，人几乎已经沉没到那片黑暗里。上面忽然传来一声呼喊："十哥。"是川子的声音。

关跃迅速冲去入口。上方的呐喊隐约送下来："还是那个独眼，他们很多人朝这里来了。"

下一刻，蓦地遥遥传来一声枪响。

天气不好，风走沙飞。李正海一身警服坐在警车里抽烟，车窗外灰黄的沙漠在倒退。两排警车紧随其后，今天是全员出警。

车后排，路伯抄手而坐。李正海透过后视镜看他一眼："陆教授，辛苦您领路了。"

路伯抬起一双混浊的眼看向他："李队长，你说的那个小十哥，真的就是关领队？"

"没错。"李正海哼笑一声，"这小子敢组建一支假考古队，私自发掘文物，还非法持枪，涉及走私，说不定身上还背过人命呢，有几条命都不够这么玩的。"

路伯皱眉，额头上挤出几道深深的沟壑，闭了嘴不再言语。

开车的是刘爽，她一边仔细看着前路一边问："李队，咱们怎么说行动就行动了？"

李正海手伸出车窗，弹掉烟灰："省厅接到了上面的指示，咱们就得听指挥，何况那地方有那样一个宝库，小十哥和齐鹏可能都藏在那里。"

"省厅的上面？"刘爽咋舌，"这事都惊动上面了啊？"

"你说呢？这么大的案子，从西北到全国，涉及出境、盗墓、造假、走私，还牵扯出两个多年揪不出来的幕后大头来，你说能不惊动上面吗？"

李正海说到这儿眉头皱了一下，不知道为什么，他总觉得上面知道的比他们还多，毕竟这时机把握得实在太精准了。他抽了两口烟，又说："现在唯一可惜的就是没能摸清小十哥的底细。"

刘爽顿时讪讪无言。李正海让她在全国排查小十哥这个人，她真尽力了，却只查到一点最基本的资料：真名关跃，北京人，年龄三十一，还有一些简单的求学经历，但也到高中就没了。什么社会关系、家庭背景都没有，一点有用的线索都没找到。

刘爽都要怀疑他是凭空从西北大地上钻出来的了，再加上之前一直就听说他那些传闻却又见不到人，给这个男人身上平添了无数的神秘。明明他就在他们眼皮子底下干了这么多事，居然还藏得这么好，她怀疑之前可能好几次都跟这男人擦身而过了。头儿说得没错，他可能真的具备反侦察能力。这还不算什么，来之前动员时，李正海分析了一下，甚至怀疑这个小十哥还具备单兵作战能力，那可真是不得了了。

手机猛地响起来，是打给李正海的，铃声打破了车里的沉寂。他马上接起来，一连回复了好几个"是"，表情严肃，到后来挂了电话，眉心却拧得更紧了。

"怎么了李队？"刘爽瞄了瞄他的神色。

"上面说派警力来支援了，全力配合我们行动，不过有件事要特别注意。"

"什么？"

李正海没回答，拿出了对讲机，放到嘴边："全员注意，上面指示，小十哥这个人必须活捉。"

刘爽惊呼："啊？为什么啊？"

李正海关了对讲机，锁着眉："不知道，上面没有交代。"

坑外面，几个人正迅速地往上拉着绳子。关跃当先撑着土坑的边缘跳出来，看到川子过来伸手拉他，才松了口气："刚才那一枪是从哪儿放的？"

"那边。"川子转头指了个方向。

"带人过去，尽量把他们吸引在外围，别让他们接近这里，也别露头，他们有枪。"

那一枪着实震慑了不少人，不过川子胆大，人也机灵，二话不说就招呼人过去了。

关跃回头把言萧也拉上来。

汤仔跟在最后，乍一出来还不适应亮光，眯了眯眼，张嘴就骂了句脏话："谁敢来惹事？"他一手作势搭在腰后，转头往四处的沙丘上看。

关跃瞥了一眼，看来他也是带着家伙来的，难怪敢这么横。"先守好这儿再说。"

汤仔根本没听他的话，眼神早已被周围沙丘上冒出来的人影吸引了，又骂了一句脏话，带头往那儿跑："他们都惹到门口来了，还守什么守，跟我去解决了他们。"跟着他去的只有他带来的几个人。

言萧看着他冲出去的背影，低低地骂了一句："果然是疯子。"如果不是疯子，就是有恃无恐惯了。

天阴光暗，离得远了，分不清偶尔闪过的人影是敌是友。关跃迅速盘算了一下，拉着言萧就走。走了很远，在几乎快出绿洲的地方，稀稀落落的胡杨林后面停着他开来的车。言萧根本不知道他是什么时候把车停到这地方来的，像是早就留了这一条后路一样。

他一手拉开车门，一手把她推进去："待在里面，看准时机就往反方向开，离开这儿，直接出沙地。"

言萧手伸出车窗一把揪住他的衣领："我说过我随你。"

关跃说："你也说过会听我的安排。"

言萧抿住唇，没有言语。关跃对上她的目光："言萧，你说话得算数。"

言萧的眼睛落在车窗上，他的手搭在上面，分外用力，指节都有些泛白。她的目光又慢慢转回他脸上，缓缓地点了点头："好，我听你的。"

关跃的脸沉在天光里，眉目分外深刻。忽然他把手伸进车窗，摁着她的头贴在自己胸前。天愈加阴沉，沙地里的风起初闷燥，渐渐凛冽。言萧靠在他的颈边，呼吸拂过他的耳朵和脸颊，听见他剧烈的心跳声。

只有短暂的几秒，他松开手，替她关紧车门："一切小心。"

没等言萧再说话，他就转头迅速走了，身影消失在绿洲深坑的方向。只有那阵心跳声，仿佛还在她耳边回响。

挖出来的坑旁因为堆了很高的土，非常显眼。关跃刚刚回到附近就看到有两个人从沙丘上进了绿洲，正在往坑这里跑。他避到一棵胡杨树后面，远远开了一枪，没打中，却把对方的注意力吸引了过来。

错错落落、斑驳嶙峋的胡杨树一棵又一棵，让人搞不清到底藏了多少人。那两个人一时投鼠忌器，居然停下来了。关跃看出来了，就地一滚，翻进毛草丛里，伏低身体，又开了一枪。

这下他们是真信这里有埋伏了，赶紧往后退走。关跃没有追。他猜想他们手上应该没枪，所以才不敢接近。看样子也没其他人了，他这才爬起来。低头检查一下手里的枪，子弹没几颗了。

刚准备去坑口，汤仔忽然跑过来了。他单枪匹马，架势看起来不太对，眼神比先前凶狠了很多，边跑过来边振臂喊："小十哥，帮忙，老子现在就要进那里面去！"

关跃没动："不是你说要先解决了他们？"

汤仔脚一停，暴躁地骂："去他的，他们是故意的，老子的人都被弄散了，再这么下去这地方就是他们的了。管不了那么多了，进坑。我们能带多少带多少，就算有闪失，去了老板跟前也有个交代。"

关跃还是一副冷静的腔调："你别胡来。"

"谁胡来？让你进就进，你还真当自己是做考古的了，明明就是个走私犯！你别逼老子下狠手！"

关跃手一抬，枪口指着他："我说了，你别胡来。"

汤仔脸僵着，眼神阴恻恻的："好你个关十，你到底是替谁卖命的？"

关跃没搭理他，眼睛往他身后一瞄，一辆吉普车从沙丘上斜冲了下来，车窗里伸出了黑洞洞的枪口。他连忙抓住汤仔的衣领往后一拽，汤仔却不爽地甩开了他。

陡然一声枪响。关跃从藏身的胡杨树后面微微探头，看了眼中枪软倒的汤仔，又转头看出去。

吉普车停了，挡风玻璃后驾车人的脸看得清清楚楚。齐鹏坐在车里，露出一个阴沉沉的笑："好久不见啊，小十哥。"

风沙渐渐大了起来，遮天蔽日一样。言萧坐在车里居然还被掀过来的沙子颠了一下，整辆车都晃了一晃，刚稳住，忽然听到一声枪响。她怔了一下，这声枪响是从陷地之城的方向传过来的，但应该不是关跃的，因为实在太过响亮了。

她立即发动了车，理智告诉她应该听关跃的话立即开车离开这儿，但脚却迟迟踩不下去。她终于下定决心要走，留在这儿也是累赘。她可以成为他的后盾、他的支柱，但绝不能是累赘。

车在沙地里转了个向，往反方向开，只要能翻过沙丘就会离开这片绿洲。之前在坑底的黑暗仿佛从没有发生过。

"嫂子！十嫂！"川子从沙丘那头翻过来，一只胳膊好像受了伤，耷拉着，另一只胳膊老远就在朝她挥手，"快，十哥早交代过我的，你快走，我给你开道！"

言萧加速往那儿开，思索着他的话。关跃早就交代过了，他是什么时候交代的？在她说要随他的时候，他其实已经准备好让她全身而退了是吗！

蓦地，又是一声枪响。言萧一脚踩下刹车，转头看过去。阴天下大风狂躁，从胡杨的间隙里能看见深坑边土堆的轮廓。她咬牙，不顾川子的呼喊，方向盘一转，驶向那片绿洲……

一枪打过来，只打中了树干。关跃从一棵胡杨后面迅速跑向另一棵，齐鹏开着车紧追不放。在开动的车里很难瞄准人，但齐鹏不下车，始终就开着车追杀他。

关跃靠在树后喘气，想了想，又看一眼枪里的子弹，忽然冲了出去。齐鹏顿时像疯了一样开枪。关跃扑倒，一枪打在他车下面。肩膀上在流血，他没管，咬牙忍着，又是一枪。

车甩出去，油箱上有两个孔洞，汽油漏了一地。齐鹏终于从车里跳下来，一瘸一拐地跑向坑边。关跃追过去，拿枪指着他。

诱捕五爷那晚，他打中了齐鹏的腿，他知道齐鹏现在肯定腿脚不便，这就是他不肯下车的原因，所以干脆废了他的车，逼他下车。

"小十哥，老子知道你能耐。"齐鹏扔了手里的枪，他头发花白蓬乱，眼光凶狠，脸上却在诡异地笑，"你有种，能抓我两次。"他忽然拉开外套："来，朝这儿开枪！"

关跃沉着眼，身体瞬间绷紧。他的胸口绑着炸药。

齐鹏站在土堆旁，脚边就是坑口。他的手搭在上面，随时都会引爆，神情癫狂："老子既然出来了就豁出去了，你害了我们，老子就是死也不会让你们如意。五爷得不到的东西，谁都别想得到。"

关跃一动不动，枪里还剩了一颗子弹，但不能开。

齐鹏像是看穿了他的想法，咧嘴狞笑着，忽然转身跳进了坑里。关跃紧跟着就扑了下去。齐鹏先落在几米之下的坑里，爬起来就想冲到那窄小的洞口再往下。

关跃手疾眼快地锁住他的喉咙把他拽回了坑边。撕扯中肩膀的伤崩裂，就快要没有知觉了。他深提口气，铆足劲在他后颈上重击了两下，齐鹏才失去了挣扎的力道。关跃抓了遗落在坑里的绳子随便在他身上绑了两道，扯着他爬上梯子，一到坑沿就把他狠狠往上拽。用力太过，肩头血流如注。

齐鹏垂死挣扎，绳子松垮时他伸出只手，一把扯住关跃的衣领："你也别想好过，要死就一起死！"

关跃喘息如牛，眼神像刀，凌厉地穿透他。远处风沙漫卷，沙丘上有人影朝他跑来……

一声震天的巨响。言萧浑身一晃，摔倒在地，震惊地抬起头，坑边高高堆着的土堆整个被掀了起来，沙子混着尘土，纷纷扬扬，下雨一样往下落。坑几乎要被填平。

她脑子里空白了几秒，爬起来往那儿跑。沙子割着脸，也眯着眼。她扑到坑边，两米开外有一个焦黑的坑洼，被土埋了半边的人趴在血里，身上半拖半挂着一截绳子。不是关跃，不是他的衣服。

她跳进坑里，想也不想就用手扒土，脚崴了也没注意。"关跃！"沙子卷进嘴里，连喉咙也被割痛。言萧近乎麻木地扒着，手背上的血粘着土，指甲生疼。她一遍一遍地叫他的名字："关跃，你在吗？在吗？在就回答我。"

一条染血的手臂露了出来，她几乎整个人扑了上去，紧紧握住往外拽："出来，关跃，你出来……"土沉，他被埋得深，她继续扒，又再次握住他的手臂，死活不松手。

"出来啊……"言萧咬破了唇，她什么都忘了，这瞬间像是拼了命，咬牙切齿地喊他，"出来啊关跃！你给我出来！"

她指甲裂了，手指上除了土还有甩不掉的黏湿。男人的身体终于完全落在她眼里，她跪在土里，把他翻过来搁在膝上，抖着手拨开他脸上混着血的尘土。他双眼紧闭，一动不动。

言萧的手抖得更厉害了。她拍拍他的脸，小心翼翼地叫："关跃！关跃！"

血顺着他的额角滚过脸颊和下巴，混着泥土，一直往下滴。言萧开始止不住地颤抖。

一只手猛地抓住了她的肩，关跃忽然动了，先是轻微的一下，接着一下睁开了眼，一头坐起。言萧血液瞬间恢复流动，反过来紧紧扶住他的肩。

远处骤然传来警笛声，天边有直升机接近，旋翼掀着风，轰隆如雷。沙更狂，天昏地暗。

"回去，言萧！"轰隆的声响里，他在她耳边吼，竭尽全力的一句。

言萧凝视着他的脸，他满面血污，睁着失去焦距的双眼，仿佛什么都听不见了。

头顶的狂风卷着沙土拍打过来，他右手抬了起来，抓住了言萧的手，握得紧紧的，拉高，对准自己的太阳穴。言萧错愕地看着他。她的手里多了一把枪——他的枪。他抓着她的手，让那把枪对准了自己的太阳穴。

"回去。"关跃说。他送她回去。

直升机携着风接近，狙击的红点从上方扫下来，隐约夹杂着对讲机里的人声——

"锁定目标齐鹏。"

"锁定目标小十哥。"

红点扫到言萧身上，没有声音，大约是看清了状况，只是停在她身上。

关跃的手陡然垂了下去，靠在她身上。血，一滴一滴地滴在尘土里，他闭上了眼睛。黄沙尽头，李正海正带着人跑来。

言萧浑身僵着，手垂下去，枪掉了，她伸手抱住他。风沙劈头盖脸，她贴着他的脸，也染着他的血，喉咙像是被扯住了，一个音也发不出来，连喊他的名字都做不到。只能紧紧抱着他，直到终将分离前的最后一秒，直到这片天地萎靡。

第三十章
归　来

如一根绳牵扯两端，一头毁，另一头必然势如山崩。顾廷宗安稳地坐在沙发上煮茶。他在香港的这间半山别墅很空旷，多年来居住的只有他一个人和两个菲佣，如今菲佣被支走，这里更显得空空荡荡。

助理从外面匆匆走入，停在他面前。他不像平常那样木讷寡言，一头都是汗，低着头说："老板，来不及了。"

顾廷宗摆摆手，什么也没说。助理看了他一眼，转身出去，脚步越来越快，到后来像是跑出去的。

客厅里只剩下他一个人，顾廷宗依旧煮着他的茶。对面有一张红檀木柜，上面放满荣誉，每一个上面都有一个头衔：杰出企业家、慈善家、文物保护先进个人……他是知名学府出身的历史高才生，多年来一直以企业家和学者的面目示人，最不缺的就是美名。不过现在全没了。

警方在西北的行动悄然而迅速，他察觉到的时候已经晚了。那边的线断了，他在香港的势力也被挖了出来。走私、持枪，甚至是人命，这么多罪行，过往掩藏得再好，终究还是暴露了。这里的警察一样不会放过他，想走已经来不及了。

炉上的茶水沸了。茶壶是紫砂的，小炉却是明朝的文物。顾廷宗挪开茶壶，里面明火跳跃。他没有泡茶，而是低下头，看着手里捏着的一张照片。一张少女的照片：明丽的眉眼、短短的头发，青春洋溢，但脸色冷淡，没有笑容。顾廷宗的手指缓缓摩挲过去："真可惜啊，萧萧，你选错了人，我也看走了眼。"

他知道她的心无比刚硬，也无比炽热，却没想到她也会像飞蛾扑火一样去爱一个人。可能她的爱比火还烈，但可惜他没感受过。顾廷宗手指一动，照片落入小炉，被火舌舔吻，卷起一角。"我做得很对，就该把你这把火给灭了……"

不知过了多久，外面传来警笛声。一群警察荷枪实弹破门而入的时候，顾廷宗依然安稳地坐在沙发上。

虽然家里只有他一个人，但他穿得很正式：齐整的西装、一丝不苟地打着领带，连头发都梳得整整齐齐。他面前的茶几上放着只盒子，里面装着那五节玉璜。旁边还有一只熄灭的小炉，以及一壶冷透的茶水。

炉火却不是自己灭的。顾廷宗的左手搭在小炉口沿上，血从手腕上被割破的切口流进炉里，又溢出来，顺着茶几边沿滴到地板上，一大摊触目惊心的褐红。小炉里残余着被烧得只剩一角的照片，但已被血浸泡得无法辨认。

警察冲上前逮捕他时，他仍有一丝清醒，直到被带走时，眼睛都还死死地盯着那角照片。抢救无效，顾廷宗当晚死于自尽。

消息传出的同时，内地警方宣布侦破了一桩西北文物走私大案。据说这是国内几十年来最大的一宗文物走私案，涉及范围之广，闻所未闻。

从那片沙漠开始，警方如开天眼，后续行动势如破竹，西北的走私势力几乎被端了个空。所有涉案人员无一幸免，就连川子他们也都已经被带进局子里审问了。

一场大案，牵扯众多，顾廷宗自杀后又传出齐鹏引爆炸药当场死亡的消息，紧接着法院宣判许恩叶因犯罪情节严重被判死刑。

那日，言萧被李正海带离那片沙地，在警方的护送下，从西北回到杭州，接受调查。她再也没听到过关跃的消息。作为两宗案件关键人物的小十哥，从此销声匿迹。

后来不知道是哪个警察透露出来的风声，说那个小十哥受伤太重，枪伤、炸伤，在被带上直升机的时候就已停止了呼吸，应该也是死了。

大案之后又有一条震惊中外的发现——西北大漠，绿洲深处，隐藏着一座商周时期的异族古城。

当所有人的目光都被吸引过去的时候，杭州的博物馆收到了从伦敦苏富比拍卖行送来的一件中国文物。据说是近来刚从香港流落出去的，国内一位不知名人士发现后，以个人名义拍卖下来，让他们捐赠给博物馆。捐赠者署名关跃。

言萧的工作室里，裴明生站在落地窗前问她："你知不知道拍下这件国宝就快让你破产了？"

她站在窗前，垂着还包扎着的手指："无所谓，我又不是没穷过。"

"那为什么要以关跃的名义捐，你在替他赎罪吗？"

"不是，那是从顾廷宗手上流出去的，就当是替我自己赎罪吧。"言萧的目光透过窗户望出去很远，仿佛能从这里遥望到西北，"我知道他没罪。"别人不知道他做过什么，她知道。直到最后一刻，他明明都是在保护那座城。她甚至隐约猜到了什么，他那天在她面前拆拼枪的时候，她已经觉得那是他的暗示。哪怕猜错了，她也信他，始终如一。

刚开始圈子里有风言风语说她在西北时跟走私犯走得很近，过去那么多流言蜚语，没有哪次像这次这样严重。裴明生以为出了这样的事，言萧会摔得比以前更重，她会后悔，但没有，她始终一往无前……

时间会抹去一切痕迹，一年多过去，一切都已风平浪静。一股强冷空气席卷了长江中下游地区，天气不可遏止地转寒，冬天就这么来了。

言萧坐在暖气融融的办公室里，熟练地摘下手套，抬起头，一眼就看到坐在对面的男警察小杨在看着她。

对上她的视线，小杨赶紧找话："言小姐，今天也辛苦你了。"

"没事，都鉴定完了，结果在报告上，签过字了。"言萧从座椅上站起来。

这里是省级海关下的缉私局，小杨是这里的缉私警察。言萧以前只混古玩圈，从西北回来后接触文物却越来越多了。半年前她和几个鉴宝专家一起被请去公安厅帮忙鉴定了几样文物。听说现在追回走私文物的力度加强了，一些被走私出国的文物都在被积极追回，但偶尔还是会冒出走私事件，甚至一度蔓延到了东部沿海一带，警方挺头疼的。之后她就偶尔过来帮忙鉴定一下出入境的古董，辨别是否有文物被夹带出境。

文物鉴定缺乏统一标准，是项很复杂的工作，能有鉴定师愿意无偿帮忙，总归是有帮助的，警方自然非常欢迎。她刚来的时候，小杨问她："言小姐做古董这行多赚啊，干吗免费给我们打白工？"

言萧说："帮助你们打击走私犯啊。"

小杨当时拍着腿，老气横秋地夸她："像你这样年纪轻轻就有思想觉悟的人可不多啊，我觉得你一定是经历过什么才会有这样的念头。"

言萧当时也只是笑笑，没回答。

刚收拾好要出门，小杨又从桌后面露了头，叫了她一声："对了，路上堵不堵啊？要不我送你一下？"

言萧停在门口："不用了，路挺好走的，也安全，我想应该用不着警察保护。"

小杨顿时就尴尬了。他至今单身，跟她这样的漂亮女人相处久了，难免就有了别的心思，可惜今天刚找到个机会就被委婉地拒绝了。

"言小姐是有对象了吧？"

"嗯，有了。"

小杨释然了，舒了口气出来："那我就明白了，可是怎么从没在你身边见过他？"

言萧说："也许是来不了了吧。"

小杨不禁愣了一下，这话听着古怪，偏偏她说得很平静，还无比坦然。

言萧转身走了。没走几步，就看到裴明生西装革履地站在走廊上等着她。

"顺道来接你一程，"他笑眯眯地指指门，"要我去他跟前冒充一下吗？"他不介意替她挡一下桃花。

"不用。"言萧摇头。

裴明生跟着她一起往外走，看了看她的脸，声音低了："还是没消息。"

言萧点头，脚下没停。说的是谁的消息，她很清楚。她其实已经不抱希望了。有时候反而觉得，没消息就是最好的消息。

"你还在等他吗？"裴明生问出来时，手指托了下眼镜，口气很轻。

言萧仿佛没听到，默默走出去一大截，忽又回头，冲他一笑："当然。"

裴明生不再说什么。她的身边一直不乏像门里那个小警察一样的追求者，但是她如今只是认真地工作，其他什么都不放在心上，偶尔笑起来时依然潇洒利落。但他现在才发现她眼里仍有如火的热情，或许也曾熊熊燎原，只是暂时没了焰苗，变成了火星。裴明生也不止一次问过，那个人到底哪点值得她这样。

"哪点都值得。"她说这话时眼里蕴含着微微的光亮。

不管外人怎么看他，在她眼里他就是最好的，不管在不在身边，都没办法抹掉他的存在。

裴明生偶尔也想劝劝她，这都什么年代了，哪还有这样的痴情不悔和至死不渝？但最后什么都没说。他从口袋里掏出个东西递过去："考古队寄来的，顺道给你带来了。"

那天回到家里没多久，言萧打开了裴明生给她的东西，是封邀请函。

当时汤仔强行开启入口造成了一定的危害，齐鹏企图炸毁陷地之城时，虽然连人带炸药被弄出了坑外，但爆炸还是对深埋地下的顶部造成了一些影响。再加上沙漠化日渐严重，以后地下河会萎缩，绿洲会逐渐缩小，都不利于那座地下古城，于是考古人员最终决定对那里进行抢救性发掘。

这件事石中舟伤好后就在电话里跟她提过，主持发掘的是华教授和重返考古界的路伯，二人的合作被业内引为一桩美谈。因为言萧的引荐，石中舟他们也都跟着参与了发掘工作。当时石中舟曾问过她要不要一起参与，毕竟她对这座地下古城已经有所了解，也有了一定的研究。

言萧思考了很久，还是拒绝了。石中舟可能也不想她再联想起往事，便没有再提起。

现在看到邀请函才知道，发掘工作已经暂告一段落。考古队决定举办一场文物展，借目前已经发掘出来的文物，向大家揭开这座地下古城的神秘面纱，地点就选在杭州。邀请函上写着：特邀请"陷地之城"的发现者、研究者、保护者言萧小姐……

自入冬后，天气阴沉，杭州接连下了好几天的雪，到了展览召开的当天，却意外地停了。

言萧终究还是去了。她停好车，一手捏着那张邀请函，一手拢住大衣领口，走进开阔的展厅。她没有跟任何人打招呼，只是作为一个普通的看客，慢慢地从橱窗旁依次走过，看着里面陈列的文物。

新清理出来的文物还带着泥土的湿气，色泽很艳。青铜器居多，打猎用具、车驾部件，甚至是砖块，风格朴素粗犷，猃狁的民风可见一斑。在地底下看起来很神秘的一切，现在都被搬上了台前。

大厅四角都有复原后的一些城内场景：放玉璜的祭祀石台、铺着石砖的走道、大石雕刻的石马和石虎……

墙上贴的介绍语说耗时一年不过也才发掘了几个坑口，眼前这些只是那座地下古城的冰山一角罢了，但已经足以展现一个神秘古老又别样的世界。据说猃狁曾经与商王朝有过密切的联系，部族里出过一个很英武的人物，最后不知缘由地消失在了商朝的历史里，直接导致了猃狁的败落。这些是华教授根据言萧当初提供的线索，从里面的一些文字片段里推测出来的。

"历史的故事其实就是人的故事，搁多少年以后，我们也成历史里的人物了，故事或许也会被掩埋，不会有人知道当初发生过什么了……"华教授当时这么感慨了一句，石中舟曾绘声绘色地传达给了言萧。

她觉得很有道理，就如同她经历的那些一样。有些人和事注定会被遗忘，只有经历过的人才能牢牢记住。

在展厅里缓慢地看完了一圈，言萧停住，一抬眼，目光落在正中间的墙上。隔着层橱窗，那六节玉璜在灯光下拼成一个圆，旁边是图纸描绘出来的玉璜纹饰，有文字解释这是狼首纹。

回忆一下如潮水般拍过来，她记得自己曾在他身上描绘了这个纹样，换来他一句强硬的警告："恐怕你会后悔。"

可是后来他们难分彼此，谁也没有后悔。言萧的手指轻轻抚摸橱窗。这玉璜、这座城，这里的一切，都是他们一起发现的。现在这座城重见天日，他们也终于走出了那片沙漠。

言萧收回手，转过身，看见角落里站着几个熟人。

"明明邀请了言姐的，怎么没见到她？"说话的是石中舟，旁边站着王传学和蒲佳容，他们的对面是华教授和路伯。

路伯穿得整整齐齐，戴上了老花镜。他不再是当初的模样，现在是个老学者的样子了，只是口袋里还是收着自己的那杆老旱烟。

王传学跟蒲佳容站得很近，石中舟告诉过言萧，他正在卖力地撮合他们，还说如果成功了，梅姐一定会给他包个大红包。

言萧没有打扰他们，拉高衣领，最后看了一眼那几节玉璜，就随着人流出了展厅大门。

路上没化完的积雪在冬阳下反出莹莹的白。她低头走下台阶，忽然感觉到有人注视着她，转过头，看到一辆靠边停着的警车，墨沉沉的车窗玻璃里隐约有人影坐着，面朝着她。然后那扇车窗玻璃降下，李正海的脸露了出来："言萧，好久不见。"

言萧站在那里，点了个头。自从那天之后，他们再没见过面。

李正海看着她的脸，大概是想起了之前的事，笑了笑，却有点干涩的意味。他推门走出车来，搓一下手说："我找你有事。"

"什么事？"

"有位同事介绍给你认识，这位同事刚从鬼门关转了一圈回来，今天正式从北京调职到杭州。"李正海转身，拉开车门，"关警官。"

言萧的眼神缓缓移过去。车里先是露出一双笔直的长腿，然后是男人低着头走出的高大身影，站直后，一身笔挺的警服。她的眼里映出他的眉眼，从朦胧到清晰，又从清晰到朦胧。

关警官。

背后是大漠狂沙，是黄土莽原，是西北荒凉辽远的风，是他和她一起走过的岁月。言萧看着他朝自己走来。

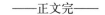

——正文完——

番外

陷 地 之 城

一

山河平静

【曾经】

五年前，北京。

夏日的京城干热得好似一口焖锅，人在里面就如同热锅上的蚂蚁，办公室里的制冷似乎起不了半点作用。

窗边有一张办公桌，两个人一站一坐。窗外，一群人正喊着口号从大院里操练过去。直到那阵声音彻底远了，办公桌后坐着的人才抬起了头："关跃。"

关跃两腿一并，站直。

"知道为什么叫你来？"

"为了任务。"

"嗯。"问话的男人五十多岁，脸黑目亮，身上警服周正，把他的五官衬得更显威严。他是关跃的上级，却不是直属上级，算得上是高不可及又难得一见的那种。"你父母那边都交代过了？"

"是。"

这么干脆利落的回答，上级也就有数了。关跃的父母一个是部队机关出身，一个是高级知识分子——高干家庭。他们哪怕什么都没有，觉悟和境界是肯定有的，在工作上从没阻拦过他。其实要不是看到了资料，他这个做领导的都不知道这小子原来出身还挺不错的。他低调务实，这次的任务也只有他能胜任。"我没记错的话，你今年才二十五吧？"

"二十六了。"

"哦……"上级笑了两声，挺爽朗的，"结婚了？"

"没有。"

上级点点头，其实资料里都有，他早看过了，做做样子问了这一嘴而已。说着拿了支笔低头记了两笔，像是想起什么，又抬头看他："那谈恋爱了吗？"

"没有。"

"很好。"没结婚也没谈恋爱，那牵绊就更少了。窸窸窣窣几张纸响，上级整理了一下放下，拿起另一张纸在手里看："现在这项特殊任务可能会比想象中艰苦，要你暂时放弃前途去执行，有没有怨言？"

原本按照计划，关跃今年会有一次十分有利的调动提升，以后前途不可限量，所以现在这个任务，的确算得上是让他放弃前途的。

"一切服从组织安排。"回答得没有半点迟疑。

上级又点头，语气严肃不少："记住，目标太过狡猾谨慎，你在任务期间不能透露任何一点和任务相关的信息，不管对方是谁。还有，会有中间人负责递送消息，但从今以后你的直接领导就只有我，所以消息只会传给我。除此之外，你的一切行动都是脱离组织的，换句话说，你不会得到一点帮助，甚至还会面临来自自己人的阻挠。"

关跃声音沉了下去："明白。"

"最后我再说一点，任务期间不得有影响任务的情况出现。"这一句说得尤其认真，可下一句还没开口，上级先笑了，眼周那细纹一出来马上气场就变了，气氛瞬间也轻松起来，"那里情况复杂，都是大老爷们儿，我说直白点，钱、女人，都是变数。钱还好说，是死的，可人是活的，在外面别乱搞关系，要记住你是个警察，得禁受得住诱惑，管得住下半身，万一影响了任务是要受处分的。"

关跃毕竟还年轻，他还是要叮嘱一句的。为完成这个任务已经折损了几个人，关跃其实是临危受命，因为情况越来越严重，没法再拖了，已经让他们逍遥了很多年。

关跃唇抿紧，脸色微报，过了几秒，说："我知道了。"

"好，那我的话就都说完了。"他站起来，隔着桌子，朝他伸出右手，"希望你坚守本心，顺利完成任务归来。"

"啪"的一声，关跃立正敬礼，而后握了一下那只手。接下了任务。

半年后，内蒙古。

沙漠的边缘，铺天盖地的黄渐渐连接了绿，大片的草场上，蒙古包一座一座地错落分布。一辆旧车从草场上开过去，一直开到最大的那座蒙古包外面才停下。车门打开，里面的男人下来，甩上车门，大步走向帐门。

蒙古包里，一个蒙古小伙裹着蒙古袍，一只手挑开帐帘，一只手挡着猎猎呼啸的西北风，看着迎面而来的男人。

"阿古达木？"

"是，是我。"

"我叫关跃。"男人背对太阳，逆着光，高大挺拔，手伸过来，递了根烟给他。

"知道的，关哥，我在这儿等你很久了。"阿古侧身让开条道，一边摆手，"我不会抽烟。"

关跃收起烟，低了低头，走进帐门。

阿古把帐门掩好，走到他跟前，小声说："以后这里就是联络点。"一边给他端凳子，"你有啥情况还是继续传给我，我负责联系上面。"

"嗯。"关跃坐下来。早在他被确定为这次任务的人选时，他就开始接受一系列相关的训练，有些东西甚至是以前从没听过的路数。所以在上级下达命令前，他就已经有数了，接了任务很快就秘密抵达西北。

这半年里，他凭借警方握有的先手消息成功打入内部，成了最早替那位老板组建西北"文保组织"的十人之一，却还是第一次见到自己的接头人——阿古达木。

阿古给他端上奶茶，看着他点了烟，自己没坐，就在一边悄悄盯着他的脸瞧。作为接头人，阿古还太年轻，当初最早做这个的是他阿爸；后来他阿爸阿妈都过世了，他自己居然也走上了这条路。用他自己的话说，这叫家族遗风、虎父无犬子，有时候他还开玩笑说这又叫"爱的传承"。

阿古还是第一回参与这么重要私密的大案，因为西北这边情况太复杂多变了，他心里一直没什么底，加上上面又交代了很多限制，他除了两边传话之外就是听这个派来的人的话，其他什么都不能做。之前寥寥几回传话，他还担心来担心去的，可现在瞧见这个派来的人脸色沉静成这样，心就落了地。

关跃原来在警队里就是靠心理素质好被挑中的，性格是占了优势的，阿古观察他的时候，他好像根本没注意，其实都有数："怎么，不放心我？"

"不不，没有的事，"阿古讪笑、挠头，"说实话，哥，你长这样，不适合干这行，连我一个男的都觉得你长得好。"

关跃咧着嘴角笑了下。就连上面派他来时，也是这么说的。其实一般这种任务，最好选那种相貌平凡又不起眼的人，因为越不起眼，越不容易引起注意，任务成功的可能性也就越高。他的脸可能真不太适合干这行，但最后出于种种考虑，还是挑了他。毕竟警方能想到的事情，对方那条大鱼也能想得到。

关跃把烟夹在指间，弹去烟灰，开口说："门路已经通了，回头你跟着我进组织里待上个一年半载，后面再找机会脱离出来，这样所有人都会以为我们是在组织里认识的，以后我再继续跟你保持联系就不会惹人注意了。"

阿古连连点头："知道了，哥。"

"嗯，计划就这么定了。"关跃站起来，临走前留下一句，"辛苦你，以后要'为虎作伥'了。"

一切都计划得很周密，进行得也很顺利，全在关跃的掌握里。就连那位老板要利用他去扳倒另一条大鱼，也都在计划里。唯一没掌握住的是，这地方，他居然一待就待了五年。

五年不长不短，他从一个不惹人注意的组织成员，一步步混成了"小十哥"，从白到黑，又非黑非白。更没想到，他会遇到那样一个变数。

【现在】

年后开春，仍有寒意。飞机凌晨起飞，从纽约飞往北京，足足十几个小时的航程。

言萧一觉醒来，揭开眼睛上的眼罩，感觉脑袋有点发蒙，好一会儿才听出机舱里正播放着一首叫不上名字的英文歌。

"醒了？"华教授坐在她旁边，一扭头就看到她醒了，"你睡得够久的，就要到北京了，再不醒我就得叫醒你了。"

"那我醒得够巧的。"言萧捏捏嗓子，睡久了有点干，她看有没有空乘过来，准备要杯水。

华教授在旁说："辛苦你了，这趟多亏你来帮忙，不然也没这么顺利。"

她笑笑："有点，那些美国佬一个个都是人精。"

华教授也跟着笑起来。纽约的佳士得拍卖行最近公开拍卖了一批流落海外的国宝，国内想要尽量赎回这批国宝，华教授随行，言萧是被他请了一同过去的。

这些国宝都是以前从顾廷宗手上流落出去的，从欧洲辗转了许多国家，好不容易被寻到，她自觉责无旁贷。

其实她也没做什么，只是利用自己在拍卖行工作的优势跟美方斡旋压价，尽量以最小的代价让这批国宝回归。只不过国宝已经在美国人手上，想讨价还价哪那么容易？平时跟你讲中美友好，到了利益上全是帝国主义列强的嘴脸。还好结果是完满的，折腾了大半个月，终究是免除了这批国宝被拍卖的命运，让它们顺利回归祖国了。

空乘推车经过，言萧终于拿到了水，端着纸杯慢慢喝完。飞机就快抵达首都机场的上空，机舱里响起了空乘的提醒。她把纸杯捏了放在垃圾袋里，听到旁边的华教授问："有人来接你吗？"

"放心，有的。"其实言萧没通知任何人，这趟走得匆忙，回来得也匆忙，她当时简单收拾了行李就去赶飞机，根本谁也没来得及告知。之所以这么回答，只是不想老人担心，她也好落个清静。

果然，华教授没再问，他也在为降落收拾东西了。言萧的养父以前跟他有那么点交情，老人因为这点，一路都挺关心言萧。

二十分钟后，飞机平安降落。言萧把大衣搭在臂弯里，随着人流走到机场大厅，跟华教授挥手告别。

华教授还约她以后常去他的考古队里看看，陷地之城的发掘工作如今总算开始收尾了，但研究工作还漫长着呢。如果她去的话，可以一起做点鉴定研究。路伯也在，还会碰到小石他们，他还说大家都挺挂念她的。

言萧想了想，答应了。要在以前她可能会觉得麻烦，但现在，她觉得如果这是她能做的、有益的，那她就愿意去做。教会她这个道理的，是那个男人。

送别华教授后，她站在人来人往的大厅里，一手拖着行李箱，一手掏出手机，开机，搜索信号。手机上早已进来信息——"在干什么？"简短的四个字。发送时间在她飞行期间，当时她正在飞机上补觉。

终于落了地，言萧才想起跟那人已经有大半个月没见了，明明也没多久，却因为空间地域太远，漫长得就像是隔了一个世纪。她用手指敲字："在你的家乡看风景。"发出去的时候她都笑了，那男人总是这样，难得蹦出几个字来，就让他去猜好了。

几乎只有一秒的时间，对方就回复了："机场？"

言萧："对。"

他回："等我。"

言萧一愣，低头，忙发："你在北京？"

那头秒回："一直在等你。"

言萧哪儿也没去，就在原地站着，身边越来越多的人走过，她的眼里都看不到，只盯着那道大门。不可思议，他怎么知道她要回来的？她捏着手机，琢磨着，或许是他向"上面"问了消息？

本来还以为他会找不到她的位置，没想到就一晃神的工夫，她就看到了男人的身影。明明机场有那么多人，她就是一眼看到了他。他穿着黑色皮夹克，敞着，里面只有一件 T 恤，头发又剪短了，利落得过分。一路走到跟前，他迎着她的目光，伸手接过了她手里的行李箱："回来为什么不给我消息？"

言萧眉头挑了一下："也不知道有没有人来接我，所以就没说。"她挨着他站着，几乎靠在他身上。嗅到他身上淡淡的味道，感觉他还鲜活有力，她就安定了。

关跃黑沉沉的眼看着她："我等你快一天了。"

原来还是算着日子来的。言萧扬着唇，手指在他皮夹克的袖口上钩了一下，钩到纽扣："怎么没穿制服？"

"警衔都调去杭州了，在北京穿什么？"他顺手抓住她不安分的手握在了手心里，"走。"

言萧被他牵着出机场，出大门的时候他想松开她，让她穿上大衣，但她不放，一条手臂钩住了他的腰，就这么偎着他走。

机场里多的是离别的、重逢的人，偶尔有人会把眼光投到他们身上，但她不在乎，她就想这么贴着他。在很长的一段时间里，这几乎成了她每次见到他后的标志举动，这是当初留下的后遗症，非要确信他还好好的她才能安心。

"不准推开。"她踮了一下脚，在他耳边低语。

关跃脸上挺平静，嘴角却是带笑不笑的，一只手拖着行李箱，一只手揽住了她，这下她几乎彻底落在了他怀里。

出了机场，上车，直奔酒店。酒店是早就订好的，关跃猜测她可能没休息好，回来还需要倒时差，早就做好了安排。

言萧的确累，美国一行简直斗智斗勇，偶尔看到那些文物还会想起顾廷宗做的事，整个人都不舒服，又无法在华教授他们跟前表露出来，到后来身心俱疲。

直到返程的今天，同行的人中都还有人提起那个名字，毫无意外地指责和愤慨，她什么也没说，只是静静地听着。到后来，居然希望他在地下能真正安宁，再也不要伪装，彻彻底底、干干净净……但这些她都不想跟关跃提起，过去了就是过去了。

"去泡个澡，累就睡会儿。"关跃进了门说。

言萧没动，手扣着门，"吧嗒"一声把门合上。她的眼睛看着关跃，关跃转过头，也看着她。一秒、两秒，第三秒的时候，她走过去，捧着他的脸吻住他的唇。

关跃身上有淡淡的烟草味，他一只手扣住她的腰，一只手摁着她的后脑勺，吻开始变得激烈。

"想我了没？"言萧剥他的皮夹克，唇贴在他耳边问。

"你呢？"关跃含她的耳垂，"想我了？"

男人的声音低哑深沉，言萧几乎肌肤战栗，却没有回答。皮夹克从她指尖滑落在地，她的手撩起他的T恤，摸到他的背，摸到了大块起伏的疤痕。那些疤痕她早就看过，是当时坑外爆炸留下的，差点让他丢了性命。

"别分心。"关跃捉住她那只手，不让她再摸。

"没有，"言萧说，"就是总担心你是假的，要摸一摸才放心。"顾廷宗死了，齐鹏死了，五爷也死了，只有他还活着。这些伤痕能证明他是真的，他真回来了。

关跃握住她那只手，紧紧的。那个时候他的确快不行了，他在昏迷中醒了一次，在短暂的清醒中跟久违的上级说，就对外宣布他已经没了吧，说他会被执行死刑也好，已经重伤不治也好，就当是给外界一个交代。是要给她一个交代，但上级没有答应。

其实那时候外界已经有传言说他被带上飞机的时候就没救了。可最终，他还是熬过来了。睁开眼的那一刹那，看到医院天花板大片的白，他脑子里的第一个念头就是：他答应过的，留着命，还要去杭州找她……

他低下头，吻言萧的脖子，一边伸手去拉床头柜的抽屉，摸了几下没摸到，在她耳边说："好像没有。"酒店里没有提供，他当然也不可能随身带着那玩意。

言萧看着他的脸，轻轻地笑了一声："那就不用了呗。"

关跃眸色一瞬间转深："明天我就戒烟。"

低低的声音，藏着他的情绪，他不会说听到那一句话的瞬间，他几乎要失了控。在这么久的在外漂泊之后，言萧给了他一个承诺，一切都发乎自然。只要他的心脏还在跳动，就不会辜负她，如同不会辜负每一次使命。

起初，言萧以为他们住酒店是因为他在北京没有落脚处，虽然关跃说过他的家就在北京。等到第二天关跃要去退房，她才知道他订酒店原本就真的只是要给她休息的。当然并没有休息好，反而更累了……

"带你去个地方。"离开酒店的时候关跃说。

言萧觉得他似乎情绪很高，难得从他这样的人脸上看出明显的轻松。他们乘着车，绕了大半个北京城才停下。

这个季节的北京还是冷，言萧从车里下来，把大衣的领子竖了起来，看见关跃打头进了前面的大院。发现她没跟上，他回过头，停在门口等她。言萧跟上去。

五分钟后，他们站在一扇屋门前，关跃敲了敲门。言萧似有所觉，盯着他："这里是？"

"我家，"他又敲一下门，补充，"我父母住在这儿。"

她差不多也猜到了。不知道为什么，经历过那么多风雨言萧都没紧张，却在这一刻忽然觉得有点紧张。她的父母缘太淡薄了，亲生父母早就不在了，养父母也去得早，他们离世后，一个亲戚也不再来往，她不知道该怎么跟长辈相处。

"你知道我这个人……可能不大讨长辈喜欢。"她轻声说，也不知道是说给自己听，还是说给关跃听。

关跃看她一眼："我父母会喜欢你的。"他的父母都是高干，为人是严肃了点，但至少都是通情达理的。

言萧还没说什么，门开了。一个保养得宜的妇人看向门外，一看到关跃脸上就柔和了，又看向言萧，把门开到底："言萧吧？听说你名字很久了，快进来吧。"

言萧看了一眼关跃，他的手在她背后一推，带着她进了门。

关父是军人出身，头发花白了，身体还挺拔硬朗；关母做文教工作，相比较而言，要稍微温和一点。

言萧进了他的家门才知道他那副性格是怎么养成的，就是比较奇怪他骨子里隐藏着的那丝匪气又是怎么养出来的，天生的？

关父关母话都不太多，可能也是因为初见还放不太开，相对坐着也不健谈。他们的确早就听关跃说了有这么个人，不过当时关跃还躺在病床上。

夫妻俩只有关跃这么一个儿子，五年任务，他们就整整五年没有见到这个儿子，好不容易见到了，又差点就要失去。以至于后来关跃奇迹般地好转后，两人对于他要调去杭州的事也就没多干涉，只希望他还好好的就行，至于他跟谁在一起，要去哪儿定居都无所谓了。等今天真正见到了这么个人，当父母的才总算是把人和名字对上号。

二老跟言萧各坐沙发一边，喝了点茶，简单地交流了一下双方的家庭情况，简直就是一问一答的模式。

虽说言萧如今是孤身一人，可家庭成分一点也不差：养父养母都是高级知识分子，甚至养父的名号在业界还很响；言萧自己如今的作为，也可圈可点，他俩没什么不满意的。至于性格，那得慢慢相处，一面两面也瞧不出来，反正他们的儿子喜欢，他们开明，也不多置喙。

言萧也给足了关跃面子，在他父母跟前这几个小时，可能是她有史以来最乖巧最听话的一段时间了，坐在那儿，手一直老老实实地搭在膝盖上。

其间她去了一趟洗手间，对着镜子看了看自己的脸，都忍不住想笑，自己居然也会有登门拜访别人父母的一天，她原本以为自己这一辈子都不会有这种时刻了。要是回去告诉裴明生，他大概又会惊掉眼镜了。

上一次让他吃惊，还是她和穿着警服的关跃一起在他面前出现时。当时当着她的面，裴明生在台阶上一脚踏空，差点摔下来，最后一手扶梯栏一手托眼镜，站稳了第一句就是："姓关的，你真……"

真了半天也没说出后面的话来，那是他一个富家子弟第一次在人前如此失态。后来他才跟言萧说，他当时想说的是：姓关的你真没叫言萧看错你。

门忽然被轻轻敲了两下。言萧回神，手握住门把，听见关跃低低的声音："出来。"

她开了洗手间的门，刚开道缝，手就被他一把握住，拉了出去。客厅里还坐着他的父母，他用身体遮掩着，拉着她迅速走了几步，进了房间。简简单单的房间，几乎什么装饰都没有，床上柜子上都罩着防尘罩。

"你的房间？"

"对。"关跃知道她不擅长应付这些家庭关系，让她就在这儿待会儿。只不过迟早都是要带她回来见家人的，他当初刚能下地就申请调去杭州，他的父母虽然没说什么，但肯定是不舍的。

这一趟他也是早就计划好的，想趁着言萧回国，带她过来，让她跟父母好好相处相处，以后就好随时走动了。他也想今后有时间能多陪伴父母，当然是和言萧一起。

言萧坐在他的床上，手指掀开防尘罩，摸了摸灰白方格纹的床单。床头柜上还摆了一个相框，里面是他的照片，穿着警服，手托着警帽，像是刚进入警界的时候拍的，年轻朝气，嘴角还有点微微的笑容，皮肤比现在略略白上一层。

她看着照片，目光又一寸一寸环顾起房间，想到他曾经在这里居住、成长，心里就有一处软了起来。他们一起经历过生死，那些事情惊险、轰轰烈烈，可这一处的平淡无声，才是属于他的过去。直到现在，她才算彻底走进他的生活里。

关跃原本站在她面前，忽然走去了窗边，言萧看过去，见他从长裤口袋里掏出了手机，一手推开窗，手机正在振，原来是来了电话。他接电话的声音很低，但言萧还是依稀听到了些许声音。

这一通电话打的时间很长，差不多有三四十分钟。等他收起手机，言萧才开口："我刚才好像听到了阿古的声音？"

"是他，"关跃说，"川子他们都被调查清楚了，关到最近才放出来，现在改行开了个小店，他特地打电话来告诉我一声。"

阿古还问他以后要是再去西北要不要去捧个场什么的，但他短期内不可能再去了，这是上级的命令。其实他的手机号也早就换了，特地把新号码给了阿古，就是为了再听听他们的消息。人却是很难再见了。

"还说什么了？"言萧随口问，想听他多说说话。

关跃挨着她坐下，腿挨着她的腿，肩也抵着她的肩："他还说，要把恩和送给我们。"

言萧莫名其妙："为什么要送匹马给我们？"

关跃转过头看着她。早上离开酒店的时候有点匆忙，他额前的碎发随意地垂着，挡着他的眼，言萧觉得他的眼珠漆黑，却又像浸了水般湿润。她用腿碰碰他，又问："到底为什么？"

"你会知道的。"关跃按住她的腿，脸上的笑一闪而过，言萧觉得这时候他的身上又冒出以往的那股子匪气来了。

那天他们和关父关母一起吃了顿饭，一直待到下午，又约好了下次再见的时间，才离开北京，赶往杭州。

就在走上杭州街头的时候，关跃收到了上级的手机通知，是一条处分通知。五年前，上级警告他，要经受得住诱惑，别乱搞男女关系，否则影响了任务就要受处分。他没管住自己，还差点丢了命，这份处分姗姗来迟。

言萧在路上看见他盯着手机，问了句："怎么了？"

"没什么。"关跃把手机收起来，没告诉她。虽然受了处分，但他甘之如饴。

上级在最后说，什么时候结婚发请柬了，再撤销处分，然后该表彰还是要表彰，就当是送礼了。当上级的当成这样，也够有水平的了。关跃很清楚，那个所谓的处分，其实是上级个人搞出来整自己的。真实情况怎么样，上头早就摸清楚了。

他跟言萧的事，避不过，大概是注定的。关跃想到这里，看向身边，伸出手臂，揽着言萧走上归途。

人来人往的大街上，他们的身影很快就被淹没，除了外貌出色些之外，没人会觉得他们有什么其他特别的地方。不会有人知道他们从什么地方来，也不会有人在意他们曾经历过什么。

但这就是生活，在平静里融化热烈，在烈日下驱尽黑暗。负重的人已经归来，山河平静，就是最好的祝福。

【后来】

"妈妈，这是哪里呀？"工作台旁边，一个粉妆玉琢的小女娃娃踮着脚，伸着小手，指着台面上的相框，睁着晶亮的大眼睛看着旁边忙碌的身影。

言萧坐在椅子上回头，脚在地上蹬了一下，滑到她身旁，摘下手套后抱着她搂在怀里，将那相框放近了些。

相框里是一张考古现场的照片，一大片区域被围了起来，一个黑黢黢的豁口对着镜头，隐约可见往下的石阶，里面是个神秘未知的世界。她回答说："是让爸爸妈妈走到一起的地方。"

"真的？"小姑娘眼都亮了，两只小手去捧相框，好奇地盯着里面的场景。

忽然听到外面一阵不疾不徐的脚步声，她又立马松开了相框，一下从言萧腿上滑下去就往门口跑："是爸爸来接我们了！"

门打开，小小的身影一头扑入男人的怀里。

言萧笑了笑，摆正相框，站起来，朝父女二人走了过去。

二

唯爱汹涌

那是个再寻常不过的午后。华岩高层的办公室里，高大的落地窗前厚厚的窗帘被拉上了，也没开灯，整个室内暗得像是晚上。

裴明生坐在办公桌后面，镜片后的双眼意外地盯着对面坐着的男人。

对面的男人穿着件简单的黑色外套，像是人也隐在了昏暗里，一头利落的短发，五官被衬得英挺深沉；除了远道而来一身风尘仆仆的感觉，脸上看不出有什么表情，只有手指间夹着的烟在缓慢地燃烧——是关跃。

裴明生和他对视了有十几秒，然后站了起来，走到窗边，"唰"的一声又把窗帘拉严实了些，仿佛确定这儿绝对没有别人能听见他们说话了，才回过头，看着坐在那儿的关跃："我没听错吧，你刚才说要让言萧去你那支考古队？"

关跃回答："对。"

裴明生皱着眉，手指托了下眼镜："她可不是一般的女人。"

关跃手里的烟到现在都没抽一口，反而抬起手慢慢捻了："她很合适。"

"哪儿合适？"

"她的专业水平，还有性格。"

裴明生居然听笑了："可别怪我没提醒你，刚才我就说了，她可不是一般的女人，你不一定能搞得定她，说不定到时候你会后悔。"

关跃维持着坐姿，语调都没变过："就这么定了。"

裴明生又看了他一眼，眉头锁紧，大概是没见过这么提要求的，搭在窗帘上的那只手跟着捏紧。华岩已经被五爷的国宝帮压得抬不起头来，言萧的事业也被毁了，关跃会坐在这里就是明摆着知道这点，在等自己做一个决定。

大概又默默僵持了两分钟，裴明生松开手，终于下了决心："好，按你说的定了，就言萧。"

几乎同时，椅子被拖动了一下，关跃站了起来，毫不迟疑地走了……

言萧站在办公室外面。刚才过去的半个小时里，裴明生像是描绘电影画面一样，给她详细描述了一遍他跟关跃当初在这里会面定下合作的全部经过。

"突然跟我说这些干什么？"她半倚着玻璃墙，抬眼看了看裴明生，忽然想不起自己为什么会出现在这儿。

裴明生看着她："师妹，一年多了——那件事之后，已经一年多了。"他像是刻意强调了一遍时间。

言萧的脑子里忽然一幕幕闪回当初在西北的画面——她去了西北，见到了关跃；她不断地招惹他，后来以为他是五爷的人，差点就逃离他的身边了，可又被他追到逮了回去；他们彼此针锋相对、互不相让，拉扯着；终于真正合作了，然后互相吸引着，变成彼此纠缠；直到最后，在那座隐秘的"陷地之城"，关跃浑身浴血地在她眼前被逮捕……

而裴明生嘴里描述的合作经过，就是她跟关跃牵扯上关系的开始。

一年多了，从关跃在那片陷地之城的沙地里被逮捕，消失在自己眼前时到现在，已经一年多了。所以她为什么今天要站在这里听裴明生回忆过去，是什么预兆吗？言萧抬起头，盯着裴明生："你到底想说什么？"

"和你说起开始，也许是为了让你知道结局。"

"什么意思？"

裴明生忽然不说话了，只是默默推了一下鼻梁上的眼镜，眼神转向别处。

言萧心里蓦地涌出一丝不祥的预感，仿佛应和她的想法，一个人朝她这儿走了过来，脚步声打断了她的思绪。她扭过头，看见穿着警服、理着平头的李正海。

"言萧，好久不见。"

这句打招呼的话很熟悉，连语气都很熟悉，仿佛在哪儿经历过，言萧点了个头。

李正海的表情有点凝重，朝她抬了一下手："我找你有事。"

"什么事？"言萧忽然觉得这两句对话也很熟悉，好像他们也曾说过一样。

李正海转头带路："跟我来吧。"

言萧看他转身时的脸色依然是沉凝的，背却有些佝着，不自觉地心里一沉，默默跟了过去。华岩朱红的大门外停了辆警车，李正海早已过去，拉开车门等着她。言萧一言不发地坐进车里，几乎瞬间，车就开了出去。

不知道开了多久，他们在车里没有半句交流，也不知是怎么到的地方。言萧跟着李正海下车，走入一栋大楼，全程无话，直到发现面前是条雪白安静又笔直的走廊时才觉得不对，虽然外面没标示，但这儿应该是医院。

她的心跳骤然加快，连脚步也快了，突然朝前跑了过去，越过前面领路的李正海时甚至撞了一下他的肩，一把推开了尽头病房的门。

病床上躺着一个颀长的身影，连平躺在那里的身姿都是笔挺的，安静得一动不动。

李正海脚步很轻地跟进来："有位同事介绍你认识，这位同事刚从鬼门关转了一圈……"连这两句都是熟悉的，但是后面的话却陌生，"可惜，他没能挺过去，但他坚持最后要让你见到他。"李正海说着脸朝向床上，压低声音："关警官。"

言萧看着床上的人，之前脑海里所有关于西北的画面，连同他跟裴明生定下合作的场景，都成了梦幻泡影。

关警官。预兆所预示的是这个，突然听到他们牵扯的开始，原来是为了告诉她这个结局。

关跃就躺在眼前，身上没有穿警服，穿的是她当初送的那身昂贵的手工定制大衣。

李正海在旁边轻声解释："这是他的要求，他要求不穿警服，就穿这身衣服走。"

言萧没有言语，也没有动，眼神落在他紧闭的双目上，脑子是空的，恍惚间记起裴明生跟他说过的话："说不定到时候你会后悔。"

"他从来没有后悔过。"李正海的声音突兀地响起，像是接住了她的思绪，"这世上有些事总会需要一些人去做，有时候就是这么简单的道理。他没后悔过，到最后也在说，他没后悔过。任何一件事，都没有。"

言萧缓缓蹲了下去，平视着他紧闭的双目。他看起来就和以前一样，和睡着时一样，明明受过那么多次伤，流过那么多的血，这次怎么会没能挺过去？他不是亲口说过会来找她的吗？怎么能骗她？

她的手伸出去，想摸一下他的脸，又怕碰到一片冰凉，手指蜷缩了一下。最后摸到了他身侧的手臂，顺着大衣袖口的纹理，慢慢滑下去，抓到了他的手指。没有想象中那么冰凉，和记忆里的一样，甚至和当初他逮她回去紧紧抓着她时一样，也和无数次抱着她、按着她时一样，仿佛还能感觉到力道。

言萧低下头，额头轻轻抵住床沿，手在发颤，除了脑子，心里也像是空了一块。记忆里的某个夜晚，他曾抵住她的额头，说过类似的话："这些年有时候我也不知道自己是黑是白，不过跟你的事，我还是不后悔。"

言萧像当初回答他一样，声音咽在喉咙里，无声地又回了一遍："我也是。"

一年多了，等了这么久，等来的原来是个坏消息。他不会回来了，永远，永远，留在西北大漠了……

时间仿佛凝滞，直到那只被她抓着的手忽然动了一下。

言萧近乎机械地抬起头，在一片朦胧里看见自己的手被反握了。那只手居然反过来抓住了她的，还是跟以前一样，五指修长，充满力量。

她一下睁开眼，醒了。视线里还一片朦胧，但她立刻就意识到，刚才那些画面，从牵扯的开始到所谓的结局，全部是梦。

等那片朦胧渐渐消退，她才看清关跃的脸，他就侧躺在身边，近在咫尺，一只手正抓着她的手，握得紧紧的，眼睛盯着她："怎么了？"

言萧怔怔地盯了他几秒，突然翻身压向他，低下头，一口吻住了他。

吻得太狠了，关跃居然愣了愣，下一秒就有了回应，含着她的唇用力揉过去，从她的唇到颈边，一寸一寸地碾磨，直到双手一把扣住她的腰，才停了一下。

言萧刚醒，现在却被吻得像是更不清醒了，脸埋在他颈边，喘着气说："我做了个梦。"

关跃心领神会，低声问："梦见我不在了？"

言萧不想说，手指又去抚他背上的疤，仿佛在证明现在才是真实的，梦里的那个结局是假的。

关跃搂着她的腰，声音有点哑："据说梦到不好的东西，都是反的。"

言萧又缓口气，终于说："我梦到永远失去你了。"

关跃的声音又低又沉："那说明你会永远拥有我。"

言萧转过头，对上他的眼睛，的确和梦里相反，他睁着眼，眼珠黑亮。她的心突然剧烈地跳快了，紧贴着他的胸腔，也感觉到了他的心跳，一样剧烈得过分……

"然后爸爸妈妈就结婚了。"关跃穿着便服，开着车，一手打着方向盘转了个弯，看了一眼旁边副驾驶座上好好系着安全带的女儿。

女儿才四岁，像极了言萧，尤其是那双眼睛。她早慧得出奇，人小鬼大的，一天到晚都是问题；两只小手托着下巴，听到现在，好像不太尽兴，奶声奶气地咕哝了句："为什么做了个梦就结婚了，好简单呀。"

是很简单，那场梦后，关跃和言萧当天就去办了手续，领了证。领完证他们先是给关跃远在北京的父母去了个电话，又去墓园祭拜了一下言萧的养父母，顺便拍了照报告给老上级；没发请柬，什么仪式都没有。

以至于后来裴明生知道后还不满地对着言萧抗议，居然连结婚这么重要的事都不告诉他；阿古还后知后觉地问他们，那还要不要恩和做结婚礼物了？

关跃曾经也想象过言萧穿婚纱的样子，可是真正结婚的时候，却发现那些都不重要了。不过结婚那天言萧特地穿了条贴身的黑裙，那条黑裙是她当初在考古队里穿过的——当时她穿着它用口红在关跃身上画了个狼首纹，关跃却推开了她。结婚那天完全不同，两个人太有激情，裙子还能完好保留下来就不错了……

结婚的第二天，他们突兀地去了趟西北。在当初那片沙地里，靠近陷地之城的地方，彼此迎着风沙遥遥看了一阵。

"这地方我以后不会再来了。"言萧说，"它已经是历史了，你已经走出这片大漠，以后都是新的生活。"

关跃看着她迎风轻眯的双眼和飞扬的发丝，伸手揽住她的腰："言首席说它是历史，它就是历史，但你跟我不是历史。"顿了顿，他换了称呼："关太太。"

言萧钩着他的脖子去含他的嘴唇，和以前一样轻轻骂他："闷骚……"

"真的就是这样呀？"女儿还在嘀咕。

关跃手搭着方向盘，嘴边扯起一个弧度："有些关系连生死的考验都经历过了，已经不需要其他证明，以后你就懂了。"

女儿似懂非懂地鼓鼓腮帮子。

等车停进车库时，她已经歪着小脑袋睡着了。关跃从车上下来，一手抱起她，往家里走。

进家门的时候，小家伙在他肩头迷迷糊糊醒了一下，问他："爸爸，妈妈后来还做过那种梦吗？"

关跃拍了一下她的背："没有了，爸爸不是一直都在吗？"

女儿放心了，两只手臂搂住他的脖子，安安稳稳地继续睡了。

关跃送她去房间，转头时看见言萧从工作室里探身出来观望的身影一闪而过。关跃带好女儿房间的门，大步走进言萧的工作室。

工作室的门被推开，又关上。言萧刚从工作台边转身，人就被他搂住了；言萧也伸出手臂抱住他的脖子。关跃一把托着她坐到工作台上，低下头。彼此在这一角忘我地拥吻。

直到烈火烧得已快停不下来时，关跃贴在她耳边低声说："纪念日快乐。"今天是他们的结婚纪念日。

言萧只回了他一声无意义的轻吟。

生活继续，爱依然汹涌——这才是真实的结局。

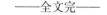

——全文完——

图书在版编目（CIP）数据

陷地之城 / 天如玉著 . -- 长沙：湖南文艺出版社，
2023.7
　　ISBN 978-7-5726-1093-6

　　Ⅰ. ①陷… Ⅱ. ①天… Ⅲ. ①长篇小说－中国－当代
Ⅳ. ① I247.5

中国国家版本馆 CIP 数据核字（2023）第 046957 号

上架建议：畅销·青春文学

XIAN DI ZHI CHENG
陷地之城

著　　者：	天如玉	
出 版 人：	陈新文	
责任编辑：	刘雪琳	
监　　制：	邢越超	
策划编辑：	郭妙霞	
特约编辑：	王　屿　彭诗雨	
营销支持：	文刀刀　周　茜　李美怡	
封面设计：	冯紫璇	
版式设计：	李　洁	
插图绘制：	圣　圣	
内文排版：	百朗文化	
出　　版：	湖南文艺出版社	
	（长沙市雨花区东二环一段 508 号　邮编：410014）	
网　　址：	www.hnwy.net	
印　　刷：	三河市兴博印务有限公司	
经　　销：	新华书店	
开　　本：	680 mm × 955 mm　1/16	
字　　数：	453 千字	
印　　张：	25	
插　　页：	8	
版　　次：	2023 年 7 月第 1 版	
印　　次：	2023 年 7 月第 1 次印刷	
书　　号：	ISBN 978-7-5726-1093-6	
定　　价：	52.80 元	

若有质量问题，请致电质量监督电话：010-59096394
团购电话：010-59320018